Michael R. Baier

CORUUM

Volume 3

Michael R. Baier

CORUUM

Volume 3

1. Auflage: September 2009

Deutsche Erstveröffentlichung

Druck bei DIP
Umschlaggestaltung von Alexander Ihle
Printed in Germany
ISBN 978-3-00-028426-7

Besuchen Sie WWW.CORUUM.COM

Ein Hinweis zur Chronologie ...

CORUUM wird durch die Augen unterschiedlicher Charaktere erzählt. In Volume 1 haben Donavon (Erde), Keleeze (Sieben Königreiche) und Ashia (Zentrum) ihre Erlebnisse aus der Ich-Perspektive geschildert und Klammern um weitere Personen ihres Kulturkreises gebildet. In Volume 2 hat die Kirche (Ramone und Raoula) an Gewicht gewonnen und eine weitere Perspektive wurde hinzugefügt.

Durch die Dichte der Handlung und die Parallelität der Ereignisse werden einzelne Passagen dabei überschneidend wiedergegeben, auch wenn die Akteure möglicherweise gerade Lichtjahre voneinander entfernt sind. Dies führt im Folgenden dazu, dass die Erzählung nicht linear erfolgt, sich jedoch einer gemeinsamen Chronologie unterwirft. Ich habe dem Drängen vieler Leser nachgegeben und eine geschichtliche Gegenüberstellung der wichtigsten Ereignisse eingefügt.

Die Geschichte knüpft nahtlos an die Geschehnisse zum Ende von Volume 2 an. Donavon, Karen und Sinistra sind auf der Suche nach Überresten einer Metropole der Sole-Sourcer in Afrika.

Z-Zemothy Truppen bereiten den Angriff auf die Einheiten der Königreiche im Ruthpark-System vor …

Doch lesen Sie selbst.

Michael R. Baier

Für Claudia und Laurine ...

Standard Guild Calendar (SGC)

1 SGC Jahr	→	8 SGC Monate
1 SGC Monat	→	40 SGC Tage
1 SGC Tag	→	20 SGC Stunden
1 SGC Stunde	→	60 SGC Minuten
1 SGC Minute	→	100 SGC Sekunden

Transition*

1 SGC Sekunde	→	1Erd-Sekunde
1 SGC Jahr	→	1,217656 Erd-Jahre

Initial Calendar Synchronisation* (ICS)

01. 01. 2014 (Tag. Monat. Jahr) 00:00:01 (Central European Time)

→

30396/4/9 (Jahr/Monat/Tag) 00:00:01 (SGC)

**Nach Young/MacAllon, Kalenderannäherung, Mai 2015.*

Geschichte des Roten Nebels Standard Guild Calendar (SGC)		SGC	Weltkalender	Erdgeschichtlich Weltkalender	
			160000 BC	Entwicklung der Sole-Sourcer in Afrika Phase der Aggressiven Expansion	1. Imperium der Sole-Sourcer
		-69808	120000 BC	1. Potentialkatastrophe Exodus der Sole-Sourcer	
2. Imperium der Sole-Sourcer	Sole-Sourcer erholen sich und besiedeln die heutige Region des Roten Nebels	-69750	118000 BC		Entwicklung des Homo Sapiens Sapiens (Neopaläolithikum)
	2. Potentialkatastrophe Bildung des Blasenuniversums	-16427	55000 BC		
3. Imperium der Sole-Sourcer	Entwicklung der Kulturen des Roten Nebels aus den Überlebenden der 2. Potentialkatastrophe	~0	33000 BC		
	Gilde bricht von Ankatarh in den Roten Nebel auf	9727	23154 BC		Altsteinzeit
	Gründung Königreich Treerose/Restront	11035	21561 BC		
	Entdeckung des Tektor-Artefakts	13031			
	Tektor Kriege	14023- 15465	17923- 16167 BC		
	Gründung der 9 Königreiche	16082	15416 BC		
	Gründung Zentrum	16546	14850 BC		
	Gründung Nebelwelten durch Erste Urmutter Cestorine 1.	17573	13600 BC		
	1. Thieraport Kontaktaufnahme Giyame Metcalfes zum 3. Imperium der Sole-Sourcer	20530	10000 BC		
	Bündnis der Troyians	20612	9900 BC		Mittelsteinzeit
	Keimkulturen in Coruum und Tikal	26903 /26905	2239 BC	~ Mittleres Reich in Ägypten	Jungsteinzeit
	~ Tempus Übermenschen	28085	753 BC	Gründung Roms	Gegenwart
		28762	0	Christi Geburt	
	Eroberungskriege Harkcrow Treerose'	29153	500		
	Erstmalige Erwähung der Synccs auf Enchrome	29161	510		
	Extraktion Coruum und Tikal Tod Harkcrow Treerose' Ermordung Rud El'Ottars	29202 /29204	560	Meteoritenexplosion über Guatemala Zerstörung Coruums	
	Ermordung Aonia 2. und Residore 3. Mesaphode 4. wird Urmutter	29205	564		
	Gründung der Organisation	29215	576		
	Eroberung von Xee durch Mesaphode 5.	29235	600		
	Anschlag auf Oldo Merceer	29268	640		
	Angriff der Od'Fer auf Enchrome	29286	662		
	Reinkarnation von Ramone 1. als 181. Urmutter	30109	1492	Columbus entdeckt Amerika	
	Inthronisation von Torkrage Treerose	30382	1997	~ Periode der US-Raumfähren	
	Extraktion Xee	30396	2014		
	Ruthpark sendet Signal	30396	2014	Empfang des Signals der Arche der Coruumer	

Nach Young/MacAllon, Kalenderannäherung, Mai 2015.

1 Erde

Erdorbit, Flaggschiff des Schildverbandes
27. Oktober 2014
30397/1/24 SGC

Sinistra

Sand, nichts als Sand!

Eine wenigstens 600 Meter dicke Schicht feinsten rötlichen Sahara-Sands über Kilometern undurchdringlichen Felsens der afrikanischen Festlandplatte. Die Sandschichten waren in den unteren Lagen gut 100.000 Jahre alt. Einen besseren Schutz für die noch 20.000 Jahre älteren Ruinen der einstigen Sole-Sourcer-Stadt - sofern diese Lokation die Richtige war - konnte es nicht geben.

Sinistra raufte sich die kurzen, schwarzen Haare.

Coruum auszugraben war ein Kinderspiel dagegen gewesen.

Der Bildausschnitt ihres Holodisplays erweiterte sich. Daten des Tiefenradars überlagerten das visuelle Bild der eintretenden Dämmerung über der südlichen Sahara Libyens. Messerscharfe Dünenkämme teilten das Licht in weiches Dunkelrot und tiefstes Schwarz. Wo immer sie ihren Blick fixierte, überlagerten weitere Geografie-Informationen das Bild, um sich sofort wieder aufzulösen, wenn sie einen anderen Ausschnitt betrachtete. Feldlinien erschienen - ohne Auffälligkeiten verliefen sie parallel zum Erdmagnetfeld - keine noch so kleinen Störungen, *nichts!*

Sie erhob sich aus dem bequemen Sessel und wäre fast über einen Hocker gestolpert, den sie durch die nahezu lebensechte Darstellung der Bilder in ihrem persönlichen Holodisplay übersehen hatte.

»Ich ruhe mich einen Moment aus«, sprach sie in das integrierte Mikrofon.

Ohne eine Antwort abzuwarten, tippte sie sich mit einer gereizten Handbewegung an den Nacken auf die Bedieneinheit des Visiers, das sich elegant zusammenfaltete, und beendete die Übertragung.

Ihre weitläufige Zimmerflucht lag wie immer im Dämmerlicht einiger indirekter Lichtquellen. Für sie genügte das völlig. Erstaunt hatte Karen vor drei Tagen – als Sinistra den Regenerationstank endlich verlassen und das Makrobot-Gel aus ihren Lungen verbannen konnte – ihre veränderten Sinnesleistungen zur Kenntnis genommen. Die Steigerung ihres Sehvermögens war der offensichtliche Teil, nachdem Karen sich das Schienbein im Dunkeln gestoßen hatte und es Sinistra nicht einmal aufgefallen war, dass sie kein Licht beim Betreten ihres Wohnbereichs eingeschaltet hatte.

Sie hörte besser – *feiner,* sie fühlte differenzierter, alles schmeckte ungewohnt. Ihre Konzentrationsfähigkeit war wesentlich besser geworden. Karen hatte immer noch Schwierigkeiten, mit den langen Tagen an Bord zurechtzukommen. In Standard Guild Calendar Time (SGC) betrug die Länge eines Erd-Tages lediglich 14 Standard-Stunden, wohingegen ein Standard-Tag auf dem Schiff gut 33 Erd-Stunden dauerte. Karen schlief zweimal während eines solchen Tages, sie selbst benötigte nicht einmal drei Stunden (SGC) Ruhe.

Die Schmerzen waren verschwunden, aus ihrem Rücken, aus den Beinen, der Lunge. Dafür hatte sie eine neue Art von Schmerz kennengelernt. *Bestätigungsschmerz* hatte Hud Pasuun es genannt – *es vergeht* – pflegte sie zu sagen, wenn Sinistra wieder einmal zusammenzuckte. *Das ist die erste Lernphase deiner Makrobots, Kleines* – Hud Pasuun hatte diese Anrede für sie von Karen übernommen – *du musst den Schmerz gedanklich quittieren. Konzentrier' dich auf die betroffene Stelle in deinem Körper. Es bilden sich neue Nervenverknüpfungen, die deinem Organismus die Koexistenz mit den Makrobots erleichtern.*

Die zweite Lernphase hatte heute begonnen. Aktives Biofeedback vor einem raumhohen spiegelähnlichen Holodisplay. Für drei Stunden (SGC) zu je 60 Minuten à 100 Sekunden, was ziemlich genau fünf Stunden ihrer gewohnten Zeit entsprach – hatte Hud Pasuun sie unbekleidet trainieren und dabei ständig von mehreren kirschgroßen Drohnen überwachen lassen. Sinistra musste versuchen, plötzlich auftretende *Bestätigungs-*

schmerzen in ihrem Körper lediglich dadurch abzustellen, dass sie die betreffende Stelle konzentriert im Spiegel betrachtete.

Die Zeit war ihr endlos erschienen und als es ihr endlich gelungen war, die Schmerzpunkte zielsicher in wenigen Augenblicken zu unterdrücken, war sie nicht sicher gewesen, ob es sich nicht nur um ein Resultat ihrer vollkommenen Erschöpfung gehandelt hatte.

Du machst Fortschritte, Kleines. Arbeite jetzt ein wenig, ich komme nachher und hole dich zu einem Rundgang durchs Schiff ab, hatte die schlanke Wissenschaftlerin mit einem aufmunternden Lächeln erklärt und sie in ihren Wohnbereich zurückbegleitet.

Arbeiten! Wie sollte sie sich nur darauf konzentrieren - die Wucht an neuen Eindrücken um sie herum drohte sie fast zu überwältigen. In den letzten drei Tagen hatte sie ihren Aktionsradius nur sehr langsam und vorsichtig erweitert. Das Schiff, auf dem sie sich befand, musste gigantisch sein. Sie hatte mit Karen ein paar Spaziergänge unternommen und war nie an irgendwelche verschlossenen Tore gekommen. Es war immer weiter gegangen, es hatte immer neue Flure, Hallen oder Räume gegeben. Nur selten waren sie Besatzungsmitgliedern begegnet, während Karen ihr von den Ereignissen erzählte, die Sinistra im Regenerationstank *verschlafen* hatte.

Dann - am zweiten Tag - hatte sie von Hud Pasuun ihr persönliches Visier erhalten. Eine Art enganliegende Halskette mit einem Anhänger, der im Nacken getragen wurde und bei Berührung einen elastischen Bügel eines super-flexiblen Materials über ihre Augen führte. Mikroskopisch kleine Projektoren im Bügel erzeugten ein lebensechtes Bild auf der Netzhaut, das sie anfangs nicht von wirklichen Seherlebnissen zu unterscheiden vermocht hatte. Mit diesem Kommunikationsvisier hatte Sinistra den Zugang zu allen Informationen über Coruum, den Ereignissen im Sonnensystem, den neuen Funden im Archiv über die Sole-Sourcer erhalten und konnte zu jeder Zeit mit Karen oder Hud Pasuun in Kontakt treten.

Zusätzlich hatte sie in den Übertragungen der Berichte überrascht zur Kenntnis genommen, dass sie die Sprache der

Besucher flüssig verstand und auch selbst sprechen konnte. Hud Pasuun hatte nach ihrer Genesung zuerst Englisch mit ihr gesprochen, um sie nicht unnötig zu verwirren. *Du hast einiges gelernt, während du im Regenerationstank gewesen bist, Kleines – auch wenn es dir so vorgekommen sein mag – verschlafen hast du nichts!*

Seitdem hatte sie kaum geruht. Gierig war sie über die bescheidenen, verfügbaren Aufzeichnungen der Sole-Sourcer hergefallen und hatte sich das Material gemeinsam mit Karen immer und immer wieder angesehen. Während Karen sich nach einigen Stunden ausruhen musste, hatte Sinistra zuerst die simulierte Position der Kontinentalplatten vor 120.000 Jahren betrachtet, sämtliche Koordinaten aus den Aufzeichnungen der Sole-Sourcer dorthin übertragen und die Zeit wieder bis zur Gegenwart vorlaufen lassen.

Die Antwort auf die Frage, warum bislang keine Spuren dieser Zivilisation gefunden worden waren, hatte sich klar offenbart.

95 Prozent der fliegenden Strukturen der Sole-Sourcer über dem Erdäquator hatten sich zum Zeitpunkt des ersten Potentialkollapses über Wasserflächen befunden. Was von ihnen nach dem Absturz nicht in der Atmosphäre verglüht war, würde seit mehr als 100.000 Jahren in den tiefsten Tiefen von Atlantik, Pazifik und Indischem Ozean ruhen. Natürlich hatte man davon bisher durch Zufall nichts finden können.

Mit einer Ausnahme.

Die Position der in den Aufzeichnungen zerstörten Sole-Sourcer-Metropole im nördlichen Afrika befand sich auch heute in einem gut zugänglichen Bereich – sah man von der angespannten politischen Landschaft des Kontinents einmal ab. Karen und Donavon waren mit einem Shuttle der Besucher dorthin unterwegs – die Bilder hatte sie eben gesehen.

Sinistra warf sich erschöpft auf das große Bett, drehte sich auf den Rücken, verschränkte die Arme hinter dem Kopf und strich über den Sensor ihres Visiers.

»O. k., ich bin ausgeruht!«, meldete sie sich zurück. »Seid ihr sicher, dass ihr an der richtigen Stelle sucht?«

Sie sah Karen die Lippe hochziehen und eine Grimasse schneiden. »Ja, Kleines, ich denke schon. Das hier ist doch Miami Beach - oder?«

Die Perspektive der Kamera an Bord des Shuttles veränderte sich. Karen war ausgestiegen und Sinistra blickte jetzt auf einen fantastischen Sonnenuntergang hinter den sich endlos zum Horizont fortsetzenden Sanddünen. Ein Mann in einem himmelblauen Overall drehte sich zu ihr um und winkte.

»Ist sie online?«, fragte er Karen. Das Nicken konnte Sinistra nicht sehen, wohl aber die neue Antwort von Donavon hören.

»Du verpasst etwas, Sinistra, das nächste Mal musst du unbedingt mitkommen«, sagte er und wies mit der rechten Hand in die Landschaft. Dann kniete er nieder und strich mit der Hand über den feinen Sand. »Hier drunter?« Donavons Blick suchte die winzige Kamera, seine Stimme war plötzlich ernst geworden. »Wie tief?«

Sinistra fokussierte die Stelle, an der er hockte, und wartete einen kurzen Augenblick, bis sich die Zusatzinformationen einblendeten.

»545 Meter über dem Felsen, 345 Meter unter Normalnull - das hätte in den letzten 100.000 Jahren auch überflutet gewesen sein können«, antwortete sie. »Allerdings gibt es keinerlei Anzeichen für etwas *außer* Felsen unter dem Sand.«

Donavon blickte sie und Karen nachdenklich an. »Also?«

»Wir werden die Daten noch einmal auswerten und es wieder versuchen«, sagte eine neue Stimme von außerhalb des Bildausschnitts. »Die Stadt ist hier!«

Ein älterer, hochgewachsener Mann mit langen, blonden Locken, die zu einem Zopf zusammengefasst waren, kam ins Bild, als Karen sich Syncc Marwiin zuwandte.

»Ihr habt soweit viel erreicht, meine Freundin«, sagte er zu Sinistra, »ich denke, es ist für uns an der Zeit, zurückzukommen und einen gemeinsamen Blick auf die Informationen zu werfen.«

»Ich hätte noch einen Punkt, Syncc Marwiin, wenn Ihr erlaubt«, entgegnete sie.

Der alte Mann befand sich bereits wieder auf den Weg zur geschwungenen Silhouette des Schiffes, das im Hintergrund wenige Meter über dem Sandboden zu schweben schien.

Langsam drehte er sich um und wartete ungeduldig, bis Karen zu ihm aufgeschlossen hatte.

»Ich habe hier eine Störung – oder eine Anomalie – des digitalen Kartenmaterials aus dem Archiv.«

Sinistra erhob sich von ihrem Bett und lief zurück zu ihrem Arbeitsplatz. Mit hastigen Bewegungen aktivierte sie ein Holodisplay und blätterte durch diverse Ansichten. Bei der generierten Ansicht des Kontinents mit den berechneten Landmarkierungen der Sole-Sourcer-Artefakte verharrte sie.

»Es gibt eine weitere Stelle in Afrika, die ich nicht auflösen kann. Es sind nur zwei oder drei Pixel auf dem digitalen Globus, bei dem der Cursor seine Form verändert. Vielleicht könntet Ihr dort einmal nachsehen.«

Syncc Marwiin entgegnete nichts, dafür vernahm sie Karens Stimme.

»Wo ist das denn?«

Sinistra übermittelte die Koordinaten und das dazugehörige Logo.

»Liegt in Ostafrika, nordwestlich vom Victoria-See, ziemlich genau im Grenzgebiet zwischen Uganda und dem Kongo. Ich weiß den Grenzverlauf nicht aus dem Kopf«, sagte sie nachdenklich, »der Berg da in der Nähe ist der Margherita-Peak oder auch Mount Stanley. Das Icon verändert sich genau an diesen Koordinaten hier, von eurer jetzigen Position ungefähr 3.300 Kilometer entfernt, knapp 40 Kilometer nördlich des Äquators.«

Mit einem Lächeln und schon fast geflüstert, fügte sie hinzu: «Ich meine, wenn ihr schon einmal dort seid…«

Donavons leises Lachen wurde von einer Frage Syncc Marwiins übertönt.

»Dieses Zeichen, in welcher Aufzeichnung habt Ihr es gefunden, meine Freundin?« Die Stimme des alten Mannes hatte einen scharfen Unterton angenommen. Seine Augen blickten sie geradeheraus mit nahezu unheimlicher Aufmerksamkeit an.

Im Unterbewusstsein vernahm Sinistra das lautlose Eintreten von Hud Pasuun hinter ihrem Rücken.

»Es war eine Art digitaler Karte in einem der Datensätze aus dem Archiv«, antwortete sie unsicher. »Merkanteer Keleeze hatte ihn von dem gemeinsamen Besuch in Coruum mitgebracht, Siir.«

Der Blick Syncc Marwiins blieb angespannt. »Ich komme zurück und sehe mir das an, wir werden Karen und Donavon vorher an dem neuen Ort absetzen, meine Freundin.«

Er drehte sich um und setzte seinen Weg zur Einstiegsplattform des Shuttles fort. Sinistra fing Donavons Blick an Karen und das begleitende Hochziehen seiner Augenbrauen auf.

»Danke für den Rundflug, Kleines«, sprach Karen grinsend in die Kamera, »bis nachher – du bist ja wohl noch wach, wenn wir zurückkommen.«

Uganda, Ruwenzori-Mountains-Nationalpark
28. Oktober 2014
30397/1/25 SGC

Donavon

Feuchtigkeit schlug mir entgegen.

Eine dichte Wand weißen Nebels stand mir in wenigen Schritten Abstand undurchdringlich gegenüber. Ich spürte den Hauch einer Bewegung in meinem Nacken und zuckte unwillkürlich zusammen, bevor ich den Bügel des sich aktivierenden Visiers über meinen Augen bemerkte. Die Nebelwand verschwand, als die Netzhautprojektion das wirkliche Bild überlagerte.

»Damit sollte es gehen, Don«, sagte Karen und stellte sich neben mich, die Hände unternehmungslustig in die Hüften ihres himmelblauen Overalls gestemmt. Sie drehte ihren Kopf einmal von rechts nach links, als sie die Umgebung absuchte und ihr Blick schließlich mit einem tiefgründigen Lächeln bei mir hängen blieb.

»Ich mag diese Art von Urlaub, Don. Ich muss nicht packen, die Ausrüstung wird gestellt, Geld spielt keine Rolle und das Beste: keine Touristen.«

»Das Bett hätte etwas weicher sein könne und der Orangensaft - oder was immer das war - war nicht frisch gepresst«, erwiderte ich grinsend »und ich hätte meinen Overall gern in einer etwas männlicheren Farbe.«

»Wieso? Blau ist doch männlich.« Sie grinste. »Wie Hud Pasuun mir erklärte, Don, ist das die Farbe für die *besonders* Schutzbedürftigen«, sagte Karen bereits einige Schritte entfernt mit belustigtem Unterton, während sie sich ganz der Untersuchung körpergroßer Lobelien hingab, die dort an der Grenze des nackten Felsplateaus, auf dem sich unser Habitat befand, in Massen wuchsen und teilweise Baumhöhe erreichten.

Mein Blick fuhr zum Himmel. Die Sonne war bereits aufgegangen, hing als fahler, vom Visier abgedunkelter Fleck knapp über einem langgestreckten, flachen Kamm am Horizont. Ich fand keine Spur unseres unsichtbaren Begleitschutzes, obwohl ich sicher war, dass wenigstens einer dieser fliegenden Metallberge uns in diesem Augenblick beobachtete.

Der greise Wissenschaftler hatte sich in der letzten Nacht verabschiedet, nachdem er uns hier abgesetzt hatte. Zuvor hatte das Schiff noch vier kugelähnliche Gebilde ausgeladen, welche, zu einem Quadrat zusammengebaut, unser Habitat bildeten. Jede Kugel maß gut sechs Meter im Durchmesser, verfügte innen über zwei Etagen und war von außen ohne Visier nahezu unsichtbar.

Versucht nach Sonnenaufgang diese Position zu finden, hatte er zum Abschied gesagt, und dann waren wir allein gewesen – bis auf unseren unsichtbaren Begleitschutz.

Ein leises Rauschen aus dem Ohrhörer des Visiers lenkte mich einen Moment ab. Kartenansichten erschienen.

»Hier ist der Weg zu den Koordinaten, Karen und Donavon«, sagte unser Aufpasser. »An dieser Stelle wurden Hindernisse beseitigt. Im Umkreis von 20 Kilometern befinden sich vier Siedlungen. Der zehn-Kilometer-Umkreis ist zurzeit leer. Diese Gruppe hier wird unter Beibehaltung ihrer gegenwärtigen Geschwindigkeit in 50 Minuten diesen Umkreis betreten.« Mein Visier zeigte ein Zeltlager am Fuße eines großen schneebedeckten Berges, etwa 11 Kilometer entfernt. »Die Gruppe ist auf dem Weg zum Gipfel, der innerhalb des Umkreises liegt, kommt Eurem markierten Ziel nicht so nahe, dass ich eingreifen muss.«

Ich stimmte gedanklich zu. Diese Leute waren sicher auf dem Weg zu ihrer finalen Etappe auf den Gipfel des Mount Stanley.

Nachdem wir in der letzten Nacht in unser Habitat eingezogen waren, hatte Karen in dem Teil, der für Erkundungsaufgaben eingerichtet war, die Geografie der Umgebung angesehen. Die Besucher hatten ein erdumspannendes Satelliten-Netz aufgebaut, das es uns ermöglichte, jeden Punkt der Erdoberfläche nahezu verzögerungsfrei anzusehen. Wir hatten das Zeltlager entdeckt und konnten die schlafenden Personen zählen. Diese Funktionalität ersetzte leider nicht unser lückenhaftes kartografisches Wissen über Afrika. Grenzverläufe, Namen von geologischen Formationen – all das fehlte uns jetzt schmerzlich zur eigenen Orientierung.

Wir arbeiteten beide außerhalb unserer klassischen Kerngebiete und Afrika kannte ich nur von zwei früheren Besuchen in Kapstadt und Nairobi. Karen hatte den Kontinent noch nie zuvor betreten.

Das Habitat befand sich am inneren, östlichen Rand eines uralten Kraters von knapp viereinhalb Kilometern Durchmesser. Die Koordinaten der von Sinistra gefundenen Anomalie befanden sich nahe von dessen Zentrum, von uns keine zwei Kilometer entfernt. Die über die Zeit aberodierten Ränder lagen nur noch wenige hundert Meter über dem Kratertal und zeugten von seinem Alter.

Wir hatten uns beide an Teile unseres Grundstudiums zurückerinnern müssen und schienen uns recht sicher, dass der Ruwenzori-Gebirgszug, dessen höchster Gipfel der Mount Stanley ist, sich auf dem Ostafrikanischen Grabenbruch befindet, und dort auf dem westlichen Rift, dem linken Arm sozusagen. Es war eine geologische Tatsache, dass ein vorhandener Riss in der Lithosphäre[1] unter uns dazu führen würde, dass der östliche Teil dieses Bruchs in den nächsten Millionen Jahren eine eigene Insel im Indischen Ozean bilden würde. Nebenprodukte der Entstehung dieses Risses waren der erloschene Krater, in dem wir uns jetzt befanden.

Die Daten aus dem Habitat hatten uns immerhin verraten, das wir uns hier auf einem Hochplateau befanden, was die relativ kühlen Temperaturen erklärte – waren wir doch nahe am Äquator in einem tropisch-heißen Regenwaldgebiet, durchaus vergleichbar mit den klimatischen Bedingungen des Petén.

»Komm schon, Don – trödel nicht!« hörte ich Karen aus dem Ohrhörer.

---

[1] Feste Gesteinshülle, im Durchschnitt 100 Kilometer dick

Ich war die letzten Minuten in Gedanken vertieft und den Anblick der üppigen Flora genießend zurückgefallen. Jetzt blieb ich stehen, um mich zu orientieren.

Die Pflanzenwelt wurde ähnlich dicht wie in Coruum. Neu hinzugekommen waren federgleiche Farne und moos-ähnliche Gewächse, welche die ohnehin kargen Zwischenräume von Ästen und Blättern weiter gegen das Eindringen jeglichen Sonnenlichts abschotteten. Der Pfad, dem ich die letzten Minuten unbewusst gefolgt war, verlor sich im dunklen Schatten der dichten, grünen Vegetation.

»Folge der orange schimmernden Linie in deinem Visier, Don«, kam die ungeduldige Anweisung Karens.

Ich entdeckte die Linie am rechten Rand meines Gesichtsfeldes. Langsam drehte ich den Kopf nach rechts, bis sie wieder in der Mitte vor mir lag. Die Ansicht der Umgebung änderte sich, der Kontrast wurde erheblich besser. Auf dem Boden sah ich orange Fußstapfen, - visuell verstärkte Abdrücke von Karen! Dieses Visier begeisterte mich immer mehr.

»O. k., ich sehe deine Spur«, sagte ich und folgte der Linie durch dichten Farn hindurch, bis ich beinahe in Karen hineinlief, die vor einem Felsdurchbruch auf mich wartete.

Das hatte unser Aufpasser wohl gemeint, als er sagte, *es wurde ein Hindernis beseitigt*. Vor uns lag ein Tunnel mit kreisrundem Querschnitt im Sandstein, von mehr als vier Metern Durchmesser. Ich grinste in mich hinein angesichts der brutalen Effizienz der Mittel unserer auswärtigen Freunde und betrat den Tunnel, der sich leicht abfallend die nächsten einhundert Meter fortsetzte.

»Ein kleinerer Durchmesser war wohl nicht möglich«, hörte ich Karen hinter mir verblüfft sagen.

»Nicht bei ihrer Körpergröße«, antwortete ich und erreichte das Ende des Tunnels.

Vor mir lag ein Kratersee, der an seiner gegenüberliegenden Seite von einem Fluss gespeist wurde. Die Vegetation wuchs bis dicht an die Ufer heran, lediglich an seiner linken Seite ragte die Felswand, durch die wir soeben geschritten waren, steil in die Höhe. Der Fluss hatte in ihr mehrere Höhlungen ausgewaschen, deren Tiefe sich meinem Blick vom gegenwärtigen Standort aus entzog.

Karen trat an meine Seite, die Augen unter dem Visier über den See gerichtet. »Sieh mal, Don, da drüben sind Büffel!«

Mein Blick folgte ihrem ausgestreckten Arm zum gegenüberliegenden Ufer. Zuerst erkannte ich nur eine graue Masse, kaum zu unterscheiden von der normalen Pflanzenwelt. Nach wenigen Augenblicken zoomte die Darstellung heran, als würde ich in einem Satz über den See hinwegspringen. Rotbraune Waldbüffel mit dicken gedrungenen Hörnern standen bewegungslos am Wasserrand, sogen misstrauisch die Luft ein. Nur vereinzelt bewegten sich Kälber zwischen den erwachsenen Tieren.

Die orange Visier-Linie führte geradeaus auf den See hinaus, bevor sie mit einer eleganten Linkskurve abbog und in einer der Öffnungen in der Felswand verschwand.

Ich setzte mich auf einen moosbewachsenen Felsen und wischte mir die ersten Schweißperlen des Tages von der Stirn.

»Und jetzt?« Karen drehte sich zu mir und sah mich fragend an. »Schwimmen?«

»Nur, wenn es hier keine Krokodile gibt.«

Ich erhob mich, ging zur Felswand hinüber und dicht an ihr entlang, bis sie das Seeufer erreichte. Ein schmaler, moosbewachsener Sockel setzte sich in den See hinein fort und verlief nur wenige Zentimeter unterhalb der Wasseroberfläche.

»Äh, Zenturio?«, rief ich unseren Aufpasser.

»*Certeer*, Donavon!«, tadelte mich Karen ob der falschen Ansprache.

Ich erhielt keine Antwort.

Ratlos blickte ich mich um – intuitiv nach dem fliegenden *T* Ausschau haltend.

»Warum meldet er sich nicht?«, fragte Karen unsicher, unsere Isoliertheit in dieser Gegend ohne die Verbindung zu den Besuchern realisierend. »*Certeer?*«

Keine Antwort.

»Ist bestimmt Blumen pflücken«, sagte ich betont locker. »Ich probier in der Zwischenzeit den Weg hier aus, mal sehen, ob die Stiefel wasserdicht sind.«

Mein Tritt auf dem rutschigen Moos war überraschend sicher. Der Bewuchs federte leicht unter meinem Gewicht, während ich Meter um Meter dicht an der Felswand langwatete. Ein Schauder lief mir über den Rücken, als ich mich an meine Klettertour mit Sturgis hinaus aus dem Cenote in Coruum erinnert fühlte.

»Ich denke, der Weg fällt trocken, wenn es weniger Niederschlag gibt«, drang Karens Stimme aus dem Ohrhörer. »Wahrscheinlich hat der Certeer es daher nicht für notwendig befunden, uns hier einen neuen Tunnel zu bauen.«

Das klang plausibel. Nach einigen Minuten trat der Grat auch tatsächlich über die Wasseroberfläche. Ich drehte mich um und winkte Karen, mir zu folgen. Die Felswand hatte eine leichte Kurve genommen und ich befand mich jetzt in der ersten Öffnung, bereits unter einigen Metern überhängenden Gesteins. Die Öffnung überspannte wenigstens zehn Meter Wasseroberfläche, um dann in einem äußerst massiven Pfeiler aufzusetzen und in den nächsten Bogen überzugehen.

Erst aus meiner augenblicklichen Perspektive konnte ich erkennen, wie sich die Wasserfinger der nebeneinanderliegenden Öffnungen im Inneren der Höhle wieder zu einer zusammenhängenden Wasserfläche verbanden. Die kleinen Inseln der Pfeiler wirkten jetzt wie gigantische Arkaden vor einem überdachten Hafen.

Sprachlos folgten wir dem Weg weiter in die Höhle hinein, immer an der Wasserlinie entlang, bis wir uns in einem geräumigen Kuppelsaal befanden, dessen eine Seite von sieben großen, unregelmäßigen Öffnungen durchbrochen war, welche die ersten Strahlen morgendlichen Sonnenlichts hineinließen.

»Ich bin nicht sicher, ob schon viele Menschen vor uns hier gewesen sind, Don.«

Ich tippte mir in den Nacken und deaktivierte das Visier. Die Magie dieses Ortes wollte ich möglichst unverfälscht auf mich wirken lassen. Die von der unruhigen Wasseroberfläche reflektierten türkisenen Sonnenstrahlen tanzten über die zackige Sandsteinoberfläche um uns herum und vermittelten durch den Stroboskopeffekt einen unglaublichen Eindruck von Tiefe.

Karen war in den hinteren Bereich der Höhle weitergegangen und winkte mir aufgeregt, ihr zu folgen.

»Hier sind Malereien, Don, *komm her!*«

Ich stieg über kleinere Felsbrocken hinweg und gelangte zu ihr. Ohne mich zur Kenntnis zu nehmen, starrte sie an die hohe, verhältnismäßig glatte Wand vor uns. Ich kniff die Augen zusammen, um etwas zu erkennen, und ahnte mehr, als dass ich wirklich etwas sah, zusammenhanglose, sehr verblasste Striche und Flächen, an denen einmal Farbe gewesen sein mochte. Ich trat ein paar Schritte näher. Mit viel Wohlwollen hätte man diese Zeichnung als eine Gruppe vorzeitlicher Jäger beschreiben können.

»*Visier!*« sagte Karen atemlos von hinten.

»Was ...?«, ich tippte an den Mikroschalter, verstummte schlagartig und trat ein paar Schritte zurück.

Das hatte definitiv noch niemand gefunden. Es wäre unmöglich gewesen, diese Entdeckung in der Weltpresse zu übersehen.

»*Die Zeichnungen von Tassili in Algerien sind Stümperei dagegen*«, flüsterte Karen in meinem Ohrhörer.

Langsam ging ich weiter rückwärts, bis ich gegen sie stieß. Sie lehnte ihren Kopf an meine Schulter. Minutenlang standen wir regungslos, schweigend und tief bewegt vor dem riesigen Gemälde und ließen die Details auf uns wirken.

Die fahlen Linien waren verschwunden. Kräftige glitzernde Farben hatten sie ersetzt. Die Szene wurde dominiert von zwei Gruppen. Ich bin kein Anthropologe, deshalb bezeichne ich die linke Gruppe aus sechs Individuen einmal als frühe Form des Homo sapiens. Sie standen aufrecht, waren ein gutes Drittel kleiner als die Vertreter der zweiten Gruppe und stützten sich auf Speere und Jagdbögen. Ihre dunklen Körper waren bis auf einen Lendenschurz unbekleidet, ihre Gesichter waren von Bärten bedeckt, die Stirn ein wenig fliehend, die Augen unter mächtigen Brauen versteckt, ihre Körperbehaarung war sehr ausgeprägt. Alle bis auf zwei Individuen dieser Gruppe von Frühmenschen, die einen Gegenstand entgegennahmen, blickten in verschiedene Richtungen, als beobachteten sie aufmerksam die Umgebung, unsicher, ob sie der gegenwärtigen Situation trauen dürften.

Die andere Gruppe auf der rechten Seite war menschlich. Ich sah einen schlanken, hochaufragenden Körperbau, schmale Augen - vergleichbar den Massai - mit hellerer Haut im Gesicht. Sie waren vollständig bekleidet, ihre Schädelform war länglich. Hier handelte es sich um vier Repräsentanten.

Die beiden Gruppen waren einander zugewandt. Zwei Männer der linken erhielten einen Gegenstand von einem hervorgehobenen Mann der rechten Gruppe. Die Aufstellung der Personen beider Parteien hatte etwas Feierliches, Würdevolles. Obwohl der Entwicklungsunterschied zwischen den Gruppen offensichtlich war, hatten die Künstler des Bildes die Vertreter der höher stehenden Kultur in Demuthaltung dargestellt.

Die Übergabe des Gegenstandes musste einen hohen Symbolwert besitzen, unterstrichen durch einen plakativ dargestellten, körpergroßen Schild in der Hand einer Frau der rechten Gruppe. Sie trug ihr schwarzes, langes Haar zu einem Zopf gebunden, der bis zu ihrer Hüfte reichte und zeichnerisch durch ein kunstvoll drapiertes Band bis zum Boden verlängert wurde. Von der Hüfte des Mannes, der den Gegenstand an die andere Gruppe überreichte, hing ein ähnliches Band, das sich auf dem mit Gras bedeckten Boden aufwendig mit dem der Frau verschlang und die Szene nach unten hin abschloss.

Zwei Männer hinter dem Hervorgehobenen hielten lange Speere, die in krallenbewehrten Schalen zu stehen schienen und deren Spitzen leuchteten. Die Speerhand jedes Mannes steckte in einem Handschuh, der die Finger frei ließ.

Immer wieder kehrte mein Blick zu dem Objekt in der Mitte des Bildes zurück. Der hervorgehobene Mann neigte sich zu seinen beiden kleineren Gegenübern herab, während er ihnen einen Quader überreichte, der entfernt an ein solides Buch erinnerte. Aus dessen Oberseite erstrahlte das Emblem, welches Sinistra uns übermittelt hatte und das Syncc Marwiin recht überstürzt zur Rückkehr bewogen hatte.

Im Hintergrund der Frühmenschen waren einfache Hütten zu erkennen, hinter der rechten Gruppe war ein festungsähnlicher Stadtring mit hohen Mauern angedeutet. Senkrecht daraus stieg ein ellipsoides Raumschiff in den Himmel empor, der als schimmernder Bogen die gesamte Szene überdachte.

Karen riss sich schließlich als Erste von dem überwältigenden Anblick los.

»*Mein Gott, Don!* Kann das sein?«

Der Blick, den sie mir zuwarf, drückte Fassungslosigkeit aus.

»*Was kommt als Nächstes?*«

Sie deutete auf das Bild.

»Weißt du, was das bedeutet?«

Ich nickte. »Ja - wir sollten die Zeichnungen von Tassili auch mit unserem Visier betrachten«, antwortete ich im Scherz, den ich beim Anblick ihrer enttäuschten Reaktion sofort bedauerte.

»Entschuldige, Karen.« Ich drückte sie an mich. »Es bedeutet natürlich, dass die Erde die Quelle der Zivilisation im Roten Nebel ist.« Ich lachte sie an. »Und wir beide haben den Beweis vor unserem Freund Keleeze gefunden!«

Ich wischte mit meinem Handrücken liebevoll ein paar Tränen aus ihrem Gesicht.

Die Darstellung in meinem Visier flackerte.

»Wir sind die einzigen lebenden Menschen, die das im Moment wissen«, flüsterte Karen mit belegter Stimme.

»*Nicht unbedingt!*«, drang eine neue Stimme aus meinem Ohrhörer.

Ich wirbelte herum, Karen mitreißend. Vor uns materialisierte unser Begleitschutz, ein über drei Meter großes *T* in einem fahlen Silberton. Im Gegensatz zu dem Anzug, den ich nach meinem ersten Zusammentreffen mit den Besuchern in

Coruum gesehen hatte, war dieser hier mit zwei großen stromlinienförmigen Behältern auf den Schultern versehen, die sich auf dem Rücken fortsetzten, und einem anzughohen, ovalen Schild, der am linken Arm des Kolosses befestigt war.

»Ich bedaure meine zwischenzeitliche Abwesenheit, Karen und Donavon.«

Das ernste Gesicht des Offiziers innerhalb des Kampfanzugs erschien in einem kleinen Ausschnitt meines Visiers.

»Der Schildverband wurde angegriffen, meine Anwesenheit war erforderlich.«

Der Anzug schwebte vorsichtig näher an uns heran. Das blasse blaue Glühen an seinen Waden wurde noch schwächer, als er zwei Meter von uns entfernt knirschend aufsetzte.

»Ihr habt den Eingang zur Quelle des Signals gefunden, leider können wir im Moment keine Einheiten zum Erforschen bereitstellen.«

Ich sah Karen irritiert an. Sie erwiderte meinen Blick und drehte sich dann dem Offizier der Organisation zu.

»Was meint ihr, Siir?« Sie deutete auf das Gemälde. »Das ist nur ein Bild.«

Das Gesicht des Mannes verzog sich zu einem Lächeln. »Das ist es sicherlich, Karen – für die einfachen Bewohner dieses Planeten. Aber Ihr besitzt ein Kommunikationsvisier und für Euch ist es damit ein Schlüssel.«

Wir wussten darauf nichts zu entgegnen.

»Seid ihr der Linie wirklich bis *zum Ende* gefolgt?« fragte er uns nachdrücklich.

Ich versuchte nicht zu schielen, als ich mein Visier nahezu gleichzeitig in alle Richtungen nach der orangen Linie absuchte und sie am linken Rand meines Gesichtsfeldes fand. Langsam drehte ich mich um.

Das hatten wir vollkommen übersehen.

Gebannt in die Betrachtung des Gemäldes vertieft, hatten wir nicht die übrigen Höhlenwände angesehen. Langsam gingen wir jetzt in Richtung des Tores, das dort an der linken Wand in den Felsen eingelassen war. Groß genug, den Anzug des Organisations-Offiziers zweimal übereinander und mehrere Male nebeneinander passieren zu lassen, flimmerten blauviolette Linien im Felsen und markierten den zu öffnenden Bereich. In der Mitte des Tores, in gut drei Metern Höhe, erkannte ich erneut das Emblem - zwei senkrechte Linien, seitlich und in der Höhe versetzt, zueinander im Winkel von ungefähr fünfundvierzig Grad abknickend. Der durch diese Winkel eingeschlossene Innenraum war durch fünf senkrechte Striche unterteilt - etwas symbolisierend, was mir im Moment nicht zugänglich war.

Ich schaltete mein Visier ab. Die Linien verschwanden. Ich drehte mich zum Gemälde um - nichts zu erkennen außer rudimentären Strichen der vormenschlichen Gruppe - nicht ein Hinweis auf die Sole-Sourcer, ihre Stadt oder den Gegenstand, den sie überreichten.

»Die Farbe des Bildes reflektiert Licht nur in einem eng begrenzten Wellenlängenbereich, Donavon, der im Spektrum der Ruthpark-Sonne noch dazu nur sehr schwach ausgeprägt ist«, erklärte der Offizier. «Das Tor selbst ist nur für eine einzige Wellenlänge definiert, die in eurem Licht überhaupt nicht vorkommt. Die KI des Visiers scannt ständig das gesamte Spektrum - nur deshalb könnt Ihr es sehen.«

»Aus diesem Grund ist das Bild der Schlüssel«, begann ich laut zu überlegen, »die Menschen müssen zuerst die Technologie entwickeln, es überhaupt zu entdecken, dann können sie es interpretieren, um schließlich - korrekte Deutung vorausgesetzt - dieses Tor zu öffnen.«

Der Offizier nickte. »Das ist das klassische Archen-Prinzip unserer Kulturentwicklungsbehörde, um fortschrittliche Technologie nicht zu früh zurückliegenden Zivilisationen zur Verfügung zu stellen.«

Nachdenklich sah ich Karen an. »Wir hätten das niemals ohne diese Visiere entdeckt - was immer da liegt - es ist *noch* nicht für uns.«

Sie erwiderte den Blick. Ein kurzes Lächeln umspielte ihre Grübchen.

»Ich muss Syncc Marwiin informieren, Certeer, könnt Ihr eine Verbindung für mich herstellen?«, bat sie.

Der Offizier schwieg einen Moment, bevor er antwortete: »Das ist im Moment leider nicht möglich, Karen. Syncc Marwiin hat dem Angreifer die Flucht ermöglicht und ist nun bei ihm.«

Schottland, Universität von Edinburgh
27. Oktober 2014
30397/1/24 SGC

Fergus

Fergus Young lehnte sich in seinen schweren, ledergepolsterten Schreibtischstuhl zurück. Nachdenklich fuhr er sich mit Daumen und Zeigefinger über den sorgfältig gestutzten Oberlippenbart. Seine randlose Brille hatte er auf der Schreibtischunterlage vor sich abgelegt und blickte wortlos zu seinem Gegenüber, einem hageren älteren Wissenschaftler, der zusammengesunken in dem großen Besuchersessel saß.

Lautlos öffnete sich die Tür zu seinem Vorzimmer und eine vornehm gekleidete Frau mittleren Alters trat ein.

Sybil Carlysle zog sich einen Stuhl mit hoher, ledergepolsterter Lehne vom Besprechungstisch heran, warf einen abschätzenden Blick auf die Berge mit Skizzen und Formeln beschriebener, lose umherfliegender Din-A4-Seiten und drehte ihn so zum Schreibtisch, dass sie neben Professor Morton Warren zu sitzen kam.

Fergus' Blick richtete sich auf die blonde Frau und er sah sie erwartungsvoll an.

Die Molekularbiologin und Genetikerin, gleichzeitig Vorsitzende des Kuratoriums der Forschung für das Gesundheitsministerium, legte ein grob gebundenes Manuskript von sechs Zentimeter Rückenstärke auf den Schreibtisch des Dekans und reichte dem schwedischen Wissenschaftler ein weiteres Exemplar.

»Mach's bitte kurz, Sybil«, begrüßte sie Fergus Young angestrengt lächelnd, »ich weiß nicht, ob ich heute noch mehr Offenbarungen vertrage, nachdem mir Morton soeben die Existenz der schwarzen Energie bewiesen hat.«

»Sie sind's!«

Fergus richtete sich auf, nahm seine Brille und griff nach dem Dossier.

»Sie sind was?«

»Sie sind unsere Geschwister – evolutionstechnisch gesehen jedenfalls«, beantwortete Dr. Carlysle seine Frage. »Du wolltest doch die kurze Version.«

»Daran besteht für mich kein Zweifel.« Morton Warren nickte der Genetikerin zu. »Hominoiden sind ein mehr als zwanzig Millionen Jahre altes Erfolgsmodell der Erde, Doktor, und 120.000 Jahre am Ende dieser Zeit sind zu kurz, um die parallele Evolution zu dramatischen Unterschieden zu bewegen.«

Dr. Carlysle sah ihn ernst an. »Das stimmt, Professor, unter einer Voraussetzung: Wir sind uns definitiv darüber einig, dass es *den gemeinsamen Vorfahren* auf der Erde gab.«

»Davon können wir ausgehen, Sybil.« Fergus hatte das Dossier mit dem Daumen durchblättert und legte es auf dem Schreibtisch ab. »Wir waren in Coruum in dem Archiv der Maya und haben es *gesehen*!« Er beugte sich vor. »Wir haben es gesehen, Sybil, *mit eigenen Augen*.« Seine Stimme klang intensiv, so als müsse er sich stets selbst erneut davon überzeugen, dass er wirklich Zeuge dieses denkwürdigen Moments gewesen war. »Wir haben eine hochmoderne Stadt im nördlichen Afrika gesehen, aufgenommen vor 120.000 Jahren, kurz vor ihrer Zerstörung durch eine interstellare Katastrophe, die ich den gesamten Morgen mit Morten diskutiert habe.«

Doktor Sybil Carlysle schwieg einen Moment, beeindruckt durch die Impulsivität ihres Freundes.

»Dann habe ich keine Zweifel an dem Ergebnis der DNA-Analyse, Fergus. Diese Leute sind mit uns verwandt. Wir gehören evolutionstechnisch zur gleichen Art, können uns untereinander paaren und tragen in uns die Gene des gemeinsamen Vorfahren.«

Sie stand auf, einem unbewussten Drang nach Bewegung nachgebend und wandte sich zu einem der hohen Fenster.

»Und was habt *ihr* großen Jungs so diskutiert, während ich mir die Nacht im Labor um die Ohren geschlagen habe?«, fragte sie mit leicht provokantem Unterton, auf den Papierwust des Besprechungstisches deutend.

Fergus' Blick traf den von Morton Warren, der gerade in der für ihn typischen Geste seine Brille zum wiederholten Male zurechtschob.

»Wir haben uns über physikalische Grundgesetze unterhalten, und wie wir die am Tag *vier* nach unserem Treffen mit den Besuchern noch mit unseren faktischen Erlebnissen dieses besonderen Tages in Deckung bringen können.«

Doktor Carlysle sah entspannt aus dem Fenster. »Einsteins *Nichts bewegt sich schneller als das Licht*, beispielsweise?«

»Beispielsweise«, griff Fergus ihre Vorlage auf, ohne sich durch ihren gleichmäßigen Tonfall provozieren zu lassen.

»Wir Physiker stecken seit Jahren in unseren Theorien fest, Sybil. Um weiterzukommen, benötigen wir eine gemeinsame Theorie, eine, die es uns erlaubt, die Gesetze der Quantenmechanik mit denen der Wellen zu verbinden. Eine globale Weltformel sozusagen. Das hängt ironischerweise mit Einstein zusammen. Der hat geglaubt, seine Relativitätstheorie hätte einen Fehler, da es Beobachtungen von fernen Galaxien gab, in denen sich Supernovae mit größerer als der Lichtgeschwindigkeit auszudehnen schienen - was seiner Theorie zufolge nicht sein durfte. Um sie und diese Beobachtungen wieder ins Lot zu bringen, führte er die *kosmologische Konstante* ein, um mögliche unvorhersehbare Gravitationswirkungen zu kompensieren - der erste dokumentierte Dummy.

Jahre später lernte er von Hubble, dass es einen plausibleren Grund für die beobachteten Geschwindigkeitsabweichungen gibt, und er ließ von der kosmologischen Konstante ab. Einstein ging so weit zu behaupten, sie sei sein größter Fehler gewesen.« Fergus gestattete sich ein unauffälliges Grinsen.

»Ich gehe so weit, und Warren stimmt mir zu, dass das Fallenlassen dieser Theorie der kosmologischen Konstante ein noch größerer Fehler gewesen ist.«

Doktor Carlysle sah ihn mit gekräuselter Stirn an. »Du wirst gleich wieder verständlicher - oder?«

Fergus lachte.

»Es geht um den Urknall, Sybil, die Inflation von Raum, Materie und Zeit, die Ausdehnungsphase, in der wir uns befinden, und einen möglichen Big Crunch, wenn alles wieder zusammenfällt.«

Er drehte sich mit dem Sessel so, dass er die Genetikerin gut sehen konnte, und fuhr fort.

»All das, was wir vom Universum kennen, sehen, durch unsere neuen Freunde erfahren haben – reicht bei weitem nicht aus, um die beobachteten Gravitationsbewegungen zu erklären. Es fehlt Masse - und zwar nicht nur ein paar Prozentpunkte.« Als er Sybils skeptischen Gesichtsausdruck bemerkte, hob er beschwichtigend beide Hände.

»Gibst du mir fünf Minuten, etwas auszuholen – es ist nicht wirklich leicht, aber sehr wichtig?«

»Na schön, aber erwarte nicht zu viel, ich könnte im Stehen einschlafen«, antwortete Dr. Carlysle und lehnte sich an den Fensterrahmen.

»Es ist im Grunde eine Lektion über Bescheidenheit«, begann er.

»Die ewige Frage nach der Entstehung des Universums hat sich im fortlaufenden Prozess ihrer fragmenthaften Beantwortung zu einer andauernden Degradierung der Rolle des Menschen gewandelt. Sah Ptolemäus uns noch im Zentrum von allem einschließlich Sonne, stufte Kopernikus uns bereits zu einem Planeten auf einer Umlaufbahn herab.

Mit dem einsetzenden Feldzug des Fernrohres, und später des Hohlspiegels und des damit vergrößerten Horizonts, rückte unser Sonnensystem erst an den Rand unserer Galaxie, einer dazu noch völlig unbedeutenden, später sogar in einen unwichtigen Bereich des Universums, der sich mit einer Fluchtgeschwindigkeit von ungefähr 300 Kilometern pro Sekunde weiter von allen anderen entfernt.«

Fergus wartete, bis Sybil wieder Blickkontakt mit ihm aufgenommen hatte, bevor er mit einem Augenzwinkern fortfuhr.

»Das können wir inhaltlich zusammenfassen in *Erstens*: wir sind unbedeutend und *Zweitens*: wir sind vollkommen allein!«

Er wartete auf Dr. Carlysles Nicken.

»Wenn wir diese Beobachtungen auswerten – über die Hubblekonstante – und umkehren, führt uns das zu einem

Moment, in dem sich alle Sonnen, Planeten, jedes Atom unseres Universums an einem Punkt befunden haben - dem Urknall.

Wir wissen über Kerndefinitionen der Physik, dass der Gesamtbetrag der Materie sowie der der Energie vor 15 Milliarden Jahren - dem Beginn des Universums - genauso groß gewesen ist wie jetzt. Wir können aus Beobachtungen von Gravitation abschätzen, wie groß die Materie sein musste, um das heute sichtbare Bewegungsverhalten von Galaxien zu begründen. Daraus können wir berechnen, wie viel Energie benötigt wird, um diese Masse so zu verteilen, wie es im Moment der Fall ist. Es gibt nur ein Problem: Alles, was wir wohlwollend und aufgerundet zusammenaddieren, an Festkörpern, Teilchenwolken, schwarzen Löchern, Energien in Form von Hintergrundstrahlung und so weiter, entspricht in Summe nur fünf bis sechs Prozent der Niveaus, die wir eigentlich finden müssten.«

Dr. Carlysle sagte nichts. Sie rieb sich mit dem Handrücken ihre Augen und sah erst Professor Warren und danach Fergus an.

»O. k., dann ist sie eben verschwunden - Sonnen explodieren, Strahlung vergeht - du hast selbst gesagt, dieser Prozess der Expansion begann vor 15 Milliarden Jahren - das sollte ich doch jetzt sagen - oder?«

Fergus ließ seine Brille an einem Bügel durch die Luft rotieren. »Du weist, dass Energie nicht einfach *verschwindet*, Sybil. Sie kann nicht vernichtet werden - es gibt kein Ereignis, bei dem sie geschaffen oder zerstört wird - sie ist sozusagen die einzige stabile buchhalterische Größe im Universum.«

Dr. Carlysle setzte zum Widerspruch an, doch Fergus bemerkte das und hob abwehrend einen Finger. »Ich weiß, was du sagen willst, Sybil. Wenn du mit deinem Wagen 600 Kilometer gefahren bist, ist der Tank leer - ich solle dir bitte nichts vom Energieerhaltungssatz erzählen - der Wagen hat das Benzin verbraucht, um 600 Kilometer zurückzulegen.«

Jetzt grinste er schamlos.

»Aus Sicht des Universums hat sich am Energiebetrag nichts geändert.

Kurzgefasst, hast du die Atmosphäre erwärmt. Die Lufttemperatur ist entlang der Strecke, die du gefahren bist, unmerklich angestiegen. Die Energie ist noch da. Du hast einen Anstieg der Entropie verursacht, eine Zunahme des Chaos. Du hast geordnet vorliegende potentielle Energie durch das Erzeugen von Wärme als Übertragungsart in eine andere ungeordnete Energieform umgewandelt.«

Dr. Carlysle hob abwehrend lächelnd beide Hände. »Ich glaube dir, Fergus, Energie *bleibt* erhalten.«

»Gut, denn dann kann ich auf Einstein und seine, wie er glaubte, *irrtümlich* eingeführte kosmologische Konstante zurückkommen.« Er warf Warren einen fragenden Blick zu, ob der den Vortrag übernehmen wolle, doch bekam er nur ein Kopfschütteln.

»Sie hat einen wirklichen Zweck. Einen, den Einstein nie selbst erkannt hat. Sie erklärt, wie die dunkle Energie im Universum verteilt ist, Sybil, und damit, wo die fehlenden 95 Prozent Energie und Materie versteckt sind.«

»Toll, Jungs!« Dr. Carlysle tat ein paar Schritte im Büro umher, blieb hinter dem Sessel von Professor Warren stehen und stützte die Hände in die Hüften. »Und was bringt *mir* das im Moment – *was ist neu* – außer, dass ihr jetzt so viel Energie gefunden habt, dass ich die Umweltplakette sofort aus meiner Scheibe reißen werde, wenn ich wieder am Auto bin?«

«Wir können damit erklären, warum die Besucher mit Hilfe von Potentialunterschieden – Unterschieden in der Dichte der dunklen Energie – in Sekunden Millionen von Lichtjahren zurücklegen können, ohne auch nur annähernd zu altern oder Unmengen von Energie *umzuwandeln*!«

»Ok, *das* ist interessant!«

»Und wir beginnen zu verstehen, wie sich die Ursache der Potentialkatastrophe zusammensetzt«, meldete sich Morton Warren zum ersten Mal zu Wort, »welche die gemeinsamen Vorfahren – *die Sole-Sourcer* – beinahe ausgerottet hat.«

Erdorbit, Flaggschiff des Schildverbandes
27. Oktober 2014
30397/1/24 SGC

Sinistra

Die Badekleider sahen hübsch aus, dachte Sinistra, während sie mit Hud Pasuun über den gewärmten Steinfußboden durch den Eingangsbereich des Erholungsdecks schlenderte.

Die Wissenschaftlerin war eine sehr attraktive Frau, stellte Sinistra für sich fest, nachdem sie während des Hinwegs auf ihr Alter zu sprechen gekommen waren. Sie selbst war im Sommer 27 geworden, Hud Pasuun war bereits 37 – SGC, was grob 45 Erdjahren entsprach – und sah nicht unbedingt älter als sie aus.

Du wirst die Makrobots schätzen lernen, Kleines, auch wenn wir zuvor noch viel üben müssen, war ihr kühler Kommentar auf Sinistras Kompliment gewesen.

Jetzt standen sie auf einem terrassenartigen Überhang. Über ihnen erstreckte sich eine große runde Fläche aus transparentem Material, dahinter tiefstes Schwarz. Hud Pasuun führte Sinistra an den Rand der Terrasse, der durch ein hüfthohes Geländer vom darunterliegenden Teil getrennt wurde.

»Gib mir deine Hand, Kleines, und lass nicht los!«, sagte sie mit einem Zwinkern, ihr ihre Linke hinhaltend.

Sinistra ergriff sie instinktiv. Im gleichen Moment begann die Wissenschaftlerin in Richtung einer Öffnung im Geländer der Terrasse loszulaufen und Sinistra hinter sich her zu ziehen.

»Schneller!«

Sie beschleunigten.

»*Jetzt!*«

Sinistra schrie.

Im Fallen erkannte sie die Größe des Raumes, in den sie gerade hineinfiel. Direkt unter ihnen näherte sich ein riesiger, bohnenförmiger Tropfen. Geistesgegenwärtig erhöhte sie ihre Körperspannung, als sie auch schon eintauchten. Das Aufklatschen ihres ausgestreckten rechten Armes auf das Wasser tat weh. Hud Pasuun hatte im letzten Moment ihre Hand losgelassen. Sinistra tauchte auf, trat auf der Stelle und brachte ihren aufgeregten Pulsschlag wieder unter Kontrolle. Die Ärztin durchbrach ein paar Meter neben ihr die Oberfläche.

»Na – ist das gut?« Die Wissenschaftlerin strahlte über das ganze Gesicht und legte sich auf den Rücken.

Das Wasser schmeckte salzig – dennoch vollkommen anders als jedes Meerwasser, das Sinistra jemals auf der Erde probiert hatte. Sie konnte nicht glauben, was sie sah. Der Tropfen, in dem sie schwamm, schien im Raum zu schweben. Er hatte keine glatte Oberfläche mit gelegentlichen Wellen, sondern eine sich pausenlos verformende Struktur, auf der Wellen aus jeder Richtung unaufhörlich zusammentrafen, sich dabei erhöhten oder auslöschten. Zwanzig Meter über sich sah sie die Terrasse mit einigen kleinen Rampen, von der sie beide abgesprungen waren, sich langsam weiter entfernend. Sie drehte sich um, nach Hud Pasuun suchend, und fand sie bereits ein gutes Stück von ihr entfernt am Horizont des Wassertropfens schwimmend. Locker kraulte sie hinter ihr her.

Sinistras Sichtgrenze veränderte sich. Andere Riesentropfen kamen entfernt in ihr Blickfeld, die Terrasse war verschwunden. Eine Gänsehaut überzog ihren Körper trotz des warmen Wassers, als sie hinter einem anderen dieser Tropfen, jetzt über ihr – bezogen auf die Terrasse jedoch genau unter ihr – ein Bild der Erde erkannte. Hud Pasuun erwartete sie auf der Stelle schwimmend und Sinistra bemerkte den kritischen Blick der Ärztin, abschätzend, wie gut ihr Patient diesen brutalen Test des Orientierungssinns verarbeitete.

»Was ist das, Hud, wie funktioniert das alles?«

»Ein großer, im Prinzip schwereloser Raum. Wir nutzen die Oberflächenspannung des Wassers und helfen etwas mit Antigravitationsrepulsoren nach«, erklärte sie und deutete nach oben, wo der nächste Tropfen im Zeitlupentempo heranschwebte. »Wenn sie sich berühren, vereinigen sie sich zu einem größeren Tropfen. Das wird recht turbulent. Hohe Wellen, starke Strömung. Bleib in meiner Nähe, Klei- …«

Sinistra blieb kaum genug Zeit, tief Luft zu holen, bevor sie zwischen den Wassermassen verschwand. Um Orientierung kämpfend, in wilden Strudeln umher gewirbelt, versuchte sie ein paar kostbare Sekunden lang abzuschätzen, in welcher Richtung sie die kürzeste Entfernung zur Oberfläche zu schwimmen hätte, als sie eine energische Bewegung an ihrem Arm spürte und Hud Pasuun sie kraftvoll hinter sich her zu ziehen begann.

Das grünlich-blaue Wasser nahm kein Ende. Sinistra hatte die Orientierung verloren, ihre Lungen brannten, das Blut dröhnte in ihren Ohren. Am Rande ihres Bewusstseins durchbrach sie endlich die tobende Oberfläche und schnappte gierig nach Luft. Sofort wurde sie aus dem Wasser gerissen und auf eine raue, schwebende Transportplattform gelegt. Nur Augenblicke später beugte sich Hud Pasuun mit besorgtem Gesichtsausdruck über sie. Das Wasser ihrer nassen Haare tropfte auf Sinistras Stirn.

»Hallo, Kleines. Ich dachte, du wärst schon wieder etwas fitter«, sagte sie mit einem Lächeln um die Lippen. »Erinnere mich nachher daran, die Sauerstoffkapazität deiner Makrobots nachzuregeln.« Sie drehte sich zu einem drahtigen Mann, der die Plattform steuerte. »Danke. Bringt uns zum Strand, Siir!«

Sinistra erholte sich überraschend schnell. Sie stützte sich auf den Ellenbogen hoch und begann die Geometrie des Erholungsdecks zu verstehen. Der Raum hatte die Form einer hängenden Halbkugel. Am gekrümmten Boden befand sich ebenfalls ein Meer, vielleicht mit zweihundert Metern Durchmesser. Ein umfassender, vergleichbar breiter Ring aus Sand und Felsen bildete den Strand, auf den ihre Plattform sie in großzügigen Kurven zusteuerte.

Noch etwas wackelig auf den Beinen folgte Sinistra den schnellen Schritten von Hud Pasuun in Richtung eines langgestreckten Bartresens, an dem großzügig verteilt mehrere Personen standen oder saßen. Froh, sich setzen zu können, ließ sie sich auf dem warmen, weißen Sand unweit davon nieder und lehnte sich zurück. Ihr Badekleid trocknete innerhalb von Sekunden. Fasziniert betrachtete sie die aus ihrer jetzigen

Perspektive über ihr schwebenden Meere und bemerkte sogar, wie einzelne Besucher die schwebenden Plattformen als Sprungbrett benutzten und kunstgerecht in weit darunterliegende Tropfen tauchten, sie durchschwammen und an der gegenüberliegenden Seite wieder erschienen, sich von der Plattform herausfischen ließen und in den nächsten sprangen, bis sie letztendlich das Grundmeer erreichten und nach einigen Minuten entspannt aus dem Wasser stiegen, um sich an der Bar nur wenige Meter von ihr entfernt ein Getränk zu holen.

Köstlich duftende Fischstückchen auf einem gewundenen, goldfarbenen Spieß lenkten ihre Aufmerksamkeit auf Hud Pasuun, die sich behutsam im Schneidersitz neben ihr in den Sand sinken ließ.

»Als Entschuldigung«, sagte sie amüsiert und reichte Sinistra zwei Spieße sowie einen Becher aus – so schien es – hauchdünnem Wurzelholz, gefüllt mit einer grünen, eiskalten Flüssigkeit.

»Das man so etwas bauen kann«, brachte Sinistra zwischen zwei Stückchen Fisch konsterniert heraus, »ich meine, im Weltall – noch nicht einmal auf der Erde.«

»Im Raum ist es viel einfacher, Kleines.« Hud Pasuun deutete auf die Erdkugel, die sich als Draufsicht vom Nordpol aus präsentierte, knapp über dem künstlichen Horizont des Strands. »Von wo kommst du? Können wir es sehen?«

Sinistras Blick folgte der Geste und sie schüttelte traurig den Kopf. Ein Schauer von Missmut und Niedergeschlagenheit hatte sie plötzlich ergriffen. Tränen schossen ihr in die schönen schwarzen Augen und hinterließen glänzende Spuren auf ihren hohen Wangen.

»Nein, Hud. Mein Land liegt ungefähr eintausend Kilometer nördlich des Äquators«, antwortete sie gepresst. »Die Schockwelle Eurer Ankunft hat großes Leid über meine Leute gebracht und das Land in einen Bürgerkrieg gestürzt.« Sie warf ihr einen kurzen zornigen Blick zu, den die Wissenschaftlerin überrascht zur Kenntnis nahm.

»Es ist ein armes Land, Hud. Der Ausfall der gesamten Infrastruktur führt schnell zu gewaltsamen Verteilungskämpfen. Meine Familie wohnt in einer der Großstädte. Ich weiß nicht, wie es ihnen geht. Sicherlich ist es dort sehr gefährlich zurzeit.«

Hud Pasuun legte versöhnend eine Hand auf Sinistras Schulter. »Ich weiß das, Kleines. Es war ein Unfall und sicher nicht geplant. Das wird dir als Entschuldigung nicht reichen, aber ohne unsere Anwesenheit, ohne diesen Schildverband, wäre *unser* Planet womöglich noch in einer wesentlich schlimmeren Lage.«

Sinistra war die Betonung des Wortes *unser* nicht entgangen. Langsam drehte sie sich zu ihrer Lebensretterin um.

»Also ist da was dran – wir sind verwandt?!«

Hud Pasuun nickte und hielt ihren linken Arm neben den von Sinistra. Der Hautton der Wissenschaftlerin war vergleichbar gebräunt, mit mehr Nuancen ins Blaue.

»Eine parallele Evolution in dieser Vollendung gibt es nicht, Kleines. Im Regenerationstank habe ich dich gründlich analysiert. Hätten wir nur aus Zufall die gleiche Gestalt – weil ein autonomes System mit symmetrischen Gliedmaßen möglicherweise in deiner und meiner Welt von Vorteil gewesen wäre – bliebe noch Raum für Milliarden von Details, die unterschiedlich gelöst worden wären. Ein Zufall auf dieser Ebene ist statistisch ausgeschlossen. Allein unser Stoffwechsel bis hinunter zur Zellebene ist identisch – wäre das anders – wärst du an deinen Verletzungen und den folgenden Infektionen gestorben. Ich hätte dir nicht helfen können – weil die Zeit, deinen Organismus zu verstehen, nicht ausgereicht hätte.«

Sie streckte ihre Finger aus. Makellose Fingernägel mit weißen Rändern. Sinistra fiel sofort der farblose Blutring auf Hud Pasuuns Mittelfinger auf, der gleiche, den sie auch seit ein paar Tagen trug, und der das sichtbare Zeichen für ihr zweites Leben war.

»Für mich steht fest, dass wir verwandt sind, Kleines. Wenn ihr auf Ruthpark Spuren von Vormenschen gefunden habt, die weiter zurückliegen als 100.000 Standard-Jahre, wäre das ein weiterer Beweis - denn *kein Fund* auf den Welten des Roten Nebels ist älter.

Die Sole-Sourcer haben die Zivilisation von dort unten in die Region des Roten Nebels getragen. Wir verstehen die genauen Umstände ihres Aufbruchs noch nicht präzise - sicherlich hängt es mit dem Eintreten der ersten Potentialkatastrophe zusammen - denn von ihrer Technologie ist auf diesem Planeten nichts übrig geblieben. Die Zurückgelassenen degenerierten und begannen dann erneut den Aufstieg. Hätten Sole-Sourcer mit Resten ihrer Technologie diese Ur-Katastrophe überlebt - glaub mir - wir wären uns eher begegnet.«

»Damit seid ihr jetzt eurem Zuhause näher als jemals zuvor in eurem Leben, Hud«.

Hud Pasuun lachte sie an. »Das stimmt mit Sicherheit, Kleines - wenn wir Zeit haben, sehen wir nach deinen Leuten - versprochen.«

Das laute Stakkato eines Warntons dröhnte durch den weiten Raum des Erholungsdecks.

Sinistra fuhr erschreckt zusammen, als die übrigen Personen am Strand wie in einer einstudierten, gemeinsamen Bewegung zielstrebig zu bestimmten Punkten rannten, an denen sie von mit Höchstgeschwindigkeit heraneilenden Transportplattformen abgeholt wurden.

»Ein Angriff!« Hud Pasuun hatte ihr Visier aktiviert und zog Sinistra langsam in den Stand, während sie den Neuigkeiten lauschte. »Z-Zemothy ist zurück!«

2 Zentrum

Galaktischer Spalt, Ruthpark
30397/1/24 SGC
27. Oktober 2014

Ten O'Shadiif

Die Drohnenkämpfe hatten begonnen.

Bei einer Auseinandersetzung im Raum waren eigene Aufklärung und eine erfolgreiche Unterbindung der gegnerischen, Grundbausteine für den Erfolg.

Kurz nach dem Verglühen des Nova-Zerstörers, der den Einsprungpunkt nach Ruthpark bewacht hatte, waren Massen von Drohnen über sein Flaggschiff, die Riddec, deren Begleitschiffe und die Lancer-Plattformen hergefallen. Mit hoher Wahrscheinlichkeit handelte es sich dabei um ein Erbe der Feuerleit-KI des Organisationszerstörers, welche im Angesicht der sicheren eigenen Zerstörung sämtlichen Drohnen den Start befohlen hatte.

Sehr zum Leidwesen wenigstens einer seiner Begleitfregatten sowie eines schweren Schleppers, die dem vereinten Ansturm der autarken Kampfeinheiten nicht gewachsen gewesen waren, vor wenigen Minuten sämtliche Lebenszeichen eingestellt hatten und jetzt als seelenlose Ruinen tot im Ruthpark-System trieben. Die schweren Drohnen seines Verbandes hatten Belästigungen dieser Art bisher von der Riddec selbst fernhalten können.

Hinzu kamen die regulären Aufklärungsdrohnen des Organisationsschildverbandes, die es jetzt zu finden und zu vernichten galt, um dem Kommandanten der Sieben Königreiche die Sache nicht unnötig zu erleichtern.

»Toreki, der Teilverband des Trägers hat soeben den Planetenschild mit Kurs auf die Systemsonne verlassen«, meldete ihm der Landsucher, Pleet Aw'Morleen. »Ich erhalte hohe Beschleunigungswerte.«

»Sehr gut, sie verlieren keine Zeit«, kommentierte Ten O'Shadiif, rief einige Kennzahlen ab, worauf das zentrale

Navigationsholodisplay in einem Ausschnitt die Icons des Träger-Teilverbands anzeigte.

»Wir passen unseren Kurs an, Pleet. Je schneller wir hier fertig sind, umso eher kann ich den Si'Taal besuchen.«

Der Cektronn stand in einigen Schritt Entfernung vor einer zehn Meter durchmessenden Mulde im Brückendeck, welche das zentrale Navigationsholodisplay erzeugte. Drei Teilverbände der Königreiche waren in der virtuellen, dreidimensionalen Darstellung markiert, jeweils sieben kleine Sterne über der Sichel des amtierenden Königs. »Bald nur noch sechs«, sprach er leise vor sich hin und gestattete sich ein angespanntes Lächeln, »bald nur noch sechs Königreiche, Treerose - oder vielleicht auch nur fünf.«

Mom Aw'Hagun, der Si'Taal des Zentrums, würde seiner Argumentation dann endlich folgen. O'Shadiifs Agenten waren aufmerksam gewesen, sehr aufmerksam. Sie hatten nach seinem letzten Besuch bei der Benedictine etwas entdeckt, was er niemals für möglich gehalten hatte - nun ja, vielleicht für unwahrscheinlich. Er hatte seine Lektionen gelernt und würde diese greisenhaften Huren mit ihrer monströsen Technik der Unsterblichkeit nicht noch einmal unterschätzen.

Doch zuvor hatte er dafür zu sorgen, dass seine eigene Historie makellos blieb.

Der Verband der Lancer-Plattformen hatte sich geteilt und würde das kurz vor Erreichen der Schussdistanz erneut tun, um den toten Winkel für die Sonnenstation so gering wie möglich zu halten.

Den Organisations-Träger würden sie aufmerksam beobachten müssen, er bewegte sich bereits mit der vierfachen Geschwindigkeit der Lancer in Richtung der Systemsonne von Ruthpark - nicht schnell genug, um auf Dauer den künstlichen Meteoritenstürmen zu entkommen, sollten die Rail-Cannons erst einmal das Feuer eröffnet haben - doch der Trägerverband war im Moment nicht das primäre Ziel.

Die Kursvektoren der Riddec fächerten in einer leichten Kurve ebenfalls dem Ruthpark-Stern entgegen, immer eine halbe Bogensekunde hinter der aktuellen Position des Trägers bleibend. Sollte dieser noch für weitere fünfunddreißig Minuten seinen Kurs beibehalten, wäre eine Rückkehr für ihn in den Planetenschild um Ruthpark unmöglich - eine Vorentscheidung der Schlacht. Die Riddec würde ihn dann jederzeit abfangen können.

Neben den Icons der Lancer-Plattformen blitzten Aktivierungssymbole auf. Die überschweren Rail-Cannons begannen mit dem präventiven Bombardement möglicher Ausweichrouten der Sonnenstation. Die jeweils mehr als einhundert Tonnen schweren, kinetischen Geschosse würden trotz ihrer maximalen Mündungsgeschwindigkeit von 25.000 Kilometern pro Sekunde noch mehr als zwei Stunden benötigen, bis sie den Koronabereich der Systemsonne von Ruthpark erreichten. Dann jedoch wären zeitgleich mehr als 50 Prozent der Fluchtrouten der Sonnenstation verbaut und die Plattformen befänden sich zusätzlich in direkter Schussreichweite.

»Toreki, die Sonnenstation hat die Lancer entdeckt und ändert ihre Umlaufbahn.« Der Bootsmann der Riddec spielte entsprechende Simulationsdaten auf das zentrale Navigationsholodisplay. »Wenn die Plattformen nicht reagieren, müssen sie die Systemsonne umrunden, bevor sie wieder freies Schussfeld bekommen.«

Ten O'Shadiif verfolgte die Bahnänderung mit gerunzelter Stirn. Hätte er keinen Kampfanzug getragen, wäre seine rechte Hand über die Bartperlen gestrichen. Dann schüttelte er den Kopf. »Auf dem neuen Kurs würden sie in weniger als einer Stunde die Energieübertragung an den Schildverband unterbrechen müssen - der Kommandant würde sein eigenes Basisschiff wehrlos dastehen lassen.«

Der Cektronn drehte sich zu seinem Bootsmann um. »Sie bluffen, Pleet. Ich weiß noch nicht, was sie vorhaben, aber *das* werden sie sicher nicht tun. Die Lancer sollen auf Kurs bleiben!«

Die folgenden Minuten verrannen zäh. Ein zweiter Schlepper fiel dem unaufhörlichen Bombardement zum Opfer. Eine weitere Korvette wurde in einer konzentrierten Drohnenwolke

– diesmal aus Richtung des Ruthpark-Schildverbandes – annihiliert.

Ten O'Shadiif registrierte das alles am Rande seiner Aufmerksamkeit – Nebengeplänkel – sie würden das Ergebnis dieses Tages nicht verändern.

Endlich passierte die Riddec die Trennungslinie des Verbandes zum Basisschiff und schob sich bildlich gesehen zwischen diese beiden. Von diesem Zeitpunkt an war eine Rückkehr des Trägers ausgeschlossen. Die wachsende Anspannung O'Shadiifs der letzten Minuten vor dem Erreichen dieser Markierung wich und machte einem Vorgefühl des Triumphs Platz. Vielleicht war der Kommandant der Organisation doch kein ebenbürtiger Gegner. Wenn er seinen Träger hätte retten wollen, dann war soeben die letzte Möglichkeit dazu verstrichen. Aber er wollte auf alles vorbereitet sein.

»Lancer Nummer sieben soll das Mutterschiff des Schildverbandes für zwei Minuten unter Feuer nehmen, Pleet. Berechne das Zeitfenster, wenn die Sonnenstation auf ihrem momentanen Kurs den Energiestrahl unterbrechen muss. Gib ihnen acht Minuten für die Entfernung der Systemsonne zu Ruthpark III und weitere zehn Minuten Reserve. Dann sollten die Geschosse ausreichend Wirkung entfalten.« Ein zufriedenes Lächeln hatte sich auf seinem Gesicht breit gemacht. Schlimmstenfalls war das Energieverschwendung, bestenfalls eine böse Überraschung für den Kommandanten des Schildverbands, sollte sich die Bahnkorrektur der Sonnenstation doch als dauerhaft erweisen.

»Eins der Begleitschiffe verschwindet hinter Ruthpark II, Toreki«, wies ihn sein Bootsmann auf ein neues Icon hin, das sich mit hoher Geschwindigkeit vom Träger entfernte und dann stationär in der Nähe des zweiten Planeten verharrte. »Der Hauptverband mit dem Träger hält unverändert Kurs. Vielleicht planen sie ein Rendezvous mit der Sonnenstation auf der neuen Umlaufbahn.«

Ten O'Shadiif warf dem Bootsmann einen tadelnden Blick zu. »Der Verband würde verglühen, bevor er überhaupt in Rendezvous-Nähe kommt, Pleet! Nein, sie planen etwas anderes – wenn sie überhaupt etwas planen – außer, uns weiter durch dieses minderwertige System zu locken und Zeit zu schinden.«

Langsam schloss die Riddec zu dem vor ihr fliegenden Trägerverband auf. Noch immer trennten sie mehr als 30 Millionen Kilometer. Die beiden Gruppen der Lancer-Plattformen teilten sich erneut und steuerten auf ihre individuellen Positionen innerhalb einer quadratischen Angriffsformation zu, während sie nunmehr seit einer Stunde die möglichen Fluchtrouten der Sonnenstation auf der geänderten Umlaufbahn ununterbrochen mit Sperrfeuer belegten.

O'Shadiif ging unruhig um das zentrale Navigationsholodisplay herum, den Blick nachdenklich auf die Szenerie der Kampfschiffe gerichtet. Er vermisste die klare Konterstrategie des Organisationskommandanten. In weniger als einer Stunde würde alles vorüber sein. Die Lancer-Plattformen würden in direkte Schussreichweite gelangen und nur mit geringer Verzögerung die vorausberechnete Umlaufbahn der Sonnenstation perforieren. Es war dann nur noch eine Frage der Zeit, bis die Station in den Projektil-Hagel getragen und von den überschweren Geschossen, deren Geschwindigkeit sich durch die Sonnen-Gravitation weiter erhöhte, in Stücke gerissen würde. Ein zentraler Treffer würde ausreichen, um kinetische Energie im Bereich eines Exajoules freizusetzen – das Ende jeglicher Schutzschilde und künstlicher Schwerkraftgeneratoren. Die hohe Gravitation und Temperatur der Systemsonne würden den Rest besorgen. Anschließend käme der Träger an die Reihe und schließlich die dann ungeschützte Basisstation, sofern die Salve der Lancer sie verfehlt haben sollte.

Das alles musste dem Kommandanten des Schildverbandes deutlich sein – warum reagierte er nicht?

»Toreki!«

Fassungslos starrte der Cektronn auf die Darstellung der Systemsonne im zentralen Navigationsholodisplay. Eine Welle von Warnhinweisen war erschienen und wurde grafisch an der Front einer starken Protuberanz mit hoher Geschwindigkeit in Richtung der Lancer-Plattformen geschoben.

»Was ist das?«, rief O'Shadiif laut und eilte zurück zu seinem Sessel, um eilig weitere Zusatzinformationen über seine persönlichen Holodisplays abzurufen.

»Die Station hat indirekt auf die Sonnenoberfläche gefeuert. Möglicherweise hat sie die Gravitationslinsen im höheren Orbit der Systemsonne umgelenkt. Dadurch könnten sie diese Ablösung von Teilen der oberen Plasmaschicht bewirkt haben, Toreki. Das erklärt den Bahnwechsel vorhin. Sie mussten sich selbst aus der Gefahrenzone bringen.«

Die Daten auf den persönlichen Holodisplays bestätigten O'Shadiif diese Vermutung. Der Trägerverband und die Sonnenstation lagen auf ihren Positionen fernab dieser Protuberanz, mehr als 50 Grad seitlich entfernt von der Wellenfront. Sie würden nichts abbekommen.

Mit größter Unruhe betrachtete er die mit Lichtgeschwindigkeit auf die Lancer-Plattformen zurasende Plasmawolke. In weniger als einer Minute würde sie auf die plötzlich hilflos träge wirkenden Schiffe treffen.

»*Bringt uns in den Schatten von Ruthpark II!*«, befahl er seinem Bootsmann überflüssigerweise, der dieses Manöver längst initiiert hatte.

»Auf diese Entfernung würden wir es aushalten können, Toreki«, bemerkte Aw'Morleen zuversichtlich »– wenigstens zwei bis dreimal.«

»Pleet, du bringst mich noch einmal um den *Verstand!*« Der Cektronn sprach lauter als sonst. Die anderen Z-Zemothy-Offiziere in Hörreichweite warfen neugierige Blicke in Richtung des Gescholtenen. »Sie werden diese Verzweiflungstat nicht wiederholen können. Alle Gravitationslinsen oberhalb des abgelösten Protuberanzbereiches existieren nicht mehr!«

Die Lancer-Plattformen luden ihre Frontschilde bis an die Kapazitätsgrenze. Ein Kurswechsel war den schwerfälligen Schiffen auch mit Hilfe der Schlepper im Angesicht der Geschwindigkeit und der Ausmaße, mit der die vernichtenden Energien auf sie zustoben, nicht mehr möglich.

Ten O'Shadiif musste mit ansehen, wie drei der vier Artillerie-Icons vom Holodisplay verschwanden, mitsamt ihren

Begleitschiffen und einem großen Teil seiner Hoffnung, dieses System siegreich verlassen zu können.

»Der Energiestrahl zum Schildverband ist unterbrochen, Toreki! Sie haben offensichtlich nicht mehr genug Linsen, um den Strahl um die Systemsonne herum zu lenken«, bemerkte sein Bootsmann die Veränderung im selben Moment.

Ten O'Shadiif sah auf eine Uhr im Display.

Fünfzehn Minuten früher als erwartet – die auf dem Weg befindlichen Projektile würden das Mutterschiff des Schildverbandes sicher treffen! Er beglückwünschte sich innerlich zu seiner intuitiven Entscheidung von vorhin. *Der letzte Teil seines Plans würde sich zuerst erfüllen – ganz im Gegenteil zu seinem wichtigsten Element!*

»Das war geplant, Pleet, *das war geplant!*« Seine Augen zogen sich zu Schlitzen zusammen. Die Station war auf ihrer Umlaufbahn jetzt hinter der Sonne verschwunden. O'Shadiif schlug mit dem Panzerhandschuh impulsiv auf die Armlehne seines Sessels und zertrümmerte sie dabei.

»Sie *entkommt!* Wann setzt der Projektilhagel ein?«

»Geht los, Toreki, die ersten Geschosse haben die Systemsonne nahezu umrundet und kommen der Station entgegen. Sie könnte bereits Treffer abbekommen haben – *seht!*«

Der Trägerverband hatte während der letzten Minuten eine Kehrtwendung vollzogen. Seine Kursvektoren zielten jetzt auf die Riddec. *Hatten die den Verstand verloren?*

Eine Vielzahl von neuen Icons um den Träger herum signalisierte auch optisch den Strategiewechsel der Organisation. Ten O'Shadiif verfolgte den Start von wenigstens zwanzig Staffeln Systemabfangjägern, die zu einer großen Kugelformation ansetzten, deren Mittelpunkt die Riddec bilden würde.

»Das ist ein Ablenkungsmanöver, Pleet!«

Der Cektronn legte den Kopf soweit zurück, wie der Panzerkragen seines Gel-Anzugs es ihm ermöglichte und sah hinauf in das zentrale Navigationsholodisplay, wo das einzelne 7K-Icon immer noch unbeweglich in der Nähe von Ruthpark II verharrte. Schlagartig hatte er seine innere Ruhe wiedergefunden.

»Ich frage mich, *wovon* wollen sie uns ablenken?«

Roter Nebel, Zentrum, Ul'Charque, Orbitalstation II, P1
30397/1/26 SGC
30. Oktober 2014

Kamir

Ker Om'Damal blickte finster zum ehemals Ersten Händler der Gilde.

»Ihr bringt Euch in größte Schwierigkeiten, wenn Ihr auf dieser abstrusen Behauptung weiterhin besteht. Der Wissenschaftler der Pretaia ist *nicht* in diesem System!«

Kamir rührte sich nicht. »Ich habe Beweise, Toreki, dass Hud Chitziin sich vor zwei Tagen noch hier aufgehalten hat. In einer Stadt namens Cardion/A auf Ul'Charque II. Was haltet Ihr davon?«

Bei diesen Worten Kamirs fixierte seine Dienerin Neuille den Z-Zemothy-Offizier in seinem Gel-Panzeranzug durch die langen Wimpern ihrer dunklen Augen.

Wie es das Protokoll erforderte, stand sie während der Unterhaltung regungslos zwei Schritte hinter ihrem Herrn und enthielt sich jeglichen Kommentars. Eine wie zufällige Kopfbewegung von ihr ließ die kleinen, in ihre Haare eingeflochtenen Glöckchen nahezu unhörbar erklingen.

Kamir registrierte es sehr wohl. Es genügte ihm, seine eigene Einschätzung bestätigt zu finden. Ker Om'Damal war nicht darüber informiert gewesen, dass sich der Organisationswissenschaftler noch in seinem Verantwortungsbereich aufgehalten hatte. Neuille war dessen geschickt unterdrückte Reaktion auf diese Überraschung nicht entgangen. Gleichzeitig wurde ihm klar, dass der Cektronn selbst unter seinen engsten Vertrauten noch differenzierte, was den Grad der Einweihung in seine Pläne betraf.

Ker Om'Damal hingegen war soeben deutlich geworden, dass er selbst *nicht* zu diesem engsten Kreis gehörte. Zum ersten Mal in diesem Gespräch ließ der Kommandant echtes Interesse in einer Frage durchklingen.

»Worauf wollt Ihr hinaus, Händler? Was für Beweise?«

Kamir nahm sich bewusst Zeit, diese Frage zu beantworten. Ihm gingen mehrere Szenarien durch den Kopf. Er konnte Ashias Befreiungsversuch und ihr Verschwinden nicht offen ansprechen, ohne seine Freiheit zu gefährden. Auf der anderen Seite würde sich der Kommandant vielleicht erkenntlich zeigen, für Informationen, die ihm helfen würden, verdeckte Operationen in seinem Verantwortungsbereich aufzuklären.

»Es soll vor zwei Tagen einen Zwischenfall mit einer der Transportkapseln von II, P1 gegeben haben, Toreki. Nur eine Stunde nach diesem Zwischenfall protokollierten die Sensoren ein Raumgefecht im Orbit um Ul'Charque II. Ich hörte, es wurde ein getarntes 7K-Schiff dabei zerstört.« Er fügte eine kurze Pause ein, um Neuille Gelegenheit zu geben, die Mimik und Gestik des Kommandanten zu bewerten. Er hörte keine Glöckchen – sie vertraute seinem Instinkt.

»Was sollte ein Schiff der Organisation *hier*, wenn der Wissenschaftler nicht mehr am Leben ist, Toreki?«, brauste Om'Damal auf.

»Wozu das Risiko eingehen, die bestehenden Spannungen zwischen beiden Bündnissen weiter zu verschärfen – ohne einen wichtigen Grund?«

»Ich habe nicht gesagt, dass es sich um ein Kriegsschiff gehandelt hat, Toreki«, entgegnete Kamir leise, wischte einen imaginären Fussel von seiner erdfarbenen Tonka und gab dem Kommandanten Zeit, sich zu entscheiden, wissend, dass seine Dienerin ihn nicht aus den Augen ließ.

Ker Om'Damal ging nicht auf die Einladung ein.

»Ein Mikro-Meteorit hat ein Tragseil zerstört. Die Kapsel ist in der Atmosphäre von Ul'Charque II verglüht. Es waren nur drei Personen an Bord. Unnötig zu erwähnen, dass sie den Aufprall auf die Atmosphäre nicht überlebt haben, Händler.« Er machte eine unterstreichende Geste. »Eure Geschichte ist nur eine Geschichte – kein Beweis! Es gab kein Schiff der 7K in meinem System – oder der Organisation. Solange es nach mir geht, wird es das auch niemals geben.«

Das aufgeflackerte Interesse des Kommandanten war wieder erloschen. Er tat einen Schritt auf Kamir zu, sah aus seinem Panzeranzug auf ihn hinab.

»Ich respektiere die von Euch geleisteten Dienste für Z-Zemothy in Eurer Rolle als Erster Händler und wahre die Zusage für freies Geleit, die ich vom Cektronn angewiesen bekam.« Seine Augen wurden starr. »Ich gebe Euch aber den dringenden Rat – *übertreibt es nicht!*«

Der Kommandant des Sektors wartete auf eine Reaktion Kamirs, die nicht erfolgte.

»Ich denke, Ihr hattet ausreichend Zeit, mir Euer Anliegen vorzutragen, Händler. Meine Antwort habt Ihr erhalten. Ich erteile Euch hiermit die Abfluggenehmigung – für die nächsten fünf Stunden. Seid Ihr dann noch im System, interniere ich Euch und beschlagnahme Euer Schiff aufgrund des dringenden Verdachts der Aufwiegelung von Teilen des Extraktionscorps gegen Z-Zemothy.«

Der starre Blick hinter den halb geschlossenen Augenschilden löste sich und um die dünnen Lippen Ker Om'Damals spielte ein genauso dünnes Lächeln.

Kamir realisierte, dass der Mann sehr wohl gefährlich war. Der soeben erteilte Wink in Richtung Extraktionscorps sagte ihm deutlich genug, dass er zumindest von Ashia wusste, wenngleich auch nicht die Bedeutung einer Beziehung zu ihm selbst einzuschätzen vermochte.

Die kleinen Fältchen um die Augenpartie des Kommandanten vertieften sich. »Für die verbleibenden Stunden seid gerne mein Gast.«

Kamir war schlechtester Laune. Hatte Ker Om'Damal nur ganz allgemein von drei Personen in der abstürzenden Kapsel gesprochen oder meinte er damit Ashia, den Mann aus ihrem Rodonn und den Wissenschaftler, von denen seit zwei Tagen jegliche Spur fehlte?

Unruhig ging er in seiner Kabine hin und her. Neuille trat ein, ein Tablett tragend, auf dem sich ein Speicherkristall, ein Glas und eine kunstvoll geschliffene Karaffe mit rotem Thram befanden.

»Der Kommandant ist sehr verunsichert, Herr«, sagte sie, stellte das Servierbrett auf einem hölzernen Schrank ab, füllte das Glas zu einem Viertel und reichte es Kamir. »Noch nicht genug, um auf Euer Angebot einzugehen, aber unsere Unterredung wird ihn zu eigenen Nachforschungen anregen.«

Kamir nahm das Glas entgegen und nickte seiner Dienerin dankend zu.

»Ich hatte gehofft, dass er nicht so lange dafür braucht.«

»Nun, ich erwarte, dass er ein erneutes Gesprächsangebot vor Ablauf der genannten Frist machen wird, Herr. Er benötigt die Zeit für eigene Nachforschungen.«

Neuille reichte ihm den Speicherkristall.

»Hier ist nichts drauf, was uns weiterhilft, belanglose Gesprächsinhalte seiner Rodonn-Offiziere.«

Sie drehte sich um, nahm das Tablett.

»Ich habe nicht bemerkt, dass du ihn abgehört hast«, ein anerkennendes Lächeln huschte über das Gesicht des Händlers. »Wir haben noch drei Stunden, um etwas über Ashia und den Verbleib des Wissenschaftlers herauszufinden. Ich kann nicht riskieren, dass Om'Damal mich hier festhält, während Ten weiter den Si'Taal bearbeitet, um ihn auf seinen Konfrontationskurs einzuschwören.« Er kostete den Thram. »Richte dem Corps-Offizier aus, ich möchte ihn treffen.«

Lumidor stand barfüßig in weißer Tonka vor dem zentralen Navigationsholodisplay der Phesaphee, als Kamir die Brücke seiner Privatyacht betrat.

Der Corps-Offizier war vertieft in die Auswertung sämtlicher Sensor-Informationen, die ihm für den Zeitpunkt des rätselhaften Verschwindens Ashias, Abdallahs und des Organisationswissenschaftlers vor zwei Tagen zur Verfügung standen.

Kamir stellte sich wortlos neben ihn und beobachtete interessiert die Daten.

»Sie sind höchstwahrscheinlich auf Ul'Charque III. Wenn sie nicht über entsprechende Zusatzausrüstungen verfügen, sind sie tot, Toreki!«

Eine mehrere tausend Quadratkilometer große Fläche in der nördlichen Region des dritten Planeten des Ul'Charque Systems war in mehreren Farbabstufungen markiert. Lumidors Stimme klang geschäftsmäßig, auch wenn Kamir die persönliche Anteilnahme am Schicksal von Ashia deutlich heraushören konnte.

»Könnt Ihr das Gebiet eingrenzen, Toreki?«, fragte Kamir den Corps-Offizier behutsam.

»Die hellgrünen Bereiche sind die mit der höchsten Wahrscheinlichkeit. Ich kann den Absprungvektor nur grob interpolieren. Die Signatur von Ashias Antigrav-Repulsoren ist denkbar schwach – ich kann die Region nicht klarer einschließen.«

Frustriert blickte Kamir auf das Holodisplay. Die hellgrüne Region war mit Abstand die größte.

»Wir kommen nicht dichter heran, eine Landung wird sehr schwer«, ergänzte Lumidor und presste seine Hände zusammen, »ganz sicher nicht in weniger als drei Stunden.«

»Achtung, festhalten, Toreki!«

Sen Es'Rafin, der Landsucher der Phesaphee, ließ das Schiff einen massiven Seitwärtssprung ausführen, kaum, dass ihm die Warnung über die Lippen geraten war.

Kamir und Lumidor verloren das Gleichgewicht und klammerten sich an dem umlaufenden Geländer des zentralen Navigationsholodisplays fest. Verwundert über die abrupte Kurskorrektur erkannte der Händler die hinzugekommenen Signaturen zweier schwerer Jagddrohnen, die mit Höchstbeschleunigung die Phesaphee in nur wenigen hundert Metern Abstand passierten und einem imaginären Punkt entgegensteuerten.

»Entschuldigung, Toreki, es war nicht klar, wohin die wollen«, meldete sich Sen Es'Rafin. »Falls wir irgendein anderes Ziel haben, wäre jetzt ein geeigneter Moment, aufzubrechen, unsere Bewacher haben sich den beiden Jagddrohnen angeschlossen.«

Kamirs und Lumidors Blicke trafen sich. Der Corps-Offizier schüttelte langsam den Kopf, Sorgenfalten auf der Stirn.

»Das ist mehr als merkwürdig«, murmelte er, veränderte mit wenigen Handbewegungen die Einstellung des Navigationsholodisplays, so dass sich die Signaturen der Drohnen im Mittelpunkt befanden.

Es entstand ein gespenstisches Bild vor ihren Augen. Aus allen Richtungen kamen Z-Zemothy-Schiffe herangeeilt. Die berechneten Zielpunkte ihrer als pulsierende Linien dargestellten Flugbahnen lagen in einem engen Bereich knapp vier Millionen Kilometer von der aktuellen Position der Phesaphee entfernt. Die Darstellung des Navigationsholodisplays flackerte, kantige Störfelder wanderten durch die Kugel und verzerrten die Darstellung.

»Wir sollten schleunigst verschwinden, das System bekommt unangemeldeten Besuch, Toreki.«

Kamir überlegte einen Moment. Dann drehte er sich zu seinem Landsucher um. »Du hast recht, Sen, bring uns weg von hier, möglichst unauffällig in Richtung von Ul'Charque III.«

»Wer ist das nur, der so viel Unruhe in eine Hauptbasis von Z-Zemothy trägt?« Der Corps-Offizier hielt das Geländer mit beiden Händen fest umschlossen, während die Phesaphee sich langsam seitwärts aus dem Strom der Drohnen und einiger größerer Kampfschiffe heraus zu bewegen begann.

»Das können doch nur – *Ziit!*«

»... Schattentruppen sein!«, ergänzte Kamir, unbewusst erleichtert, den Satz.

In der Mitte des Navigationsholodisplays, am Schnittpunkt der Mehrzahl der Kursvektoren der Z-Zemothy-Schiffe, öffnete sich eine Schwerkraftlinse, ein gleißend heller Fleck – möglicherweise eine Sonne –, verzerrt durch die Potentialkräfte des Tores, dehnte sich langsam aus, als die Torstationen sich voneinander zu entfernen begannen.

Die Z-Zemothy-Jagddrohnen in Angriffsdistanz eröffneten sofort das Feuer auf die Stationen, um den erfolgreichen Aufbau des Tores zu verhindern.

»Ich verstehe das nicht, Toreki.« Der Landsucher rief wiederholt Kenndaten des Sprungtores ab und schüttelte ungläubig den Kopf. »Das Potentialende bietet nicht genügend Stabilität für den Eintritt von bemannten Schiffen!«

»Bring uns aus der Torebene raus, *Sen!*« rief Kamir eindringlich mit ansteigender Stimme. Seine Unruhe war greifbar. »Egal, was da kommt, es wird ungemütlich.«

Aus der Schwerkraftlinse erwuchs ein Flächenblitz - gefolgt von einem zweiten und einem dritten.

Das Navigationsholodisplay war leer.

»*Ziit!*« Lumidor klammerte sich fest, die Sehnen seiner muskulösen Arme traten hervor. »Die haben alles weggewischt!« Er warf einen hektischen Blick zum Landsucher. »Wann treffen die Wellen bei uns ein?«

»In acht, neun und zehn Sekunden, Toreki. Sollten uns aber verfehlen, wir sind so gut wie aus der Tor-Ebene heraus.«

Die Phesaphee flog bereits mit maximaler System-Beschleunigung. Gebannt hingen alle Blicke an der ersten Wellenfront. Kamirs Anspannung löste sich erst, als er das nur schwache Ausschlagen der Strahlungssensoren erkannte, während die Ausläufer die Yacht passierten.

Die größeren Schiffe von Z-Zemothy, die den Wellen widerstanden hatten oder ihnen ausweichen konnten, formierten sich neu. Größere Einheiten erschienen aus Richtung von Ul'Charque I. Der Kernbereich des Sprungtores war jedoch frei von Schiffen, immer noch das gleißend helle, durch die Gravitationslinse verzerrte, Abbild einer fernen Sonne übertragend - sicherlich genau so, wie die Angreifer es geplant hatten.

»Hier entsteht ein zweites Tor!«

Lumidor wies auf das entsprechende grell blitzende Icon im Navigationsholodisplay, welches sich in der Nähe des

Sprungpunktes bildete, durch den die Phesaphee vor drei Tagen selbst ins Ul'Charque-System eingetreten war – auf der anderen Seite des zweiten Planeten – ein halbes System weit entfernt, im Augenblick von allen Wacheinheiten und sämtlicher Aufmerksamkeit der Systemkontrolle entblößt.

»Darauf muss man erst einmal kommen«, presste Lumidor grinsend durch zusammengebissene Zähne.

Die erste Torverbindung implodierte lautlos mit einem letzten intensiven Flächenblitz, dessen Gammastrahlung sämtliche zu diesem Zeitpunkt noch vor der Tor-Ebene befindlichen Z-Zemothy-Einheiten vernichtete.

Kamir wischte sich ein paar Schweißperlen von der Stirn. »Die werden kein Himmelfahrtskommando schicken, die kommen, um zu bleiben. *Bring uns hier weg, Sen!*«

Er wartete auf das Flaggschiff der Königreiche. Das neue Tor ihrer Schattentruppen hatte sich längst etabliert. Nicht weniger als vierundsechzig Torstationen bildeten den Rand der Torebene, die in diesem Fall einen rötlichen Schimmer zeigte. Verblüfft überschlug der Händler in Kamir die Kosten für solch eine Komponente. Verspätet erreichten erste Z-Zemothy-Einheiten den Einsprungpunkt. Wo blieben die Schiffe der Schattentruppen?

Nur langsam begann Lumidor die Strategie der Angreifer zu verstehen.

»Die sind längst hier, Händler«, sagte er leise zu Kamir, der unruhig und angespannt die spärlichen Anzeigen im weiterhin von Störfeldern durchzogenen Navigationsholodisplay verfolgte.

»Getarnte Kampfanzüge der Schattentruppen«, beantwortete er den fragenden Blick des Händlers. »Habe ich das letzte Mal auf Ruthpark erlebt. Sie standen praktisch vor uns – wir konnten nichts erkennen.«

Kamir entgegnete nichts. Sein Mienenspiel verriet seine Skepsis. »Das wird nicht reichen, Toreki«, antwortete er langsam. »Hier sind schwerere Einheiten stationiert. Die Schattentruppen hatten bislang den Überraschungsvorteil auf ihrer Seite, damit können sie sich nicht festsetzen.«

Die Anspannung der drei Personen auf der Brücke der Phesaphee wuchs. Ein Flackern des Navigationsholodisplays war das Letzte, was sie sahen, bevor es knisternd erlosch, wie auch sämtliche anderen Anzeigen auf der Brücke. Ein lauter Warnton zeigte ihm an, dass in wenigen Sekunden das künstliche Schwerkraftsystem und womöglich auch die Lebenserhaltungssysteme ausfallen würden. Jemand hatte der Phesaphee ohne Vorwarnung die Energie abgeschaltet.

»Alles aus, Toreki«, meldete sich der Landsucher aus der Dunkelheit. »Basisenergie läuft an.«

Lumidor fühlte sich brüsk an den Zwischenfall auf der Sebba vor wenigen Wochen im Ruthpark-System erinnert. Nur fehlten diesmal die körperlichen Beschwerden. Er hielt sich am Geländer fest und wartete auf das Eintreten der Schwerelosigkeit.

Der Warnton verstummte, die Beleuchtung kam zurück und die Gravitation blieb.

»Was hat uns da erwischt?« Kamir drehte sich zu Sen Es'Rafin, der konzentriert an seinen Kontrollen arbeitete, mit der linken Hand abwinkte und sich nicht ablenken ließ.

Ratlos tauschte der Händler mit Lumidor Blicke, während sie auf Informationen jeglicher Art warteten.

»Ich bekomme keinerlei Daten von den Sensoren, Toreki«, meldete sich der Landsucher mit ärgerlichem Unterton nach mehreren Minuten, in denen er auf die unterschiedlichsten Arten versucht hatte, die Phalangen wieder in Betrieb zu nehmen, »weder intern noch extern. Ich kann nicht einmal sagen, ob wir noch auf unserem letzten Kurs sind, ob wir uns überhaupt bewegen - oder in wenigen Sekunden mit einem anderen Schiff kollidieren!«

Kamir ging zu seinem Sessel und setzte sich. Der Corps-Offizier hatte sich bereits an einer Wand der Brücke im Schneidersitz niedergelassen und beobachtete von Zeit zu Zeit das leere, nur von Störfeldern durchzogene Navigationsholodisplay.

So vergingen lange Stunden, in denen sie vollständig von dem Geschehen um sie herum abgeschnitten waren und unruhig ihren eigenen Gedanken nachhingen.

Neuille hatte ihnen zum wiederholten Mal Getränke serviert, als die Zeit der Isolation so plötzlich beendet war, wie sie zuvor begonnen hatte.

Das Bild einer Frau in der dunkelgrauen Uniform der Schattentruppen erschien im Holodisplay.

»Ich bin Tenent Miil Sobho, Adjutant von Blaak Ferkuiz, Overteer der Organisation und Oberbefehlshaber des Schlachtverbandes im Ul'Charque-Sektor. Wir haben dieses System auf der Suche nach einem von Z-Zemothy entführten Hud der Organisation besetzt. Identifizieren Sie das Schiff und seine Besatzung, Landsucher!«

Der neutrale Ton der Offizierin ließ Vermutungen in jede Richtung zu. Lumidor war aufgesprungen, starrte das Bild an.

Kamirs Gedanken überschlugen sich, Blaak Ferkuiz war einer von drei Overteers der Organisation. Die Sieben Königreiche schickten einen ihrer drei höchsten Offiziere, um den Wissenschaftler zu suchen. Er fühlte die Verzweiflung in sich aufsteigen. Der Konflikt war wesentlich weiter eskaliert, als er in seinen kühnsten Berechnungen eingeräumt hätte. Mit einem kurzen Nicken erteilte er Sen Es'Rafin das Einverständnis zur Beantwortung ihrer Frage.

»Das ist die Phesaphee, privater Yachtkreuzer der Gilde aus Cap del Nora. Eigner ist Kamir Des'Rafil, ehemals Erster Händler der Gilde und gegenwärtig an Bord. Ich bin Sen Es'Rafin, Offizier der Unsichtbaren Flotte und Landsucher der Phesaphee. Es befinden sich drei weitere Besatzungsmitglieder und eine Dienerin an Bord, Dawn.«

Sofern die Benennung Kamirs und seines Titels Eindruck auf die Offizierin gemacht hatten, ließ sie es sich nicht anmerken.

»Sind das alle?«, fragte sie in der gleichen Tonlage wie zuvor.

»J-«, hob der Landsucher an zu antworten, wurde jedoch hart von ihr unterbrochen.

»*Vielleicht* überlegt Ihr die Antwort zusammen mit dem Eigner noch einmal, Toreki.«

Kamir richtete sich ruckartig in seinem Sessel auf. Der Corps-Offizier stand weiterhin unbeweglich vor dem Navigationsholodisplay.

Woher sollten sie von Lumidor wissen? Der Händler suchte fieberhaft nach einer Erklärung, die es ihm erlaubte, aus der Situation zu entkommen, ohne zugeben zu müssen, einen Corps-Offizier an Bord zu haben, der in die Entführung des gesuchten Organisations-Wissenschaftlers verwickelt war.

»Sen Es'Rafin, wir haben noch mehrere hundert weitere Schiffe zu überprüfen. Ich erwarte Eure Antwort in den nächsten fünf Sekunden.« Während die Offizierin der Organisation gleichgültig auf eine Antwort wartete, bedachte sie den Landsucher mit dem Blick, den ein Assistent normalerweise einer missratenen Laborprobe widmet.

Kamir erhob sich. Kein *sonst* in der Aufforderung der Adjutantin. Sie würden es nicht überleben. Diese Frau wusste Bescheid.

»Ich bin Kam-«

»Ich weiß, wer Ihr seid, Toreki. Ich erwarte Eure Antwort – *jetzt!*« fuhr die Offizierin ihm ins Wort. Ihre blauen Augen sahen an ihm vorbei auf eine Anzeige an Bord ihres Schiffes, eine Anzeige, die ihm verborgen blieb.

Kamir atmete ruhig aus. »Ich habe einen Gast an Bord, Siira. Lumidor El'Eliadi, ein beurlaubter Offizier von Z-Zemo-thy.«

Wieder erkannte er keine Regung im Ausdruck der Adjutantin. »Wir durchsuchen Euer Schiff, Toreki. Leistet keine Gegenwehr. Ihr habt meine Toleranz bereits ausgeschöpft!«

»Ich weiß, wo Hud Chitziin sich aufhält, Siira!«, rief Kamir frustriert, als sie sich abwandte und das Bild im Navigationsholodisplay einfror.

»Jemand öffnet die zentrale Schleuse, Toreki.« Sen Es'Rafin deutete fassungslos auf zwei seiner persönlichen Holodisplays, die automatisch reaktiviert wurden. »Die können die Systeme fernsteuern. Die Schleusen zur Brücke werden bedient.«

Das Hauptschott öffnete sich lautlos hinter Kamir und zwei faustgroße Drohnen durchflogen den hohen Raum.

Kamir hatte sich erwartungsvoll dem geöffneten Schott zugewandt, durch das ein drahtiger Mann in gemächlichem Tempo geschlendert kam.

Er war nur mit einem sensorbedeckten Innenanzug bekleidet. Seine Augen waren hinter einem Visierbügel verborgen, an seiner linken Hand befanden sich unterschiedliche Ringe, von denen einer gedrungen und schwarz war und über zwei Fingerglieder reichte. Der Offizier der Schattentruppen blieb einen Schritt vor Kamir stehen, dessen Armbehaarung sich durch die Induktion mit den Energien des Schutzfeldes des Soldaten aufrichtete.

»Ich könnte es als unhöflich empfinden, Toreki, dass die Gänge Eures Schiffes nicht groß genug für meinen Kampfanzug sind. Aus Rücksicht auf den Wiederverkaufswert dieses Schiffes habe ich ihn in der Schleuse stehen gelassen. Bitte begeht nicht den Fehler, Höflichkeit mit Schwäche zu verwechseln.«

Kamir entgegnete nichts, er spürte die Drohne hinter seinem Kopf eher, als dass er sie wirklich wahrnahm, und ihm war klar, dass der Mann seinen Kampfanzug innerhalb weniger Sekunden hierher beordern konnte.

Der Offizier sah kurz zu Lumidor hinüber, bevor er sich wieder seinem Gegenüber zuwandte. Mit einer Handbewegung im Nacken verschwand das Visier und Kamir blickte in stechende blaue Augen.

»Ich könnte über diese unfreundliche Geste hinweg sehen, wenn Ihr mir meine folgende Frage beantwortet:
Wo genau befindet sich Merkanteer Keleeze *jetzt*?«

Die Phesaphee befand sich auf dem Weg zu Ul'Charque III. Lumidor hatte die losen Fäden von Kamirs Bericht schließlich zusammengefügt. Der Name Keleeze sagte ihm mehr als dem Händler. Nachdem Kamir seine Bestürzung über die Frage des

Offiziers überwunden und der Corps-Offizier die Beziehung zwischen Hud Chitziin und Keleeze sowie dem ersten Zusammentreffen von Ashia und dem Merkanteer in der Höhle auf Ruthpark dargelegt hatte, war ein stimmiges Bild entstanden.

Raana Roohi akzeptierte schließlich die Motivation und den Versuch Kamirs, Hud Chitziin zu befreien. Er hatte dem überraschten Händler im Gegenzug erklärt, warum dessen Plan gescheitert war.

»Keleeze führte vor drei Tagen einen Infiltrationsträger nach Ul'Charque. Wir waren sicher, dass Hud Chitziin sich hier aufhält. Wie geplant, verläuft eine solche Operation völlig geräuschlos - keine Nachrichten. Wir erwarteten jedoch Signale nach einem geregelten Muster. Diese kamen nicht - nur ein einziges - das der Zerstörung, gesendet von der Schiffs-KI kurz vor ihrer Vernichtung.«

Der Offizier der Schattentruppen hatte wie selbstverständlich im Eignersessel von Kamir auf der Brücke Platz genommen.

»Mit Eurer Geschichte ergibt das einen Sinn, Toreki. Keleeze hätte abgewartet, bis Eure Agentin Hud Chitziin von der Planetenoberfläche geholt hat. Im Orbit konnte er sie überraschen und ihr den Wissenschaftler abnehmen. Normalerweise kann sie das überlebt haben«, er warf dem Corps-Offizier einen warnenden Blick zu, als dieser sich bewegte, »sofern sie nicht zu Kurzschlusshandlungen neigt.«

»Wofür ich nicht garantieren kann«, erwiderte Kamir leise.

»Wir haben Trümmerteile identifiziert. Die des Infiltrationsträgers, und sehr viele von Z-Zemothy-Schiffen«, fuhr der Organisations-Offizier fort, »wir haben die Transportkapsel gefunden, *einen* von unseren Leuten getöteten Spliine[2] - *nicht zwei*. Eure Agentin kann es geschafft haben, Toreki, dann war sie beim Angriff der Z-Zemothy-Einheiten an Bord des Infilt-

---

[2] Organisations-Slang für die Exor-Panzeranzüge des Extraktionscorps.

rationsträgers – und damit erneut in einer schwierigen Situation.«

Sein Visier aktivierte sich.

»Wir sind da.« Raana Roohi erhob sich. »Ihr könnt mich hinunter begleiten, Toreki«, sagte er zu dem Corps-Offizier. »Euer Anzug ist wieder funktionsfähig – wundert Euch nicht über das Identifikationssignal – ist nur zu Eurer Sicherheit!«

Roter Nebel, Zentrum, Ul'Charque III
30397/1/26 SGC
30. Oktober 2014

Ashia

Schmutzige schneebedeckte Gipfel schossen unter mir vorbei. Zäh erwachte ich aus meiner Ohnmacht, verschluckte mich am Blut, das in meine Nase gelaufen war. Mein Rücken und meine Beine schmerzten. Zum Glück - meine Wirbelsäule war wohl noch in einem Stück.

Trotzdem konnte ich mich nicht bewegen - sah ich von einem leichten Drehen meines Kopfes und der geringen Bewegungsfreiheit meiner Finger ab. Mein Anzug war wieder einmal komplett ausgefallen. Mein vom Blut beflecktes Visier zeigte zwischen langen Phasen tiefster Dunkelheit nur wenige Sekunden Außenübertragungen der Sensoren. Die Energie meines Exors war nahe null.

Ich wusste nicht, wo ich war oder was mich beförderte, geschweige denn - wohin.

In den kurzen Augenblicken, in denen das Visier ein minimalistisches Bild übertrug, geringe Auflösung, geringer Kontrast, sah ich nur ein Stück matten Materials, vergleichbar der Außenhaut eines Schiffes, vor teils schneebedeckter Landschaft. Ab und zu erschütterten Schussgeräusche die tiefe Stille der Reise, begleitet von leichten Vibrationen - natürlich, ich war immer noch auf diesem Höllenplaneten Ul'Charque III, seit Jahrhunderten Waffentestgebiet von Z-Zemothy.

Jemand kämpfte sich durch diese Drohnen hindurch, riskierte sein Leben, um mich zu retten - der Crownie etwa?

Nein - sicher nicht!, beantwortete eine niedergeschlagene Stimme aus meinem Unterbewusstsein die Frage. *Er ist schon so gut wie tot gewesen.*

Verwundert registrierte ich Tränen, die über meine Wangen liefen. Wieso empfand ich so intensiv für ihn?

Ich dämmerte traurig dahin. Irgendwann würden wir irgendwo eintreffen.

»*Ahhhhh! – Au.*«

Ich schrie laut auf.

Feuchtigkeit lief mir in die Augen. Meine Lungen brannten, jeder Atemzug tat mir weh.

Mein Visier flackerte kurz auf. Ich sah frisches Blut auf dem Display. Da war noch etwas – *Großes!*

Mein Gleichgewichtssinn sagte mir, dass ich auf dem Rücken lag, etwas schräg, Kopf nach unten, Blut stieg mir in die Nase – ich musste husten – mehr Blut – »*Ahhhh!*«.

Ich war gefallen, aus großer Höhe. Ich vernahm dumpf Rail-Cannons – große Kaliber, Explosionen. Etwas hatte wohl das getroffen, was mich transportiert hatte und damit auch mich abstürzen lassen.

Meine Atmung ging flach. Alles vermeidend, was zusätzliche Anstrengung, Schmerzen, hervorrufen könnte, konzentrierte ich mich nur auf mich.

Es verging eine anscheinend endlose Zeit, das Dröhnen des Kampfes um mich herum hielt an – irgendwann brach es abrupt ab – ich bekam es nicht wirklich mit.

Ich wurde angehoben, ich schrie, alles war dunkel, mein Trägheitsfeld nicht mehr existent. Eine grauenvolle Beschleunigung presste mich hart gegen den Rücken meines Exors, das Bremsmanöver genauso hart gegen die Brust, Übelkeit stieg in mir hoch, ich durfte mich nicht in meinen Anzug übergeben, ich würde ersticken. Verbissen kämpfte ich den Würgereiz nieder, schluckte und schluckte und – verlor.

Ein ohrenbetäubendes Zischen lenkte mich Sekundenbruchteile von meinem Schmerz ab – Helligkeit schoss in mein Hirn.

Schneidende Kälte umgab mein Gesicht. Etwas verlangte brutal Einlass in meinen Mund, sprengte meine Zähne und saugte alle Flüssigkeit, das ganze Blut aus meinem Magen, meiner Lunge, stülpte mein Innerstes nach außen, entfernte sich so schnell, wie es gekommen war, jedoch nicht ohne ein köstliches Gift in mich zu spritzen und jeglichen Schmerz mit sich zu nehmen.

Mahlendes Knirschen drang an mein Ohr.

»Ihr habt sie zurückgeholt, Merkanteer. Ihre Vitaldaten sind stabil, wenn auch sehr schwach.«

Flackernd öffnete ich meine verklebten Augen. Ein feuchtes Tuch wischte mir übers Gesicht. Steriler Geruch. Als es sich wieder entfernte, sah ich mein Blut an ihm.

Mein Blick folgte dem Stoff, der Hand, die ihn hielt, dem rechten Arm – *des Crownies!*

Er drückte ein neues Tuch auf meine Stirn, fest.

»Ihr macht es immer spannend, Dawn!« Er kniete geschunden neben mir, sein linker Arm hing kraftlos hinunter. Auch er war blutbefleckt, doch seine Augen strahlten auf eine übernatürliche Art. »Ich würde sagen, wir haben ihn gebrochen.«

Ich konnte nichts erwidern, alles fühlte sich taub an. Meine Lider wurden schwer, *wovon sprach er?*

»*Den Rekord.* Erinnert Ihr Euch an die letzten Worte des Z-Zemothy-Offiziers, bevor er uns aus dem Schiff geworfen hat?« Seine Zähne blitzten. »*Eine Stunde,* sagte er, Dawn, *vielleicht überlebt Ihr eine Stunde.*«

Der Crownie lachte kalt.

»Wir haben viereinhalb Stunden überlebt. Ich habe vor, mir den Preis dafür abzuholen – *persönlich!*«

Ich wollte nicken, ihm sagen, dass ich ihn liebe und Ambre El'Sadooni töten wolle, doch mein Bewusstsein sickerte davon.

Mein Blick fiel auf einen Exor-Panzeranzug, zum Teil durch den Crownie verdeckt. *Wieso war da noch ein Feind am Leben?* Ich erkannte das Brustemblem. Mit letzter Kraft riss ich meine Lider noch einmal auf, sah das gelbe Glühen der Feld-Emitter, sah in das geöffnete Visier, sah die Tränen in den Augen meines Lumidors.

Galaktischer Spalt, Ruthpark
30397/1/24 SGC
27. Oktober 2014

Ten O'Shadiif

Der Bootsmann der Riddec ließ einen pulsierenden Kreis um das isolierte Icon der Königreiche auf der gegenüberliegenden Seite von Ruthpark II entstehen. Zwei der anderen Brückenoffiziere nickten zustimmend.

Ten O'Shadiif versuchte die Taktik seines Organisations-Gegenspielers zu durchschauen. Drei von vier Lancer-Plattformen waren zerstört - durch einen gelungenen Überraschungsangriff. Die Verbleibende würde ausreichen, die Sonnenstation und das Basisschiff des Schildverbandes zu vernichten, sollte es keine weiteren Überraschungen geben - und er war entschlossen, das zu unterbinden. Der Trägerverband war kein Gegner für sein Flaggschiff. Angespannt beobachtete er das einsame Icon im zentralen Navigationsholodisplay auf der gegenüberliegenden Seite des Planeten.

»Ich möchte Sichtdaten, Pleet.«

Der Bootsmann nickte und leitete zeitgleich mehrere Kampfdrohnen auf das verborgene Schiff um.

»In acht Minuten, Toreki.«

Der Cektronn wartete ungeduldig. Die Organisations-Systemjäger hatten nahezu ihre Kugelformation vollendet. Sie würden sofort angreifen, konzentriert - sinnlos.

Ein letztes Aufbäumen vor dem Unvermeidlichen, dachte er mechanisch. *Unsinnig!*

»Es dauert länger, Toreki, unsere Einheiten werden kontinuierlich penetriert, da sind ungeheure Mengen gegnerischer Drohnen«, der Bootsmann leitete fortwährend weitere Kampfdrohnen in Richtung des vereinzelten Icons um. »Die wollen nicht, dass wir sehen, was da ist!«

»Das reicht mir als Beweis, Pleet. Zwei Rumbler sollen sich darum kümmern.« Ten O'Shadiif zoomte die Kursvektoren der Sonnenstation heran, die ihm anzeigten, dass diese in weniger als fünf Minuten auf ihrer Umlaufbahn um die Systemsonne erstmals in eine direkte Schusslinie der verbleibenden Lancer-Plattform geraten würde.

»Bring uns …«, er verstummte.

Während er kurz in die Betrachtung der Bahndaten vertieft gewesen war, hatte die Riddec, wie von ihm gefordert, zwei Antimaterie-Rumbler aktiviert und gestartet. Vor einem Augenblick waren beide in nur geringem Abstand vom Flaggschiff implodiert. Die Gammastrahlenwellen der beiden Implosionen überlagerten sich, liefen kugelförmig in alle Richtungen und trafen neben den Systemjägern der Organisation und seinem eigenen Begleitschutz vor allem ein Schiff: Die Riddec.

Das zentrale Navigationsholodisplay flackerte, zeigte Flares von Störungen, die radial durch alle Anzeigen liefen – und stabilisierte sich.

»Mehrere der Systemjäger haben sich geopfert und die Rumbler neutralisiert. Unglaubliche Beschleunigungskurven – *die müssen unbemannt gewesen sein!*«

Der Cektronn traute seinen Augen nicht. Bis auf sieben vereinzelte Icons der Systemjäger, die nicht einmal mehr einen Kugelsektor von zehn Grad abdeckten und sich bereits Richtung Trägerverband zurückzogen, waren alle verschwunden – annihiliert in der Implosionswolke der beiden Rumbler.

Doch auch seine eigenen Begleitschiffe waren der harten Gammastrahlenwelle zum Opfer gefallen. Lediglich die modernen Felder der Riddec hatten sie vor der Selbstvernichtung bewahrt.

Ten O'Shadiif führte in einer Geste hilflosen Verstehens beide Hände an die Stirn. Die Logik seines Panzeranzugs bremste die Bewegung weich ab, bevor er sich selbst verletzen konnte und die Panzerhandschuhe seinen ungeschützten Kopf erreichten.

So stand er mehrere Sekunden lang unbeweglich dar. Stille Bewunderung für den Taktiker der Organisation, der sämtliche Aktionen von ihm vorauszusehen schien, der aus einer hoffnungslosen Ausgangssituation heraus nicht davor zurückschreckte, seine begrenzten Ressourcen rücksichtslos zu opfern, wenn dies dazu diente, das Kräfteverhältnis zu verbessern.

»Die Lancer wird angegriffen, Toreki!«

Wie aus dem Nichts heraus war die verbleibende Plattform von einer Vielzahl 7K-Marker umgeben. »Das ist der Begleitschutz des Trägers«, der Bootsmann wischte sich verlegen über die Augen, »das kann eigentlich nicht sein, er wird noch beim Träger angezeigt.«

»Erinnerungsdaten der KI, Toreki, keine aktuellen Berichte. Wir haben fast keine Aufklärungsdrohnen mehr«, sprang einer der anderen Brückenoffiziere Pleet Aw'Morleen zur Seite, der entgeistert Aktualisierungen ins Navigationsholodisplay einarbeitete, welche die alten Positionen der Begleitschiffe bei ihrem Basisschiff löschten.

Den Drohnenkrieg haben die Königreiche bereits gewonnen, dachte der Cektronn betroffen. »*Bring uns zur Lancer, Pleet!*« Ten O'Shadiifs Ton war schroff. Er fühlte die entfernte Möglichkeit einer Niederlage, er wusste, dass die Riddec es nicht rechtzeitig schaffen würde. Mehr als fünfundzwanzig Millionen Kilometer trennten die beiden Schiffe.

Sein Bootsmann schüttelte resigniert den Kopf und bestätigte ihn. »Sie stirbt bereits, Toreki.«

Das Navigationsholodisplay dokumentierte unterdessen einen Treffer auf der Sonnenstation und zwei auf dem Basisschiff des Schildverbandes. Der Cektronn registrierte es ohne Hochgefühl. Das reichte nur vielleicht. *Abgerechnet wird mit dem letzten Burst.*

»Toreki?!«

Er riss sich aus der aufkommenden Lethargie. Er würde die Initiative zurückbekommen. *Ein Schiff nach dem anderen.* Die Riddec stand am oberen Ende der Nahrungskette in diesem System.

»Bring uns in Schussposition auf dieses Einzelicon dort!«

Wie auch die anderen Brückenoffiziere sah Ten O'Shadiif, wie sich das Icon des verborgenen Organisationsschiffes beim Näherkommen teilte. Ein Nebendisplay des zentralen Navigationsholodisplays zeigte mögliche Fluchtrouten der beiden sich auf engstem Raum zusammen befindlichen Organisationseinheiten und die schnell sinkende Wahrscheinlichkeit, dass sie auf diesen dem Angriff der heraneilenden Riddec entkommen könnten.

»Die Sensoren empfangen große Schwankungen im Energiehaushalt der Sonnenstation, unser Treffer war nur peripher, Toreki.«

Ohne die Einzelanzeigen zu beachten, tat der Cektronn die Bemerkung seines Bootsmanns mit einem Nicken ab.

»Disruptoren, sobald wir in Reichweite kommen, Pleet. So lange, bis da nur noch einzelne Elektronen vorhanden sind. Es ist Zeit, *abzuräumen.*«

Sämtliche Koordinaten waren verfügbar. Der Raum zwischen der Riddec und ihrem Ziel war frei. Diesmal würde es automatisch funktionieren.

»Toreki! Die Sonnenstation baut den Energiestrahl wieder auf!«

Ungläubig starrte Ten O'Shadiif auf das Display. Einige wenige Schwerkraftlinsen oberhalb der Korona mussten die Ablösung der Protuberanz überstanden haben oder waren nachträglich von ihren entfernten Umlaufbahnen umdirigiert worden. Jetzt sandten sie einzelne Energiestrahlen zu der auf einer höheren Umlaufbahn befindlichen Sonnenstation. Diese bündelte die Energien mit ihrer Haupt-Schwerkraftlinse und brachte den Strahl in Richtung Ruthpark auf den Weg.

»Wozu…?«

Pleet Aw'Morleen brach ab. Der Strahl hatte ruckartig seine Richtung geändert und wies nun direkt auf eines der beiden Organisations-Icons in Nähe von Ruthpark II – *ihrem Ziel.* In weniger als drei Sekunden würde die Riddec auf ihrem direkten Kurs die Sichtlinie der beiden Icons erreichen und damit gleichzeitig für die Einheiten der Organisation über der Horizontlinie des Planeten sichtbar werden.

Der Bootsmann wartete nicht auf ein Kommando. Er erkannte die Falle, die ihnen gestellt wurde, zeitgleich mit dem Cektronn. Es oblag seiner Verantwortung, das Schiff zu retten.

Mit einem drastischen Ausweichmanöver lenkte er die Riddec auf einen Kurs, der sie nach nur fünf Sekunden zurück unter die Horizontlinie des Planeten führen würde.

Ten O'Shadiif verlor nicht das Gleichgewicht, sein Gel-Panzeranzug stabilisierte ihn in dem Moment, als das Trägheitsfeld der Riddec aussetzte. Er schrie nicht. Er sah mit äußerster Ruhe in die entsetzliche Schönheit des aufblitzenden Energiestrahls.

Die Kulturen des Roten Nebels besitzen kein Material, das einem gebündelten Strahl einer Sonnenstation auch nur eine Nanosekunde lang widerstehen kann. Selbst die Huds der Pretaia haben Schwerkraftfelder konstruieren müssen, deren Energiebedarf nur unwesentlich geringer ist als die Energien, zu deren Umlenkung sie dienen.

Der einzige Grund, dem die Riddec ihr Überleben verdankte, war die Reaktionsschnelligkeit ihres Bootsmanns. Ihre geringe Annäherungsgeschwindigkeit von unter 5.000 Sekundenkilometern wäre ihr bei einem Bahnwinkel um die 90 Grad zum Energiestrahl nicht zum Verhängnis geworden, der fünftausendste Teil einer Sekunde, die sie im Fokus verharrt hätte, wäre von den starken Feldern kompensiert worden.

Doch befand sich die Riddec auf Angriffskurs, lag dadurch nahezu parallel zum Energiestrahl und verharrte fast eine – für diese Energien unendlich lange – Viertelsekunde im tödlichen Fokus einer Temperatur von mehreren Millionen Grad, bevor die programmierte Kursänderung des Bootsmanns sie hinter dem Horizont von Ruthpark II in Sicherheit brachte – in eine zweifelhafte Sicherheit.

Die vorderen Trägheitsfelder waren unter dem intensiven Lichtdruck der auftreffenden Teilchen implodiert, hatten die Schiffshülle berührt, sich kurzgeschlossen und abgeschaltet, hatten den Schiffrumpf ungeschützt dem Energiestrahl überlassen.

Die Riddec wies eine mehrere hundert Meter lange, glühende Wunde auf, die von dem zum größten Teil verdunsteten Vorschiff über ihre linke Seite fast bis zum Heck reichte. Wie durch ein Wunder war der Sprungantrieb verschont geblieben, seine Sekundärexplosion hätte sicher Fakten geschaffen.

Ten O'Shadiif schwebte vor dem Navigationsholodisplay und sah ernüchtert auf die Schadensbilanz seines Flaggschiffes. Die zentrale Positionierung der kritischen Komponenten der Riddec und ihrer Brücke hatten sich in ihrer ersten Schlacht bewährt. Tief im Innern des Schiffes waren er und die übrigen Offiziere der Brückenbesatzung vollkommen unversehrt geblieben. Die Trägheitsfelder bauten sich nur zögerlich wieder auf – zu viele der Emitter waren zerstört worden. Er war geschlagen, es war Zeit für einen Strategiewechsel.

»Zum Sprungpunkt, Pleet. Halte den Planeten immer zwischen uns und der Gravitationslinse!«

»Ich erhalte keinerlei Sensordaten mehr von den Organisationseinheiten, Toreki, ich kann nur hoffen, dass die Linse stationär ist.«

»Cektronn!«

Verwundert sah Ten O'Shadiif auf das dünne, unbekannte Gesicht im zentralen Navigationsholodisplay – das faltige Antlitz eines alten Mannes mit blonden, lockigen Haaren, die zu einem strengen Zopf gebunden waren, blass-blaue Augen, die ihn tadelnd anblickten. Ein Schauder überlief ihn, warum fühlte er sich bei diesem Anblick an die Benedictine erinnert?

»Das Signal kommt von dem zweiten Organisationsschiff im Orbit von Ruthpark II. Toreki?«

Er nickte seinem Bootsmann zu, eine Bildverbindung zu etablieren.

»Wer seid Ihr?« Ten O'Shadiif bemühte sich, in seiner Stimme die Portion Selbstsicherheit durchklingen zu lassen, die er bei sich seit einigen Minuten nicht mehr spürte.

»Ich bin derjenige, der darüber entscheidet, ob Ihr dieses System lebend verlasst oder nicht.«

Der Sprecher machte eine kurze Pause, in der er den Cektronn herausfordernd ansah. »Mein Name ist Syncc Marwiin. Ich werde Euer Schiff in einer Minute zerstören, wenn Ihr nicht das macht, was ich befehle!«

Das Navigationsholodisplay reaktivierte sich und zeigte den Organisations-Träger und eine neue Formation Systemjäger auf Verfolgungskurs der Riddec. Die beiden so lange stationären Icons von der Rückseite des Planeten näherten sich jetzt mit hoher Geschwindigkeit erneut einer direkten Sichtlinie zum Flaggschiff.

Pleet Aw'Morleen hob die Schultern als Zeichen, dass er mit diesen neuen Daten nichts zu tun habe, begann jedoch fieberhaft mit den Informationen zu arbeiten.

»Damit Ihr nicht dem Irrglauben verfallt, ich könnte Euch täuschen, Toreki. Die Fusionslinse, für die Ihr Euch glücklicherweise so sehr interessiert habt, wird in wenigen Augenblicken erneut feuerbereit sein und der Ladezustand der Schilde Eures Schiffes liegt bei unter zehn Prozent.«

Ten O'Shadiif schloss die Augen.

»Folgt ihr meinen Befehlen, Cektronn?«

»Warum spreche ich nicht mit dem Kommandanten der Organisation?«, fragte Ten O'Shadiif im Impuls.

»Ihr habt ihn getötet, Toreki.« Der alte Mann sah ihn mitleidslos aus dem Navigationsholodisplay an. »Fünf Sekunden!«

Ten O'Shadiif begann in seinen Gedanken zu zählen. Bei vier sagte er: »Gut!«

»Ich interpretiere *Gut* in dem Sinn, dass Ihr mir Euer Schiff übergebt?«

Er nickte.

Der unnachgiebige Ausdruck auf dem Gesicht des Synccs löste sich zum ersten Mal. Ein feines Lächeln trat auf seine Züge.

»Öffnet ein Dock, ich komme an Bord.«

Etwas an diesem Irren beeindruckte ihn, musste Ten O'Shadiif sich eingestehen. Dieser Alte hatte die Stirn, den Cektronn von Z-Zemothy in einer Raumschlacht zu überlisten, ihn zu zwingen, ihm ein Flaggschiff des Geheimdienstes zu überlassen, um dem Kommandanten dort Befehle zu erteilen.

Außerdem hatte er gerade eindrucksvoll bewiesen, dass er die Technik der Organisation wenigstens vorübergehend ausmanövrieren konnte.

»Euch bleibt nicht viel Zeit, Cektronn«, bemerkte der alte Mann ruhig. »Der jetzige Kommandant ist sehr wütend und entschlossen, Euch zu stellen. Seine Mannschaft sucht bereits mit aller Energie nach der Blendeinheit, die ich auf dem Träger hinterlassen habe. Ich kann nicht sagen, wie lange es dauert, bis sie gefunden wird. Der Kommandant wird derweil jeden Kubikkilometer des Ruthpark-Systems untersuchen – bis er Euer Schiff gefunden hat. Er wird dabei die Sektoren der Sprungpunkte besonders gründlich handhaben – wenn Ihr also das System noch in dem bedauernswerten Zustand verlassen wollt, sollten wir jetzt abfliegen!«

Ten O'Shadiif betrachtete konzentriert das zentrale Navigationsholodisplay. Die Systemjäger der Königreiche folgten bestimmten Mustern und näherten sich dabei langsam aber stetig den beiden Sprungpunkten.

Er wandte sich dem alten Mann zu und streifte die junge Frau in seiner Begleitung mit einem kurzen Blick.

»Ich werde Eurem Rat folgen, Syncc. Zweifelsohne hätte mein Schiff diesen Angriff nicht ein zweites Mal überstanden und ich habe kapituliert. Ich stehe zu meinem Wort.« Er überlegte seine nächsten Worte. »Doch das wird Euch nichts nützen, wenn Ihr mich in der Frage der Kirche getäuscht haben solltet.«

Syncc Marwiin entgegnete den Blick furchtlos und mit einem Ausdruck in den Augen, den die junge Frau in seiner Begleitung noch nie bei ihm wahrgenommen hatte, erwiderte er: »Das ist mir bei einem Cektronn von Z-Zemothy völlig klar.«

3 Sieben Königreiche

Roter Nebel, Zentrum, Ul'Charque-System
30397/1/28 SGC
02. November 2014

Keleeze

»Ich bin mir nicht sicher, wie der Cektronn reagieren wird, wenn er erfährt, was wir hier mit seinem System machen«, sagte ich zu der massigen Gestalt Blaak Ferkuiz' am anderen Ende des Kartenraumes.

Er war nach Torkrage Treerose und Narg Laurenz dritter Overteer der Sieben Königreiche. Ohne eigenen Königstitel, dafür der höchste Flottenoffizier der Organisation, wog seine Entscheidung das Gewicht der beiden anderen in militärischen Fragen auf.

Wir befanden uns gegenwärtig in einem Verbindungssystem zum Ul'Charque-Sektor, unerreichbar für mögliche Überraschungsaktivitäten von Z-Zemothy. Die bestehende Verbindung zwischen den mehr als vierhunderttausend Lichtjahre voneinander getrennten Sektoren durch das Kampftor war gefiltert. Jedes Schiff ohne entsprechende Codeausrüstung der Sieben würde den Durchflug nicht überstehen.

»Wahrscheinlich sehr heftig für seine unmittelbare Umgebung, sollte er jemals erfahren, wie wenig Einheiten wir dabei haben«, ergänzte Blaak Ferkuiz meine Bemerkung, ein breites, zufriedenes Grinsen nur mit mäßigem Erfolg unterdrückend.

»Fandet Ihr es nicht unnötig riskant, selbst zu kommen, Siir?«, fragte ich ihn, auf die Handvoll unserer Schiffe deutend, die getarnt im Ul'Charque-System patrouillierten, »auch wenn wir hier gut abgeschirmt sind?«

»Riskant? Keleeze, ich bitte Euch, was heißt schon riskant.«

Das Grinsen wurde breiter und er machte eine abschätzige Handbewegung. Sein Blick streifte seine Adjutantin Miil Sobho, die mit Raana zusammen den Bericht für Treerose finalisierte, den wir ihm in wenigen Minuten vortragen würden.

»Riskant ist es, in der Schwerelosigkeit mit runtergelassener Hose unter hohem Druck zu pinkeln, wenn man keine Hand frei hat, um sich festzuhalten.«

Die blonde Frau zuckte gelangweilt mit den Schultern und ignorierte geübt das leise Kichern meines Adjutanten.

»Ich kannte mal einen Hightenent, der konnte auf diese Art mehr als dreihundert Meter rückwärts zurücklegen, bevor er durch den Atmosphärenschild getragen wurde und starb. *Das,* Keleeze, nenne ich riskant!«

Das taktische Holodisplay im Kartenraum zeigte die aktuelle Situation im Ul'Charque-System. Blaak Ferkuiz war nicht aufgrund irgendwelcher Privilegien in die Position des Flotten-Overteers der Sieben Königreiche gelangt. Er war nach König Narg Laurenz sicherlich der genialste Taktiker, den die Organisation jemals in ihren Reihen gehabt hatte. Neben dem Intermezzo im Heimatsystem von Z-Zemothy, das er zur Rettung von Hud Chitziin, der Relion und mir persönlich unternommen hatte, sowie der voranschreitenden Isolation von Enchrome, steuerte er von seinem Kommandoschiff, der *Sieben,* in einem groben Raster sämtliche Flottenaktivitäten der Organisation.

Das Scheitern meines vorgeschobenen Rettungsversuchs mit dem Infiltrationsträger hatte er mir prophezeit. Dass ich dennoch seine Unterstützung bei der Vorbereitung erhielt, verdankte ich dem Zeitvorsprung von drei Tagen, den wir im möglichen Erfolgsfall gewonnen hätten.

»Oder das Herumlaufen auf einem drohnenverseuchten Eisplaneten ohne irgendwelche Ausrüstung und nur in Begleitung von feindlichen Truppen des Extraktionscorps – das würde ich *ebenfalls* als riskant bezeichnen.«

Ich verneigte mich vor seiner massigen Gestalt im schwarzen Zeta-Nanofaser-Anzug der Overteers. Er hatte recht. Wären unsere Adjutanten während des Angriffs nicht zufällig auf das Schiff des hochrangigen Gilden-Händlers gestoßen, der den Rodonn-Kommandeur der Corps-Soldatin an Bord gehabt hatte – sie wären wohl zu spät gekommen, um den Tod von Ashia durch ihre schweren, inneren Verletzungen zu verhindern.

Er ging durch das Holodisplay hindurch und blieb mit einem jungenhaften Lächeln ein paar Schritte vor mir stehen. »Ihr habt unglaubliches Glück gehabt, Merkanteer - in *jeder* Hinsicht - und -«, er grinste unverschämt, »um Eure Frage zu beantworten - bevor Z-Zemothy merkt, wie wenig Schiffe wir wirklich hier haben, sind wir längst wieder weg.«

Ich stimmte ihm innerlich zu. Die politischen Folgen einer Befreiungsaktion waren schmerzlich genug, aber immer noch von weit geringerem Ausmaß, als es die Manifestierung eines schwelenden Konflikts durch die dauerhafte Besetzung eines gegnerischen Systems gewesen wäre.

»Ich habe nicht vor, Ul'Charque zu halten«, fuhr er fort. »Ich brauchte *Euch*, den Hud, das, was von der Relion noch übrig ist, und das Zepter.«

Er drehte sich zu seiner Adjutantin um, als erwarte er einen kurzen Statusbericht.

Miil Sobho nickte beschäftigt und hob ihre linke Hand mit drei ausgetreckten Fingern zum Zeichen, dass sie uns gleich etwas sagen könne.

»Dann habt Ihr die Tempi gefunden, Keleeze, und wenn der eine tatsächlich Oldo Merceer sein sollte, seid Ihr ab heute Teil der Geschichte von Harkcrow Treerose. Das ist mehr, als ich von so einem Tag erwartet hätte.«

»Höchster?«

Overteer Ferkuiz' Adjutantin hatte sich erhoben und deutete auf einen neu erschienenen Ausschnitt im taktischen Holodisplay. »Das sind die Koordinaten, an denen wir Spuren der Relion und des Zepters ermitteln konnten. Der Standort des Letzteren ist eindeutig und stammt aus der Aussage des Gilden-Händlers. Es befindet sich auf II, P1.« Das Emblem der Planetenstation glühte auf und zeigte die Position des Zepters in einem vergrößerten Ausschnitt.

»Die Koordinaten bezüglich der Relion deuten auf einen der Experimental-Sprungtor-Sätze hin, lokalisiert auf Ul'Charque IV - schwer gesichert. Wir untersuchen das.«

»Keine Hinweise auf die Relion selbst?«

Die junge Frau schüttelte den Kopf. »Konnten wir nicht erwarten, Siir. Die Berichte aus dem Rosenteich und den Harthes-Sektoren gehen mit über neunundneunzigprozentiger Wahrscheinlichkeit von ihrer Zerstörung aus.«

»Overteer Treerose ist bereit, Höchster«, informierte uns Raana.

Die Darstellung des Holodisplays veränderte sich, als die Thieraport-Informationen von der Brücke der *Sieben* eintrafen.

Treerose sah müde aus. Als er mich erblickte, nickte er mir erfreut zu. Er stand im Thronsaal der Winterresidenz auf Restront, den goldenen Stirnreif in Händen.

»Tork, gut, dass du dir Zeit nimmst«, begrüßte ihn Blaak Ferkuiz. »Wie du siehst, haben wir Keleeze rechtzeitig gefunden, ebenso konnten wir Hud Chitziin befreien, er wurde nur leicht verletzt - wird in wenigen Stunden wieder korrekt funktionieren.«

Der König von Treerose/Restront nahm die Informationen ohne äußerliche Regung auf.

»Was ist mit dem Tempus? Stimmt es, dass er das Gehirn von Oldo Merceer in sich trägt?«, fragte er, ohne das Gehörte zu kommentieren.

Blaak Ferkuiz sah mich von der Seite an und wartete darauf, dass ich diese Fragen beantworten würde.

»Ich gehe fest davon aus, Torkrage«, sprang ich ein. »Nachdem er und weitere fünf Tempi mich gerettet hatten, bin ich in eine Art Verhörsituation geraten. Ich habe ihm von der gegenwärtigen politischen Situation in den Königreichen berichtet und wir kamen auf Harkcrow Treerose und die Umstände seines Verschwindens zu sprechen. Der Tempus ging so weit zu erklären, dass er und seine Begleitung sich bewusst für mehr als eintausend Jahre in die Isolation dieses Planeten begeben hatten. Nicht einmal Z-Zemothy schien darüber informiert gewesen zu sein, wen sie da inmitten ihres geheimsten Systems beherbergten. Der Tempus wirkte nicht überrascht über unsere Entdeckungen im Ruthpark-System und deutete an, *er hätte damals Fehler gemacht*.«

Treeroses schwarze Augen blickten starr auf mich.

»Ich weiß, dass es bizarr klingt nach so einer langen Zeit, Siir, doch mein Gefühl sagt mir, dass er es ist und wir ihm glauben können!«

Niemand entgegnete etwas. Wir warteten auf die nächste Frage des Königs.

»Du liegst richtig, Keleeze«, erwiderte er schließlich. Sein Blick bohrte sich in meinen. »Wir alle haben von Syncc Marwiin vor wenigen Wochen erfahren, dass Oldo Merceer bei einem Angriff 29268 auf Enchrome *ermordet* wurde. *Ermordet!* – unter Mitwirkung eines Synccs.«

Sein Blick löste sich und er schritt umher.

»Jetzt findest du einen Tempus-Übermenschen, der behauptet, damals dabei gewesen zu sein, und mein Adjutant berichtet mir vom Fund einer Sole-Sourcer-Leiche im Kontrollzentrum auf Enchrome, der das Gehirn vor ihrem Tod entnommen wurde, um in einen Tempus implantiert zu werden und damit weiterzuleben.«

Er blieb stehen und drehte sich zu uns.

»Ich tendiere ebenfalls dazu, dem Tempus zu glauben, auch wenn sich mir gleichzeitig die Frage aufdrängt, warum Syncc Marwiin fest von dem Tod Oldo Merceers überzeugt ist.«

»Dann hat Ruf es geschafft, Tork, und das Kontrollzentrum gefunden?«, brach es aus Blaak Ferkuiz hervor. »Ich hatte bisher noch keine Informationen von ihm oder der *T3* erhalten.«

Treerose schüttelte langsam den Kopf.

»Es sieht leider nicht so aus, als hätte *er* oder irgendjemand sonst es geschafft, Blaak. Ich erhielt diese Information als Aufzeichnung seiner letzten Nachricht über eine Relaisdrohne der *T3*.«

Seine Stimme klang seltsam belegt.

»Sie wurden im System erwartet. Ich habe einen Fehler gemacht und die Urmutter unbewusst über sein Kommen informiert, Blaak. *Die Kirche* ist unser Gegner, *nicht* das Zentrum. Es waren ihre Truppen, die Rufs Einheiten im Enchrome-

System angegriffen haben. Zentrum *und* Königreiche – wir wurden beide benutzt!«

Drückende Sekunden der Stille legten sich über den Raum, während wir alle die Bedeutung und mögliche Konsequenzen des Gehörten überdachten.

»Oldo Merceer wird einiges aufklären können, Torkrage«, warf ich ein. »Er wird Euch Antworten geben müssen, die er uns vorenthält.«

Treerose nickte entschieden. »Das würde er tun. Ich bin mir nur nicht sicher, wie sein Verhältnis zur Vereinigung der Synccs heute sein wird. Ich glaube immer mehr, dass es hier in der Organisation Einflusssphären gibt, die längst die entsprechenden Antworten liefern könnten – aber sie zieren sich. Warum?«

Der schwarze Ohrring glitzerte im grellen Licht der Sonne, welche den Saal der Winterresidenz mit ihrem Licht durchflutete.

»Die Synccs sind noch vor der Pretaia diejenigen, die das größte Wissen über die Geschichte des Roten Nebels verwalten – zumindest innerhalb der Sieben Königreiche. Wieso habe ich das Gefühl, dass sie uns immer nur dann etwas verraten, wenn wir kurz davor sind, neue Fakten zu entdecken? Sie müssten bezeugen können, wie die Entwicklung der Coruumer wirklich war und sie müssten den Antrieb erklären können, warum einer aus ihren Reihen Oldo Merceer getötet hat – es zumindest versuchte – und die übrigen danach sämtliche Spuren über ihn verwischt haben.«

Raana trat an meine Seite.

»Syncc Marwiin hat uns in der letzten Zeit sehr geholfen, Höchster«, raunte er in mein Ohr. »Ein Treffen zwischen ihm und dem Tempus könnte Aufschluss bringen.«

»Das könnte es sicherlich, Tenent«, antwortete Treerose scharf an meiner statt, »nur hat sich Syncc Marwiin von uns verabschiedet.«

Ich starrte Raana entsetzt an. Der König fuhr fort: »Ein Z-Zemothy-Kommando hat den Schildverband im Ruthpark-System angegriffen und beinahe zerstört. Syncc Marwiin hat die Niederlage zwar abgewendet, im entscheidenden Moment aber dem angreifenden Flaggschiff und sich selbst die Flucht ermöglicht. Er reist zurzeit zusammen mit dem Cektronn durch den Roten Nebel.«

Treerose schob sich den Goldreif mit einer resignierten Bewegung in die Stirn.

Meine Gedanken überschlugen sich. *Der einfältige Kulturbeauftragte trifft den Cektronn von Z-Zemothy?* Ein Bild unseres gemeinsamen Ausfluges auf Arkadia erschien vor meinem inneren Auge. Wie lange war das jetzt her? Syncc Marwiin hatte Hud Chitziin und mich auf die Oberfläche des wegen seiner einmaligen Fauna geschützten Planeten hinab begleitet. Dort unten hatte er unfreiwillig die Rolle des gedankenverlorenen, dieser Welt entrückten Gelehrten gespielt - ganz im Gegensatz zu seinem Auftritt nur wenige Stunden später auf unserem Rückflug, als er sich als kompetenter Gesprächspartner von Hud Chitziin erwies und dessen vorauseilende Gedanken zum Thema Null-Gravitationsstore durchaus treffend kommentierte.

Langsam begann ich diesen Charakter in seinen unterschiedlichen Schichten zu verstehen. Auf unserer Flucht vor den angreifenden Z-Zemothy-Truppen von Bord der Relion hatte er wiederum ein gänzlich anderes Auftreten an den Tag gelegt. Kaltblütig hatte er mir bei der Steuerung der Gmersink assistiert und auch angesichts der direkten Todesgefahr keinerlei Nerven gezeigt.

»Er wird zurückkommen, Siir«, sagte ich zuversichtlich. »Syncc Marwiin macht das, wofür er ausgebildet wurde - er versucht zu vermitteln.« Treerose wartete auf die Fortsetzung meiner Erklärung. Blaak und Raana sahen mich mit hochgezogenen Brauen an.

»Er ist mit Sicherheit kein Verräter, Torkrage. Er hat spontan auf die Möglichkeit reagiert, den Gegner zu treffen, als sich ihm die Gelegenheit bot. Ich stimme dir zu, er weiß mehr, als er sagt, und tut einfältiger, als er ist - er wird sich seine Meinung bilden - und zurückkommen.«

Treerose nickte langsam. Blaak Ferkuiz sah mich wortlos an. »Ich hoffe, du hast recht, Keleeze, mir gehen die Optionen aus.«

Er schwieg einen Moment und wir warteten auf seinen nächsten Gedankengang.

»Ruf hat in seiner letzten Nachricht angedeutet, dass die Transplantation des Gehirns von Oldo Merceer in einen Tempus mit Hilfe von Kirchenwissenschaftlern erfolgte.«

Ich spürte seine Ratlosigkeit.

»Warum sollte die Kirche helfen, die Folgen eines gescheiterten Anschlags auf ihren Feind zu überwinden, wenn sie nur achtzehn Jahre später erneut das System angreift und versucht, ihn endgültig zu beseitigen?«

Roter Nebel, Zentrum
30397/1/28 SGC
02. November 2014

Syncc Marwiin

Die junge Frau namens Sinistra schlief.

Das war gut, er brauchte viel Zeit zum Nachdenken.

Er strich sich seine langen, blondgelockten Haare zurück, steckte sie mit einem wertvollen aber unauffälligen Clip zu einem Zopf zusammen und setzte sich auf ein Ende einer komfortablen, lederüberzogenen Bank.

Ten O'Shadiif, der Cektronn von Z-Zemothy, dem nahezu unkontrollierbaren Geheimdienst des Zentrums, war ein mächtiger und schlauer Mann. Nur hatte er sich gegenwärtig in eine Sache verrannt, die beinahe ihrer aller Leben gekostet hätte. Die Gefahr war noch nicht vorüber - vielleicht müsste der Cektronn nicht mehr um sein Leben bangen, wohl aber um sein Ansehen und seinen Einfluss im Da'Forxa und beim Si'Taal, würde er nicht bald eine schlüssige Erklärung für die aggressiven Vorfälle der nahen Vergangenheit liefern.

Syncc Marwiin sah sich aufmerksam in der luxuriösen Kabine um, die ihm und der jungen Frau an Bord der Privatyacht Ten O'Shadiifs zugewiesen worden war.

In langen und zähen Gesprächen nach ihrem erfolgreichen Entkommen aus dem Ruthpark-System hatte er das Verhaltensmuster des Cektronns mehr und mehr verstehen gelernt. Es bestätigte seine Ansicht, es mit einem hochintelligenten Mann zu tun zu haben, der seiner eigenen, effizienten Logik folgte. Ten O'Shadiifs Antrieb für dessen Handeln war verständlich, aber fehlgeleitet. Letztendlich suchte er Antworten auf die gleichen Fragen, die auch ihn seit Beendigung seiner Ausbildung und Ernennung zum Marwiin ebenfalls umtrieben. Gemessen an den wenigen Indizien, die der Cektronn zur Verfügung gehabt hatte, war er in der kurzen Zeit sehr weit gekommen.

Ohne es zu wissen, hatte der Mann bereits *sein* Limit des Möglichen erreicht. Jede weitere Anstrengung würde nur zu unnötiger Unruhe unter den labilen Bündnissen des Roten Nebels führen, aber keine neuen Erkenntnisse zu Tage fördern. Ten O'Shadiif war bereits zu einer realen Bedrohung für die Kulturen des Roten Nebels geworden. Würde er seiner fixen Idee, die Ermordung Harkcrow Treeroses durch einen seiner Agenten im Ruthpark-System vor mehr als eintausend Jahren vertuschen zu müssen, weiter folgen - ein Krieg zwischen den Sieben Königreichen und dem Zentrum wäre unvermeidlich.

Der Cektronn würde nun davon ablassen.

Syncc Marwiin war nicht enttäuscht darüber, dass er seine gut entwickelte Rolle des introvertierten Kulturbewahrers dafür hatte opfern müssen. Sie hatte ihm erstaunlich lange ausgezeichnet gedient. Der gegenwärtige Zeitpunkt war so gut wie jeder andere. Er hatte Ten O'Shadiif gezeigt, dass es nun nichts mehr zu vertuschen gab, dass sämtliche Fakten im Zusammenhang mit dem mysteriösen Verschwinden von Harkcrow Treerose im Ruthpark-System seit dem Fund der Aufzeichnungen aus dem Schiff Harkcrows und aus dem Extraktionsdepot in Coruum gefunden und erklärt wurden.

Er hatte O'Shadiif in Aussicht gestellt, dass es keine Vergeltung der Königreiche gegen Z-Zemothy geben würde, keine Kompensationsforderungen - *wenn* er dem Da'Forxa diese Erklärung vorlegen und einer Zusammenarbeit mit der Pretaia zur Abwendung der nächsten Potentialkatastrophe bedingungslos zustimmen würde.

Der Cektronn war nachdenklich geworden, im dritten oder vierten Gespräch, hatte seinen Hochmut beiseite gelegt, nachdem er erkannt hatte, dass er die brutale, faktenbasierte Direktheit des alten Mannes nicht einzuschüchtern vermochte, dass es nichts gab, womit er ihm drohen konnte.

Syncc Marwiin hatte sein Gegenüber von Beginn an richtig eingeschätzt. Seit dem Moment, als er von der Ruthparkoberfläche an Bord des Schildverbands zurückkehrte und von dem massiven Angriff Z-Zemothys überrascht wurde. Sofort nach der Vernichtung des Wachzerstörers am Sprungpunkt des Ruthpark-Systems und der Identifikation der Angreifer hatte er gewusst, dass eine solche Chance, den Cektronn zu treffen, nicht wiederkehren würde. Ohne sich um die Beschimpfungen Tec Zeliims zu kümmern, hatte er die schnellste Jägervariante aus dem Schiffskonfigurator der *Boe* abgerufen, die aus der Mondumlaufbahn geborgene Linseneinheit der Gmersink angedockt und die intelligente und jetzt so ruhig schlafende Frau eindringlich gebeten, mit ihm zu kommen. Dann hatte er sich dem Trägerverband angeschlossen, den Tec Zeliim zum Schutz der Sonnenstation entsandt hatte.

Nie hätte er gedacht, dass sie dem Untergang so nahe kommen würden, dass Ten O'Shadiifs Flotte so überlegen ausgestattet war und dem Schildverband derart zusetzen würde. Tec Zeliim hatte das Mögliche erreicht und das Unmögliche versucht. Das Basisschiff hatte schwere Treffer hinnehmen und den Schutzschild segmentweise deaktivieren müssen. Der Kommandeur war unter den Gefallenen, wie auch andere Brückenoffiziere. Dennoch hatte er die sichere Zuversicht des Angreifers mehr und mehr schwer erschüttern können. Anders war es nicht zu erklären, dass der Cektronn derart verunsichert von seinem Primärziel ablassen würde, um seine Aufmerksamkeit misstrauisch einem geheimnisvollen, kleinen Schiff hinter dem zweiten Systemplanten zu widmen.

Die Sonnenstation war durch den Einschlag des kinetischen Rail-Cannon-Geschosses ebenfalls schwer beschädigt worden, trotzdem hatte es noch für einen Impuls der verbleibenden Schwerkraftlinsen gereicht, verstärkt und umgelenkt durch die Fusionslinse der Gmersink.

Er war erschrocken, wie zerstörerisch der Energiestrahl durch das Z-Zemothy Flaggschiff geschnitten hatte, jegliche Schutzfelder in Sekundenbruchteilen überladend, eine mehr als hundert Meter abmessende Bugsektion abtrennend. Möglicherweise hatte er durch diese Ablenkung die Schlacht für die Königreiche gewonnen – es wäre ein positiver Nebeneffekt für sein nächstes Gespräch mit Keleeze – Hauptsache, er hatte den

Cektronn nicht dabei getötet. Sein Entschluss, das beschädigte Flaggschiff entkommen zu lassen, die Systeme der Schattentruppen zu sabotieren, würde er später dem Merkanteer oder sogar einem Overteer gegenüber als Verrat rechtfertigen müssen, im Moment verschwendete er daran keinen Gedanken – wichtig war sein Zusammentreffen mit Ten O'Shadiif.

Am anderen Ende der Potentiallinie aus dem Ruthpark-System heraus, waren sie an Bord der wartenden Privatyacht des Cektronns gegangen und befanden sich nun – auf seine eigene verbindliche Vorgabe hin – auf dem Weg zu Ankatarh, dem Ursprungsplaneten der Gilde, tief im Herzen des Zentrums.

»Warum ich, Siir?«

Die blassen, blauen Augen des alten Mannes blickten zu Sinistra hinüber. Sie war wach, hatte ihn aufmerksam seit längerem still beobachtet.

Sollte er ihr sagen, dass sie eigentlich nur seine zweite Wahl gewesen war?

»Ich kann Euch trauen, liebe Freundin. Ihr seid unvoreingenommen, sehr intelligent und verfügt über ein Makrobot-System.«

Sie hatte sich aus ihrem Schlafsessel erhoben, einige tiefschwarze Haarsträhnen im Gesicht.

»Habt Ihr mich gerettet oder entführt?«

Syncc Marwiin konnte ein inneres Lächeln nicht unterdrücken. Seine Wahl war berechtigt gewesen – sie hatte keine Angst.

»Möglicherweise das Erste, sicherlich das Zweite«, entgegnete er offen und nickte ihr zu. »Ich kann Euch gut brauchen für die Erledigung der Aufgaben, die vor mir liegen.«

Der Gesichtsausdruck der jungen Frau spiegelte eine Mischung aus Neugierde und Misstrauen.

»Von welchen Aufgaben sprecht Ihr, Siir?«

Syncc Marwiin stand auf und drehte sich zu ihr. Er überragte sie um nahezu zwei Köpfe.

»Zusammengefasst lasst es mich so ausdrücken, liebe Freundin«, seine Gedanken waren lange nicht so klar gewesen.

»Es geht darum, unser Überleben zu gewährleisten - nicht Eures oder das Eures Planeten, nicht das der Sieben Königreiche oder gar mein eigenes. Wir beide werden ziemlich sicher an Altersschwäche sterben.«

Er zögerte einen Moment, dann schloss er: »Ich spreche von allem, was *Menschsein* in dem uns bekannten Universum bedeutet.«

Sie strich sich mit einer unwillkürlichen Bewegung eine Haarsträhne aus dem Gesicht hinter ein Ohr.

»Ihr meint diese neue Katastrophe, von der Art, die die Sole-Sourcer vor mehr als einhundertzwanzigtausend Jahren auf der Erde ausgerottet hat?«

Er nickte ihr anerkennend zu. Sie ließ sich von dem ungeheuerlichen Ausmaß einer solchen Aufgabe nicht beeindrucken, sondern versuchte intuitiv, sie zu erfassen und kontrollierbar zu machen.

»Das ist der Teil, um den sich *andere* kümmern müssen, liebe Freundin«, der Blick der jungen Frau wurde wieder unsicher.

»Unsere Aufgabe liegt im wesentlichen darin, die von Euch so genannten Maya zu finden, die vor 1194 unserer Jahre, das entspricht ungefähr 1450 Jahren Eurer Zeitrechnung, Euren Heimatplaneten verließen«, fuhr Syncc Marwiin fort. »Möglicherweise unterscheidet sich unsere Ansicht darüber, was wir tun sollten, wenn wir sie einmal entdeckt haben.«

»Ich verstehe nicht, was meint Ihr?«

Er sah sie ernst an. »Ich für meinen Teil habe die Aufgabe zu verhindern, dass sich ihre und unsere Wege jemals wieder kreuzen!«

Roter Nebel, Sieben Königreiche, Rosenteich
30397/1/29 SGC
03. November 2014

Keleeze

Die *Sieben* befand sich seit zwei Stunden mit allen Einheiten wieder im Rosenteich-Sektor. Blaak Ferkuiz hatte die Besetzung des Ul'Charque-Systems beendet, nachdem er alle Ziele dort erreicht hatte.

Ich befand mich seitdem im Ausnahmezustand.

»Nicht schlecht, Crownie.«

Eine zarte Hand streichelte fordernd über meine Lenden, dunkle, mandelförmige Augen sahen mich an, nur gerade so weit von meinen entfernt, dass mich ihre langen Wimpern nicht berührten.

Ihre Nasenspitze streifte meine.

»Na, wie riecht so eine einfache Corps-Soldatin für einen hohen Crownie-Adeligen?« Sie stupste mich erneut an, der Griff ihrer Hand wurde fester. »Ist das irgendwie noch akzeptabel?«

Zur Antwort presste ich meine Lippen auf ihren Mund und ließ den leidenschaftlichen Kuss in den folgenden Minuten nicht enden, während ich langsam ihr rechtes Handgelenk umfasste und mir mit einer für sie überraschenden Bewegung an anderer Stelle etwas Luft verschaffte.

Nach einem kurzen Ringkampf kam ich auf ihrem Rücken zu liegen und hielt ihre beiden Arme unter ihrem Körper fest. »Sehr akzeptabel, wenn du eine Bestimmte meinst«, flüsterte ich in Ashias Ohr und küsste anschließend die helle, frische Gewebenaht auf ihrem Rücken, wo vor zwei Tagen die auf Ul'Charque III zerschmetterten Wirbel ersetzt worden waren.

Sie entspannte sich und ich lockerte meinen Griff. Meine Finger umspielten das in ihre rechte Schulter implantierte Offiziers-Abzeichen des Extraktionscorps – die stilisierte Sklavengruppe, umringt von der Flugbahn eines Raumschiffes.

»Wie würde es aussehen, mein Crownie, wenn es durch das Emblem der Schattentruppen ersetzt würde?«, fragte sie mit ironischem Lächeln und drehte sich unter mir.

»Du solltest auf deinen Mentor Kamir Des'Rafil hören«, antwortete ich so konzentriert, wie es mir im Moment möglich war, »er hat präzise Vorstellungen von den vor uns liegenden Aufgaben, Ashia. Begleite und schütze ihn - er wird es brauchen.«

Sie drehte sich unter mir, ihre Beine umschlangen mich. »Ich hoffe, du hast eine ebenso konkrete Vorstellung von der Aufgabe, die jetzt vor *dir* liegt, mein Crownie-Merkanteer.«

Raana, Miil Sobho, Blaak und ich verharrten bewegungslos im abgeschirmten Kommunikationsraum der *Sieben*. Die Holo-Projektionen der Thieraportübertragungen von Restront, aus den anderen sechs Königreichen und von Chrunus füllten den großen Saal vollständig aus.

Der Ring der Sieben war die jährliche Zusammenkunft der Könige. Blaak Ferkuiz als Overteer der Schattentruppen und Hud Kluwaan als höchster Repräsentant der Pretaia sowie Nonga Tejii, die Erste Händlerin der Heratis, machten diese Versammlung zu dem gewichtigsten Treffen der Königreiche.

Torkrage Treerose, Narg Laurenz und Blaak verfügten durch ihre zusätzlichen Overteer-Ränge über die Befehlsgewalt in der Organisation, welche der Händlervereinigung - der Heratis - sowie der Pretaia und den Schattentruppen vorstand.

Narg Laurenz, als älterer der beiden Overteers mit Königsrang, führte den Vorsitz der heutigen Zusammenkunft und hatte mit dem Satz *Siirs, Siiras, die Königreiche befinden sich im Konflikt!* die Richtung der Versammlung vorgegeben.

Die Holo-Projektionen der Teilnehmer waren kreisförmig im Raum angeordnet. In der Mitte befand sich der Thieraport der *Sieben*, der das eingefrorene Bild des blutbespritzten Harkcrow zeigte. Narg Laurenz hatte nach der allgemeinen Begrüßung, dem obligatorischen Anfangspalaver und seiner ernsten Einführung die von Torkrage Treerose in dessen Winterresidenz decodierte letzte Nachricht seines Vorfahren vorgeführt.

Das Dröhnen der Sirene von Harkcrows Schiff hallte in den Ohren der Versammelten nach, seine Worte hatten alle in tiefe Nachdenklichkeit versetzt.

Raana hatte mir bereits von den Inhalten der Botschaft erzählt, auch, dass es seit meinem Gespräch vom Vortag mit dem König von Restront keine neuen Nachrichten von dessen Adjutanten, Ruf Astroon, aus dem Enchrome-System gegeben hatte.

Certeer Zarkoon, der Leiter von Treeroses lokalem Stab, hatte mir nach unserem gestrigen Bericht über die Lage im Ul'Charque-System die Bitte des Königs übermittelt, ihn während der *Abwesenheit* seines Adjutanten zu unterstützen. Es war das erste Mal, dass ich Zarkoon in einer offenen Form der persönlichen Anspannung erlebt hatte. Sein Stab auf Restront war ausgezeichnet, reagierte praktisch auf Gedankenebene und erledigte jegliche Aufgaben mit höchster Qualität. Trotzdem war der Leiter und damit umso mehr Treerose von einer Unzufriedenheit erfüllt, die die sonst so analytische Denkweise der beiden zu beeinflussen drohte.

»Siirs, Siiras, diese Nachricht beantwortet eine Menge der Fragen im Zusammenhang mit dem mysteriösen Verschwinden Harkcrows«, begann Treerose und übernahm den Vortrag von Narg Laurenz, nachdem sie einen kurzen Blick getauscht hatten. »Da sie sehr alt ist, darf es uns nicht verwundern, wenn einige der angesprochenen Fakten sich mittlerweile geändert haben.«

»Was meinst du, Tork?«, fragte Frere Metcalfe mit hartem Ton in die Runde hinein.

Treerose kniff die Augen kurz zusammen und tolerierte die Unterbrechung durch den König von Dominion. »Harkcrow sprach davon, dass sein Zepter auf Enchrome ruhe – dies entspricht nicht mehr den Fakten. Wir haben es gefunden – es befand sich seit Jahrhunderten *im Zentrum*.«

Metcalfe blickte ihn überrascht an, verkniff sich jedoch eine Nachfrage.

»Ebenso ergibt sich heute ein konträres Bild zu Harkcrows Aussage bezüglich des Hintergrundes des Anschlags auf ihn.«

Treerose hatte in seiner unnachahmlichen Art begonnen, um den Thieraport herumzuschlendern. Seine Holo-Projektion blieb vor mir stehen, dunkle, kluge Augen sahen mich an. Ich bildete mir das kurze Zwinkern nicht ein, das feine Narbengeflecht im rechten Augenwinkel verzog sich deutlich.

»Sicher wurde er damals von Z-Zemothy sabotiert. Viele glauben, dass der damalige Cektronn Rud El'Ottar hinter dem Verrat steckte, um das gemeinsam geplante Vorhaben ausschließlich für sich nutzen zu können.« Treerose setzte seinen Rundgang langsam fort. »Ich für meinen Teil bin mir sicher, dass Rud El'Ottar *fest davon überzeugt* war, es für sich zu tun.«

Blaak Ferkuiz streifte mit seiner Schulter wie zufällig meinen Arm und deutete mit dem Kinn in die Richtung von Frere Metcalfe, vor dem Treerose jetzt stehenblieb, den goldenen Haarreif in der Hand.

»Er war so lange davon überzeugt, bis er zwei Jahre nach dem Tod Harkcrows selbst ermordet wurde.«

Metcalfe erwiderte Treeroses Blick, ohne mit der Wimper zu zucken.

»Man könnte sich fragen, *wer steckte dann dahinter?*« Der König von Restront breitete in einer hilflosen Geste beide Arme aus und drehte sich langsam um seine Achse. »Wenn nicht Z-Zemothy, *wer dann?* Wer beseitigt Rud El'Ottar und verwischt anschließend die Spuren so gut, dass die Königreiche alles vergessen und erst der heutige Cektronn, Ten O'Shadiif, durch Zufall nach genau 1192 Jahren, wieder auf diesen Vorfall aufmerksam wird? Und durch die Aggressivität seiner Aktionen keinen Zweifel an der Bedeutung lässt, welche diese Geschichte für ihn bekommen hat!«

Sein Blick streifte auffordernd die Anwesenden. Niemand erwiderte etwas.

»Vielleicht die Unsichtbare Flotte oder die Gilde?«

Er lächelte vor sich hin und setzte seinen Rundgang langsam fort. »Ich hatte in der Nacht eine Konferenz mit Karbedi mas Boroudy und dem Si'Taal.«

Der König blieb vor der Ersten Händlerin der Heratis stehen.

»Nonga Tejii und Kamir Des'Rafil waren ebenfalls zugegen. Es war ein interessantes Gespräch, in dem Mom letztendlich dem Cektronn seine Unterstützung entzog, nachdem ich ihn über die letzten Aktionen Z-Zemothys informiert hatte. Die Gilde steht in diesem Konflikt nicht gegen uns – die Erste Händlerin übte einen beträchtlichen Druck auf den Si'Taal aus. Es half mir, dass Kamir Des'Rafil – Ihr werdet Euch erinnern – er war bis vor fünfzehn Jahren der Erste Händler der Gilde, an der Befreiung von Keleeze und Hud Chitziin im Ul'Charque-System beteiligt war.«

»Also scheiden Zentrum, Gilde und Unsichtbare Flotte aus«, Narg Laurenz sah Treerose an. »Da bleiben nicht mehr viele Kandidaten übrig!«

»Wie wäre es mit der Kirche, Torkrage?«

Alle Augen richteten sich ruckartig auf Melcom Siinstep, die amtierende Königin von Prokon.

Es war das kleinste der Sieben Königreiche und für die Overteers der Organisation seit ihrem Bestehen wohl das schwierigste. Es lag am Rande der Region, eher im Gebiet des Zentrums, und hing am Rockzipfel seines großen Nachbarn Metcalfe/Dominion, von dem es in der Vergangenheit auch größtenteils wirtschaftlich abhängig gewesen war.

Treerose tat einige Schritte zur Holo-Projektion der erhabenen und zierlichen Königin, deutete eine leichte Verneigung an und wies mit dem goldenen Reif auf sie.

»Harkcrow sprach von den Troyians, Siirs und Siiras«, sagte er in die Stille hinein, Melcom Siinstep nicht aus dem Blick entlassend. »Jedes Lager hatte einen solchen Vertreter. Harkcrow war der der Königreiche, El'Ottar war der des Zentrums – *nicht nur* von Z-Zemothy. Die Troyians sollten als neutrales Bindeglied zwischen den Blöcken vermitteln.« Treerose machte eine Pause und sah in die verschiedenen Gesichter der

Holo-Projektionen. »Zwei von dreien fielen innerhalb von zwei Jahren Anschlägen zum Opfer. Die Kommunikation zwischen den Vermittlern kam zum Schweigen. Wie fühlte sich wohl der Troyian der Nebelwelten, Melcom?«

Die schlanke Frau antwortete selbstbewusst: »Wie ich sagte, Torkrage, ich denke, schlecht!«

Die Statur des Königs von Restront überragte sie um nahezu einen Meter.

»Aonia 2. war Urmutter zu der Zeit und verschwand nur ein Jahr nach Rud El'Ottar - ist das der Hintergrund deiner Aussage?«

Sie nickte - verunsichert durch die direkte Ansprache des Overteers.

»Danke für die Offenheit, Melcom«, Treerose drehte sich zu Frere Metcalfe, der seinerseits aus dem Kreis der Anwesenden herausgetreten war und ihn herausfordernd ansah.

Torkrage ging langsam zu ihm und schob sich im Gehen seinen goldenen Reif zurück in die hohe Stirn.

»Was sagt uns das, Frere? Der letzte Verdächtige auch ermordet. Drei Troyians, alle tot innerhalb kurzer Zeit, nachdem eine Kultur auf geheimnisvolle Weise extrahiert und im Roten Nebel verschwunden ist. - Wer bleibt noch übrig als Verdächtiger? Sag du es mir!«

Der elegante König von Dominion trat verblüfft einen Schritt zurück. »Woher soll gerade ich es wissen, Tork?«

Treerose sah mich fragend an.

Ich nickte zustimmend.

»Es gibt einen Zeitzeugen, Frere«, fuhr der König von Restront leise fort und deutete mit einer Hand in meine Richtung. »Keleeze hat jemanden getroffen, der damals dabei war.«

Die Wirkung dieser Worte war beeindruckend. Alle Anwesenden brachen schlagartig in aufgeregte Gespräche aus, die gedämpft eine kollektive Unruhe in die Versammlung brachten.

Lediglich Frere Metcalfe schwieg. Seine Miene war nicht zu lesen. Ein kurzer Blick zu Melcom Siinstep diente eher dazu, sich zu vergewissern, dass sie ihn nicht beobachtete.

Auf ein Handzeichen Treeroses verstummten die Einzelgespräche. »Gib uns einen Überblick, Keleeze.«

»Siirs, Siiras, ihr kennt die Berichte bezüglich des Adjutanten von Harkcrow Treerose, Oldo Merceer«, begann ich, mir der vollen Aufmerksamkeit der Anwesenden bewusst.

»Bis vor wenigen Wochen kannten wir nicht einmal diesen Namen. Dann entdeckte mein Adjutant im Ruthpark-System das Schiff Harkcrows und erhielt eine aufgezeichnete Nachricht, in der Harkcrow ihn erstmalig nannte. Ein Syncc gab uns weitere Informationen zum Hintergrund dieser Person, die bereits weiterverteilt wurden. Bis vor wenigen Tagen gingen wir davon aus, dass Oldo Merceer ebenfalls dieser Verschwörung zum Opfer fiel, wenn auch mehr als sechzig Jahre nach dem Tod Harkcrows.«

Ich machte eine kurze Pause und legte mir die folgenden Sätze zurecht.

»Der Adjutant von Torkrage Treerose, Ruf Astroon, erreichte vor wenigen Tagen die Basis der von Ruthpark extrahierten Kultur auf Enchrome – ihrem Ausbildungslager – und machte dort zwei bemerkenswerte Entdeckungen.« Die erwartungsvolle Stille im Raum drohte mir auf die Ohren zu schlagen. »Er fand den Leichnam Oldo Merceers und den Beweis, dass die Basis vor mehr als eintausend Jahren von Kirchentruppen angegriffen wurde.«

»Also doch!«, rief Melcom Siinstep überrascht aus und sah mich mit geröteten Wangen über die Entfernung von mehreren Millionen Lichtjahren an. Dann richtete sich ihr Blick plötzlich konsterniert zu Boden.

Ich verschwieg mit Absicht die Entdeckung der Tempus-Übermenschen und den Angriff auf Enchrome zu diesem Zeitpunkt. Es war mit Treerose abgesprochen, dass er dies zu einer passenden Gelegenheit einbringen würde.

»Was ist das für ein Beweis, Merkanteer, von dem Ihr da sprecht?« Frere Metcalfe hatte auffordernd eine Hand gehoben und war ein paar Schritte in meine Richtung gegangen.

»Das würde ich auch gern wissen, Merkanteer!« Mengiize Solmen kam auf mich zu. Der König von Kaafu warf Treerose einen entschuldigenden Blick zu. »Wer ist derjenige, der *damals dabei war?*«

Treerose blickte starr geradeaus.

Ich antwortete: »Es handelt sich um Oldo Merceer, Siir.«

Blaak Ferkuiz beobachtete Frere Metcalfe. Der wollte zu einer Frage ansetzen, bemerkte jedoch, dass Blaak und ich ihn abschätzend ansahen und verzichtete.

»Oldo Merceer – nach mehr als eintausend Jahren noch am Leben?« Mengiize Solmen hatte beide Hände in die prallen Seiten gestützt und wartete auf die Erklärung.

Treerose nickte.

»Nach genau 1129 Jahren, König. Er wurde bei dem Anschlag verletzt. Kirchentechnik rettete ihn – er wurde reinkarniert«, antwortete ich auf minimalem Weg, jeden Hinweis auf die Tempi eisern vermeidend.

»*Wo ist er jetzt?*«, platzte es aus Frere Metcalfe heraus, während der allgemeine Geräuschpegel sprunghaft anstieg, als die Möglichkeiten, die sich aus den Aussagen eines solchen Zeitzeugen ergeben mochten, erörtert wurden.

Treerose verfolgte den Weg der Holo-Projektion des Königs von Metcalfe/Dominion. Der war inzwischen seinerseits auf dem Weg zu ihm und hatte dabei, jegliche Etikette verletzend, die Holo-Projektion des ihm im Weg stehenden Mengiize Solmen durchquert.

Nur Blaak und mir fiel die Intensität der Blicke auf, die zwischen den beiden Königen gewechselt wurden.

»Das fragst du mich, Frere?« Treeroses Stimme war gefährlich ruhig.

Mit einem Mal herrschte wieder lähmendes Schweigen unter den Anwesenden. Die Wangenknochen von Metcalfe traten hart hervor. Er war nahezu gleich groß mit Treerose, vielleicht zwanzig Kilo schwerer. Eine Sekunde lang dachte ich, er würde die Kontrolle über sich verlieren, doch dann hatte er sich wieder im Griff.

»Ja, Tork, das frage ich dich! Sag uns, was du weißt.«

Treerose wich dem Blick des Königs von Dominion nicht aus.

»Oldo Merceers Gehirn ist in einen Tempus-Übermenschen transplantiert worden.«

»*Pahhh!*« Metcalfe wischte die Erklärung mit einer abschätzigen Handbewegung beiseite. »*Niemals,* Torkrage, hörst du? *Niemals!*«

Er lachte. Sein vor Vergnügen verzerrter Blick fand mich. Mir war nicht im Geringsten zum Lachen zu Mute. – Niemandem sonst.

»Merkanteer – das ist eine aberwitzige Geschichte, die Ihr Euch wagt, Eurem Overteer – und uns zuzumuten.«

Sein Finger zeigte auf mich. »Demnächst ist Oldo Merceer auch noch ein Sole-Sourcer und bereit, uns zu dolmetschen?«

Treerose sah mich mit einem schmerzverzerrten Gesicht an. Ich teilte sein Empfinden – das mit dem Sole-Sourcer hätte der König von Dominion nicht wissen dürfen.

Auf einen Fingerzeig von Treerose hin verschwand das Konterfei Harkcrows aus dem Thieraport.

»Sieh gut hin, Frere!« flüsterte der König von Restront und entfernte sich mit ernstem Gesicht ein paar Schritte.

Im Thieraport baute sich das von schweren Interferenzen gestörte Bild von Ruf Astroons Zerstöreranzug auf und die Nachricht wurde abgespielt.

Ich beobachtete Frere Metcalfe. Seine Miene war undurchschaubar, regungslos verfolgte er die Aufzeichnung.

››Ich habe hier das Skelett von Oldo Merceer gesehen. Die Nachrichten über seinen Tod sind verständlich – aber verfrüht, Oldo Merceer war ein Sole-Sourcer, Siir, und er ist am Leben!‹‹

Die Worte von Treeroses Adjutanten verfehlten ihre Wirkung auf die Anwesenden nicht.

››Sein Gehirn wurde in einen Tempus transplantiert – unter Beteiligung von zwei Wissenschaftlern der Kirche. Er hat Enchrome mit den Coruumern verlassen – es ist unklar, ob er noch bei ihnen ist.‹‹

Wieder brach das Bild der Projektion zusammen und fror schließlich ein.

Die Anwesenden schwiegen. Frere Metcalfe sah kurz zu Treerose und wandte sich dann ab.

»Ihr habt recht gehabt, König«, sprach ich zu seinem Konterfei. »Oldo Merceer ist ein Sole-Sourcer *und* ein Tempus«, sagte ich langsam, jedes meiner Worte mit Bedacht wählend. »*Woher wusstet Ihr das, Siir?*«

Roter Nebel, Zentrum, Ankatarh, Cap del Nora, Hauptstadt der Gilde
30397/1/30 SGC
04. November 2014

Syncc Marwiin

Der alte Mann legte den Kopf in den Nacken und tat einen tiefen und gleichmäßigen Atemzug. Der belebenden Morgenluft war die aufkommende Schwüle des Tages bereits anzumerken. Er war nur wenige Schritte von der Landeplattform auf den federnden Rasen getreten und hielt die Augen für ein paar Momente der Entspannung geschlossen.

Syncc Marwiin ignorierte das leise Summen des sich auf seinen Antigravs wieder entfernenden Shuttles, mit dem er und die junge Frau von Bord der Privatyacht des Cektronns in die Hauptstadt der Gilde, auf Ankatarh, gebracht worden waren.

Ich habe viel von Euch gelernt, Syncc – nun muss ich meine eigenen Lehren daraus ziehen. Bewahrt Eure Wärme. Die Abschiedsworte von Ten O'Shadiif an ihn waren von Ernüchterung geprägt gewesen. Der Cektronn wirkte entschlossen. Hoffentlich besaß er nun die notwendige Geduld.

»Das ist der Ursprungsplanet der Kulturen des Roten Nebels, Siir?«

Syncc Marwiin öffnete die Augen und blinzelte in die aufgehende Sonne. Langsam drehte er sich zu Sinistra um, die sich ihrerseits um ihre Achse drehte und dabei die unterschiedlichsten Yachten auf dem Privatflughafen der hochrangigen Händler von Cap del Nora bestaunte.

»Nun – das war er, zumindest so lange, bis Ihr das Multidimensionale Archiv Harkcrows auf Eurem Planeten fandet und darin die Hinweise zur Arche der Sole-Sourcer auf dem Kontinent Afrika, liebe Freundin.«

Er lächelte verschmitzt. »Vielleicht verschweigt Ihr das besser in den Gesprächen auf Ankatarh. Der Tourismus hat hier einen sehr hohen Stellenwert und würde sicher darunter leiden.«

Sie erwiderte das Lächeln, aktivierte mit einem Druck in ihrem Nacken das Visier und stellte es auf Sonnenreflektion ein.

Der Kulturbeauftragte beglückwünschte sich innerlich zu seiner Entscheidung, diese junge Frau als Dienerin ausgewählt zu haben. Innerhalb weniger Tage hatte sie sich auf die vollkommen veränderte Weltanschauung eingestellt und war daran gewachsen - nicht wenige vor ihr waren daran zerbrochen. Sicherlich hatte ihre ursprüngliche Verletzung und die dadurch notwendig gewordene Implantation des Makrobot-Systems einen entscheidenden Anteil daran - eine Dienerin mit schwachem Immunsystem in einer Welt fremder Keime wäre ihm nicht von großem Nutzen gewesen. Doch auch ihre Psyche wies ein Maß an Stärke auf, das nur allein durch den biotechnologischen Eingriff nicht erklärt werden konnte.

»Lasst uns zusammen ein natürliches Frühstück einnehmen, liebe Freundin. Dabei kann ich Euch mehr über diesen Planeten und die Entstehung der Gilde erzählen.«

Er setzte sich in Richtung eines flachen Gebäudes in Bewegung. Sinistra blickte ihm nachdenklich nach. Vor ihrem inneren Auge sah sie die komplette Szenerie: *Allein auf einem Planeten, in einem Universum, dass sie nicht kannte, von dem sie vor wenigen Wochen nicht einmal wusste, dass es existiert. Nur in Begleitung eines alten Mannes, der unglaublich viel Wissen angehäuft hatte, eine unterschwellige Macht ausstrahlte, die sie nicht zu begreifen vermochte und sie immer weiter in dieses unbekannte Reich einführte. Wie sollte sie das alles Karen erzählen und vor allem - wann?*

Sie blieb mehrere Minuten mit gerunzelter Stirn in sich versunken neben der Landeplattform stehen. Äußerlich nur durch ein leichtes Schulterzucken zu erkennen, akzeptierte sie schließlich ihre Rolle in dieser neuen Gesellschaft, sah die einzigartige Chance zu lernen, hob die Tasche des alten Mannes auf, hängte sie sich über die Schulter und folgte ihm zügig.

Marwiin wartete vor einem hohen, geöffneten Torbogen, in dem lange farbenfrohe Tücher leicht vom Morgenwind bewegt wurden, dem Eingang des Gebäudes. Er warf Sinistra beim Näherkommen einen langen prüfenden Blick zu und nickte ihr dann freundlich zu, als sie mit seiner Tasche bei ihm eintraf.

»Es gibt gewisse Regeln und Erwartungshaltungen hier für das Miteinander. Ihr fungiert hier als meine Dienerin, liebe Freundin. Bleibt immer genau zwei Schritte hinter mir, sprecht in Anwesenheit anderer Händler – Ihr erkennt sie sicher an den Perlen in ihren Bärten – nur, wenn ich Euch etwas frage«, instruierte er sie.

»Lasst uns nun gehen!«

Das Gebäude besaß nur einen einzigen hohen, von Säulen gerahmten, kuppelförmigen Raum, der an zwei gegenüberliegenden Seiten durch gleich gestaltete Torbögen durchbrochen war. Zwei Schiffer der Unsichtbaren Flotte saßen in hellen Gilde-Uniformen an einem ausladenden Tisch, von mehreren Holodisplays umgeben, und sahen von ihrer Arbeit auf, als Marwiin und Sinistra das Gebäude betraten.

»Ihr wurdet angekündigt, Siir.« Der Schiffer schien distanziert. Kritisch musterte er den alten Mann und seine Begleitung. »Es gibt Spannungen zwischen dem Zentrum und den Königreichen. Was ist der Grund Eures Hierseins?«

»Ich bin Wissenschaftler, Schiffer. Mein Besuch gilt der Universität der Gilde«, antwortete Marwiin knapp, hielt währenddessen seine linke Hand mit dem Kommunikationsring in ein blaues Lichtfeld, das vor ihm in der Luft erschienen war, und registrierte vergnügt die Veränderung im Ausdruck des Schiffers, als der die Gewichtung von Marwiins ID angezeigt bekam.

»Ich bitte um Entschuldigung, Syncc. Bitte begebt Euch in das vorderste Flugboot. Es ist bereits programmiert. Darf ich Eure Anwesenheit dem Vorsitzenden der Universität, Baas P'Eteen, melden, Siir?«

Marwiin zögerte einen Moment. Der Cektronn hatte seinen Wunsch, in Cap del Nora abgesetzt zu werden, nicht hinterfragt. Das war gut so, schließlich hätte er ihm nicht die Wahrheit sagen können.

»Bitte«, antwortete er in neutralem Ton.

Der Schiffer begleitete sie hinaus und deutete auf ein kleines Antigrav-Schiff, das eine Handbreit über dem Steinboden schwebte. »In fünf Minuten seid Ihr auf der Konnega, Syncc.«

Sinistras Visier hatte die lokale Zeit übernommen. Bereits Hud Pasuun hatte ihr den Standard Guild Calendar (SGC) erklärt. Verwundert bemerkte sie, dass dieser Planet exakt in diesem Zeitformat lag: Ein Tag zu zwanzig Stunden, eine Stunde zu sechzig Minuten und eine Minute zu einhundert Sekunden. Der Standard-Monat besaß zwanzig Tage, das Standard-Jahr lediglich acht Monate. Ihre innere Uhr kam dank der Makrobots mit dem, im Vergleich zum Tag/Nacht-Rhythmus ihres Heimatplaneten, mehr als acht Stunden (Erde) längeren Standard-Tag gut zurecht.

»Das hängt damit zusammen, dass Ankatarh als Wiege der Gilde diese Standard-Zeit definiert hat«, erklärte Marwiin. »Die Gilde ist in vielen Dingen sehr pragmatisch. Ihr werdet auch keine Probleme mit der Verständigung haben. Das Standard-Proc, das Ihr beherrscht, liebe Freundin, hat ebenso hier seine Wurzeln.«

Weitere Fragen sprach Sinistra nicht aus. Der Ausblick aus der Luft raubte ihr jegliche Worte.

Sie flogen die Küstenlinie in südwestlicher Richtung an endlosen, hell leuchtenden Sandstränden entlang. Das Antigrav-Schiff folgte in einhundert Metern Höhe dem rasant ansteigenden Bodenniveau. Der schmale Uferstreifen entfernte sich zusehends, durch eine aus dem Meer anwachsende Steilküste wie abgeschnitten.

Das winzige Schiff flog über deren letzte Abbruchkante hinweg, welche die sonst makellose Uferlinie wie ein riesiger Schnitt in eine weite Bay unter ihnen öffnete. Kilometerhoch über einer dunklen, noch im Schatten liegenden Wasserfläche, die von feinen, hellen Schaumkronen verziert war, glitten sie wie an einem unsichtbaren Seil über eine gigantische Schlucht, verloren in einer weiten Rechtskurve weiter an Höhe und tauchten in den Schatten der jetzt hinter ihnen liegenden Steilküste ein. Die Konnega, eine wenige Kilometer vor ihnen liegende Halbinsel, erwachte funkelnd in den ersten Sonnenstrahlen, während sie vom gegenüberliegenden Steilufer durch leichte Seenebelschwaden hindurch von unzähligen Lichtreflexen überschüttet wurden.

Ihre Flugbahn führte sie dicht an die Halbinsel heran, in deren der Bay zugewandtem Teil ein großes Gebäude, welches von einer beeindruckenden, kunstvoll verzierten Kuppel gekrönt wurde, goldfarben schimmerte. Nach exakt fünf Minuten näherte sich ihr Antigrav-Schiff zur Landung einem Hafen, in dem die junge Frau *echte* Schiffe erkannte.

In diesem Moment froh darüber, nur zum Hinterherlaufen verurteilt worden zu sein, versuchte sie alle Eindrücke in sich aufzunehmen und dabei den Anschluss an den Kulturbeauftragten vor ihr nicht zu verlieren, der sie zielsicher von der Landeplattform der filigranen Anlegerkonstruktion hinunter, am Rande enger Gassen entlang und vorbei an Scharen morgendlicher Besucher führte, die nur für den Marktbesuch zu so früher Stunde auf den Beinen waren.

Marwiin steuerte auf ein am Ufer liegendes, elegant in die ansteigende Landschaft eingefügtes Anwesen zu.

»Ist das hier das Universitätsgelände, Siir?« Sinistra sah skeptisch auf den selbstbewusst Wohlstand ausstrahlenden Komplex.

»Nein, liebe Freundin, das ist es nicht«, antwortete Marwiin und drehte sich während des Gehens zu ihr.

»Vor unserem Besuch dort werden wir frühstücken. Außerdem muss ich hier noch etwas in Erfahrung bringen – und *jetzt* erinnert Euch an das, was ich Euch vorhin gesagt habe!« Seine stechenden Augen genügten ihr als Hinweis.

Sinistra verstummte und zuckte unwillkürlich zusammen, als sie den gepanzerten Soldaten der Unsichtbaren Flotte bemerkte, der mit hochgefahrenem Visier regungslos neben dem Eingang des nun vor ihnen liegenden Gebäudes stand. Fröstelnd erinnerte sie sich an die kurzen Augenblicke in dem Cenote, als sie verletzt dort unten lag und sich ein solcher Anzug über sie gebeugt hatte.

Kommentarlos und ohne den Offizier eines Blickes zu würdigen, betrat Marwiin das Gilden-Trading-Center und Sinistra hatte keine Wahl, als ihm hinein zu folgen.

Gebannt blieb die junge Frau im Inneren stehen. Sie hatten das GTC durch einen Nebeneingang betreten und befanden sich in einem großzügig gestalteten Empfangsbereich, der durch eine mehrere Meter hohe, aus unterschiedlichen Edelsteinen und Hölzern gefertigte Skulptur dominiert wurde, welche das Emblem der Gilde darstellte.

Sinistra betrachtete fasziniert die aus vier Pyramiden zusammengesetzte Form und erkannte sie sofort als eine der drei Hieroglyphen auf der Stele in Coruum wieder. Die beiden wie Strahlen an der Spitze des Vulkans angeordneten Pyramiden leuchteten im Licht verborgener Quellen und rotierten langsam schwerelos über ihren Köpfen, vergleichbar dem Doppellichtkegel eines überdimensionierten Leuchtturms.

Syncc Marwiin registrierte zufrieden, wie seine Begleiterin ihr eigenes Bild der neuen Gesellschaft vervollständigte. Zu dieser frühen Tageszeit herrschte nahezu kein Betrieb. Mit Ausnahme von mehreren Schiffern und einem Offizier befand sich niemand in ihrer Umgebung.

»Ich wünsche ein Gespräch mit dem lokalen Repräsentantin der Gilde, Toreki«, sagte er zu dem Korvettenkapitän, der hinter einer schwebenden Steinplatte stand und für Besucher zuständig zu sein schien.

Der Offizier in dunkelblauer Gildenuniform musterte den alten Mann mit den klaren blauen Augen, seinem blonden Zopf und dem schlichten Gewand einen Moment lang.

»Das ist Ker Es'Maram, Repräsentan*tin* der Gilde, Siir«, erwiderte er förmlich. »Worum geht es?«

»Das werde ich *ihr* erzählen«, antwortete Marwiin knapp, strich beiläufig mit seiner linken Hand durch das blaue Feld des ID-Scanners über einer Stelle der Tischplatte und wartete auf eine Reaktion.

Der Korvettenkapitän registrierte verblüfft den Rang seines morgendlichen Besuchers, versuchte irgendeinen Hinweis im

Gesicht des Kulturbeauftragten zu entdecken, begegnete jedoch nur einem unnachgiebigen Blick.

»Ich werde so lange auf der Veranda warten«, sagte Marwiin schließlich, wandte sich ab und steuerte auf eine breite Treppe zu, die im hinteren Teil des Empfangsbereichs begann und zu einer großen, noch im Schatten liegenden Holzterrasse führte, von der sie einen atemberaubenden Blick über die Bay und auf die Halbinsel hatten.

Lediglich ein Tisch war von zwei Händlern besetzt, die keinerlei Notiz von ihnen nahmen.

Marwiin steuerte auf das Geländer der Terrasse zu, wählte einen Platz unter einem bunten Baldachin, der ihnen auch in einer Stunde, wenn die Sonne über die Kronen der umstehenden Palmen scheinen würde, noch Schatten spenden konnte. Der Wind, der inzwischen über der Bay aufgefrischt war, ließ die Baldachine über ihrem und den anderen Tischen knattern und erzeugte mit den Blättern der Palmen ein diffuses Rauschen. Der Seenebel über der Bucht hatte sich weiter verteilt und war dabei dünner geworden. Nur sehr vereinzelt drangen die Geräusche des Marktes noch gedämpft zu ihnen hinauf.

Sinistra hatte die Tasche Marwiins auf einen Sessel neben sich gelegt und starrte auf die Szenerie der Konnega, die ihr wie ein Ausschnitt aus Tausendundeiner Nacht erschien. Sie hatte nicht für eine Sekunde das Gefühl, sich auf einer anderen als der ihr bekannten Welt zu befinden. Es glich eher dem Eindruck einer Zeitreise zurück in die Vergangenheit des Orients. Sie hätte in diesem Augenblick nirgendwo sonst sein wollen.

Marwiin bemerkte die Ergriffenheit seiner Begleiterin wohlwollend. »Wir werden ein paar Tage hierbleiben, liebe Freundin, es sollte möglich sein, die Stadt ein wenig zu erkunden«, sagte er behutsam und winkte einen Diener heran.

Sinistras Frühstück bestand überwiegend aus Obst, warmen Brot und einem Getränk, das Marwiin für sie bestellte.

»Meridonwasser, liebe Freundin«, erklärte er die farblose Flüssigkeit. »Hud Pasuun hat es Euch sicherlich gegeben. Es wird von Eurem Makrobot-System zur Regeneration benötigt.

In einigen Jahren könnt Ihr für längere Zeit darauf verzichten, im Moment ist es jedoch Euer Hauptnahrungsmittel!«

Sie aßen schweigend. Sinistras Blick hing an den schimmernden Kuppeln der Gebäude auf der Halbinsel, deren Details sie sich mit Hilfe des Visiers beliebig dicht heranzoomen konnte, wurde hin und wieder abgelenkt durch automatisch abgedunkeltes Flimmern einzelner Gebäudeteile am gegenüberliegenden Ufer, mehr als zehn Kilometer von ihnen entfernt. Die Temperatur war mittlerweile angestiegen. Die Windböen waren zu einer leichten Brise abgeflaut und alle Tische im Schutze eines Baldachins waren nun besetzt.

»Ker Es'Maram ist eingetroffen, Syncc.« Der Korvettenkapitän war neben ihrem Tisch erschienen.

»Sie erwartet Euch.«

Marwiin erhob sich und bedeutete Sinistra mit einem unmerklichen Kopfschütteln, ihn nicht zu begleiten.

Die lokale Repräsentantin der Gilde in Cap del Nora stand vor einem runden ornamentierten Fenster, dessen Glas den Raum in vielfarbiges Licht tauchte und Ker Es'Maram nur als dunkle Silhouette zu erkennen gab.

Marwiin tat ein paar Schritte auf sie zu und blieb dann stehen, seinen Blick dem Korvettenkapitän zugewandt.

Ker Es'Maram entließ den Offizier mit einem kurzen Kopfnicken, richtete ihre hellen Augen auf Marwiin und trat bis auf wenige Schritte an ihn heran. Ganz im Gegensatz zu der typischen weiten und stoffintensiven Mode der Händler trug sie eine Anzugkombination aus frischen Farben zu ledernen Sandalen. Ihr schulterlanges, braunes Haar war von wenigen, sicherlich sehr kostbaren Perlen verziert und ihr Gesicht trug nur wenig Farbe.

Marwiin spürte ihren kontrollierten Unmut darüber, ohne ausreichend Informationen zu diesem Treffen gerufen worden zu sein. Er war damit zufrieden - er würde sich auf sie verlassen können.

»Vielen Dank, dass Ihr gekommen seid, Händlerin«, begrüßte er sie und neigte seinen Kopf ganz leicht, gerade genug um ihr gegenüber nicht respektlos zu erscheinen.

»Ich kenne Euch nicht, Syncc«, antwortete sie in frostigem Ton, ihre Zurückhaltung aufgebend. »Ich kenne weder Eure Aufgabe, noch reicht mir der Rang, den Eure ID besitzt, um Euch treffen. Der einzige Grund für mich, hierherzukommen ist der, dass eine Fähre des Cektronns Euch hier abgesetzt hat. *Warum?*«

Marwiin begegnete ihrem fordernden Blick unbeirrt. Er streckte seine linke Hand in ihre Richtung aus.

»Darf ich?«, fragte er und ohne ihre Antwort abzuwarten, strich er mit dem Blutring über den weichen Anzugstoff ihres Oberarms.

Ker Es'Maram hatte sich sehr gut in der Gewalt. Ihre aufwallende Empörung erstickend, beobachtete sie aufmerksam die Hand des alten Mannes und wartete schweigend auf eine Erklärung.

Marwiin las die Daten des Mikro-Displays auf der Ringoberseite und nickte befriedigt. »Ihr erfreut Euch allerbester Gesundheit, Händlerin«, sagte er lächelnd, »wichtiger für mich ist, dass Ihr frei von Überwachungsdrohnen seid.«

Mit einer schnellen Bewegung nahm Ker Es'Maram seine Hand, hielt sie mit einem überraschend kräftigen Griff am Gelenk fest und betrachtete die unterschiedlichen Ringe ausführlich. Ihre implantierten Augenschilde fokussierten alle sichtbaren Details und Marwiin ließ sie gewähren.

Nach ein paar Sekunden ließ sie ihn langsam los, sah ihn an. »Die Auswahl Eurer Ringe entspricht Eurem Rang, Syncc? Ich hätte gern ein paar von *jedem*!«

»Ich bin sicher, die Gilde verfügt über Wege, diese für Euch zu beschaffen«, sein Lächeln blieb. »Ihr wisst, dass sie personalisiert sind und ohne Makrobot-System nicht funktionieren werden.«

»Ist das so?« Sie zog eine gekünstelte Schippe. »Warum sollte ich dann mein Gespräch mit Euch fortsetzen?«

Er würde sie jetzt fragen müssen, wollte er nicht unverrichteter Dinge zurückkehren.

»Ich muss sehr dringend mit Karbedi mas Bouroudy sprechen, Händlerin. Ihr müsst mir helfen, sie zu treffen.«

Die lokale Repräsentantin presste hörbar Luft zwischen ihren Lippen hervor und lachte leise vor sich hin. Kopfschüttelnd drehte sie sich zum Fenster, entfernte sich ein paar Schritte und wurde im Glanz der einfallenden Lichtstrahlen fast unsichtbar.

»Sicher nicht, Syncc. Erst möchte ich verstehen, aus welchem Grund ich das tun sollte«, sagte ihre feste Stimme in den Raum hinein.

Marwiin folgte ihr langsam, bis er ihr schönes Gesicht im Licht einer blauen Ornamentscheibe sehen konnte.

»Die Erste Händlerin muss etwas für mich tun, was *nur sie* tun kann. *Nur sie* verfügt innerhalb des Zentrums über den Zugang zu Informationen, die für den gesamten Roten Nebel überlebenswichtig sind.«

Ker Es'Maram erwiderte nichts. Langsam drehte sie sich um, kam so dicht an Syncc Marwiin heran, dass der ihren leichten Duft nach kostbarem Ölen wahrnehmen konnte. Ihre Augen unter den schmalen Brauen suchten seine.

»Eure Gemeinschaft war für uns immer ein großes Geheimnis, *Syncc*. Wir wissen viel über sie, aber auch nichts Genaues. Ihr bestätigt mir das gerade aus erster Hand. Ich würde Euch gern vertrauen, weil ich denke, dass Ihr aus einem ehrlichen Antrieb heraus handelt – *oder zu handeln glaubt!*«

Ihre Pupillen waren geweitet, Augenschilde regulierten den Lichteinfall. Ihre Stimme wurde entschlossen.

»Ich benötige einen Bürgen für Euch, Syncc. Einen hohen Offizier der Königereiche oder der Heratis – jemanden, der Euch kennt und hier bekannt ist, jemand, der Eure Geschichte bestätigt. Andernfalls kann ich Euch nicht helfen!«

Sie machte einen Schritt zurück. Der Korvettenkapitän trat leise hinter Marwiin in den Raum.

»Ich bin bis zum Abend erreichbar. Bewahrt Eure Wärme, Syncc.«

»Euer Verschwinden - vielleicht eher die Art Eures Abschieds - hat hier Irritationen ausgelöst, Syncc. Ihr habt möglicherweise nicht den korrekten Eindruck von dem Ausmaß der Gravitationsstörung, die Ihr im Ring der Sieben verursacht habt.«

Der alte Mann schwieg und betrachtete das markante Gesicht des Merkanteers. Der Offizier und Vertraute Treeroses schien aufrichtig besorgt um ihn. Keleeze war der Einzige, dem er voll vertrauen würde - auch wenn er selbst ihm nicht alles verraten durfte.

Nach seinem kurzen Gespräch mit der Repräsentantin der Gilde im GTC war er mit Sinistra zum Universitätskomplex auf der Konnega geflogen. Der Vorsitzende, Baas P'Eteen, erfüllte die Bitte seines unerwarteten Gastes nach einer Hyperraumverbindung zur Organisation.

»Ich für meinen Teil denke, Ihr wisst genau, was Ihr tut, Syncc - möglicherweise mehr als viele andere zur Zeit, und Ihr seid mit Sicherheit nicht der einfältige Kulturschützer, den Ihr mir auf der Relion vorgespielt habt.«

Keleezes schwarze Augen funkelten ihn an.

»Umso wichtiger ist es für mich, den Eindruck zu bekommen, Ihr meint es aufrichtig mit mir, Syncc. Treerose glaubt *mir*, wenn ich sage, wir können uns auf *Euch* verlassen.«

Er spürte die Entschlossenheit des Merkanteers, ihn nicht davonkommen zu lassen, sollte er ihn in dieser Hinsicht enttäuschen.

»Sagt mir, Syncc - *kann ich Euch weiterhin vertrauen?* Habt Ihr das Wohl der Sieben bei Euren Handlungen vor Augen?«

Marwiin legte wie beschwörend beide Hände mit den Innenseiten zusammen, die Fingerspitzen wiesen zum Merkanteer. Sinistra hatte jede Eigenbewegung eingestellt und starrte ihn mit aufgerissenen Augen durch das zentrale Holodisplay hindurch an.

Jedes Wort sorgsam auswählend, antwortete Marwiin:

»Ihr könnt *nur* mir weiterhin vertrauen, Keleeze.«

Unbewusst fuhr er sich mit einer Hand über die stramm nach hinten gebundenen blonden Locken, » – und ja – das Wohl der Sieben liegt in meinem Sinn – wie das aller Kulturen des Roten Nebels.«

»Was soll das wieder bedeuten, Syncc?«

»Ich erkläre es, Merkanteer!«

Marwiin hatte beide Hände zur Beschwichtigung erhoben.

»Es ist unglaublich kompliziert, Keleeze, die Entwicklung hat mich genauso überrascht wie Euch oder Treerose – oder Ten O'Shadiif.«

Der kritische Blick des Merkanteers führte bei Marwiin zu sichtbarer Pein.

»Es geht um den gesamten Roten Nebel, Siir. Es betrifft uns alle. Er wird gemeinsam überleben oder untergehen – das habe ich dem Cektronn deutlich gemacht und *Ihr müsst es Treerose sagen*. Wir müssen zusammenarbeiten, um der Katastrophe zu entgehen!«

Seine Stimme war entschlossen und zugleich flehentlich.

»*Syncc!*« Keleezes Unmut war greifbar. »*Was soll das?*«

Der Merkanteer trat so dicht an die Übertragungseinheit heran, dass seine schwarzen Augen und die Nasenpartie das gesamte Holodisplay ausfüllten.

»Wir haben Hud Chitziin befreit, wir haben mit dem Si'Taal gesprochen, *wir arbeiten bereits gemeinsam daran, die Potentialkatastrophe zu vermeiden!*«

Der alte Mann ertrug den Ausbruch geduldig.

» Ich spreche von den Coruumern, Keleeze«, sagte er schließlich ohne Betonung. »Ich spreche von den Sole-Sourcern die wir alle suchen – von *ihnen* geht die Bedrohung aus, sollte jemals ein erneuter Kontakt entstehen!«

Keleezes Blick wirkte mit einem Mal überrascht. Er entfernte sich ein paar Schritte von der Aufnahmeeinheit. Mit gerunzelter Stirn sagte er: »Hatte ich das noch nicht erwähnt, Syncc? Ich habe Oldo Merceer auf Ul'Charque III getroffen. Vielmehr hat er *mich* gefunden. Wie Ihr uns sagtet – er *ist* ein Sole-

Sourcer. Er befindet sich auf dem Weg zu einem Treffen mit Treerose.«

Syncc Marwiin schien, als hätte er die Bemerkung Keleezes nicht vernommen. Er stand regungslos, Bestürzung auf den sonst ruhigen Zügen.

Der Merkanteer wartete auf einen Kommentar des Kulturschützers.

»*Syncc?*«

»Ihr … habt … Oldo … Merceer … *getroffen?*«

Syncc Marwiin suchte nach einem Halt innerhalb des Kommunikationsraumes, um sich aufzustützen – es befand sich jedoch kein Möbel in seiner Nähe. Sinistra eilte zu ihm, als sie das Schwindelgefühl des alten Mannes bemerkte und er nach vorn zu fallen drohte. Kraftvoll stützte sie ihn an einer Schulter.

Unwirsch schüttelte Marwiin sie ab.

»*Er lebt?*«

Keleeze hatte die letzten Sekunden überrascht auf Sinistra geblickt – sie auf den zweiten Blick auch erkannt. Er verkniff sich eine Bemerkung ihr Verschwinden betreffend und antwortete: »Ja. Möglicherweise in einer anderen Form, als wir *Leben* bezeichnen würden, aber ich habe mit ihm gesprochen.«

»Was redet Ihr da, Keleeze – wie kann das sein? Er wurde 29268 ermordet!«

»Syncc! – Es sollte eigentlich ein Grund zur Freude für Euch sein. Schließlich wäscht diese Tatsache den Makel von Eurer Gemeinschaft, den einzig lebenden Sole-Sourcer im Roten Nebel und ehemaligen Adjutanten von Harkcrow Treerose getötet zu haben. Wir werden die meisten Fragen jetzt beantworten können.«

»Sofern er bereit ist, diese Antworten zu geben, Keleeze.«

Marwiin hatte sich wieder gefasst. Sein Blick streifte entschuldigend das Gesicht Sinistras, die ihm zunickte und sich ein paar Schritte entfernte.

»Wie hat er überlebt, Merkanteer?«

»Offensichtlich hatte der Anschlag der Synccs damals nur begrenzten Erfolg. Das Gehirn Oldo Merceers wurde in einer aufwendigen Aktion für kanpp zwanzig Jahre konserviert und zuletzt mit der KI eines Tempus-Übermenschen verschmolzen, der sich in den letzten eintausend Jahren auf einem Planeten im Zentrum verborgen hielt.«

Syncc Marwiin rieb sich erschöpft mit einer Hand über das Gesicht. Nachdenklich blickte er zu Keleeze, wortlos, schüttelte dann frustriert den langen Kopf.

»Er ist auf dem Weg zu Treerose, sagtet Ihr, Merkanteer?«

Der nickte.

»Das ist keine gute Idee. Ihr müsst ein direktes Treffen verhindern!«

»*Wie bitte, Syncc?*«

Keleeze hatte beide Hände in die Hüfte der dunkelgrauen Uniform gestemmt, den Kopf leicht schräg, als habe er sich verhört.

»Ich verstehe Euch nicht! Aus welchem Grund?«

»Das kann ich im Moment nicht sagen – nur, dass es gegenwärtig unserer Sache nicht förderlich wäre.«

Marwiin wusste, dass er die Toleranz des Merkanteers jetzt überstrapaziert hatte. Umso überraschter vernahm er die entspannte Tonlage von Keleezes Erwiderung.

»Nun, ich kann Euch in dem Punkt beruhigen, Syncc, es wird immerhin ein paar Tage dauern – Treerose trifft sich vorher mit Frere Metcalfe auf Dominion.«

Marwiins Kopf schnellte förmlich nach vorn. Er setzte zu einem heftigen Dialog an – gewann jedoch genauso schnell die Kontrolle über sich zurück. Dem Merkanteer war diese Reaktion nicht entgangen, er schüttelte langsam irritiert den Kopf.

»Ich halte es für das Beste, wenn Ihr schleunigst zurückkommt, Syncc!«

Er wählte den unauffälligen Befehlston, der innerhalb der Organisation das Zeichen zur Beendigung jeglicher Diskussion war.

»Am besten in Begleitung von Sinistra, deren spurloses Verschwinden große Besorgnis bei ihren Freunden auf Ruthpark ausgelöst hat.« Seine linke Zeigefingerkuppe unter dem schwarzen Waffenring wies auf den Kulturschützer.

»Ihr und ich – wir sollten uns dringend persönlich unterhalten, Syncc!«

Der alte Mann erwiderte den strengen Blick wortlos und starr. In seinem Kopf spielten sich unzählige Szenarien der Zukunft ab. Alle führten zum gleichen Ergebnis. Nach einer endlos erscheinenden Zeit flackerte sein Blick schließlich. Fast flehentlich sagte er:

»Das werde ich ganz sicher tun, Keleeze – vorher muss ich noch eine bestimmte Person hier auf Ankatarh treffen, wozu ich Eure Unterstützung sehr dringend benötige.«

Roter Nebel, Sieben Königreiche, Dominion
30397/1/32.SGC
06. November 2014

Torkrage Treerose

Der König von Restront ging zügig die breiten Steinstufen hinauf.

Ein Kommandeur und drei Offiziere der Alstortruppen in Zerstörer-Kampfanzügen folgten zwanzig Meter hinter ihm in lockerer Formation über dem Boden schwebend, während zwei weitere Offiziere in Aufklärer-Anzügen gut einhundertfünfzig Meter weiter vor ihm als sichtbarer Teil seiner Leibgarde den Weg in Augenschein nahmen.

Die Bewegungen des Königs von Restront waren betont geschmeidig, in seinem schwarzen Zeta-Nanofaser-Anzug wirkte er wie sein eigener, die Treppe hinaufgleitender Schatten. Treerose war ausgesprochen schlechter Laune - was ein weiterer Grund für die hohe Geschwindigkeit war, mit der er die Stufen - auch ohne Antigravs - beinahe hinaufflog.

Vor nur wenigen Wochen - vor dieser ersten überraschenden Nachricht aus Coruum - war sein größtes Problem die harmonische Eingliederung von einzelnen Systemen der Nebelwelten, die ihrer düsteren Zukunft unter dem Schwert der Kirchenritter endlich entkommen wollten, in die Sieben Königreiche gewesen.

Heute stand er kurz davor, die Letzteren in Scherben aufgehen zu lassen - nur dass die Kirche diesmal davon *profitieren* würde.

Frere Metcalfe hatte ihn herausgefordert - Treerose hatte einen Verdacht, aber er musste genau verstehen, warum.

Zu einem anderen Zeitpunkt - wenn nicht gerade der gesamte Rote Nebel von einer interstellaren Katastrophe bedroht würde - hätte er dem Gespräch mit einer gewissen Gelassenheit entgegengeblickt. Auf einer Meta-Ebene kam er trotzdem nicht umhin, über sich selbst zu lachen. Warum war er nicht in der Lage, Metcalfes Herausforderung einfach zu ignorieren?

Warum rückte er mit einer Leibgarde in Sturmstärke für den Besuch eines Bundesgenossen an? Die Overteers standen auf Treeroses Seite – alle Königreiche auch. Er war der mächtigste Mann im Roten Nebel.

War er das? Wirklich?

Oder hatte sich das Blatt leise und von ihm sowie den anderen Overteers unbemerkt gewendet, hatten heimlich neue Bündnisse Form angenommen, waren neue Parteien im Spiel erschienen, die sich noch nicht offen zu erkennen gegeben hatten? Er wollte es nicht glauben, doch um genau das herauszufinden, befand er sich hier, benötigte er die direkte Konfrontation, die persönliche Gegenüberstellung, den Auge-zu-Auge-Kontakt mit Frere Metcalfe, dem zweiten in der Rangliste der Könige, gemessen am persönlichem Wohlstand, dem zweiten Königreich, gemessen am Alter und politischen sowie wirtschaftlichen Einfluss, dem ersten der Individuen der Sieben Königreiche, gemessen am Ehrgeiz.

»Dreihundert Meter, dann links durch ein großes Tor, Siir«, meldete sich Certeer Zarkoon von Bord des Schildverbandes, der ihn in das Herz von Metcalfe/Dominion begleitet hatte und nun von einer Position nahe des Sprungpunktes sämtliche seiner Bewegungen und der aller anderen relevanten Objekte im System überwachte.

Zeitgleich erschien das Bild eines prunkvollen Tores auf seinem Visier, übertragen von dem Vordersten seiner Alstor-Offiziere.

Treerose hatte sich vorgenommen, noch einmal alles zu versuchen, um Frere Metcalfe zurück in die Gemeinschaft zu holen. Dazu gehörte, dass er zwar mit viel Feuerkraft angereist war, diese jedoch am Sprungpunkt zurückgelassen hatte. Ebenso verzichteten seine Offiziere auf den Einsatz ihrer Aufklärungsdrohnen, wenn sie auch die Sensoren ihrer Anzugphalangen im vollen Umfang aktiviert hatten.

Im Gegenzug hatte es keinerlei Empfangskomitee von Seiten des Königs gegeben. Ihr Weg von der zugewiesenen Landeplattform hatte sie durch verwaiste Gänge und Säle geführt. Natürlich waren die Garden von Frere Metcalfe nicht weit –

Treerose verstand das labile Spiel des taktischen Positionsaufbaus sehr gut.

Der König von Dominion hatte den Ort des Zusammentreffens bewusst gewählt. Das Eingangstor in den Ahnensaal hatte sich zur Sekunde vollständig geöffnet, als Treerose es durchschritt.

Metcalfe ließ ihn den langen Weg nehmen. Vorbei an endlosen Errungenschaften des Königreichs, zusammen mit Treerose/Restront und Laurenz/Difthon einer der Gründer des Bündnisses. Torkrage ließ sich nicht beirren, er kannte die gemeinsame Historie ausgezeichnet, eilte im gewohnten Tempo vorbei an den museumsgleich präsentierten Schiffen, Ausrüstungsteilen, Waffen und Handelsgütern.

»Der Saal ist abgeschirmt, Siir. Im Moment nur auf schwachem Niveau, kann jedoch so gesteigert werden, dass wir den Kontakt zu Euch verlieren«, informierte ihn Zarkoon.

Treerose erwiderte nichts. Es gehörte zum Spiel, das Metcalfe die Muskeln zeigte.

Der erwartete ihn, im Zentrum des Ahnensaals in einer Art Amphitheater stehend, umgeben von Hologrammen der alten Könige und Königinnen dieses Reiches, durch KIs den Eindruck erweckend, sie nähmen aufmerksam an den Geschehnissen teil. Direkt hinter ihm befand sich ein Tempus-Übermensch, neben der holografischen Darstellung von Liase Metcalfe, dem König, unter dessen Regentschaft der erste Tempus noch zur Zeit der Tektor-Kriege entwickelt worden war. Das Modell hier war einer der neuesten Generation, vergleichbar Ad Rogue, dem letzten der Garde der Troyians aus der Thieraportübertragung von Enchrome, und überragte Metcalfe um das Dreifache.

Teil des Spiels, dachte Treerose, den Stich ignorierend, den ihm die Erinnerung an die letzte Aufzeichnung seines Adjutanten versetzte, *wie treffend*, schritt die letzten weiten Stufen hinunter und blieb ein paar Meter vor Frere Metcalfe stehen, der ihn ohne jede Begleitung mit selbstzufriedener Miene erwartete.

»Massives Trägheitsfeld um den König, Siir. Abschirmung des Raumes steigt langsam an.«

Treerose konnte das Schutzfeld Metcalfes sehen. Es ließ die Konturen des Königs für kurze Zeit verschwimmen, wenn er sich bewegte, wurde danach sofort wieder klar.

»Nun, Tork, hier ist die gewünschte Gelegenheit zu einem Gespräch unter vier Augen.« Frere Metcalfe lächelte vergnügt. »Sofern du meine Ahnengalerie zu ignorieren vermagst.«

Treerose nahm sich einen Augenblick Zeit, die Szenerie auf sich wirken zu lassen. Sein Gegenüber trug einen ähnlichen Monofaser-Anzug wie er selbst, etwas aufwendiger verziert, mit den farbenfrohen Insignien von Dominion auf den Oberarmen und dem goldenen Emblem des Königs am kurzen Stehkragen. Sie beide standen allein in der Mitte des Ahnensaals. Wenigstens zwanzig, mehrere Meter breite, Stufen erhoben sich kreisförmig und formten einen weichen Trichter unter einer großen jetzt rötlich schimmernden Kuppel, deren indirektes Licht die gesamte Szene in eine blutgetränkte Atmosphäre tauchte. Auf unterschiedlichen Stufen standen die überlebensgroßen Hologramme der Dominion-Ahnen und sahen ihn an. Alle Offiziere seines Begleitschutzes bis auf einen, der nur wenige Meter hinter ihm schwebte, hielten sich außerhalb des Trichters, unregelmäßig im Saal verteilt, auf.

Er erwiderte das Lächeln knapp.

»Ich wusste nicht, dass du von einem Tempus abstammst, Frere – aber ich werde es hinbekommen«, sagte der König von Restront und nickte ihm zu. Er spürte, wie sich die Muskeln Metcalfes anspannten, in Erwartung seiner Gesprächseröffnung.

»Frere, wie lange kennen wir uns?«

Treerose registrierte befriedigt die Irritation seines Gegenübers durch diese Frage.

»Du warst bei meiner Geburt dabei, nicht wahr? Du gehörtest zum engsten Beraterkreis meines Vaters, zu der Zeit, als er Overteer war. Du hast meine Ausbilder auf Chrunus ausgesucht und dafür gesorgt, dass ich es nie zu leicht hatte.«

»Du warst ein Treerose, Tork. Damit hat man es *automatisch leicht!*«, unterbrach der andere ihn leise. »Du wurdest *bevorzugt!*«

Der König von Restront sah ihn schweigend an. Die Anspannung bei Metcalfe war zurück, größer als zuvor. Er hatte einen Nerv getroffen.

»Ist das der Grund, warum du meiner Inthronisation ferngeblieben bist, warum du dich seit dem Tod meines Vaters und meiner Ernennung zum Overteer mehr und mehr von mir, den anderen Königen und der Organisation zurückziehst?«

Er machte einen Schritt auf Metcalfe zu.

»Du bist eifersüchtig?«, schrie er ihn an, *»du, der König eines der größten Wirtschaftsimperien des Roten Nebels bist eifersüchtig wie ein kleines Kind auf einen Nebenbuhler, nur weil du nicht der Erste sein kannst?«*

Treerose hatte seine Hände in die Hüfte gestemmt, stand leicht vornübergebeugt. Er ließ seinem Zorn freien Lauf.

»Wer sagt dir, dass du nicht der Nächste bist?«

Stille hatte sich ausgebreitet. Neben den fast unhörbaren Betriebsgeräuschen des Zerstörer-Kampfanzugs hinter Treerose drückte die Stille betäubend auf die Atmosphäre. Metcalfe starrte finster an ihm vorbei, einem inneren Pfad folgend, den er nicht mehr verlassen konnte.

»Weil ich nicht mehr warten kann! Ich hatte es längst verdient – seit sehr, sehr langer Zeit!«, zischte er durch zusammengebissene Zähne.

»Schaltet Euer Feld ein, Siir, die Abschirmung des Saals steigt schnell an«, hörte er Zarkoon eindringlich, beachtete ihn jedoch nicht, da Metcalfe weiterredete.

»*Ich* hatte es verdient, Tork – bereits vor dir. Mein Vater hatte es verdient – lange vor deinem Vater«, er breitete die Arme flehentlich aus – hob seinen Blick auf die umstehenden Hologramme seiner Vorfahren, »sie alle hatten es verdient – lange vor Harkcrow Treerose – wir waren immer stark, wir haben immer gekämpft, haben die Neun maßgeblich mit geformt und *ihr habt regiert!*«

Treerose registrierte im Unterbewusstsein, dass Zarkoon sein Schutzfeld per Fernbefehl aktiviert hatte. Mit einer Drehbewegung an seinem Schildring schaltete er es wieder ab.

»Frere, das alles ist mir bewusst!«

Er zwang sich, die offensichtliche Anspannung Metcalfes, der jeden Moment die Kontrolle über sich zu verlieren drohte, zu ignorieren – er hatte noch nichts erfahren.

»Warum hat Dominion der Urmutter geholfen, Oldo Merceer zu reinkarnieren, nachdem das Attentat auf ihn fehlschlug? Was hattet ihr, *hast du*, mit der Kirche zu tun?«

Metcalfes Augen kamen aus der trüben Ferne zurück, suchten seine. Der Blick war vollkommen klar. Etwas war geschehen – eine Entscheidung gefällt.

»Ramone hat immer die Stärke von Dominion gesehen. Unsere Wissenschaftler waren die besten im Roten Nebel, wir haben die erste Generation der Huds ausgebildet, *ihr* habt sie uns weggenommen und nach Tektor und Chrunus gebracht, wir haben die Tempi gebaut, Harkcrow hat sie uns weggenommen und für seine Troyian-Märchen benutzt!«

Treerose kniff die Lippen zusammen. Er ignorierte weiterhin die Alarmsignale Zarkoons, er würde Metcalfe jetzt um keinen Preis unterbrechen.

»Nur Ramone hat uns immer geschätzt, sie hatte immer den richtigen Blickwinkel auf unsere Leistungsfähigkeit. Sie hat uns angespornt, nicht aufzugeben, als die Huds unsere Rolle in der Forschung und Entwicklung übernommen hatten. Dominion ist immer noch besser! Wir haben es bewiesen.«

Die Stille kehrte zurück. Metcalfe stand hoch aufgerichtet da, holte langsam und tief Luft. Seine Augen waren aufgerissen, blickten an Treerose vorbei, durch den Ahnensaal hindurch, zurück in der Zeit, zum ersten Bündnis zwischen Dominion und der Urmutter.

Leise aber kraftvoll erklang seine Stimme erneut, als rede er zu sich selbst, als überzeuge er sich erneut von der Notwendigkeit und Richtigkeit der damaligen Entscheidungen.

»Dominion hat die erste *vollkommene* Mensch-Maschine-Kopplung entwickelt. Die Reinkarnationstechnik der Kirchenoberen gibt es nur dank uns. Hunderte von Jahren - lange vor den Königreichen - lange vor Bengsten Treerose - waren wir in der Lage, *alt* zu werden - sehr alt. Wir benötigten Konsistenz im Denken und Handeln, um das Reich zu lenken - ein Menschenleben war dafür bei weitem zu kurz.

Die Urmütter teilten unsere Einschätzung und erwarben die Technologie. Mit der Zeit veränderte sich jedoch ihre Strategie. Während wir von der Technologie nach Entwicklung der Tempi auf Drängen von Harkcrow Abstand nahmen, intensivierten sie ihre Anwendung und machten sie zu einem festen Bestandteil ihrer Kultur. Sie betonten den Geist und seit Ramone verachten sie das Fleisch. *Reiner Geist, in einer unsterblichen Hülle*, das war ihr Auftrag!«

Er lachte leise.

»Und dafür verrätst du uns?«

Metcalfe drehte sich ruckartig zu Treerose hin. Seine Hände legten sich mit verschränkten Fingern an seinen Mund. Langsam schüttelte er den Kopf. Tränen glitzerten in seinen Augenwinkeln. Treerose erkannte für einen Moment einen alten Freund und Mentor hinter der unzerstörbaren, bleiernen Schicht aus Frustration.

»Nein, Tork. Dafür bin ich bereit, die Königreiche zu führen, der Schlange den Kopf abzuschlagen und Dominion endlich an die Spitze des Roten Nebels zu setzen.«

Er verstummte.

Treerose sah ihn traurig an.

»Du weißt, dass die Urmütter Meisterinnen der Intrige und Manipulation sind, Frere. Warum tust du uns das an?«

»Weil sie es in diesem Fall ehrlich mit uns meinen. Sie respektieren und schätzen mich!«

»Du weißt, dass ich das nicht tolerieren kann, Frere. Die Kirche ist unser Feind. Sie hat Ruf auf Enchrome angegriffen und Z-Zemothy gegen uns gehetzt. Beinahe wäre ein Krieg mit dem Zentrum entstanden - du weißt es, du warst bei allen Besprechungen dabei! Sag mir, dass ich mich wieder auf dich verlassen kann.«

Der kurze Moment der alten Vertraulichkeit war vorbei. Treerose spürte es. Er hatte einen wichtigen Verbündeten und sehr alten Freund nun endgültig an die Kirche verloren. Er drehte sich um und schritt auf die erste Stufe zu. Der Offizier der Alstortruppen schwebte etwas zur Seite. Erneut bemerkte der König von Restront die automatische Aktivierung seines Körperschildes. Diesmal beließ er es dabei. Von hinten vernahm er die feste Stimme von Metcalfe.

»Es tut mir leid, Tork – aber ich kann dich nicht von hier weggehen lassen.«

»In den Anzug, Siir!«

Treerose benötigte diese Erinnerung des Alstor-Offiziers im Kommandeurs-Anzug nicht. In der Sekunde, in der sein Visier ihm meldete, dass die Verbindung zum Schildverband unterbrochen war, hatte er bereits zum Sprung auf den unbemannten *Zerstöreranzug* in seiner Nähe angesetzt, der sich entriegelte und ihm den Zugang erlaubte. Nur wenige Sekunden später war er einsatzbereit und befand sich bereits im direkten Feuer der Rail-Cannons des Tempus-Modells, das sich mit einem Sprung in die Mitte des Amphitheaters gebracht hatte. Die Anzug-KI katapultierte ihn nahezu gleichzeitig mit den Antigrav-Repulsoren aus dem tödlichen Feuerkegel und weit aus dem Trichter heraus, mitten unter das Ausstellungsstück eines alten Systemjägers.

Nicht zu früh. Die Implosion der *Antimateriedrohnen* auf dem Tempus riss weite Teile des Amphitheaters auseinander, die seichte Trichterform lenkte den Großteil der folgenden Reaktionsenergie nach oben und drückte die Trümmer der sich auflösenden Kuppel hoch in die Luft.

»Dank an Ruf Astroon, Siir. Dieses Angriffsmuster auf den Tempus war Bestandteil seines Berichts von Enchrome«, meldete ihm der Kommandeur erleichtert. Eine Wegmarke erschien in seinem Display.

»Dort hinaus!«

»Overteer«, Certeer Zarkoon sah ihn auf einem Ausschnitt des Displays an.

»Der Schildverband liegt unter schwerem Feuer. Ihr könnt im Moment nicht zurückkehren, folgt den Wegmarken, Einheiten sind unterwegs!«

Sein Anzug befand sich bereits im Tarnmodus. Sämtliche aktiven Sensoraktivitäten waren ausgesetzt. Treerose sah die vielen kleinen Kämpfe in der Umgebung. Sein Begleitschutz war dramatisch in der Unterzahl. Die Angreifer vergleichbar ausgerüstet und ausgebildet wie die Alstortruppen, ähnlich fortgeschritten, nur in großer Überzahl – und sie waren hier zu Hause. Es war deprimierend.

Neue Wegmarken erschienen auf seinem Display. Die Anzug-KI hatte ihn bereits auf den Weg gebracht. Treerose wagte nicht, in die Steuerung einzugreifen, er besaß bei weitem nicht den Überblick über die Gesamtsituation. Die Wegmarken wurden dynamisch von der zentralen Feuerleit-KI des Schildverbandes gesetzt, die dort hoffentlich Unterstützung für sie bereit hielt.

In wenigen Minuten legte sein Anzug mehrere tausend Kilometer zurück. Nur der Kommandeur und ein Aufklärer waren im Umkreis von einigen Kilometern bei ihm, die anderen Offiziere lenkten die Angreifer ab.

Mittlerweile befanden sie sich über einem Ozean. Neue Wegmarken trafen ein und der Anzug änderte seine Flugrichtung erneut, nach oben, raus aus der Atmosphäre von Dominion, vorbei an einer zerstörten Orbitalstation und Kurs nehmend auf eine Rendezvous-Marke, knapp eine Million Kilometer vom Planeten entfernt.

Sie wurden nicht verfolgt. Die Ablenkung hatte funktioniert – doch zu welchem Preis!

Treeroses Gedanken waren dunkel. Er begann die Konstellation des Feindes zu sehen. Nicht nur die Kirche – das wäre kontrollierbar gewesen – nein, das mächtigste Königreich nach seinem, der größte Truppensteller der Sieben, trat an die Seite der Kirche ins Licht der Auseinandersetzung. Es würde eine wahre Zerreißprobe werden. Er musste mit dem Abfall von

Siinstep/Prokon rechnen – damit wären es noch fünf Königreiche.

Als sie die Rendezvous-Marke erreichten, tauchte wie aus dem Nichts eine große, weit nach vorn geöffnete Sichel vor ihm auf. Sein Zerstöreranzug verankerte sich neben dem Aufklärer an der Unterseite, während der Kommandeur eine Andockvorrichtung auf der Oberseite des Systemtriebwerks nutzte.

Schweigend und über die nun automatisch ablaufenden nächsten taktischen Schritte nachdenkend, erreichten sie die schützende Nähe des Schildverbands.

»Tektor-Protokolle sind aktiv, Siir.«

Certeer Zarkoon verbarg sein Entsetzen nur oberflächlich. Es war sicherlich der folgenreichste Befehl, den er in seinem Leben auszuführen hatte. Auch, wenn er ihn nur weitergeben musste.

»Sie wollten uns entkommen lassen, Siir«, sagte er, um seiner Anspannung Luft zu machen. »Sie haben nicht gekämpft, um zu gewinnen.«

Treerose sah unentschlossen geradeaus. »Da bin ich mir nicht sicher, Certeer. Er wollte seinen Heimatplanten behalten.«

Zufrieden nahm er die geringen Schäden am Flaggschiff zur Kenntnis.

»Ich wäre nicht entkommen, wenn er nicht sicher gewesen wäre, dass dieses Schiff das System anschließend vernichtet hätte.«

Er sah auf das zentrale Navigationsholodisplay auf der Brücke des Flaggschiffes. Sämtliche Segmente waren angedockt, das Schiff gerade im zweiten Transfersystem angekommen.

»Frere ist innerlich gespalten, Certeer – er fühlt sich dem Ehrenkodex der Organisation noch sehr verbunden, dennoch wird einer von uns beiden das nächste Aufeinandertreffen nicht überleben.«

Keinerlei Hochgefühl. Seit den Einigungskriegen unter Harkcrow vor mehr als eintausend Jahren war er der erste Overteer, der wieder einen Krieg gegen Reiche der Sieben zu verantworten haben würde. Er musste nicht lange nachdenken, um sich auszumalen, was die Aktivierung der Tektor-Protokolle bringen würde.

4 Erde

Roter Nebel, Zentrum, Ankatarh, Cap del Nora, Hauptstadt der Gilde
06. November 2014
30397/1/32 SGC

Sinistra

Zwei Tage währte ihr Aufenthalt bereits in dieser bezaubernden Stadt, während Syncc Marwiin auf das Eintreffen der Ersten Händlerin wartete. Obwohl sie den alten Kulturschützer erst seit wenigen Tagen aus der Nähe studieren konnte, spürte die junge Guatemaltekin bereits deutlich seine wachsende Ungeduld. Nur zu gern hatte er ihrem Vorschlag zugestimmt, sie wolle auf eigene Faust die Halbinsel erkunden.

Eine sehr gute Idee, liebe Freundin. Über Euer Visier könnt Ihr mich jederzeit erreichen, solltet Ihr irgendwo in Schwierigkeiten geraten.

Praktischerweise galt auch seine ID für sie. War sie als Dienerin doch ständig unter seiner Verantwortlichkeit unterwegs. Sie wohnten im Luxushotel der Gilde, innerhalb des Trading-Centers. Sie selbst hatte eine kleine Zimmerflucht zugewiesen bekommen, die jeder Präsidentensuite in einem beliebigen Hotel auf der Erde zu Ehre gereicht hätte. Diesen Morgen waren sie gemeinsam zur Konnega hinübergeflogen. Syncc Marwiin hatte sich in das Universitätsgebäude verabschiedet und ihr empfohlen, sich den Campus anzusehen. Sie hatte sich beeilt, aus der sengenden Wärme der Vormittagssonne herauszukommen und sich in den kühlen Schatten eines großen Sandsteintorbogens geflüchtet, der den Eingang zum Universitätsgelände aus Richtung der Anleger und Landeplattformen öffnete.

Nur kurz ärgerte Sinistra sich über sich selbst, da sie es erneut versäumt hatte, sich von Syncc Marwiin erklären zu lassen, wie ihr Visier als Kamera zu benutzen war. Also zog sie einen Notizblock aus ihrer Umhängetasche und begann – ganz im Stile der irdischen Archäologin – perspektivische Skizzen der wunderschönen Kuppelbauten zu machen, die durch schattige Säulengalerien miteinander verbunden waren. Ströme von anderen Besuchern bahnten sich gleichfalls einen Weg durch die historische Anlage, Menschen, die ihr nur zum Teil durch ihre blau- oder bronzestichige Hautfarbe auffielen, die sich sonst nur durch ihre unterschiedlichen Sprachen, Haartrachten oder Bekleidungsaccessoires von einer beliebigen Touristenmenge in Tikal unterschieden.

Langsamer als die anderen Besucher, schlenderte sie durch die schattigen Laubengänge, hielt an mehreren Punkten inne, um besonders auffällige Gebäudeszenen auf ihrem Block festzuhalten, bis sie zu einem großen Platz kam, dessen gegenüberliegende Seite von einer einzigen, beeindruckenden Fassade begrenzt wurde. Syncc Marwiin hatte ihr erklärt, dass dies das Hauptgebäude der Universität in Cap del Nora war und sie es sich unbedingt ansehen solle. Entschlossenen Schrittes überquerte sie den von Brunnen und künstlichen Wasserflächen geprägten Platz und erreichte den Schatten des weit überhängenden Daches, das von vier parallelen Reihen mächtiger Säulen getragen wurde, welche über die gesamte Breite des Portals verliefen.

Sie trat zwischen die zweite und dritte Kolonnade und ließ die fantastische Perspektive der weit im Hintergrund zusammenlaufenden, wenigstens dreißig Meter hohen Pfeiler auf sich wirken. Deren Dimension wurde durch die vielen Besucher noch betont, die in ihrer farbenfrohen Kleidung wie ein fein gemusterter, fließender Teppich zu Füßen der mächtigen Säulen wirkten. Ein aufkommendes Brennen in ihrem Rachen ermahnte sie. Unruhig suchend griff die junge Frau in ihre Tasche, ertastete die Flasche mit der klaren Flüssigkeit des Meridonwassers, nahm konzentriert drei Schlucke und entspannte sich erst, als nur Sekunden später das Brennen nachließ. Kritisch bemerkte sie, dass die Flasche nur noch gut zur Hälfte gefüllt war. Es wurde Zeit, ein Restaurant zu suchen, in dem sie sich einen neuen Vorrat kaufen konnte.

Langsam schlenderte sie die breiten Sandsteinstufen des Hauptgebäudes hinauf, setzte sich in der Mitte der Treppe auf eine Stufe und begann die unterschiedlichen Säulen und sichtbaren Ausschnitte des Platzes mit seinen Wasserspielen in wenigen, präzisen Strichen zu zeichnen.

Eine Gruppe von jüngeren Händlern, die in ihren bunten Tonkas mit den sorgfältig modellierten Bärten und eingeflochtenen Perlenriemchen leicht zu erkennen waren, näherte sich dem Fuß der Treppe. Sinistra fiel ein blonder Mann in dieser Gruppe auf, der sie beobachtete und anlächelte, als ihre Blicke sich trafen. Erschreckt blickte die junge Frau in eine andere Richtung, verwundert über ihre eigene Reaktion. Als sie nach einem Moment langsam wieder aufsah, stand der Händler bereits auf der Stufe unter ihr.

»Verzeiht, wenn ich Euch anspreche, Dawn, ich bemerkte Euer Unwohlsein vorhin. Darf ich fragen, ob es Euch wieder gut geht oder Ihr Hilfe benötigt?«

Seine Stimme klang angenehm und doch fremd. Sein Teint war leicht bronzefarben, wie es ihr hier wiederholt aufgefallen war. Da sie ihn verstehen konnte, musste er Proc sprechen, auch wenn sie eine Art Dialekt herauszuhören meinte. Unsicher schüttelte sie den Kopf. »Danke, es geht mir gut. Es war nur die Wärme.«

Er sah auf den Blutring ihrer linken Hand.

»Ihr kommt aus den Königreichen, entschuldigt meine fehlende Aufmerksamkeit, Siira«, korrigierte er die Anrede und verbeugte sich, wobei ihr drei dunkelrote, in Reihe eingeflochtene, fein gemusterte Perlen an seiner rechten Wange auffielen, die leise aneinander klackerten.

»Ich bin Lenda O'Klasuth, ich studiere hier – *natürlich.* Wahrscheinlich wie Ihr?«

Sein Blick war nach wie vor freundlich, dennoch schien es Sinistra, als erkenne sie dort etwas Lauerndes, was seit Beginn ihrer kurzen Unterhaltung hinzugekommen war.

»Nein – «, sie stockte, suchte nach der richtigen Anrede, »*Händler*«, fiel ihr das Wort ein. »Ich begleite meinen Herren auf einer geschäftlichen Reise«, brachte sie, erleichtert darüber, dass ihr eine gute Erklärung eingefallen war, hervor.

»Sicherlich eine schöne Reise«, entgegnete er und sah sie begeistert an. »Darf ich Euch etwas herumführen, Siira? Ihr werdet von den Touristenströmen sicherlich genug haben. Wir können an einem Café pausieren, wo Ihr Euren Vorrat an Meridonwasser wieder auffüllen könnt und eine sehr schöne Aussicht auf die Bay haben werdet.«

Sinistra nickte ihm vorsichtig lächelnd zu, ließ ihren Notizblock zurück in ihre Tasche gleiten und erhob sich, ohne seine angebotene Hand zu beachten.

»Gehen wir zum Archiv, Siira. Dort bekommt Ihr den besten Eindruck von den Errungenschaften der Gilde.«

Sie folgte dem jungen Mann schweigend die breiten Stufen hinunter, überlegend, ob sie Syncc Marwiin kurz informieren sollte.

»Seht Ihr diese Säule hier, Siira? Sie stammt von meinem Heimatplaneten«, Lenda O'Klasuth deutete auf eine in tiefem Blau glitzernde Steinsäule, deren Oberfläche von unzähligen feinen Rissen durchzogen war. »Mysalik, wie Ihr sicherlich erkannt habt. Die Qualität des Mysaliks von Antaros gilt als einzigartig im Roten Nebel«, fügte er nicht ohne Stolz hinzu.

Er führte Sinistra im Schatten der Säulen, bis sie das Ende des Vordaches und damit auch des Platzes erreicht hatten.

Vor ihnen lag ein großes, im Licht der Sonne gleißend hell schimmerndes, rundes Gebäude mit einer beeindruckenden goldenen Kuppel. Unter einem schweren Baldachin aus dunkelblauem Tuch befand sich der Eingang, an dem Lenda O'Klasuth sie auf einen Hügel zuhaltend vorbeiführte. Sie kamen an eine enge Treppe, die sich gegen den Uhrzeigersinn um eine kleine terracottafarbene Bastion hinaufwand und oben in einem kleinen Plateau mündete, auf dem mehrere Tische im Schatten alter knorriger Bäume standen, deren Blätter sich leicht in der hier oben wieder spürbaren Meeresbrise bewegten. Die Bastion war aus Fels gehauen. Sinistra erkannte das sofort an den Wurzeln der Bäume, die an vielen Stellen die nur dünne Humusschicht durchbrochen hatten, da sie nicht in dem steinigen Untergrund eindringen konnten. Der junge Händler führte sie zu einem kleinen Tisch und sah sich nach einem Diener um.

»Ich bin sofort zurück, Siira.« Mit einer knappen Verbeugung entfernte er sich in den hinteren Teil des Plateaus, den ein zweistöckiges Gebäude mit Flachdach begrenzte.

Sinistra lehnte sich in dem bequemen Holzliegestuhl zurück, der nur von einem feinen Tuch bedeckt war, aber die seit ihrem Reisebeginn sonst übliche technische Unterstützung bei der Anpassung der Sitzposition vermissen ließ. Ihr Blick glitt über die in der Nachbarschaft zu ihrer Linken aufragende Kuppel des Archivs, über das Haupthaus der Universität, die glänzenden Dächer anderer imposanter Gebäude bis zur Bay und darüber hinaus, hin zu dem unendlichen Glitzern von Glasflächen in der Steilküste des südlichen Ufers, die das vom Wasser reflektierte Sonnenlicht vielfach zurückwarfen.

»Ich habe Euch Meridonwasser bestellt, Siira, es wird in wenigen Augenblicken gebracht«, sagte Lenda O'Klasuth und nahm neben ihr Platz. Er setzte sich quer auf seinen Liegestuhl, ihr zugewandt, die Ellenbogen auf den Knien, und lächelte sie an. Als sie sich aufrichtete, bemerkte sie zwei Händler, die in der Zwischenzeit an einem der anderen Tische hinter ihr Platz genommen hatten und sich leise unterhielten, ohne von ihnen Notiz zu nehmen.

»Habe ich zu viel versprochen? Was haltet Ihr von dieser Aussicht, Siira?«

»Die ist wirklich sehr schön, Händler«, sie sah ihn an. »Wie lange studiert Ihr schon hier?«

»Nächsten Monat sind es sechs Jahre. Dann werde ich meinen vollen Rang bekommen und kann das Handelshaus meines Vaters fortführen.«

Eine Dienerin näherte sich und stellte eine volle Flasche Meridonwassers und ein Glas neben sie und reichte Lenda O'Klasuth einen mit Feuchtigkeit beschlagenen Kelch, der mit einer grünen Flüssigkeit gefüllt war.

Sinistra schenkte sich etwas von dem Wasser ein. Der junge Händler beobachtete jede ihrer Bewegungen mit unergründlicher Miene. Er hielt seinen Kelch in ihre Richtung und nickte ihr zu. »Auf die Urmutter und den Urvater.«

Sie hob ihr Glas und trank wortlos, in Gedanken an ihrem Wortschatz zweifelnd, hatte der Händler eben von der *Urmutter* gesprochen?

Erleichtert lehnte sie sich auf dem Liegestuhl zurück. Das Glas fühlte sich mit einem Mal seltsam schwer in ihrer Hand an. Eine Hitzewelle lief durch ihren Körper, Schweiß bildete sich auf ihrer Haut.

»Geht es Euch nicht gut, Siira?« Lenda O'Klasuth stand über ihr gebeugt, seine Augen leicht zusammengekniffen, schwarze Blenden waren unter seinen Lidern zu erkennen, das freundliche Lächeln von eben war vergangen.

Sinistras Körper brannte unerbittlich, das Glas entglitt ihren Fingern, jemand fing es auf, bevor es den Boden erreichte. Das Atmen fiel ihr unerträglich schwer, ihr Herz hämmerte, kein Muskel gehorchte.

»*Schnell*, die Wirkung des Rahabs wird bei ihr wahrscheinlich nicht lange vorhalten.«

Sie wurde angehoben, ein Mann – einer der beiden Händler von dem anderen Tisch – trug sie auf seinen Händen, als habe sie kein Gewicht. Sie betraten das rückwärtige Gebäude, gingen eine Treppe hinunter und kamen in einen großen, einfachen Raum ohne jedes Fenster. Sinistra spürte kalte Luft auf ihrer schweißbedeckten Haut. Lenda O'Klasuth näherte sich, drückte einen Injektor an ihre Schulter.

Der andere Mann legte sie auf einer Liege ab und trat aus ihrem Blickwinkel. »Dämpfungsschild aktiv, Erster!«

Das Brennen in ihrem Körper hatte abgenommen. Dafür war ein schmerzhaftes Kältegefühl in ihrer Schulter entstanden und breitete sich von dort in ihrem Körper aus, drohte ihren Kopf zu sprengen.

»Sie verfügt über ein Makrobot-System, Erster, deutlich moderner als die, die wir bereits kennen – das sollten wir untersuchen.« Lenda O'Klasuths Begleitung las die gesendeten Daten der in Sinistras Körper injizierten Mikro-Drohnen von einem kleinen Display ab.

»Ihr habt mir Euren Namen noch nicht gesagt, Siira«, begann der Ritter sein Verhör, setzte sich seitlich auf die Liege und stützte sich mit beiden Händen rechts und links von ihrem Kopf ab. Seine braunen Augen sahen gefühllos auf sie herab, die drei roten Bartperlen schienen von innen heraus zu leuchten.

Ein klarer Gedanke entstand in ihrem Hirn, wanderte durch ihren Kopf zu ihren Lippen. »Sinistra«, hauchte sie.

»Das stimmt, Siira, und von welchem Planeten seid Ihr?«

Wieder entwickelte sich die Antwort von selbst. »Erde oder wie Ihr sagt: Ruthpark.«

Der Ritter runzelte kurz die Stirn, zweifelte jedoch keine Sekunde an der Richtigkeit ihrer Antwort.

»Der alte Mann, den Ihr begleitet, Syncc Marwiin heißt er, was macht er hier?«

Sie wusste die Antwort nicht. Schmerzfunken blitzten in ihren Kopf, das Herz raste, sie wollte so gern die richtige Antwort geben, *doch sie kannte sie nicht!*

Die Kontrolle über ihre Muskeln blieb ihr weiterhin versagt, der Schmerz tobte nur in ihrer Vorstellung. Regungslos lag sie auf der Liege, keuchte und suchte nach einer Antwort, die ihrem Peiniger gefallen würde, damit der Schmerz aufhören möge. Ein Arm zuckte, schlug unkontrolliert gegen den Ellenbogen des Ritters.

»Sie kommt zurück, Erster, ihre Makrobots zerstören die Drohnen sehr schnell, wir müssen die Dosis erhöhen«, hörte sie den anderen Mann aus dem Hintergrund sagen.

Lenda O'Klasuth veränderte eine Einstellung an dem Gerät, drückte ihr erneut den Injektor an die Schulter und löste die Injektion der Trägerdrohne aus. Sinistras Körper erstarrte, als die intelligenten Fremdkörper in ihren Blutkreislauf eindrangen und die Makro-Drohnen darin verteilten. Ihr Herz drohte einzufrieren, ihre Atemzüge wurden schlagartig flach.

Der Ritter beugte sich tief zu ihrem Kopf hinab. »Was macht Syncc Marwiin hier?«, fragte er eindringlich. »Ihr werdet sterben, wenn Ihr es mir nicht sofort sagt!«

Ihre Augenlider flatterten. Es entstand ein ferner Gedanke. »Oldo Merceer aufhalten«, entsann sie sich schließlich, »er will Oldo Merceer aufhalten, er will verhindern, dass er Torkrage Treerose trifft.«

Lenda O'Klasuth richtete sich verwirrt auf. »Wer ist Oldo Merceer?«, stellte er die Frage mehr dem anderen Ritter im Raum als Sinistra.

Sie lächelte entspannt. Das war eine einfache Frage. »Er ist der Adjutant von Harkcrow Treerose, er ist ein Sole-Sourcer!«

Der Ritter starrte sie entgeistert an.

»Wir müssen sie mitnehmen, ich kann die Dosis nicht nochmals erhöhen, ohne sie zu töten – sie hat Informationen, welche die Legatin unbedingt erhalten muss. Hier bleibt uns nicht genug Zeit!«

Sinistras Arm berührte seine Hand. Ihr Blick klärte sich langsam, ein unerträgliches Brennen lag auf ihrer Kehle.

Lenda O'Klasuth schüttelte fasziniert den Kopf. »Das kann nicht sein, die zwei neuen Träger-Drohnen mit allen Makro-Drohnen sind schon wieder zersetzt worden. Wir müssen – «

Das Licht erlosch.

Lautlos und wie in Zeitlupe sank der junge Mann über Sinistra zusammen. Ein leises Summen drang langsam aber beständig in ihr schwerfällig agierendes Bewusstsein. Im Hintergrund vernahm sie ein einmaliges Rumpeln, dann wurde der Körper des Ritters wie ein Putzlappen von ihr gerissen. Mehrere Flächen, die hellgelb glühten, bewegten sich im dunklen Raum, blendeten sie, kamen näher und wuchsen. Die Silhouette eines riesigen Panzeranzugs erschien an ihrer linken Seite, das grelle Glühen an den Armen und der Taille erinnerte Sinistra an irgendetwas. Das hatte sie schon einmal gesehen. Lange war es her, und auch damals war sie verletzt, hatte sich nicht zu wehren vermocht.

Während sie mit tränenverschleiertem Blick die fahlen Umrisse des Soldaten betrachtete, beugte der sich über sie, sein Visier fuhr nach oben und ließ sie auf Augen hinter geschlossenen, schwarzen Augenschilden blicken. Die im beleuchteten Helmausschnitt sichtbar gewordene Augen-Nasen Partie verzog sich zu einem Lächeln, Sensoren fuhren über ihren Körper.

»Sie lebt, Dawn – einigermaßen. Wir bringen sie mit.«

Wieder wurde sie angehoben, vorsichtig diesmal. Ihr Blick strich über zwei am Boden liegende Männer, undeutlich zu erkennen im grellen Glühen. Sie zweifelte nicht daran, dass es sich um Lenda O'Klasuth und den anderen Händler handelte, der sie hier hereingetragen hatte. Die dunklen Pfützen um sie herum wuchsen schnell.

Uganda, Ruwenzori-Mountains-Nationalpark
06. November 2014
30397/1/31 SGC

Donavon

Das lauter werdende Gewummer starker Rotoren hatte meine Aufmerksamkeit von den fluoreszierenden Linien des Fels-Tores abgelenkt.

Sie kommen!, hatte Karen gerufen, ihren Skizzenblock mit Schwung auf den provisorischen Arbeitstisch geworfen und war in Richtung Höhlenausgang, dem lauter werdenden Fluglärm entgegen, gerannt.

Die Farbe des Tageslichts war seit unserer Ankunft hier wieder normal, die Röte des Schutzschildes war verschwunden. Der Certeer hatte uns nicht im Detail erklärt, was der Angriff auf den Schildverband bedeutet hatte. Über dessen Satellitensystem hatte Karen jedoch zwei Einschlagregionen entdeckt, wo - was auch immer - die Erde getroffen hatte. Das, und die Tatsache, dass der Schild definitiv nicht mehr aktiv war, bedeutete uns genug über die Schwere des Angriffs.

Vor einigen Tagen hatte der Offizier dann unser Habitat per Fernbedienung in den flachen Uferbereich transportiert, so dass wir - sozusagen von *nebenan* - unsere Erkundungen vorantreiben konnten. Der Luxus an verfügbarem Raum würde nun wohl etwas abnehmen. Bereits kurz nach dem Aufstehen hatte der Certeer uns mit Bildern der auf einem britischen Hubschrauberträger im Golf von Guinea startenden Flugzeuge versorgt. Das aufklatschende Geräusch von größeren Gegenständen auf die Wasseroberfläche des Kratersees hatte mich schließlich doch bewogen, schneller zu Karen aufzuschließen, die in der Mitte der kleinen Stegkonstruktion, welche unser Habitat mit dem Höhleneingang verband, aufmerksam die Szene verfolgt hatte.

Vier Schwenkrotorflugzeuge vom Typ Osprey CV 22, Generation 2, hatten im Schwebeflug mit nach oben gerichteten

Turboproptriebwerken nur wenige Meter über der Wasseroberfläche gehangen und unter sich einen wahren Sturm entfacht. Hektische, schaumgekrönte Wellenringe waren in alle Richtungen gepeitscht worden. Die vordersten beiden Ospreys hatten die Heckladerampen geöffnet und ausgefahren und zwei SAS-Soldaten hatten von Bord des ersten mehrere selbstaufblasende Schlauchboote ins Wasser befördert, wo bereits drei ihrer Kameraden damit beschäftigt gewesen waren, diese im unruhigen Wasser in Position unter der Rampe des zweiten Flugzeugs zu bringen, von der ein großer Mann mir wild mit beiden Armen zugewinkt hatte.

Meine Freude, den robusten Amerikaner wiederzusehen, dem ich wenigstens zweimal in den vergangenen Wochen mein Leben verdankte, war groß gewesen. Ein gutes Zeichen, bedeutete es doch, dass er seine Herzrhythmusprobleme einigermaßen auskuriert hatte, auch wenn ich mit Schmerzen an die folgende Begrüßung denken musste.

Nachdem der vorderste Osprey seine Fracht ins Wasser entladen hatte, war er knatternd in einem weiten Halbkreis über der schmalen Uferregion abgedreht, langsam mit nach vorne schwenkenden Rotoren wieder die Form eines Flugzeugs annehmend und Geschwindigkeit aufnehmend, während der zweite noch tiefer heruntergekommen war, so weit, dass Sturgis von der Laderampe trockenen Fußes in das auf den tanzenden Wellen wartende Schlauchboot hinuntergesprungen war und anschließend Fergus und Warren hineingeholfen hatte, dessen weiße Haare vom Orkan der Rotoren über ihnen wild hin und her geweht worden waren. Kaum hatten alle sicheren Halt gefunden, war der SAS-Soldat mit dem Boot an den flachen Strand gerauscht, nur wenige Meter neben unser Habitat, dessen Tarnung der Certeer rechtzeitig deaktiviert hatte, damit es nicht zu einer ungewollten Kollision mit den Flugzeugen kommen konnte.

Dann waren wir alle wieder zum ersten Mal seit dem Zusammentreffen mit den Besuchern in Coruum zusammen gewesen. Der Nachmittag war mit einer ausgiebigen Besichtigungstour und detailreichen Erzählungen unserer bisherigen Entdeckungen erfüllt gewesen. Rory und seine SAS-Trupps hatten sich mit dem gelieferten Material der beiden übrigen Ospreys eingerichtet, mehrere Vorausposten um den Kraterwall herum gebildet und sichergestellt, dass wir nicht überrascht werden konnten. Außerdem hatte er mir mit einem kleinen Zwinkern einen Vorrat an 36-jährigem MacAllons mitgebracht - mit herzlichen Grüßen von Brian, der deutlich sein Bedauern darüber zum Ausdruck gebracht hatte, dass er nicht mitkommen durfte.

Der Certeer hatte sich die ganze Zeit unsichtbar im Hintergrund gehalten, so sehr sich die Neuankömmlinge auch einen Blick auf seinen Panzeranzug gewünscht hatten. Fergus und Warren begnügten sich mit der Untersuchung unseres Habitats, was ihnen nicht weiter schwerfiel, da allein die Echtzeit-Display-Satellitenkopplung eine technische Ungeheuerlichkeit darstellte, welche den beiden ungläubiges Kopfschütteln entlockte, als Karen ihnen anhand von Rory und seiner Kameraden, die sich auf Patrouille am gegenüberliegenden Kraterrand unter dichter Vegetation befanden, demonstrierte, welches Auflösungsvermögen die Satelliten der Besucher besaßen.

Während außerhalb der Höhle die kurze Dämmerung einsetzte, befanden wir uns jetzt mit den letzten der mitgebrachten Sandwiches unseres Abendessens vor den flimmernden blauvioletten Linien des Fels-Tores und überlegten, was wir anstellen mussten, um es zu öffnen.

»Du hast nicht zufällig in den letzten Tagen einen runden, goldenen Schlüssel gefunden, Don?«, fragte Fergus mit ironischem Unterton von der Seite her und blinzelte dabei in das seltsam farblose Licht der kompakten Scheinwerfer, die wir auf Hinweis des Certeers aufgestellt hatten, um sowohl die

Umrisse des Tores als auch das Wandgemälde ohne Visier erkennen zu können.

Karen lachte leise auf, als sie die Bemerkung hörte.

»Das kannst du mir glauben, Fergus«, antwortete ich, »ich habe mich wirklich dabei ertappt, wie ich anfing, einzelne Steine umzudrehen«, ich sah ihn an, »leider ohne Erfolg.«

»Wir werden keinen Schlüssel finden.« Warren stand direkt am Felsen zwischen den begrenzenden Lichtlinien und strich mit der Hand systematisch über einzelne Stellen der Wand. »Ich denke nicht, dass wir hier weiterkommen, wenn wir nach einer Stelenmaterial-*ähnlichen* Fassung für einen Schlüssel-*ähnlichen* Gegenstand suchen.« Er schüttelte den Kopf und drehte sich um. »Das hier ist knapp einhundertsechzehntausend Jahre älter - ungefähr aus dem Beginn des Neopaläolithikums - der Zeit, als der Homo sapiens sich zu der Form Mensch entwickelte, die uns«, er machte eine Pause und sah zu Sturgis hinüber, der gerade seine Wange an das Gemälde legte und schräg von unten die Wand hinaufsah, »*hier* gegenübersteht.«

Warren hatte tatsächlich einen Scherz gemacht.

»Wenn wir hier rein wollen, müssen wir den Sinn des Bildes dort verstehen, Fergus, wäre es ein einfaches Tor zu einem Raum, hätten Ihre Freunde das doch schon längst mit ihrer Technologie geöffnet.«

Der Angesprochene setzte sich auf einen Felsbrocken und starrte das große Gemälde an. »Was vermuten die Besucher hier, Don? Warum ist das hier für sie wichtig?«

»Genau weiß das wohl nur dieser greise Wissenschaftler, der Sinistra entführt hat und den Angreifern die Flucht ermöglichte«, Karens grüne Augen funkelten wütend, »Syncc Marwiin. Ihr habt ihn im Archivraum in Coruum getroffen - dieser alte Mann. Er wollte schon dort jegliche Information vor uns verbergen, lediglich Keleeze haben wir es zu verdanken, dass wir hier noch weiter mitspielen dürfen, auch wenn es keinerlei Hilfe - oder Informationen - sonst gibt.« Sie trat frustriert gegen einen kleinen Stein, kickte ihn in Richtung Tor, das er in Kniehöhe traf. »Ich bin sicher, der Certeer hätte das längst öffnen können, wenn es ihm erlaubt gewesen wäre. Im Moment helfen sie uns in keiner Weise – es ist so, als ob ihre Aufmerksamkeit an einer vollkommen anderen Stelle weilt.«

»Der Certeer nannte dieses Zugangssystem ein *Archenprinzip*, um Hochtechnologie von unreifen Kulturen fernzuhalten«, ergänzte ich, »solange, bis sie die Technik entwickelt hätten, sich den Zugang selbst zu erschließen – ein bisschen wie in Coruum – nur dass die Depotöffnung dort wohl den Endpunkt der Kultur auf der Erde bedeutet hat.« Ich blickte auf das Wandgemälde, die unterwürfige Haltung der Urmenschen betrachtend. »Ich bin mir nicht sicher, ob sich durch die Öffnung des Depots oder dieser Arche die Situation der Menschen dauerhaft verbessern wird.«

»Jedenfalls werden wir dadurch nicht dümmer«, warf Professor Warren ein, strich sich die dünnen Haare aus dem Gesicht und stützte sich mit beiden Händen an den Fels. »Hierfür gibt es keinen physischen Schlüssel, Doktor, es gibt eine *Information*, welche dieses Tor öffnet.«

»*Archenprinzip*«, Fergus schnaubte das Wort heraus, »was bedeutet das, dass wir da drin paarweise Tiere und Menschen des damaligen Zeitalters finden, Säbelzahntiger, Mammuts – zusammen mit einem Prä-Noah und seiner Prä-Agnes?«

»Ich denke, wir finden dort drinnen Technologie, Gents – und Erklärungen.« Sturgis hatte wieder eine aufrechte Haltung angenommen und winkte uns zu sich. »Ist doch klar!«

Warren kam wohlwollend grinsend an mir vorbeigetrottet und bedeutete Fergus mit dem Zeigefinger, ihn zu begleiten.

»Wir alle haben den Film im Archiv gesehen, kurz bevor ich fast gestorben wäre und dieser Keleeze mir zwei Rippen gebrochen hat – wofür ich im Nachhinein noch dankbar sein sollte.« Er betastete vorsichtig seine linke Seite.

»In diesem Film haben wir die Zerstörung der *Sole-Sourcer?*«, er sah Karen fragend an, die ihm zustimmend zunickte, »der Sole-Sourcer durch eine Katastrophe gesehen.« Sturgis drehte sich zum Gemälde und zeigte auf den schimmernden Bogen des Himmels. »Für mich ist das hier ein Hinweis auf den erdumspannenden Industriekomplex, den wir im Film gesehen haben. Die Sole-Sourcer hier wussten, dass irgendetwas passiert und haben Vorkehrungen getroffen für die Zeit danach.« Seine Augen strahlten. »Was kann das gewesen sein? Was macht am meisten Sinn? Was legen die Norweger für die Menschheit in ihren Bunkern im Permafrost an? Depots von Samen, Keimlingen, Genen, technischen Blaupausen – von einem Truck zum Beispiel.« Er faste sich provokativ ans Kinn. »Was hätte die Ur-Zivilisation Besseres für ihre Nachfahren anlegen können, was meinen Sie, Professor?«

Warren klatschte leise in die Hände.

Fergus nickte beifällig. »Könnte sein, ich für meinen Teil würde jedoch auch gern verstehen, wieso sich ein Teil unserer Vorfahren plötzlich so viel schneller entwickelt hat als ihre damaligen Zeitgenossen, die guten alten Homo sapiens präsapiens.«

»Warum sollte das nach dieser langen Zeit für Keleeze und seine Leute noch interessant sein?«, warf ich ein. »Ich meine, die haben längst diese Stufe an Wissen erreicht und weiterentwickelt. Sie haben sich auch nicht für das Depot in Coruum interessiert.«

»Für die Informationen im Archivraum aber sehr!«, betonte Karen und stupste mich leicht an, »sie sind auf der Suche nach *Wissen*, nicht so sehr nach Artefakten – und dass die Ur-Zivilisation, die Sole-Sourcer von der Erde kamen, das war ihnen bis zu ihrem Besuch im Archiv zum Beispiel *nicht* bekannt!« Sie sah Fergus an. »Und die Antwort auf Ihre Frage interessiert mich auch, Professor.«

Ein leises Summen richtete meine Aufmerksamkeit auf mein Visier. Auch Karen verstummte und lauschte der Stimme des Certeers in ihrem Kopfhörer.

Ich habe eine Nachricht von Merkanteer Keleeze: Eurer Freundin Sinistra geht es gut. Sie ist wohlauf.

Ich spürte Karens Erleichterung und auch mir fiel ein Stein vom Herzen.

»Was ist mit diesem Syncc Marwiin?«, fragte sie.

Dazu darf ich Euch nichts sagen, nur, dass er Sinistra weiterhin begleitet und dies keine Gefahr für sie darstellt.

Sturgis und die anderen sahen uns neugierig an. Sie waren von der Kommunikation teilweise ausgeschlossen und hörten nur Karens Fragen.

»Wann kommt sie zurück?«

Das kann ich nicht beantworten.

Fergus machte ihr aufgeregt Zeichen, nach Unterstützung bei der Öffnung des Zugangs zu fragen.

»Certeer, wir kommen hier nicht voran. Gibt es nichts, womit Ihr uns helfen könnt, irgendwelche Radaraufnahmen, die möglicherweise den Untergrund hier durchleuchten und Hinweise auf Gänge oder Ähnliches hinter dem Tor liefern könnten?«

Es dauerte einen Moment, bis wir seine Antwort erhielten.

Keleeze hat in seiner Nachricht keinerlei Einschränkungen dazu gemacht. Ich denke, ich kann Euch jetzt ein autarkes Expeditions-Drohnensystem zur Verfügung stellen, Karen. Ich starte es in diesem Moment. Es besitzt eine leistungsstarke KI, Ihr solltet mit ihr zurechtkommen, in einer Minute und achtzig Sekunden ist sie bei Euch.

Fergus konnte mit Karens plötzlichem zufriedenem Lächeln nichts anfangen.

»Sinistra geht es gut«, erklärte ich ihm, Warren und dem Hünen. »Und wir bekommen hier unten Unterstützung.«

Fergus' Nachfrage nach deren Art und Umfang ignorierte ich vollkommen, da mein Visier mir die ersten Bilder der anfliegenden Drohne übermittelte. Ich pfiff leise durch die Zähne. Der Certeer hatte sich nicht lumpen lassen. Ein kurzer Seitenblick auf Karens strahlendes Gesicht machte deutlich, dass sie ähnlich empfand. Mit einem Druck auf den Mikroschalter in meinem Nacken deaktivierte ich das Visier.

»*Passt auf!*«, sagte ich geheimnisvoll und drehte mich so, dass ich die Felsbögen des Höhleneingangs gut sehen konnte. Mittlerweile war es draußen Nacht geworden. Die Lichtverhältnisse innerhalb der geräumigen Höhle waren von den Scheinwerferkegeln auf das Wandgemälde und das Fels-Tor geprägt, die jedoch kein Tageslicht projizierten, sondern eher eine schwarzlichtartige Wellenlänge benutzten. Die übrige Höhle wurde nur recht diffus von sonnenlichtähnlichen Emittern beleuchtet.

»*Damn!*« Sturgis grinste furchteinflößend.

Fergus und Warren waren sprachlos und machten langsam ein paar Schritte zurück.

Das, was da in einen blau-glühenden Mantel gehüllt, durch die größte Öffnung der unregelmäßigen Säulenarkade in die Höhle geflogen kam, erschien auf den ersten Blick wie ein sehr großer, fliegender Strauß stacheliger Disteln, welcher mit den Stielen voran langsam auf uns zukam. Von einem leisen Summen an der Grenze des Hörbaren begleitet, schwebte das Drohnensystem auf uns zu, mit grünen, lasergleichen Strahlen das Profil der Höhle in alle Richtungen gleichzeitig abtastend. Als sie ein paar Meter vor Karen und mir schwebend zur Ruhe kam, konnte ich Sturgis auf der anderen Seite der Drohne nicht mehr sehen. Das blaue Leuchten des einhüllenden Feldes war bis auf ein schwaches Glühen an ihrer Unterseite erloschen.

»Können wir das mitnehmen?« Fergus kam vorsichtig mit einigen Metern Sicherheitsabstand an der Vorderseite der System-Drohne zu uns herum. »Ich meine, wenn wir hier fertig sind?«

Fasziniert nahm ich diese Maschine in Augenschein. Auf einer länglichen Diskus-ähnlichen Grundform waren unzählige, meist kugelförmige Anbauten unterschiedlichster Größe vorgenommen worden, die in sich so uneinheitlich wirkten wie nur möglich. Neun der größten stacheligen Kugeln befanden sich am hinteren Ende der Drohne, jede auf ihrem eigenen nach vorn gerichteten Stativ und an sechs Seiten von konkaven am Ende spitz zulaufenden Lamellen umfasst. Die sichtbarste Gemeinsamkeit war die Struktur und Farbe der Gesamtoberfläche, ein mattes Schwarz, das in unzähligen, sehr feinen Riefen über die Grundform und alle Anbauten verlief, die Gesamtlänge des Drohnensystems betrug wenigstens fünfzehn Meter.

»Wie sollen wir das Ding steuern?« Fergus hatte seine Brille abgenommen und hing mit der Nase verdächtig nah an der Oberfläche einer Komponente, die knapp über dem felsigen Höhlenboden begann und mehrere Meter in die Höhe reichte, wobei sie die Form eines Rohres mit dem Querschnitt eines Tropfens hatte.

»Sie redet mit mir«, sagte Karen mit leiser Stimme, so als ob sie die Drohne nicht unterbrechen wollte und machte Fergus mit der Hand ein Zeichen, jetzt nicht nachzufragen, »über mein Visier.«

Die Drohne kommunizierte *nur* mit Karen. Mehrere Minuten stand diese regungslos und lauschte der Expeditionsdrohne, während wir anderen – Ausgeschlossenen – langsam um das Technik-Gebilde in unserer Mitte herum marschierten und die vielfältigen Komponenten betrachteten, in etwa so, wie eine Klasse Sechsjähriger bei einer Flugzeugausstellung um den neuesten Prototypen eines Kampfjets der Nato herumgehen würde.

Plötzlich entstand aus dem Nichts vor der Drohne und vor Karen ein großes dreidimensionales Lichtfeld, in dem sich ein vielfarbener Lichtsturm in eine Struktur ordnete, die langsam um eine zentrale Achse zu rotieren begann.

»Das ist eine Skizze des Kraters, der Höhle hier, des Kammersystems hinter diesem Tor und dem Schachtsystem, soweit die Sensoren der *Lyra* – so nennt sich dieses Drohnensystem selbst – in das Gestein hinab reichen«, sagte Karen mit fester

Stimme. Als sie unsere überraschten Blicke registrierte, ergänzte sie unter dem Bügel ihres Visiers lächelnd: »Ich kann mit ihr reden wie mit einem – Menschen. Sie ist ein Computer, aber man merkt es nicht. Sie hat während ihres Anfluges den Krater und die Umgebung gescannt. Dieser Schacht reicht tiefer als zweihundertvierzig Meter hinab – aber ab hier«, Karen zeigte auf eine Schnittfläche in der Projektion, »werden die Sensor-Strahlen reflektiert – Lyra vermutet einen massiven Bergsturz.«

Warren stand fast innerhalb der Projektion und studierte den dargestellten Verlauf des Eingangs und des Schachtes.

»*Wir müssen da rein!* Kann diese Drohne das Tor hier öffnen?«

Karen nickte. »Kannst du dieses Tor für uns öffnen?«

Ich hörte Lyras Antwort nicht, sondern bemerkte lediglich, wie ich von einem unsichtbaren Feld zur Seite geschoben wurde. Fergus, Warren und Sturgis erging es nicht anders. Die holografische Anzeige veränderte ihre Position nicht, die Drohne selbst bewegte sich in gerader Linie auf das Tor zu, verharrte ungefähr zehn Meter davor und kippte die Rohrähnliche Komponente um neunzig Grad, bis sie wie eine Kanone auf das Tor zielte. Eine gelblich schimmernde Wand erschien hinter der Drohne und riegelte den kompletten Höhlenbereich vor uns ab, auch das Drohnensystem selbst war von einem blasengleichen Schild umgeben, welches seine Konturen wie in großer Hitze flirren ließ.

»Das ist ein Schutz für uns«, sagte Karen, winkte mich heran und ergriff meine Hand, um sie fest zu drücken.

»Sie wird einen Penetrator durch das Tor schießen, um die Struktur der dahinterliegenden Kammern zu untersuchen.«

Ich blickte zum Felseingang – nichts war zu erkennen. Ich aktivierte mein Visier und sah endlich einen kleinen, grell leuchtenden Punkt in gut zwei Metern Höhe, leicht zur rechten Seite des Tores versetzt.

»Sie wird jetzt feuern«, sagte Karen fast gleichzeitig mit einem leisen kraftvollen *fumpp* der Drohne, begleitet von einer Lichtkaskade aus dem Felsportal, von der Stelle, wo das Gestein vorher verflüssigt worden war.

Das Hologramm zeigte einen Querschnitt des Tores, mit dem Einschusskanal, in dem sich ein kleiner Gegenstand weiter durch das Material des Portals hindurch fräste, Skalen liefen in einem gesonderten Bereich des Hologramms.

»Wenn der Maßstab stimmt, ist dieses Tor wenigstens zehn Meter dick und besteht aus mehreren Schichten«, raunte Fergus Warren zu, der wortlos nickte und gebannt die Darstellung im Hologramm verfolgte.

Das Projektil hatte die knapp drei Meter verflüssigtes Material der ersten Schicht fast vollständig durchschlagen, welches sich hinter ihm bereits wieder zu verfestigen begann. Es schien über einen eigenen Antrieb zu verfügen, denn es bewegte sich mit zunehmender Geschwindigkeit weiter durch die folgenden Schichten des Tores hindurch.

»Lyra sagt, sie muss langsam vorgehen, obwohl das Kammer- und das Schachtsystem inaktiv zu sein scheinen. Es besteht die Möglichkeit, dass die Atmosphäre der Kammer unter Druck steht oder giftig ist, außerdem sollen mögliche Artefakte nicht zerstört werden, deshalb wird der Bohrkanal wieder versiegelt, um ein Entweichen der Atmosphäre zu verhindern.«

Plötzlich war ich froh über den Schutz, hinter dem wir uns befanden, und akzeptierte die Sichteinschränkung gern. Es dauerte eine Viertelstunde, bis das Drohnensystem grünes Licht gab, die Felder abschaltete, eine kleine Komponente von ihrer Oberseite löste und in die Dunkelheit der Nacht außerhalb der Höhle entsandte.

»Die Drohne benötigt eine spezielle Verbindung zum Schildverband. Sie versucht, die Energiezufuhr für den Öffnungsmechanismus des Tores wiederherzustellen.«

Im Hologramm konnten wir nun genau erkennen, dass ein langgezogener Raum, von vielleicht fünfzig Metern Länge und zwanzig Metern Breite, hinter dem Fels-Tor lag. Dieser mündete in einem kreisrunden kuppelartigen Saal von mehr als einhundert Metern Durchmesser. Rechts von diesem befand sich ein sehr tiefer Schacht, der vielleicht einen Zweck als Fahrstuhl erfüllte, jedenfalls befanden sich mehrere Objekte über seinem oberen Ende.

»Wollen wir *das* nicht lieber auf morgen verschieben?« Sturgis sah auf seine Uhr und zündete sich kopfschüttelnd die Zigarette an, die er sich in den vergangenen Minuten geistesabwesend in mehreren Anläufen und unter hohem Tabakverlust gedreht hatte. »Ich glaube, das kann lange dauern, wenn wir da rein wollen.«

Karen wedelte mit vorwurfsvollem Blick den Zigarettenrauch weg und ging auf die andere Seite des Hologramms.

»Da kennst du sie schlecht, Sturgis«, antwortete ich und schlug ihm freundschaftlich auf die massige Schulter. »Bei Ausgrabungen wird grundsätzlich erst dann geschlafen, wenn du keinen Hammer mehr halten kannst.«

Ein lauter Warnton der Drohne ließ uns erschreckt herumwirbeln. Unbekannte Zeichen blitzten im Hologramm auf.

»Sie öffnet das Tor, passt auf!«, rief Karen zu uns herüber.

Ultraviolette Lichtstrahlen bohrten sich an mehreren Stellen gleichzeitig ins Gestein, unregelmäßig über den Rand des Portals verteilt, gespeist von einem etwa armdicken Strahl, der durch eine kleinere Höhlenöffnung aus der Nacht auf eine Art Kollektor des Drohnensystems traf.

»*Nicht hineinsehen!*«, warnte sie Sturgis, Warren und Fergus, während sich der Bügel meines Visiers verbreiterte und meine Augen vollkommen gegen das nun grelle Licht abdeckte. In meinem Visier erkannte ich das gelbe Leuchten von mehreren Schutzfeldern, welche die Drohne, den gesamten Höhlenbereich hinter ihr sowie die mutmaßliche Tor-Öffnung großzügig einhüllten. Meine Haare richteten sich elektrisiert auf, die Luft um uns herum knisterte förmlich vor Spannung.

Laut knirschend und knackend, sofort hinter Staub verschwindend, begann sich das Tor in Krümel aufzulösen. Zumindest die vordere Schicht. In den schnell dichter werdenden Wolken erkannte ich noch, wie sich mehrere dahinterliegende Ebenen blendenartig in die umliegenden Wände zurückzogen. Der Boden zitterte merklich unter meinen Füßen und ich erinnerte mich nur ungern daran, dass wir uns gerade in einer Höhle befanden, mit wenigstens vierhundert Metern porösen Vulkangesteins über uns. Karen kam dicht an mich heran, Warren, Fergus und Sturgis hielten sich die Ohren zu und sahen misstrauisch an die Decke. Einige Felsbrocken über uns lösten sich und rollten sonderbarerweise seitlich zu Boden, weit an uns vorbei.

Nach Minuten, die mir sicherlich wesentlich länger vorgekommen waren, kehrte langsam Ruhe ein. Außerhalb des Schutzfeldes war ohne Visier nichts als gelblich-grauer Staub zu erkennen, der von den jetzt unsichtbaren Lampen diffus illuminiert wurde.

»Aye«, sagte ich zu Karen »dann sollten wir wohl hineingehen, sobald sich das Gröbste gelegt hat.«

»Das geht so nicht, Don«, erwiderte sie, auf das schemenhaft durch den Staub zu erkennende Drohnensystem deutend. »Lyra sagt, die Atmosphäre in dem Zugang enthält pathologische Keime, deshalb hat sie den Zugang mit einem *Atmosphären-Schild* versiegelt. Wir beide benötigen Atemmasken, die anderen Herren müssen auch noch Schutzanzüge anlegen.«

»Na, wie ich mich darauf freue«, brummte Sturgis wenig überzeugend, warf seinen Zigarettenstummel weg und musterte meinen Anzug abschätzig. »Gibt's die überhaupt in meiner Größe?«

»*Schscht!*« Karen bedeutete uns, ruhig zu sein, mit schief gelegtem Kopf lauschte sie einer Stimme im Ohrhörer. Nach ein paar Sekunden deutete sie auf das Hologramm, in dem sich neue Bilder aufbauten.

Eine der *Disteln* hatte sich am Äquator einen Spalt weit geöffnet und mehrere kleine Gebilde Richtung Toröffnung gestartet, die das dortige Schutzfeld mit leisem Knistern passierten und in das Innere des Zugangstunnels eindrangen.

»Sie simuliert ein Betreten des Bereiches durch uns«, raunte Karen dem in der Nähe stehenden Sturgis und mir zu, gebannt die Übertragung im Hologramm betrachtend. »Diese G-Drohnen erzeugen lokale Schwerkraftfelder, um versteckte Abwehrsysteme zu provozieren.«

Ich hatte zuletzt nur noch mit einem Ohr zugehört. Meine Aufmerksamkeit galt der Bildübertragung einiger Gegenstände aus dem Inneren des Saals, ungefähr auf der Hälfte der Strecke zum Schacht.

»Halt«, sagte ich zu Karen. »Kannst du der Drohne sagen, sie soll diese Sachen da noch einmal ins Visier nehmen?«

»Lyra, zeig uns bitte diesen Bereich hier«, sagte sie und deutete mit der Hand in das Hologramm an die betreffende Position.

Sofort rückten die Gegenstände in die Mitte der Darstellung. Fergus und Warren traten an meine Seite und gemeinsam starrten wir auf einen metallenen Kasten, der inmitten kleiner Staubhäufchen und behauener Steinwerkzeuge lag, die aufgrund ihrer Anordnung nur unschwer als verblichene Überreste von Menschen zu erkennen waren.

»Das ist das Buch von dem Wandgemälde«, stellte Fergus betroffen fest. »Offensichtlich wollten die dort nicht lange warten, nachdem sich ihre alten Herren davon gemacht hatten.«

In einem Ausschnitt des Hologramms erschienen Skizzen von Homo Sapiens, fünf an der Zahl.

»Ich will da rein!«, sagte Karen mit Nachdruck. »Kommt, lasst uns die Anzüge holen.«

Keiner von uns benötigte mehr Motivation, um ihrem Vorschlag kommentarlos zu folgen. Warren nickte und setzte sich als Erster in Bewegung. Wir hatten noch keine zehn Meter in Richtung des Höhlenausgangs zurückgelegt, als ein lautes Warnsignal der Drohne uns aufschreckte.

»Die G-Drohnen wurden zerstört«, sagte Karen betroffen, »zumindest die im hinteren Teil der Anlage, dort, wo wir den Fahrstuhl vermutet haben. Lyra sagt, verborgene Abwehrsysteme hätten sich aktiviert, sie müsse diese erst neutralisieren, bevor wir hineindürfen!«

Wir sahen uns an. Dieses Depot war sicherlich nicht so friedfertig wie die Zugangssysteme in Coruum.

»Jetzt bin ich gespannt«, grunzte Fergus aufgeregt und bemühte sich, die immer noch wabernden Staubwolken in Richtung des geöffneten Tores zu durchdringen.

Die Drohne hatte begonnen, sich vor dem Portal in Position zu bringen, ihr kanonenähnlicher Aufsatz zielte jedenfalls direkt dorthin. Weitere kleine Flugkörper bewegten sich mit unglaublicher Geschwindigkeit erneut in den Tunnel hinein, im Visier sah ich mehrfaches, ultrakurzes Flackern aus der Rohrmündung.

»Die Abwehrsysteme wurden neutralisiert«, Karen sah mich ungläubig an.

»Ich hatte mehr Krach erwartet«, sagte Fergus enttäuscht, Sturgis nickte entschieden.

Im Hologramm waren sechs hellglühende Punkte kreisförmig um den hinteren Teil des Tunnelabschnitts zu sehen, an denen sich auch die Überreste der Urmenschen befanden.

»War das alles, Lyra?«

Karen erhielt eine Antwort, zuckte mit den Schultern. »Sie wollte den Zugang nicht zerstören. Die Drohnen haben ihren Energieimpuls umgelenkt und die Abwehrsysteme überladen, sie lässt uns hinein – mit Schutzanzügen und Helmen.«

In Anlehnung an unzählige imposante Bauten und Höhlenentdeckungen der Vergangenheit waren wir uns beim Betreten der Anlage alle sofort einig gewesen. Das hier war die *Kathedrale* der Sole-Sourcer.

Die in den Vulkanfelsen getriebene Halbkugel von einhundert Metern Durchmesser, in welche der Eingangstunnel mündete, verschlug uns die Sprache. Das Drohnensystem hatte natürlich nachgemessen - aber mir war bereits beim Durchschreiten der massiven Blendentore des Eingangs klar geworden, dass das hier so eine Art Meisterstück der Sole-Sourcer-Kultur war. Die gesamte Innenseite der Halbkugel war bemalt. Nicht so verblichen oder in speziellen Farben wie das Schlüsselbild in der Höhle vor dem Zugang - nein - in etwa so, wie Michelangelo die Kuppel der Vatikanischen Basilika in Rom geplant hatte - mit in etwa dem halben Durchmesser dieser Kuppel.

Weitere kleine Helferlein der Expeditionsdrohne hatten die Kuppel beleuchtet, wir saßen oder lagen lange Zeit überwältigt auf dem mit aufwendigen Mosaiken überzogenen Boden und betrachteten wortlos die Bilder über uns. Das hier war die komplexeste und wahrscheinlich korrekteste Darstellung der Erdzeitalter, die ich jemals gesehen hatte. Gezeichnet von einer Kultur, welche die Erde bereits seit mehr als einhundertzwanzigtausend Jahren wieder verlassen hatte.

Natürlich konnten wir die Wörter, Zahlen und Symbole nicht lesen, aber das war auch nicht notwendig. Das übergeordnete Arrangement der Kuppelbemalung wurde auf den ersten Blick deutlich. Beginnend mit einem Urknall in der Nähe des Bodens auf der linken Seite, entfalteten sich Raum und Elemente zu Materiewolken und kondensierten dann zu Sonnen und Planeten. Erdzeitalter lösten sich ab und formten die festgewordene Erde der Prä-Sole-Sourcer. Immer komplexer wurde das Beziehungsgeflecht auf der Kuppel, als neben geologischen Informationen die Evolution der Flora und Fauna hinzukam und sich, logarithmisch verzerrt, bereits in der Kuppelmitte - auf der halben Strecke, aber nach 99 Prozent der Zeit - die ersten Hominiden hinzugesellten.

»Don?« Fergus saß zwanzig Meter von Karen und mir entfernt auf dem Boden, beide Arme nach hinten abgestützt. »In welchem Land sind wir im Moment?« Er war der Kleinste von uns, deshalb musste ich ihn in seinem blauen Anzug und Helm nicht lange suchen.

»Grenzgebiet von Uganda zum Kongo«, antwortete ich grinsend. »Haben wir in den Siebzigern in die Unabhängigkeit entlassen.«

»*Mist!*«, sagte er. »Ich würde hier drin gern eine Universität errichten - würde jegliche Diskussion über die Urknall-Theorie schlagartig und für immer beenden.«

»Die ist bereits beendet«, meldete sich Warren routiniert. »Mich würde dagegen die neue Diskussion über die Beschleunigung der Sole-Sourcer-Entwicklung im Vergleich zu den anderen Hominiden interessieren!«

Er stand vor dem Holodisplay, das uns in die Kathedrale gefolgt war und jetzt einen Ausschnitt der Kuppel stark vergrößert anzeigte. Jede Hauptlinie war mehrfach unterteilt und wurde pausenlos von Nebenlinien gestützt oder vereinte sich ihrerseits mit anderen, neu hinzukommenden Hauptlinien.

»Ihre Zeiteinheit wird unser heutiges Jahr gewesen sein«, begann er eilig. »Bis hierhin sehen wir einen Evolutionsbaum des Menschen, sicher wesentlich umfassender als alles, was ich bisher kenne - aber von der Struktur her vergleichbar. *Hier* - «, er deutete auf eine rot schillernde Hauptlinie, »- wird die bestehende Vielfalt der Linien abgewürgt. Das müsste vor ungefähr zwei - bis drei Millionen Jahren gewesen sein - wenn ich diese Symbole hier richtig interpretiere.« Sein Finger rührte in der Luft um ein paar verschlungene Zeichen herum. »Danach gibt es nur noch zwei Hauptlinien. Diese hier verzweigt sich stark und ähnelt nach kurzer Zeit wieder der Gesamtstruktur vor diesem Einschnitt. Ich würde sagen, das ist *unsere*. Die andere verzweigt sich fast überhaupt nicht mehr in den folgenden Hunderttausenden von Jahren bis *hier*.«

Sein Finger verharrte an einem Symbol, dass wir alle kannten. Es waren die beiden senkrechten, parallelen Linien mit dem Knick zueinander und den fünf unterteilenden Strichen in der eingeschlossenen Fläche. »Hier taucht es zum ersten Mal auf.« Er drehte sich zu uns um. Hinter dem silbernen Visier konnte ich seinen Gesichtsausdruck nicht erkennen. »Was hat sie auserkoren, die Führung zu übernehmen?«

Ich hörte seine Frage, speicherte sie als rhetorisch ab, denn beantworten würde sie keiner von uns können. Mein visierverstärkter Blick folgte der Hauptlinie weiter über den Zenit hinaus, auf der anderen Kuppelhälfte wieder hinunter, bis sie an der Decke des Eingangs des Tunnels endete, der zum Schacht führte. Dieser zweite Teil war von der Entwicklung der Sole-Sourcer geprägt. Unglaublich detaillierte Bildfragmente lösten das Übergewicht der zeichenorientierten, linken Kugelhemisphäre ab. Es war, als habe ein wahnsinniger Künstler jedes Ereignis in der mehrere zehntausend Jahre umfassenden Daseinszeit der Sole-Sourcer auf der Erde akribisch dokumentieren wollen. Obwohl ich in den zwei Stunden, die wir uns nun hier in der Kathedrale aufhielten, nur einen winzigen Bruchteil des Gesamtwerkes betrachtet hatte, war ich mir über die Veränderung meines Bewusstseins durch diese Entdeckung im Klaren. Hundert Mal stärker als die Öffnung des Archivs und des Depots in Coruum, selbst intensiver als das Treffen mit den Besuchern, offenbarte sich mir hier in dieser Höhle die Tatsache, dass es etwas gab, was wir uns im Entferntesten niemals hatten vorstellen können – woran kein heute lebender Mensch jemals gedacht hatte.

Mein Visier knisterte und zeigte einen neuen Anwesenden in meinem Rücken. Ich drehte mich um. Der ungetarnte, drei Meter hohe Anzug des Certeers stand nur wenig entfernt. Während ich hinsah, glitt das Sensorband, das den Anzug nach oben hin abschloss und vom linken Ellenbogen zum rechten reichte, leicht nach hinten, hob sich etwas und ließ eine Öffnung sichtbar werden. Ein kerniger junger Mann in einem enganliegenden, grauen Anzug kam geübt herausgeklettert und setzte sich mit einem breiten Grinsen auf die linke Schulter des Anzugs.

Er sprach mit uns. Nahezu zeitgleich zu seinen Lippenbewegungen hörte ich die ruhige Stimme des Übersetzungsmoduls meines Visiers. »Glückwunsch, Karen und Donavon. Ich habe Keleeze die letzten Aufnahmen dieses Raumes gezeigt. Er ist sehr interessiert. Er lässt ausrichten, dass er einen Gast mitbringt, der Euch hierzu Antworten liefern kann.«

Karen drehte ihren Kopf zu mir. Ich sah in ihrem Helmvisier lediglich mich selbst - konnte aber fühlen, wie sehr sie sich über diese Unterstützung freute.

»Könnt ihr euch das bitte einmal ansehen? A - .« Der bullige Amerikaner riss mich aus meinen Gedanken. Sturgis war eher der Erkundungstyp. Als Erster von uns hatte er die Kathedrale betreten - und am enderen Ende wieder verlassen. Jetzt stand er am Zugang in Richtung Schacht. Die Ankunft des Certeers hatte er verpasst und wirkte etwas überrascht, ihn jetzt mitten unter uns zu sehen. »Ist hochinteressant!«, ergänzte er, nachdem er sich wieder gefangen hatte.

»Das trifft hier auf jeden Quadratinch zu«, sagte Fergus, erhob sich seufzend und half anschließend Karen auf die Beine.

Der Certeer sprang von seinem Anzug und ging voraus.

Wir folgten ihm in gemächlichem Tempo, unsere Blicke an der Kuppel, über Fragmente von Bildern in Fotoqualität streifend, von denen jedes einzelne mehrere Wochen - wenn nicht gar Monate - an Aufmerksamkeit verdient hätte.

Sturgis wartete vor den Überresten unserer Urahnen.

Es hatte einen Schlüssel gegeben. Die Sole-Sourcer hatten die Intelligenz und den Wissensdurst der Urmenschen ihrer Zeit dramatisch unterschätzt. Diese waren in der Lage gewesen, mithilfe des Buches und eines Stabes unmittelbar nach der Abreise der Sole-Sourcer das Tor zu finden, zu öffnen und in den oberen Bereich einzudringen. Ob es eine zweite Zeitsteuerung gewesen war, eine zu schwere Aufgabe, welche ihnen den weiteren Zugang verwehrt hatte, oder was immer der Grund dafür gewesen sein mochte, dass sich das Tor wieder geschlossen und sie zum Tod durch Verhungern verurteilt hatte - wir konnten es nicht sagen. Wir standen vor dem einhundertzwanzigtausend Jahre alten Staub dieser fünf genialen Vorfahren.

»Sie wurden jedenfalls nicht von diesem Abwehrsystem getötet, sagt Lyra«, ließ sich Karen seltsam traurig vernehmen. »Das hätte sie atomisiert.«

Die Drohne hatte Proben des Staubes nehmen lassen und diese analysiert. Die Doppelhelix der Homo-sapiens-DNA drehte sich im Hologramm. Noch niemand auf der Welt hatte derartig alte organische Materie von Menschen gefunden. Wir waren durch die Gemälde in der Lage zu sagen, wie diese Individuen zu Lebzeiten ausgesehen hatten - wir wussten sogar, was sie unmittelbar vor ihrem Tod getan hatten:

Sie hatten versucht, in die Arche vorzudringen und die Antworten auf ihre Fragen einige zehntausend Jahre früher zu bekommen - sie hatten unbedingt verstehen wollen, warum sie den Sole-Sourcern so dramatisch unterlegen gewesen waren. Die gesamte Tragik war nur, dass sie bei diesem Versuch den einzigen Schlüssel mit hineingenommen hatten, der den Zugang zur Arche erlaubte - und damit dem Homo sapiens sapiens - also uns, ihren Nachfolgern, den legalen Zugang für alle Zeiten verbaut hatten. Wie hätte unsere heutige Welt ohne diesen unglücklichen Fehler ausgesehen? Wie hätte die Welt des Certeers heute ausgesehen?

Roter Nebel, Zentrum, Ankatarh, Cap del Nora, Hauptstadt der Gilde
07. November 2014
30397/1/32 SGC

Sinistra

Der süße Duft von gebratenen Bananen stieg ihr in die Nase, wohlige Wärme erfüllte ihren Körper. Sie öffnete ihre Augen - weiches, oranges Licht drang durch mit Stoffen verhängte Fensterbögen.

Syncc Marwiin lächelte sie hinter seinem Visier an.

»Schön, dass es Euch wieder besser geht, liebe Freundin. Ich muss mich entschuldigen«, er zögerte einen Moment, »- ich habe die Gefahr für Euch unterschätzt. Man beobachtet mich.«

Vorsichtig befühlte sie ihre Schulter, in welche die Drohnen injiziert worden waren. Keinerlei Schmerz war zu spüren, keine Verletzung, nur glatte Haut, die Erinnerungen an den jungen Händler waren noch sehr präsent - ihr fröstelte. Befriedigt sah sie in Gedanken seinen toten Körper.

»Ihr seid wieder vollkommen genesen. Die Makrobots haben das Schlimmste verhindert - trotzdem ist alles meine Schuld. Ich hoffe, Ihr werdet mir irgendwann für die Umstände dieser ganzen Reise vergeben können, liebe Freundin.«

Sie sah, wie der alte Mann offensichtlich darunter litt, dass ihr etwas zugestoßen war. »Wer waren diese Männer, Marwiin? Wie habt Ihr mich gefunden?« Das Brennen im Hals war verschwunden.

Mit einer Handbewegung im Nacken deaktivierte Syncc Marwiin sein Visier, das sich lautlos zusammenschob und in seinem weiten Kragen verschwand.

»Ich habe Euch nicht gefunden, liebe Freundin, die Unsichtbare Flotte war es - und die Männer, die Euch verhörten, waren Agenten des lokalen Kirchengeheimdienstes. Sie waren auf der Suche nach mir und sahen in Euch ein bequemes Ziel, um leichter an Informationen über mich heranzukommen.«

Sinistra schloss die Augen und überlegte. »Unsichtbare Flotte?«, sagte sie langsam.

»Die Exekutive der Gilde, liebe Freundin. Die Erste Händlerin kam zur rechten Zeit. Ich versuchte Euch zu rufen, Euer Visier war blockiert, konnte aber geortet werden. Das Haus, in dem Ihr Euch befandet, gehört der Kirche, es ist bekannt als Treffpunkt des Kirchengeheimdienstes mit seinen Spitzeln. Die Erste Händlerin gab den Befehl, Euch zu befreien.«

Seine Augen ruhten auf ihr. »Fühlt Ihr Euch ausgeruht genug, an einem Gespräch mit ihr teilzunehmen?«

Sie hatte mit der Bezeichnung *Erste Händlerin* nichts anzufangen gewusst. Ihr Eindruck war, dass Marwiin es vorgezogen hätte, sie über die Position ihrer Gesprächspartnerin im Unklaren zu lassen. *Ihr habt mich gefragt und es ist Euer Recht, es zu erfahren, obwohl es Euch Eure Unbefangenheit ihr gegenüber nehmen wird!,* hatte er gesagt und recht behalten.

Sinistra war vom ersten Moment an überwältigt von dieser Frau. Sie war sich sehr darüber im Klaren, dass sie selbst überaus ansprechend auf die meisten Männer wirkte, denen sie begegnete - das hatte sie bereits mehrfach verflucht. Die Erste Händlerin jedoch war die Schönheit in Person.

Ihr bronzefarbener Teint war überaus zart und sie war nur unmerklich geschminkt. Lediglich ihre Oberarme zeigten fein strukturierte, glänzende Ornamente, die mit hypnotischer Qualität ihre Form und Farbe änderten, nie aber ihre Grazilität dabei verloren. Nicht eines der überlangen, lockigen blonden Haare dieser Frau war in Unordnung. Ihre ebenmäßigen Züge wirkten streng, wie auch ihr klarer, fester Blick durch lange Wimpern Sinistra einen Eindruck von der Macht dieser Person vermittelte. Ihre Kleidung und ihr Schmuck wirkten kostbar, aber dezent. Sie war so groß wie sie selbst, ging barfuß in ledernen Sandalen.

Die liebe Freundin Karen sagte mir bereits, dass Ruthpark nicht über eine Planetenregierung verfügt, hatte Marwiin zuvor erklärt.

Falls es so gewesen wäre, stellt Euch den Vorsitzenden dieser Planetenregierung als einen einfachen Diener der Ersten Händlerin vor, liebe Freundin, sie personifiziert wie nur wenige andere im Nebel die wahre Macht im Zentrum.

Sie befanden sich zu sechst in diesem Raum, der eher einem Konzertsaal ähnelte, sah sie von den vier Soldaten in den schwarzen Kampfanzügen mit den leuchtenden Elementen einmal ab, die sich im Raum verteilt aufhielten. Hohe, hölzerne Schränke unbestimmbaren Alters, gefüllt mit Büchern, Atlanten, Karten, Statuetten, diversen Einzelstücken unterschiedlichster Epochen und Welten säumten die Wände, unterbrochen von raumhohen, geöffneten Türen mit aufgesetzten Bögen, hinter denen von Baldachinen geschützte Balkone sichtbar waren.

Neben der Ersten Händlerin war noch eine weitere Frau anwesend, die Marwiin wohl schon getroffen hatte, denn sie nickte ihm kurz zu, als sie den Saal betraten. Zwei Dienerinnen standen ein paar Schritte hinter der Ersten Händlerin und wirkten in ihren farbenfrohen Gewändern nahezu eleganter als ihre Herrin.

Sinistra blieb steif an Marwiins Seite, als der in normalem Tempo auf die beiden Händlerinnen zuging, zwei Schritte vor ihnen anhielt, den Kopf neigte und folgte seiner Geste.

»Ich bin Euch zu großem Dank verpflichtet, Karbedi mas Boroudy, zum einen für die Rettung meiner Begleiterin, deren Aufsicht ich vernachlässigt habe, und zum anderen für Eure Bereitschaft zu diesem Gespräch«, sagte er mit fester Stimme, der Sinistra eine Spur Erleichterung anzuhören glaubte.

Die Erste Händlerin sah Sinistra prüfend an. »Ihr müsst mir nicht dafür danken, dass ich Ungeziefer vor meiner eigenen Haustür entferne, ich müsste mich eher dafür bei – «, sie stockte einen Moment, »Sinistra? - entschuldigen, dass diese Situation eintreten konnte, Syncc.« Sie lächelte über die sichtbare Verwirrung bei der jungen Frau darüber, dass sie ihren Namen kannte. »Geht es Euch gut, Siira?«

Sinistra bekam lediglich ein Nicken als Erwiderung hin.

Karbedi mas Boroudy drehte sich zur Seite und ging zu einer Sitzgruppe tiefer Sessel hinüber. Ihre Begleiterin, Ker Es'Maram, die lokale Repräsentantin der Gilde auf Ankatarh, bedeutete ihnen mit einer leichten Handgeste, zu folgen.

»Syncc, ich habe heute keine weiteren Termine. Ich möchte betonen, dass mir dieses Gespräch möglicherweise wichtiger ist, als es Euch erscheinen mag«, begann die Erste Händlerin und bot ihnen an, ihr gegenüber Platz zu nehmen. »In den letzten Wochen gab es zu viele Störungen des politischen Gefüges im Nebel. Ich würde gern Eure Theorie dazu hören, auch, warum der Kirchengeheimdienst so an Informationen über Euch interessiert ist, dass er es wagt, eine solche Aktion in meiner Hauptstadt durchzuführen. Zu Eurer Information sei gesagt, dass ich kürzlich mit Torkrage Treerose und Mom Aw'Hagun zu einer gleichlautenden Bewertung des aktuellen Konfliktes mit Z-Zemothy gelangt bin. Es wird keine weiteren Auseinandersetzungen zwischen uns geben.«

Sinistra entging ihr kurzes Lächeln nicht.

»Vielleicht erklärt Ihr mir ja im Laufe dieses Gespräches auch, Syncc, wie Ihr zu der Ehre kamt, von der Privatyacht des Cektronns persönlich hierher gebracht zu werden und warum sein Flaggschiff in so einem schlechten Zustand ist, wie ich höre.«

Sinistra nahm von einer Dienerin dankbar ein Glas Meridonwassers entgegen, dachte kurz an einen möglichen Vorsitzenden der Planetenregierung und sah, dass die Erste Händlerin sie aufmerksam beobachtete, bevor sie das Wort wieder an Marwiin richtete.

»Merkanteer Keleeze hat für Euch gebürgt, Syncc, in einer ausgesprochen eindrucksvollen Weise. Er machte deutlich, dass Eure Gesprächspartner dazu neigen, Euch zu unterschätzen. Ich werde meine weiteren Fragen daher zurückstellen, bis Ihr Euer Anliegen vorgetragen habt.«

Bei der Erwähnung von Keleezes Hinweisen spielte plötzlich ein kurzes Lächeln um Marwiins Mundwinkel.

»Er ist ein ausgezeichneter Offizier, Händlerin, und ich verdanke ihm mein Leben. Am Ende dieses Gesprächs werdet Ihr selbst beurteilen können, was das wert ist«, begann er und wechselte ohne Warnung in einen Ton tiefer Ernsthaftigkeit, der selbst Karbedi mas Boroudy aufhorchen ließ.

Marwiin strich sich mit der linken Hand über das streng nach hinten zu einem Zopf frisierte Haar und betätigte dann seinen Kommunikationsring. Ein Holodisplay erschien über dem niedrigen Tisch zwischen ihnen.

Sinistra entspannte sich zum ersten Mal, seitdem sie der Ersten Händlerin begegnet war, da diese ihre gesamte Aufmerksamkeit im Moment der Darstellung im Holodisplay widmete und konnte sie so, von ihr unbeachtet, in Augenschein nehmen. Bereits diese ersten Minuten hatten ihr genügt, einen soliden Eindruck von Karbedi mas Boroudy zu gewinnen. Obwohl die Erste Händlerin nun Syncc Marwiin gebeten hatte, sein Anliegen zuerst vorzutragen, waren doch alle ihre Erwartungen an dieses Gespräch bereits in ihrer Einleitung geschickt platziert worden.

Was machte *sie* in dieser Zusammenkunft? Noch immer war ihr vollkommen unklar, warum der alte Mann sie so eindringlich gebeten hatte, ihn auf seiner Mission zu begleiten. Unbewusst strich ihre Hand über die weichen Kissen ihres Sessels. Das Material des Bezugs war weicher als Seide, bei der ersten Berührung kühl und wurde dann merklich wärmer, wenn sie ihre Hand einen Moment auf einer Stelle beließ.

Marwiin hatte zu erzählen begonnen, die beiden Frauen blickten interessiert auf die Darstellung im Holodisplay. »Diese Berichte stammen aus einem Archiv auf Ruthpark, dem Heimatplaneten meiner lieben Freundin hier«, sagte er mit einem Blick auf Sinistra, die sich dadurch aufgefordert fühlte, der Unterhaltung wieder mehr Aufmerksamkeit zu widmen. »Sie dokumentieren zwei Fakten, die wir bislang nicht belegen konnten. Zum einen beweisen sie, dass er der Ursprungsplanet unserer Zivilisation ist. Dieser Bericht hier zeigt das Eintreffen der Gammastrahlen- und Gravitationswellen der ersten Potentialkatastrophe auf Ruthpark vor mehr als einhunderttausend Jahren. Weiteren Aufzeichnungen war zu entnehmen, dass dadurch die komplette Ur-Zivilisation auf diesem Planeten ausgelöscht wurde. Wir wissen, dass sich in dem folgenden Zeitraum von ungefähr fünfzig Jahren dieser Genozid auf den meisten Welten des Roten Nebels so oder in sehr ähnlicher Weise abgespielt haben muss. Als Folge der ersten Katastrophe kollabierte das Doppelsternsystem Phiy und Kura.«

»*Syncc!*« Karbedi mas Boroudy hatte beide Hände mit den Handinnenseiten aneinandergelegt und starrte auf die im Holodisplay ablaufende Szene der in der Erdatmosphäre verglühenden Industrieplattformen. »Das ist unglaublich – und *sie*«, Ihr Blick galt Sinistra, »ist ein direkter Nachfahre dieser Ur-Zivilisation?«

Marwiin nickte langsam. »Die heutigen Menschen von Ruthpark sind die Nachfahren der nach der ersten Potentialkatastrophe degenerierten Sole-Sourcer – so nennt sich die Ur-Zivilisation – mit den damaligen unterlegenen Stämmen des Planeten. Zweifelsohne wurde Ruthpark mit am härtesten getroffen. Alle anderen Welten im Roten Nebel haben sich schneller erholt. Aus den Überbleibseln des Ersten Imperiums der Sole-Sourcer im Roten Nebel bildete sich das Zweite Imperium, das sich schnell weit über die Grenzen des Ersten hinaus ausbreitete. Die Sole-Sourcer des Zweiten Imperiums setzten sehr bald ihre Forschungen über die Ursache der ersten Potentialkatastrophe fort – und hatten Erfolg.«

Die Erste Händlerin trank vollkommen in Gedanken einen kleinen Schluck aus einem glänzenden, schwarzornamentierten Glas. Ihr Blick blieb an Sinistra hängen, die ebenso gebannt zum ersten Mal die Vorgeschichte der Menschheit hörte.

»Das Zweite Imperium konnte den Zeitpunkt für das Eintreten des nächsten Potentialkollapses wesentlich präziser bestimmen als das Erste, nicht genau, aber es reichte, um zu überleben. Das Tektor-Artefakt stammt aus dieser Epoche, ungefähr sechzehntausend Jahre vor Beginn unserer positiven Zeitrechnung. Von dem Zeitpunkt an entwickelten sich die Sole-Sourcer weit außerhalb des heutigen Roten Nebels.

»Wollt Ihr andeuten, Syncc, dass sie noch existieren – *heute noch?*« Die Erste Händlerin hatte sich erhoben.

Marwiin lächelte Sinistra kurz an, bediente seinen Kommunikationsring und stand ebenfalls auf. Das Holodisplay erlosch. »Das wissen wir seit mehr als zehntausend Jahren, Händlerin. Giyame Metcalfe, der erste König der neu gegründeten neun Königreiche, stellte den ersten Kontakt zu den Sole-Sourcern her - zum Dritten Imperium. Das war im Jahr 20530, und er benutzte dazu den ersten Thieraport, den die Königreiche, gebaut nach den Blaupausen des Tektor-Artefakts, in Betrieb nahmen.«

Marwiin und Karbedi mas Boroudy standen einander gegenüber, ein paar Schritte von der Sitzgruppe entfernt, in der Sinistra und Ker Es'Maram in aufrechter Haltung der Rede des Kulturschützers lauschten.

»Ich kann nicht sagen, welche Seite damals mehr überrascht war, von der anderen zu hören. Möglicherweise waren die Sole-Sourcer des heutigen Dritten Imperiums davon ausgegangen, dass niemand die zweite Potentialkatastrophe im Gebiet des Roten Nebels überlebt haben konnte, so wie Giyame Metcalfe und seine Zeitgenossen sicher nicht erwartet hatten, Kontakt zur Ur-Zivilisation aufzunehmen.« Er betrachtete die feinen Mosaike im Steinfußboden des Saals, während er die nächsten Passagen des Vortrags im Geist ordnete.

»Es gibt keine klaren Berichte über die hundert Jahre nach dieser ersten Kontaktaufnahme, wir haben erst seit der Ernennung des ersten Troyians 20612 wieder verlässliche Aufzeichnungen.«

Die Erste Händlerin ließ Marwiin nicht aus den Augen. Sinistra erkannte die Anspannung, die aus ihrer aufrechten Körperhaltung sprach und der sie sich selbst nicht zu entziehen vermochte.

Auch Marwiin registrierte, dass er ihren ganzen Fokus besaß. Ein feines Lächeln spielte um seine Augen, als er betont langsam fortfuhr. »Euch ist das nicht wirklich neu, Händlerin – das mit den Sole-Sourcern, meine ich.«

Karbedi mas Boroudy zeigte keinerlei Reaktion. Ihr Blick ruhte weiter abwartend auf dem alten Mann.

»Aus den Aufzeichnungen geht hervor, dass von den 109 Troyians des Zentrums und der Vorformen dieses Bündnisses wenigstens 22 Vertreter der heutigen Gilde waren und weitere 69 nur durch ihre Vergangenheit in der Gilde in eine Position gelangt waren, die ihnen die Ernennung zum Troyian möglich machte.«

Ker Es'Maram strich sich eine Strähne mit eingeflochtenen Perlen aus der Stirn. Ihr kurzer Blick zur Ersten Händlerin genügte Marwiin als Bestätigung.

»Es war die *einzige* Aufgabe der Troyians, Kontakt zu den Sole-Sourcern zu halten, Händlerin. Sie berichteten ihnen über den aktuellen Entwicklungsstand in den drei Bündnissen des Nebels und erhielten sich dafür die Exklusivität des Kontaktes. Als Seiteneffekt stellte sich die längste Friedensperiode im Nebel ein, da die Troyians stets über ausreichend politischen Einfluss verfügten, gemeinsam potentielle Konflikte im Vorfeld zu lösen.«

»Wo sind die Troyians heute, Syncc? Warum lösen sie nicht unseren aktuellen Konflikt? Steht das auch in Euren Aufzeichnungen?«, warf Ker Es'Maram ein, einen leicht provokanten Ton wählend, um der Ersten Händlerin Zeit für ein paar unbeobachtete Gedanken zu gewähren.

Karbedi mas Boroudy gab ihr ein kurzes Handzeichen, dass das nicht notwendig sei. »Was lief also schief, Syncc?«, fragte sie ihn, »warum war Rud El'Ottar der letzte Troyian des Zentrums, warum wurde kein Nachfolger ernannt? Warum hatte Harkcrow Treerose keinen Nachfolger, warum hatte Aonia 2. keine Nachfolgerin – bis heute nicht?«

Der Kulturbeauftragte ging wortlos zurück zur Sitzgruppe, in der nur Sinistra noch tief in Kissen versunken saß, nahm seinen Kelch vom Tisch, trank einen Schluck und zwinkerte ihr dabei über den Glasrand hinweg zu. Dann ging er langsam zur Ersten Händlerin zurück, folgte unbewusst dem Muster des Mosaiks auf dem Boden.

»Was wisst Ihr über die Umstände des Todes von Harkcrow Treerose und Rud El'Ottar, Händlerin?«, fragte er sie.

»Soviel wie Ihr, Syncc – nehme ich an. Torkrage Treerose gab mir gestern einen ausführlichen Überblick. Harkcrow starb bei dem Versuch, eine gemeinsame Kultur des Zentrums und der Königreiche zu extrahieren – sagt Torkrage und ich tendiere dazu, ihm zu glauben.«

Ihr Gewand raschelte, als sie sich von dem Schrank leicht abstieß und langsam in Richtung einer der geöffneten Türen schritt, durch die ein leichter Wind herein blies. Marwiin war ihr nicht gefolgt. Als er ihre Antwort nicht kommentierte, blieb die Erste Händlerin stehen, drehte sich mit hochgezogenen Brauen zu ihm um sah ihn mit leicht zur Seite geneigtem Kopf fragend an.

»Das ist die physikalische Erklärung auf der Oberfläche, Händlerin«, er drehte seine rechte Handinnenseite nach oben, »in Wirklichkeit starb er und wenig später Rud El'Ottar, weil beide dem dritten Troyian im Weg waren, der eigene Ziele verfolgte – was die Verwendung der extrahierten Kultur anging, als auch die Exklusivität des Kontaktes zu den Sole-Sourcern betreffend.« Während er redete, formten seine Hände eine hohle Kugel. »Fragt mich bitte nicht, warum es heute keine Troyians mehr gibt, Händlerin, was außerdem auch nicht der Wahrheit entspräche«, sein Blick war fest geworden, kein Lächeln mehr irgendwo auf seinem Gesicht zu entdecken, »warum fragt Ihr mich nicht, *warum es sie überhaupt geben musste?*«

Das Schweigen in dem großen Raum begann bedrohlich auf Sinistra zu wirken. Wie aus der Ferne sah sie den alten Mann mit seinem immer noch für sein Alter merkwürdig wirkenden, zu einem Pferdeschwanz gebundenen langen Haaren, der bestechend hübschen Händlerin gegenüberstehen, wie Kämpfer im Geiste, reglos an der Oberfläche, aber gnadenlos darunter.

»Sie wollten die Kulturen des Nebels dadurch kontrollieren, wollten informiert sein, darüber, was aus ihren *Kindern* geworden war«, sagte sie feststellend.

Marwiin nickte ihr anerkennend zu. »Aber warum sollte das für die Sole-Sourcer von Interesse sein? Ihre Kultur war einhunderttausend Jahre älter, Ihre Technologien unseren unendlich weit überlegen. Warum sollten sie mit – aus ihren Augen – Unterentwickelten, Primitiven, Kontakt halten?«

Karbedi mas Boroudy atmete hörbar aus. »Ihr habt meine Antwort gehört, Syncc – nennt es *familiäres Interesse*, wenn es Euch beliebt.«

Der alte Mann schüttelte heftig den Kopf. Die zusammengebundenen, blonden Haare wirbelten um seinen Hals.

»*Sicher nicht, Händlerin – denkt nach!*«

Ker Es'Maram riss es förmlich auf ihre Füße, Sinistra zuckte durch die Heftigkeit ihrer Reaktion zusammen.

Marwiin hörte hinter sich das ansteigende Aktivierungssummen einer Rail-Cannon. Er hatte den tadeligen Unterton bewusst gewählt.

»*Was erlaubt Ihr Euch, Syncc*«, fauchte die lokale Repräsentantin Marwiin in entrüstetem Tonfall an, eilte zu ihm, um nachzusetzen, hielt jedoch überrascht inne, als sie die warnend erhobene linke Hand der Ersten Händlerin bemerkte. Erschreckt tat sie langsam ein paar Schritte rückwärts, nachdem sie der brennende Blick Marwiins gestreift hatte.

»Ihr einziges Interesse gilt dem Zustand unseres Lebensraumes, Händlerin«, sagte eine angespannte Stimme. »Sie wollen wissen, ob es hier nicht irgendwann wieder angenehmer zu leben ist, als dort, wo sie sich *im Moment* aufhalten.«

Karbedi mas Boroudy starrte ihn entgeistert an. Das war ein anderer Mann als noch vor wenigen Sekunden.

»Ihr könnt es natürlich *familiäres Interesse* nennen, wenn Ihr mögt, und dabei an Grenson-Spinnen denkt, die ihre Kinder immer dann essen, wenn andere Nahrung knapp wird.«

Neu gewonnener Respekt spiegelte sich im Gesicht der Ersten Händlerin. »Woher wollt Ihr das wissen, Syncc? Es gibt seit über eintausend Jahren keinen Troyian mehr, der Euch das hätte sagen können.«

Marwiin sah sie mit gerunzelter Stirn an. »Diese Aussage stimmt nicht mit den Fakten überein, Händlerin. Es gibt immer noch die Urmutter der Nebelwelten, Ramone. Sie ist der letzte Troyian und hat Aonia 2. beerbt – und nicht nur um den Titel der Urmutter. Und ich bezweifle zudem, dass Harkcrow oder Rud El'Ottar die wirklichen Absichten der Sole-Sourcer kannten.«

»Und woher kennt Ihr sie dann, Syncc? Woher kommen *Eure* Aufzeichnungen?« Ker Es'Maram hatte sich wieder gefasst. Zornig über die Tatsache, dass ein alter Mann sie so einzuschüchtern vermochte, vergewisserte sie sich diesmal rechtzeitig mit einem Blick bei der Ersten Händlerin, dass sie fortfahren durfte. »Wer beweist uns *Eure* Behauptungen? Ihr erzählt uns dramatische Geschichten, präsentiert uns einen Nachkommen der Ur-Zivilisation, beschuldigt die Nebelwelten, wie sollen wir das nachprüfen, *warum* sollen wir das glauben?«

Syncc Marwiin ertrug den Ausbruch gelassen. Als die lokale Repräsentantin ihn auffordernd ansah, sagte er einfach: »Weil es die Wahrheit ist, Händlerin, und Karbedi mas Boroudy das längst weiß!« Er ging zurück zur verwaisten Sitzgruppe, in der nur noch Sinistra saß und ihn unsicher ansah, dankbar darüber, dass er ihr zumindest vorübergehend wieder etwas Aufmerksamkeit schenkte.

»Er hat recht, Ker.« Die Erste Händlerin sah zu ihrer Untergebenen und gab dem Rodonn-Offizier, der seine Ixus immer noch aktiviert hielt, ein Zeichen, worauf dieser die Rail-Cannon abschaltete. »Kamir hat mir das meiste bereits bestätigt, nicht in der Vollständigkeit, aber von der Sache her. Auch Treerose und Senga Landaal deuteten das an.« Sie drehte sich zu Marwiin um und nickte ihm entschuldigend zu. »Ihr wisst, wie schwerwiegend die Entscheidungen sein werden, die es zu treffen gilt, Syncc. Sagt mir dennoch, womit Ihr die Behauptungen belegt, die Ihr vorgebracht habt – auch wenn Merkanteer Keleeze, König Treerose und mein engster Berater

Euch zu vertrauen scheinen - ich *muss* alles wissen, wenn ich meine Flotte in den Krieg schicken soll.«

Marwiin stand mit dem Rücken zu Karbedi mas Boroudy. Er hatte sein Kinn auf die Brust gelegt und die Augen geschlossen. »*In diesem Raum!*«, sagte er monoton und wartete auf die Antwort.

Sinistra blickte überrascht zur Ersten Händlerin, die ebenso nachdenklich geworden zu sein schien. Schließlich nickte sie einem ihrer Rodonn-Offiziere zu.

»Isoliert, Dawn!«, wurde seine Stimme über einen Außenlautsprecher seines Exor-Panzeranzuges wiedergegeben.

»*In diesem Raum*«, antwortete sie schließlich.

Marwiin öffnete seine Augen langsam wieder und sah Sinistra freundlich an. »Hört gut zu, liebe Freundin«, sagte er zu ihr, dann drehte er sich um und ging ein paar Schritte auf die beiden Händlerinnen zu. »Die Sole-Sourcer waren *sehr* überrascht, als Giyame Metcalfe sich über den ersten Thieraport bei ihnen meldete. Aber sie waren auch *sehr* erfreut, denn sie hatten ein Problem.«

Karbedi mas Boroudy kniff die Augen zusammen. Sie würde sich jetzt in Geduld üben. Keine Frage würde über ihre Lippen kommen, bevor sie nicht alle Antworten erhalten hatte.

Marwiin hatte seinen Kommunikationsring wieder aktiviert. Der Katalog der Potentiallinien des Roten Nebels flimmerte im Holodisplay. »Wir wissen heute, dass die Potentialmatrix sich während jeder Katastrophe neu organisiert hat. Das ist verständlich, wenn man sich vergegenwärtigt, dass sie einen unkontrollierten Ausgleich zu großer Potentialunterschiede im Bereich der inflationären Lichtgeschwindigkeit darstellt und dadurch die Wellendichten analog den dunklen Materiezentren, welche sozusagen die Banden der Potentiallinien darstellen, neu im Raum verteilt.«

Beide Händlerinnen nickten kommentarlos. Das war Basiswissen.

»Wir können demnach mit sehr hoher Wahrscheinlichkeit davon ausgehen, dass die Potentiale unseres heutigen Katalogs nichts mehr mit dem der Verbindungen zur Zeit des

Ersten oder Zweiten Imperiums der Sole-Sourcer gemein haben.« Marwiin bediente ein zweites Display, das ihm bei den Darstellungen des größeren half. Der Potentialkatalog wurde durch unterschiedliche Felder farbiger, dreidimensionaler Fächer abgelöst, die verschiedentlich aufblitzten, um unterschiedliche Achsen gespiegelt wurden und wieder verschwanden.

»Das hier ist der entsprechende Katalog der Thieraportverbindungen«, er bemerkte die gebannten Blicke beider Frauen, die hier zum ersten Mal eines der größten technologischen Geheimnisse der Organisation präsentiert bekamen.

»Multi-dimensional«, Ker Es'Maram kniff die Lippen zusammen, »wie geht so etwas?«

Marwiin nickte ihr zu. »Elf-dimensional, um genau zu sein, zehn räumliche und eine Zeit-Dimension, wobei nur jeweils drei der räumlichen Dimensionen entfaltet vorliegen, die anderen stellen in sich zusammengerollte Jengi-Dimensionen dar. Um es kurz zu sagen, Händlerin, die Pretaia weiß es nicht. Wir kopieren im Kern der Thieraports lediglich die Technologie des Tektor-Artefakts – und wir forschen seit mehr als zehntausend Jahren – aber es funktioniert. Und es ist unabhängig von den Potentialen!«

»Das heißt, der kommunikative Kontakt zu den Sole-Sourcern ist möglich –« begann die lokale Repräsentantin, »sie müssten nur den ganzen Weg durch den Normalraum fliegen, wenn sie uns erreichen wollten.«

»*Sie können uns nicht mehr erreichen,* Händlerin«, Marwiin sah sie fest an, »weder so noch durch beliebige Potentialunterschiede. Die letzte Katastrophe hat sie in eine andere Dimension versetzt, sie befinden sich in einem Blasenuniversum, gefangen in einem lokalen Minimum der umgebenden Potentiale – sozusagen auf dem Boden einer trichterförmigen Flasche!«

Karbedi mas Boroudy setzte sich elegant auf einen Tisch nahe der Wand, ihr Blick wirkte entrückt. Marwiin wartete einen Moment, bis sie ihn langsam wieder ansah.

»Die Sole-Sourcer haben mehrfach versucht, uns zu erreichen«, fuhr er fort, »sie haben keinen Aufwand gescheut - aber sie haben es in der ganzen Zeit seit Giyame Metcalfe nur ein einziges Mal geschafft - und das war zur Zeit von Harkcrow Treerose.« Das Bild des Königs erschien im Holodisplay neben den Gesichtern von Bengsten Treerose, einer Kirchenoberen und eines Zentrums-Offiziers.

»Bengsten Treerose erhielt als Troyian der Königreiche gemeinsam mit Laure der Siebenunddreißigsten, Benedictine und Troyian der Nebelwelten, sowie Abedi O'Sesan, Cektronn von Z-Zemothy und Troyian des Zentrums, den Auftrag, eine Keimkultur auf Ruthpark anzulegen. Die Sole-Sourcer gaben vor, den Menschen des Roten Nebels helfen zu wollen, die nächste Potentialkatastrophe zu vermeiden. Dazu würden sie diese besonders entwickelte Kultur in der Technologie unterweisen, die dazu notwendig sein würde. Sie gaben übrigens in diesem Moment die Position ihres Heimatplaneten zum ersten Mal preis!«

»*Halt!*« Ker Es'Maram hob eine Hand. »Wer kam dieses eine Mal von den Sole-Sourcern in den Roten Nebel, Syncc?«

Marwiin bediente das Hilfsdisplay. Ein mumifiziertes Skelett auf einem Steinquader erschien im Holodisplay. »Der Adjutant Harkcrows, Oldo Merceer, gelangte durch das einzige jemals funktionierende Dimensionstor in den Roten Nebel. Niemand erfuhr, welchen Aufwand es für die Sole-Sourcer bedeutet hatte, diesen Transfer zu arrangieren. Oldo Merceer sprach nie darüber. Da sie es nie wiederholten, muss der Aufwand gewaltig gewesen sein.«

»Diese Kultur sind die Coruumer, deren Extraktionsdepotöffnung uns die größte politische Krise der letzten tausend Jahre beschert hat?« Die Erste Händlerin stellte fest, das war keine Frage.

Marwiin nickte. Mit der linken Hand deutete er auf Sinistra, die sich auf einen Sessel gekniet hatte, die Arme auf der Lehne, und aufmerksam dem Gespräch folgte. »Meine liebe Freundin war maßgeblich an der Entdeckung beteiligt.«

Sinistra errötete leicht, als die beiden Händlerinnen sie anstarrten.

»Das war, wie gesagt, der vordergründige Plan. In Wirklichkeit verfolgten die Sole-Sourcer ein gänzlich anderes Ziel.« Ruckartig hatte Marwiin die ungeteilte Aufmerksamkeit der beiden Frauen zurück. »Ich hatte Euch vorhin gefragt, Händlerin, warum wir die Troyians überhaupt benötigten? Warum sprachen die Sole-Sourcer mit uns Zurückgebliebenen? Weil sie uns helfen wollten – einfach so?« Er lächelte bitter.

»Harkcrow war der erste Troyian, dem massive Zweifel an der selbstlosen Güte der Sole-Sourcer kamen. Ich sprach einmal mit ihm darüber. Dann erschien Oldo Merceer und die Zweifel bei Hark verschwanden. Nachdem ich das zweite Mal mit ihm darüber geredet hatte und Oldo Merceer davon erfuhr, musste ich Enchrome, die im Aufbau befindliche Ausbildungsstätte für die zu extrahierende Coruumer Kultur, verlassen.« Marwiin bekam die bestürzten Blicke der Händlerinnen und Sinistras nicht mit. Er ging, versunken in die Gedanken einer vergangenen Zeit, langsam zu Sinistra, die Holodisplays im Schlepp.

»Sie suchten einen Weg zurück. Nicht um uns zu helfen, sondern um aus ihrer Falle zu entkommen. Sie waren durch die Potentialkatastrophe in einem sehr kleinen Universum gelandet, nicht an Ausdehnung, die war nahezu unendlich, aber es war klein an positiver Materie, verwertbaren Systemen, Planeten, Bodenschätzen. Die ersten Huds der Organisation haben das in den letzten Amtsjahren Harkcrows näherungsweise berechnet, indem sie aufgezeichnete Vermessungsdaten der Thieraports während der Kontaktaufnahmen verwendeten. Ihre Ergebnisse bildeten die Basis für das wachsende Misstrauen des Königs und von mir. Die Sole-Sourcer installierten die Troyians, wie Ihr richtig sagtet, um uns zu kontrollieren, Händlerin. Sie versuchten uns zu manipulieren, was ihnen auch gelang. Sie machten nur einen Fehler«, er lächelte in sich hinein, »sie unterschätzten die Intelligenz und Verschlagenheit von uns *Zurückgebliebenen*.«

Marwiin rieb sich die Augen, drehte sich zu Karbedi mas Boroudy um und stutzte einen Moment über ihren Gesichtsausdruck. Der alte Mann sah sie wortlos an. Gab ihr Gelegenheit, die Frage zu stellen, die ihr im Moment wie eine Bleikugel um den Hals hing. Der Moment verstrich, die Erste Händlerin fragte nicht.

»Harkcrow war sehr intelligent«, fuhr er schließlich fort. »Unsere Zweifel an der Uneigennützigkeit der Sole-Sourcer wuchsen. Deshalb mussten sie jemanden schicken, ihn persönlich zu beaufsichtigen und anzuleiten. Das war Oldo Merceer – ein sicherer Beweis dafür, wie dramatisch sie ihre eigene Situation einschätzten.«

Er zeigte auf das feiste Konterfei des Händlers daneben. »Abedi O'Sesan war listig. Er hatte, schon kurz nach Impfung von Ruthpark mit der Coruumer Kultur, eine zweite, geheime direkt in der Nachbarschaft angelegt, die er ausschließlich für das Zentrum ernten wollte. Niemand bekam das mit. Erst Eure Agentin entdeckte im Auftrag von Ten O'Shadiif, dass es eine zweite überhaupt jemals gegeben hatte.«

»Das war ganz sicher nicht *meine* Agentin«, entfuhr es der Ersten Händlerin. »Wo ist diese Kultur heute?«

Marwiin sah sie lange an. »Das weiß ich nicht sicher, Händlerin.« Er deutete auf die junge Frau im Holodisplay.

»Residore 3. war verschlagen. Sie war die Benedictine zur Zeit Aonias 2. und Rud El'Ottars. Mit ihr, mit dem maßlosen Ehrgeiz der Urmütter der Kirche, hatten die Sole-Sourcer nicht gerechnet. Residore wollte die Coruumer Kultur ausschließlich für die Kirche, für ihren Weg an die Macht im Roten Nebel.

Als Harkcrow und El'Ottar ermordet wurden und Aonia 2. kurz darauf unter mysteriösen Umständen starb, hatte sie endlich die gewünschte Exklusivität des Kontaktes zu den Sole-Sourcern. Ich denke, sie forderte Macht für sich im Roten Nebel im Gegenzug für die Ablieferung der Coruumer. Doch die Sole-Sourcer verneinten. Irritiert über diese Entwicklung und ihres Verbindungsmannes Oldo Merceer beraubt, brachen sie den Kontakt zur Urmutter ab. Die zwischenzeitlich in

Mesaphode reinkarnierte Residore griff daraufhin Enchrome an. Das war das Ende vom ursprünglichen Plan der Sole-Sourcer.«

»Die Coruumer entkamen aber doch, Marwiin«, sagte Sinistra überrascht in die Stille des Saals.

Der Kulturbeauftragte entgegnete lange Zeit nichts. Dann drehte er sich zu ihr um. »Nein, liebe Freundin, ich glaube nicht.« Mit einer schnell erhobenen Hand wehrte er ihren entschlossenen Einspruch ab. »Ja, sie haben den Roten Nebel verlassen, in nach Vorgaben der Sole-Sourcer gebauten Dimensionsschiffen – aber das war nicht ihre Aufgabe gewesen. Diese waren von ihnen vielmehr für die Sole-Sourcer gebaut worden, um sie zurück in den Roten Nebel kommen zu lassen. Wie ich Euch an Bord des Schiffes von Ten O'Shadiif sagte, liebe Freundin, ich muss verhindern, dass wir sie jemals wiedertreffen.«

Klammes Schweigen breitete sich im Saal aus. Leise, als erlebe er diese Flucht erneut mit, sagte er: »Ich gehe nicht davon aus, dass die Coruumer den Abend des Tages, an dem sie im Universum der Sole-Sourcer eintrafen, überlebt haben – falls doch«, er sah hart zu Boden, »sind sie auf jeden Fall keine Freunde mehr.«

»*Aber wie kann das sein, Syncc?*« Ker Es'Maram ließ ihrer Anspannung freien Lauf. »Wenn sie diese Schiffe für die Reise zu den Sole-Sourcern gebaut hatten, warum kamen die Sole-Sourcer nicht in ihnen zurück?«

»Indem die Coruumer die Schiffe benutzten, verbrauchten sie die in ihnen gespeicherte Energie«, antwortete er bestimmt. »Diese Schiffe sollten eine Art Potentialumkehr zwischen den Dimensionen simulieren, damit die Sole-Sourcer in ihnen ihr Gefängnis verlassen konnten. Als die Coruumer mit ihnen – bildlich gesprochen – den Wasserfall hinab fuhren, haben sie die Schiffe aus unserem Universum unwiederbringlich entfernt. Die Sole-Sourcer sind von ihrer Position aus nicht in der Lage, gegen den Strom zu fahren. Sie hätten sie in *leerem* Zustand benötigt, um durch sie die Fließrichtung des Wassers umzukehren.«

»Dann ist doch alles in Ordnung, Syncc!«, sprach Karbedi mas Boroudy und erhob sich vom Tisch. »Die Sole-Sourcer können nicht hierherkommen und wir müssen nichts tun.«

Er schüttelte niedergeschlagen den Kopf. »Ich wünschte wirklich, es wäre so. Doch die nächste Potentialkatastrophe wird sicher kommen, Händlerin. Wir haben ihre Vorläufer bereits gespürt.« Seine rechte Hand fuhr tröstend über Sinistras Arm. »Die Sole-Sourcer werden sie wie wir vorhersagen können - nur sehr, sehr viel genauer. *Sie* werden darauf vorbereitet sein, die Neuordnung der Potentiale mit größtmöglicher Effektivität zu nutzen - um hierher zurückzukehren.«

»Und wir werden am Boden liegen«, Ker Es'Maram hatte beide Hände zu Fäusten geballt, »nachdem die Katastrophe den Roten Nebel erfasst hat.«

»Und das ist noch nicht alles, Händlerin. Ihr gegenwärtiges Universum wurde durch eine Potentialkatastrophe geschaffen - sie müssen davon ausgehen, dass es durch die nächste wieder zerstört wird. Das bedeutet, sie werden *jede* Möglichkeit nutzen, hierher zu kommen, wie verheerend eine solche Lösung auch immer für ihr jetziges Universum aussehen würde, wenn die Zeit abläuft, werden sie zu verzweifelten Mitteln greifen.«

Sinistra sah den alten Mann an. Sie war sich nicht sicher, ob sie die Dialoge alle richtig verstanden hatte, sie waren zum Teil sehr impulsiv und schnell vorgetragen worden. »Sie werden also *alles* tun, um *vor* Eintreffen der nächsten Katastrophe zu uns zurückzukehren«, sie sah selbstbewusst zu dem Kulturschützer auf, »was können wir tun, um das zu verhindern, Marwiin?«

Seine ernsten Züge lösten sich ein wenig und er lächelte schmerzhaft, als er ihr antwortete: »Die Lösung dieser Frage ist nicht ganz einfach, liebe Freundin, ich habe fast eintausendzweihundert Jahre daran gearbeitet.« Er ignorierte den neuerlich bohrenden Blick von Karbedi mas Boroudy - sie hatte ihre Chance gehabt. »Wir benötigen die Technologie der Sole-Sourcer, um die Potentialkatastrophe zu überstehen - auf der anderen Seite werden wir die nur bekommen, wenn wir ihnen helfen, in den Roten Nebel zurückzukehren – womit wir uns nicht besser stellen.«

Syncc Marwiin machte ein paar Schritte zur Ersten Händlerin und lud sie mit einer Handbewegung ein, ihm auf den Balkon zu folgen, was sie ohne zu zögern tat.

Sinistra lehnte sich in ihrem Sessel zurück und trank ihr Meridonwasser leer. Ker Es'Maram ging in langsamen Schritten im Saal umher, ohne der jungen Frau irgendwelche Beachtung zu schenken. Von draußen drang langanhaltender, ferner Donner zu Sinistra. Einem inneren Impuls folgend, trat sie durch eine der geöffneten Türen auf die Terrasse hinaus, sorgsam darauf achtend, dass sie eine Tür auf der gegenüberliegenden Seite derjenigen wählte, durch die Syncc Marwiin und die Erste Händlerin den Raum verlassen hatten.

Die Terrasse war riesig und umfasste den Saal an drei Seiten. Sinistra sah in der Ferne zu hohen Säulen aufgetürmte Gewitterwolken, die an ihrer Unterseite dunkelgraue Fäden dichten Regens auf die schwül-warme Stadt entließen.

Sie ging zur steinernen Balustrade und sah hinab auf eine weite Gartenlandschaft, die an einer zerklüfteten Steilküste endete. Leise drang Syncc Marwiins Stimme an ihr Ohr, der zusammen mit der Ersten Händlerin um eine Ecke der Terrasse auf sie zukam und ihr ein Zeichen gab, zu bleiben.

»Lasst uns eben besprechen, was wir als nächstes tun, liebe Freundin«, sagte er.

Ker Es'Maram kam wie auf das Stichwort aus der nächsten Tür und schritt an die Seite von Karbedi mas Boroudy.

»Wir werden einen begrenzten Krieg führen müssen«, begann er und sprach im wesentlichen Sinistra und die lokale Repräsentantin an. »Wir benötigen Kontakt zu den Sole-Sourcern, um zu erfahren, wie weit sie vorangeschritten sind. Das ist nicht ohne Gefahr für uns – aber sehr wichtig. Dazu brauchen wir die Zepter und Troyians.« Er sah kurz zur Ersten Händlerin hinüber. »Ich habe Karbedi mas Boroudy gefragt, ob sie der nächste Troyian des Zentrums werden wolle – sie hat das verneint, aber einen Kandidaten nominiert. Sicherlich wird Torkrage Treerose nächster Troyian der Königreiche werden müssen.« Marwiin sah zur Ersten Händlerin. »Wir benötigen die Kooperation des Troyians der Nebelwelten. Das wird sehr schwierig werden. Ramone ist gut informiert und verfolgt eigene Ziele. Wir dürfen sie nicht unterschätzen. Trotzdem haben wir keine Wahl, wir werden ihre Kooperation notfalls erzwingen müssen.« Der alte Mann legte seine faltigen Hände zusammen. »Wir müssen davon ausgehen, dass unser Bestreben nach einem Kontaktversuch zu den Sole-Sourcern scheitert, wir keinerlei Informationen erhalten, die Potentialkatastrophe eintritt und den Roten Nebel auslöscht.«

Das Schweigen war vollkommen. »Wir müssen unsererseits Archen bauen, bemannte, die den Überlebenden einer solchen Katastrophe helfen, hinterher schneller Fuß zu fassen, als es das letzte Mal geschah. Dazu müssen die Wissenschaftler der Gilde und der Pretaia zusammenarbeiten.«

Syncc Marwiins Blick holte sich die wortlose Zustimmung der Ersten Händlerin. Als er Sinistras fragende Augen sah, fuhr er fort: »Ihr, liebe Freundin, werdet mich zurück nach Ruthpark begleiten. Euer letzter Fund, die Arche der Sole-Sourcer des Ersten Imperiums, kann uns möglicherweise eine weitere Option liefern. Sie werden dort alle ihre Erkenntnisse zum Zeitpunkt ihres Exodus dokumentiert haben - sie wussten damals noch nicht, wie sich ihr Schicksal weiter entwickeln würde. Wenn wir daran kommen, ist ein direkter Kontakt mit ihnen vielleicht überflüssig.«

5 Nebelwelten

Roter Nebel, Triumphane, Sitz der Benedictine
30397/1/38 SGC
16. November 2014

Raoula

Sie hatte sich in den letzten fünfzig Jahren nicht gestattet, diesen Teil ihrer Erinnerung hervorzuholen. Es gab kein materielles Andenken an die schönste Zeit ihres Lebens – außer diesem.

Raoula hielt ihre zierliche rechte Hand fest geschlossen, umklammerte den kleinen Stein mit aller Kraft. Vor ihrem inneren Auge entstand das Bild von Damon in der Blüte seiner Jahre – am Tag des Abschieds. Sie hatte ihm den Kryo-Behälter mit zwei ihrer Eizellen überreicht und er hatte ihr ein kleines Kästchen geschenkt. Die brennende Wärme des Papits erfüllte ihre Hand. Es war das einzige Zeichen ihres gemeinsamen Pakts gegen die Urmutter gewesen. Blaues Papit, pulverisiert, in kleinsten Mengen eingenommen, lagerte sich in der Großhirnrinde ab und wirkte wie ein natürlicher Schutzschild gegen die telepathischen Fähigkeiten der höchsten Kirchen-Repräsentanten. Raoula hatte es nie benutzt – es hätte auch sie selbst in ihrer Wahrnehmung von anderen Gedankenströmen beeinträchtigt.

Ihr tränenverhangener Blick aus den mandelförmigen, braunen Augen streifte durch ihr in rotes Licht getauchtes Audienzgemach. Sämtliche Fenster und Türen zu den umlaufenden Balkonen waren verschlossen, die blutroten Vorhänge zugezogen, das Sonnenlicht nahezu ausgeschlossen. Niemand durfte die Benedictine in ihrem augenblicklichen Zustand sehen.

Ramone hatte es herausgefunden. Die Hinrichtung ihres Geliebten als Zweifler durch ihre eigene Hand war ein unmissverständliches Zeichen der Urmutter, dass sie Bescheid wusste – und Raoulas Kinder als zukünftiges Pfand betrachtete. Dass sie selbst noch am Leben war, zeugte von Ramones

Respekt und Wertschätzung ihr gegenüber. Ihre Art, den Kirchengeheimdienst in neue, effiziente Strukturen zu führen, hatte ihr zu großem Ansehen bei der Urmutter gereicht - aus keinem anderen Grund hatte Ramone sie zeitgleich mit der Demütigung zu ihrer Stellvertreterin ernannt. Sie hatte ihr ein deutliches Zeichen gegeben, wollte jedoch auf ihr Geschick nicht verzichten und glaubte ihre Benedictine ausreichend kontrollieren zu können.

Raoula drehte sich auf ihrem Audienzsessel, in dem sie die letzte Stunde zusammengekauert gesessen hatte, streckte ihre Beine, wischte sich mit dem Handrücken Tränen aus den Augen und strich einige blonde Locken aus ihrem zarten Gesicht.

Kommt herein!

Schon vor längerer Zeit hatte sie ihren neuen Primus außerhalb des Audienzgemachs warten gespürt. Jetzt trat er durch eine kleine Pforte und näherte sich ihr bis auf drei Schritte. Betrübt und doch innerlich bestärkt sah sie auf den kleinen Gegenstand, den ihr der Kommandant ihrer Leibgarde auf der Innenseite seines Panzerhandschuhs reichte.

Näher!

Der Kirchenritter beugte sich zu seiner grazilen Oberen herunter, so dass Raoula den kleinen Gegenstand genauer betrachten konnte.

»Ist es das, was ich vermutet habe?«

»Ja, Mutter. Ein modifizierter Cortex-Scanner - wir haben ihn in seinem Stammhirn gefunden. Er konnte damit gleichzeitig empfangen und senden - Euer Verdacht war begründet. Der Speicher war gelöscht, wir konnten keinerlei Informationen mehr auslesen.«

Das war auch nicht nötig gewesen. Sie selbst hatte ihren bisherigen Primus am Morgen gerichtet. Nur er konnte sie ausspioniert haben, nur er war ständig in ihrer Nähe gewesen, um die Urmutter über jeden ihrer Schritte zu unterrichten - zuletzt über ihren Besuch auf Infinitum. Er hatte vor seinem Tod nicht gestanden.

»Wir gehen davon aus, dass der Scanner seine Entscheidungsfreiheit eingeschränkt hat – er hatte Euch nichts sagen können.«

Raoula nahm schweigend das gereinigte Benedictinen-Zepter entgegen, das der Primus ihr reichte. »Wer noch?«

Der Ritter schüttelte den gepanzerten Kopf. »Wir können es nicht herausfinden, ohne nachzusehen, Mutter – es wird weitere geben.«

Die Benedictine hatte es natürlich seit Jahren gewusst und darauf hingearbeitet, loyale Ritter um sich zu scharen. Doch Ramone hatte so viel mehr Erfahrung darin als sie, Netzwerke zu knüpfen – es war ein unendliches Spiel.

»Werdet Ihr der Reinkarnation von Vater Rastolon beiwohnen, Mutter?«

Sie sah auf sein elektronisches Visier, auf die Stelle, unter der sich seine Augen befanden. »Ich habe es versprochen, Primus. Ich werde dabei sein.«

Die große Gestalt im dunkelroten Ornat zögerte. Raoula spürte, dass er weitere Informationen für sie hatte.

Was noch?

Der Ritter zuckte unmerklich zusammen, als die ungeduldige Frage in seinem Kopf aufbrauste.

»Damon und Nestor«, er zögerte, »wir haben sie gefunden, Mutter.«

Raoula richtete sich ruckartig auf, zog ihr rotes Gewand zurecht. *Er hat unsere Söhne nach sich selbst und seinem Vater benannt!* Plötzlich aufsteigende Röte füllte ihre bleichen Wangen.

»Sie sind noch auf Antaros, Mutter. Als Mündel der Urmutter verwalten sie das Legat.«

Raoula schloss die Augen. *Ich muss sie sehen!*

»Das geht nicht. Ramone würde es sofort erfahren.«

Der Blick der Benedictine war unmissverständlich. Das leise Klicken der wie spielerisch auseinanderfahrenden Sichelklingen ihres Zepters schien ungewöhnlich laut in der plötzlichen Stille.

Dann holt sie! Lasst Euch etwas einfallen, Primus!

Roter Nebel, Nebelwelten, Innocentia II, Planet der Urmutter
30397/1/38 SGC
16. November 2014

Ramone

Kostbare Blutperlen, aneinandergereiht auf schwarzen, kristallinen Bändern, eingeflochten in hellblondes Haar, klickten leise aneinander. Die zunehmende Brise kühlte Ramones Haut in der heißen Mittagssonne. Mit einem scharfen Zischen durchschnitt die super-kritische Linie des schwarzen Hauptrumpfes hinter und unter ihr die sanfte Dünung des Meeres und erzeugte ein gleichmäßiges Geräuschmuster, welches ihr bei geschlossenen Augen vorzüglich zur Entspannung diente.

Eine Bö erfasste den eleganten Trimaran, drückte ihn zur Seite. Der Steuerbord-Ausleger hob sich leicht aus den Wellen, entblößte dabei für Sekunden eine filigrane, nach innen, zum Hauptrumpf, gekippte Tragfläche, bevor er gemächlich gischtend wieder auf der tiefblauen Wasseroberfläche aufsetzte. Der Ausdruck eines unbestimmbaren Lächelns lag auf den feinen Gesichtszügen der Urmutter. Viel zu selten hatte sie in den vergangenen Jahren dieses Schiff zu ihrer Zerstreuung genutzt. Von vorn gesehen, ließ die geschwungene Linie der Ausleger und des Hauptrumpfes den Trimaran wie ein gigantisches Modell der blauschwarzen Möwen wirken, von denen einige das große Schiff begleiteten. Die gestaffelten, roten Segel an den drei leicht nach hinten geneigten Masten waren dichtgeholt, wandelten die stärker werdenden, querab einfallenden Winde in maximalen Vortrieb um.

Ihr rotes Gewand begann zu flattern, das Klicken der Blutperlen wurde lauter. Ein leises, tiefkehliges Knurren mischte sich unter das elektronische Sirren der automatischen Trimmanlage. Ramone öffnete ihre Augen und blickte auf den Animoiden zu ihren Füßen.

»Mein Engel, sei freundlich zu unserem Besucher.« Sie strich ihrer Paladina zärtlich durch das synthetische Nackenfell, über den länglichen Kopf mit den seitlich liegenden, geschlitzten, roten Augen. Das Knurren erstarb, die schlanke

Schnauze mit den messerscharfen Fangzähnen drückte vorsichtig von unten gegen ihre Hand.

Eng zog sie den wolfsähnlichen Animoiden zu sich heran, zwang ihn, mit ihr in dieselbe Richtung zu sehen – ihrem Besucher entgegen, der in diesem Moment am anderen Ende des Trimarans auf dem Backbord-Ausleger eine Antigrav-Scheibe verließ, von ihrem Primus empfangen wurde und sich nach ihr umsah. Die Urmutter konnte spüren, wie der Blick des Mannes sie hinter seinem Visier erfasste. Ihr Lächeln wurde tiefer.

Komm zu uns, mein Lieber!

Ein winziger Rest seines Misstrauens war noch immer spürbar. Seit seiner Kindheit hatte sie ihn nie anders als distanziert kennengelernt. Selbst sein Vater war ihr gegenüber offener gewesen, dachte Ramone. Sie würde liebenswürdig sein müssen. Mit einer leichten Bewegung schob sie ihre Paladina zur Seite, erhob sich und erwartete den in einem schwarzen Monofaser-Anzug gekleideten Besucher.

Er blieb einen Schritt vor ihr stehen, deaktivierte sein Visier, das sich elegant hinter seinem Nacken zusammenschob. Ramone musste nach oben sehen – der Mann war gut einen halben Meter größer als sie. Frere Metcalfe lächelte nicht bei seiner angedeuteten Verbeugung. Eine angespannte Ruhe lag auf seinen vornehmen Zügen, er machte es der Urmutter nicht schwer, seine Ungeduld zu erfühlen.

Ramone ging den letzten Schritt auf ihn zu, ergriff seine Arme vorsichtig mit beiden Händen und legte ihre Stirn an seine Brust. Langsam, ganz langsam begann seine Anspannung zu bröckeln, begann die Starre aus seinem Körper zu entweichen. Kräftige, behandschuhte Hände strichen über ihr Haar, spielten vorsichtig mit den eingeflochtenen Blutperlenschnüren. Minutenlang standen sie so auf dem weich schwankenden Deck, eine intime Atmosphäre schaffend, wissend, dass sie sich diese nur noch wenige Male in der vor ihnen liegenden Zeit gönnen würden.

»Ich bin sehr glücklich, dass Ihr Euren Anspruch formuliert habt, Lieber«, sagte die Urmutter leise zur Begrüßung und löste sich langsam von ihm. »Ihr werdet sehen, der Zuspruch zu Eurer Entscheidung wird gewaltig sein.«

Metcalfe lächelte bitter, das Emblem des Königs am Stehkragen des Monofaser-Anzugs funkelte in der gleißenden Sonne.

»Davon trennt uns noch ein blutiger Krieg, Ramone.«

»Das hat auch Harkcrow nicht zurückgehalten, Lieber. Und im Gegensatz zu Euch hatte er es nicht verdient, zu herrschen – auch damals musste Euer Reich das Kämpfen für ihn erledigen.«

»Heute sind die Gewichte in den Sieben anders verteilt. Es wird sehr schwer werden.«

Die Urmutter setzte sich. »*Heute* habt Ihr neue Verbündete, Lieber, *Krieger* – die sich seit Jahrhunderten vorbereitet haben und nur auf Eure Entscheidung warten.«

Metcalfe atmete aus, sah zum Horizont, sah blutrote Segel vor tiefblauem Himmel, sah sterbende Schattentruppen und brennende Planeten. Er wandte sich der Urmutter zu.

»Deine Krieger müssen erst noch zeigen, wie gut sie sind!«

Zorn flammte in ihr auf. *»Die Od'Fer haben die Garde von Torkrage Treerose auf Cetna hinweggefegt!«*

Metcalfe sah furchtlos zur Paladina, die leise zu knurren begonnen hatte und die Fangzähne entblößte. »Sie hatten einen Hinterhalt vorbereitet. Das Schlachtschiff ist entkommen – und mit ihm sämtliche Aufzeichnungen des Angriffes«, entgegnete er nüchtern. »Deine Krieger konnten bisher nicht ins Kontrollzentrum vorrücken und Torkrage Treerose *weiß*, dass es sich bei den Angreifern um Kirchentruppen gehandelt hat.«

Seine Augen trafen den Blick der künstlichen Linsen der Urmutter. »Das Überraschungsmoment ist verflogen, wir haben noch ungefähr fünf Tage, bis die Tektor-Protokolle in den verbleibenden Königreichen abgearbeitet sind, Ramone. Danach werden sich die Schattentruppen ohne Dominion und Siinstep/Prokon neu organisiert haben und Treerose wird diesem System einen Besuch abstatten!«

Die Urmutter griff nach seiner Hand und hielt sie fest. »Ich spüre starke Zweifel, Lieber. *Niemand* wird Cetna lebend verlassen. Ich kann Euch beruhigen – wir werden siegen.«

»*Pah!*« Metcalfe riss sich los. »Ramone – dazu gehört mehr!«

Die Urmutter ließ sich durch seinen Ausbruch nicht beirren. Sie fühlte, dass ihre Einschätzung begründet war. »Unser nächster Schlag wird die Organisation enthaupten – und Euch den Weg ebnen, die Königreiche neu zu ordnen.«

Die hochgewachsene Statur von Metcalfe sah die zierliche Frau irritiert an.

»Wenn wir Treerose treffen und gleichzeitig Chrunus zerstören, werden die übrigen Könige Euch folgen oder untergehen, Lieber.«

»*Ihr wollt Chrunus angreifen?*«

Die heftige Reaktion Metcalfes reizte Ramone beinahe zum Lachen.

»Ihr habt es selbst gesagt, Lieber. Die Organisation ist zurzeit durch die Abarbeitung der Tektor-Protokolle gelähmt. Wie entschieden wird eine Verteidigung nach außen sein, wenn die Verteidiger gleichzeitig gegeneinander kämpfen?« Ihre Augen verengten sich zu Schlitzen. Die Urmutter wartete auf ein sichtbares Zeichen seiner Zustimmung.

Langsam nickte er. »Das könnte funktionieren.«

»Es wird funktionieren, Lieber. Ich weiß aus sicherer Quelle, dass Treerose auf dem Weg nach Chrunus ist.« Ihr Blick wurde selbstgefällig. »Er will sichergehen, dass die abtrünnigen Schattentruppen von Dominion und Prokon schnell aussortiert werden und das System wieder verlässlich ist.«

Metcalfe schwieg, während er die Aussichten eines solchen Angriffs abschätzte.

»Es kann gelingen, wenn es schnell geht – innerhalb der nächsten zwei oder drei Tage – und wir meine Einheiten dort erreichen können, bevor sie sich ergeben müssen. Im Erfolgsfall dürfte auch der Umgang mit der Unsichtbaren Flotte einfacher werden. Sie wird sich neutral verhalten, wenn sich ein schneller Sieg abzeichnet«, dachte er laut.

»Die Erste Händlerin war schon immer eine Hure, Lieber«, sagte Ramone verächtlich. Die künstlichen Linsen in Form der Sphären reflektierten das Sonnenlicht in ihren Augen. »Karbedi mas Boroudy hat sich schon immer dem hingegeben, der ihr am meisten geboten hat – nur wird sie diesmal nicht sehr viel für ihre Dienste erhalten – falls sie die neue Evolutionsstufe des Nebels miterleben möchte.«

Roter Nebel, Triumphane, Sitz der Benedictine
30397/1/39 SGC
17. November 2014

Raoula

Der Säulengang zur Kapelle der Unsterblichkeit lag verlassen vor ihr. Die mit kirchlichen Motiven bemalten elliptischen Säulen und Gewölbesegmente waren überwiegend in blauen Farben gehalten und wurden aus dem steinernen Boden indirekt beleuchtet. Der Gang wand sich mit mäßigem Gefälle weit in den Fels unter der Kathedrale der Benedictine. Tief in Gedanken versunken, folgte sie auf nackten Füßen unter dem eng anliegenden, roten Gewand dem Weg nach unten, während Raoula mit geschlossenen Augen die letzten Informationen ihres Primus analysierte. Die zentralen Datenspeicher der Kathedrale besaßen ein einzigartiges Gedankenportal, das es nur ihr ermöglichte, von jedem Ort innerhalb des Gebäudes auf sämtliche Informationen zuzugreifen.

Wir haben so gut wie nichts mehr vorgefunden, Mutter. Ritter des Inneren Kreises waren vor uns in der Abtei gewesen und haben sie sterilisiert. Die Knappen, Novizen, Ritter von Vater Debruhik – jeder in seinem Verantwortungsbereich war als Zweifler hingerichtet worden – bereits kurz nach der Ergreifung des Abtes und weit vor seiner eigenen Erleuchtung auf Innocentia. Keine Spuren von physikalischen Aufzeichnungen, keinerlei materielle Dinge. Lediglich dieses Fragment eines Codes hat sich auf die KI unseres Landungsbootes heruntergeladen, nachdem wir Serkan wieder verlassen hatten.

Raoulas Schritt stockte. Die in ihre Augenlider implantierten Sphären der Kirche flackerten leicht. In ihren Gedanken drehte sie das Codefragment wie einen komplexes, dreidimensionales Geflecht aus Linien und festen Segmenten hin und her, untersuchte es, spielte mit ihm, suchte mit ihrer gesamten Energie den Zugang zu seiner Entschlüsselung.

Plötzlich hatte sie es.

Es handelte sich um einen intelligenten Code. Er reagierte auf ihre Versuche, ihn zu dechiffrieren.

1

Aktivierter Virus im Datenspeicher!, detonierte eine Warnmeldung der Zugriffskontrolle in ihrem Kopf. Mit einem gezielten Gedankenimpuls unterdrückte sie die automatischen Abwehrmaßnahmen und konzentrierte sich ganz auf die Beobachtung des Codes.

Er modifizierte sich - wurde größer - das Geflecht wuchs, begann in einem roten Farbton zu glühen, ein Bild entstand vor ihren Augen, obwohl sie sie weiterhin fest geschlossen hielt. Vater Debruhik sah sie ernst an, alt zwar, aber gesund, gutaussehend. *Meidet die Urmutter, Raoula. Sie hat ihre Spione überall, es gibt niemanden in der Kirche, dem Ihr noch trauen dürft. Sprecht mit den Synccs der Königreiche. Nur sie können die Nebelwelten retten. Sucht ihren Ersten – Marwiin!*

Erschüttert verharrte sie. Öffnete ihre Augen, das Bild des toten Abtes verblasste – *Königreiche!*

Sie fuhr sich mit einer Hand vorsichtig über ihre rechte Schläfe, als versuche sie, einen bösen Traum wegzuwischen.

»Mutter?«

Ihr Primus stand am unteren Ende des Säulenganges vor einem großen Portal und erwartete sie. Die Benedictine sammelte sich kurz und ging die letzten Schritte zum Eingang der Kapelle der Unsterblichkeit. Zwei Ritter in vollem Ornat erwarteten sie am Beginn eines wenigstens zwanzig Meter hohen Längsschiffes und begleiteten sie und ihren Primus, vorbei an unzähligen zur Schau gestellten schwarzen Sarkophagen verblichener Benedictinenkörper, hindurch bis zur Apsis, welche durch eine transparente Wand von der restlichen Kapelle abgeteilt war.

Vater Rastolon schwebte auf der anderen Seite der Wand in einem künstlichen Schwerkraftfeld, mit dem Gesicht nach unten. Sein Körper war von der Hüfte aufwärts unbekleidet, seine blasse, von dunklen Pigmentflecken überzogene Haut schimmerte bläulich-kränklich im Licht der Spezialleuchten des Reinkarnationssystems in der Mitte des Raumes. Nur wenige Meter zu seiner rechten Seite befand sich ein zweiter Körper in gleicher Position. Der Novize befand sich bereits in einem künstlichen Koma, das Nervensystem seines durchtrainierten, jungendlichen Körpers wurde durch Makrodrohnen auf die kurz bevorstehende Übertragung von Gehirn und Rückenmark des Greises vorbereitet. Durch die Drohnen an genaue Positionen transportierte Bakterien waren dabei, Nervenverbindungen zum Rückenmark und zum Gehirn aufzulösen und die im Körper verbleibenden Enden auf die Neuverbindung vorzubereiten. Spezielle Neuro-Drohnen übernahmen die Steuerung der lebenswichtigen Funktionen des Novizen für die Dauer der Transplantation.

In einem großen Holodisplay über den beiden Körpern wurde der Fortschritt der Übernahme grafisch dargestellt. Die des Zielkörpers musste zuerst abgeschlossen und Gehirn sowie Rückenmark entnommen sein. Genau einhundert Sekunden später würde das Reinkarnationssystem das zentrale Nervensystem von Vater Rastolon aus dessen verbrauchtem Körper lösen und in den des Novizen übertragen. In den folgenden zwei Stunden wäre es dann Aufgabe der Bakterien und der Neuro-Drohnen, die Verbindungen zum vegetativen Nervensystem des Zielkörpers wiederherzustellen.

Raoula verfolgte das Geschehen leidenschaftslos. Das Bild von Vater Debruhik und noch mehr - seine Worte - beschäftigten sie.

Synccs der Königreiche!

Wie sollte sie so etwas glauben? Und doch war der Abt dafür gestorben. Er hatte mit einer Entdeckung seiner Arbeiten gerechnet - seine Nachricht an sie war vorbereitet gewesen. Aber wieso gerade an sie? Woher hatte er den Irrglauben, dass ausgerechnet die Benedictine seinen Aussagen Glauben schenken würde?

Das Holodisplay signalisierte den Abschluss der Vorbereitungen am Körper des Novizen. Das Gehirn und die relevanten Bereiche des Rückenmarks waren jetzt vom übrigen Nervensystem isoliert. Sie würde innerhalb von zehn Sekunden der KI des Reinkarnationssystems ihre Zustimmung zum Start der Übertragung geben müssen, sonst würde die Isolierung im Körper von Rastolon nicht beendet werden und der Novize wäre umsonst gestorben.

Beginne!

Die Makrodrohnen im Körper des Abtes verteilten das Bakterium, das in den folgenden Sekunden das zentrale Nervensystem Rastolons vollständig isolierte, während zeitgleich feine Laser und Mikromanipulatoren Schädel und Wirbelsäule des Novizen öffneten und sein zentrales Nervensystem entnahmen. Die Benedictine drehte ihren hübschen Kopf zur Seite und sah zu ihrem Primus hinauf, der einige Meter neben ihr stand und seinerseits die Operation verfolgte.

Kann ich ihm trauen?

Langsam drehte sich der Ritter zu seiner Oberen. Die Sensorenphalanx seines Visiers funkelte im Licht des Reinkarnationssystems. »Es gibt nur einen sicheren Weg, das herauszufinden, Mutter.«

»Falls meine Vermutung zutrifft, Erster, habe ich Vertigo möglicherweise größtes Unrecht angetan.«

Der Ritter nickte zustimmend. »Wir haben den Cortex-Scanner bei ihm gefunden, Mutter, das muss nicht bedeuten, dass er einer Implantation zugestimmt hat oder überhaupt davon wusste.«

Raoula dachte angespannt nach und verfolgte nebenbei das Öffnen der Wirbelsäule des alten Abtes und das Entnehmen des blutverschmierten fahlen Rückenmarks zusammen mit den grauen Windungen des Gehirns.

»Er hat in seinem Leben jeden betrogen, mit dem er zusammentraf, Erster. Er hat mich auf die Spur der Urmutter geführt, um sich ein neues Leben zu erkaufen, ich frage mich, was er tun wird, nachdem er es erhalten hat.« Raoulas Blick suchte die Augen ihres Primus hinter dem elektronischen Visier.

»Was ist, wenn Ramone es ihm aufgetragen hat?«

Der rotgewandete Ritter schwieg.

Das Reinkarnationssystem begann mit der Implantation von Rastolons Gehirn und Rückenmark in den Körper des Novizen. Raoula ging entschlossenen Schrittes an ihrem Primus vorbei, an der transparenten, leicht gekrümmten Wand der Apsis entlang, bis sie einen markierten Abschnitt erreichte.

Öffnen!

Ein ohrenbetäubender Warnton ließ sie eine Sekunde lang wanken, als der markierte Wandabschnitt sich in den Boden senkte und die sterile Atmosphäre des Reinkarnationsraums durch die Umgebungsluft verseucht wurde. Mit wenigen Schritten war sie neben dem geöffneten Körper des Novizen und starrte auf Rastolons Gehirn und Rückenmark, beachtete den konzentrierten Blick ihres Primus durch das inzwischen hochgefahrene Visier nicht, der sich keinen Millimeter von der Stelle bewegt hatte. Raoula griff in das Kraftfeld. Ihre rechte Hand umfasste das Gehirn von Rastolon, riss es aus dem geöffneten Schädel.

»Bist du ein Verräter, Rastolon? *Sag es mir!*«, schrie sie das Gewebe an.

Der Warnton verstummte. Das Holodisplay des Reinkarnationssystems war voll von Warnmeldungen. Wie eine Handpuppe hielt die Benedictine das Gehirn mit dem daran hängenden Rückenmark des toten Abtes vor sich.

Sag – es – mir!, jagte sie drei Gedankenimpulse in das Gehirn und erzwang die Öffnung des sterbenden Geistes.

Stille. Verstörende Bilder strömten auf sie ein, mit stark nachlassender Intensität erhielt sie Fragmente der Informationen, nach denen sie gesucht hatte. Dann war auch dieses Gewebe des Abtes verblichen.

Sie hob langsam ihr Zepter. »*Sehe!*«, sprach sie zynisch das Vergebungswort der Kirchenoberen, bohrte Zeigefinger und Daumen ihrer rechten Hand zwischen die Frontallappen und tastete umher, bis sie einen winzigen Chip erfühlte.

Niedergeschlagen löste sie den Cortex-Scanner mit der Klinge ihres Zepters und zog ihn heraus, zeigte den blutverschmierten Gegenstand ihrem Primus auf der anderen Seite der transparenten Wand. Dann warf sie Rastolons Gehirn mit Abscheu im hübschen Gesicht zurück auf seinen alten Körper.

»Du hättest es nicht verdient, Sohn!

6 Zentrum

Roter Nebel, Zentrum, Ankatarh, Cap del Nora, Hauptstadt der Gilde
30397/1/35 SGC
12. November 2014

Kamir

Ihm fröstelte im kühlen Seewind. Es war einer der wenigen Tage im Jahr in Cap del Nora, an denen die morgendliche Temperatur unterhalb von fünfzehn Grad lag. Momente wie dieser erinnerten ihn unliebsam daran, dass er mit seinen siebenundsiebzig sicher nicht mehr zu den jüngeren Händlern gehörte. Die Morgendämmerung hatte mit dunklen Violett-Tönen unter einem sternenklaren Himmel eingesetzt. In einer halben Stunde würde die Sonne hinter der Steilküste auf der anderen Seite der Bay über dem Meer aufgehen und erst weitere fünfzehn Minuten später ihre wärmenden Strahlen in die Gärten seiner Vinta auf dem zwei Kilometer hohen Felsplateau senden. Die See weit unter ihm in der Dunkelheit erschien ruhig von hier oben. Auch mit äußerster Konzentration vernahm er keinen Laut der gegen den Festlandsockel donnernden Wellen.

Vorgestern erst war er an Bord seiner Privatyacht aus dem Z-Zemothy-System zurückgekommen, zwei Tage, die er eigentlich zum Ausruhen hatte nutzen wollen. Nun – von den vergangenen vierzig Stunden hatte er vielleicht zwei geschlafen. Die Abfolge der neuen Ereignisse geschah in immer kürzeren Abständen.

Es bahnte sich eine große Katastrophe an – *nein, möglicherweise sah es aus der Entfernung nur wie eine aus* – hörte er eine innere Stimme mit sarkastischem Unterton – *es könnte sich auch um mehrere, dicht zusammengedrängte handeln.*

Der kommende Potentialkollaps würde sie hart treffen, er glaubte mittlerweile selbst daran. Sollten die Nebel-Kulturen das verkraften, stünden sie nach Aussage von Kara den aus ihrer Jahrzehntausende andauernden Isolation in ihren ursprünglichen Lebensraum zurückkehrenden, technologisch, kulturell unendlich überlegenen Sole-Sourcern gegenüber.

Falls sie es überhaupt bis zum Eintreten des Potentialkollapses schaffen sollten. Die aus dem Nichts auftauchenden amoklaufenden Kirchentruppen und in Unabhängigkeitskriegen versinkenden Königreiche waren nicht wirklich einer sinnvollen Vorbereitung auf eine anbrausende galaktische Katastrophe förderlich.

»Herr.«

Kamirs Dienerin Neuille reichte ihm eine wollene Tonka, die er sich dankbar umlegte. Mit einem wortlosen Nicken nahm er den Becher dampfenden Fengus von ihr entgegen, hielt ihn genießerisch unter seine markante Nase. Diese besondere Charge des Getränks hatte er an Bord der Organisationsschiffe im Ul'Charque-System kennen gelernt und die Händlernatur in ihm hatte sich sofort einen kleinen, kostbaren Bestand davon gesichert.

»Syncc Marwiin ist bereit, wenn Ihr es seid, Herr. Er wartet im Vorraum Eures Arbeitsbereichs auf Euch.«

»Und Kara?«

»Ist schon bei ihm«, antwortete die ehemalige Seriife mit einem hintergründigen Lächeln. »Ich denke, der alte Mann ist ein Quell nicht versiegenden Wissens für die Erste Händlerin.«

»Wie für mich, Neuille, wie für mich«, sagte er nachdenklich, leerte den Fengus, reichte der hochgewachsenen Frau den Becher zurück und ging über gekieste Wege zu dem Komplex niedriger Gebäude auf der Westseite der Vinta hinüber, in welchen sich sein persönliches Archiv und der Arbeitsbereich befanden.

Zwei Rodonn-Offiziere der Ersten Händlerin standen mit geöffneten Visieren vor dem Seiteneingang und nickten ihm zu, als er sie passierte. Wortlos nahm er die situationsbedingte Aufrüstung ihrer Exor-Anzüge zur Kenntnis – Drohnenbehälter, Delta-Gleitschild und erweiterte Aufklärungssysteme ließen sie wie massive, im Boden verankerte Skulpturen wirken. Die Gilde wie auch die Unsichtbare Flotte begannen auf die wachsende Anspannung im Roten Nebel zu reagieren.

Kara und er hatten achtzehn Stunden des gestrigen Tages in intensiven Gesprächen mit Syncc Marwiin verbracht. Der alte Mann hatte ihn von Beginn an fasziniert. Seine Kenntnis der Zusammenhänge im Roten Nebel in den letzten eintausend Jahren quer durch alle politischen Lager und Bündnisse war beängstigend – genauso wie die sich aus seinen detaillierten Ausführungen aufzwingende Schlussfolgerung über sein eigenes, ungeheures Alter. Der Organisationswissenschaftler hatte zugestimmt, die Gespräche aufzuzeichnen. Ihm und der Ersten Händlerin war von Anfang an klar gewesen, dass sie diese Erkenntnisse dokumentieren mussten, wollten sie nicht Gefahr laufen, das meiste davon zu vergessen. Außerdem wirkte ihr ausstehender Bericht an Mom Aw'Hagun und den Da'Forxa damit wesentlich überzeugender.

Der holzgetäfelte Vorraum zum großen Arbeitszimmer war leer, als er ihn betrat. Durch die geöffnete automatische Tür konnte er Karas Stimme hören. Leise trat er ein.

»Es ist wunderbar!« Die Erste Händlerin stand an der Seite eines großen Tisches, auf dessen massiver Mendeego-Holzplatte ein geöffneter, länglicher Behälter stand, in dem sich das Troyian-Zepter befand. Ihr gegenüber stand Syncc Marwiin, weit über das rötlich schimmernde Objekt gebeugt und andächtig in seine Betrachtung versunken.

Als Kamir gefolgt von Neuille an den Tisch trat, blickte der alte Mann nur kurz zu den beiden auf, um sich daraufhin wieder minutenlang wortlos der Untersuchung des vor ihm liegenden Gegenstandes zu widmen. Die Erste Händlerin strich Kamir zur Begrüßung liebevoll durch die in seinen Bart eingeflochtenen Perlenriemchen und erntete dafür einen zornigen Blick von ihm.

Syncc Marwiin hatte davon nichts mitbekommen. »Es ist unversehrt, Händler, in ausgezeichnetem Zustand«, sagte er schließlich und richtete sich auf, seine langen blonden Locken, die ihm ins Gesicht gefallen waren, wieder hinter seinen Nacken zusammenstreichend. »Wie ist es in Euren Besitz gelangt?«

Kamir fühlte sich plötzlich unwohl bei dem nebensächlichen Ton, in dem der Kulturschützer der Organisation ihm diese Frage stellte, während ein hintergründiges Lächeln um dessen hellblaue, von kleinsten Fältchen umrahmte Augen spielte.

»Ein Gildenhändler hat es mir vor ungefähr dreißig Jahren als Entschädigung für eine verlorengegangene Fracht gegeben, Siir. Es hatte sich davor für eine sehr lange Zeit im Besitz seiner Familie befunden, die es von einem Kirchenritter erworben hatte.«

»Wie viel ist *eine sehr lange Zeit, Händler*?«

Er biss die Zähne zusammen. *Verdächtigte ihn dieser Mann vielleicht, etwas mit dem Raub dieses Zepters zu tun zu haben?*

»Ungefähr fünfhundert Jahre – ich kann es genau herausfinden, wenn es wichtig ist.«

Der alte Mann schien diese Erklärung zu akzeptieren. »Nicht notwendig, Händler. Ihr habt sicher Verständnis für diese Frage, wenn ich Euch sage, dass dies das Troyian-Zepter der Königreiche ist und sich zuletzt im Besitz von Harkcrow Treerose befand. Es wurde im Jahr 29268 bei einem Angriff auf das System Enchrome gestohlen und ist – *war* – seitdem verschollen.«

Kamir spürte den Seitenblick der Ersten Händlerin, die ihn kurz ansah, ihre in dem Raum zu warm gewordene kostbare Tonka mit einer eleganten Bewegung auf einen Sessel ablegte und an den Kopf des Tisches trat. »Hatte Eurer Meinung nach das Zentrum oder die Gilde irgendetwas mit diesem Angriff zu tun?«

»*Nein!*« Syncc Marwiin schüttelte den Kopf. »Zu dem Zeitpunkt lag die Ermordung von Rud El'Ottar bereits vierundsechzig Jahre zurück, Fadi ad Asdinal, sein Agent in der Begleitung von Harkcrow auf Ruthpark scheint der einzig Eingeweihte innerhalb von Z-Zemothy gewesen zu sein – und er starb an Bord von Harkcrows Schiff. Die Nachfolger des Cektronns wussten nichts mehr über die Coruumer, einen weiteren Troyian des Zentrums gab es nicht. Nach dem Tod Ottars wurden die Spuren in seinen Aufzeichnungen und denen der Gilde vollständig gelöscht – wie auch in den Kirchenarchiven und in den Königreichen.«

»Und durch *wen*?«, fragte Kamir vorsichtig in die sich ausbreitende Stille.

Syncc Marwiin zögerte nicht mit der Antwort. »Wir haben in den letzten Tagen die Ereignisse dieser Zeit aus unterschiedlichen Perspektiven betrachtet, Händler. Auch wenn *wir* – die Synccs der Pretaia – keine faktischen Beweise besitzen, sind wir uns dennoch sicher, dass es nur auf Veranlassung von Mesaphode 4. erfolgt sein kann – der Urmutter, die auf die ein Jahr nach Rud El'Ottar ermordete Aonia 2. und ihre Benedictine Residore 3. folgte – und ihrer Helfer aus den Reihen der Königreiche.« Er stützte sich mit beiden Händen auf der schweren Holzplatte auf. »Nur die Nebelwelten verfügen *bis heute* über eine lückenlose Chronologie der Troyians. Nur Mesaphode besaß neben den Königreichen die zum Überfall auf Enchrome notwendigen Informationen.«

Die Erste Händlerin sah zu Kamir hinüber, der von Neuille einen weiteren Becher Fengus gereicht bekam, den er an Syncc Marwiin weitergab.

Der alte Mann kostete an der heißen Flüssigkeit, erkannte das Getränk sofort und lächelte zufrieden.

»Wieso waren die Nebelwelten zu der Zeit in der Lage, ein geheimes System der Königreiche erfolgreich anzugreifen?« Karbedi mas Boroudy blickte Kamir mit gerunzelter Stirn an. »Wie du weißt, Kara, haben wir die Kirche schon seit dem Anbeginn der Zeit mit der benötigten Technologie beliefert«, sagte er, »sie haben nie von der Gilde solche Waffen erhalten, die sie dort gebraucht hätten. Das Zentrum selbst verfügte nicht darüber – also woher hatten sie die?«

Die Erste Händlerin schwieg – wie alle anderen auch.

Schließlich deutete Syncc Marwiin auf das Zepter. »Woher kommt *diese* Technologie?«

»Von den Sole-Sourcern?«, sprach die Erste Händlerin ihre Antwort mehr als Frage aus.

»Exakt – so wie die des Potentialsprunges und der Thieraports.« Der Kulturschützer strich mit den Fingern seiner linken Hand über die Mitte des Zepters, an der Stelle, an der sich die handschuh-ähnliche Fassung befand. Kamir konzentrierte sich auf den nur wenige Zentimeter messenden Abstand zwischen den Fingerringen des alten Mannes und der Oberfläche des Gegenstands. Die haarfeinen, elektrischen Feldlinien, welche einem nahezu farblosen und einem grün schimmernden Ring an der Hand von Syncc Marwiin entsprangen, glühten in einem kräftigen Blau. Für mehrere Sekunden wurden die Feldlinien im Zentrum der Fassung gebündelt – bis sie unerwartet an die diffus wirkende Spitze des Zepters sprangen und erloschen. Lautlos erhob sich das Objekt aus seinem Behältnis, schwebte auf Syncc Marwiin zu, der es mit seiner linken Hand fest neben der Fassung ergriff.

»Die Information zum Bau der Waffen kann nur von den Sole-Sourcern gekommen sein. Gebaut wurden sie dann von – *den Königreichen.*« Syncc Marwiin verzog das Gesicht schmerzhaft. »Es ist im Moment nicht zu leugnen, dass unter der von Harkcrow erzwungenen *Einheit* der Sieben alles andere als *Einigkeit* herrscht. Das war nahezu immer so. Zu seiner Zeit gab es die gleichen Eifersüchteleien mit Dominion, dem wirtschaftlich bedeutendsten der Königreiche. Nur das starke Charisma der Restront-Monarchen gab in der Vergangenheit stets den Ausschlag, dass sie es waren, die herrschten. Aber es war nur eine hauchdünne Schicht der Einigkeit, die sie erzeugen konnten. Das wussten die Urmütter seit jeher und Mesaphode war nicht die erste, die es konsequent nutzte.«

»Warum hat Dominion dann nicht die Gunst der Stunde genutzt, als Harkcrow verschwand und die Königreiche führungslos zurückließ?«

Syncc Marwiin erwiderte lange Zeit nichts. Er drehte das Zepter in seiner Hand und stellte es mit dem unteren Ende vorsichtig auf die dunkeln Bohlen des Holzfußbodens. »Oldo Merceer, der Adjutant Harkcrows, hat es zu verhindern gewusst. Es lag nicht in seinem Interesse, die Vorbereitungen zur Rückkehr der Sole-Sourcer und der Ausbildung der Coruumer durch einen intensiven Krieg unter den Königreichen zu gefährden. Der erste Angriff auf Enchrome galt daher im Wesentlichen ihm. Er war durch seine ablehnende Haltung gegenüber einem Machtwechsel innerhalb der Sieben auch zum Gegner von Mesaphode geworden, die eng mit Dominion sympathisierte und auch auf dessen Technologie angewiesen war – wie der Zufall es wollte – kam der Anschlag auch mir damals sehr gelegen – wenn auch aus einem völlig anderen Grund.«

Die Erste Händlerin nickte zustimmend. »Wie Ihr mir bei unserem ersten Treffen sagtet, Syncc, versuchten die Sole-Sourcer Eurer Ansicht nach den gesamten Nebel zu manipulieren, um ihre Rückkehr vorzubereiten. Warum halfen sie dann der Kirche?«

»Sie wählten die aus ihrer Perspektive schwächste der drei verfügbaren Parteien aus, um sie zu kontrollieren. Das waren zweifelsohne die Nebelwelten. Dafür, dass sie ihnen mit fortschrittlicher Technologie erlaubten, einen Sieg gegen die führende Macht im Nebel zu erringen, glaubten sie sich einen verlässlichen Partner zu schaffen. Das ging nicht auf – sie unterschätzten die Eigeninitiative der Urmutter und ihren maßlosen Ehrgeiz. Nach dem – damals so erscheinenden – Tod von Oldo Merceer und dem zweiten Angriff auf Enchrome, der die Dimensionsschiffe der Coruumer unbrauchbar machte, wurden die Sole-Sourcer mit den dramatischen Folgen ihrer Fehleinschätzung konfrontiert und brachen den Kontakt sowie jegliche Unterstützung der Nebelwelten ab.«

Die kunstvollen Ornamente auf den schlanken Oberarmen der Ersten Händlerin leuchteten in einem warmen Blauviolett. Sie deutete auf das Syncc Marwiin überragende Zepter.

»Wie kann uns das weiterhelfen, Syncc?«

»Es kann nur dem Troyian der Königreiche helfen, Händlerin«, antwortete er kurz. »Jedem anderen würde es das Leben nehmen.«

»Ich habe es wenigstens einmal aktiviert, Siir«, warf Kamir ein und erinnerte sich schmerzhaft an seinen Selbstversuch vor einigen Jahren als Ausdruck seiner Frustration am Ende von langwierigen aber erfolglosen Untersuchungen des Zepters.

Syncc Marwiin schüttelte langsam den Kopf. »Ihr habt es in der Hand gehabt, Händler«, sein Blick suchte die Augen Kamirs, »aber Ihr konntet es glücklicherweise nicht aktivieren.« An Karbedi mas Boroudy gerichtet, sagte er: »Ihr solltet Eure Garde warnen, ich muss etwas herausfinden und werde das Zepter dazu kurz einschalten – ihre Sensoren werden ihnen falsche Daten liefern.«

»Sie hören und sehen alles in diesem Raum, Syncc«, antwortete sie.

Marwiin trat ein paar Schritte vom Tisch weg, bis er mehrere Meter freien Raum um sich herum hatte, griff mit seiner rechten Hand in den schwarzen, dreifingrigen Handschuh des Zepters und schloss die Augen. Dann verschwand er völlig geräuschlos innerhalb eines Lidschlags.

»*Wo ist …?*«, hing die Frage von Kamir unbeendet in der Luft.

Die Erste Händlerin, er und Neuille standen verblüfft vor einer diffus glimmenden Energiekugel, welche den Raum, den soeben noch der Kulturschützer mit dem Zepter eingenommen hatte, vollständig umfasste. Vergleichbar mit Konvektionsmustern auf der Oberfläche eines Sterns, bewegten sich Energiefelder ohne erkennbare Regeln wild auf der Kugeloberfläche umher und verursachten bei zu langem Hinsehen stechende Kopfschmerzen. Noch während ihre Blicke gebannt an der rötlichen Partikel-Erscheinung hingen, begann diese sich weiter zu verändern. Die Bewegungen der Oberflächenströme verloren an Leuchtkraft und Geschwindigkeit, verlangsamten sich, bis sie vollständig zum Erliegen kamen – ein unendlich tiefes, nebulöses Schwarz ohne erkennbare Grenze zwischen fest und gasförmig zurücklassend.

»Eine masselose Sphäre, Dawn«, sagte einer der beiden Rodonn-Offiziere aus einem verborgenen Lautsprecher im Raum, nachdem er die Daten einer Aufklärungsdrohne, die jetzt in Kopfhöhe neben Kamir schwebte, ausgewertet hatte.

Mit einem ohrenbetäubenden, peitschenden Knall, verursacht durch die in das Vakuum der verschwindenden Sphäre zurückströmende Luft, erschien Syncc Marwiin an der alten Stelle, etwa eine Handbreit tiefer als zuvor. Er stand in der

Mitte einer kreisförmigen Mulde im ursprünglichen Holzfußboden, welche die Sphäre hinterlassen hatte.

Aus einem Segment der oberen Hälfte des Troyian-Zepters schienen wie bei einem Material in großer Hitze Partikel aus der rötlich schimmernden Oberfläche auszuquellen, zur Spitze hin zu fließen und darüber hinaus. Die Konturen des alten Mannes erschienen noch für einen Moment lang unscharf.

»Tut mir leid mit dem Boden«, sagte Syncc Marwiin, als er den angerichteten Schaden entdeckte. Dann lächelte er kurz. »Das meinte ich mit *Aktivierung*.«

Kamir und die Erste Händlerin tauschten verständnislose Blicke.

»Die Zepter schaffen ein Dimensionstor in ein Parallel-Universum. Nur dort ist eine Verbindung in den isolierten Raumbereich der Sole-Sourcer möglich«, erklärte er. »Um das zu ermöglichen, benötigt Ihr ein Implantat, welches Euch gegenüber dem Zepter identifiziert und die Technologie eines solchen Feldrings, der verhindert, dass Ihr beim Wechsel der Dimensionen sterbt.«

»Und der letzte Troyian des Zentrums, Rud El'Ottar, besaß ein solches Implantat?«, fragte die Erste Händlerin. »Wissen wir, wo sein Zepter heute ist?«

Syncc Marwiin zögerte mit seiner Antwort, als er bemerkte, dass Kamir etwas sagen wollte.

»Es befand sich im Ul'Charque-System, Kara. Die Organisation hat es von dort mitgenommen. Ich hielt es für besser – unter der Annahme, dass Z-Zemothy ein unkontrollierbares Eigenleben entwickelt.«

»Keleeze hätte es Euch geben sollen, Händler, es hätte uns beim Aufspüren des Troyian-Thieraports des Zentrums helfen können«, warf der Kulturschützer nachdenklich ein.

»Was –«, Kamir suchte nach einer passenden Formulierung, »was habt Ihr *gesehen – da drin*?«

Der Organisationswissenschaftler ging mit ernstem Gesichtsausdruck zum Tisch und bewegte das Zepter wieder über dessen Behältnis, öffnete seine Hand und zog sie zurück. Lautlos senkte sich der speerähnliche Gegenstand ab.

»Das Zepter wurde nach der letzten Aktivierung durch Harkcrow einmal benutzt. Es war auf einem Planeten im Zentrum, im Jahr 30110. Die Signatur war die des Troyians der *Nebelwelten*. Zu der Zeit muss es sich um Ramone 1. gehandelt haben, die im Jahr zuvor Urmutter wurde und es bis heute ist.« Er blickte Kamir ernst an. »Der Kirchenritter, der es Euch verkaufte, kann es nur mit ihrem Wissen und Einverständnis getan haben, Händler!«

Ein kleines Holodisplay war neben ihm in der Luft erschienen und zeigte einen Ausschnitt des Roten Nebels.

»Die Koordinaten des Planeten sind hier. Sektor 305/2235/832.« Syncc Marwiin bemerkte das Eintreten einer jungen Frau in einer eng anliegenden, schwarzen Tonka hinter der Ersten Händlerin und seinem Gastgeber. »Über das System selbst gab es keine weiteren Informationen.«

»Die kann *ich* geben, Siir«, sagte die neu Angekommene mit selbstgefälligem Ton. »Es ist das System 1-85, du wirst es auch kennen, Kamir – unter dem Namen *Xee*. Ich habe es vor gut zwei Monaten final extrahiert!«

Galaktischer Spalt, Ruthpark
30397/1/37 SGC
15. November 2014

Ashia

Der verdammte Crownie-Merkanteer schwirrte mir unablässig im Kopf herum. Seit seinem Auftauchen auf Ruthpark hatte mein Instinkt mich ständig tiefer in die Irre geführt. Wohin sollte das noch führen? Das Leben nahm manchmal bizarre Wendungen!

Nachdem Kamir mich bei unserer letzten Zusammenkunft auf seiner Vinta mehr oder weniger in die Arme des Cektronns getrieben hatte, für den ich dieses mysteriöse Depot der Königreiche auf Ruthpark um jeden Preis beseitigen sollte, durfte ich diesmal das Kindermädchen für einen der beiden Crownie-Wissenschaftler spielen, den ich das letzte Mal beinahe eliminiert hatte – und ihn bei der Ausgrabung eines noch mysteriöseren Fundes auf Ruthpark beschützen.

Auch wenn es sich um eines der momentan wichtigsten Individuen im Roten Nebel handeln sollte, was ich beim Anblick dieses tatterigen Greises beim besten Willen nicht nachvollziehen konnte, war mir mein gefühlter Niedergang auf der Straße des Ruhmes noch nie so deutlich vor Augen geführt worden wie in diesem Moment.

Hinzu kam dieses mit Organisationstechnologie aufgerüstete Exemplar in der Begleitung des Synccs, das sich mir irgendwie zu Dank verpflichtet fühlte – dafür, dass ich es schwerverletzt aus der Höhle gerettet hatte – nachdem es vorher nur knapp dem Tod durch *meine* Killbees entkommen war.

Das Schiff der Unsichtbaren Flotte sprang. Die Welle der Übelkeit schwappte vorüber – ich nahm sie kaum noch wahr – und wir hatten das Ruthpark-System wieder erreicht. Die Erste Händlerin war nicht verstimmt gewesen über den anfänglichen Mangel an Respekt, den ich ihr bei unserem ersten Treffen im Arbeitsraum von Kamir entgegengebracht hatte – im Gegenteil. Im Nachhinein schien sie mich bedauert zu haben. Das Schiff für den Transport des Crownie-Wissenschaftlers nach Ruthpark wirkte wie eine Art der Wiedergutmachung. Es war außerordentlich großzügig und die neue Ausrüstung für Lumidor und mich war erstklassig - so nah an der führenden Technologie der Königreiche wie nur möglich.

»Der Träger ruft uns, Toreki«, meldete der Landsucher des Kreuzers dem Kapitän der *Esteer*.

Im zentralen Holodisplay war das Gesicht eines Organisationsoffiziers zu sehen, Nebendisplays zeigten Anflugbahnen von schweren Drohnen hinter dem Schiff.

»Da gab es einen soliden Kampf«, sagte Lumidor, den Blick in zusätzliche Anzeigen versenkt.

Ich sah hinüber und erkannte großräumig verteilte Trümmerwolken im System, selbst der Schildverband über einem der Pole von Ruthpark flimmerte wie ein Edelstein in einer Wolke aus Kristallen.

»Certeer, ich bin Syncc Marwiin. Merkanteer Keleeze hat uns angekündigt«, meldete sich der Crownie-Wissenschaftler. »Weist dem Kapitän dieses Schiffes einen Anflugkorridor zu, ich muss schnellstmöglich hinunter.«

Der Landsucher der *Esteer* nickte seinem Kapitän zu, als Zeichen, dass er die Informationen bereits erhalten hatte, und begann das notwendige Manöver auszuführen.

»Das Boot befindet sich im Anflug, Syncc. Certeer Kereel erwartet Euch auf der Oberfläche!«

Ich sah zu Lumidor hinüber. Sein distanzierter Blick traf meinen - er würde mir so schnell nicht verzeihen.

Dieser Planet hier deprimierte mich. Ich brauchte dringend eine Aufgabe - eine *echte* Aufgabe.

Dann los! Worauf wartest du?, schrie etwas in mir.

Kapitän Om'Lees wirkte verunsichert, als ich ihm befahl, das Ruthpark-System wieder zu verlassen und eine Sprungserie nach Xee zu initialisieren. Das Landungsboot mit dem

Organisationswissenschaftler und seinem Mündel hatte erst vor Sekunden das Dock der *Esteer* verlassen.

»Darüber liegen mir keine Befehle vor, Dawn«, wich er aus.

»In diesem Moment habt Ihr den Befehl, Toreki – von mir! Der Auftrag der Ersten Händlerin ist ausgeführt. Ihr seht selbst, dass wir hier nicht gebraucht werden, die Königreiche haben ausreichend Material zum Schutz des Wissenschaftlers in diesem System.«

Om'Lees wechselte einen Blick mit seinem Landsucher. »Dies ist ein Kreuzer der persönlichen Garde der Ersten Händlerin, Dawn – Ihr habt hier keinerlei Befehlsgewalt.«

Ich holte tief Luft – diese trotzigen Kapitäne lagen mir langsam quer.

»Karbedi mas Boroudy hat mir in einem persönlichen Gespräch vor unserem Abflug den Auftrag erteilt, den Organisationswissenschaftler mit allen Mitteln zu schützen«, begann ich geduldig. »Sie hat diesen Auftrag weder auf spezielle Mittel noch Regionen beschränkt. Ich habe auf Xee eine Extraktion durchgeführt und durch Nachforschungen in den Gildenarchiven einen begründeten Verdacht, dort etwas übersehen zu haben, was sich im schlimmsten Fall als sehr nachteilig für den *gesamten* Roten Nebel herausstellen kann – und damit auch für diesen alten Mann.«

Der Kapitän wurde nachdenklich.

»Ich werde das, was Ihr sagt, vom Stab der Ersten Händlerin bestätigen lassen, Dawn.«

»Tut das, Kapitän, und bestätigt im Gegenzug Eure Demission gleich mit. Ich kann niemanden in einer Aufklärungsmission gebrauchen, der meine Befehle anzweifelt«, fügte ich in möglichst gleichgültigem Ton an und wandte mich dem zentralen Navigationsholodisplay zu.

Es dauerte fast zehn Sekunden, bis ich an den Positionsänderungen darin ablesen konnte, dass dem Kapitän eine Aussicht auf seine Degradierung nicht behagte.

»Sprungsequenz über drei Transfersysteme, Dawn. Damit verlieren wir die Hälfte unseres Treibstoffes«, meldete sich der Landsucher.

»Das ist weit mehr, als wir dann noch benötigen werden«, antwortete ich und drehte mich zu Lumidor, der an der Lehne eines Konturensessels in der Nähe des Landsuchers lehnte und die schwere Luft einer Tapet einsog. Endlich verzogen sich seine Mundwinkel zu einem schwachen Grinsen.

Als drei in das Xee-System vorausgeschickte Aufklärungsdrohnen nicht zurückkehrten, nicht einmal ein einziges Signal entsandten, wusste ich, dass die zu erwartenden Schwierigkeiten noch weit größer werden würden als angenommen.

»Ich war nie im Extraktionscorps, Dawn – aber ist es nicht etwas ungewöhnlich für ein final extrahiertes System, wenn dort gleich drei Aufklärungsdrohnen verschwinden?« Kapitän Om'Lees hatte die *Esteer,* fünf Lichtminuten vom letzten Sprungpunkt entfernt, in Verteidigungsbereitschaft versetzt, nachdem auch die dritte nicht zurückgekehrt war.

»Ein außerordentlich effektives Abwehrsystem – die Drohnen konnten kein einziges Signal absetzen, sie wurden bereits im Prozess des Wiedereintritts zerstört«, Lumidor ließ in einem Nebendisplay die Übertragungsdaten der letzten durchlaufen, »– unmöglich, in der kurzen Zeit zwischen Freund oder Feind zu unterscheiden.«

»Als hätte jemand diesen Sprungpunkt dichtgemacht«, dachte ich laut. »Haben sie uns damit entdeckt?«

Om'Lees schüttelte verneinend den Kopf. »Nicht unbedingt. Wir verwenden zuerst immer einfache, neutrale Drohnen – für jeden zu erwerben, Wachsysteme registrieren lediglich ein Eindringen. Bei dieser Reaktionszeit können sie nicht unbedingt unterscheiden, ob es sich um einen Asteroiden oder ein Schiff gehandelt hat. Wenn der zur Abwehr benötigte Energielevel unterhalb ihrer Toleranzgrenze lag, gab es möglicherweise keinen Alarm.«

»Dann haben wir jetzt die Wahl«, sagte Lumidor, »stärkere Drohnen – und jemanden da drinnen auf uns aufmerksam zu machen, diesem Jemanden die Zeit zu geben, Verstärkung zu holen oder –«, er lächelte, »wir gehen sofort möglichst massiv hinein, sehen uns um und sind wieder weg, bevor sie gemerkt haben, wer da vorbeigeschaut hat.«

Kapitän Om'Lees sah mich an.

»Allein das Vorhandensein dieser Abwehrsysteme bestätigt meinen Verdacht, Toreki. *Wir müssen nachsehen!*«

»Ich kann mir nicht vorstellen, Dawn, dass die Erste Händlerin eine Verwicklung dieses Schiffes in einen aktiven Kampf in Betracht gezogen hat, als sie Euch ihre Unterstützung zusagte.«

»Habt Ihr jemals in Eurem Leben ein Schiff kommandiert, das an einem Kampf beteiligt war, Kapitän?«, fragte ich ihn möglichst teilnahmslos.

Es funktionierte – wie immer. Die Röte schoss ihm ins Gesicht.

»Fünf Antimaterie-Rumbler auf unterschiedlichen Beschleunigungskurven«, wies er seinen Landsucher an. Wir springen zehn Sekunden später!«

Na also! Ich schloss das Visier meines Exors. Lumidor war von der Brücke in Richtung Ausrüstungsraum verschwunden, um in seinen Panzeranzug zu steigen.

Die *Esteer* hatte ihre Systemtriebwerke auf maximalen Schub gebracht, die Rumbler beschleunigten ihrerseits am Limit ihrer Trägheitsfelder für unbemannte Schiffe und entfernten sich rasch vom Kreuzer in Richtung Sprungpunkt. Zwei Fregatten dockten aus und fielen zurück. Sie würden uns den Rücken freihalten und nicht mit springen. Der Countdown im zentralen Display meines Visiers zeigte noch vier Minuten bis zum Sprung.

Der Kapitän vertraute seinem Schiff – trotzdem stieg er in seinen Exor-Panzeranzug, der mit denen der anderen Brückenmitglieder in seitlichen Nischen aufbewahrt wurde. Zehn Sekunden Abstand zu den Rumblern war das Minimum, um den Sprung abzubrechen, falls wir die falschen Signale von den Antimateriedrohnen bekommen sollten. Würden sie nicht auf ein unüberwindliches Verteidigungssystem stoßen, wäre die *Esteer* nur Augenblicke später zur Stelle, um zu unterstützen.

Unser Countdown erreichte die Zehn-Sekunden-Marke, die Rumbler sprangen. *Acht* - ich erhielt Lumidors Statussignal aus dem Dockbereich des Kreuzers. *Vier* - wir empfingen Signale von wenigstens zwei Antimateriedrohnen aus dem Xee-System - das genügte uns, die Abwehr war überwunden. *Eins* - der Landsucher löste den Sprung aus.

Null - die Welle der Übelkeit kam über mich und verstrich.

Die Daten des Xee-Systems erfüllten die Holodisplays. Zwei der fünf Rumbler sendeten Positionsdaten, von den übrigen empfingen wir nur noch harte Gammastrahlen - sie hatten ihre Ziele bereits getroffen.

»Kapitän! –«

Der Landsucher stockte.

Der Hauptplanet des Systems, der Farmplanet - Ort meiner Schande - zog als einsamer Punkt seine Bahn, zweiunddreißig Grad über unserem Schiff, ungefähr zweihundert Millionen Kilometer von uns entfernt. Seine Atmosphäre war von dunklem Staub erfüllt, urzeitliche Gewitter von der Ausdehnung halber Kontinente entluden sich - eine direkte Folge des finalen Meteoriteneinschlags zum Abschluss unserer Extraktion.

Xee II lag aus unserer Richtung vor der Systemsonne in fünfzig Millionen Kilometer Entfernung, fünfundzwanzig Grad über uns. Xee III zog draußen vorbei, mehr als eine Lichtstunde von uns entfernt und weit außerhalb der Bahnebene der inneren Planeten. Soweit verhielt sich alles genau so, wie es sein sollte.

Unerwartet war die Hyperaktivität im Raum um Xee III.

Der Planet war im Anzeigennebel nicht zu erkennen. Abertausende von nicht kategorisierten Schiffen erfüllten die Region um den äußersten Planeten. Die Feuerleit-KI der *Esteer* produzierte unaufhörlich neue Daten über Bahn, Größe, Qualität und Status der Objekte um Xee III sowie im übrigen System.

»Wie viel Zeit haben wir, Landsucher?«, fragte ich.

»Kann ich noch nicht abschließend sagen, Dawn. Der innere Radius von zehn Minuten um die *Esteer* scheint sicher. Es sind so *viele* Schiffe, die Feuerleit-KI hat noch immer nicht alle erfasst.«

»System-Aufklärungsdrohnen starten! *Alle, die wir haben*«, Kapitän Om'Lees hatte sich aus seinem Sessel erhoben und war zu mir an die, das zentrale Navigationsholodisplay umgebende, Brüstung getreten. Seine innere Unruhe konnte er nicht mehr verbergen. »Die verbleibenden Antimaterie-Rumbler mit einer sprungtauglichen Aufklärungseinheit aufrüsten und dorthin schicken!« Er markierte eine besonders helle Region im Signalnebel um Xee III.

»Bringt die *Esteer* zurück auf Sprungposition, Landsucher, Sensoren auf das Potentialende, ich möchte nicht überrascht werden!«

Er sah mich an. »Ich nehme an, bei Eurem letzten Besuch sah es hier anders aus, Dawn?«

Ich nickte wortlos. *Hatte ich das übersehen? Unmöglich!*

»Habt Ihr irgendeine Erklärung?«

Hatte ich eine? Xee – Kriegerprogramm zur Begegnung der Bedrohung durch die Organisation, las ich zum wiederholten Mal die Archiv-Aufzeichnung aus meinen Augenschilden. Hatte ich mit meiner ersten Interpretation falsch gelegen – war damit nicht die von mir extrahierte Kultur gemeint gewesen – sondern das?

»Nein, Kapitän, keine, die das da erklärt«, sagte ich. »Es gibt Spuren von Informationen über eine Art Ausbildungslager. Nur sollte es dem Zentrum – *also uns* – gehören. Und bei meinem letzten Besuch –«, ich stieß die Luft hilflos durch die Lippen.

»*Achtung!*«

Die Warnung des Landsuchers kam nahezu zeitgleich mit einer nicht abreißenden Serie von Einschlägen mehrerer Objekte in die äußeren Schildebenen der *Esteer*. Wir waren noch nicht einmal zwei Minuten hier im System. Wie konnte etwas den Zehn-Minuten-Radius so schnell durchqueren?

Das Dekompressionswarnsignal ertönte. Ich spürte feine Schwankungen der Schwerkraft.

»Die waren getarnt - keine Vorwarnung. *Sprung!*«, schrie Om'Lees neben mir den Befehl.

Ich verriegelte meinen Exor. Die Alarmsirenen verstummten. Dafür ertönten neue, Erinnerungen an Ruthpark kamen hoch. Die Welle der Übelkeit erfasste mich stärker, als sie es tun sollte - dann war auch sie vorüber.

»Was haben wir an Daten aus dem System? Konnten die modifizierten Rumbler noch starten?« Die Stimme von Kapitän Om'Lees kam über den allgemeinen Kanal in meinen Helm. Das abgehackte Zirpen des Strukturalarms zeigte deutlich, dass wir zwar aus dem Xee-System entkommen waren - aber zumindest einen Teil der Probleme mitgenommen hatten.

»Die Fregatten melden schwere Schäden an unserer Außenhaut, Kapitän, da bohrt sich etwas in uns hinein - die Schiffs-KI schaltet den Hauptantrieb an!« Der Landsucher steuerte die *Esteer* mit dem Schub der Positionstriebwerke weg von den beiden Fregatten.

Ich konnte im Helmvisier deutlich sehen, wie sich die abgesprengten Wasserstofftanks schnell von uns und voneinander entfernten. Mehrere Eindringlinge befanden sich innerhalb des Rumpfes der *Esteer*, wahrscheinlich autarke Kampfdrohnen, die sich knapp vor dem Sprung innerhalb des Schutzfeldes in Sicherheit gebracht hatten und nun das Schiff von innen heraus auseinandernahmen.

»Unbekannte Technologie, Ashia.« Lumidor verfolgte eine der Drohnen auf ihrem zerstörerischen Weg durch die sterbende *Esteer*, zeichnete alle Daten auf, der er mit den Anzugsensoren bekam. »Sehr effektiv und sehr schlau. Die verschwenden keine Zeit mit unwichtigen Komponenten, lassen sich nicht ablenken. Das Schiff können wir vergessen.«

Ich sah, wie er die Koordinaten der Drohne ins Feuerleitsystem seines Exors einspeiste. Die Wirkung der Ixus war messbar - lenkte die Aufmerksamkeit der Drohne jedoch nur auf Lumidor.

»Meine Schilde sind auf zehn Prozent nach einem einzigen Streifschuss – *ich denke, die Retro-Tropfen-Anzüge halten mehr aus!*«, schrie er in empörtem Ton, nachdem eine doppelte Salve des Disruptors aus seinem Delta-Gleitschild der Drohne ein Ende gemacht hatte. »Vier Stück davon haben diesen Kreuzer auseinandergenommen, *Ziit, Ashia – das ist ein echtes Problem!*«

Ich schaltete mir eine Übersicht des Schiffes auf das Hauptdisplay meines Visiers. Noch immer waren zwei der Angriffsdrohnen in der *Esteer* unterwegs – aufgrund ihrer hohen Geschwindigkeit nur schwer zu stellen.

»Dawn, verlasst das Schiff und fliegt auf Eure Position«, hörte ich den Befehl von Om'Lees. »Wir müssen verhindern, dass auch nur eines dieser Dinger die beiden Fregatten erreicht.«

Diese Nachricht kam gerade rechtzeitig. Die erste Drohne hatte bereits entschieden, dass sie mit diesem Schiff fertig war, und sich aus dem Wrack heraus gekämpft. Im freien Raum gab es für sie keine Deckung, die übergeordnete Feuerleit-KI der näheren Fregatte ließ sie in einem konzentrierten Beschuss aller Exor-Anzüge verdampfen. Die verbleibende Drohne lernte daraus sehr schnell und floh in die entgegengesetzte Richtung, um sich in einem weiten Bogen auf die Schilde der zweiten Fregatte zu stürzen.

»Kommen wir mit einem einzigen Schiff zurück, Kapitän?«, fragte ich Om'Lees auf dem geschlossenen Kanal, während meine Antigravs nach massereichen Objekten suchten, um sich davon abzudrücken.

»Wie meint Ihr das, Dawn? – Ja, so gerade«, gab er sich selbst die Antwort.

»Dann lasst die Drohne weitermachen«, riet ich ihm. »Wir benötigen Daten!«

»Seid Ihr wahnsinnig? Wir müssen sie zerstören!«

»*Wir benötigen Daten*, Kapitän – diese Dinger haben wir heute nicht zum letzten Mal gesehen!«

»Senn! Die Drohne kann sich durch die Schilde kämpfen. Sobald sie den Rumpf erreicht, zerstörst du sie!«

Die Augen des Kapitäns auf meinem Visier waren angestrengt, sein Gesichtsausdruck ärgerlich. »Das muss reichen! Ich denke, es wird schwer genug, der Ersten Händlerin *das* zu erklären!«

Mein Visier übertrug die Welle kleinerer Implosionen aus dem Inneren der *Esteer*, als die Schiffs-KI die Selbstzerstörung der verbliebenen wichtigen Komponenten initiierte, sich eingeschlossen, und ein weiteres Wrack den Weiten des Raumes hinzugefügt wurde.

Es gab keine Pause. Nur wenige Minuten nach der Zerstörung der letzten Drohne kamen zwei unserer aufgerüsteten Rumbler durch den Sprungpunkt, mit einer Wolke weiterer Drohnen im Schlepp, und erwischten uns in einer exponierten Lage.

Die meisten Besatzungsmitglieder der *Esteer* befanden sich noch im Raum oder gerade im Dockbereich der zweiten Fregatte, welche zusammen mit dem Schwesterschiff bereits Kurs auf das zweihundert Millionen Kilometer entfernte Potentialende des nächsten Sprungpunktes des Transfersystems genommen hatte.

»In Deckung hinter den Schiffen!«, hörte ich Lumidor auf dem offenen Kanal. »Selbstzerstörung der Rumbler in fünf Sekunden!«

»*Das ist zu nah!*«, brüllte Om'Lees - aber es war bereits zu spät.

»Andocken, Ashia!«, sagte Lumidor und verriegelte unsere Anzüge miteinander, während der Systemantrieb seines Delta-Gleitschildes uns hinter der Fregatte in Sicherheit brachte. Die steuernde Feuerleit-KI des intakten zweiten Schiffes übermittelte uns allen die gleichen Daten. Achtundvierzig feindliche Drohnen nahmen unverzüglich Kurs auf beide Fregatten.

Fünf Sekunden waren fast schon zu lang. Als die Rumbler implodierten, erreichte ihre Gammastrahlenwelle nur knapp die Hälfte der feindlichen Drohnen - die anderen hatten die

Gefahr erkannt und waren wie die meisten der Offiziere bereits hinter den Schilden der Fregatte in Deckung gegangen, die nun durch die Intensität der harten Strahlung stark geschwächt waren und den verbleibenden Drohnen den Angriff auf das Schiff somit noch erleichterten. Die erste Fregatte – ohne den Schutz ihrer Schilde – erzitterte in zahllosen Sekundärexplosionen und riss weitere Drohnen wie auch ihre Besatzung mit in den Tod.

Es wurde nicht mehr viel gesprochen. Die Optionen waren klar. Sollten die Drohnen die letzte Fregatte zerstören, würde es auch für uns keine Rettung geben. Der Kampf war ungleich und zugleich brutal. Wir mussten den nächsten Sprungpunkt erreichen – koste es, was es wolle. Durch die unerwartet notwendig gewordene Evakuierung der *Esteer* waren einige Schiffsoffiziere überrascht worden und ohne Delta-Gleitschild gestartet. Ihre Exor-Anzüge waren somit für den Kampf im Raum nur bedingt geeignet. Ohne ausreichend Planeten- oder Schiffsmasse in der Nähe, konnten die Antigravs uns nicht ausreichend antreiben und erst recht nicht während des Feuerns der Rail-Cannon stabilisieren. Somit blieb als effektive Waffe nur der Disruptor des Delta-Gleitschildes – und über den verfügten neben Lumidor nur acht weitere Offiziere – es waren auch die einzigen, die eine Chance aufs Überleben hatten.

Die Fregatte taumelte auf ihrem Kurs, ging auf Höchstbeschleunigung und kämpfte ihren eigenen, einsamen Kampf mit einigen bereits ins Schiff eingedrungenen Drohnen.

»Dawn!« Om'Lees gequältes Gesicht erschien in einem Ausschnitt meines Visiers, ein feines Blutrinnsal lief über seine rechte Wange in seinen akkurat geknüpften Bart. »Wir haben die Daten der Rumbler empfangen. Es scheint so, als hätten wir eine Art superkritischen Potentials auf Xee III entdeckt. Ich weiß nicht, wie es dort entstehen konnte, es gibt kein offenes Potentialende auf dem Planeten.« Er wirkte verwirrt. »*Diese Daten müssen überleben.* Die Fregatte wird bei Erreichen des Sprungpunktes *nicht* warten«, er zögerte einen Augenblick. »Euer Gefühl hat Euch nicht fehlgeleitet, ich weiß nicht, *was* wir dort entdeckt haben, aber die Reaktion beweist, dass es für jemanden wichtig genug ist, um einen Krieg mit der Unsichtbaren Flotte zu beginnen.«

Mein Visier zeigte seine Position innerhalb des Rumpfes der Fregatte.

»Ich muss schnellstens den Dawn Cektronn informieren, die Erste Händlerin und auch Z-Zemothy. Wir kommen zurück, das verspreche ich!«

Eine sonderbare Leere entstand in mir. Vier Drohnen waren noch in der Umgebung - im Kampf mit genauso vielen Offizieren. Der Disruptor in Lumidors Delta-Gleitschild blitzte auf - noch drei. Mein Visier zeigte mir die Fregatte bereits vierzig Millionen Kilometer von uns entfernt, weiter beschleunigend - wir würden sie unter keinen Umständen einholen können.

Die letzten Drohnen wurden zerstört - zwei Offiziere fielen.

Ein Stern ging auf und erlosch nur Sekunden später - die Anzeige des Schiffes auf meinem Visier verschwand. Wir waren allein.

Roter Nebel, Zentrum, Ul'Charque-System, Cardion/A
30397/1/39 SGC
17. November 2014

Ten O'Shadiif

Shaas El'Kafaa, der Dawn Cektronn der Unsichtbaren Flotte, wartete auf seine Antwort.

Das Blatt schien sich zu wenden. Nach dem Gespräch mit Mom Aw'Hagun vom Vortag war dies wohl die letzte Gelegenheit für ihn, sein Amt zu behalten. Er hatte mit seiner Einschätzung der Lage gründlich falsch gelegen - das hatte er sich bereits vor Tagen selbst eingestanden. Eine andere Sache war es, diesen schweren Fehler nach außen zugeben zu müssen. Er war nicht geübt im Verfassen von Entschuldigungen.

Shaas El'Kafaas Blick durch ihre schwarzen Wimpern war gleichgültig bis gespannt. Sie würde ihn nicht vermissen. Ihre Wortwahl, in der sie das formale Ultimatum des Rates an ihn ausdrückte, hatte daran keinen Zweifel gelassen - sofern er eine Bestätigung dafür überhaupt noch benötigte:

- *keinerlei feindliche Aktivität gegenüber den Königreichen,*
- *maximale Kooperation mit den Wissenschaftlern der Pretaia auf Tektor und im Ul'Charque-System,*
- *maximale Unterstützung bei den Vorbereitungen zum Bau von Archen*
- *und eine persönliche Entschuldigung bei Torkrage Treerose.*

Die Alternative dazu wäre ein unbeschwertes Leben in Reichtum und Sorglosigkeit gewesen - mit der Gewissheit, niemals wieder über mehr Individuen entscheiden zu können als seine persönlichen Diener - er seufzte leise.

Die dunkelblaue Uniform des Dawn Cektronns saß makellos. Shaas El'Kafaa beobachtete jede seiner Bewegungen aufmerksam, bei seinem Seufzer hatte sich eine ihrer feinen dunklen Brauen erwartungsvoll angehoben.

»Ich werde tun, was der Rat von mir verlangt, Dawn«, sagte er entschlossen, sah, wie sich ihr Gesichtsausdruck vor Enttäuschung verfinsterte. »Richtet ihm meinen Dank für diese neue

Chance aus. Ich werde die –«, etwas sträubte sich in ihm, das Wort auszusprechen, »*Fehler* bereinigen, so gut es geht - und ich werde Torkrage Treerose aufsuchen.«

Shaas El'Kafaa wartete ein paar Sekunden, ob er seiner Erklärung noch etwas hinzufügen wollte, was sie vielleicht gegen ihn auslegen könnte, aber er schwieg, ließ die eisige Temperatur des Gesprächs noch weiter absinken.

Sie verbeugte sich knapp, »Toreki!«, drehte sich um und verließ schwungvoll, gefolgt von den zwei Offizieren ihres Rodonns, den Raum.

Ten O'Shadiif verschwendete nicht viel Zeit nach dem Ende des Gesprächs. Es gab so viele Informationen zu überprüfen – so viele irritierende Neuigkeiten zu sortieren.

Seit seinem bizarren Zusammentreffen mit dem Syncc der Organisation, der ihn gewissermaßen aus der misslichen Situation befreite, in die er sich selbst gebracht hatte, und den Prozess der Selbsterkenntnis bei ihm initiierte, hatten seine Agenten einiges an Informationen über diese *Kulturschützer* zusammengetragen. Vor allem eine Tatsache war ihm regelrecht ins Auge gesprungen: In den gesamten Aufzeichnungen über die Gemeinschaft der Synccs gab es nur zwei Momente, zu denen sie aus ihrer nahezu Unsichtbarkeit, was die Teilnahme am Geschehen im Roten Nebel anging, hervortraten.

Der erste Zeitpunkt lag sehr weit zurück - in dem dunklen Zeitabschnitt, der ihm erst durch das Signal aus dem Extraktionsdepot zu Bewusstsein gekommen war. Der zweite war – *jetzt!*

Offiziell erfüllten die Kulturschützer für die Königreiche eine Funktion vergleichbar der Gilde im Zentrum, indem sie den Handel mit neuen Welten auf Basis des jeweiligen Reifegrads ihrer Kulturen reglementierten. In fast allen dokumentierten Fällen nahmen jedoch ihre Mitarbeiter diese Aufgaben wahr. Ten O'Shadiifs Agenten hatten nur eine Handvoll Begebenheiten innerhalb der letzten eintausend Jahre in diesem

Zusammenhang ans Tageslicht gefördert, bei denen ein Syncc persönlich an den Verhandlungen teilgenommen hatte.

Inoffiziell mussten diese Kulturschützer demzufolge mit ganz anderen Aufgaben beschäftigt sein. Nach seiner Zwangsgemeinschaft mit Syncc Marwiin an Bord seines geschundenen Flaggschiffes und den geführten Gesprächen hatte er begonnen, den Begriff *Kulturschützer* in einem anderen Licht zu sehen - verhalten zuerst - doch mit zunehmenden Ergebnissen der Recherche seiner Agenten begannen die Ausmaße des Wortes in unheimliche Dimensionen vorzudringen.

»Ich benötige ein Visier!«, sprach er in seinen Kommunikator.

Seine Schritte führten ihn aus dem inneren Schaltbereich des Z-Zemothy-Hauptquartiers in Cardion/A auf Ul'Charque II in die tiefer im Felsen des Inselkomplexes eingebettete, historische Zentrale des Geheimdienstes. Er hatte ein genaues Ziel.

Am Ende eines verwilderten Pfades erwartete ihn ein Offizier seines Rodonns, ein elektronisches Visier auf dem ausgestreckten Panzerhandschuh. Ten O'Shadiif nahm es im Vorübergehen an sich. Die Zugangsscanner am Ende des zugewucherten Pfades lasen seine Körper-ID und öffneten knirschend das Portal des äußeren Ringes. Kalte Luft schlug im in Inneren des kunstvoll verzierten Eingangs entgegen und ließ seinen Atem als dichte Kette kleiner Wölkchen hinter ihm schweben, während er ohne Umwege in einen langsam abfallenden Gang auf der rechten Seite einschwenkte, der ihn nach zweihundert Metern vor die Trümmer eines weiteren Portals führte.

An dieser Stelle verharrte er nachdenklich.

Er hatte den Raum hinter dem geknackten Zugang erst einmal betreten - gemeinsam mit seinem Vorgänger nach der Amtsübergabe vor zweiundzwanzig Jahren - und ihn danach wieder vergessen. Dieser Ort gehörte zu den Mysterien des Geheimdienstes - nicht erklärbare Artefakte aus grauer Vorzeit.

Ihm schien, als könne er jetzt zumindest den Ansatz einer Erklärung für diesen Raum liefern. Er kletterte vorsichtig über die meterhohen Trümmer diverser Schotte, welche unter dem Einsatz enormer Energien zusammengeschmolzen und verdreht, mit nach mehr als eintausend Jahren immer noch messerscharfen Kanten, im Umkreis von zehn Metern den Boden bedeckten und verharrte direkt hinter dem Eingang in tiefster Dunkelheit. Er wusste, dass er am oberen Rand einer Treppe stand. Das Licht des Ganges wurde im Portal selbst vollständig ausgefiltert. Die Luft im Raum erschien ihm wärmer und trockener.

Er befestigte das Visier an seinem linken Ohr und aktivierte es. Ein kleiner Bügel fuhr über seine Augen und das Licht winziger Holo-Projektoren erzeugte ein tageslichtähnliches Bild des kreisförmigen Raumes auf seiner Netzhaut.

Langsam schritt er drei konzentrische Treppenstufen hinab und betrat den fein reliefierten Boden, auf dem wie die Blätter eines dreiblättrigen Kleeblatts die Symbole des Zentrums, der Königreiche und der Nebelwelten ineinandergriffen. In der Mitte des Raumes, zentriert über den Schnittpunkten der Bodenreliefs, befand sich ein Thieraport. Es war neben dem modernen der Ersten Händlerin die einzige Maschine dieses Typs im Zentrum - und sie war wie alles in diesem Raum deaktiviert.

Generationen der besten Z-Zemothy-Wissenschaftler hatten nach der Aufgabe dieses Raumes gesucht. Nie war es gelungen, irgendetwas hier drin zu aktivieren. Am Ende sollte er eine Art Kommunikationszentrum gewesen sein - aber für wen und warum in dieser Form - konnte nie erklärt werden.

Ten O'Shadiif glaubte zumindest einen Teil der Antwort jetzt geben zu können. Dieser Raum war zuletzt von Rud El'Ottar benutzt worden. Etwas an dem Mann hatte ihn in die Lage versetzt, ihn und den Thieraport zu aktivieren, etwas, das allen folgenden Cektronns nicht gegeben war. Daran konnte wohl auch er nichts ändern. Aber er hatte die Gewissheit, dass auch Harkcrow Treerose einen solchen Ort zur Verfügung gehabt haben musste, und wenn die Führer des

Zentrums und der Königreiche einen Kommunikationsraum dieser Art besaßen, lag es nahe, auch in den Nebelwelten einen solchen zu vermuten. Als unmittelbare Bestätigung akzeptierte er das Vorhandensein aller drei Embleme in den Bodenreliefs.

Mit dem Tod Ottars und Harkcrows war das Wissen über den Gebrauch dieser Räume ebenfalls untergegangen - im Umkehrschluss hing ihre Notwendigkeit wohl mit den Umständen der Entwicklung, Extraktion und Vernichtung der Coruumer Kultur zusammen.

Das Bild einer schönen, jungen Frau mit stechendem Blick erschien vor seinem inneren Auge. Die Benedictine hatte ihn demzufolge mit falschen Informationen geködert. Sie musste bei seinem Besuch auf Triumphane bereits gewusst haben, was er in den Archiven der Kirche auf Tempelton IV recherchieren würde. Sie hatte mit den fingierten Informationen seinen Verdacht gegen die Organisation bestärkt - *mit welchem Ziel?*

Natürlich, um von einer Beteiligung der Nebelwelten abzulenken - doch war sie selbst einflussreich genug, ohne Rückendeckung der Urmutter zu agieren?

Er setzte sich auf eine Stufe, faltete die Hände und stützte sein Kinn nachdenklich auf.

Das wurde zu komplex!

Auch die damalige Benedictine und die Urmutter waren einem Anschlag zum Opfer gefallen. Das Wissen über die Hintergründe der Coruumer waren aus den Archiven der Kirche gelöscht worden - das sollte er jedenfalls nach seinem Besuch auf Tempelton glauben. Wenn er diesen Gedanken weiterentwickelte - bedeutete dies, dass die Informationen zwar nicht mehr in den Archiven vorhanden waren - wohl aber an einer anderen Stelle in den Nebelwelten - und das konnte nur im Einflussbereich derjenigen sein, die ihm falsche Spuren legte. *Raoula!*

Das Bild einer anderen Person drang in seiner Vorstellung nach vorn: Ein alter weißhaariger Mann - der Archivar auf Tempelton IV. Er wurde den Eindruck nicht los, dieser schien mehr über ihn zu wissen, als er sollte. Das Treffen mit dem Abt war sonderbar gewesen – begleitet von einem unbestimmten Gefühl der Schadenfreude des Greises ihm gegenüber und von Unaufrichtigkeit.

Sein Schiff hatte beim Einflug in das Tempelton-System Trümmer eines Kirchenkreuzers entdeckt. Eine Erklärung dafür hatte es seitens des Abtes nicht gegeben – auch nicht für den Grund einer schweren Antimaterie-Reaktion auf einem der entfernteren Monde von Tempelton VII, deren Strahlungssignatur sein Landsucher klar als Organisationswaffe identifiziert hatte. Er ärgerte sich über seine damalige Nachlässigkeit.

»*Ker?*«, rief er den System-Kommandanten von Ul'Charque.

Als Ten O'Shadiif auch beim zweiten Mal keine Antwort erhielt, vergegenwärtigte er sich seinen momentanen Aufenthaltsort und verließ den Raum.

»Ker?«

»Cektronn?«, erhielt er die unverzögerte Antwort.

»Besorg mir alle Informationen über den Abt von Tempelton IV, Rastolon. Möglicherweise habe ich ihn schon einmal getroffen. Bildet auch ein Netzwerk aller anderen Personen, die ihm aus dem Kreis von Zemothy begegnet sein könnten.«

Er unterbrach die Verbindung und ging langsam den Pfad zurück zum Hauptquartier. Da lief etwas ab. Nach seinen Gesprächen mit dem Syncc der Organisation war das gewiss. Nur war er nicht bereit zu glauben, dass das alles nur dem Zweck diente, der nächsten Potentialkatastrophe entgegenzuwirken. Da gab es eine Geschichte hinter der Geschichte, eine schmutzige, und die würde er herausfinden.

7 Sieben Königreiche

Roter Nebel, Galaktischer Spalt, Ruthpark
30397/1/38 SGC
16. November 2014

Syncc Marwiin

»Was darf ich erzählen, Syncc?« Die junge Frau blickte ihn unsicher an. Das Holodisplay des Landungsbootes zeigte die schnell größer werdende Planetenoberfläche von Ruthpark, fokussierte auf ein teils schneebedecktes Gebirgsmassiv mit erodierten Kraterresten und einem markierten Landeplatz am östlichen Ufer des Sees unterhalb einer von großen, unregelmäßigen Öffnungen durchbrochenen, leicht überhängenden Steilwand.

»Was Ihr wollt, liebe Freundin«, antwortete er lächelnd und reichte ihr ein Glas Meridonwasser. »Erzählt es möglichst vollständig. Es wird Euch helfen, das Erlebte zu verarbeiten. Eure Freundin Karen wird es verstehen, die anderen werden Euch beneiden.«

Er spürte ihre Suche nach innerer Balance. Diese junge Frau hatte in den vergangenen Tagen mehr Neuigkeiten erfahren, als andere in einem ganzen Leben ertragen konnten. »Würde es Euch helfen, wenn ich Hud Pasuun bitte, herunterzukommen?«

Ein Lächeln erschien auf ihrem schönen Gesicht. Sie nickte ihm freudig zu. »Ja, das wäre toll!«

Das Schiff landete. Syncc Marwiin ging in den hinteren Teil, ergriff eine kompakte Tasche und winkte Sinistra, ihm zu folgen.

»Die ist für Euch, liebe Freundin«, sagte er und deutete auf eine zweite, wesentlich größere Tasche. »Erweiterte Standardausrüstung und ein Vorrat Meridonkonzentrats. Achtet darauf, es ausreichend zu verdünnen, bevor Ihr es trinkt.« Er lächelte sie an und fuhr in ruhigen Ton fort: »Ich würde mich freuen, wenn Ihr mir hier unten weiter assistiert«, aktivierte sein Visier, drehte sich um und schritt durch ein sich öffnendes Schott auf eine breite Rampe, deren unteres Ende im Uferbereich aufgesetzt hatte.

Erfreut sog Syncc Marwiin die warme, feuchte Luft in seine Lungen, ließ seinen Blick über den Kratersee hin zu in der Ferne blitzenden, schneebedeckten Berggipfeln schweifen. *Welchen Ausblick hatten die Sole-Sourcer wohl als letztes gehabt, an dem Tag, an dem sie diesen Ort verließen?*

Der Krater war alt, wenigstens fünfhunderttausend Jahre. Sein geübtes Auge erfasste die erodierten Kammlinien, die weicher werdenden Formen, die ausgespülten Niederschlagsrinnen. Syncc Marwiin interpolierte gedanklich die Veränderungen in der Zeit zurück, ließ die Bergkämme wachsen, hob das Plateau, reduzierte den Pflanzenwuchs – überlegte.

Das Bild eines Offiziers der Schattentruppen erschien in einem Ausschnitt seines Visiers. »Willkommen zurück, Syncc. Merkanteer Keleeze hat mich gebeten, auf Euch aufzupassen, er plant in einigen Tagen hier einzutreffen.«

Bei der Erwähnung des Merkanteers regte sich ein beklemmendes Gefühl in ihm. *Einige Tage nur bis zur Konfrontation mit dem Sole-Sourcer in seiner Begleitung – er hatte keine Zeit zu verlieren.*

»Certeer, bitte sorgt für eine Erweiterung des Habitats und bittet Hud Pasuun, herunterzukommen und sich um meine junge Freundin hier zu kümmern«, antwortete er, nickte den Männern und Karen zu, die ein paar Meter entfernt ungeduldig warteten und ihn neugierig anstarrten.

Als Sinistra hinter ihm zwischen den blauen Schutzfeldern der Triebwerke hervortrat, lief Karen auf sie zu und beide nahmen sich fest in die Arme.

»Bringt mich zum Eingang, Certeer!«, bat er den Schattenoffizier.

Der *Zerstöreranzug* des Angesprochenen setzte ein paar Schritt vor Syncc Marwiin im Uferbereich auf, versank eine Handbreit im weichen Boden, bevor die Antigravs dem entgegenwirkten, blieb jedoch getarnt. Eine feine Silhouette in seinem Visier verriet ihm die genaue Position des Schattenoffiziers. Er stieg auf eine kleine ebene Plattform am linken Bein des Anzugs und hielt sich mit einer Hand in einer ausfahrenden Griffvertiefung an dessen Taille fest. Der alte Mann schmunzelte kurz, als er die verwirrten Gesichter der Menschen sah, an denen er scheinbar schwerelos vorbei über das Wasser des Kratersees flog und in der ersten großen Öffnung der Steilwand verschwand.

»Eine Expeditionsdrohne hat das erste Schott geknackt, Syncc«, meldete sich der Certeer und landete mit ihm behutsam ein paar Meter vor dem äußeren Blendentor.

»Der Innenraum war seit dem Exodus der Sole-Sourcer auf diesem Planeten versiegelt. Einigen der Ureinwohner zur Zeit des Ersten Imperiums gelang es, kurz nach der Abreise der Sole-Sourcer dort einzudringen. Das Eintreffen der Potentialwelle hat das Tor wohl wieder verschlossen - endgültig. Wir haben Überreste von ihnen gefunden.«

»Wie lange?«, fragte Syncc Marwiin gespannt.

»Die Drohne sagt, gut einhunderttausend Jahre. Das entspricht in etwa einhundertzweiundzwanzigtausend lokaler Jahre. Sie hat die Fehlerstrahlung der Oberfläche des Wand- und Deckenmaterials untersucht. Es handelt sich um eine Art Ceramit, verflüssigte und neu ausgerichtete Struktur-Moleküle. Sie ist sich zu neunundneunzig Prozent sicher.«

Eine Welle der Anspannung durchlief Syncc Marwiin. Vorsichtig stieg er vom Anzug ab, seine Tasche glitt achtlos zu Boden. Langsam betrat er den Eingangsbereich der Arche. Sinistra und die anderen, die durch den Felsbogen gerannt kamen und atemlos in einiger Entfernung von ihm anhielten, bedachte er mit einem flüchtigen, distanzierenden Blick.

Er aktivierte über seinen Kommunikationsring das Holodisplay und lud sämtliche Aufklärungsdaten der Expeditionsdrohne. Euphorie breitete sich gedämpft in ihm aus, als er konzentriert den Grundriss und weitere Daten betrachtete. Dann setzte er behutsam seinen Weg durch den Eingangsbereich fort, jedes im Boden und den Wänden versenkte Blendensegment aufmerksam betrachtend.

Nur unbewusst registrierte er die wie wild über die Wände und Deckenabschnitte tanzenden Lichtkegel der Visiere von

Sinistra und den anderen, die ihm in respektvollem Abstand folgten.

Der Gang öffnete sich schließlich in eine große, halbkugelförmige Halle von einhundert Metern Durchmesser und knapp vierzig Metern Höhe. Syncc Marwiin bemerkte das Missverhältnis zwischen den beiden Maßen sofort, warf einen orientierenden Blick auf die überaus kunstvolle Bemalung des Gewölbes und schritt danach zielgerichtet an den linken Rand der Halle, wo sich Kuppel und Boden trafen. Dort hockte er sich hin und besah sich eine besondere Stelle der Wand, wenige Zentimeter nur über dem Boden.

»Wir halten das für das Symbol des Urknalls. An diesem Punkt entsteht im Gesamtbild das Universum, erste Materie, Siir.«

Der ältere Mann, der ihm bei seinem ersten Besuch im Extraktionsdepot von Coruum begegnet war, Warren, war zu ihm getreten. Sein Arm führte eine Bewegung über den Kuppelzenit zum gegenüberliegenden Wandabschnitt durch. »Da hinten endet die Entwicklung der Sole-Sourcer im Jahr ihrer Abreise von der Erde.«

Syncc Marwiin nickte ihm zustimmend zu, während er die Stelle des Symbols weiter betastete.

»Dies ist ein gigantisches Archiv«, fuhr Warren mit mühsam kontrollierter Aufregung fort, »wir werden Jahre brauchen, bis wir das nur annähernd verstehen.«

Er lächelte und erhob sich wieder. »Nein, Warren. Ihr werdet *Jahrhunderte* dazu brauchen – und dies ist nur der Lagerraum. Das eigentliche Archiv liegt gut einen Kilometer unter uns, innerhalb der Arche.«

Warren lauschte den Worten des Übersetzers und verstummte.

»Hab' ich doch gesagt, Professor, wir müssen den Schacht hinunter!«, ließ sich ein großer Mann mit dröhnender Stimme vernehmen. »Mein Bedarf an Höhlen ist eigentlich schon gedeckt!«

Er seufzte innerlich. *Wie sollte er hier ungestört arbeiten?*

»Leute, ich denke, Syncc Marwiin möchte ungestört arbeiten«, sagte Karen in die Stille zu den anderen, als habe sie seine Gedanken empfangen.

»Ist es o. k.«, fragte sie ihn, »wenn wir unsere eigenen Untersuchungen fortsetzen, Siir?«

»Sehr gern, liebe Freundin«, antwortete er erleichtert, »ich werde hier etwas überprüfen, vielleicht gelingt es mir, den oberen Teil der Arche zu aktivieren!«

Ihren verblüfften Blick ignorierend, hockte er sich erneut nieder, betastete mit seiner rechten Hand das Sole-Sourcer-Symbol des Anfangs, nahe dem Boden. *Eine im übertragenen Sinne sehr logische Stelle, den Energieschalter zu verbergen*, dachte er bei sich.

Während er die angespannten Blicke der Menschen in seinem Rücken zu spüren glaubte, presste er seine Fingerspitzen lange auf das plastisch herausgearbeitete Symbol, wartete, bis sich das besondere Material durch den Hautkontakt etwas erwärmt hatte und die zuvor glatte Oberfläche sich wächsern anzufühlen begann. Seine Fingerspitzen tauchten Millimeter für Millimeter in das Material ein, bis seine Hand vollkommen in der Wand verschwunden war. Das modulierte Material veränderte sich weiter, lag so dicht wie eine zähe Flüssigkeit an seiner Haut an - erlaubte ihm, mit den Fingerkuppen nach etwas zu suchen.

Der Schmerz, der ihn durchzuckte, als er unzählige Stiche in den Fingern fühlte, erfüllte ihn mit Genugtuung. Die Zähne zusammenbeißend, unterdrückte er den Impuls, die Hand sofort herauszureißen, was ihm nur eine schwere Verletzung zugefügt hätte. Das Material der Wand erlaubte ihm diese Bewegung nicht. Leise zählte er bis einhundert, bevor er die Hand unendlich langsam wieder aus dem jetzt fast heißen Material zurückzog, sich erhob und seine ganze Konzentration zusammennahm, um vor Schmerzen nicht laut zu schreien, während er auf die dampfende Haut seiner roten Finger sah.

»Geht es Euch gut, Syncc?«, fragte Sinistra, betrachtete besorgt sein schweißbedecktes Gesicht und erschrak beim Anblick der blutenden Finger.

»Ja, danke, liebe Freundin, das vergeht, die Makrobots kümmern sich schon darum.«

Sole-Sourcer-Schmerzen sind anhaltend, sagte er zu sich, während er quälend lange darauf warten musste, bis die Makrobots die über seine Fingerspitzen in seinen Körper eingedrungenen Gifte neutralisiert hatten.

Er stellte sich den Prüfungsprozess der Archen-KI vor, die in diesen Augenblicken sein Blut untersuchte, die darin schwimmenden Makrobots entdeckte, welche technologisch den Analysegeräten unendlich weit voraus waren, dennoch über ein Sole-Sourcer-typisches Design-Element des Ur-Virus' verfügten, das ihn als Nachfahre identifizierte. Ohne dieses würde ihn das Gift langsam töten – ein weiterer Sicherungs-Mechanismus zur Überprüfung des technologischen Reifegrads der Finder und ihrer korrekten Abstammung. Syncc Marwiin schloss die Augen. Diese Arche war einhunderttausend Jahre alt. Würde ihre Energieversorgung die Aktivierung noch leisten?

Minuten vergingen. Die Menschen sprachen leise und angespannt miteinander. Im Gegensatz zu ihnen hatte er eine konkrete Vorstellung von dem, worauf er wartete. Die Gemeinschaft der Synccs hatte vor sechshundertvierundfünfzig Jahren den ersten Archen-Komplex des Zweiten Sole-Sourcer-Imperiums gefunden. Das System lag noch in den Königreichen – nahe benachbarter Nebelwelten-Sektoren. Die Arche dort war nur siebenundvierzigtausend Jahre alt gewesen – weniger als die Hälfte verglichen mit dieser – doch hatte ihre Energieversorgung die Zeit nicht überstanden. Die Synccs hatten den gesamten Komplex auf *Renaro IV* über eine Dauer von mehr als dreihundert Jahren ausgraben müssen – die vollkommen geheim gehaltene Erforschung der Arche hatte in der Vergangenheit einen vergleichbaren Beitrag zum technologischen Fortschritt der Pretaia geleistet wie das Tektor-Artefakt selbst und dauerte an.

Er vernahm eine leichte Änderung des Luftdrucks.

»*Seht!*«

Alle wandten sich um und blickten in die in tiefer Dunkelheit liegende Halle, in die er ihnen wies. Ihre Visiere erhellten den Zenit der Kuppel.

Ein entferntes, brachiales Knirschen bahnte sich einen Weg aus der spannungsgeladenen Stille. Er lächelte. Wenn diese Arche voll funktionsfähig sein würde, wäre dies der bedeutendste Fund in der Geschichte des Roten Nebels. Er hätte die Möglichkeit, frühzeitig zu erfahren, wo sich die anderen Archen der Sole-Sourcer befanden - wäre möglicherweise in der Lage herauszufinden, wie weit diese in ihren Anstrengungen gediehen waren, zurückzukehren - *er hatte nur so wenig Zeit!*

Syncc Marwiin fühlte die Unruhe der Menschen. Er spürte kurze, harte Bewegungen tief im Untergrund - etwas entriegelte und aktivierte sich.

»Siir - ich empfange eine Vielzahl von Aktivierungssignalen komplexer Module. Auch autonome Einheiten sind darunter. Der Energielevel im gesamten Komplex steigt exponentiell an - ich empfehle, dass Ihr und die Menschen dort *sofort* herauskommt!«, meldete sich der Schattenoffizier eindringlich bei ihm.

»Ich denke, es besteht keine direkte Gefahr, Certeer, die Arche erwacht«, entgegnete er.

Mit einem ohrenbetäubenden Krachen entstand eine kreisförmige Fuge an der Berührungslinie von Kuppel und Boden, aus der grelles, blaues Licht in die Halle hinein explodierte. Sinistra sah angsterfüllt und ratsuchend zu ihm.

»Überprüft den Innenraum, Certeer!« Mit einer leichten Drehung eines Segments seines Schildringes aktivierte Syncc Marwiin sein Körperschutzfeld und befahl die Expeditionsdrohne zum Schutz der Menschen herein.

Nur wenige Sekunden später - die Fuge an der Berührungslinie war bereits einen halben Meter breit - sah er den Positionsmarker des Schattenoffiziers in der Mitte der Halle und kurz darauf das halbkugelförmige Schutzfeld der Drohne über den am Boden dicht zusammengekauerten Menschen.

Weitere Momente vergingen in einem ohrenbetäubenden Lärmpegel, unter lautem Knirschen anlaufender Mechaniken, denen nach einem Zeitalter der Inaktivität plötzlich Höchstleistung abverlangt wurde.

Die riesige Kuppel hob sich weiter. Nach gut einer Minute wusste er, dass die Gemeinschaft der Synccs diesmal nicht enttäuscht werden würde *und dass er sich in seiner anfänglichen Einschätzung bezüglich der Harmlosigkeit der Aktivierung geirrt hatte*. Diese Arche war voll funktionsfähig - *doch das betraf auch ihre Abwehrmaßnahmen*.

Mehrere helle Icons erschienen blinkend auf seinem Visier. Das infernalisch laute, langanhaltende Kreischen von Elektronen, die von Disruptorstrahlen des Zerstöreranzugs und der Drohne getroffen - von ihren Bahnen um den Protonenkern gerissen wurden - sich plötzlich voneinander abstießen und jegliche Materie im direkten Umfeld vaporisierten, lähmte sein Denken.

Der Certeer und die Expeditionsdrohne, unterstützt von zusätzlichen autonomen Kampfdrohnen, vernichteten vorsorglich jede waffenähnliche Einheit, die ihre Feuerleit-KIs in den tiefen Nischen hinter der aufsteigenden Kuppel entdeckten.

Syncc Marwiin hatte sich mit einem Knie aufgestützt. Den Kopf gesenkt, beide Hände fest auf die Ohren gepresst, erwartete er das Ende des durch Mark und Bein dringenden Lärms, der durch die Kuppelform der Halle ins Unermessliche gesteigert wurde. Plötzlich jedoch fiel die Lautstärke merklich ab. Ein dumpfes Dröhnen lag weiterhin auf seinen Ohren - sein erster besorgter Blick galt den Menschen, die nur wenige Meter von ihm entfernt am Boden lagen - durch das Schutzfeld der Expeditionsdrohne gut vor Energien, jedoch nicht im gleichen Maße vor Schallwellen geschützt.

»*Karen!*« Sinistra schrie auf und beugte sich über die Frau. Mehrere der Männer rollten sich schwerfällig auf den Rücken, er war sofort bei ihnen, sah das Blut aus ihren Ohren und Nasen laufen - wusste um seine vernachlässigte Verantwortung.

»Certeer – wir brauchen Hud Pasuun und Medikits – *schnell!*«

Der große Mann stützte sich langsam auf seinen Händen hoch, schüttelte ganz vorsichtig seinen Kopf, wischte sich ein Blutrinnsal von der Wange, half einem anderen – Donavon – schwankend in eine sitzende Haltung. »Ich dachte, es ist alles vollkommen ungefährlich?!«, hörte Syncc Marwiin ihn zynisch fragen, von einem wütenden Blick in seine Richtung begleitet.

Hellblaues Licht erhellte die dichten Rauchschwaden in der Halle. Die Höhe der Kuppel in ihrem Zenit lag jetzt genau bei fünfzig Metern. Die Trennwände der hohen Nischen dienten als Stützpfeiler. An ihrem oberen Ende waren massive Gelenke ausgeklappt, auf denen die Kuppel ruhte.

Aus gut einem Drittel der Nischen wallte weiterhin dichter, dunkler Qualm – hier waren Waffen oder autonome Drohnen gelagert worden, welche der Feuerleit-KI des Schattenoffiziers als unberechenbar aufgefallen waren, die Folgen der Disruptorentreffer hatten tiefe Löcher in die Wände der Nischen gerissen.

Hud Pasuun kam mit einem weiteren Schattenoffizier durch den Qualm geflogen, sprang ab, bevor der Zerstöreranzug aufgesetzt hatte, und rannte zu Sinistra und Karen.

Erstarrt blieb sie stehen, als sie ihn erblickte. *»Siir! – war das notwendig?«*

»Helft ihnen, Hud. Ich freue mich auch zu sehen, dass Ihr bei dem Angriff aufs Flaggschiff unversehrt geblieben seid!«

Sie warf ihm einen strengen Blick durch den Helm des Schutzanzugs zu, beugte sich zuerst kurz über Karen und begann dann mit der Untersuchung der anderen Menschen.

Syncc Marwiin drehte sich langsam einmal um die eigene Achse und blickte mit wachsender Genugtuung in die Nischen. Sein persönliches Holodisplay zeigte ihm den veränderten Status des Archenkomplexes. Die Halle leuchtete jetzt förmlich vor verborgener Aktivität. Langsam schritt er durch die sich lichtenden Rauchwolken quer unter der Kuppel hindurch in den Gang hinein, der ihn Richtung Schacht führen würde, an dessen Ende hoffentlich der Zugang zur eigentlichen Arche lag.

Er blieb stehen, als er die Stelle mit den Überresten der Urmenschen erreichte, kniete nieder, sah das für ihn wertlose Codebuch und griff mit beiden Händen sehr behutsam nach dem rudimentären Zepter, das dort im Staub ihrer aller Vorfahren lag.

Er drehte den zwei Meter langen Stab aus einer Metall-Kohlefaser-Verbindung vorsichtig in alle Richtungen, suchte die Fassung für einen Handschuh, bemerkte lediglich einen ergonomisch geformten Griff, suchte einen Hinweis auf Dimensionstechnik an der Spitze des Zepters – fand jedoch nichts.

»Sie haben es geschafft, hier einzudringen – kurz nachdem die Erbauer abgereist waren.«

Donavon stand, noch leicht schwankend, ein paar Schritte hinter ihm und stützte sich an einer Wand ab, öffnete langsam den Mund und versuchte die Ohren einigermaßen frei zu bekommen.

»Könnt Ihr Euch vorstellen, Syncc, wie die Welt heute aussehen würde, wenn sie es geschafft hätten, die Arche zu öffnen?«

Syncc Marwiin konnte sich ein wohlwollendes Lachen nicht verkneifen. Er half dem Mann, sich auf den Boden zu setzen und mit dem Rücken an die Wand anzulehnen. Dann überlegte er einen Moment lang, wie deutlich seine Antwort ausfallen sollte.

»Diese Menschen waren im Besitz eines physischen Schlüssels, Donavon«, antwortete er bedächtig. »So wie Ihr Harkcrows Depot in Coruum mit dem richtigen Schlüssel finden und öffnen konntet. Doch was hat es ihnen geholfen? Sie konnten hier drin ein wenig herumlaufen und staunen.« Er deaktivierte sein Visier und ging vor Donavon in die Hocke. Sein Blick bohrte sich in die hellen Augen des Mannes. »Was hat die bloße Öffnung des Depots in Coruum Euch geholfen? Wart Ihr in der Lage, irgendeinen Gegenstand darin zu benützen oder ihn zu verstehen? Wurdet Ihr dadurch intelligenter?

Habt Ihr neue Fähigkeiten erlernt?, – außer vielleicht einem neuen Gefühl der Demut dafür, dass Ihr das erste Mal wirkliche Gewissheit haben konntet, das es andere besiedelte Welten im Universum neben der Euren gab?«

Donavon erwiderte darauf nichts. Syncc Marwiin fühlte die Schmerzen des Mannes, unterdrückte ein Schuldgefühl – *er hatte so wenig Zeit!*

»*Aye*, das mag so sein, wie Ihr sagt, Syncc, dennoch ist es bereits ein Fortschritt, zu *wissen*, dass man nicht allein ist, zu *wissen*, dass etwas funktionieren *kann*.« Er zwinkerte ihm trotz seiner Schmerzen zu. »Es verringert die Auswahl an Alternativen, wisst Ihr, und es beschleunigt die Konzentration eines Forschungsprozesses ungemein. Seit unserem gemeinsamen Besuch im Archiv von Coruum *wissen* wir, dass ein Wechsel zwischen den Dimensionen möglich ist. Euer wiederholtes Erscheinen hier *beweist* uns, dass eine Reise mit mehr als der Lichtgeschwindigkeit möglich ist – auch wenn wir keinerlei Kenntnis darüber besitzen, *wie* es gemacht wird – können wir davon ausgehen, dass wir keinem abstrakten Hirngespinst mehr nachjagen, während wir nach einer Lösung suchen – sondern einer Gewissheit – es muss eine Lösung geben!«

Syncc Marwiins Blick wurde für einen kurzen Moment streng. »Zuerst kommt es auf das richtige Beobachten und dann auf die richtigen Schlussfolgerungen an.«

Donavon blickte traurig in den Staub der Urmenschen. »Sie hätten *schneller* gelernt, wenn sie wieder hier heraus gekommen wären. Unsere Welt sähe heute anders aus!«

»Ihr habt recht, Donavon, und gleichzeitig liegt Ihr falsch, was Eure Hoffnungen angeht.«

Der Mann sah ihn neugierig an.

»Nach dem Überleben der ersten Potentialkatastrophe hätten sich die verbliebenen Menschen auf Ruthpark mit den Waffen in diesem Lagerraum vollständig vernichtet. Es hätte Ihnen an kultureller Reife gefehlt, sie *nicht* zu benutzen. Dieser Planet wäre heute unbewohnt, wenn das Archenprinzip der Sole-Sourcer nicht funktioniert hätte!«

Er überlegte, wie weit er ausholen sollte und fügte eine weitere Erklärung an: »Wir nennen es den Technologielevel einer Welt, Donavon. Es gibt mehr als einhundert Beispiele aus dem Roten Nebel, in denen sich die Zivilisationen eines Planeten immer dann ausgelöscht haben, wenn der Unterschied ihres Technologielevels zu dem der erhaltenen Waren mehr als drei Stufen betrug. Die Sole-Sourcer des Ersten Imperiums befanden sich auf Level 8, als sie diesen Planeten verließen, die Urmenschen, die zurückblieben, auf Level 2. Rechnet selbst!«

Der Mann sah mitgenommen aus. Dunkle Ringe lagen um seine Augen, er hielt eine Hand ständig am rechten Ohr.

»Lasst Euch von Hud Pasuun behandeln, Donavon. Und schlaft. Ihr habt keinerlei Vorstellung von dem, was wir hier noch finden werden, die Entdeckungsreise hat für Euch soeben erst begonnen!«

Syncc Marwiin drehte sich um, nahm das Zepter in die rechte Hand und ging den Gang weiter hinunter in Richtung Schacht. An der Mündung dazu blieb er stehen. Diese Arche war technologisch wirklich sehr viel unreifer. Es handelte sich um einen alten, magnetischen Fahrstuhl, keinen masselosen Fallschacht, wie sie ihn bereits in der Arche des Zweiten Imperiums vorgefunden hatten. Der Certeer, in seinem Berg aus fahl schimmernder Monofaser, schwebte eine Handbreit über der Plattform, die randlos in den umgebenden Boden des eiförmigen Raumes eingelassen und nur durch eine farbliche Markierung zu erkennen war. Die Sensorenphalanx des Anzugs scannte eine Ansammlung von fünf Containern in der Mitte der runden Fahrstuhlplattform.

Er runzelte die Stirn. Es war untypisch für die Sole-Sourcer, etwas liegen zu lassen – es sei denn, die Nachfahren sollten bei planmäßiger Öffnung der Arche genau diese Gegenstände zuerst finden. Syncc Marwiins Visier aktivierte sich. Der Certeer übertrug ihm das Bild von mit Flüssigkeit gefüllten, kugelähnlichen Gebilden innerhalb der Container.

»Energetisch vollkommen neutral, Siir«, sagte der Schattenoffizier. »Reflektieren nahezu einhundert Prozent des Spektrums, superschwere Teilchen.«

»Antimaterie?«

Weitere Sensorinformationen wurden auf sein Visier übertragen.

»Möglicherweise früher einmal, Siir. Der Zersetzungsprozess ist in jedem Fall seit vielen tausend Jahren vollständig abgeschlossen. Jetzt ist es nur noch flüssige, dunkle Materie.«

Er dachte nach. War das ein Willkommensgeschenk oder eine Prüfung für die Nachfahren? Antimaterie war im Zweiten Imperium der Sole-Sourcer ein weit verbreiteter Energiespeicher gewesen, Basis für die heutigen Energiemodelle der Fingerringe der Organisation – nicht unmöglich, dass es sich hier um eine experimentelle Vorform davon gehandelt hatte – letzter Stand der Technik vor einhunderttausend Jahren sozusagen.

Oder war es vielmehr eine Sicherheitseinrichtung – eine Art Bombe, die bei unsachgemäßer Handhabung den Zugang zur Arche erneut versiegeln würde? Er sah zur Decke, rief ein paar geologische Daten auf seinem Holodisplay ab. Der Raum war nicht eiförmig. Er war ellipsoid, senkrecht stehend, mit der Fahrstuhlplattform etwas oberhalb der Mitte. Die Positionierung der Container erfolgte damit genau im oberen Brennpunkt der Ellipse – das war eindeutig! Die Form des Gewölbes über der Fahrstuhlplattform würde die Kraft einer Explosion genau über dem Schacht bündeln und nach unten in Richtung des zweiten Brennpunkts lenken.

»Es war eine Bombe, Certeer! *Ich muss da runter!* Können wir die Behälter bewegen?«

»So nicht, Siir. Ihr wisst, dass schwarze Materie in flüssigem Zustand nahezu unzerstörbar und extrem korrosiv ist. Ich fordere Antigrav-Tanks vom Schildverband an. Diese Container gehören nicht in ein intaktes Bio-System. Sie müssen vom Planeten weg!«

Unruhig lehnte er sich an eines der brusthohen Behältnisse und übte sich in Geduld. So unendlich viel Zeit war vergangen, in denen sie diese Arche hätten erforschen können - *wenn die Synccs denn eher um die Bedeutung dieses Planeten gewusst hätten!* Jetzt wird sie gefunden - vollständig intakt, wie es schien - und ihm allein blieb eine Handvoll Tage Zeit, bevor der einzige Sole-Sourcer im Roten Nebel hier eintreffen und in seiner Not um jeden Preis versuchen würde, diesen Komplex zu übernehmen.

Roter Nebel, Sieben Königreiche, Chrunus
30397/1/40 SGC
19. November 2014

Keleeze

Die G7 war ein Infiltrationsträger, vergleichbar dem Schiff, das ich für den Befreiungsversuch von Hud Chitziin im Ul'Charque-System verwendet hatte. Die letzten zehn Tage an Bord auf dem Weg nach Chrunus waren wie ein Wimpernschlag vergangen, angesichts des nicht endenden Stroms der Gerichtsentscheidungen, die ich anfänglich mit nicht mehr als einer Handvoll anderer Merkanteers in den Königreichen für Torkrage Treerose im Rahmen der Aktivierung der Tektor-Protokolle zu treffen hatte.

Durch den Abfall von Metcalfe/Dominion befanden sich die Königreiche erstmals seit Harkcrow Treerose wieder am Rande eines Sezessionskrieges. Oberste Direktive war es gewesen, diese Gefahr schnellstmöglich und effizient zu bannen, indem loyale Königreiche und Teile der Organisation sowie der Schattentruppen von denen zweifelhafter Loyalität getrennt wurden. Der Ur-Gedanke stammte aus der Zeit der Tektor-Kriege und war so einfach wie brillant: Mit ihrer Aktivierung verfielen die Königreiche in eine Art schwer bewaffnete Bewegungsstarre. Die Protokolle regelten die Startaufstellung für jeden Truppenteil, jede Organisationseinheit, jedes Königreich, in die sich zu begeben einzige Pflicht war.

Die Einheiten, die sich nicht an die Protokolle hielten, wurden unerbittlich von allen anderen bekämpft. Truppenteile von Metcalfe/Dominion, wie auch vereinzelt von Siinstep/Prokon, fielen in großer Zahl, bevor sich Melcom Siinstep sehr entschieden und zu meiner großen Überraschung auch *sehr klar* zu den Königreichen unter der Führung von Treerose/Restront erklärte.

Jeder Offizier mit Metcalfe/Dominion-Herkunft – auch in seiner Startaufstellung – wurde so lange isoliert, bis ein persönlicher Bürge aus den Reihen der loyalen Offiziere für ihn eintrat. Die Entscheidung, ob eine solche Bürgschaft angenommen wurde – lag bei mir und den anderen Merkanteers, eine Zustimmung von dreien genügte, um den Offizier dauerhaft zu rehabilitieren. Es gab ungefähr fünftausend Merkanteers, die zuerst überprüft werden mussten – von den Königreichen, welche die gegenwärtigen Overteers stellten, Treerose/Restront sowie Laurenz/Difthon und den neutralen Einheiten Blaak Ferkuiz'.

Das waren die ersten drei Tage gewesen – ohne Schlaf und mit rauen Mengen Meridonwassers. Danach galt es, lokale Kriege in den Königreichen zu beenden und zentrale Einrichtungen zu sichern. Die Forschungsstätten auf Tektor verhielten sich neutral, wie auch die Huds der Pretaia. Sorgen bereitete Chrunus, die Schmiede der Organisation und ihrer Schattentruppen. Es gab Berichte schwerster Kämpfe, zumindest hier schien es eine Art Vorbereitung der Metcalfe/Dominion-Einheiten gegeben zu haben.

Noch immer waren erst knapp vierzig Prozent der Isolierten überprüft worden – doch es genügte mir, um sicher zu sein, dass die Königreiche an diesem Konflikt nicht zerbrechen würden. Frere Metcalfe hatte übereilt gehandelt – seine Liaison mit der Kirche schien so irrational.

Bevor wir dem wahren Grund der Rebellion auf den Grund gehen würden, blieb die letzte Aufgabe – nach der Abriegelung von Dominion – Chrunus zu sichern, *meine Aufgabe.*

Die Aktivierung der Tektor-Protokolle hatte mir dauerhaft die Gesellschaft von Oldo Merceer und seiner Begleitung verschafft. Sie hatten ihre Reise zu Treerose abrechen müssen – niemand in den Königreichen wollte einen Trupp Tempi in der Nähe haben, bevor die Protokolle nicht abgearbeitet waren. Auch Treerose hatte sein Vorhaben aufgegeben, nach Chrunus zu kommen. Auf Restront war er von loyalen Truppen umgeben, seine Anwesenheit auf Chrunus würde die dortigen abgefallenen Truppenteile höchstens noch mehr anspornen.

Die Tempi hatten ohne Kommentar meiner Bitte entsprochen, mir bei der Sicherung von Chrunus zu helfen. Insgeheim war ich froh darüber - handelte es sich bei den modifizierten Tempi doch um die einzig unbekannten Waffensysteme im Roten Nebel. Jegliche Aussicht auf ein Überraschungsmoment zwischen den loyalen und den abgefallenen Truppen der Königreiche war durch die exakt gleichen technologischen Ausgangsvoraussetzungen von vorn herein schlecht.

Eine Restunsicherheit gegenüber der Loyalität der Tempi blieb - meine Dialoge mit dem Sole-Sourcer hatten mich teilweise sehr nachdenklich gestimmt und seine letztendlichen Pläne waren im Moment nicht vollkommen klar. Dennoch neigte ich gegenwärtig dazu, seinen strategischen Wert höher einzuschätzen als das Risiko, das von ihm und seinen sechs Begleitern ausging. Es waren schließlich keine Heerscharen mehr wie vor eintausend Jahren.

Oldo Merceer war sehr interessiert an Gesprächen mit Hud Chitziin, der von seinen Blessuren genesen und wieder ganz in seine Überlegungen über Nullgravitationstore und MSDs versunken war. Seine Weisheit war es, der mir in den kurzen Unterbrechungen zwischen meinen Konferenzen mit den anderen Merkanteers Teilinformationen aus diesen Unterhaltungen lieferte, die mich jetzt bewogen, mit ihm ein längeres Gespräch über den Sole-Sourcer in der Hülle eines Tempus-Übermenschen zu führen.

»Es fällt schwer, sich das vorzustellen, Keleeze, dass eine so ausgereifte Kampfmaschine sich über irgendetwas Sorgen machen könnte - aber ich denke, dass es genau das ist, was zurzeit auf Oldo Merceer zutrifft: Er macht sich große Sorgen um das Eintreten des nächsten Potentialkollapses.«

Ich hörte ihn und verstand es doch nicht. »Hud, das machen wir doch alle, aber - gibt es keine wichtigeren Themen?«

Er nahm meinen ratlosen Blick lächelnd zur Kenntnis.

»Chrunus zum Beispiel?«, fuhr ich fort. »Die anstehende Auseinandersetzung mit Metcalfe und den Nebelwelten? Bis zum Eintreten des Kollapses haben wir doch noch ein paar hundert Jahre Zeit - oder? Ich erinnere mich, dass Syncc Marwiin gegenüber Treerose etwas um 31200 erwähnte?«

»Ich war nicht dabei, Siir«, antwortete er zerknirscht - »ich befand mich in Gesellschaft von Z-Zemothy.« Er wischte sich mit einem Tuch über den Mund und legte es auf einem Tisch ab. »Mein Eindruck ist, dass Oldo Merceer nicht bereit ist, uns diese Zeit einzuräumen - oder er sie zumindest als Vorbereitungszeitraum für bei weitem zu knapp bemessen hält - immerhin haben die Sole-Sourcer es zweimal überlebt und wissen, was Vorbereitung bedeutet.«

Ich erhob mich seufzend aus der Liege auf dem Aussichtsdeck, nahm ein Stück Obst und ging am in die Längswand des Decks eingelassenen Holodisplay entlang. Chrunus befand sich nahe an dessen linkem Ende, wir würden noch knapp einen halben Tag dorthin benötigen.

Ich drehte mich zu ihm um. »Was sagt *Ihr*, Hud?«

Er saß seitlich auf einer Liege, bediente für einen kurzen Augenblick sein persönliches Holodisplay und stand auf.

»Ich konnte es näherungsweise berechnen, Siir. Wenn wir die Karte der Potentialverbindungen darstellen und die Aufzeichnungen der Verkehrsdichte als Ausgangswerte nehmen, erhalten wir dieses Bild - gewichtet mit der verwendeten Technologie des Antriebs.«

Ich sah ein abstrahiertes Bild des Roten Nebels mit unterschiedlich intensiv leuchtenden Wolken um Zentren wirtschaftlicher Aktivität in den Königreichen, den Nebelwelten und des Zentrums. Einzige Auffälligkeit waren die etwas helleren und großvolumigeren Wolken in den Nebelwelten und Teilen des Zentrums.

»Das, was man erwarten kann«, sagte ich und wies in die helleren Bereiche.

Er nickte. »Der schlechte Wirkungsgrad der Antriebe des Zentrums bewirkt einen linear höheren Potentialunterschied an den dortigen Potentialenden. Die Nebelwelten verwenden ausschließlich noch ältere Technologie mit noch schlechterem

Wirkungsgrad bei weit geringerem Verkehrsaufkommen, also sieht es dort vergleichbar aus.«

Die Darstellung veränderte sich, die einzelnen Wolken wuchsen zusammen, veränderten ihren Leuchtcharakter, wurden dunkler - bedrohlicher.

»Allein das Verkehrsaufkommen genügt nicht, um einen Kollaps vorherzusagen - wir haben keinerlei Erkenntnisse über das Speichervermögen der einzelnen Potentialenden, welches vollkommen unterschiedlich sein kann - *bevor* oder *ab wann* es kritisch wird. Deshalb habe ich die Auswertungen des letzten Kollaps hinzugefügt - ausgehend von der Reststrahlung, zurückgerechnet auf die Quellen der ursprünglichen Entladungen - die mir Oldo Merceer übrigens sehr genau nennen konnte.«

Die dunkel glühenden Wolken zogen sich langsam zusammen - fokussierten sich auf drei Kerngebiete, die räumlich eine gemeinsame Wurzel hatten.

»Das hier ist der initiale Riss des Hyperraums gewesen. Er lag in unmittelbarer Nähe von Phiy und Kura. Die erste Potentialkatastrophe begann hier und zündete die Supernova - vor gut einhunderttausend Jahren - siebzigtausend vor Beginn unserer positiven Zeitrechnung. Dort gab es damals drei sehr mächtige Potentialenden, welche die Schockwellen durch den Nebenraum nahezu verzögerungsfrei an die entgegengesetzten Enden leiteten und somit die Kettenreaktion in Gang setzten. Das können wir nicht mehr als direkte Strahlung messen, nur *sehen* an den Resten der Sonnen oder ihrer Fehlerstrahlung. Die originäre Strahlung wird überlagert vom zweiten Kollaps vor ungefähr fünfzigtausend Jahren und der Implosion von Phiy im Jahre Null.«

Die Wolken fokussierten nun auf einen Bereich mit geringem Volumen in der Nähe der Novae.

»Es scheint, als habe die Potentialverteilung im Universum hier ein lokales Maximum, das durch das Netzwerk der Potentiallinien im Roten Nebel mit Tausenden von Potentialenden verbunden und bereits zweimal der Ausgangspunkt des Kollaps gewesen ist.« Er sah mich von der Seite an. »Oldo Merceer ist der Meinung, dass diese Stelle auch beim nächsten Mal zuerst nachgeben wird. Der Zeitpunkt kann in dem von Syncc Marwiin genannten Jahr liegen - oder ein paar hundert Jahre davor oder danach - das ist reine Spekulation.«

Ich stand vor dem Display. »Also kennen wir den Ort, aber können den Zeitpunkt nicht genauer eingrenzen.«

Er ließ die Schultern hängen. »Die lokalen Ausbrüche im Adelpha-Sektor und während unseres Eintritts in das Ruthpark-System zeigen, dass bereits *jetzt* in einzelnen Regionen ein sehr hoher Potentialunterschied aufgebaut ist, Keleeze. Ein weiterer Unfall könnte die große Katastrophe vorziehen.«

Ich legte das Kerngehäuse auf einem Teller ab und nahm mir ein weiteres Stück Obst. »Wie schätzt der Tempus das ein?«

Ein amüsiertes Lächeln stahl sich über sein Gesicht. »Er hält die Situation für akut, Siir, er ist sehr daran interessiert zu erfahren, wie *ich* glaube, dieses Potential wieder abbauen zu können. Oldo Merceer hat genau auf diesen Punkt gezeigt - die Sole-Sourcer haben ihn exakt bestimmt und er ist voller Sorge.«

»Kann er uns weiterhelfen?«

Seine Weisheit deaktivierte sein persönliches Holodisplay und ging langsam zurück zu den Liegen. »Er sagt *Ja*, sofern er eine Gelegenheit bekommt, mit den Sole-Sourcern Kontakt aufzunehmen. Als er vor mehr als eintausend Jahren seine Reise zurück in den Nebel antrat, um Harkcrow Treerose zu helfen, eine Forscherkultur aufzubauen, besaßen sie bereits die Grundlagen. Er geht davon aus, dass sie heute mit Hilfe der Coruumer über das nötige Wissen und die Technologie verfügen.«

Unsere Blicke trafen sich.

»Dann sollten wir zusehen, dass wir ihm diesen Kontakt schnellstens ermöglichen«, sagte ich.

Hud Chitziin wirkte mit einem Mal sehr nachdenklich. »Das dachte ich zuerst auch, Merkanteer, ich frage mich nur, warum er erst jetzt diesen Kontakt herstellen möchte.« Ratlos hob er beide Hände. »Sie waren auf diesem Planeten nicht isoliert – sie haben den Nachrichtenverkehr von Z-Zemothy abgehört – er wusste genau, wie sich der Rote Nebel in den eintausend und mehr Jahren seit seiner Verwundung entwickelt hat. *Warum* hat er sich auf diesem Planeten im Ul'Charque-System so lange versteckt, Keleeze? *Vor wem?*«

Das Chrunus-System besaß keinen inneren Sprungpunkt. Es handelte sich um eine Vorsichtsmaßnahme gegen Überraschungsbesuche, zu Zeiten der Auswahl des Systems, die sich auch in diesem Fall bewährt hatte – auch wenn es bedeutete, dass wir selbst jetzt die üblichen zwei Tage bei maximaler Systemtriebwerksleistung benötigten, um die Distanz vom äußeren Sprungpunkt bis zu den Ausläufern des Systems zu bewältigen.

Die Informationen, die mich von dort erreichten, wechselten über die Stunden unserer Annäherung in ihrer Dramatik. Das System bestand aus nur zwei Planeten. Chrunus Center war das Hauptquartier auf Chrunus I, dem inneren der beiden, Restront-ähnlich, fünfzehntausend Kilometer im Durchmesser, zu drei Vierteln von Wasser bedeckt und mit nur einem einzigen Ur-Erdteil, einer gigantischen zusammenhängenden Landmasse. Diese war in Ost-West-Richtung durch hohe Bergketten in mehrere Streifen unterteilt, in deren Tälern teilweise extreme Auswüchse von Klimazonen anzutreffen waren.

Ein großer Mond mit solidem Metallkern, in nur vierhunderttausend Kilometern Abstand, sorgte für schwere Gezeitenunterschiede an den Küsten des Kontinents und der wenigen Inseln.

Mehr als achtzehn Jahre hatte ich bisher hier verbracht. Die ersten zehn für die Organisation während meiner Kindheit waren sicher die einprägsamsten gewesen, gefolgt von fünfzehn Jahren, gefüllt mit unterschiedlichsten Aufgaben in den Königreichen, an deren Ende ein weiterer Abschnitt von fünf Jahren hier auf mich gewartet hatte. Danach hatte ich den

Rang des Certeers erhalten und begonnen, im strategischen Umfeld des damaligen Königs von Treerose zu wirken, bevor ich zehn Jahre später Torkrage zu dessen Inthronisation kennen gelernt hatte.

Vor sieben Jahren endete mein letzter Aufenthalt - nach weiteren drei Jahren und meiner Ernennung zum Merkanteer.

Ich kannte hier so ziemlich jeden Quadratkilometer und das ging allen erfahrenen Organisations-Offizieren so. Chrunus I befand sich nach den ersten fünf Tagen unseres Anfluges fest in der Hand der loyalen Truppen.

Chrunus II war ein Gasplanet, knapp fünfhundert Millionen Kilometer von der System-Sonne entfernt, mit mehr als vierzig Ringen, den Überbleibseln dreier kollidierter Monde, und weiteren sechs intakten Monden, von denen die zwei mittleren eine atembare Atmosphäre besaßen.

Chrunus II/C war der Forschungskern im System, /D das Erholungszentrum, /E war die Empfangsplattform für die Sun-Beams der Sonnenstationen und Verteiler an die inneren Monde. Bei den beiden innersten und dem äußersten Trabanten handelte es sich um Spielplätze der Schattentruppen, wobei /A und /B bei jedem Umlauf zwei Mal einem schweren Asteroidenbombardement ausgesetzt waren, sobald sie die Ringzone des Gasplaneten durchquerten.

Um Chrunus II tobte der Krieg.

Merkanteer Nestiir war der Kommandant der abfallenden Dominion-Einheiten. Er kontrollierte Chrunus II/C und /D, sowie die Energieverteilung auf dem fünften Mond. Die auf /C verfügbare Waffentechnik und Sensorik stellte das modernste Material der Schattentruppen dar, über das wir verfügten.

Nestiir hatte in den letzten Tagen jegliches Gesprächsangebot unsererseits abgelehnt, seine Einheiten waren auf ihren Positionen, ein unbemerktes Eindringen oder Landen auf den Monden nicht möglich.

Die Kämpfe der letzten Tage, unmittelbar vor der finalen Übernahme durch die Dominion-treuen Einheiten, hatten auf den beiden Monden ungefähr fünfzigtausend Leben gefordert – mehr als vier Fünftel davon waren loyale Truppen gewesen. Dieses System war zur Verteidigung ausgelegt, hermetisch abgeriegelt, praktisch uneinnehmbar – wir würden ein Vielfaches der Einheiten opfern müssen, wollten wir die Monde mit Gewalt erobern – das, was übrig bleiben würde, hätte den Sieg nicht verdient. Nestiir wusste das und er wusste auch, dass es keinen Offizier der loyalen Truppen gab, der einen solchen selbstmörderischen Angriff verantworten würde.

Ich stimmte ihm gedanklich zu.

»Ich kenne ihn, Keleeze.« Raana sah mich an, wir standen im Kontrollzentrum der G7 – Karten, Befestigungspläne, Strategien wurden auf unzähligen Holodisplays um uns herum dargestellt, sämtliche Planungsoffiziere des Schiffes waren anwesend. »Er ist der Vater von Rees Nestiir.« Mein Stirnrunzeln reichte ihm als Aufforderung, etwas genauer zu werden.

»Rees Nestiir war mit mir unter den letzten vier Kandidaten des Auswahlverfahrens für *deinen* Adjutanten. Du hast den Prozess vorzeitig beendet und mich mit zur Planungsrunde der wissenschaftlichen Offiziere nach Dominion genommen – in den Augen von Rees und seinem Vater ein großer Affront. Merkanteer Nestiir leitete das Gesamtverfahren in den Jahren.«

Ich erinnerte mich vage. »Dann ist sein Sohn auch hier?«

Raana zögerte kurz mit seiner Antwort und bediente sein persönliches Holodisplay. »Nein, er ist auf Dominion.«

Langsam nickte ich vor mich hin. »Ich weiß noch nicht, wie, aber vielleicht hilft uns das noch. – Danke für die Auffrischung.«

Ich würde mit Nestiir reden müssen. Die Organisation konnte sich eine so massive, hochmoderne Basis, von abfallenden Truppen besetzt, nicht in ihrem Rücken leisten. Treerose hatte mir in unserem letzten Gespräch die freie Entscheidung darüber überlassen, *wie* ich Chrunus zurückzuholen gedachte. Er war nur in einem Punkt sehr verbindlich gewesen: Ich durfte das System nicht in den Händen Dominions lassen.

Unser Träger erreichte in diesen Minuten das innere System von Chrunus I, auf der entgegengesetzten Seite der Sonne liegend zu II, die Planungsoffiziere setzten ihre Analyseprozesse fort. Vielleicht fanden sie ja eine Möglichkeit, in die Basis einzudringen, die Generationen von Offizieren vor ihnen entgangen war - ich glaubte nicht daran.

Merkanteer Loncraane, Kommandant des Chrunus-Systems, mit dessen Stab Raana und die Planungsoffiziere in den letzten Tagen unendlich viele Angriffs-, Täusch- und Überfallszenarien auf die Abgefallenen analysiert hatten, bestätigte mir die Patt-Situation: Die Schattentruppen waren mit nahezu drei Millionen Einheiten um Chrunus II herum aufgestellt, ungefähr einhunderttausend von Dominion auf /D und zweihundertfünfzigtausend auf /C gegenüber - eine unbeschreibliche Macht - nahezu zehn Prozent der Gesamtstärke der Schattentruppen und zur Zeit die größte Konzentration im Roten Nebel.

Und dennoch gab es keinen Weg, unter akzeptablen Verlusten die Monde anzugreifen. Auf der anderen Seite war unser Netz so dicht, dass nicht einmal ein gepulster Lichtstrahl der Dominion-Truppen zur Signalübertragung in der Lage gewesen wäre, das System zu verlassen.

Was sollte ich also tun, um die Situation zu lösen?

»Merkanteer Loncraane!«, rief ich den Kommandanten. Seine dreidimensionale Darstellung sah mich im Holodisplay an. »Ich werde hinfliegen, nur von meinem Adjutanten begleitet.«

Er erwiderte nichts, seine Augen sagten mir deutlich, dass ich mir die Zeit besser sparen könne.

»Informiere Merkanteer Nestiir, ich bitte um eine Stabile Situation auf Chrunus II/C, im Universitätskomplex S1 der Schattentruppen. Unsere Anzüge werden unbewaffnet sein. Er sieht uns sicher kommen.«

»Keleeze, du weißt, dass ich ihm das mehrfach angeboten habe. Es kam keine Antwort – nichts. Wir wissen nicht einmal, ob er überhaupt auf II/C ist.«

»Er soll wissen, dass ich komme, dann wird er da sein!«, sagte ich mit Nachdruck, »er folgt Befehlen – ich möchte verstehen – woher die kommen«.

Die grauen Schläfen Loncraanes arbeiteten. »Ich werde die Monde zerstören müssen, falls du nicht zurückkommst – trotz der dort festgesetzten Huds, mit allen Gefangenen der Pretaia und unserer eigenen Truppen.«

Ich nickte ernst. »Das muss der tun, der von uns beiden übrigbleibt, Merkanteer, und deshalb fliege *ich* lieber hin!«

»Gebt Ihr mir einen *Befehl*, Merkanteer?«

Die sechs Meter hohe Wand aus sich ständig selbst regenerierenden *Nanostruktur*en verharrte regungslos ein paar Meter von mir entfernt auf einem der kleineren Ausrüstungsdecks der G7. Die sechs anderen Tempi standen in einer lockeren Gruppe um uns herum. Sie sahen aus, als wären alle erst vor Sekunden aus dem Konfigurator gekommen – nicht ein Kratzer zeugte von ihrer wenigstens zweitausendjährigen Existenz und den zahllosen Kämpfen, die sie überstanden hatten. Die Gruppe der Tempi um Oldo Merceer hatte die – ihre menschliche Intelligenz umgebenden – technischen Hüllen in der Zeit ihrer langen Isolation mit Sole-Sourcer-Wissen auf eine Weise optimiert, die selbst seiner Weisheit am Ende nur noch wortloses Kopfschütteln entlockt hatte.

»Nein, Oldo Merceer«, antwortete ich, bewusst den Sole-Sourcer in ihm ansprechend, *»ich bitte Euch.* Es wäre nicht in Harkcrows Interesse und auch nicht im Sinne Torkrage Treeroses, wenn diese einzige Chance auf Verhandlung gewalttätig endet.«

Der Koloss schwieg einen Moment lang, bevor er antwortete. »Die Begegnung hat bereits begonnen, gewalttätig zu sein, Merkanteer, erinnert Ihr Euch an die neunundvierzigtausendsiebenhundertdreiundzwanzig getöteten Offiziere der Schattentruppen?«, rief er mir die genaue Zahl der Opfer des ersten Angriffs in meine Erinnerung. »Wir hätten die Überraschung auf unserer Seite - niemand dort rechnet mit Tempi!« Die synthetische Stimme in meinem Ohrhörer verstummte.

Da hatte er recht, allerdings wurde meine Zustimmung zu seinem Angebot dadurch gebremst, dass darin eine etwas zu auffällige Begeisterung fürs Kämpfen mitschwang. Ich schüttelte den Kopf. »Ich möchte erst mit ihnen reden!«

»Ich werde darüber nachdenken, Merkanteer.« Seine Unzufriedenheit war nicht zu überhören. Mehr würde ich nicht erreichen. Ich sollte mich besser beeilen.

Raanas Zerstörer- stand neben meinem Kommandeur-Anzug. Ich sah nur die Beine meines Adjutanten, der kopfüber in meinem Anzug hing und eine letzte Überprüfung der Systeme durchführte.

»Hast du jemals etwas gefunden, das den Wartungsoffizieren entgangen wäre?«, fragte ich ihn amüsiert und um mich selbst von der Bedeutung der vor uns liegenden Mission abzulenken.

Er drückte sich mit den Armen heraus und setzte sich breit grinsend auf die linke Schulter des Anzugs. »Ein paar Holodisplay-Einstellungen von Konzerten einer interessanten Frau, deren Bezug zu den vor uns liegenden Aufgaben mir nicht klar war. Ich habe die jetzt vorschriftsmäßig gelöscht.«

Im Hintergrund schimmerten die Ringe von Chrunus II durch den Atmosphärenschild des an zwei Seiten offenen Abflugdecks. Neben unseren Anzügen befanden sich noch wenigstens eintausend weitere in Einsatzvorbereitungen. Sie würden uns nicht begleiten, sondern andere Offiziere ablösen. Unsere Rückendeckung befand sich bereits in Position.

Ich wechselte meine Kleidung, schlüpfte in den sensorgespickten Innenanzug und kletterte mit zwei Handgriffen auf meinen Anzug, der voll aktiviert und abflugbereit war.

»Hast du deine Disruptoren entladen?«, fragte ich ihn.

Seine Augen erwiderten meinen Blick starr im Holodisplay des Anzugs.

»Alle Waffensysteme sind im Übungsmodus, Keleeze, sie können nur von außen scharf gemacht werden.«

Ich verharrte in meinen Bewegungen, während sich der Anzug schloss, die Schultern hoben und die Einstiegsöffnung versiegelten. Eine Assistenzdrohne installierte die komplexe Aufklärungs- und Kommunikationseinheit auf den Schultern des Anzugs und signalisierte mir Abflugbereitschaft.

Wenn ich Raanas Vorschlag folgte, dehnten wir den Begriff der Stabilen Situation bereits im Vorfeld. Der Übungsmodus war ein Hardwareschalter, der die aktive Verwendung jeglicher Waffensysteme eines Anzugs unterband und für Ausbildungszwecke unumgänglich war. Scannen, aufklären, anvisieren, alles war möglich, nur nicht feuern.

Jeder Organisationsoffizier würde diesen Status eines Anzugs auf Anhieb erkennen, aber auch, dass wir nicht wirklich unbewaffnet waren, wie es das Protokoll erforderte – denn es gab eine Möglichkeit, diesen Schalter von außen zu betätigen – und damit die volle Kampfkraft des Anzugs innerhalb von Sekunden wiederherzustellen.

»Nestiir wird es erkennen«, sagte ich mit wenig Begeisterung, »er kann es gegen uns auslegen.«

»Er kennt uns, Keleeze, mich besser als dich, aber er wird die *Geste* verstehen.«

»Nimm den Drohnenbehälter ab, Raana, *das ist übertrieben* für ein Gespräch – auch, wenn er blockiert ist! Wir fliegen mit den Anzug-Systemtriebwerken, die Sichelmodule bleiben auch hier!«

Ich befahl dem Anzug zu starten und dem festgelegten Kurs hinüber zu II/C zu folgen. Wir verließen sehr langsam das Abflugdeck, hoch über die Köpfe der sich bereit machenden Offiziere hinweg. Erst einmal außerhalb der G7, beschleunigten die Anzüge auf maximale Geschwindigkeit und brachten uns rasch durch die Atmosphärenausläufer von Chrunus II, auf die gegenüberliegende Seite des Gasplaneten, stets oberhalb der Ringebene bleibend. Dort bremsten sie automatisch ab. Wir wollten niemanden irritieren und allen

Gelegenheit geben, unsere Annäherung genau zu verfolgen - der Flug würde jetzt noch ungefähr acht Minuten dauern.

Schweigend flogen wir vorbei an loyalen Kampfstationen, auf dem direkten Weg zu II/C, bewegten uns durch mehrfach überlagerte Ortungsfelder beider Seiten und umrundeten den Mond zu einem Drittel, bis die Reste des schwer in Mitleidenschaft gezogenen Universitätskomplexes S1 der Certeers unter uns lagen. Niemand hatte bis hierher auf uns gefeuert - der Kommandant wollte mit uns reden.

Wir landeten auf dem Vorplatz des Hauptgebäudes. Der Zustand der Umgebung versetzte mir einen sentimentalen Stich. Die Alleen der tausendjährigen Bäume bestanden nur noch aus verkohlten Stammresten, wie aufgelöste Linien alter, abgebrochener Kriegslanzen. Die kilometerlange Fassade der historischen Gebäude glich einem Trümmerfeld, wenigstens zwei Antimaterie-Einschläge hatte ich von meinem Landeanflug aus sehen können, kleinste Mengen nur waren es gewesen - Kraterdurchmesser von vierhundert Metern - nicht mehr. Trotzdem war dies ein schlimmer Verlust - Hunderte von Jahren Tradition in wenigen Minuten ausgelöscht - von Menschen, die hier selbst ausnahmslos viele Jahre verbracht hatten.

»Das ist eine Schande, Keleeze, diesen Ort so zuzurichten«, sagte Raana niedergeschlagen.

Ich gab mich keinen Illusionen darüber hin, wie die übrige Oberfläche des Mondes wohl aussehen möge.

Ich begann langsam in Richtung des zerstörten Eingangsbereichs zu fliegen, Raana folgte mir kommentarlos. Er sah auf seinen Anzeigen so deutlich wie ich, dass mein Anzug ferngesteuert wurde. Ich hätte mit einem Befehl die Kontrolle zurückerlangen können, doch unterließ ich den Impuls, ihn zu erteilen, wir würden Nestiir treffen.

Ich flog in die Trümmerwüste des Gebäudes, in einen der beiden großen Krater hinab, auf einen Korridor zu, der ungefähr einhundertzwanzig Meter unterhalb des Erdgeschosses in den unterirdischen Bereich des Komplexes hinein führte.

Auch ohne den Kartenausschnitt auf dem Display meines Anzugs wusste ich sofort, wohin uns Nestiir dirigierte. Der Archivbereich von S1 war nahezu unversehrt. Der Korridor mit dem achteckigen Querschnitt führte auf ein Niveau von zweihundertfünfzig Metern unterhalb des Eingangsbereiches hinunter, lag dabei schon mehr als einen Kilometer von diesem entfernt.

Alle Schotte waren geöffnet und deaktiviert. Der Korridor weitete sich und mündete in eine große unterirdische Halle, die jetzt in vollkommener Dunkelheit lag, obwohl die Sensoren meines Anzugs sie auf dem Holodisplay wie im grellen Tageslicht liegend darstellten.

Die Halle wirkte verlassen. Die ringförmig in die Wände eingelassenen, nach hinten ansteigenden Steinbänke waren leer, der Innenraum verwaist.

An diesem Ort hatte ich meinen Merkanteer-Rang erhalten, hier hatte ich als Kind – wie jeder neue Offizier, wie Raana – den ersten Tag bei den Schattentruppen verbracht, als Sechsjähriger die technischen und kulturellen Errungenschaften der Königreiche bestaunt, bevor sich die Tore der Universität für zehn Jahre hinter mir geschlossen hatten.

»*Keleeze!*« Raana flüsterte in mein Ohr und ein Marker erschien auf meinem Display – eine Position in der großen Halle anzeigend. Da hatte ich den Mann bereits gesehen.

Im Schwebeflug steuerte ich auf die linke Seite des Raums zu, landete fünfzig Meter vor der ersten Reihe der Steinbänke und schritt langsam auf Merkanteer Nestiir zu, nicht von dem Streifen verstärkten Bodenbelags abweichend, die für das Begehen mit Panzeranzügen vorgesehen und vorgeschrieben waren.

Ich war mir nicht sicher, ob ich den Universitätsvorschriften intuitiv als Geste des Respekts oder aus Berechnung gefolgt war, jedenfalls erntete ich dafür ein bitteres Lächeln des Kommandanten der Dominion-Truppen.

»Ich denke, es vergrößert den Schaden nicht sehr, Keleeze, wenn du den Holzboden betrittst«, sagte er mit ätzender Ironie im Ton, »wir haben ohnehin schon das meiste zerstört, was je von Bedeutung für uns war.«

Sine Nestiir saß auf der Steinbank, sein Visier aktiviert und ohne jede Begleitung. Er trug die typische, dunkelgraue Uniform des Merkanteers, keinerlei Waffen mit Ausnahme seiner Fingerringe.

Raana setzte zehn Meter neben mir auf, genauestens den Holzboden meidend, auf dem nächstliegenden Streifen verstärkten Bodenbelags.

»Das haben wir nicht, Sine«, antwortete ich, »schließlich reden wir noch miteinander.« Er blickte zu mir auf. »Du hast noch immer meinen Respekt, denn ich weiß, dass du nicht anders handeln konntest, als du es getan hast – nicht du hast das Bündnis zerschnitten, Metcalfe war es.«

Nestiir lachte auf. »Schön, wenn du es so siehst, Keleeze, träum weiter!«

Er sprang auf und machte ein paar Schritte auf mich zu. »*Das hier ist das Ende der Organisation, Keleeze!* Wir bekämpfen uns gegenseitig! Harkcrow würde sich im Grabe umdrehen, wenn er je eins bekommen hätte. Wir sind nicht weiter als vor eintausendzweihundert Jahren, nachdem er Dansope/Porton und Fisskjor/Miil erobert hatte. Wir zerfallen wieder in Königreiche – die Hülle der Organisation war nicht stark genug – *sein Plan hat nicht funktioniert!*«

Ich schwieg – überrascht von seinem Ausbruch.

»Oder glaubst du, es würde hier so aussehen, wenn es anders wäre? Glaubst du wirklich, die Hurerei eines einzigen Königs mit einer Kirchenmutter würde den Kern einer integeren Organisation so dermaßen zerreißen können, die nach den Prinzipien eines Harkcrow Treerose funktionieren würde?«

Er stand unmittelbar vor mir, einen Stiefel auf den Krallenfuß meines Anzugs gesetzt.

»Glaubst du das wirklich, Keleeze?«

Ich sah sein Bild im Holodisplay vor mir. Ich hätte an seiner Stelle stehen können. Wir waren ungefähr in einem Alter, er schien mir ein ausgezeichneter Offizier und Mensch.

»Sag dich los von Metcalfe, Sine, du bist hier verantwortlich, wir können es jetzt an dieser Stelle beenden, fünfzigtausend Tote sind bereits zu viel«, entgegnete ich schwach, seine Antwort bereits kennend.

Nestiir legte seinen Kopf in den Nacken, ging einen Schritt nach hinten und sah dorthin, wo sich die Kameras der Sensorenphalanx meines Anzugs befanden.

»Und das ist dein Ernst, Keleeze? Es gibt siebenundvierzig weitere Offiziere im Rang eines Merkanteers hier unter meinen Truppen. Jeder von ihnen könnte meine Position einnehmen und *müsste es sofort tun*!«

Er ließ sein Kinn hängen.

»Bitte töte mich, Keleeze. Ich ertrage es nicht, all das, wofür ich mehr als vierzig Jahre lang gelebt habe, zerstören zu müssen, töte Metcalfe und seine Hure, es gibt keinen, der es mehr verdient hat als er – aber verlange nicht, dass ich meine Truppen verrate.«

Raana sah mich im Display an. Er blies leise Luft aus den Wangen und schüttelte den Kopf.

»Das werde ich ganz sicher nicht tun, Sine. Ich rede mit all deinen Offizieren, solange ich damit einem weiteren Kampf aus dem Weg gehe – ich verstehe, wie du dich fühlst – gib der Situation eine Chance. Ich würde lieber mit dir und deinen Truppen der Urmutter einen Besuch abstatten, als hier auch nur noch einen weiteren Tag zu verbringen«, appellierte ich eindringlich an ihn.

Er stand zwischen Raana und mir, bediente sein Visier und trat von hinten an meinen Anzug heran.

»Das nennst du eine Stabile Situation?«, fragte er mich in einem Ton, der mir unmissverständlich mitteilte, dass hier etwas absolut nicht wie geplant verlief. Auf einem Nebendisplay konnte ich den kodierten Signalstrom verfolgen, den er in diesem Moment aus seinem Kommunikationsring absendete.

»Was ist das für eine Komponente an deinem Anzug, Keleeze?«, fragte er eindringlich, mir das Signal seines Visiers auf mein Holodisplay hochladend.

»Eine Überwachungsdrohne, Keleeze«, raunte Raana zerknirscht, nicht minder überrascht als ich, aber das half jetzt auch nicht. »Jemand will wissen, wo wir sind!«

Ein hochfrequenter Warnton schrillte in meinen Ohren, die Feuerleit-Komponente meines Kommandeur-Anzugs zeigte mir die Anflugdaten und Spezifika der anfliegenden Kampfdrohne.

»*Sine – halt dich fest, ich bringe dich hier weg!*«, schrie ich ihm zu.

Doch er hatte sich bereits entschieden, rannte zum nächstliegenden Ausgang der Halle, sein Körperschutzfeld auf maximaler Stärke aktiviert. Die Drohne holte ihn spielend ein – der Weg hinaus war viel zu weit. Mit meinem Anzug hätte ich ihn in Sicherheit bringen können, abwehren konnte ich die Drohne nicht, die Gegenmaßnahmen meines Anzugs waren im Übungsmodus blockiert – ich sah wütend zu.

Die Drohne detonierte in einem grellen Feuerball, Teile der Hallendecke und des Bodens mit zerstörend.

»*Nein!*« Ich war außer mir.

Das Bild eines Tempus materialisierte auf meinem Display.

»Ich habe entschieden zu helfen, Merkanteer. Die Abfälligen haben der Organisation entsagt, wir hatten Gelegenheit sie zu überraschen und haben ihre Kommunikation sowie die Tarnung der wichtigsten Stellungen ausgeschaltet. Ihr müsst den Angriffsbefehl geben!«, dröhnte die Stimme Oldo Merceers in meinen Ohren.

Ein Strudel des Zorns hatte mich erfasst. Fieberhaft brachte ich mein Denken zurück in eine logische Struktur. Ich hatte keine Wahl, musste den strategischen Vorteil der Situation nutzen – andere Leben retten. Ich würde ihn später zur Rechenschaft ziehen.

»Merkanteer Loncraane!«, rief ich den Kommandanten des Chrunus-Systems. Nur Sekundenbruchteile später sah ich in sein Gesicht, angespannte Ruhe schlug mir entgegen. »Wir greifen an. Kommunikation und Tarnung sind neutralisiert, wir haben eine ausgezeichnete taktische Chance!«

Er nickte starr. Sein Stab hatte mitgehört, sie würden in diesen Sekunden den Untergang über die Dominion-Truppen auf Chrunus II/C und /D bringen.

»Das muss schnell gehen, Keleeze!«

Neue Aufklärungsinformationen wurden meinem Anzug überspielt. Eine Wolke feindlicher Marker näherte sich von der Raumseite Chrunus I.

»Das bekamen wir unmittelbar vor deinem Anruf. Die Signaturen passen zu den neuen Informationen der Unsichtbaren Flotte. Demnach wären es Kirchentruppen – wir haben maximal eine Stunde, bevor wir unsere Kräfte umverteilen müssen.«

Meine Gedanken überstürzten sich. Raana flog an meine Seite und aktivierte die Waffensysteme meines Anzugs.

»*Keleeze*, der Tempus hat uns als Ablenkung benutzt!«, sagte er gepresst. »Er hat die Stabile Situation missachtet – das wird unabsehbare Folgen haben.«

Wir verließen die Halle, während sich die Displays meines Anzugs mit den ersten Statusmeldungen der angreifenden Schattentruppen füllten. In mir begann sich eine große Leere mit bitterem Zorn gegenüber Oldo Merceer zu füllen.

Der Tempus wartete einige hundert Kilometer entfernt über einem großen Krater, dessen Reststrahlung sich rasch dem ungefährlichen Bereich näherte. In zwei Kilometern Tiefe hatte ein Knotenpunkt der Kommunikationszentrale von Chrunus II/C gelegen, im Verteidigungsmodus für unsere Mittel eigentlich unerreichbar.

»Wir konnten einige Drohnen platzieren, Merkanteer«, empfing er mich. »Unsere Tarnfähigkeit übersteigt offensichtlich den gegenwärtigen Leistungsgrad Eurer Ortungssysteme. Ihre Aufmerksamkeit galt dem Gespräch zwischen ihrem Kommandeur und Euch.«

»Wenn Ihr alles mitgehört habt, Oldo Merceer, ist es Euch sicherlich nicht entgangen, dass wir eine Chance hatten, das Ganze ohne weitere Verluste beizulegen!«, sagte ich, nur mit

Mühe meine Stimme kontrollierend, »außerdem befanden wir uns in einer Stabilen Situation! Es gab Garantien!«

»*Er wollte Euch hinhalten, Merkanteer!*«, donnerte die Stimme des Tempus. »Habt Ihr die neuen Informationen über die anrückenden Kirchentruppen nicht erhalten? In einer Stunde wärt Ihr chancenlos gewesen. Nestiir hatte seine Möglichkeit sich zu ergeben – aber er vertat sie leichthin, bereits vor Tagen. Lasst uns kämpfen – es gibt unerledigte Aufgaben!«

Meine Sensoren meldeten mir den sprunghaften Anstieg der Umgebungstemperatur um mehrere hundert Grad, weiter steigend. Am Horizont standen unheilvolle, gelb-graue Wolken in Ambossform.

»Was ist los?«, fragte ich Raana, der nur den Kopf schüttelte, zum Zeichen, dass er über keine zusätzlichen Daten verfügte.

»Ein Bruder ist gestorben«, sprach Oldo Merceer rauh, »nicht nur Ihr müsst Verluste hinnehmen, Merkanteer, die Tempi haben soeben einen von sieben im Roten Nebel verloren!«

»Merkanteer, verschwindet da sofort, feindliche Schattentruppen in massiver Präsenz sind auf dem Weg in Richtung Tempus!«, meldete sich ein Stabsoffizier von Loncraane eindringlich auf einem Nebendisplay.

Wir waren bereits eingekreist. Ich hatte das taktische Schaubild der Schattentruppen vor meinem geistigen Auge. Eine Halbkugel aus Anzügen, über das Ziel gestülpt, im Zentrum ihr konzentriertes Feuer – bis zum Ende.

Aktuell befanden *wir* uns im Zentrum.

Meine Anzeigen signalisierten Zielmarker von wenigstens vierzig Kampfanzügen, mit steil ansteigender Energiebilanz, meine Tarnung war wirkungslos. Das Knattern der Ableitung überschüssiger Energie drang gedämpft durch die Nanostruktur des Panzeranzugs. Ein Blick in Raanas schweißbedecktes Gesicht zeigte mir, das ich die Dramatik der Situation noch unterschätzte. Die Temperatur außerhalb des Schutzfeldes glich sich immer schneller der inneren an. In weniger als vier Sekunden würden die Felder keine Energie mehr abgeben können und implodieren, wir konnten nirgendwo mehr hin fliehen.

»*Offiziere zu mir!*«, donnerte Oldo Merceer.

Eine Erschütterung traf mich, der Himmel färbte sich weiß.

Das zumindest zeigten die Displays meines Anzugs, bevor sie sich abschalteten. Die Außentemperatur schnellte für einen Moment auf über zehntausend Grad, bevor sie auf zweitausend zurücksank und auch danach weiter abfiel.

Der Ohrhörer meldete nur statisches Rauschen, meine Haut brannte, meine Augen tränten. Ein starkes Trockenheitsgefühl im Hals signalisierte mir hohe Makrobot-Aktivität, ich trank einen halben Liter heißes Meridonwasser und danach noch einen. Alle Sensor-Phalangen meines Kommandeur-Anzugs waren ausgefallen, ich war blind und taub. Die Anzeigen des Not-Displays bestätigten mir die hohen Strahlungswerte, die ich zu fühlen glaubte, und ließen mich davon Abstand nehmen, den Anzug manuell zu öffnen. Immerhin stand ich noch aufrecht, eine Druckwelle schien es nicht gegeben zu haben.

Die Anzug-KI begann zum dritten Mal mit der Initialisierungs-Sequenz und hatte endlich Erfolg. Die Temperatur im Anzug begann merklich zu fallen und die Sensoren fingen an, wieder Daten zu liefern.

Ich stand am Fuße eines seichten Kraters von vierhundert Metern Durchmesser. Um mich herum war ein kreisrunder Trümmerwall von einigen Metern Höhe und vielleicht fünfzig Metern Durchmesser. Der Radar-Horizont im Umkreis von zehn Kilometern war fast leer, aus Osten flogen vier Einheiten der Schattentruppen auf meine Position zu. Alle Angreifer waren verschwunden, der Tempus flog langsam einen Kreis über dem Kraterrand.

»Das Kaliber hätte ich auch gern«, ächzte Raana in meinem Kopfhörer. »Ich dachte schon, das war's.«

»Ich werde gebraucht, Merkanteer!«, melde Oldo Merceer sich knapp ab und verschwand von meinem Display.

Das Statusdisplay zeigte eine stark abnehmende Gefechtstätigkeit in dieser Region des Planeten – die Tempi waren erschreckend effektiv und hatten neben der überragenden

Tarntechnologie bemerkenswerte Drohnen in ihrer Ausrüstung. Vier der Tempi waren tief in die besetzten Basen eingedrungen und lieferten sich mörderische Gefechte mit einer schier überlegenen Anzahl von Gegnern, während ich verblüfft auf dem Display zusah.

»Das ist unglaublich, Keleeze, diese Feuerkraft leisten unsere Anzüge nicht einmal ansatzweise«, raunte Raana mir zu, als wir uns bereits wieder hoch in der Atmosphäre befanden und ich die Ziel-Priorisierung der Schattentruppen justierte.

»II/D hat kapituliert, Keleeze!« Die gesprochene Statusmeldung von Merkanteer Loncraane sickerte in mein Bewusstsein, die Marker des Mondes verwandelten sich in loyale Marken, während ich den Preis für diesen Teilsieg auf einem separaten Visierausschnitt zu sehen bekam: Ein Tempus hatte sich in der Kommunikationszentrale selbst zerstört und dabei einen vierzig Kilometer durchmessenden Krater geschaffen, der gegenwärtig weitreichende vulkanische Aktivitäten auf dem Mond auszulösen begann. Ich schaltete auf Außensicht und zoomte den betreffenden Bildausschnitt heran. Eine gigantische Wolke aus verdampftem Gestein begann in den oberen Atmosphäreschichten zu kondensieren wie ein braun-graues Leichentuch, das über den Planeten gedeckt wurde. Die Meldung enthielt keine Hinweise auf die Anzahl der gefallenen Schattentruppen - ich kannte die Basis und erwartete sie in fünfstelliger Höhe - ein Schaudern überlief mich. Auch wenn die Offiziere jetzt der gegnerischen Seite angehört hatten - im Geiste waren sie immer noch meine Brüder.

»Systemtriebwerke im Anflug, Merkanteer!« Ein Feuerleitoffizier hatte mich und Raana auf einen Rendezvous-Kurs mit einer Abteilung Schattenoffiziere gebracht, um mich für den bevorstehenden Raumkampf vorzubereiten.

»Merkanteer, Kontakt zur ersten Welle der Kirchentruppen in ungefähr sieben Minuten, Flaggschiff der Angreifer hält sich im Hintergrund«, meldete mir der Certeer meiner neuen Leibgarde.

Mein Anzug verriegelte sich unterhalb der nach vorn geöffneten Sichel des Systemtriebwerks, dessen Oberfläche wie die Haut eines an einer längst ausgestorbenen Seuche leidenden Kranken von unförmigen Beulen und Blasen überzogen war. Meine Feuerkraft hatte sich soeben um ein Vielfaches verstärkt. Die Aufklärungskomponenten meines Anzugs fügten sich in dafür vorgesehene Nischen und mein Visier zeigte mir jetzt die typischen Navigationsleisten eines Jägercockpits.

»Die Tempi übernehmen, wie es aussieht, das Schlachtschiff am rechten Flügel«, kommentierte mein Feuerleitoffizier Bilder von Aufklärungsdrohnen, die sich fortsetzende Explosionen im zentralen Rumpf eines langgestreckten Kampfschiffes zeigten.

»Merkanteer, die Kirchentruppen versuchen Kontakt zu den Basen auf II/C zu bekommen, offensichtlich werden sie erwartet.« Loncraane wirkte unzufrieden. »Die Tempi haben da unten ganze Arbeit geleistet, ohne deren Unterstützung säßen wir böse zwischen den Fronten. Versucht ein Durchbrechen schwerer Waffen in Richtung II/C zu verhindern, dann können wir den Kampf dort in Kürze beenden und euch volle Unterstützung für den Angriff auf das Flaggschiff leisten.«

Ich sendete mein Signal für meine Zustimmung. Unsere Taktik war definiert. Es hatte keine Warnung der Kampfstationen gegeben, welche das Chrunus-System am Sprungpunkt bewacht hatten. Das bedeutete, sie waren überrannt worden. Die Gegner waren damit sehr ernst zu nehmen. Wir würden ihre zahlenmäßige Unterlegenheit nicht als Schwäche, sondern als Berechnung auslegen und entsprechend defensiv verfahren – bis wir wussten, wie unsere Waffen auf sie wirken würden. Testangriffe waren bereits in der Ausführung, verbesserte Varianten aufgrund der Informationen der *T3* aus dem Enchrome-System, welche uns der Adjutant Treeroses übermittelt hatte.

Die Kirchentruppen kamen als Wolke auf Chrunus II/C zu, es wäre keine gute Idee, sie von innen anzugreifen. Massive Einheiten der Schattentruppen waren auf dem Weg, hinter die Wolke zu kommen, um den eingedrungenen Feinden die Rückzugsmöglichkeit zu nehmen.

»Ein Schlachtschiff weniger!«, raunte Raana mir verblüfft zu, »ich bin froh, dass die auf unserer Seite sind.«

Ich wechselte die Anzeigen des Hauptvisiers und sah die rasch abkühlende Implosionswolke sowie die Ränder der von ihr ausgehenden Gammastrahlenkugel, die uns in wenigen Sekunden erreichen würde.

Meine Anzug-KI verstärkte die Felder und drehte das Systemtriebwerk während des Fluges, so dass mein Anzug keinem direkten Kontakt zu der mit Lichtgeschwindigkeit heranrasenden Strahlung ausgesetzt sein würde.

Ich dirigierte mehrere der schweren Kampfverbände um, wir hatten jetzt einen Schwachpunkt, an dem wir ansetzen konnten.

»Die Tempi greifen das Flaggschiff an, Keleeze!«

Die Meldungen der Schattentruppen waren differenziert. Zwei Zerstörer-Verbände der Nova-Klasse sendeten Evakuierungssignale. Kampfdrohnen unbekannten Typs zerstörten die Schiffe von innen heraus und waren nur schwer zu stellen. Einzelgefechte versuchten die Kirchentruppen dagegen zu vermeiden, unsere Zerstöreranzüge mit den Kampfdrohnenaufsätzen wirkten nach ersten Konfrontationen verheerend auf sie.

»Oldo Merceer«, rief ich den Sole-Sourcer, »wir benötigen die kommandierenden Kirchenritter nach Möglichkeit lebend!«

Zur Antwort erhielt ich die Projektion einer wandelnden Sonne inmitten eines Schiffes – wahrscheinlich das Flaggschiff der Angreifer. »Das ist ohne Gefährdung eines Bruders nicht möglich, Merkanteer. Wir müssten unsere Felder abschalten«, ertönte der dröhnende Bass des Tempus.

»Dann überlasst sie uns. Es ist sehr wichtig, sie zu verhören!«, erwiderte ich nachdrücklich und sendete nach kurzem Zögern mein Befehlssignal hinterher.

»Das ist ein Himmelfahrtskommando, Keleeze!« Merkanteer Loncraane schüttelte den Kopf. »Wir haben sie eingeschlossen, und sie erleiden Verluste, die deutlich höher sind als unsere eigenen. Wenn sie ein Ziel hatten, muss ihr Kommandant jetzt einsehen, dass er es nicht erreichen wird.«

Das Bild einer weiteren Gammastrahlenquelle erschien zwitschernd auf meinem Visier. Die Anzug-KI drehte ein weiteres Mal ab und änderte den Kurs auf das verbliebene Schlachtschiff an der jetzt ungeschützten linken Flanke.

»So viel zu deinem Befehl bezüglich des feindlichen Kommandanten«, kommentierte Raana befremdet die Implosion des Flaggschiffes, »für jeden Offizier der Schattentruppen wäre das das Ende seiner Laufbahn gewesen!«

»Holen wir uns den Marker!«, antwortete ich und setzte die entsprechenden Befehle an meine Offiziere ab. *»Ich will da keinen Tempus sehen!«* Das war im Moment mindestens unhöflich gegenüber Oldo Merceer - auf dem allgemeinen Kanal - doch ich konnte mir jetzt keine Diskussion mit ihm leisten.

Das Kirchen-Schlachtschiff war neu. Ich kannte weder sein abgeflachtes Design noch die Signaturen der verwendeten Schildgeneratoren oder Triebwerke. Sämtliche Begleitschiffe waren ausgedockt und bildeten zusammen mit speziellen Schilddrohnen einen vorgelagerten Schildwall mit einem Zweihundert-Kilometer-Radius um das Schiff, der durch Beschuss bereits stark penetrierte Sektoren aufwies.

Die Primärbewaffnung des Schlachtschiffes feuerte von innen durch den Schildwall und jeder Impuls zerstörte eine unserer leichteren Einheiten, die sich näher als eine Lichtsekunde heranwagte.

Die Schlacht-Certeers bereiteten bereits den Überraschungsangriff vor. Unzählige Kampfdrohnen, als Einzelobjekte uninteressant für das Feuerleitsystem des Schlachtschiffes, positionierten sich auf der sonnenabgewandten Seite.

Mein Drohnendetektor fiepte. »Da kommt was, Siir!«, meldete sich zeitgleich der Certeer meines Begleitschutzes. Sämtliche Kampfdrohnen meines Anzugs starteten automatisch und stürzten sich auf die Angreifer - vergeblich. Wenigstens eine der Kirchendrohnen durchschlug die Schilde des Systemtriebwerks und fraß sich durch die Haut. Nur Sekunden vor der Explosion der Sichel katapultierte die Anzug-KI mich aus der Halterung und zerstörte die auf der Innenseite des Triebwerks herausbrechende Drohne mit einem doppelten Impuls der Anzug-Disruptoren.

Raana und den meisten meiner Offiziere erging es nicht anders – zwei schafften es nicht.

»Weiter!«, befahl ich durch zusammengebissene Zähne. Ich fühlte mich zurückversetzt in die Zeit der ersten Drohnenkriege. Kleine Drohnen bekämpfen Schiffe und werden von noch kleineren Abfangdrohnen neutralisiert – solange, bis die angreifenden großen Drohnen kleine Abwehrdrohnen dabeihaben, die von noch kleineren Abfangdrohnen der eigentlichen Abfangdrohnen neutralisiert werden – und so weiter.

Die Königreiche hatten vor Jahrhunderten daraus gelernt, diesen Kämpfen auszuweichen und Drohnenkriege geächtet. Die Kirche hatte dieser unausgesprochenen Abmachung nun entsagt.

Meine Schilde ertrugen zwei Drohnenimplosionen pro Hundertstel-Sekunde in einem Segment, ohne Einbußen der Feldstärke. Die autarken Kampfdrohnen fingen ungefähr ein Drittel der angreifenden Drohnen ab, die Laser meines Anzugs gut drei Viertel des Rests. Trotzdem kamen noch zu viele der Angreifer durch, meine Schilde näherten sich ihrer Kapazitätsgrenze allein beim Zusehen.

»*Wir müssen rein!* Meine Drohnen sind –« Die Stimme des Certeers meines Begleitschutzes brach ab. Die Strahlungswelle seines implodierenden Feldes gab uns etwas Zeit, sie vernichtete ein paar hundert der angreifenden Objekte – nicht genug.

»Merkanteer, die Drohnen orten die Schwerkraftwellen der Trägheits-Repulsoren der Anzüge. Die Tarnung funktioniert an und für sich, die Schiffe sehen die Kampfanzüge nicht, sie interpolieren Eure Positionen aus den Sensordaten der Drohnen – an alle: schaltet die Reps ab!«

Dieser Hinweis des Feuerleitoffiziers ließ mich zweifeln.

»Es funktioniert, Keleeze – *tu es!*«

Raanas Schrei im Ohr, deaktivierte ich die Repulsoren und bereitete mich auf eine Welle der Übelkeit vor. Die Anzug-KI passte ihre Flugmanöver der neuen Situation an. Ohne Trägheits-Repulsoren und bei der gegenwärtigen Geschwindigkeit, würde jede scharfe Kursänderung meinen sofortigen Tod bedeuten, die Fliehkräfte würden mich zerreißen.

»Die Drohnen sind weg, mein Anzug ist wieder klar!«, meldete Raana begeistert.

»Achtet darauf, die Reps rechtzeitig vor Kursänderungen zu reaktivieren, Offiziere!«, kam der gut gemeinte Rat des Feuerleitzentrums auf mein Display.

»Danke, Hightenent, das kam zur rechten Zeit«, antwortete ich. »Alten Kurs, Offiziere, wir landen an den markierten Punkten, wann startet der Überraschungsangriff?«

»In zwei Minuten, Siir.«

Das Schlachtschiff war nun wieder drei knappe Flugminuten entfernt, der vorgelagerte Schildwall wies bereits Lücken kollabierter Feldsegmente auf. Um da durchzukommen, mussten wir manövrieren, die Repulsoren reaktivieren, Kurs korrigieren und sie wieder deaktivieren, das Ganze sieben Mal.

Nach der fünften Kurskorrektur begann der Ablenkungsangriff auf der entgegengesetzten Seite des Schiffes. Die kleinen Kampfdrohnen konzentrierten sich auf zwei Einheiten des Schildwalls und annihilierten diese bei ihrem selbstzerstörerischen Angriff. Dadurch fielen schlagartig zehn zusammenhängende Segmente des Schildes aus. In den folgenden vier Sekunden feuerten sechs Nova-Zerstörer durch diese Lücke je acht Salven und zerstörten die Antriebssektion des Schlachtschiffes vollständig. Während sie ihr konzentriertes Feuer auf die Einheiten des Schildwalls schwenkten und schwere Sekundärexplosionen durch das Schiff wanderten, landete ich mit Raana und den verbliebenen vier Offizieren auf seiner gegenüberliegenden Seite. Eine aufgeplatzte Stelle der Schiffshaut, groß genug, um mit der Gmersink dort hindurch zu fliegen – gäbe es sie noch –, diente uns als Zugang.

Der Beschuss der Nova-Zerstörer hatte das Kirchen-Schlachtschiff fast in zwei Teile getrennt. Zu meiner Rechten befand sich das glühende Heck mit der ehemaligen Antriebs- und Sprungsektion, zu meiner Linken der teilweise noch intakte Teil. Das Vakuum des Raumes hatte die größten

Brandherde gelöscht, einzelne Lichtbögen verteilten funkensprühend Restspannungen des einstigen Systemtriebwerkclusters an Massepole der sonst elektrisch neutralen Schiffshaut.

Innenansichten und Deckspläne erschienen auf meinem Visier. Aufklärungsdrohnen drangen in den noch intakten Teil vor und markierten potentielle Ziele.

Ich sprengte den Drohnenaufsatz und meine Kommunikationsausrüstung vom Anzug ab, um mehr Bewegungsfreiheit in den Gängen zu haben, und folgte Raana und einem weiteren Offizier entlang einer von den Drohnen auf unseren Visieren markierten Linie durch aufgerissene Schotte und Gänge in Richtung Bug. Die anderen drei Offiziere folgten einem parallel verlaufenen Kurs gut einhundert Meter von uns entfernt. Acht weitere Gruppen von Schattenoffizieren waren mittlerweile an unterschiedlichen Stellen in das Schiff eingedrungen und entlasteten unser Vorrücken in Richtung auf die von den Drohnen identifizierte Brücke.

Wir trafen auf zum Teil heftige Gegenwehr, zerstörten im Verlauf der Kämpfe weiträumig den von uns durchquerten Teil des Schlachtschiffes, bis wir - mittlerweile in engem Kontakt zu drei weiteren Gruppen - aus vier Richtungen gleichzeitig die Brücke erreichten.

»II/D hat kapituliert, Keleeze. Ihr habt das letzte Schiff. Wir fangen an, aufzuräumen, macht es kurz!« Merkanteer Loncraanes Nachricht verlieh mir die notwenige Ruhe für das vor mir liegende Verhör.

Die ellipsoide Brücke lag in vollkommener Dunkelheit. Alle Systeme waren ausgefallen oder von unseren Einheiten abgeschaltet worden, um eine Selbstzerstörung zu verhindern. Sämtliche Drohnen der Kirchentruppen in diesem Teil des Schiffes waren eliminiert worden - meine Anzugsensoren zeigten nur unsere eigenen Marker.

Im hinteren Brennpunkt des ellipsoiden Raumes befand sich ein großes Podest, mit mehreren konzentrischen Stufenringen in Form der ineinander verschränkten Doppelsicheln der Nebelwelten. Im Mittelpunkt der hinteren Sichel befand sich eine überlebensgroße Statue, in dem der vorderen ein Kommandosessel. Davor stand eine zierliche junge Frau mit langen schwarzen Haaren in roten Kirchengewändern, umgeben von einem lokalen Kraftfeld, das sie auch mit Atemluft versorgte, und neun Kirchenrittern am Fuße der untersten Stufe, regungslos in ihren dunkelroten Raumanzügen verharrend - das Beste, was sie in der gegenwärtigen Situation tun konnten, um ihr Leben zu retten.

Raana hatte für den Transport einen Retter angefordert - wir würden keinen Kirchenritter in seinem Anzug auf eines unserer Schiffe bringen.

Nur die drei Offiziere meines Begleitschutzes, mein Adjutant und ich waren auf der Brücke, die anderen blieben unsichtbar und begannen bereits mit Absetzmanövern. Mein Visier signalisierte mir die Ankunft des Retters in wenigen Minuten, eine Expeditionsdrohne ebnete ihm den Weg in das Innere des Schlachtschiffes.

Die Kommandantin rührte sich nicht, ihr Blick hing an meinem Anzug und zuckte nur manchmal unruhig umher, wenn der Lärm der Schneidlaser der näherkommenden Expeditionsdrohne zu ihr drang.

»Euer Name, Mutter?«, sprach ich sie nach einigen Minuten Wartens über die Schallprojektoren meines Anzugs an.

»Aphera 4., Schattenoffizier«, antwortete sie mit überraschend kräftiger Stimme, die zum Ende in dem Lärm der durchbrechenden Expeditionsdrohne unterging, in deren Gefolge der Retter an meinen Anzug heran manövrierte, einen Atmosphärenschild über der Gruppe der Kirchenoffiziere errichtete und seine Schleuse öffnete.

»Ich bin Merkanteer Keleeze, aus dem Königreich Treerose/Restront. Ich habe in diesem System die Befehlsgewalt, Mutter. Eure Ritter müssen die Anzüge verlassen und die Fähre besteigen, andernfalls werden sie sterben!«

»Mein Primus und meine Garde werden ohne mich nirgendwo hingehen, Sohn. Ihnen liegt sowenig an einem Leben in Schande wie mir selbst. Ich wollte sehen, wer mit den verabscheuungswürdigen Tempi zusammenarbeitet - das habe ich nun und werde mein Leben auf einer anderen Ebene fort-*ahh!*«

Raana hatte einen Sprung direkt neben sie ausgeführt. Die Durchdringung ihres lokalen Kraftfeldes mit dem wesentlich massiveren Schutzfeldes seines Anzugs hatte das Kollabieren des schwächeren bewirkt und der Kommandantin einen schweren elektrischen Schlag versetzt. Sie lag jetzt zusammengesunken zu den Krallenfüßen von Raanas Anzug.

Wie ein Mann drehten sich alle Kirchenritter zu ihm und eröffneten das Feuer aus ihren Lasern.

Die Feuerleit-KI meines Anzugs, wie auch die der anderen Offiziere in meiner Begleitung, hatte keine Schwierigkeiten damit, diesem Angriff ein Ende zu bereiten.

»Kannst du das erklären?«, fragte ich ihn mit verhaltenem Sarkasmus.

»Sie hätte sich umgebracht, Keleeze. Diese Kirchenfrauen sind vollgestopft mir Körpergiften und möglicherweise mit einem Gehirnimplantat, das mit Gedankenkraft zu zünden ist. - Du weißt das!«

Er hatte recht. Ein mobiler Regenerator kam aus dem Retter, flog zu Raana, hob die Frau mit seinen Antigrav-Modulen in sein Inneres und kehrte in das Rettungsschiff zurück, das sich daraufhin langsam aus dem zerstörten Schlachtschiff der Kirche zurückzog.

»Dann bleibe bei ihr und begleite den Retter zurück nach Chrunus-Center, Raana.«

»Gut gemacht, Offiziere!«, sagte ich zu allen auf dem offenem Kanal. Meinen Blick ließ ich über die toten Kirchenritter der Garde Apheras gleiten. Ihr Tod war vollkommen sinnlos gewesen - wie der aller anderen Gefallenen in diesem System auch.

»Ich denke, wir sind hier fertig.«

Das Bild Merkanteer Loncraanes erschien auf einem Nebenvisier.

»Alle abgefallenen Truppenteile haben kapituliert, Keleeze. Wir haben keinerlei feindliche Marken mehr auf den Sensoren, Kontrolleinheiten sind zu Überprüfungsmissionen gestartet, geplant sind jetzt drei Tage, bis wir formal für das Chrunus-System Entwarnung geben können.«

Ich entspannte mich innerlich, nahm das beständig stärker werdende Brennen in meinem Hals endlich zur Kenntnis und trank das immer noch warme Meridonwasser.

Das aggressive Blinken des Alarmsignals auf meinem Hauptvisier lenkte meine Aufmerksamkeit auf eine bereits abkühlende Explosionswolke nur wenige Tausende Kilometer vom Wrack des Kirchen-Schlachtschiffs entfernt.

Eine Welle der Panik durchlief mich - Aphera, der Retter, *Raana!*

Meine Anzug-KI hatte keinerlei Daten seines Lebenserhaltungssystems empfangen.

Mein Unterbewusstsein hatte mir augenblicklich mitgeteilt, dass er tot war - tot sein musste.

Raana war in seinem Anzug durch die Explosion aus dem Retter geschleudert worden, ich hatte ihn Sekunden später eingefangen, hatte die großflächigen Deformationen an den nahezu unzerstörbaren Nano-Oberflächen des Anzugs bemerkt, war mit ihm auf das nächstliegende Atmosphärendeck eines Schattentruppen-Schiffes geflogen, hatte das hartnäckige Fiepen meines Lebenserhaltungssystems ignoriert, meinen Anzug geöffnet und mich hinauskatapultiert.

Erst dann registrierte ich den durch schwere Kämpfe an Bord des Schiffes geschmolzenen und gerade wieder erstarrten Decksboden, überzogen von heißer Ceramit-Schlacke, atmete verpestete, glühende Luft.

Mein Denken reagierte unendlich langsam, meine Fußsohlen waren bereits verbrannt, bevor ich mich selbst erinnerte, den Körperschutzschild zu aktivieren, während ich auf Raanas heißen Anzug kletterte, mir dabei die Haut von den bloßen Händen tropfte.

Ich registrierte Systemtriebwerkgeräusche im Hintergrund – Offiziere kamen, schrien mich über die Schallprojektoren ihrer Anzüge an – ich verstand nicht, was sie sagten.

Meine brennenden Finger öffneten die Abdeckung des Statusdisplays von Raanas Anzug. Alle Kurven waren auf Null. Die Temperatur im Inneren betrug mehrere hundert Grad. Ich sank verzweifelt auf dem Anzug zusammen, wurde von anderen hochgerissen – *mein bester Freund war tot.*

Seine Weisheit hatte meinen Genesungsprozess in den vergangenen fünfundzwanzig Stunden persönlich überwacht und dabei mein Makrobot-System überholen lassen.

Die bleierne Schicht von Trauer über den Verlust von Raana lähmte mein Denken. Hud Chitziin spürte das und respektierte es für eine gewisse Zeit.

»Es war meine Schuld, Hud«, sagte ich leise zu ihm, nachdem der Regenerator mich ausgespuckt und ich das Makrobot-Gel aus meinen Lungen gewürgt hatte.

Er erwiderte darauf nichts, wartete auf eine Erklärung.

»Ich habe ihm befohlen, Aphera zu begleiten«, fuhr ich fort, das dumpfe Hämmern in meinem Kopf ignorierend. »Er hatte recht mit der Vermutung, sie könne über eine autarke Selbstzerstörungseinrichtung verfügen, Hud, er hat mich direkt vorher darauf hingewiesen!«

Ich stützte mich mit beiden Händen auf einem Geländer ab, ließ die Reste des Makrobot-Gels von meinem Körper aufnehmen. Die neue Haut unter meinen Füßen und an meinen Händen fühlte sich weich an. Unsere Blicke trafen sich – er schüttelte den Kopf.

»Es war keine Explosion, mit der die Kirchen-Offizierin irgendetwas zu tun hatte, Siir, jedenfalls war nicht sie es, die explodiert ist.«

Das Hämmern in meinem Kopf verschwand. Ich richtete mich ruckartig auf, meine Haare fielen mir ins Gesicht.

»*Was meint Ihr?*«

Er sah mich ernst an. Sein persönliches Holodisplay aktivierte sich.

»Merkanteer Loncraane erhielt vor ein paar Stunden Auswertungen aller Sensoraufzeichnungen der betreffenden Sekunden vor der Explosion. Hier sind sie.«

Ich sah die Gefechtssektorenübersicht mit dem Kirchen-Schlachtschiff in der Mitte. Aus einer aufgerissenen Stelle im Bug-Bereich kam der Retter und beschleunigte.

»Beachtet die Marker-Anzeigen, Siir«, sagte Seine Weisheit, unterbrach die Aufzeichnung und deutete auf einen nur schwach zu sehenden Bereich im Display.

Für den Bruchteil einer Sekunde flackerte dort ein zusätzlicher Marker, erst in der Farbe der verbündeten Einheiten, wechselte dann in die Farbe des Gegners und verschwand wieder. Genau zeitgleich explodierte der Retter in einem halbkugelförmigen Blitz, welcher die Aufzeichnung schlagartig beendete.

»Habt Ihr es bemerkt, Siir?«

»Ein versprengter Kirchen-Offizier?«, vermutete ich.

»Seht noch einmal hin!«

Wieder die Situation vor der Explosion. Hud Chitziin verlangsamte die Aufzeichnung extrem. Der neue Marker erschien.

»Das ist der Marker eines getarnten Objektes. Die Aufklärungsdrohne, von der diese Aufzeichnungen stammen, hat es erst entdeckt, als es unmittelbar neben ihr auftauchte – und wahrscheinlich auch nur, weil es einen massiven Disruptorstoß auf den Retter gefeuert hat – worauf die Drohne es als feindlich markiert hat – bis es wieder hinter seiner Tarnung verschwand.«

»*Ein Tempus?*«

»Wir haben das Ladungsmuster des Disruptorentreffers mit nachweislichen Treffern der Tempi aus den zurückliegenden Kämpfen verglichen. – Es ist identisch. Es war ein Tempus – ob es Oldo Merceer selbst war, kann ich nicht sagen.«

»Wo sind sie jetzt?«

»Insgesamt vier der Tempi wurden in den Kämpfen vernichtet, zusammen mit noch einmal vierzehntausend loyalen Offizieren der Schattentruppen und zweiunddreißigtausend der Dominion-Einheiten. Zwei von ihnen zerstörten sich nach verlustreichen Schlachtzügen inmitten der Kommandozentralen auf II/C und /D selbst. Danach ergaben sich die übrigen Offiziere.«

Er reichte mir einen schwarzen Ring – Raanas Waffenring.

»Von Oldo Merceer und seinen beiden Begleitern haben wir keine Spur mehr«, er nickte zum Display hinüber, »nach der dort!«

Ich hielt den Ring in der linken Hand, wie ein letztes Andenken.

»Es ist sinnvoll herauszufinden, warum der Tempus eine Befragung von Aphera verhindern wollte. Vielleicht könnt Ihr das klären, wenn Ihr dem Sole-Sourcer das nächste Mal begegnet, Keleeze.«

Roter Nebel, Nebelwelten, Enchrome
30397/1/39 SGC
17. November 2014

Ruf Astroon

Speer war vor Stunden gestorben, er selbst hatte schwere Strahlenschäden abbekommen. Zaguun noch weit schwerere, er würde diesen Tag nicht überleben. Er war so sehr verbrannt, dass Kooi, mit ihren Tränen kämpfend, entschieden hatte, ihn in seinem Anzug zu lassen. Seine Makrobots waren verbraucht, die wenigen, welche die Strahlung überstanden hatten und noch über Reserven verfügten, unterdrückten die Schmerzen, eine Regeneration erfolgte nicht mehr, die Makrobotfabriken hatten ihren Betrieb eingestellt.

Ruf wischte sich den Schweiß von der Stirn – mit der linken Hand, der rechte Arm war seit der letzten Angriffswelle gefühllos.

Ad Rogue hatte sie gerettet – wenn man es so bezeichnen wollte – Ruf kam es eher wie eine Verlängerung ihrer Leiden vor.

Die Zugangskontrolle am unteren Ende des Fallschachtes hatten die Angreifer auch nach elf Tagen ununterbrochener Angriffe nicht überwinden können. Die unglaublichen Temperaturen dort drinnen hatten zum Ende die gut dreißig Meter dicke Wand teilweise transparent werden und Teile des darüber liegenden Schachts einstürzen lassen. Doch hatte die Modulation des Materials standgehalten. Die resultierenden Strahlungswerte hatten ihr Schicksal beinahe besiegelt. Seit gestern, nach einem unerwarteten Abflauen der Angriffe, hatten sie isoliert hinter der dreifachen Blendenabschottung im elliptischen Archivraum der einstigen Kommunikationszentrale verbracht, langsam aber stetig die letzten Lebensmittelreserven ihrer Anzüge verbrauchend, in einem permanenten Dämmerzustand zwischen totaler, lebensbedrohender Erschöpfung und Fürsorgepflichten gegenüber Zaguun.

Die Luft in dem ellipsoiden Raum war dünn, die Temperatur sank nicht unter fünfzig Grad - sie waren gefangen. Ohne jede Kommunikation. Mehr als fünfzig Kilometer tief unter der Oberfläche hinter einem strahlenverseuchten Tor am unteren Ende eines lotrechten Schachtes, der wenigstens über zweihundert Meter mit Trümmern geschmolzenen Materials gefüllt war - ohne Berücksichtigung möglicher Gegner in unbekannter Anzahl im oberen Teil der Anlage und im übrigen Enchrome-System.

»Angreifer nähern sich wieder!«, meldete Ad Rogue.

Der Tempus-Übermensch drehte sich in Richtung des inneren Blendentors, seine Waffensysteme aktivierend.

Kooi warf Ruf einen resignierenden Blick zu, sprang von Zaguuns geöffnetem Anzug auf den Boden und lief erschöpft zu ihrem eigenen, den sie mit letzter Kraft bestieg und verriegelte.

Ruf überprüfte seine Visierdaten. Es war nichts zu erkennen. Die Strahlungsintensität dort draußen war so unglaublich hoch, dass außer einem nivellierenden Rauschen keinerlei Einzelheiten hinter den Blendentoren zu erkennen waren.

»Was seht Ihr, Herrscher?«, fragte er den Tempus, während Kooi und er seitlich versetzt hinter dem Cyborg Aufstellung nahmen.

»Etwas versucht die Wand des Eingangsbereichs zu remodulieren, Adjutant - eine hochentwickelte Technologie.«

Die reine Verkündung der Sachlage, in der emotionslosen Betonung des Tempus, versetzte Ruf einen Schlag.

»Das wäre in jedem Fall unser Ende, Siir. Die Strahlung ist außerhalb noch um ein Vielfaches intensiver«, sagte Kooi müde auf dem internen Kanal. *»Wir müssen das verhindern, Herrscher«*, fügte sie für den Tempus hörbar hinzu.

In einer untypischen, nahezu menschlichen Geste drehte sich der Oberkörper Ad Rogues zu ihrer Seite. Seine Sensorenphalanx scannte ihren Zerstöreranzug. »Ihr solltet die restliche Energie des Anzugs Eures Kameraden übernehmen, Siira - er wird ohnehin sterben. Damit hättet Ihr eine bessere

Chance – wenn ich in wenigen Augenblicken diese Tore öffne.«

Ruf sah Koois bestürztes Gesicht im Display – als sie diese Konsequenz ihres Vorschlags vernahm. Er ließ für einen Moment den Kopf hängen. Der Tempus hatte recht. Es gab für diese Situation einen speziellen Befehl in der Kommandostruktur der Schattentruppen – für Situationen, in denen die Information wichtiger war als der Überbringer.

»Tu es, Kooi!« Zaguuns Worte waren nahezu unverständlich, sein geschundener Körper quälte sich. »Ich kann nich', – bin so schwach.«

Mit zusammengebissenen Zähnen aktivierte der Rothaarige die Befehlssequenzen für Zaguuns und Koois Anzüge und befahl seiner Anzug-KI die Ausführung.

»*Nein, Siir – bitte nicht!*«, flehte die junge Frau, als ihr Anzug sich in Bewegung setzte und neben dem von Zaguun aufsetzte.

»Kooi, du wirst sonst in wenigen Augenblicken sterben – ich kann das allein nicht schaffen!«

»Dann lasst seinem Lebenserhaltungssystem *wenigstens eine Stunde* – wenn wir dann noch leben, können wir ihn retten!«

Ruf unterbrach den Energietransfer zwischen den Anzügen – es war sowieso alles egal.

»Danke, Siir!«

Er glaubte körperlich die heraufschnellende Temperatur zu spüren, als draußen die Wand der Zugangskontrolle nachgab. Die Luft im Archivraum begann zu flimmern. Seine Anzeigen registrierten jetzt mehr als eintausend Grad Umgebungstemperatur, schnell steigend.

»Der Angreifer ist eingedrungen, Adjutant, macht Euch bereit«, kam zeitgleich die Information Ad Rogues.

Die Sensoren von Rufs Anzug vernahmen die Vibrationen, als das erste der drei Blendentore penetriert wurde, nach wenigen Minuten brach es zusammen, gefolgt von einem unmittelbaren Temperatursprung auf nahezu zweitausend Grad. Das zweite fiel weitere fünf Minuten später. Das Schutzfeld seines Anzugs zeigte erste Verfärbungen, als die Temperatur in Richtung zweitausendfünfhundert Grad sprang. Eine Bewegung im Hintergrund des Raumes ließ seinen Anzug herumwirbeln - die Kampfanzüge der Kirchenritter stürzten, ungeschützt von Energieschilden, schmelzend in sich zusammen. Im Unterbewusstsein registrierte er Koois keuchenden Atem und holte sich ihre Anzugdaten auf den Schirm. *Da stimmte etwas nicht!*

Er drehte sich um und erkannte den Grund. Sie hatte das Schutzfeld ihres Anzugs auf den von Zaguun erweitert - den erhaltenen Energietransfer neutralisiert.

»Angreifer bricht durch, bereit, das Feuer zu eröffnen!«, dröhnte der Befehl des Tempus in seinem Anzug.

Sekunden vergingen - wurden zu einer Ewigkeit - doch das Innerste der drei Blendentore fiel nicht.

»*Identifizierung erforderlich!*«, drang eine altbekannte Stimme an Rufs Ohr. Auf seinem Visier erschien das Symbol der *T3*.

»Ruf Astroon, Codesignal folgt - schön, dass du wieder da bist, *T3*«, sagte er überwältigt und mit letzter Kraft: »*Rette uns!*«

»Identifizierung bestätigt, Certeer. *T3* meldet sich zurück. Retter unterwegs. Verstärke Strahlenschutzschilde.«

»Wie - ?« Ruf schüttelte zur Antwort auf Koois Frage nur den Kopf. Ihre Anzugdaten sahen schlecht aus.

Er flog neben sie und übertrug den entbehrlichen Anteil seiner Anzugenergien. Sie hatten noch ungefähr drei Stunden, bevor sie in ihren Anzügen gekocht würden.

Der Retter kam - für Zaguun zu spät. Die *T3* hatte neun Expeditionsdrohnensysteme der harten Strahlung geopfert, um den Zugang schnell zu erweitern, nachdem sie Überlebende geortet hatte - es hatte dennoch nicht gereicht.

Die Schutzschilde des speziell konfigurierten Rettungssystems hatten im Zentrum des Angriffs nur wenige Minuten gehalten. In dieser Zeit hatten Ruf und Kooi in ihren Anzügen Zaguun durch die geknackten Schotte aus dem Archivraum in den Kommunikationsraum und von dort durch den remodulierten Tunnel der Zugangskontrolle bis in die innere, geschützte Kammer des Retters tragen müssen.

Es war ein Gang wie durch das Innere einer Sonne gewesen und Zaguun hatte über keinerlei Reserven mehr verfügt. Noch während die Rettungsdrohne mit Höchstgeschwindigkeit aus dem neu gebohrten unteren Teil des Schachtes emporschoss, starb der Schattenoffizier der Alstortruppen.

Hud Keraas' Augen lagen verborgen hinter seinem Visier. Das Lächeln des wissenschaftlichen Leiters dagegen nicht.

»Willkommen zurück von den Toten, Siir!«, sagte er und drückte seine Handinnenseiten gegen die Kugeloberfläche des Regenerators. Ruf sah die Silhouette des Mannes nur leicht verschwommen durch das Makrobot-Gel. Antworten konnte er nicht, die zähe Flüssigkeit füllte seine Lungen und erleichterte den körpereigenen Makrobots die Heilung seiner verbrannten Haut und des inneren Zellgewebes.

Ruf wendete den Kopf und erkannte einen zweiten Regenerator auf seiner linken Seite.

»Euer Hightenent wird es schaffen. Es war bei ihr sehr viel knapper als bei Euch, Siir.«

Langsam wendete er seinen Blick wieder zurück zu dem Vertreter der Pretaia. Eine Information fehlte noch.

»Hightenent Zaguun ist gestorben, seine Verbrennungen waren zu schwer – ich denke, Ihr wusstet das bereits.«

Eine Frau war neben Hud Keraas getreten, Ruf erkannte sie als den Schlacht-Certeer der Schattentruppen, deren Einheiten von der *T3* vor dem eigentlichen Angriff auf die Kommunikationszentrale wieder aufgenommen worden waren.

»Overteer Treerose sendet Euch Glückwünsche, Siir. Er hatte nach dem Empfang Eurer letzten Nachricht nicht geglaubt, Euch wiederzusehen!«, sagte sie mit einem leisen Alt. »Die Königreiche befinden sich im Krieg – Metcalfe/Dominion ist abgefallen – die Tektor-Protokolle sind aktiv, sie haben Chrunus in ihrer Hand – als wenn wir hier nicht schon genug zu tun hätten.« Er registrierte ihren Sarkasmus durch den Berg an Neuigkeiten.

»Die Übermacht der Angreifer hier war enorm, Siir - habe ich in meiner bisherigen Karriere noch nie erlebt - ist mir unbegreiflich, wie Ihr das zwölf Tage überstehen konntet - bin umso mehr erfreut, *dass Ihr es konntet.*«

Sie kam mit ihrem Gesicht dicht an das Material des Regenerators heran. »Fühlt Ihr Euch imstande, eine Zusammenfassung anzuhören?«

Er nickte deutlich. Alle Schmerzen waren vergangen, sein rechter Arm gehorchte wieder.

»Die *T3* hatte auf unserer Flucht alle verfügbaren Informationen über die Angreifer aufgezeichnet, wir hätten nicht gewinnen können - nur in zwei Aspekten war sie überlegen - *Schnelligkeit und Sensorreichweite.*

Wir flohen drei Tage mit Höchstgeschwindigkeit, die Zahl der Verfolger nahm rasch ab, die letzten hat die *T3* angegriffen und dabei weiter analysiert. Es waren KI-Drohnen gewesen, aggressiv, aber einzeln leicht zu bekämpfen. Zwei haben wir im Stück bekommen.

Hud Keraas habt Ihr Eure Rettung letztendlich zu verdanken, Siir - er ließ nicht locker, der Schiffs-KI die Notwendigkeit einer Rückkehr nahezulegen.«

»Ihr kennt den Befehl, dass bei einer drohenden Niederlage die gewonnene Information wichtiger ist als der Überbringer, Siir«, ergänzte der Wissenschaftler. »Die *T3* interpretierte die gegenwärtige Situation als eine solche - und wollte durch den Normalraum zurück in die Königreiche fliegen - das wären gut dreißig Jahre gewesen.

Nachdem wir die Angriffsdrohnen bezwungen und an Bord analysiert hatten, konnte ich mit ihr einen Kompromiss aushandeln. Wir würden zurückfliegen und beobachten, mehr Informationen sammeln und, wenn die Chance bestand, das Tor nutzen, um in einer akzeptablen Zeitspanne die gewonnenen Daten den Königreichen zu überbringen. Dabei durfte sie das Überleben der Menschen an Bord mit niedriger Priorität bewerten.« Er machte eine Pause.

»Glücklicherweise brach der Angriff auf Enchrome unerwartet vor zwei Tagen ab. Sämtliche Truppen verschwanden innerhalb von Stunden durch den sonnenfernen Sprungpunkt«, setzte der Certeer den Bericht fort. »Die *T3* zerstörte die Planetenstationen und Basen auf den inneren Planeten und den Mond II/b völlig, bevor wir die Suchmission starten durften.« Sie schwieg und Ruf spürte, dass etwas Grundlegendes aus ihrer Sicht nicht geklärt worden war.

»Wir haben nach wie vor keinen Ansatz dafür, wer diese Streitmacht befehligen könnte – oder wo sie sich jetzt befinden könnte.«

Den ersten Teil dieser Frage hätte er ihr jetzt beantworten können.

Das System lag in Trümmern. Die *T3* war nach ihrer Rückkehr sehr gründlich gewesen und hatte jede potentielle Bedrohung neutralisiert. Nur auf Enchrome III war das nicht mehr notwendig gewesen. Die Kirchentruppen hatten in der Anfangsphase ihres Angriffes, während ihrer verzweifelten Suche nach versteckten Zugängen, den Planeten bis zu einer Tiefe von dreißig Kilometern im Umkreis der Basis bildlich umgegraben.

Irgendwann hatten sie schließlich den Zugangstunnel entdeckt, waren eingedrungen und hatten die Basis bis auf den Kommunikationsraum vollkommen zerstört. Lediglich ein Objekt war dem entkommen: das sonderbare Schiff, das Ruf auf seiner ersten Exkursion entdeckt hatte, war unversehrt geblieben – warum? Sie hatten es nicht einmal vom Fleck bewegt, sondern den umgebenden Hangarbereich großflächig verschont.

Der Regenerator hatte einen Tag und fünfzehn Stunden benötigt, um Ruf eine neue Haut wachsen zu lassen und seinen Körper von den Strahlenschäden zu reinigen. Er fuhr sich mit der Hand über den Kopf und registrierte belustigt die weichen Stoppeln rotblonder Härchen, die gerade ein paar Millimeter gewachsen waren. Seine Augenbrauen waren nur andeutungsweise zu erfühlen.

Kooi würde noch weitere Tage im Makrobot-Gel verbringen müssen - ihre körpereigenen Makrobot-Fabriken waren beschädigt worden und hatten ersetzt werden müssen. Der Prägeprozess der neuen Makrobots war nicht zu beschleunigen - er verlangte seinen eigenen Zeitrahmen.

Die Nachrichten aus dem Roten Nebel waren verstörend. Die *T3* hatte von einer Kommunikationsstelle des Zentrums erfahren, dass Z-Zemothy-Einheiten mit einem Schiff der Unsichtbaren Flotte auf eine ähnliche Streitmacht der Kirche gestoßen waren - zeitlich dicht zusammenliegend mit dem hastigen Abzug der Angreifer aus dem Enchrome-System.

Das Zentrum hatte signifikante Kräfte der Unsichtbaren Flotte in Richtung des betreffenden Systems in Bewegung gesetzt - ihm war unwohl bei dem Gedanken, dass sie den Gegner unterschätzen mochten - die *T3* hatte alle Aufklärungsdaten ihrer Flucht übermittelt.

Torkrage Treerose befand sich weiterhin auf Restront, den Feldzug gegen die Kirche ausarbeitend und den Sieg über Dominion auf Chrunus erwartend. Er hatte ihm freie Hand bei der Entscheidung gelassen, wann er zurückkehren wolle. Ruf würde den Genesungsprozess von Kooi abwarten und hatte beschlossen, sich bis dahin mit dem mysteriösen Überbleibsel aus Harkcrows Zeit zu beschäftigen - es schien ihm der einzig verbliebene Schlüssel zur Vergangenheit, nachdem er von der Selbstzerstörung Ad Rogues und der Vernichtung des Archivraums mit der Chronik der Troyians erfahren hatte. Der Tempus hatte nicht lange gewartet, nachdem das Drohnen-Rettungssystem Kooi und ihn aus dem Kommunikationsraum befreit hatte.

Er hegte nur ein unbestimmtes Gefühl des Bedauerns. Der menschliche Teil von Ad Rogue war bereits so lange von seinem organischen Körper getrennt gewesen, dass Ruf Schwierigkeiten gehabt hatte, in Nachhinein irgendetwas Menschliches in dem Tempus zu erkennen. Und nach der Erfahrung mit den verrückten Zwillingen war es ihm lieber, das Ausmaß der Strahlenschäden auf die kontrollierende menschliche Komponente bei Ad Roque nicht beurteilen zu müssen. Möglicherweise resultierte die Selbstzerstörung auch genau aus einer weitergehenden Schlussfolgerung des Tempus selbst.

Die Kubikkilometer Erdreichs der einstigen Station waren weg – zu annähernd gleichen Teilen annihiliert in den Angriffsenergien der Kirchentruppen und weit in der Atmosphäre verteilt, jetzt auf Jahre hinaus dicke braune Wolkenschichten in einer Höhe von zwanzig bis vierzig Kilometern um den Planeten bildend.

Trübes Sonnenlicht beschien den schmutzig grauen Rumpf des fremdartigen Schiffes. *Expeditionsschiff* hatte Ad Rogue es genannt. Das Licht wurde vom Material der Außenhaut nahezu absorbiert. Datenströme der Expeditionsdrohne gaben ihm unzählige Informationen, die zusammengefasst lediglich bedeuteten, dass es nichts Genaues zu sagen gab.

Was für ein Schiff war das? Ein einhundertfünfzig Meter langes Rohr mit einer Außenwandstärke von zehn Metern, die absolut massiv zu sein schien. War das überhaupt ein Schiff? Das Expeditionsdrohnensystem hatte eine Sensordrohne mehrfach hindurch geschickt, und er hatte gesehen, was bisher nur Kooi aufgefallen war, während er vor vielen Tagen dieses Experiment unfreiwillig am eigenen Körper erfahren hatte.

Das Durchfliegen des Rohres verbrauchte keine Zeit. Die Zeitmarker für den Ein- und Austritt am anderen Ende waren beim ersten Versuch und blieben bei allen weiteren bis auf den letzten, messbaren Teil der Sekunde identisch.

Und das sowohl für den außenstehenden Beobachter, als auch für die durchfliegende Drohne.

»Ein doppelseitiges, offenes Potentialende, Siir.« Hud Keraas schwebte neben ihm. »Ein Paradoxon. Wahrscheinlich seit Jahrhunderten in diesem Zustand, energieneutral. Es gibt so etwas nicht im Roten Nebel, Siir, so etwas darf es nicht geben – nirgendwo! Wir hätten eine Differenz feststellen müssen beim Vergleich der inneren und äußeren Mess-Intervalle!«

Ruf wusste, dass der Hud sich die Haare gerauft hätte, wäre für die Bewegung in seinem Anzug Platz gewesen.

»Das wird für immer Eure Entdeckung bleiben, Certeer, Hud Chitziin wird vor Euch in die Knie gehen.«

»Es ist ein Schiff - Hud«, beharrte Ruf konzentriert. »Es ist das letzte seiner Art, aber es ist ein Schiff und die anderen sind geflogen.«

Sie schwiegen und er suchte in seiner Erinnerung hektisch nach Fragmenten von Aufzeichnungen aus dem Archivraum der Troyians, die Ad Rogue ihnen auszugsweise vorgeführt hatte, als er über den ersten Angriff der Kirchentruppen sprach.

»Dieses Schiff muss in den Raum, Hud, es ist für den Flug im System nicht geeignet. Ich habe Aufzeichnungen von anderen gesehen, die befanden sich im Raum und nicht im Dock. Es ist eine Art Transportkapsel, vollautomatisch. Es muss an eine Stelle, an der es aktiviert werden kann.«

Er spürte die Fragmente eines Plans.

»T3! Bring dieses Schiff hier in die Nähe des sonnenfernen Sprungpunktes. Interpoliere die genaue Position aus den überspielten Bilddaten von Ad Rogue aus meiner Nachricht an Torkrage Treerose vor Beginn des Angriffs und schicke mir und dem Hud ein Systemtriebwerk.«

»Konfiguriere Bergungsschiff - abgeschlossen. Bergungsschiff ist gestartet.«

Ruf erhielt einen neuen Positionsmarker auf seinem Anzugdisplay und übergab ihn der Anzug-KI. »Begleitet mich, Hud, vielleicht kommen wir ein Stück weiter!«

»Das Bergungsschiff sollte mechanisch arbeiten, nicht mit den Antigrav-Repulsoren, T3!«, ergänzte Hud Keraas. Zu Ruf sagte er: »Die Schwerkraftfelder könnten die Potentiale irritieren, Siir.«

Sie durchflogen die höheren Atmosphäreschichten und dockten ihre Anzüge unterhalb der Sichel des Systemtriebwerks an, während das Bergungssystem auf die Planetenoberfläche hinabsank und das Expeditionsschiff mit Hilfe einer mechanischen Vorrichtung zu manövrieren begann.

In den folgenden knapp fünfzig Minuten, in denen das Systemtriebwerk Ruf und Hud Keraas auf ein knappes Drittel der Lichtgeschwindigkeit beschleunigte und wieder abbremste, beschäftigte sich Ruf mit dem Studium der Umgebungsparameter des Sprungpunktes. Vereinzelte Trümmer der Kampfstation, welche ihn gesichert hatte und von der *T3* nach ihrer Rückkehr zerstört worden war, trieben in der Nähe ihrer einstigen Position. Er erinnerte sich an Raana Roohi, den Adjutanten von Keleeze, als sie gemeinsam den verborgenen Kommunikationsraum in der Winterresidenz aufgespürt hatten - inmitten des Gebäudes - getarnt durch geschickte Lichtbrechung und Nutzung von Fehlertoleranzen moderner Scanner - gebaut von Harkcrow unter Zuhilfenahme von Sole-Sourcer-Technologie.

»Wir müssen herausfinden, wie es funktioniert, Hud. Ich bin sicher, wir benötigen keine zusätzlichen Komponenten. Langsam beginne ich die Denkweise der Sole-Sourcer zu verstehen. Alles, was benötigt wird, ist vorhanden. Sie waren in ihrer Art, zu denken und zu handeln, effektiv. Sie dachten und bauten in Systemen - wie wir im Grunde. Teilsysteme, die nicht benötigt wurden, waren abgeschaltet, inaktiv - aber immer vorhanden.«

Das Bergungsschiff bremste sich auf den Sprungpunkt ein, das Expeditionsschiff bildlich gesehen unter seinem Bauch heranschleppend.

»Alles zum Abflug Benötigte ist vorhanden, ich bin mir sicher, Hud!«

»Warnung! Messe signifikante Potentialveränderung am Sprungpunkt, Siir«, erklang die Stimme der Schiffs-KI der T3 in Rufs Ohrhörer.

Ein breites Grinsen machte sich auf seinem Gesicht breit. »Habe ich es nicht gesagt, Hud?«

Er löste seine Verankerung unter dem Systemtriebwerk. »Bewege das Expeditionsschiff in Sprungposition, T3!«

Das Schiff der Coruumer war nahezu unsichtbar. Die Systemsonne nur ein blasser Fleck weit, weit entfernt. Langsam folgte er dem nur auf seinem Display sichtbaren Rohr in Richtung des stilisierten Sprungpunktes, ab und zu abgelenkt vom Aufblitzen einzelner Triebwerkbursts der Manövrierdrohnen.

»Hud, schickt bitte eine der Aufklärungsdrohnen in das Schiff, mal sehen, ob wir jetzt bereits eine Veränderung messen.«

Eines der stachelbewehrten Expeditionsdrohnensysteme dockte vom Bergungsschiff ab und flog mit gleichmäßiger Geschwindigkeit auf das sonnennahe Ende des Schiffes zu, hinein und für den menschlichen Beobachter zeitgleich am sonnenfernen wieder heraus.

»Ihr habt recht, Siir! Knapp dreizehn Pikosekunden Differenz zwischen innerer und äußerer Zeit - und ... zwei Tage!«, Hud Keraas' Stimme überschlug sich, »sie war nach ihren Aufzeichnungen vierzig Stunden unterwegs!«

»Messe turbulente Interferenz, Siir - empfehle Rückzug!« Die Meldung der *T3*, begleitet vom zweithöchsten Alarmstatus, ließ Ruf besorgt zum Positionsmarker des Systemtriebwerks auf einem Nebendisplay blicken - es befand sich in nur wenigen tausend Kilometer Entfernung auf Warteposition.

»Wo ist die Expeditionsdrohne, Siir?«

Ruf starrte irritiert auf die anderen Icons. Zuerst verstand er nicht, was Hud Keraas meinte, dann zoomte er einen neuen Bereich heran und sah die Vielzahl der Objekte, die nun hinter dem Schiff der Coruumer trieben. Langsam flog er näher, über den Rumpf des Schiffes hinweg, bis er mit seinen Anzugscheinwerfern ein direktes Bild für die Anzugsensoren bekam. Unmengen von leblosen Körpern in roten Kampfanzügen umwirbelten die Expeditionsdrohne, darunter zwei deutlich größere Silhouetten. Er justierte die Anzeigen, bis er klar erkennen konnte, um was es sich handelte.

»Interferenz ist abgeklungen«, hörte er die Information im stoischen Ton der Schiffs-KI der T3, »Feuerschutz in zwanzig Minuten zur Stelle, Siir.«

Es waren Tempi. Neue Modelle - entfernt nur noch die Verwandtschaft mit Ad Rogue, eleganter im Design, doch unverkennbar - aber kalt, inaktiv - inmitten toter Kirchenritter, rote Rüstungen, ähnlich denen aus dem Archivraum von

Enchrome III. Er schwieg und seine Gedanken überschlugen sich. Hud Keraas mit seinem wissenschaftlichen Verstand äußerte sich zuerst.

»Das Tor wurde nicht aktiviert. Trotzdem fand ein Austausch von Materie statt. Das lässt nur eine Schlussfolgerung zu, Siir - dieses Schiff hat soeben ein offenes Potential zu einem anderen Sprungpunkt hergestellt und dabei kann es sich nicht um das originäre Potentialende dieses Punktes laut Katalog gehandelt haben – da hatten wir bereits nach unserer Rückkehr in dieses System eine Drohne hingeschickt, um herauszufinden, ob dort noch Spuren der abgerückten Angreifer aufzufinden waren. Natürlich nicht, wir fanden lediglich ein leeres Transfersystem.«

Ruf schüttelte langsam den Kopf. Der Hud war auf der falschen Spur.

»Dieses Schiff stellt keine Verbindung zu einem normalen Potentialende her, Hud. Keleeze fand auf Ruthpark, dem Ursprungsplaneten der Sole-Sourcer, einen Archivraum. Ihr bekamt die Berichte. Er betrat ihn und entdeckte einen Thieraport, der eine Verbindung in eine andere Dimension schuf.« Er überlegte seine folgenden Worte wohl, war sich jedoch sicher.

»Das Potential am anderen Ende dieser Verbindung befindet sich mit Sicherheit nicht in unseren Katalogen, Hud, es führt in eine andere Dimension – in ein Paralleluniversum – dort, wohin die Coruumer geflogen sind und sich die Sole-Sourcer heute aufhalten.«

»Und Kirchentruppen«, ergänzte Hud Keraas nüchtern. »Unter Umständen ist das ganze System dort tot, wir würden nichts finden außer tiefgefrorenen Leichen und entvölkerten Planeten.«

»Ich bin anderer Meinung, Hud«, antwortete Ruf langsam und mit wachsender Bestürzung. Die Expeditionsdrohne hatte mit der Übertragung ihrer Aufzeichnungen begonnen. Laut ihrem Logbuch hatte sie das Enchrome-System vor zwei Tagen verlassen und war nun zurückgekehrt – in nahezu die gleiche Zeit. Sie hatte Kontakt gehabt, Unmengen an Kommunikationswellen, in einer Dichte, die Ruf bisher nie gesehen hatte. Sie hatte Antriebssignaturen empfangen und gespeichert, vom Typ her unbekannt im Roten Nebel, und sie hatte Leben gefunden, *Leben!*

»*Seht!*«

Roter Nebel, Galaktischer Spalt, Ruthpark
30397/2/4 SGC
24. November 2014

Keleeze

Sechs Tage waren seit der Ankunft Syncc Marwiins auf Ruthpark vergangen, zwei Tage seit dem Tod Raanas.

Das Handeln Oldo Merceers auf Chrunus mochte in seinem übergeordneten Bild der Geschichte einer natürlichen und zielorientierten Motivation gefolgt sein – in meinem persönlichen Bild hatte er sich einen neuen Feind gemacht.

Er hatte die Schlacht deutlich verkürzt und uns sicher zum Sieg über die abgefallenen Organisationstruppen verholfen – doch zu welchem Preis? Seine Weisheit war bei unserem letzten Gespräch sehr deutlich in seiner Einschätzung geworden: *Er opfert vier seiner sechs Begleiter für den schnellen Sieg, vier Begleiter, mit denen er zuvor über eintausend Jahre gemeinsam gekämpft hat – in einer Schlacht – die ihn jetzt eigentlich nichts angeht. Nimmt den Tod eines hohen Offiziers in Kauf, um eine gefangene Kirchen-Offizierin zu eliminieren. Bekommt Ihr einen Eindruck davon, wie wichtig ihm ein Menschenleben ist, Keleeze?*

Oldo Merceer verfolgte wieder seinen eigenen Plan. Es war etwas eingetreten, das ihm lange aufgeschobene Ziele wieder erreichbar erscheinen ließ.

Treerose hatte mir in dem Zusammenhang nur eine einzige Frage gestellt: *Glaubst du, er gefährdet die Königreiche, während er seine Ziele verfolgt?*

Darauf hatte ich keine Antwort geben können, jedenfalls keine abschließende.

Somit fällt er in der gegenwärtigen Zeit unter die Tektor-Protokolle, Keleeze. Wir betrachten ihn als feindlich – so lange, bis er uns vom Gegenteil überzeugt.

Wir waren übereingekommen, ihn nicht explizit zu verfolgen – ich hätte nicht sagen können, wo wir damit anfangen sollten, ich verschob meine persönliche Rache auf unbestimmte Zeit. Nach der Niederlage der abgefallenen Truppen wurde der größte Teil der loyalen verlegt. Auch die Umklammerung des Chrunus-Systems löste sich auf, so dass die Zeit der kritischen Truppenkonzentrationen erst einmal vorüber war. Treerose fokussierte sich weiter auf die Isolation der Schlüsselwelten der Kirche und Metcalfe/Dominions, während das Zentrum mehr und mehr in den Kampf mit den geheimnisvollen neuen Kirchentruppen hineingezogen wurde.

Hud Chitziin war inzwischen auf Tektor angekommen, war noch vor mir von Chrunus aufgebrochen, alarmiert durch Aufklärungsdaten von Expeditionsdrohnen, welche der wenige Tage alten Nachricht des Adjutanten von Treerose, Ruf Astroon, entstammten, der im Enchrome-System offensichtlich eine Potentialverbindung zu den Sole-Sourcern entdeckt hatte.

Blasen-Dimensionen, hatte der Hud bestürzt geflüstert, *ich benötige mein Labor – dringend, Keleeze!*

Somit hatte ich Zeit, Syncc Marwiin zu sehen und möglicherweise mit seinen Informationen einige Verbindungen unter den Handlungsfragmenten herzustellen.

Die G7 erreichte den Schildverband im Ruthpark-System während der Nachtphase. Die frischen Narben des Angriffs der Z-Zemothy-Truppen unter der Führung ihres fehlgeleiteten Cektronns waren leicht zu erkennen, ein weiteres Bild eines guten, gefallenen Offiziers erschien vor meinem inneren Auge: Tec Zeliim.

Syncc Marwiin hatte bereits in der letzten Anflugphase um ein baldiges Gespräch gebeten. Ich spürte seine Anspannung beim Betreten des Statusraumes der Boe, des Flaggschiffs des Schildverbands. Erneut stellte ich mit Verwunderung den Grad der Veränderung in seinem Auftreten fest, seitdem ich ihn an Bord der Relion kennen gelernt und wir gemeinsam mit Hud Chitziin den ersten Ausflug nach Arkadia unternommen hatten. Sein gesamter Ausdruck war sehr viel ernster - gereifter - geworden. Er lächelte aus schmalen Augen, als er mich sah, erleichtert und auch sofort wieder konzentriert, als würde jetzt ein neuer Teil einer großen Aufgabe vor ihm liegen. Seine blonden Locken waren zu einem Zopf gebunden und schienen blasser – grauer – geworden zu sein.

»Es tut mir sehr leid, vom Tod Eures Adjutanten zu hören, Höchster«, begrüßte er mich, »ich verdanke ihm den größten Teil meiner Rettung nach dem Absturz der Gmersink auf diesem Planeten – er war ein sehr guter Offizier!«

Ich schluckte trocken und nickte zustimmend.

»Zu viele gute Offiziere sind gefallen, Syncc, in den letzten zehn Tagen mehr als in den letzten zehn Jahren zusammen«, entgegnete ich und wandte mich dem wandfüllenden Display zu, das mit dem aktuellen Statusplan der Königreiche gefüllt war. »Mit dem Sieg bei Chrunus haben wir ein Feuer weniger, um das wir uns kümmern müssen, aber es bleibt unklar, wo das nächste ausbrechen wird und wann.«

»Das wird *hier* sein, Siir, befürchte ich – und *sehr bald*!«, entgegnete er ohne das geringste Zögern.

Syncc Marwiin erwiderte meinen fragenden Blick starr. »Es gibt einiges zu erklären – und ich fürchte, ich habe den besten Zeitpunkt dafür verpasst – es tut mir leid, Höchster – aber auch ich wurde überrascht.«

»Dann sollten wir beginnen«, sagte ich, ihn mit einer Handbewegung an den großen Besprechungstisch einladend.

Wir setzten uns auf zwei nebeneinanderliegende Plätze, Dienerinnen stellten uns Gläser, Karaffen und einen Imbiss in Reichweite, Syncc Marwiin nahm dankend einen Becher dampfenden Fengus und auch ich akzeptierte das wohltuende Getränk. Unsere Blicke trafen sich kurz, abwartend.

»Stellt mir Eure Fragen, Höchster«, sagte er schließlich.

»Ich hätte gern die ganze Geschichte, Syncc«, ließ ich ihn meine Ungeduld spüren. »Nicht nur Fragmente – Treerose wünscht einen Bericht, den kann ich ihm nur aus Antworten nicht verfassen.«

Er nickte, senkte den Kopf und wischte mit der rechten Hand über seine Augen.

»Wisst Ihr, wo sich Oldo Merceer im Moment befindet, Höchster?«, fragte er angespannt.

»Nein, seit der Schlacht um Chrunus ist er verschwunden – spielt das im Moment eine Rolle?«

»Ihr sagtet, er befände sich in Eurer Begleitung – *wie kann er verschwinden?*«

»*Syncc!*« Ich beugte mich gereizt leicht nach vorn, sein Gesicht war nur eine Armlänge entfernt. »Er tötete meinen Adjutanten und verschwand. Wollt Ihr bitte mit der Geschichte beginnen?!«

»Ich habe begonnen, Merkanteer, es ist sehr wichtig – *bitte!*«

Etwas in der Art wie er fragte, sein wacher, ernster Blick, seine ganze Haltung sagte mir, dass diese Information wirklich sehr wichtig für ihn sein musste. Ich disziplinierte mich, lehnte mich in den Sessel zurück, der nachgab, und legte meinen Kopf an. Nachdenklich sah ich zu ihm, aktivierte ein persönliches Display meines Kommunikationsrings und begann zu erklären: »Das ist der letzte Hinweis auf einen Tempus in meiner Nähe, Oldo Merceer kann nicht weit gewesen sein. Er eliminierte Aphera 4., nachdem wir sie zum Verhör auf eines unserer Schiffe bringen wollten. Mein Adjutant stirbt, da er die Kirchen-Offizierin begleitet. Wir haben keinerlei Ortung von dem Sole-Sourcer oder seinen beiden überlebenden Begleitern, keine Sprungsignaturen vom Verlassen des Chrunus-Systems oder ähnliches. Wie ich sagte, ich weiß nicht, wo er ist, Syncc.«

Sein Blick hing an mir, sein linkes Augenlid flackerte ganz leicht. »Er wird *hierher* kommen, Höchster, so schnell er kann.«

»Warum sollte er das tun? Er kennt den Planeten nicht, er hat keine Koordinaten.«

»Er kennt den Planeten – *alle* Sole-Sourcer kennen ihn! Es ist ihr Heimatplanet. Er kennt außerdem die Position der Arche, er weiß, wie sie zu öffnen ist. Er wird hierher kommen, um mit dem Dritten Imperium Kontakt aufzunehmen.«

Ich stand auf, tat einen Schritt, drehte mich zu ihm und wartete auf die Erklärung.

»Die Synccs jagen ihn seit mehr als eintausend Jahren.«

»*Was?*«, entfuhr es mir, das musste ich falsch verstanden haben.

Das kurze Lächeln über meine Reaktion verstarb auf seinen schmalen Lippen. »Ihr habt das richtig verstanden, Höchster. Die Synccs jagen Oldo Merceer, seitdem er an Harkcrows Seite aufgetaucht war. Wir haben damals den Anschlag auf ihn ausgeführt, der leider misslang. Wenn er hierherkommt, ist es meine Aufgabe, ihn zu töten.«

Ich verdrängte meine aufkommende Skepsis. In unserem letzten Gespräch hatte er mich davon abzuhalten versucht, Oldo Merceer zu Torkrage Treerose zu bringen. Das ergab aus dieser Perspektive einen Sinn. Hud Chitziin hatte mir von dem dringenden Wunsch des Sole-Sourcers, Kontakt zu seinem Volk aufzunehmen, berichtet, wenn auch der genannte Grund ein anderer - vorgeschobener - gewesen sein mochte.

»Warum ist es für Oldo Merceer so wichtig, diesen Kontakt herzustellen, was hofft er zu erfahren, Syncc?«

Der alte Mann drehte sich auf dem Sessel zu mir. »*Er* benötigt keine Informationen, Höchster, er muss dringend darüber berichten, dass der Plan für die Rückkehr der Sole-Sourcer gescheitert ist. Dann wird er neue Instruktionen bekommen, Siir. Die Sole-Sourcer haben in ihm den einzigen zuverlässigen Stellvertreter im Roten Nebel, seitdem sich die Kirche abgewendet hat und ihre eigenen Ziele verfolgt.«

Er musste meine Verblüffung erkennen. Er lächelte nicht.

»Die Situation für die Sole-Sourcer ist sehr ernst. Ihr Universum wird nahezu sicher kollabieren, wenn die nächste Potentialkatastrophe eintritt. Sollte es Oldo Merceer gelingen, einen Kontakt mit dem Dritten Imperium herzustellen, wird er von dem Moment an der erbittertste Gegner aller Menschen im Roten Nebel sein!«

Ich hörte, was er sagte, konnte ihm aber nicht folgen.

»Mir fehlen da noch einige Details, Syncc. Was ich Euch jedoch schon beantworten kann, ist, dass eine Verbindung zu den Sole-Sourcern - dem Dritten Imperium, wie Ihr sagt - gefunden wurde. Der Kontakt ist hergestellt. Ruf Astroon, der Adjutant von Treerose, ist durch das Dimensionstor auf Enchrome gegangen - *Heute.*«

Roter Nebel, Nebelwelten, Enchrome
30397/2/4 SGC
24. November 2014

Ruf Astroon

Torkrage Treerose hatte ihm Glück gewünscht.

Die *T3* hielt die beiden deaktivierten Tempi zur Analyse in Quarantäne. Die Leichen der Kirchentruppen waren vaporisiert worden. Bullige Disruptoren umgaben das Coruumer Expeditionsschiff in einem Umkreis von zehn Lichtsekunden, Kampfdrohnen in unmittelbarer Nähe. Die Auswertungen der Aufzeichnungen des Drohnensystems hatten aktive Individuen und ein Schiff gezeigt, genau die beiden Tempi und die Kirchentruppen, welche den Weg durch die Dimensionen jedoch nicht überlebt hatten. Die Drohne war an Bord des fremden Schiffes gewesen, war detailliert analysiert und danach wieder freigesetzt worden.

Ihre Aufzeichnungen waren nicht kontinuierlich gewesen. Der Teil an Bord des fremden Schiffes fehlte, alle Sensordaten über die Tempi und die Kirchentruppen waren gelöscht.

Sie hatten weitere Drohnensysteme zur Aufklärung durch das Schiff geschickt. Sie waren programmiert gewesen, die nähere Umgebung des Austrittspunktes zu erforschen, und ohne registrierbaren Zeitverzug hindurch geflogen. Ihre Logs verzeichneten übereinstimmend eine Stunde und dreizehn Pikosekunden außerhalb des Enchrome-Systems.

Nicht eine von ihnen brachte irgendein Artefakt mit zurück oder neue Erkenntnisse. Das Schiff war weg, keine weiteren Truppen, keine Lebenszeichen irgendeiner Art.

Beim ersten Mal haben wir sie überrascht! Danach haben sie sich abgesetzt.

Treerose und Ruf hatten der Feststellung Hud Keraas' zugestimmt.

Das ist der Weg der Coruumer! Wenn wir je herausfinden wollen, wo sie sind und was mit ihnen passiert ist, wenn wir je die Sole-Sourcer finden wollen, müssen wir ihnen folgen.

Ruf und der Hud würden ihnen folgen.

Der Langstreckenaufklärer war vom Schiffskonfigurator der *T3* für die Mission optimiert worden. Er verfügte über drei Doppelsätze an Sprungtoren und zwei vollständige ExpeditionsDrohnensysteme. Die Schiffs-KI würde die Steuerung übernehmen, während sich Ruf und Hud Keraas in ihren Zerstöreranzügen für den Wechsel der Dimensionen innerhalb eines besonders geschützten Dockbereichs aufhielten.

Riskier nicht zu viel, Ruf, hatte Treerose ihm mitgegeben, *Chrunus ist wieder unter Kontrolle, finde heraus, was die Tempi dort machen, und komm zurück! Bewahre deine Wärme!*

Er würde gleich wissen, wie viel er riskiert hatte.

»*Alles Gute, Siir!*«, hörte er Koois Stimme samtig aus seinem Ohrhörer.

Der Aufklärer streckte sich, zog die Sprungtorsätze und Drohnensysteme an sich, um seinen Querschnitt dem Innendurchmesser des Coruumer Schiffes anzupassen - wuchs dadurch in die Länge.

In dem Moment, als Ruf dachte, sie würden bereits wieder auf der anderen Seite des Rohres herauskommen, wechselten ohne Vorwarnung sämtliche Displays - Schweiß stand ihm auf der Stirn - sie waren gesprungen!

»Irgendwelche Daten relativ zum Sprungtor-Katalog des Roten Nebels?«

Hud Keraas' Kopfschütteln war eindeutig. Kommentarlos verfolgte Ruf die akribische Analysearbeit des Wissenschaftlers auf einem Nebendisplay seines Visiers, der die hereinkommenden Daten der Sensorphalangen des Aufklärers auswertete.

Das Schiff verharrte reglos im Raum. Ein visueller Marker zeigte Ruf die Position des Dimensionstores, wenige tausend Kilometer zurück. Sie hatten vor ihrem Start überlegt, das Coruumer Schiff nach dem Übergang wegzuschleppen, um das Tor zu verschließen - doch *wann war nach dem Übergang?*

Aus Sicht der *T3* und der Beobachter im Enchrome-System waren sie in diesem Moment doch bereits wieder zurück! Doch mit welchen Ergebnissen?

»*Kontakt!*«

Zeitgleich mit der Meldung der Schiffs-KI, bemerkte Ruf die drei Objekte, die sich ihnen mit knapp Unterlichtgeschwindigkeit näherten.

»Sie wissen, dass wir hier sind, Siir, keine Drohnen diesmal, sondern echte Menschen!«

Ruf stimmte Hud Keraas zu, fühlte seine eigene Anspannung weiter steigen. »Sie haben sich vor den Drohnen versteckt, konnten sie aber orten und analysieren, ohne dass die Drohnen selbst es bemerkt hätten. Sie wollten ihnen nichts preisgeben – mal sehen, was sie uns sagen.«

Der Aufklärer startete eine Kommunikationsdrohne in Richtung Dimensionstor, die unmittelbar vor dem Rendezvous springen würde, um diesen Kontakt zu dokumentieren.

Das Bild einer lächelnden Frau mit glatten blonden Haaren erschien auf Rufs Visier. Ihr Gesicht war schmal mit hoher Stirn und dunklen Augen. Am oberen Lidrand erkannte er filigrane, verzierte Blenden. Ihre Haut schimmerte graubraun, wies kunstvolle, farbenfrohe Bemalungen unter den Augen und auf den Wangenknöcheln auf.

»Willkommen, Nachfahre. Wir haben dich lange erwartet.«

Sie sprach eine Art Proc, fast bis zur Unkenntlichkeit überlagert von einem kehligen Akzent.

Die drei Objekte hatten den Aufklärer erreicht, Rufs Display zeigte drei Tempi, deren Schilde den Schiffssensoren widerstanden. Er überlegte, ob diese Frau in einem von ihnen stecken mochte oder ob es sich bei ihren Bild nur um die Repräsentation einer KI handelte.

Mit einem leisen elektronischen Zirpen verabschiedete sich die Kommunikationsdrohne aus dieser Dimension. Sie würde nur Sekundenbruchteile vor ihnen zurückkehren, um über den ersten positiven Kontakt mit den Sole-Sourcern seit Harkcrow zu berichten.

8 Erde

Uganda, Arche der Sole-Sourcer
24. November 2014
30397/2/4 SGC

Donavon

Die willkommenen Sonnenstrahlen des neuen Tages beleuchteten feine Nebelschwaden, welche den tiefblauen Himmel vom grünen Wasser des Kratersees trennten. Am südlichen Horizont, nur knapp zehn Kilometer entfernt, erstrahlte die weiße Spitze des Mount Stanley durch die Ausläufer des Nebels. Die Luftfeuchtigkeit betrug vielleicht siebzig Prozent, würde aber sicher im Laufe des Tages wieder ihre Sättigungsgrenze erreichen - die letzte Woche hatte es fast ununterbrochen geregnet.

Der alte Wissenschaftler war zurück - und er hatte Keleeze mitgebracht. Ich spürte persönlich eine Welle großer Erleichterung. Syncc Marwiin war bei dieser zweiten Begegnung sicher betont höflich und deutlich kommunikativer geworden als bei unserem ersten Treffen in Coruum, besonders in den letzten Tagen, nachdem er uns bei der Aktivierung des oberen Archenteils beinahe umgebracht hätte - doch fühlte ich mich in der Gegenwart des großen Mannes wohler. Er strahlte trotz seiner gewaltigen Bedeutung für die Welten seines Bündnisses eine Art Natürlichkeit und Authentizität aus, die seine Gesellschaft angenehm und ungezwungen wirken ließ.

Keleeze trug wie beim letzten Mal seine glänzenden, schwarzen Haare zu einem strengen, kurzen Zopf geknotet. Der dunkelgraue, uniformgleiche Anzug war schmucklos. Nur die schwarzen Augen funkelten - diesmal voller Entschlossenheit - und ich glaubte einen nicht genau zu definierenden Ausdruck von Anspannung auf seinen Zügen wahrzunehmen.

Auch Syncc Marwiin wirkte anders als gestern - vor seinem Abflug. Als hätte er von Keleeze schlechte Nachrichten erhalten, führte er ihn mit unbewegtem Ausdruck unbeirrt an

Sturgis und mir vorbei, direkt zum Eingang der Arche, nickte uns kurz zu und erlaubte auch Keleeze nicht mehr als einen wortlosen, aber freundlichen und wie ich glaubte – wiedererkennenden – Blick.

»Damn, da is' was passiert, Scotsman«, kommentierte Sturgis unbewusst meine Gefühlslage, mit Sorgenfalten auf der Stirn den beiden hinterherblickend, »und zwar etwas ganz Übles, wenn du mich fragst!«

»Aye, sehen wir nach, was sie machen«, meinte ich und nickte in Richtung der geöffneten Blendentore des Zugangs.

Schon automatisch tippte ich mir in den Nacken, aktivierte mein Visier. »Karen, Keleeze ist zurück, es lohnt sich, aufzustehen«, informierte ich sie. Es dauerte nur wenige Sekunden, bis ich ihr Antwortsignal bekam – *bin unterwegs!*

Sinistra und Warren sahen uns im oberen Teil der Arche neugierig entgegen. Sie waren jeden Morgen die Ersten an unseren provisorisch eingerichteten Arbeitsplätzen in der Kathedrale der Sole-Sourcer und spät nachts die Letzten, die in das Habitat zurückkehrten. Es war faszinierend zu beobachten, wie sich unsere Gruppe in den Wochen seit der Entdeckung von Coruum geformt hatte. Nachdem die Besucher schnell deutlich gemacht hatten, dass sie keine weiteren Erdlinge hier sehen wollten, hatten Warren und Fergus, als echte Kapazitäten im Bereich der Naturwissenschaften, uns *breitaufgestellte Laien* mit sehr engen Spezialgebieten angelernt. Meine Aufgabe bestand im Wesentlichen aus dem Managen der Komplexität aller Tätigkeiten und der Sorge, nichts zu vergessen, während Karen sich dem Kartographieren der Arche und ihrer Artefakte widmete. In den wenigen Momenten, in denen ich so etwas wie Langeweile spürte, half ich Fergus und seinem *Assistenten* Sturgis, die Funde in der Kathedrale zu untersuchen, zu beschreiben und ihre mögliche Bedeutung zu interpretieren. Zusätzlich hatte ich begonnen, die Chronologie der Ereignisse zu notieren und ein Register der Wissensfragmente zu erstellen. Überrascht hatte ich festgestellt, wie viel wir alle bereits über die Besucher des Roten Nebels in Erfahrung gebracht hatten - wenn wir unsere Kenntnisse erst kombinierten.

Wenn es gerade von Syncc Marwiin nichts zu lernen gab - was fast nie vorkam - verbrachte Sinistra ihre Zeit damit, Karen zu helfen und ihr von ihren Erlebnissen in der Gesellschaft des alten Mannes zu erzählen. Dieser schien bei seiner Untersuchungsarbeit fast keinen Schlaf zu brauchen und auch die junge Guatemaltekin kam seit ihrer Rückkehr vor zehn Tagen mit sehr viel weniger als wir übrigen aus.

Keleeze war in der Kathedrale stehen geblieben und betrachtete konzentriert die Kuppel. Dass der alte Mann weitergegangen war, schien ihn im Moment nicht zu kümmern. Ich trat zu ihm und wartete.

»Ich habe schon viel gesehen, Donavon, sehr beeindruckende Bauten und Welten, doch nichts ist rückblickend auch nur annähernd so schön gewesen wie diese Kuppel«, sagte er in seiner Sprache, während mir der Übersetzer nahezu zeitgleich die englischen Worte ins Ohr soufflierte. Sein offenes Erstaunen bedurfte keiner Interpretation. Er drehte sich zu mir und deaktivierte sein Visier, lächelte, als er mein eigenes, aktives bemerkte.

»Ein sinnvolles Utensil, findet Ihr nicht?« Sein Lächeln wurde breiter.

»Syncc Marwiin sagt, das hier sei erst der Anfang«, antwortete ich und schaltete es ab. »Wir werden Jahre brauchen, allein diese Kuppel zu dokumentieren - unabhängig von dem, was noch folgt, Siir.«

Sein Blick wurde mit einem Mal hart. »Das mit den Jahren könnte ein Problem werden, mein Freund, unter Umständen haben wir nicht mehr sehr viel Zeit - kommt!«

Karen kam hereingerannt, Fergus mit hochrotem Kopf, völlig außer Atem, zwanzig Meter hinter ihr. Sie strahlte Keleeze an, der ihr zunickte und in Richtung Syncc Marwiin ging, der ihn äußerlich ruhig am Gang zum Fahrstuhl erwartete.

Sinistra legte ihren Stift auf den Tisch, hakte Karen unter und folgte ihm. Fergus, Warren, Sturgis und ich sahen uns an.

»Ich habe *kommt* verstanden«, meinte der Amerikaner, »das betraf uns alle.«

Also machten wir uns auf den Weg.

Der Wachoffizier erwartete uns in seinem Panzeranzug auf der Fahrstuhlplattform. Die beiden Besucher unterhielten sich leise - mein Übersetzer schwieg, nur Sinistra war in der Lage, sie zu verstehen, Warren vielleicht ein paar Fragmente.

Es war einer der raren Momente, in denen der Certeer uns einen Blick auf den ungetarnten Panzeranzug gestattete. Alle bis auf Keleeze und Syncc Marwiin starrten ihn an. Ich stand nur einen Meter von den furchteinflößenden, schwarzen Krallenfüßen des Anzugs entfernt, die allein bis zu meinen Knien reichten. Die unförmigen Behälter auf den breiten Schultern, die ohne den störenden Kopf sehr ausladend wirkten, ragten hoch über mir auf. Unmerklich hatte die Plattform begonnen, sich hinabzubewegen. Ich legte meinen Kopf in den Nacken und sah den länger werdenden Schacht hinauf, bis ein blendenartiges Schott ihn lautlos über uns abschloss. Als die Plattform mit dem Bremsen begann, spürte ich mein Gewicht deutlich zunehmen. Nach genau 957 Metern lotrechter Fahrt, wie mein Visier mir mitteilte, kamen wir zum Halten, wieder in einem der beiden Brennpunkte eines ellipsoiden Raumes. Das runde Blendentor im zweiten Brennpunkt zu unserer Rechten öffnete sich und wir betraten einen indirekt, in dem uns zwischenzeitlich gut vertrauten Bronzeton beleuchteten, zweihundertvierzig Meter langen Tunnel. Unter einer dreißig Meter hohen Decke machten wir einen kurzen Fußmarsch, bis wir vor dem Bergrutsch standen, der bisher unser Vorankommen nachhaltig blockiert hatte.

Syncc Marwiin hatte sich Keleeze zugewandt und erklärte ihm ein Schichtbild des Archenkomplexes auf einem vor ihnen in der Luft schwebenden, masselosen, dreidimensionalen Bild.

»Das hier ist ein Erdrutsch, ausgelöst durch eine mehrere zehntausend Jahre zurückliegende Serie von Eruptionen einer gigantischen Magma-Kammer, in einhundertsiebzig Kilometern Tiefe, die zu dem sehr viel weiter unten liegenden tektonischen Graben gehörte«, flüsterte mir der Übersetzer die Worte des alten Mannes ins Ohr. »Nach einem sehr heftigen Ausbruch dieses Vulkans und eines noch größeren in gut siebenhundert Kilometern Entfernung, südöstlich von hier, der zusammen mehr als einhundertzwanzig Kubikkilometer Gestein in die Atmosphäre geschleudert hat, sind die größten Hohlräume eingestürzt und haben beim Zusammensinken die mit Wasser gefüllte Caldera auf der Oberfläche entstehen lassen. Leider wurde dabei auch der ursprüngliche Tunnel hier auf vierhundert Metern Länge zerstört.«

Er bemerkte unsere entsetzten Blicke in seinem Rücken nicht, sondern fuhr leise fort: »Wie Ihr seht, Höchster, befand sich die Arche glücklicherweise am Rand des Haupt-Magmakanals, sie wurde höchstwahrscheinlich verschont. Wir müssen uns entscheiden, ob wir *hier* einen Zugang bohren und versuchen, den ursprünglichen Verlauf irgendwie zu rekonstruieren, oder direkt unter dem Schacht.« Er deutete mit einem Daumen über seine Schulter, um deutlich zu machen, welchen Schacht er meinte. Das Bild auf der dreidimensionalen Darstellung wanderte. »Dieser Tunnel vor uns müsste in wenigstens einem weiteren Schacht enden, denn die Sensoren der Expeditionsdrohnen haben die Arche noch weitere vier Kilometer unter uns geortet, zwischen weiteren Hohlräumen, in direkter Linie mit dem ersten Zugangsschacht.«

Keleeze schwieg eine Zeitlang und bediente seinerseits die Darstellung. »Wir müssen den schnellsten Weg wählen, Syncc«, sagte er eindringlich. »Das Risiko muss akzeptabel bleiben, aber wir müssen die Zeit nutzen.«

Der hagere Alte senkte den Kopf. »Die Drohnen müssen das machen, Siir, es kann sein, dass dort unten noch immer ein extrem hoher Druck herrscht. Der obere Teil des Archenkomplexes mit dem See könnte zerstört werden.«

Also warteten wir angespannt im Habitat auf Ergebnisse der Expeditionsdrohnen. Keleeze hatte gesagt, dass es hier drin sicher sei, ganz gleich, was passieren würde.

Fergus und Karen fachsimpelten über Supervulkane und ob dieser hier vor siebzig- oder fünfundsiebzigtausend Jahren ausgebrochen sei.

»Es würde einiges erklären, Don.« Sie rutschte auf dem Sofa an mich heran und wedelte mit der Schichtenzeichnung eines Vulkans. »Die Eruption, die diese Caldera verursacht hat, hat auch sämtliches Leben im Umkreis von mehreren hundert Kilometern ausgelöscht. Du hast Syncc Marwiin gehört, er sprach von einhundertzwanzig Kubik*kilometern* Gestein, das herausgeschleudert wurde. Solch eine Menge genügt, um eine vulkanische Eiszeit auszulösen.« Sie atmete hörbar aus. »Das kann als Ursache für einen evolutionären Flaschenhals gelten.«

Fergus saß uns gegenüber und hatte seine Ellenbogen auf den Knien abgestützt. »Du vergleichst das mit der Toba-Katastrophen-Theorie - nicht wahr? Danach wurde die weltweite Population, vor ungefähr siebzigtausend Jahren, als Folge von einschneidenden Verschlechterungen der Lebensbedingungen - und da würde eine Verdunkelung der Atmosphäre durch eine Vulkanexplosion sehr gut passen - auf eine Größenordnung von zwei- bis maximal zehntausend Exemplare reduziert.« Er verstummte.

»Damit wären alle Nachfolgelinien der Sole-Sourcer-Erben, die sich soeben von den Auswirkungen der Potentialkatastrophe erholt hatten, durch genetische Inzucht erneut stark bedroht gewesen.« Warren schob sich seine Brille auf dem langen Nasenrücken zurecht. »Das könnte erklären, warum die Menschheit bis heute keine eigenen Spuren der Sole-Sourcer - Zivilisation gefunden hat.«

»Ganz genau, Warren.« Fergus nickte ihm zu. »Ihre Nachfahren wären damals vollständig ausgelöscht worden. Die heutigen Einwohner Afrikas hingegen entstammten nur noch zum Teil dem Evolutionsbaum, der nach gängiger Meinung seine Wurzeln hier gehabt hat. Ein Großteil von ihnen hat bis zum Eintreffen der Potentialkatastrophe nie oder nur vorübergehend in Afrika gelebt, sondern kam erst nach einer Verbesserung der Lebensbedingungen von den umliegenden Kontinenten hierher.«

»Es würde aber auch erklären, warum unsere Gene so verschieden sind, wie Ihre Kollegin Sybil Carlysle festgestellt hat, Professor«, ergänzte Karen.

Es war einer der wenigen Momente, seitdem ich Fergus kannte, in denen er keine Antwort parat hatte.

Die Archäologin schmunzelte. »Eine genetische Verarmung führt in der Regel zu einer Inzuchtdepression, das heißt, die wenigen Überlebenden einer Art kreuzen sich nur noch innerhalb des verbliebenen Gen-Pools, verlieren ihre Gen-Vielfalt und sterben mangels Anpassung aus.«

»Dann dürfte es aber überhaupt keine Menschen mehr auf der Erde geben, Karen«, warf ich ein.

»Nicht unbedingt, Doktor.« Warren sah sie an und senkte anerkennend den Kopf. »Eine sehr gute Theorie! Es ist erwiesen, dass die Evolution für solche Fälle vorgesorgt hat. Dieses Phänomen nennt man Purging. Es bedeutet, dass ingezüchtete Populationen – also solche mit nur noch sehr wenigen Individuen – trotz einer zu geringen Vielfalt die schlechten Gene eliminieren. Dies tritt verstärkt ein, wenn die Populationen einer gesteigerten Fitness-Anforderung unterliegen – und das kann in einer lebensfeindlichen Umgebung auf der Erde wie nach einem vulkanischen Winter wohl unterstellt werden.«

»Und das bedeutet?« Sturgis hatte versucht, den fachlichen Ausführungen so weit es ging zu folgen. »Wir stammen nicht von den Sole-Sourcern ab?«

»*Genau!*« Warren nickte. »Wir sind das Ergebnis der parallelen Evolutionslinien, welche die Sole-Sourcer in ihrer Herrschaftszeit weltweit unterdrückten, ohne sich mit ihnen zu vermischen. Teile dieser Populationen überlebten die Potentialkatastrophe und den vulkanischen Winter außerhalb Afrikas. Danach gab es keine Sole-Sourcer mehr, die sie unterdrückten und auch keine ihrer Nachfahren mehr.«

»Wir wissen nicht, was sie anders in ihrer Evolutionsgeschichte gemacht haben als die anderen vormenschlichen Stämme, um diese Vormachtstellung zu erlangen, die sie unzweifelhaft für eine sehr lange Zeit innehatten«, dachte ich laut, »aber sie hatten offensichtlich großes Pech dabei, die Früchte dieser Entwicklung zu ernten.«

Sinistra sah mich traurig an. »Wenn ich Syncc Marwiin in den letzten Wochen richtig verstanden habe, Doktor, dann bereiten sich die heutigen Sole-Sourcer – das Dritte Imperium – gerade darauf vor, diese Ernte einzufahren!«

Ein lautes Zirpen riss mich aus dem Schlaf. Karen schrie leise auf und drückte sich neben mir aus den Kissen.

»*Was ist los?*« Sturgis' Bass dröhnte durch den Alarmton.

Rotes Blitzlicht erhellte den Aufenthaltsraum des Habitats.

»*Start in fünf Sekunden!*«, donnerte eine synthetische Stimme. »*Don!*«

Ich war aus dem Bett, ergriff mein Visier, legte es mit einem geübten Griff um, sprang in einen der Konturensessel vor dem Arbeitspult und suchte nach einem Anschnallgurt – doch der kam automatisch – kaum dass ich Platz genommen hatte. Neben mir landete Sturgis mit einem Krachen, dass ich für einen Moment dachte, der Sitz wäre abgebrochen.

Die Ansicht des Displays beantwortete mir alle Fragen. Wir waren auf dem Weg aus der Atmosphäre. Das Habitat hing in einer blauen Schlinge aus Licht, die von einem sichelförmigen Objekt gezogen wurde und sich mit unglaublicher Geschwindigkeit von der Erde entfernte. Ich spürte keine Bewegung – nicht einmal eine leise Vibration.

Sinistra kam nur mit der Bettdecke bekleidet an meine Seite und bediente das Display. Sturgis beugte sich auf meiner anderen Seite unmerklich - wie er glaubte - nach vorn. Eine Stimme meldete sich und sie führte eine kurze Unterhaltung in der Sprache der Besucher. Unsere Übersetzer schwiegen. Das Bild der Ärztin, Hud Pasuun, erschien und erklärte etwas in ernstem Ton. Ich hörte ein Wort, das ich als *Keleeze* interpretierte, dann endete das Gespräch.

»Wo fliegen wir hin, Kleines?« Karen stand hinter mir.

»Zum Schildverband. Das, wovon ich dir erzählt habe, hat uns erreicht. Es ist in das Sonnensystem eingedrungen. Keleeze hat befohlen, uns in Sicherheit zu bringen.«

»Wir fliegen zu den Besuchern aufs Schiff?« Fergus' Stimme zitterte vor Aufregung. Er stützte sich auf die Lehne von Sturgis' Sessel und verfolgte mit zusammengekniffenen Augen den dargestellten Kurs im Display.

Ich sah auf Sinistra, die in Gedanken versunken regungslos neben mir stand.

»Was hat die Ärztin noch gesagt?«, fragte ich sie vorsichtig.

Ihre dunklen Augen starrten ins Nichts.

»Sinistra?"

»Sie hat gesagt, dass Syncc Marwiin und Keleeze *sehr* besorgt sind, sie haben den Verband in Kampfbereitschaft versetzt.«

Vor meinem inneren Auge entstand ein Bild von Rory und seinen SAS-Männern, die im Kraterbereich zurückgeblieben waren.

Fear no Fear!

Guatemala, Region um Coruum
25. November 2014
30397/2/5 SGC

Miles Shoemaker

Ihnen rann die Zeit zwischen den Fingern hindurch.

Das Barrel Öl hatte gestern erstmals in der Geschichte jenseits der Fünfhundert-Dollar-Marke gelegen. Seit dem Zusammenbruch der Infrastruktur auf dem amerikanischen Kontinent nach dem 4. Oktober hatte sich der Preis vervierfacht. Die nationalen Reserven würden noch für einhundertfünfzig Tage reichen - wesentlich länger als erwartet - einer der wenigen positiven Nebeneffekte des Gammastrahlenblitzes. Er lächelte bitter - der Energieverbrauch hatte sich durch den Technologie-Genozid auf ein Zwanzigstel des durchschnittlichen reduziert. Allein die Anzahl der noch betriebsbereiten Autos war auf ein Promille zurückgegangen. Er war noch nie so schnell per Limousine vom Weißen Haus zum Flughafen gekommen - vorbei an in Dreierreihen am Straßenrand zusammengeschobenen schrottreifen Fahrzeugen.

Die OPEC hatte sich vor zwei Wochen zu einer geschichtlichen Höchstförderquote entschieden - der Effekt auf den Rohölpreis waren fünfzig Dollar gewesen - für einen Tag. Die Experten schätzten die benötigte Zeit, um die Förderung auf den kanadischen Ölsandfeldern wieder auf den normalen Level zu bringen, auf achtzehn Monate.

Die Chinesen und die Russen waren in der Zwischenzeit dabei, den Markt aufzukaufen - gegen die geschwächten USA und die Europäer. Unter ihrer hilfsbereiten politischen Schicht der Wiederaufbauhilfe war der Wirtschaftskrieg im vollen Gange. Russland beherrschte den Gasmarkt bereits uneingeschränkt, Europas Gegenmaßnahmen zeigten Wirkung - aber nur langsam. Regenerative Energien lieferten dort zwar um die zwanzig Prozent der benötigten Gesamtleistung, waren aber immer noch zu störanfällig - die Investitionen zu hoch.

Fusion war die Zukunft – in fünfzehn Jahren frühestens in ausreichender Menge verfügbar. Bis dahin brauchten sie diese Generatoren aus Coruum so dringend! Die Schätzungen des britisch-amerikanischen Forscher-Teams vor Ort waren euphorisch. Sie bezifferten die konstante Leistung nur eines der drei Stromerzeuger dort im Depot auf ungefähr zehntausend Megawatt! Das entsprach der Leistung von zehn mittelgroßen Atomkraftwerken. Problematisch würde allein der Ausbau und Transport in die USA – sollte so etwas überhaupt möglich sein –, ein weiteres Team arbeitete bereits an einem geschützten Leitungsnetz von Mittelamerika nach Florida.

»Fünf Minuten, Sir«, meldete ihm der Pilot der Lockheed A-117. Er hatte sich auf all seinen Flügen der letzten Wochen dieser Maschine bedient – schnell und nahezu unsichtbar. Jetzt würde er auf einem britischen Hubschrauberträger vor der Küste von Belize landen, zweihundert Kilometer von Coruum entfernt, den Leiter des MI-6 treffen und mit ihm in einen Comanche umsteigen, der sie in einer halben Stunde zur Ausgrabungsstätte bringen würde.

Er hatte in seiner Rolle des nationalen Sicherheitsberaters mit dem Präsidenten und dem Notfall-Kabinett gemeinsam entschieden, den Fundort und das Land im Umkreis von einhundert Meilen für die USA zu annektieren. Die Regierungen von Guatemala und Belize würden großzügig mit Entwicklungshilfemaßnahmen entschädigt werden, Mexiko würde dafür etwas abgeben müssen, wollte es von der Energielieferung profitieren. Die CIA hatte auf Regierungsebene nur wenig zu argumentieren gehabt. Guatemala war dankbar über die militärische Präsenz der Marines und der Special Forces, die dem Land halfen, die bürgerkriegsähnlichen Zustände seit dem 4. Oktober wenigstens in einigen Regionen besser in den Griff zu bekommen.

Der Nachthimmel über dem Golf von Honduras schimmerte in einem dunklen Violett, als die A-117 auf ihrem Triebwerkstrahl nur wenig entfernt vom Hubschrauber weich aufsetzte. Der Schutzschild der geheimnisvollen Besucher war seit gestern wieder aktiv. Ärger überkam ihn. Er hatte bis jetzt nicht den Grund dafür herausfinden können – wahrscheinlich würde ihm sein Gesprächspartner in wenigen Minuten mehr darüber berichten können. Die Briten waren über diesen Donavon MacAllon und seine Freunde wesentlich besser mit dem aktuellen Geschehen um die Außerirdischen verdrahtet als er – vor allem, seitdem Professor Morton Warren sich den Briten zugewendet hatte und er auf Nick Downing angewiesen war, einen zwar motivierten, aber nicht annähernd so brillanten Wissenschaftler.

Die Firma hatte ihm bereits vor zwei Tagen die komplette Akte über Colin Rogers zukommen lassen. Ein ausgezeichneter Mann, der über ein exzellentes Netzwerk in der britischen Regierung und zum Militär verfügte. Er hatte die Engländer immer darum beneidet, wie integer ihre Dienste mit allen Teilen der Regierung zusammenarbeiteten – kein Vergleich zu dem teilweise irrwitzigen Wettkampf um Zuständigkeiten vor seiner Tür. Auch war das Unterstützungsprogramm der Europäer für sein Land unter der Leitung der Briten sehr effizient angelaufen – er hatte eigentlich keinen Grund zur Klage.

Das Cockpitdach öffnete sich und kühle Seeluft strich über sein Gesicht. Die Gurte lösten sich, er nahm den Helm ab, erhob sich und hängte ihn an die dafür vorgesehene Vorrichtung.

»Vielen Dank, Captain«, sagte er zum Abschied zu seinem Piloten, beugte sich nach vorn und klopfte ihm anerkennend auf den Helm, stieg auf die herangefahrene Plattform, auf der ihm ein britischer Offizier salutierte.

»Sir!«

Das Gepäck war bereits aus dem kleinen Frachtabteil der A-117 ausgeladen und zum Hubschrauber hinübergebracht worden, sein kleiner Lederkoffer stand am Fuß der Treppe für ihn bereit.

Colin Rogers, ein drahtiger Mann, fünfundvierzig Jahre alt, kam ihm lächelnd entgegen, einen Kleidersack über dem linken Arm. »Auf die Minute, Sir. Ich habe Ihre Wechselkleidung und dann sind wir startbereit.«

Sie schüttelten sich die Hände, Miles nahm den Kleidersack, ging hinter einen provisorisch aus Decken errichteten Blickfang und entledigte sich seines Druckanzugs.

»Ich habe hier die letzten Berichte aus Afrika, ich denke, das wird Sie interessieren«, Rogers reichte ihm ein Notebook mit Touchscreen, während sie sich einander gegenüber auf den etwas höher liegenden Sitzen hinter dem Piloten des Comanches festschnallten, »ist vor drei Stunden gekommen.«

Miles starrte fasziniert auf den Bildschirm. Es war ein Panoramafoto in sehr hoher Auflösung, über das die Kamera langsam hinweg schwenkte. Es musste auf einer Kuppel aufgemalt sein, denn die Linien und Figuren wirkten leicht gekrümmt.

»Woher ist das?«

Rogers lächelte geheimnisvoll. »Aus einem Bau ähnlich dem Lager in Coruum, nur noch größer – und wesentlich älter. Dr. MacAllon spricht von ungefähr einhundertundzwanzigtausend Jahren!«

Miles schüttelte ergriffen den Kopf. »Unglaublich, wer hat da gelebt, doch nicht die Neandertaler?«

Der Hubschrauber war unmerklich für sie gestartet und machte während des Fluges ein paar leichte Scherbewegungen, sie überflogen eine kleine Inselgruppe.

»Steht auf der nächsten Seite. Neandertaler gab es wohl auch, aber die hatten nicht viel zu melden – offiziell heißen die Erbauer Sole-Sourcer, und sie haben dort anscheinend eine Art Arche hinterlassen, um ihren nachfolgenden Generationen den Wiederanfang zu erleichtern - offensichtlich hat etwas bei diesem Plan nicht so funktioniert, wie sie sich das erhofft hatten.«

Miles runzelte die Stirn. »Was haben sie erwartet, dass sie so eine Arche erbauen? Eine Sintflut vielleicht – *in Afrika?*«

Colin Rogers zuckte mit den Schultern. »So ähnlich, Sir. Es ist mir nicht ganz klar, Dr. MacAllon spricht von einer urzeitlichen Katastrophe, die ihren Ursprung weit außerhalb unseres Sonnensystems gehabt haben muss – in ihren Auswirkungen vergleichbar der Gammastrahlenwelle, die uns am 4. Oktober getroffen hat - nur tausendmal stärker - sie beendete die Existenz der damaligen Zivilisation der Sole-Sourcer auf der Erde.«

Shoemaker schwieg die folgenden Minuten, versuchte sich auszumalen, wie die Welt heute aussehen würde, wäre die Gammastrahlenwelle des 4. Oktober noch stärker gewesen - eintausendmal stärker. Er vertiefte sich in die folgenden Seiten und Bilder des Berichtes, während der Hubschrauber mit knapp sechshundert Stundenkilometern im Tiefflug die Küstenlinie von Belize erreichte und über dunkelviolettes, von Regenwald bedecktes Gelände flog.

»Die Besucher, wie sie in diesem Text genannt werden, lassen nicht zu, dass wir weitere Beobachter in die Arche schicken - was halten sie dort vor uns verborgen?«

»Wir wissen es nicht sicher - die Wissenschaftler dort glauben, sie suchen eine Kontaktmöglichkeit mit den heutigen Nachfahren der Sole-Sourcer.«

»Es gibt noch welche? *Wo ?*« Miles beugte sich vor, so weit seine Gurte das zuließen.

Rogers schüttelte den Kopf. Ein kurzes Lächeln huschte über seine Züge, als er die maßlose Enttäuschung des Amerikaners darüber spürte, dass er nicht dort in Afrika sein konnte, »irgendwo da draußen, Sir - wir haben keine Ahnung.«

Beide verfielen in nachdenkliches Schweigen. Die Morgendämmerung war fortgeschritten und ermöglichte den Blick auf vorbeihuschende Nebelfetzen und vereinzelte Ortschaften, immer noch ohne Licht, ohne Elektrizität, im Elend.

»Die Weltordnung hat sich verschoben.« Miles sagte das ohne besondere Betonung. »Wir müssen neu planen.«

Der Blick von Rogers verharrte auf dem Sicherheitsberater des Präsidenten.

»Wir verlieren die Initiative vor unserer eigenen Haustür, Colin, wir sind schwer angeschlagen, wie kommen wir da wieder raus?«

»Indem wir mit den Besuchern zusammenarbeiten und ihren Entwicklungsvorsprung auf allen Gebieten akzeptieren - wir können nur lernen, Sir!«

Shoemaker fühlte sich beobachtet. Er überwand seine grüblerische Phase, wischte sich mit der Hand über die Augen.

»Das ist wohl der Weg«, er reichte Rogers das Notebook zurück, »wie kommt unser Team in Coruum voran? Sehen Sie eine Chance, einen der Generatoren auszubauen?«

»Nicht ohne das gesamte Depot auszugraben - und dann wissen wir immer noch nicht, woran wir die Leitungen erkennen können - es sind vollkommen neue Werkstoffe, auf die wir dort stoßen. Die Bedienungswarte, die Professor Warren ausprobiert hat, ist extrem komplex, das Team macht Fortschritte, aber es gibt zurzeit keinen Zeitplan, der verlässlich so weit in die Zukunft reicht, Sir.«

Miles schüttelte frustriert den Kopf.

Der Comanche drehte sich und verlor schnell an Höhe. »Wir sind da«, sagte der Amerikaner, als die Ausläufer des fünf Meter hohen Starkstromzaunes hinter einem betonierten Streifen sichtbar wurden, der das gesamte Ausgrabungsgebiet weitläufig eingrenzte.

Die Stele erschien inmitten der rechteckigen Grube mit der nach unten führenden Rampe, als sie zur Landung ansetzten. Das Lager hatte sich erneut stark verändert. Es erinnerte ihn an seinen ersten Besuch hier mit den Special Forces. Lange Containerreihen und große Zelte in akkurater Aufstellung erfüllten das gerodete Gelände. Geröll und Unterholz waren weiträumig entfernt worden, zwei große Aluminiumgerüsthallen markierten den erweiterten Eingang zum Archivraum.

Ein plötzliches Aufheulen der Turbinen, gefolgt von einer gewaltigen Druckwelle, presste Miles in die Sicherheitsgurte, der Comanche vollführte unerträgliche Scherbewegungen, Alarmsignale erfüllten die Kabine, ein harter Aufprall - dann verlor er das Bewusstsein.

»Miles, *Miles* – alles in Ordnung?«

Er öffnete die Augen, sein Kopf pochte. Er lag mit seinem Sitz auf dem Rücken, sein Hinterkopf dröhnte. Über ihm baumelten die geöffneten Gurte des gegenüberliegenden Sitzes. Der Engländer hockte neben ihm, einen blutigen Schnitt an der Wange.

»Wir sind abgestürzt, Sir«, Rogers löste die Gurte. »Kommen Sie, ich helfe Ihnen raus – *Vorsicht!*«

Miles rollte sich schwindelnd aus dem Sitz, blieb mit einem Fuß an einem Hindernis hängen und fiel fast zwei Meter durch die geöffnete Seitentür auf den Waldboden. Er landete schwer auf seiner linken Schulter und hörte etwas knacken. Schmerz brandete auf und entriss ihm einen Schrei.

Rogers war sofort bei ihm und half ihm langsam auf die Beine, musste mehrfach zufassen, um ihn zu stabilisieren. »Etwas kaputt, Sir?«

Miles nickte, spannte versuchsweise mit zusammengebissenen Zähnen die Schulter an und ließ es sofort wieder. »Schulterblatt.«

Feuchte Luft umgab sie. Der feine Kalkstaub des Bodens setzte sich sofort auf ihren Schuhen ab. In dem besonderen Licht des Schutzfeldes schimmerte er lila, wie überhaupt alles hier einen Stich ins Rotviolette hatte – eine mehr als unwirkliche Atmosphäre schaffend. Entfernte Laute drangen zu ihnen. Vereinzelt fielen Schüsse. Ihre Blicke trafen sich.

»Was ist da los?«

Miles sah sich um, stützte sich immer noch auf Rogers ab. Der Hubschrauber hatte es über den Zaun geschafft, war dann fast senkrecht mit dem Bug auf den Boden geprallt, nur wenig abgebremst durch zwei Kiefern. Das Cockpit war vollkommen zerdrückt, überall lagen messerscharfe Kohlefasersplitter des zerborstenen Rotors.

Rogers schüttelte langsam den Kopf, als er ihn ansah – keine Chance für den Piloten.

»Eine Explosion?«

»Vielleicht ein Überfall«, erwiderte der Brite. »Wäre nicht das erste Mal, dass lokale Banden sich hier etwas zu essen und Benzin holen wollen.«

Miles schloss für einen Moment die Augen und atmete langsam tief durch, spürte den zunehmenden Schmerz. »Aus diesem schwer bewachten Lager mit Luftaufklärung?« Er war anderer Meinung. »Sicher nicht, Colin. Und was hat uns getroffen?« Sein Denken wurde zusehends klarer. »Schauen wir nach!«

Sie gingen langsam weiter ins Lager hinein, intuitiv vereinzelt stehende Bäume und dünnes Unterholz als Deckung nutzend. Rogers trug seine entsicherte Dienstwaffe in der rechten Hand, ging voran, Miles folgte ihm, immer darauf bedacht, nicht mit der Schulter irgendwo anzustoßen.

Sie näherten sich einer Reihe von Materialcontainern, hinter denen Männer und Frauen Deckung gefunden hatten und vorsichtig an den Kanten vorbeischauten, in Richtung der Aluminiumhallen. Miles sah einige amerikanische Soldaten unter ihnen.

»Was ist da passiert, Lieutenant?« Der von Rogers Angesprochene suchte nach Rangabzeichen an der schwarzen Uniform des MI-6-Chefs, fand aber nichts, außer einem kleinen runden Aufnäher mit der britischen Fahne. Als Miles ihm seine Secret-Service-Marke vor die Nase hielt, richtete er sich ruckartig auf und salutierte.

»Ist ja gut, Mann, wir wollen nur wissen, was da eben unseren Chopper runtergeholt hat«, presste Miles durch vor Schmerz zusammengekniffene Lippen.

»Eine mächtige Druckwelle hat alles umgerissen, Sir«, er klopfte mit der behandschuhten Faust gegen den Container, hinter dem sie standen.

Erst jetzt bemerkte Miles, dass der auf dem Kopf lag. Etliche der Personen hier waren verletzt, er fing panische, gehetzte Blicke der Zivilisten auf, die von einigen Soldaten behandelt wurden. Auch die anderen Ausrüstungsgegenstände waren bunt durcheinandergewürfelt.

»Sehen sie die Container und die Fahrzeuge, Sir. Dann schlug etwas in den Hallen ein und die Wände flogen weg. Seitdem ist es ruhig.«

»Ist jemand im unterirdischen Teil, Lieutenant?«

Der Offizier hob abwehrend die linke Hand und konzentrierte sich auf eine Meldung in seinem Ohrhörer. »Zwei Teams sind nahe der Halle, Sir. Sie berichten, dass etwas in den Archivraum eingedrungen ist. Sie haben Interferenzen auf den Schirmen.« Er verstummte und lauschte weiter. Miles und Colin Rogers tauschten angespannte Blicke.

»Lieutenant!«, sprach Miles den Soldaten an, der erneut abwinkte. Ihm riss der Geduldsfaden. »*Lieutenant!*«

»Sir?«

»Verbinden Sie mich mit Major General Skelton«, Schweißtropfen standen Miles auf der Stirn, er spürte, wie er das Bewusstsein zu verlieren drohte, die Schmerzen der Schulter waren unerträglich - behinderten ihn zunehmend beim Atmen.

»Sir – er ist nicht hier. Er überwacht die Anlieferung des für heute angekündigten Nachschubs auf dem Flughafen von Flores, Sir!«

Er atmete langsam durch, versuchte die Schmerzen nicht zu beachten.

»Dann rufen Sie seinen Stellvertreter, Lieutenant. Ich bin Miles Shoemaker, der Sicherheitsberater des Präsidenten. Ich muss jetzt mit ihm sprechen.«

»Das ist Colonel Franks, US Special Operations Command, Sir.« Der Offizier wechselte die Frequenz und rief das Funkzeichen des Genannten. Nach endlosen Minuten Wartens riss er sich plötzlich das Headset vom Kopf und reichte es Miles.

»Ist dran, Sir!«

»Colonel, hier spricht Miles Shoemaker, Sicherheitsberater des Präsidenten. Befehlen Sie Ihren Leuten, sich zurückzuziehen, auf *keinen Fall zu schießen oder mögliche Ziele anzuvisieren* – das würde verheerend für alle hier enden, haben Sie mich verstanden?«

Sekundenlang glaubte er, die Leitung wäre tot, so still war es am anderen Ende. Dann hörte er eine Antwort.

»Sie hatten eine Verabredung mit Doktor Downing, richtig?«

»Ja, Colonel.«

»Nun, dann sage ich Ihnen folgendes, Mister Sicherheitsberater des Präsidenten: Leider ist Doktor Downing seit ein paar Minuten tot, so wie die fünfzig oder sechzig anderen wissenschaftlichen Mitarbeiter im Zugangsbereich des Archivraums, neben neunzehn meiner Navy Seals und acht SAS-Offizieren. Wer immer mein Lager hier verwüstet hat, befindet sich noch dort. Sobald er da wieder raus kommt, werden meine Jungs ihn sich kaufen – *Sir!*«

Die Verbindung knackte, das Gespräch war zu Ende.

Miles schlug mit der rechten Hand gegen den Container, zuckte zusammen, als der Druck durch die Muskelanspannung die verletzte Schulter erreichte, und warf dem Lieutenant einen glühenden Blick zu.

»*Dieser Idiot!*«

»Wie viele?«, fragte Colin Rogers.

»Alle Wissenschaftler, die sich in den Hallen aufhielten, Special Forces und acht von Ihren Jungs.« Er war der Verzweiflung nahe. »Wo befindet sich der Colonel, Lieutenant, in Skeltons Befehlsstand? Ich muss zu ihm!«

Der Offizier wies entlang der Reihe umgestürzter Container nach links. »Ja, Sir. Unterhalb der Stele, direkt neben der Rampe, die in den unterirdischen Teil führt, Sir.«

Miles reichte ihm das Headset zurück.

»*Begleiten Sie uns - los!*«

Der Mann zögerte kurz, nickte dann einem Sergeant in der Nähe zu, der einer jungen Frau den Unterschenkel verband. »Du übernimmst, Dean! – Folgen Sie mir, Sir!«

Sie eilten – so schnell es Miles möglich war, ohne den Anschluss zu verlieren – hinter den Containern entlang Richtung Grube. Der Freiraum, in dessen Mitte die Stele gut zehn Meter unter ihnen stand, war deutlich gewachsen. Das Ausbaggern des Gerölls hatte die Fläche um sie herum nahezu verdoppelt. Das blattförmige Schutzdach über der in den unterirdischen Teil des Depots führenden Rampe war jetzt vollständig freigeräumt. Die Container dort unten waren durch ihre vertiefte Lage größtenteils der Druckwelle entkommen. Nur die Zelte waren arg in Mitleidenschaft gezogen worden. Mehrere Trupps der Special Forces hatten sich bereits in lockerer Formation in Richtung des Archivraumes in Bewegung gesetzt, einige von ihnen waren hinter dem Geröllhaufen der Königspyramide zum Teil den Blicken von Miles verborgen.

Verbittert biss er die Kiefer zusammen, als er sah, dass er zu spät kommen würde, nickte dem Lieutenant energisch zu, weiter auf die obere Rampe zuzugehen, doch der blieb stehen.

»Sir, die Wissenschaftler im Innern des Depots melden einen rasanten Anstieg der Generatorenleistung. Sie können sich das nicht erklären. Wollen Sie wirklich da runter?«

Was ging da vor sich? Miles fühlte seine Schulter und den linken Arm nicht mehr, der Schmerz hüllte sein Denken mehr und mehr ein.

Er taumelte. »Gehen Sie weiter, Lieutenant!«

Colin Rogers fasste ihn unter den linken Arm und gemeinsam stolperten sie hinter dem Soldaten die obere Rampe hinunter.

Ein Schauder ergriff ihn, als er hinter einzelnen Containern die hoch aufragende Stele erblickte, deren wie polierte Oberfläche die dichte Wolkendecke in allen Violett-Tönen reflektierte.

Lauter werdende Rotorgeräusche lenkten ihre Blicke nach hinten, zur Rampe.

»*Nein!*« Er fluchte.

Drei Longbow-Apache-Hubschrauber kamen mit großem Abstand zueinander in Baumwipfelhöhe heran, ihre Waffenträger maximal bestückt. Eine Incentiv-II-Drohne surrte direkt über sie hinweg Richtung Archivraum.

Colin Rogers blieb stehen und mit ihm zwangsweise auch Miles. Die Lippen des Briten zu einem Strich zusammengepresst, strahlte seine gesamte Haltung angespannte Aufmerksamkeit aus. Wie Stiche in seinem Körper vernahm Miles das urplötzliche Hämmern der Maschinenkanonen der Apaches, welche die Königspyramide überflogen hatten und nun ihre API-Munition auf für ihn unsichtbare Ziele feuerten. Zeitgleich dröhnten die Explosionen ihrer Hellfire-Raketen.

Mit Tränen in den Augen brach er zusammen, Rogers ließ ihn langsam auf die Knie sinken – ahnend, was nun geschehen würde.

Ein unglaublich lauter und klarer Ton erklang weit über ihnen. Wie von einem unsichtbaren – gigantischen Knüppel getroffen, wurden die Hubschrauber gleichzeitig mit enormer Wucht auf den Boden geschleudert, traf sie selbst nur Sekundenbruchteile später eine erneute Druckwelle und riss jeden von den Beinen, fegte die noch unversehrten Container an den gegenüberliegenden Rand der Grube, ließ selbst das Schutzdach der Rampe knirschen und schwanken. Rosa Staub erfüllte die Luft.

Miles hörte ein gefährliches, elektrisches Knistern aus der Richtung der Stele, sah Colin Rogers sich neben ihm mühevoll aufrichten, das Gesicht voller rosa Staub.

Eine Serie schwerer Explosionen erreichte sein Ohr. Das Knistern verwandelte sich in einen einzigen Ton, schwoll an und stieg schlagartig ins Unhörbare, ein schmerzhaftes Stechen in Miles' Ohren hinterlassend – bevor ein greller Blitz von der Spitze der Stele über ihn hinweg in den Himmel stieß, hoch in den Wolken etwas traf, das in Millionen Sterne zerbarst und erneut das Knistern begann, diesmal wie eine akustische Antwort auf ein näherkommendes tiefes, metallisches Stakkato. Geröllfontänen stiegen um sie herum auf, körperlich fühlbarer Schall donnerte in nie erlebter Intensität auf ihn ein.

Miles erblickte sich in Metallflocken auflösende Container und Fahrzeuge, einen sterbenden Lieutenant, ein platzendes, zerbröselndes Schutzdach, aus der Stelen-Oberfläche gesprengte Fragmente und ein vom gegenüberliegenden Grubenrand durch das allgegenwärtige Chaos auf ihn zurasendes, schwarzes Leuchten. Dann erstarben sein Gehör und sein Augenlicht.

Erdorbit, Flaggschiff des Schildverbandes
25. November 2014
30397/2/5 SGC

Sinistra

Sinistra weinte. Sie registrierte, wie Karen ihr zum Trost behutsam einen Arm um die Schultern legte. Alles war zerstört, das Depot, der Archivraum – *diese unvorstellbar wertvollen und schönen Aufzeichnungen dieser besonderen Gruppe ihres Volkes!* Sie schluchzte laut auf, schüttelte Karens Arm ab.

»Warum konntet Ihr das nicht verhindern, Siir?«, klagte sie den alten Mann mit klarer Stimme an und ging auf ihn und Keleeze zu, die – inmitten einer Gruppe anderer Besatzungsmitglieder – vor einer großen, dreidimensionalen Darstellung standen, auf der sie alle den Angriff auf Coruum live miterlebt hatten. »*Das waren unwiederbringliche Schätze!*«

Syncc Marwiin kam ihr die letzten Schritte entgegen, stützte sie, als ihre Kraft zu schwinden drohte.

»Es tut mir leid, meine liebe Freundin, wir konnten es nicht. Oldo Merceer ist zu stark in der Rüstung des Tempus.« Seine hellblauen Augen teilten ihren Schmerz über den erlittenen Verlust.

»Wir mussten uns darauf beschränken, ein paar Individuen zu schützen. Und wir Ihr bemerkt habt, war das Depot in der Lage, sich sehr wirkungsvoll zu verteidigen – es hat ihn überrascht.«

Seine Hände lagen etwas hilflos auf ihrem Rücken, während Sinistras Tränen sein Gewand benetzten.

»Außerdem glaube ich nicht, dass er den Archivraum zerstört hat, liebe Freundin.«

»Aber …« Sie riss sich los, ging ein paar Schritt auf die großvolumige Lichtdarstellung zu, in der mittlerweile mehrere Filme nebeneinander liefen.

»Seht!« Syncc Marwiin war neben sie getreten, veränderte die Inhalte der Darstellungen. »Oldo Merceer hatte nicht vor, wirklich etwas zu zerstören, sonst sähe es dort jetzt so aus wie am Ort des zweiten Depots, das durch die Agentin von Z-Zemothy vernichtet wurde.«

Sinistra erkannte den riesigen, nahezu unwirklich symmetrischen Krater in Tikal, in dem sich bereits ein großer See gebildet hatte.

»Er wollte ungestört sein, deshalb war der Einsatz seiner Waffen passiv - einschüchternd. Dass er trotzdem den Abwehrmechanismus des Depots herausgefordert hat, ist gut für uns, und zumindest ein kleiner Sieg - denn wir haben es jetzt nur noch mit zwei Tempi zu tun, von denen einer durch den letzten Treffer des Abwehrsystems schwer beschädigt ist.«

Sie sah Doktor MacAllon und Karen mit fragendem Gesichtsausdruck etwas entfernt stehen - sie hatte unbewusst in Proc gesprochen - ihr Dialog war nicht übersetzt worden.

»Wenn sich der Staub gelegt hat, wir Oldo Merceer vernichtet haben und der Fokus des Geschehens diesen Planeten verlassen hat, könnt Ihr dorthin zurückkehren.«

Sein Lächeln war deutlicher als zuvor. Gleichzeitig fühlte sie, dass dieser Moment der persönlichen Fürsorge des alten Mannes für sie nun vorbei war und er sich dringenden Themen zuwenden musste. Er wandte sich ab.

»Wo ist er, Höchster?«

»Wir wissen es nicht, Syncc. Sein Begleiter hat den letzten Impuls des Disruptors auf sich gezogen, die Sensordaten zeigen, dass er fünfundachtzig Prozent der Energie kompensiert hat, bevor die restliche Ladung durchgeschlagen ist. Das bedeutet für uns bestenfalls eine fünfzigprozentige Zerstörung des Tempus-Volumens - unsere Anzüge wären damit nicht mehr kampffähig - ich kann nicht abschätzen, was das für die Regenerationsfähigkeit der Cyborgs bedeutet.«

Der Fokus der Lichtprojektion veränderte sich. Keleeze wies auf die Sahara.

»Möglicherweise sind sie in der großen Wüste dort notgelandet, um die Regeneration durchzuführen, Drohnen überprüfen das. Wir können sie nur finden, wenn das Tarnsystem des Tempus defekt ist – andernfalls – «, er schüttelte den Kopf, »können sie überall sein.«

Sein Blick streifte Sinistra, die unbeteiligt neben Syncc Marwiin stand und voller Entsetzen den stark vergrößerten Ausschnitt von den Resten Tikals anstarrte.

»Wir müssen davon ausgehen, dass Oldo Merceer mit den Sole-Sourcern Kontakt aufgenommen hat. Sie wissen nun, dass sie einen der Ihren im Roten Nebel haben, einen sehr mächtigen noch dazu.« Syncc Marwiin veränderte die zentrale Darstellung des Hologramms. Tikal löste sich auf und das Ruwenzori-Gebirge erschien, raste heran, bis der Kratersee zu sehen war, das Bild abkippte und zu einem Flug durch den Eingang bis in die Kathedrale der Sole-Sourcer wurde, wo sich die Darstellung in eine Wiedergabe der Kuppel veränderte.

»Sie haben immer für alle Möglichkeiten vorgesorgt. Nach den Aufzeichnungen der Synccs gab es in ihrer Geschichte nur zwei Ereignisse, denen sie nichts entgegenzusetzen hatten: Die erste Potentialkatastrophe und die Raum-Anomalie, in die sie durch das Eintreten der zweiten verbannt wurden.« Er sah Keleeze eindringlich an. »Dies ist nicht die erste Arche, die wir finden, Siir.«

Das Gesicht des Vertrauten Treeroses zeigte unverhohlene Überraschung.

»Wir haben eine des Zweiten Imperiums gefunden und ausgegraben – sie war nur halb so alt wie diese und defekt – aber sie hat uns eines verraten.«

»Ihr seht mich gespannt«, sagte Keleeze in einem Ton, der deutlich sein Missfallen gegenüber dem Zeitpunkt der erhaltenen Information ausdrückte.

»Wir mussten es geheim halten, Höchster«, sagte Syncc Marwiin und Sinistra fühlte das Unbehagen des alten Mannes.

»Die Sole-Sourcer arbeiteten daran, die zweite Potentialkatastrophe zu überstehen, Merkanteer, sie wurden nicht rechtzeitig fertig, aber sie hatten einen Mechanismus im Bau, der keinen anderen Zweck haben konnte, als die Wirkung der Gammastrahlenwellen zu neutralisieren.«

»Woraus schließt Ihr das?« Keleeze war skeptisch.

»Das Zweite Imperium besaß mehr als eine Arche. Ihre Zivilisation war weit im Raum verteilt. Sie hatten das Ereignis der ersten Katastrophe detailliert dokumentiert und sahen den zweiten Potentialkollaps kommen. Im Angesicht der drohenden Unheils konzentrierten sie sich an wenigen zentralen Stellen, an denen sie diese Archen errichteten - weit größer als die auf diesem Planeten.«

Sinistra hörte zu, ihre Gedanken waren jedoch ganz woanders. *Der Raum war wahrscheinlich nicht beschädigt, sie würde weiter die Geschichten der Vergangenheit erforschen können.*

»Möglicherweise waren die Archen zu groß, die Maschinen zu mächtig. Das Aufeinandertreffen der Gewalten der Potentialkatastrophe und der Anlagen zu deren Abwehr erweiterten den Kollaps zu einem Super-Kollaps, lösten die Raumveränderung aus und schleuderten die Sole-Sourcer in ein isoliertes Universum, das sie bis heute gefangen hält.«

»Warum muss Oldo Merceer dann noch in diese Arche?« Keleeze hatte die Finger seiner rechten Hand zur Faust geballt und stützte sein Kinn in einer Geste, die Sinistra signalisierte, dass er das Ende seiner Geduld fast erreicht hatte und Syncc Marwiin sich besser kurz fassen sollte.

Der alte Mann fühlte die Ungeduld des obersten Offiziers an Bord. »Sie werden versuchen, den ausstehenden Potentialkollaps zu einem Super-Kollaps zu erweitern, um aus ihrem Gefängnis zu entkommen. Oldo Merceer wird der Arche nur dann einen Besuch abstatten, wenn sie technische Voraussetzungen bietet, die das unterstützen können.« Er machte eine kurze Pause, legte sich seine nächsten Worte zurecht und warf Sinistra einen ernsten Blick zu. »Ich muss vor ihm hinein, um

Informationen über den Stand der Vorbereitungen der Sole-Sourcer zu erhalten und die Arche – sollte es erforderlich sein – zu zerstören.«

Er deutete auf eine Sternenkarte, die in der Projektionskugel erschienen war. »Die Benutzung des letzten Schiffes der Coruumer war äußerst unglücklich. Die Sole-Sourcer haben dadurch neue Informationen und die Möglichkeit, Kräfte aus ihrem Exil hierher zu bringen, erhalten.« Er sah Keleeze an. »Ihr müsst dafür sorgen, dass sie stets unter Beobachtung bleiben, Siir!«

Uganda, Arche der Sole-Sourcer
26. November 2014
30397/2/6 SGC

Donavon

Es war gegen Mittag, als die Fähre den alten Mann, Sinistra, Sturgis und mich am Ufer des Kratersees absetzte, an der Stelle, an der bis zur vorletzten Nacht das Habitat gestanden hatte. Es regnete wieder in Strömen, das Ruwenzori-Gebirge machte seinem Namen alle Ehre[3]. Sonderbarerweise erreichten die Tropfen nicht mein Gesicht oder einen anderen Teil der Oberfläche meines Anzugs. Auch die normale, hohe Luftfeuchtigkeit spürte ich diesmal nicht. Irgendein Feld, welches von dem grünen Ring an meinem linken Ringfinger erzeugt wurde, hatte mich in eine transparente Schutzhülle eingeschlossen.

Die Ärztin - Pasuun - hatte uns Erdlinge mit einem solchen Ring und Versorgungsrucksäcken vor unserem Start ausgerüstet. Ich hatte erst in den Minuten vor dem Abflug in der medizinischen Station erfahren, dass Sinistra bereits einen weiteren dieser Ringe trug - hautfarben - nahezu unsichtbar, einen *Blutring*, wie sie ihn nannte, zur Regulierung ihres Kreislaufs.

Karen, Fergus und Professor Warren waren bei Keleeze auf dem Schildverband geblieben - nicht ganz ohne verletzte Gefühle. Karen war anfänglich sehr erbost darüber gewesen, dass sie uns nicht hatte begleiten dürfen - jetzt, wo es in die eigentliche Arche gehen sollte. Erst als Keleeze mit offenem Grinsen auf die Gefahren hingewiesen und die Alternativen an Bord des Schildverbands gezeigt hatte - sie könnten jederzeit über unsere Visiere genau das sehen, was wir auch sehen würden, war ihr Zorn einer Enttäuschung gewichen.

---

[3] Ruwenzori bedeutet in der Sprache der auf ugandischer Seite ansässigen Batoro in etwa *Regenmacher*.

Syncc Marwiin hatte Sinistra nicht auffordern müssen, ihn zu begleiten, genauso wenig wie er mich davon abhalten konnte, mit hinunterzugehen. Sturgis hatte gar nicht erst gefragt.

Keleeze hatte auf die Ringe und den Schutzanzug bestanden und auf die beiden Offiziere in den Kampfanzügen, die nun schemenhaft auf meinem Visier auftauchten, als wir die Rampe der Fähre am Seeufer hinab kamen. Zwei kleine, blau blinkende Marker an den dicken Waden der Anzüge zeigten Tritte zum Transport.

Sinistra folgte Syncc Marwiin zu dem vorderen der Offiziere, Sturgis und ich liefen zu dem anderen und klettern über die Krallenfüße auf die Stufen, hielten uns mit beiden Händen an den nun ebenfalls auf meinem Visier sichtbaren Griffen fest – aufgeregt wie kleine Jungen vor ihrer ersten Autofahrt.

Weder Syncc Marwiin noch Keleeze hatten uns weitere Informationen gegeben, doch erklärte sich die betriebsame Eile unserer Rückkehr hierher nach einigen Erläuterungen Sinistras auch ohne viele Worte. Die Anzüge hatten sich mit uns in die Luft erhoben, ich spürte keinerlei Beschleunigungskräfte, obwohl wir in der nächsten Sekunde bereits durch den äußeren Eingang der Arche flogen und nur einen Wimpernschlag später über der Fahrstuhlplattform verharrten.

»*Das nenne ich schnell, Scotsman*«, sagte Sturgis vollkommen außer Atem, so, als wäre er selbst gerannt.

Ich war stolz auf mich! Ich hatte nicht losgelassen und meine Arme nicht vor meinen Kopf hoch gerissen, obwohl mein Unterbewusstsein unbeirrbar eine Kollision mit der Felswand vorhergesagt hatte. Als ich bewusst wieder anfing zu denken und zu atmen, befand sich die Fahrstuhlplattform bereits nahe des unteren Schachtendes.

»Bleibt immer auf den Anzügen, meine Freunde!«, vernahm ich Syncc Marwiins Stimme über den Ohrhörer des Visiers.

Nun, ich würde bestimmt nicht loslassen.

Erst vor zwei Tagen war der horizontale Tunnel am Fuß des Schachtes noch von Geröll verstopft gewesen – jetzt flogen wir in gemächlichem Tempo – mit vielleicht einhundert Stundenkilometern – durch ein Zickzack von horizontalen und vertikalen Schächten, dass mir der Vergleich mit einer Glasperle in einer Hochgeschwindigkeits-Murmelbahn angemessen erschien.

Als wir anhielten, brauchte ich einen Moment zur Orientierung.

»Wie tief sind wir?«, fragte Sturgis.

»Drei Kilometer«, antwortete einer der beiden Offiziere.

Die Darstellung meines Visiers änderte sich. Unwillkürlich festigte ich meinen Griff um die Halterung des Anzugs.

»*Wow!*«

Da konnte ich Sinistra nur zustimmen. Das Bild, das ich sah und das wohl in diesem Moment auf die Visiere aller Anwesenden übertragen wurde, musste von einer dieser kleinen Drohnen stammen.

Ich erblickte eine riesige Höhle im Fels, deren grauschwarze Wände von nahezu senkrechten Riefen gestaltet waren. Mir fiel es zuerst schwer, eine Größeneinordnung vorzunehmen, da ich keinerlei Form oder Gegenstände erkennen konnte, die darüber Aufschluss gaben, ob diese Höhle nur zehn oder einhundert Meter tief hinunterreichte – doch dann vollführte die Kamera einen Schwenk, flog hoch und zoomte an einen winzigen Absatz dicht unter dem Dach heran.

Mir stockte zum wiederholten Male der Atem, als ich dort die Silhouetten der beiden Anzüge erkannte, mit jeweils zwei kleinen Bündeln an den Waden. Diese Höhle war mehrere hundert Meter tief!

Ich schaltete mein Visier auf Normalsicht und befand mich sofort in tiefster Dunkelheit. Langsam wechselte ich durch die Modi, bis ich plötzlich meine direkte Umgebung hell erleuchtet sah. Dies musste ein aufbereitetes Bild aus den Sensoren des Offiziers sein, der mich trug.

Der Absatz, auf dem wir uns befanden, erschien mir aus meiner jetzigen Perspektive so groß wie ein Fußballfeld. Wir schwebten ein paar Meter über dem felsigen Boden, eine kreisrunde Öffnung in der Wand hinter uns musste das Tunnelende unseres bisherigen Weges markieren. Vor uns befand sich ein Abgrund, die gegenüberliegende Höhlenseite war *sehr* weit weg.

»Eine Absenkung infolge des ursprünglichen Einsturzes der Magma-Kammer tief unter uns. Grundwasser hat sie über die Jahrzehntausende weiter ausgespült. Die Arche liegt unter dem See, noch ungefähr zwei Kilometer tiefer. Wir müssen da durch. Bitte weiter, Certeer, folgt dem Signal der Expeditionsdrohne!«

Wir verließen den Absatz, langsamer jetzt. Mein Visier zeigte mir eine Höhle, die wie ein senkrecht stehendes Rohr von vielleicht sechshundert Metern Durchmesser aussah, mit gefleckten, riefigen Wänden, einer von unterschiedlichsten Tropfsteinen gesäumten Decke und einem spiegelglatten See am Grund, aus dessen Oberfläche an mehreren Stellen gezackte Felsformationen herausragten.

»Don, das musst du mir nachher im Detail erzählen, ich bin neidisch!«, hörte ich Karens Stimme in meinem Ohrhörer.

»Ich hoffe, ich kann mir das alles merken«, antwortete ich ein wenig angespannt, als der Offizier im gleichen Augenblick mit Sturgis und mir die Wasseroberfläche durchschlug.

Wir folgten einem schrägen Tunnel mit makellosem, kreisrundem Querschnitt weiter nach unten, was ich zuerst nicht bemerkte, da ich mit mir selbst Wetten darüber abschloss, ob ich lange genug die Luft anhalten konnte.

»Es geht, Scotsman«, japste Sturgis und erneut realisierte ich ein Scheibchen des gigantischen Technologievorsprungs der Besucher. Es war Luft vorhanden, innerhalb des Feldes, das mich und den Offizier umgab. Das Wasser berührte nicht meine Haut.

Dann befanden wir uns erneut wieder in einem großen, mit trübem Wasser gefüllten Schacht, verharrten über einem Schott, das sich kegelförmig nach oben - uns entgegen - wölbte.

»Das hier ist das untere Ende des ursprünglichen Zugangsschachtes der Arche«, hörte ich die Stimme des alten Mannes. »Der Erdrutsch hat ihn größtenteils zerstört, deshalb war der Umweg notwendig. Hinter dieser Schleuse erwarte ich den Eingang.«

Der Wasserspiegel fiel rapide. Ich blickte nach oben und sah eine Decke im Schacht, wo vor Sekunden noch keine gewesen war, welche unseren Bereich jetzt gegen die Millionen Tonnen Flüssigkeit darüber abschottete.

Unter uns begann sich die kegelförmige Plattform zur Seite in die Wand hinein zu drehen und den Weg für das hoffentlich letzte Stück des Schachtes freizugeben.

Erneut mussten wir warten. Er hatte an seinem unteren Ende eine Neunzig-Grad-Schwenkung in die Waagerechte vollzogen und seine Form in den elliptischen Grundriss erweitert, der mir bereits von den oberen Toren bekannt war. Ein weiteres Set von sehr massiv wirkenden Blendenschotten von gut zehn Metern Durchmesser öffnete sich nahezu lautlos im anderen Brennpunkt.

Als wir hindurch flogen, wichen die Wände rechts und links zusehends vor uns zurück. Das Tor entließ uns auf ein halbkreisförmiges, wie aus Beton gefertigtes Plateau, auf dem wir das Drohnensystem wiedertrafen. Alle Stacheln waren aufgerichtet - es ähnelte stark einem gefährlichen, entfremdeten Igel. Die Ebene war von Teichen übersät, Felsen und Geröll von der Größe eines Kiesels bis zu der eines Lastwagens lagen herum, eine feine Gischt von Wasser kam von oben herab, hing in der Luft und kleine Bäche liefen über die Plattform zum Rand und darüber hinab.

»Lyra sagt, die Decke über dieser Höhle ist instabil«, kommentierte Karen eine Information des Drohnensystems.

»*Sehr schön*«, bemerkte Sturgis. »Wäre auch mein Tipp gewesen, nach dem zu urteilen, was hier rumliegt. Erinnert dich dieser Ort nicht an irgendeine Stelle, wo du kürzlich schon mal gewesen bist, Scotsman?«

Ich verkniff mir eine Antwort darauf, das Unbehagen hatte bereits deutlich seine kalten Finger nach mir ausgestreckt.

»Sei vorsichtig, Don!«, sagte Karen.

Der Offizier flog langsam über den Rand des Plateaus hinaus und verharrte über einem Abgrund von mehreren hundert Metern.

Wie der Schirm eines mächtigen Baumpilzes klebte die Plattform an der lotrechten Felswand. Ich ließ die Ansicht meines Visiers langsam rotieren und bekam so einen 360-Grad-Eindruck des unterirdischen Raumes.

»Das ist ausgesprochen beeindruckend, Scotsman, ich hätte nie gedacht, dass mir eine Höhlenexpedition noch einmal Freude bereiten könnte«, flüsterte Sturgis' Stimme aus meinem Ohrhörer.

Wir befanden uns in einem sehr alten, ausgespülten Magma-Schacht von mehr als vierhundert Metern Durchmesser. Nur fünfzig Meter oberhalb der Plattform, auf der wir den Tunnel verlassen hatten, war dieser Schacht verstopft – durch erhärtetes Gestein, welches von stark unregelmäßigen Spalten und Rissen durchzogen war. Unter uns ging es weit, weit hinunter, mein Visier maß siebenhundertneunzig Meter bis zur Oberfläche eines Sees, der jedoch nur die Hälfte des Schachtquerschnittes ausfüllte. Die andere war von herabgestürzten Felsen aufgefüllt und reichte an der Wand bis zu einhundert Metern über der Wasseroberfläche.

Doch am bemerkenswertesten waren die weiteren Pilzschirme, die unter uns im Halbrund an den Höhlenseiten klebten. Im Visier schimmerten sie braun-grau – ich war mir nicht sicher, ob das die richtigen Farben waren. Ich zählte neun kleine und einen sehr großen, auf der den anderen gegenüberliegenden Schachtwand, der zusätzlich mit einem kegelförmigen, sehr massiv wirkenden Schutzdach versehen war. Zwischen dem unteren Rand des Überstandes und der darunter zurückgesetzten Plattform war ein vielleicht vierzig Meter hoher und einhundertzwanzig Meter breiter Schlitz zu sehen.

»Da ist der Eingang, Offiziere«, vernahm ich die übersetzte Stimme von Syncc Marwiin, der selbst so noch eine starke Ergriffenheit anzumerken war. »Die Drohne hat bislang dort nicht nachsehen dürfen, ich werde vorausfliegen, um gegebenenfalls reagieren zu können.«

Mein Visierbild wechselte und ich bekam die Perspektive der Anzugsensoren des Offiziers, der den Wissenschaftler und Sinistra soeben in direkter Falllinie auf die Höhe des Zugangs-Pilzschirms gebracht hatte.

»Die kleinen Plattformen verbergen Waffen, Syncc - wir empfangen hier zwar keine Aktivierungshinweise, ich empfehle Euch trotzdem, äußerst besonnen vorzugehen!«

Das konnte nur die übersetzte Stimme von Keleeze gewesen sein. Als Reaktion darauf bemerkte ich, wie mehrere kleinere Flugkörper das Drohnensystem verließen, an uns vorbeiflogen und Positionen zwischen den kleinen Pilzschirmchen und dem Zugang zur Arche einnahmen. Ein blaues, diffuses Glühen ging mit zunehmender Intensität von ihnen aus, das mich sehr an die Strahlungsvorhänge der Fährentriebwerke der Besucher erinnerte.

»Boah!«

Sturgis' Ausruf veranlasste mich, mein Visier zurückzuschalten. Sie waren auf der Plattform gelandet, von meiner Perspektive aus unsichtbar, hinter dem Schutzdach verschwunden. Der alte Mann stand auf einem, im künstlichen Schein einer Lichtquelle am Anzug des Offiziers, glitzernden, unregelmäßigen Bodenbelag. Er wandte uns den Rücken zu, einen langen Stab horizontal in der rechten Hand haltend, den er einem an der Seite des Anzugs integrierten Container entnommen hatte.

Das Visier hatte Schwierigkeiten mit der Auflösung, es schien, als schwebte Syncc Marwiin ein paar Millimeter über dem Boden, obwohl er selbst dem Anschein nach normal gehen konnte.

»Keine Sensoren, Certeer!«, vernahm ich seine Anweisung an den begleitenden Offizier.

Mein Visier erlosch, schaltete automatisch auf eine entferntere Sicht um – ich überlegte einen Moment und interpretierte sie als Aufnahme von einer der kleinen Drohnen, die vor den anderen Plattformen Positionen bezogen hatten.

Das Bild war ungleich schlechter. Die Silhouette des alten Mannes war nur schemenhaft in einer extrem verstärkten Bildqualität zu sehen. Die Darstellung eines stilisierten kleinen Ohres im Visier und ein nahezu unhörbares, hohes Sirren signalisierten mir den Einsatz von Ultraschall.

Wir bewegten uns langsam hinunter, verbesserten unseren eigenen Blickwinkel, ich sah jedoch nichts außer Finsternis, sobald ich mich auf meine eigenen Augen verließ.

»Was siehst du, Sinistra?«, raunte Sturgis, der es nicht mehr aushielt.

»Psst!«, kam ihre Antwort. Dann, nach ein paar Sekunden, erklärte sie uns, was sie erkennen konnte.

»Syncc Marwiin ist tiefer in den Eingang hineingegangen. Der Zugang hier ist wie ein großes Tortenstück geschnitten. Er ist jetzt mehr als einhundert Meter von mir entfernt. Er benutzt zum Sehen lediglich die Leuchteinheit und das Ultraschall seines Visiers, die Übertragung ist ausgeschaltet, ich erkenne nicht mehr als ihr – er bleibt stehen!«

So warteten wir mit bis zum Zerreißen angespannten Nerven – minutenlang, eine halbe Stunde, eine ganze, während der alte Mann den Eingangsbereich im Dunkeln allein erkundete. Endlich sagte er etwas.

»Höchster, hier gibt es nur eine rudimentäre Fassung für ein Zepter. Sie kann nicht explizit für ein Troyian-Zepter sein, die wurden erst nach der Zeit des Zweiten Imperiums gefertigt – es ist aber das Einzige, was mir an Möglichkeiten bleibt. Die Fassung befindet sich auf einem Podest, in der Mitte der Plattform. Nichts sonst außer endlosen Mengen Staub und feinem Geröll ist auf ihr zu finden oder zu öffnen, ich nehme an, alles Weitere ist versiegelt. Ich werde Harkcrows Zepter einsetzen und schauen, was passiert – ich sehe keine andere Möglichkeit.«

»Gut, ich stimme zu, Syncc. Certeers, Sicherheitsabstand!«

Wir bewegten uns in Sekundenschnelle zurück auf die obere Plattform, noch hinter das Drohnensystem, innerhalb eines von ihm errichteten, grell leuchtenden Schutzfeldes. Auch Sinistra und der zweite Offizier schwebten plötzlich neben uns.

Wieder warteten wir, minutenlang.

Dann erzitterte die Luft um uns, begannen sich Felsen von der Decke zu lösen, regneten an uns vorbei, einige trafen auf die Plattform, zerschmetterten andere, hüpften über das Schutzfeld des Drohnensystems, kippten über den Rand der Plattform, verschwanden in der Tiefe.

Vibrationen gingen durch meinen Körper, erst dermaßen ruppig, so dass meine Zähne klapperten, bis ich die Kiefer mit aller Kraft zusammenpresste, nach Sekunden zunehmend feiner werdend – wie die Lagerwelle einer gigantischen Maschine, die nach Jahrzehntausenden zum ersten Mal wieder eingeschaltet wird. Endlich begann das Donnern der Felsen, die weit unter uns in das ruhige Wasser des Sees einschlugen oder aber die herausragenden Formationen treffend und pulverisierend, langsam abzuebben.

Angespannt erwarteten wir ein Lebenszeichen des alten Mannes.

»Don, das gab eben ein leichtes Erdbeben, die Wellen des Kratersees waren fast vier Meter hoch, alles o. k. bei euch?«

»Bei uns schon«, antwortete ich Karen, »hoffentlich auch bei Rory und seinen Männern!«

»Das Wasser schwappte in die Höhle hinein und überflutete den gesamten Strand, was ist passiert?«

»Ich denke, Syncc Marwiin hat den Zugangsbereich der Arche aktiviert. Wir haben danach noch nichts wieder von ihm gehört oder gesehen – *warte!*«

Der Offizier hatte den Schutzschild des Drohnensystems wieder verlassen und war auf dem Weg hinab zum Schlitz der Zugangsplattform, aus dem jetzt ein Fächer stark gebündelten, grellen Lichts hervorschoss, der einen scharfen Strich auf die gegenüberliegende Schachtwand projizierte.

»Schau!«, raunte ich fassungslos, als wir unter dem Schutzdach auf die Plattform einschwenkten und etwa zwanzig Meter hinter ihrem zum Schacht geöffneten Ende aufsetzten.

Sinistra hockte vor uns auf dem Boden. Ich kletterte über den Krallenfuß des Anzugs hinunter und war froh, meine Beine wieder bewegen zu können. Sturgis nur wenig hinter mir, eilte ich auf die junge Frau zu.

Sie hatte eine zentimeterdicke Staub- und Geröllschicht aus feinsten, funkelnden Partikeln auf dem Boden zur Seite gewischt. Die darunter zum Vorschein kommende Oberfläche schimmerte schwarz, war durchzogen von leuchtenden, feinen Linien und farbintensiven Flächen.

Ich kniete mich in den glitzernden Staub und bemerkte, wie die kleinen Teilchen unter meinen Knien und Füßen weggedrückt wurden – ohne, dass ich merklich tiefer sank. Als auch Sand- und Geröllteilchen vor meinen Händen wichen, ohne dass ich sie berührt hatte, verstand ich dies als Effekt des immer noch aktiven Schutzfeldes, das mich umgab.

»Kleines, das sind Bilder!«

Karen sprach zuerst aus, was ich im selben Moment erkannt hatte. Sinistra war aufgesprungen, zehn Meter weiter nach innen gelaufen und wischte nun dort den Boden frei. Sie verharrte und blickte sich um.

Ein leises Dröhnen hinter mir veranlasste mich, mich umzudrehen. Die Staub- und Geröllpartikel auf dem Boden hatten begonnen zu tanzen. Wie ein rundes Wellenmuster hüpften die Teilchen auf und ab. Die Tonhöhe wurde geringförmig moduliert, worauf sie sich auf breiter Front in Richtung Schacht in Bewegung zu setzten begannen.

Erst als die Silhouette eines getarnten Anzugs über mein Visier glitt, verstand ich, dass einer der beiden Offiziere mit einer Art Schallgenerator, den er wie einen akustischen Besen einsetzte, den Boden für uns säuberte.

»Sieh dir das an, Scotsman!«, sagte der Hüne, riss mich mit einer Hand an der Schulter herum, dass unsere beiden kollidierenden Felder Funken sprühten, und deutete mit der anderen nach oben.

»*Aye!*«

Die Decke über uns leuchtete. Erst jetzt nahm ich zum ersten Mal den Zugangsraum in seiner ganzen Größe wahr. Die Wände emittierten Licht, ich drehte mich langsam um meine eigene Achse. Die Übergänge zwischen Boden, Wänden und Decke waren rund, das riesige, zunehmend unter der alten Staub- und Geröllschicht erscheinende Bild wurde an keiner Stelle unterbrochen.

»Don, das ist einfach unglaublich! Das ist noch viel größer als das Bild in der Kuppel hier oben!« Ich hörte Karen vor Ergriffenheit weinen.

Sinistra hatte die Form des Zugangsraumes gut beschrieben. Er glich einem Kugelsektor von dreihundert Metern Tiefe, einhundertzwanzig Metern Breite und vierzig Metern Höhe am Schacht-Ende. Er verjüngte sich in Richtung ihres imaginären Mittelpunktes auf eine Kreisfläche mit einem Durchmesser von gut fünfzehn Metern. Alle Kanten waren mit einem Radius von ungefähr sieben Metern gerundet, der Raum war absolut leer, sah man von der Erhebung in seinem Zentrum einmal ab.

»Doktor, erkennen Sie das Bild?« Warren hatte offenbar mehr Informationen als ich – natürlich, dort oben konnten sie sämtliche Sensordaten aller Anwesenden hier im Zugangsbereich blitzschnell kombinieren.

»Geben Sie mir noch ein paar Tage, Professor«, antwortete ich abwesend, mit zunehmender Fassungslosigkeit den immer größer werdenden vom Staub der letzten hundertzwanzigtausend Jahre befreiten Teil betrachtend.

Sturgis hatte sich mittlerweile weit von mir entfernt, war zum Mittelpunkt der Plattform gegangen, ganz in die Nähe des alten Mannes, und stand dort, Hände in die Seiten gestützt, Kopf im Nacken.

Langsam kam ich zu ihm, legte mit jedem Schritt Jahrhunderte zurück, bewegte mich in der Zeit nach vorn, bis ich zehn Meter vor Erreichen des Podestes einen Kreis beschritt, dessen Mittelpunkt es bildete und der in der Qualität eines hochauflösenden Fotos die Welt zeigte, wie sie bei der Abreise der Sole-Sourcer vor einhundertzwanzigtausend Jahren wohl ausgesehen haben mag.

Jeder Punkt des Bildes unter meinen Füßen blitzte auf, wenn ich über ihn hinwegging, verharrte ich nur einen kurzen Augenblick, verwandelte sich der Boden um mich herum in eine Art Lupe von vier Metern Durchmesser, trat ich in einen Ausschnitt dieses vergrößerten Bildes hinein, wechselte der Zoomfaktor abermals mit meinem aktuellen Standpunkt als neuem Mittelpunkt. Ich wiederholte diese Schritte achtmal und stand plötzlich im Umriss der Lupe auf einer Wiese mit hohen Büschen und Bäumen, sah einen mir unbekannten, grau-blauen Vogel mit gelben Augen am Halm eines robusten Grases sitzen, der mit äußerster Schärfe zu erkennen war.

»Scotsman, sieh an die Decke!«, rief Sturgis mir zu.

Ich tat, wie geheißen, und lachte vor Freude. Von meinen aktuellen Standpunkt ausgehende grafische Sektoren verliefen über den Boden, die Wände hinauf und trafen sich an der Decke über mir, stellten die perspektivische Sicht der von mir gewählten Ausgangsposition dar, zeigten die Landschaft, Berge am Horizont, Wolken am Himmel.

»*Grundgütiger*«, hauchte Karen, »wie sollen wir das jemals verarbeiten? Das scheint eine komplette Aufzeichnung der Erde mit der Auflösung eines Grashalms zu sein.«

»Das ist mehr. Das ist ein dreidimensionales Modell der Sole-Sourcer-Welt!«, sagte Fergus und ich gab ihm recht.

»Erkennen Sie jetzt das ganze Bild, Doktor MacAllon?«

Die Tonlage von Warrens Stimme ließ mich aufhorchen.

Ich sah mich um, tat ein paar Schritte zur Seite, aus der aktuellen Vergrößerungssicht hinaus. Die Darstellung verwandelte sich zurück in die Ausgangsperspektive.

Dann verließ ich den begrenzenden, leuchtenden Rand des inneren Kreises, schritt zurück Richtung Plattformrand. Hier waren neue Darstellungen zu erkennen. Anders als in der Kuppel im oberen Zugangsbereich der Arche, von feinster Fotoqualität. Verbunden durch ein komplexes Linienwerk reihten sich Sternenbilder, Ansichten von Menschen - Sole-Sourcern - technische Skizzen und Blöcke von Daten in einer fremden Schrift aneinander.

»Das ist die Zusammenstellung der Aktivitäten des Ersten Imperiums außerhalb von Ruthpark, Donavon. Es ist eine Beschreibung ihrer Handelsrouten, ihrer erkundeten und besiedelten Welten. Das Bild ergänzt die Dokumentation der Sole-Sourcer-Entstehung auf diesem Planeten in der oberirdischen Kuppel.«

Selbst Keleeze konnte seine Ergriffenheit über die Bedeutung des Fundes nicht ganz aus seiner Stimme heraushalten.

Mein Blick folgte einer Hauptlinie unter meinen Füßen in Richtung Wand, von dort hoch zur Decke bis an den Rand des Schutzdaches. Ich verfolgte sie in der anderen Richtung, bis sie den Kreisbogen der Ruthparkkarte erreichte. Dann wusste ich, was er meinte.

»Ihr habt es verstanden, Freund. Wenn wir die Aufzeichnungen der Kuppel in den inneren Kreis setzen, werden sich die Hauptlinien verbinden und wir erhalten ein vollständiges Kompendium über die Entwicklung der Sole-Sourcer - und wir werden jeden Ort im Roten Nebel finden können, den sie jemals erreicht haben.«

Mir schwindelte.

»Syncc, habt Ihr den Öffnungsmechanismus gefunden? Wir haben bis jetzt noch keine Spur von Oldo Merceer – aber ich denke, Ihr sollet jetzt da reingehen!«

Wir standen auf dem Podest. Syncc Marwiin sprach ruhig zu Sinistra – unsere Übersetzer schwiegen.

»Was ist da so geheim, Scotsman?«, fragte der Amerikaner unzufrieden.

Ich zuckte die Schultern, tief in die Betrachtung dieses unglaublichen Ortes versunken. »Sturgis – ich will es gar nicht wissen – ich kann nicht noch mehr Informationen verarbeiten, verstehst du? Ich bin zufrieden, mit dem, was ich hier entdeckt habe.«

Er schwieg einen Moment. »Soll ich dir sagen, was mir zu denken gibt?«

Ich sah ihn an. »*Was?*«

Er lächelte. »Ist scheinbar keinem aufgefallen – auch nicht den superhellen Besuchern.«

Ich tat ihm nicht den Gefallen, nachzufragen. Er würde es ohnehin gleich sagen.

»*Der Schacht!*«

Ich verstand nicht, was er meinte.

»Fergus und Karen diskutierten trefflich über einen Supervulkanausbruch – du erinnerst dich?«

Ich nickte.

»Dieser Schacht soll dadurch entstanden sein? Wie denn das? Und wer hat dann nachträglich all das hier eingebaut? Und warum ist hier nicht alles mit Lava gefüllt? – Wer hat da aufgeräumt?«, brach es aus ihm hervor.

»Niemand, Freund. Der Schacht wurde von den Sole-Sourcern angelegt. Wir können davon ausgehen, dass ihnen die tektonischen Besonderheiten dieser Gegend bekannt waren.« Syncc Marwiin hatte sich zu uns umgedreht. Seine hellen Augen sahen Sturgis freundlich an. »Euch ist es wirklich als Einzigem aufgefallen. Dieser Schacht hier war dafür vorgesehen, die Arche an die Oberfläche zu bringen. Durch den Vulkanausbruch wurde er jedoch im oberen Teil blockiert. Das können wir später beheben. Jetzt würde ich gern versuchen, hier hereinzukommen – *wenn Ihr erlaubt, Freund.*«

Sturgis bemerkte den harten Kern des Mannes, der unter dessen freundlicher Oberfläche ruhte. Er begnügte sich damit, das schmale Lob zu akzeptieren, und verstummte.

Syncc Marwiin ging auf den langen Stab zu, der – aus einer Art rötlich schimmernden Metalls gefertigt – schräg im Boden zu stecken schien. Das obere Ende des Gegenstands dampfte, ich konnte es nicht lange beobachten, ohne dass Schwindel in mir aufstieg. Die Fassung, die den Fuß des Zepters enthielt, glühte in einem blassen Blau, feine elektrische Linien – wie ein Mini-Gewitter – zuckten lautlos aus der Spitze zu unsichtbaren Kontaktpunkten auf einen erhabenen Kreisring des Podestes, an dem alle Hauptlinien des gigantischen Höhlenbildes ihren Anfang nahmen.

Der alte Mann sprach leise vor sich hin, der Übersetzter schwieg zuerst, schaltete sich dann ein.

»... passt nicht genau, Höchster. Ich erkenne Steuerungsmuster auf gedanklicher Ebene, wenn ich die Fassung berühre. Aufgrund des Zeitmangels muss ich improvisieren.«

»Macht es, Syncc. Es gibt schlechte Nachrichten aus dem Enchrome-System. Wir haben den Kontakt zur T3 verloren. Die Mega-Tempi sind außerhalb unseres Kontrollbereichs. Ihr wisst am besten, was das für Möglichkeiten eröffnet.«

Unsere Blicke trafen sich. Sinistra hatte uns auf dem Flug nur sehr kurz die Inhalte des Gesprächs an Bord des Flaggschiffs wiedergegeben, das letztendlich Anlass für unsere übereilte Rückkehr gewesen war. Sie atmete langsam aus und beobachtete weiter Syncc Marwiin, der mit seiner linken Hand in der Luft herum gestikulierte, während seine Rechte den Stab in einem Handschuh fest umklammert hielt.

»Das ist eine Steuerung ähnlich der, welche ich in Coruum zur Meteoritenabwehr benutzte, Doktor. Sie verbindet sich mit seinem Nervensystem und benutzt den Sehnerv als Medium«, meldete sich Warren aufgeregt.

Ich kniff die Augen zusammen – hatte die Helligkeit nachgelassen?

»Es wird dunkler, Scotsman«, raunte Sturgis mir ins Ohr.

Der Boden zitterte leicht. Nicht annähernd so stark wie oben auf der Plattform. Alles Licht um uns herum verblasste zusehends, bis auf die Hauptlinien und ihre Verästelungen, die deutlich an Leuchtkraft gewannen und mehr und mehr wie ein filigranes Nervengeflecht dieses Ortes wirkten.

Ein lautes Pfeifen legte sich unvermittelt auf meine Ohren, schnell wieder abnehmend, begleitet von einem Luftsog, der Staub- und Geröllreste vor sich her fegte. Nur die Schutzschilde unserer Ringe verhinderten ein wildes Flattern von Anzügen und Haaren. Vor uns, am inneren Ende der Plattform, war ein schlanker, rechteckiger Ausschnitt erschienen. Ich schaltete hektisch die Sichtmodi meines Visiers durch, bis ich eine vergrößerte Einstellung mit gutem Kontrast bekam. – *Die Wand bewegte sich!*

Die kreisrunde Fläche mit ihren fünfzehn Metern Durchmesser, welche die innere Begrenzung gebildet hatte, war einen Spalt weit auseinander gefahren. Dieser wurde von dem Lichtrechteck markiert und vergrößerte sich langsam, bis er eine quadratische Öffnung von gut zehn mal zehn Metern erreicht hatte. Der Boden vor uns hatte sich zu einer seichten Rampe aufgewölbt, deren Ende genau bis an die untere Seite des Vierecks reichte. Hinter dem Tor leuchtete ein leerer Raum in dem typischen Bronzeton.

»Ein Schleusensystem, Syncc. Sehr gut, geht hinein. Die Certeers warten vor dem Eingang.«

Der Wissenschaftler zog den Stab aus der Fassung und ging ohne sich umzusehen auf das neue Tor zu, Sinistra an seiner Seite. Kaum hatte Sturgis den Fuß vom unteren Stufenring des Podestes genommen, versank es lautlos im Boden und fügte sich nahtlos in die leuchtenden Linien ein.

Wir folgten ihnen dichtauf, passierten das erste Tor und betraten einen schmucklosen stumpfen Tunnel von fünfzig Metern Länge, der ein ähnliches Podest in der Mitte aufwies, wie wir es soeben auf der Plattform verlassen hatten. Der alte Mann ging ohne zu zögern hinauf, legte die Spitze des Stabes behutsam auf einen leuchtenden Punkt und erstarrte für einen Moment. Das Zittern des Bodens setzte wieder ein, unwohl betrachtete ich, wie sich das massive Tor langsam hinter uns wieder schloss.

»Syncc, wir werden die Verbindung verlieren! Gebt mir in spätestens zehn Stunden eine Informa- ...«

Schlagartig erlosch die indirekte Helligkeit des Tunnelabschnitts.

»Keine Visierbeleuchtung, meine Freunde!«, ließ sich Syncc Marwiin sehr bestimmt aus einer nahezu vollkommenen Dunkelheit vernehmen, die nur von der blassen, blauen Lichtblase der Stabspitze erhellt wurde. »Ich muss einige Tests bestehen, die nur ich mit Hilfe des Zepters sehen und bewältigen kann. Das ist die eigentliche Zugangskontrolle. Bitte wartet und verhaltet euch ruhig!«

So warteten wir, bewegten uns nicht von der Stelle, um nicht gegen irgendetwas oder -wen zu laufen, und zählten die Sekunden.

Nach gefühlten zwei Stunden brach ohne Vorwarnung eine Helligkeitsflut über uns herein. Wir standen auf einer Waldlichtung. Diesmal nicht als einfache Projektion auf Wänden, Boden und Decke, sondern vollständig dreidimensional. Dichtes Unterholz begrenzte unsere Sicht jenseits der Baumgrenze.

Die Wiese war übersät von kleinen weiß-grauen Tupfern, die sich bei näherer Betrachtung als Pilz- oder Schwammgewächse zu erkennen gaben.

»Es ist alles intakt, meine Freunde – nach mehr als einhunderttausend Jahren – *Standard-Zeitrechnung!*« Syncc Marwiin wirkte zum ersten Mal gelöst, kniete nieder und strich mit der Hand durch die Lichtdarstellung der Wiese, leichte Interferenzen hervorrufend, als sein Schutzfeld mit dem Boden in Berührung kam.

Ich drehte mich langsam herum, möglichst viele Details dieser faszinierenden Landschaft in mich aufnehmend – und zuckte zusammen, so heftig, das ich in die Luft hüpfte und Sturgis anstieß.

Hinter uns, nur wenige Meter entfernt auf einem Felsen im Gras, stand ein großer Mann. Ich erkannte ihn sofort. Schlanker, hochaufragender Körperbau, schmale Augen, hellere Haut im Gesicht, die Schädelform oval, mit langen schwarzen Haaren, die zu einem kunstvollen Zopf gebunden waren. Das war der Mann von dem Wandgemälde vor dem äußeren Eingang der Arche.

Genau wie auf dem Bild war er mit einfachem Tuch bekleidet, barfuß und weit über zwei Meter groß. Eine breite Schärpe war um seine Taille geschlungen, er stützte sich auf einen dunklen Speer, dessen Spitze in dem gleichen Blauschwarz leuchtete wie der Stab von Syncc Marwiin. Die dunklen Augen des Mannes sahen mich an. Feine Fältchen in den Augenwinkeln, tadellose Zähne, keinerlei Schmuck, nur eine glänzende Rune war in leuchtendem Gelb auf der Brust seines Gewandes zu erkennen – das gleiche Zeichen wie auf dem Bucheinband des Höhlengemäldes vor dem äußeren Tor des Archenkomplexes.

Er sprach zu mir.

Ich verstand nicht ein Wort. Er wiederholte sich, lächelte und deutete auf die Lichtung. Das alles wirkte so echt, dass ich das Gefühl hatte, ihn berühren zu können.

»Das ist der Mann von dem Bild oben in der Höhle, Don!«, raunte mir Sturgis ins Ohr.

»Ja«, flüsterte ich voller Ergriffenheit zurück, »was will er?«, richtete ich meine Frage an den alten Mann.

»Ich verstehe es auch nicht, Freund, ich denke, er möchte uns etwas zeigen«, antwortete er leicht amüsiert - möglicherweise über mich, wie ehrfurchtsvoll ich über eine Lichterscheinung sprach – nahm seinen Stab und ging dicht an den Mann heran.

Der kniete nieder, pflückte einen der Pilze, hielt ihn Syncc Marwiin hin, biss dann genüsslich hinein und begann mit entrücktem Gesichtsausdruck zu kauen. Als er ihn aufgegessen hatte, deutete er die Lichtung hinunter zur Baumgrenze, an der ich eine Bewegung wahrzunehmen meinte.

Eine Gruppe von Hominiden, auf den ersten Blick als sichere Aufrechtgänger zu erkennen, betrat vorsichtig die Lichtung. Die Neuankömmlinge blieben einen Moment lang regungslos stehen und musterten die Lichtung aufmerksam. Nachdem sie wohl beruhigt waren, niemanden sonst hier anzutreffen (durch uns sahen sie geflissentlich hindurch), ließen sie sich am Waldrand nieder und begannen unter der zunehmenden Verbreitung befriedigter Laute von den Pilzen zu essen.

Wir gingen langsam an sie heran, folgten dem Sole-Sourcer in gebührendem Abstand, nur Sinistra blieb zurück, kniete nieder und besah sich eine Gruppe der Pilze aus der Nähe.

»Eine Sippe, Syncc Marwiin. Sie folgen bereits einem hierarchischen System«, warf ich ein und deutete auf zwei der kleineren Hominiden, die dem größten ab und zu Pilze reichten, welche der nach gespielter Begutachtung mit langen Klauen schmatzend verzehrte. Es waren auffällig viele jüngere Sippenmitglieder anwesend. Auf ungefähr acht oder neun Erwachsene kamen hier an die zwanzig Jugendliche und Kinder.

»Sie sind ziemlich groß im Vergleich zu den Bildern von Neandertalern«, sprach Sturgis eine Auffälligkeit an, die mir ebenfalls in den Sinn gekommen war.

»Achtet auf ihre Hände«, sprach der alte Mann, »fallen Euch Unterschiede auf, Freund?«

Ich stutzte. Ihre Hände sahen erstaunlich menschlich aus. Eine Behaarung war nur sehr fein auf dem Handrücken zu erkennen. Auffällig dagegen waren ihre langen Fingerkuppen, die in klauenförmige Nägel übergingen, die sehr scharf und gefährlich wirkten. Insgesamt glichen die Hominiden nicht mehr dem ‚typischen' Urmenschen, ihre Haltung war absolut aufrecht, Überaugenwülste waren kaum noch wahrnehmbar. Die Kopfform war länglich, ich entdeckte keine Spur einer fliehenden Stirn – ihr Gehirn hatte bereits ausreichend Platz, sich zu entwickeln.

Ein aufkommendes, lautes Geschrei der Sippe und wütende Gesten lenkten unsere Aufmerksamkeit auf das gegenüberliegende Ende der Lichtung, wo eine zweite, kleinere Gruppe von Hominiden, im Entwicklungsstand wesentlich dichter am Urmenschen diesmal, sich langsam und vorsichtig aus dem Wald hervorwagte, um einige der Pilzgewächse zu pflücken.

Der Lärm der ersten Gruppe wurde ohrenbetäubend und aggressiv. Mit deutlich drohenden Gebärden, Keulen und Knüppel zückend, liefen das Oberhaupt und die stärksten Mitglieder der Sippe über die Lichtung an uns vorbei auf die Ankommenden zu und attackierten sie sofort auf das Heftigste, prügelten wie von Sinnen auf sie ein und verschonten auch kleinere Exemplare, die zu fliehen versuchten, nicht.

Nach fünf oder sechs Minuten war alles vorbei. Der Kampf war äußerst heftig gewesen, viele der siegreichen Angreifer hatten tiefe Wunden von gegnerischen Zähnen und Keulen davongetragen. Geschockt lief Sinistra zu dem Ort des Gemetzels, blieb stehen, die Hände vor ihr Gesicht geschlagen. Wir eilten hinterher, Syncc Marwiin legte behutsam einen Arm auf ihre Schulter, Sturgis und ich sahen uns entsetzt um.

Die Sieger waren dabei, die Getöteten zu verstümmeln. Mit Steinen zerschlugen sie die Schädel ihrer Opfer, brachen die Knochen auseinander und rissen das Gehirn heraus. Mittlerweile hatten auch die restlichen Mitglieder der Sippe die Lichtung überquert, es waren ausschließlich die Kleineren - Jüngeren, Pilze in den Händen, die sie jetzt zerrieben und wie eine Paste auf die Wunden der Älteren strichen, die ihnen dafür Teile der Beute abgaben, die gierig verschlungen wurde.

Unser Führer stand neben uns, blickte erfüllt und glücklich, nickte anerkennend zum Siegermahl seiner Vorfahren.

»Erinnert Ihr Euch an unser Gespräch mit der Ersten Händlerin, meine Freundin?«, fragte Syncc Marwiin Sinistra behutsam, die sich vor einer Antwort erst gedanklich von der uns umgebenden Szenerie befreien musste.

»Wir sprachen über die Art der Beziehung der Sole-Sourcer zu den Nebelwelten und den anderen Kulturen des Roten Nebels«, fuhr er fort, ohne eine Antwort von ihr zu erwarten. »Sie würden die heutigen Vertreter der Zivilisationen nicht als gleichberechtigt betrachten - hier wart Ihr Zeugin der Entstehungsgeschichte dieses Verhaltens. Es ist wichtig, dass Ihr Euch immer daran erinnert. Wir nennen es das Prinzip der *Aggressiven Expansion!*«

Während sich mir unzählige Fragen auf die Anspielungen des alten Mannes stellten, erlosch die Projektion um uns herum, der Tunnelabschnitt war in bronzefarbenes Licht getaucht - wir waren wieder allein.

Sinistra hatte Tränen in den Augen. »Die haben auch die Kinder getötet, Siir! Waren *das* die Vorfahren der Sole-Sourcer?«

Ich beobachtete Syncc Marwiin, der lediglich nickte und seine Aufmerksamkeit bereits dem nächsten Tor zuzuwenden schien. »Das waren sie sicher, Sinistra«, versuchte ich eine Antwort. »Das sah aus wie der Versuch, uns zu erklären, wie die Entwicklung der Sole-Sourcer ihren Anfang nahm. Sie haben sich offensichtlich durch erhöhte Aggressivität einen Vorteil verschafft.«

»Das ist richtig, Freund, hätte aber allein noch nicht ausgereicht.«

Syncc Marwiin wandte sich uns zu.

»Aggressivität funktioniert nur im Zusammenspiel mit überragender Intelligenz gut, und das ist sehr selten – im Regelfall führt sie nach einem steilen Aufstieg, der einige Generationen anhalten kann, zu einem raschen Verfall. Nach dem Unterwerfen der letzten Gegner richtet sich übersteigerte Aggression gegen sich selbst und fördert anarchische, destruktive Tendenzen. Das ist in aller Regel das Ende der Kultur.«

Er machte eine Pause und wartete auf Einwände – die nicht kamen.

»Genauso wichtig wie die Kontrolle der Aggressivität durch Intelligenz ist ein zweiter Punkt – die Geburtenrate. Kontinuierlicher Konflikt benötigt eine hohe Population – der Einsatz von unterworfenen Gegnern als Söldner kommt für diese Kulturen nicht in Frage – sie machen keine Gefangenen und die Besiegten werden als unwürdig angesehen, in den eigenen Reihen zu kämpfen. Ist euch der Unterschied in den beiden Gruppen aufgefallen?«

Sturgis sah mich mit zusammengezogenen Augenbrauen an.

»Ja«, antwortete ich dem alten Mann. »Die erste Gruppe hatte wesentlich mehr jüngere Mitglieder als die zweite. Und die Jüngeren haben sich aktiv am Kampf beteiligt, während die Kinder der unterlegenen Gruppe versucht haben zu fliehen.«

»Genau. Doch aus welchem Grund?« Der Blick von Syncc Marwiin richtete sich wieder auf Sinistra, die diesmal ohne zu zögern antwortete.

»Die Pilze. Siir. Möglicherweise haben sie eine Zusammensetzung, welche die Entwicklung von Intelligenz und Fruchtbarkeit fördert. Jedenfalls haben sie diese Pflanzen mit ihrem Leben verteidigt.«

Syncc Marwiin lächelte. »Das denke ich auch.«

Das erneute Zittern des Bodens unterbrach das Gespräch, pfeifend öffnete sich ein Tor in der gegenüberliegenden Wand, als die Luft aus unserem Tunnelabschnitt in den dahinterliegenden strömte. Sonderbarerweise spürte ich keinerlei Druckausgleich auf den Ohren – das Schutzfeld schien diesen Unterschied zu kompensieren. Feine Tröpfchen einer klaren Flüssigkeit kondensierten in der Luft und beeinträchtigten schlagartig die Sicht, als lege sich eine Schicht auf meinem Schutzfeld ab.

Impulsiv wischte ich mit meiner Hand über mein Gesicht, zuckte zusammen, als eine Interferenz meine Sicht weiter einschränkte.

Entschlossen schaltete ich das Feld mit einem Druck auf den Ring an meiner linken Hand ab. Der Nebel blieb, legte sich als Feuchtigkeitsfilm auf meiner Haut ab. Langsam holte ich Luft, schmeckte neugierig den faden, bitteren Geschmack der uralten Luft.

»*Aktiviert sofort Euer Feld, Freund!*«, dröhnte die Stimme des alten Mannes in meinem Ohr. »Wir wissen nicht, welche chemischen Bestandteile hier in der Luft sind. Das kann Euch töten!« Sein zorniger Blick entspannte sich, als er bemerkte, wie sehr ich mich erschrocken und mein Feld wieder eingeschaltet hatte.

»Wir haben noch drei weitere Segmente des Zugangstunnels vor uns«, fuhr er milder fort. »Habt Ihr das Emblem auf dem Tuch unseres Führers bemerkt, Freund Donavon? Das war das Zeichen der Sole-Sourcer – sie nennen es den Gang der Weisheit, vier Kammern, die wir durchschreiten müssen – ich denke, am Ende werden wir verstehen, wie sie zu dem geworden sind, was sie heute darstellen.«

Wir folgten ihm aufgeregt in den nächsten Tunnelabschnitt. Mein Hals hatte begonnen, ein wenig zu brennen und rau zu werden – wohl die Auswirkung der Tunnelluft. Ein neues Podest erwartete uns, das rückwärtige Tor schloss sich, Dunkelheit überkam uns und erneut wartete ich angespannt, während das Brennen im oberen Hals nachließ und sich langsam in Form eines intensiven Wärmegefühls in Richtung meiner Brust verlagerte.

Explosionsartig wurde es licht.

Über uns kreischten Möwen, zu unseren Füßen lag ein großes Fischerdorf, schlanke Boote mit filigranen Auslegern und Masten auf einem langen, weißen Strand. Menschen liefen auf den Pfaden zwischen überwiegend mit Schilf gedeckten Hütten. Einige der größeren Bauwerke hatten Steinmauern mit Dächern aus Holzschindeln. Wind strich durch die Palmen in unserem Rücken, erzeugte einen sanften Wellengang draußen auf der See. Der Staub stand immer noch in der Luft, funkelte im Licht der Projektion.

»*Wann ist das?*«, ergriff Sinistra wieder mit fester Stimme das Wort, gebannt die realistische Aussicht in sich aufnehmend. »Diese Menschen sind entwickelt, die Boote dort haben das Niveau der Polynesier des neunzehnten Jahrhunderts! Das kann nicht zur Zeit der Sole-Sourcer gewesen sein!«

»Ich denke, *das sind* sie – weiter entwickelt«, warf Sturgis ein.

Ich stimmte ihm zu, erschrak erneut, als unser Führer hinter uns, nur einen Meter entfernt, auf dem Felsplateau im Schatten einer hohen Palme erschien. Er sah aus wie im Abschnitt zuvor, stützte sich auf seinen Speer. Nur war er diesmal nicht allein. Eine Frau, gekleidet wie die Fischer unten im Dorf, war bei ihm. Sie sah uns kurz an, gab uns Gelegenheit, sie zu mustern, und lief dann schnellen Schrittes einen verborgenen Pfad hinab zu den Hütten.

Der Sole-Sourcer-Herrscher sah ihr nach, bis sie die erste von ihnen erreichte, dann sprach er zu uns, wieder verstand ich ihn nicht.

»Die Frau sah nicht schlecht aus, Scotsman«, raunte mir Sturgis zu, »sieht man von ihren Fingernägeln ab.«

Ich konnte nichts erwidern, nur nicken. Meine Lunge fühlte sich an wie mit flüssigem Eisen gefüllt, das Atmen schmerzte. Plötzlich erschöpft, stützte ich beide Hände auf die Oberschenkel und konzentrierte mich nur auf ein gleichmäßiges, langsames Atmen.

»Was habt Ihr, Freund?«, hörte ich die strenge Stimme des alten Mannes aus unmittelbarer Nähe, hob den Kopf und sah in seine zusammengekniffenen, nachdenklichen Augen.

»Nur Seitenstiche, es vergeht bereits wieder.« Ich richtete mich vorsichtig auf. »Wir können weiter.« Der Schmerz klang tatsächlich langsam ab.

Nach einem Nicken von Syncc Marwiin folgten wir dem Sole-Sourcer, der die ganze Zeit ein paar Schritt von uns entfernt gewartet hatte. Ich registrierte überrascht die perfekte Übereinstimmung der in den Stein gehauenen Stufen mit denen des Podestes, von dem aus wir losgingen. Er führte uns um einen Felsvorsprung herum, ich hatte den Eindruck, die Küstenlinie und das Dorf aus den Augen zu verlieren, während sich in Wirklichkeit nur die Projektion veränderte - auf unsere Position im Tunnelabschnitt reagierend.

Wir erblickten eine weitläufige Zucht weißer Pilze, offensichtlich angebaut und kultiviert. Die einzelnen Pflanzen waren größer und gleichmäßiger, wuchsen in geraden Linien in einer feuchten Umgebung und waren im kühlen Schatten der Felsenlandschaft gut vor der Sonne geschützt. Weiter ging es an endlosen Reihen von Pilzen entlang, bis wir einen herrlichen Ausblick über eine weitläufige Savanne mit hohen Bäumen, riesigen Herden von Mammuts, weidenden Büffeln und hochbeinigen Antilopen zu sehen bekamen. Weit zu unserer rechten Seite waren bewässerte Felder zu erkennen, unterschiedlichste Pflanzenarten gediehen in langen Linien neben brach liegenden Flächen.

Schließlich erreichten wir eine Brücke aus geflochtenen Pflanzenfasern und dahinter ein Felsmassiv, das uns den weiteren Weg versperrte. Unser Führer deutete über die Steinbrüstung in Richtung eines kleinen Waldes. Unwillkürlich sah ich in die gewiesene Richtung, entdeckte eine Horde von Gorillas, die sich langsam und zielstrebig im Schutz der Bäume und des Unterholzes voranbewegten.

»*Das sind Hominiden!*«, flüsterte Sinistra.

Sturgis lehnte sich weit nach vorn, vollkommen im Bann der dreidimensionalen Darstellung, er hätte auch einfach den Fuß einen Schritt nach vorn in die Luft setzen können, um besser zu sehen.

Syncc Marwiin tat es und trat direkt an die Gruppe der sich heranschleichenden Urmenschen heran, schwebte bildlich gesprochen über ihnen und durchbrach damit auch für uns die Illusion der Projektion.

»Seht, liebe Freundin – das sind die Nachfahren der Hingeschlachteten. Auch sie haben sich weiterentwickelt – nur nicht in annähernd vergleichbarer Geschwindigkeit. Sie waren jedoch Zeitgenossen der frühen Sole-Sourcer, auch wenn es in dieser Gegenwart bereits keinerlei Vermischung mehr unter ihnen gegeben hat. Ich bin gespannt zu erfahren, ob es wirklich nur die chemische Zusammensetzung des Pilzes gewesen ist – und die Exklusivität dieses Nahrungsmittels – was die Sole-Sourcer neben ihrer Aggressivität mit so einem Entwicklungsvorsprung ausgestattet hat.«

Die Urmenschen erinnerten vom Körperbau jetzt stark an Neandertaler, waren nur notdürftig mit Fellen bekleidet, trugen schwere Holzkeulen, Speere mit eingesetzten Steinklingen, schienen gut organisiert und sicher auf zwei Beinen.

Sturgis tippte mir auf die Schulter und zeigte nach rechts. Die einzelnen Hirten von vorhin waren verschwunden. Ich folgte ihm ein paar Schritte in die Luft über der Savanne und entdeckte sie hinter einer massiv wirkenden, hölzernen Befestigung, geschickt in die zerklüfteten Felsen eingepasst, die Hominiden mit eingelegten Pfeilen und Speerschleudern erwartend.

»Hier sind weitere!«, sagte Sinistra in einem Ton, der bereits jetzt voller Bedauern über das absehbare Schicksal der Urmenschen war, auf eine Gruppe von zehn Sole-Sourcern weisend, die erhöht hinter einer natürlichen Felsmauer auf das Eintreffen der Hominiden wartete, um die Falle zuschnappen zu lassen.

Der Kampf war kurz und folgte dem erwarteten Ergebnis. Die Urmenschen waren tapfer, aber ohne jede Chance gegenüber den perfekten Schützen der Sole-Sourcer, die auch noch jeden taktischen Vorteil auf ihrer Seite hatten. Ich hatte verstanden.

Was dann kam, war zwar nicht mehr so bestialisch wie im Abschnitt zuvor, aber deshalb nicht weniger barbarisch. Die getöteten Urmenschen wurden enthauptet, die Köpfe eingesammelt und wahrscheinlich ins Dorf transportiert. Syncc Marwiin warf Sinistra einen bestätigenden Blick zu. Sie hatte die Darstellung nachdenklich verfolgt und nickte nur leicht.

Unser Führer schaute erneut voller Genugtuung auf die Szene, war uns nicht abseits des projizierten Weges gefolgt. Ich wartete auf das Erlöschen der Projektion.

»Was wir bis jetzt gesehen haben, ist ein Evolutionssprung von fünfundsiebzigtausend Jahren, das Zugangssystem dokumentiert für die Sole-Sourcer lediglich eine benötigte Zeit von siebentausend Jahren.« Der alte Mann zeigte sich nicht beeindruckt. »Das ist ein Faktor von zehn. So weit nicht schlecht, reicht aber noch nicht, um dahin zu kommen, wo sie heute sind – ich tippe auf die chemische Zusammensetzung des Pilzes, der ihre Entwicklung beschleunigt.«

Das Vibrieren des Bodens, das Pfeifen und der scharfe Luftzug kündigten unsere nächste Station an. Gespannt gingen wir durch das Tor in den dritten Tunnelabschnitt, warteten beinahe schon ungeduldig auf das Schließen des Portals hinter uns, das erneute Hereinbrechen der Dunkelheit.

Das Panorama einer hochentwickelten Metropole unter blauem Himmel, mit hohen, schneebedeckten Ruwenzori-

Gebirgszügen, explodierte um uns herum. Wir hatten den Eindruck, auf dem Balkon eines hohen Turmes innerhalb der Stadt zu stehen. Ein Flugobjekt erhob sich am Horizont aus dem Wasser des Ozeans in den Himmel, auf einem blauen Lichtbogen – technologisch bereits jenseits des Sauerstoff-Wasserstoff-Antriebs. Mein Blick folgte seiner Bahn hoch hinauf, erste zurückkehrende Ehrfurcht vor den Erbauern stellte sich bei mir ein.

»Das sind nur dreitausend Jahre nach dem Szenario des letzten Abschnitts«, sagte Syncc Marwiin. »Sie beherrschen die Fusion in einer ausreichend kompakten Bauform, um damit ihre Raumschiffe anzutreiben, und forschen an der Antigravitation.«

Wir drehten uns um, sahen in die Richtung, die er uns wies. Ein Gebäude schwebte auf halber Höhe unseres Turmes, unförmige Maschinen an seinem Fundament hielten es wahrscheinlich in der Luft.

»Sie haben es geschafft, ihre Intelligenz nicht der Aggression unterzuordnen, sondern beides in Wissensdrang umzuwandeln.«

Ich suchte nach dem Sole-Sourcer-Herrscher und entdeckte ihn tatsächlich auf einem Brückenbogen, der unseren Turm mit einem kleineren Gebäude verband. Natürlich winkte er uns auch diesmal zu sich heran.

Eine Sekunde lang wollte ich mich über den Umweg durch den Turm zu ihm auf den Weg machen, doch Sturgis' breites Grinsen erinnerte mich daran, das dies alles nur Hologramme waren. Also nahmen wir den kürzesten Weg durch die Luft zu unserem Führer hinüber, gefolgt von Sinistra und Syncc Marwiin. Trotzdem fiel mir für einen Moment das normale Atmen wieder schwerer, ich spürte das pochende Dröhnen meines Blutes in den Ohren, eine stählerne Klammer schien sich um meinen Brustkorb zu legen, als ich unter meinen Füßen wenigstens zweihundert Meter Luft zu spüren glaubte, mit winzigen Fortbewegungsmitteln auf dem Boden und in dem

Raum dazwischen. Sturgis nahm wortlos meine Hand und zog mich über den Abgrund. Er nahm sicher an, ich hätte eine Art von klaustrophobischem Anfall – nur ich wusste, das es nicht so war.

Dann war es vorbei. Ich folgte Sturgis schweißgebadet in das Gebäude am anderen Ende der Brücke und betrat als Letzter den Raum. Die Darstellung der Projektion veränderte sich erneut. Das Panorama der Metropole verschwand und wurde durch den langsam rotierenden Erdglobus mit kleinen Polkappen ersetzt. Wir schwebten über der dünnen Schicht der Atmosphäre, unsere Füße wiesen auf den Atlantik, während links von uns der afrikanische Kontinent ins Bild kam, der nur auf den zweiten Blick anders aussah als heute.

»Das Mittelmeer ist kleiner – Sizilien und Korsika sind mehr als doppelt so groß und – «, ich stockte, als ich begriff, dass wir draußen nicht den Indischen Ozean gesehen hatten, sondern einen wesentlich größeren Victoria-See.

»*Unwichtig!*« Syncc Marwiin stand direkt über dem leuchtenden Quadrat, welches auf der Oberfläche des Globus die Position der Stadt markierte, die wir soeben gesehen hatten.

Unser Führer wartete, wie es schien, geduldig, nur wenige Meter von uns entfernt, ein Tablett haltend, doch niemand schenkte ihm im Moment besondere Aufmerksamkeit.

»Die Sole-Sourcer hatten nur drei nennenswerte Städte und alle auf diesem einen Kontinent«, sagte der alte Mann und schaute sich suchend um, ob er nicht vielleicht doch etwas übersehen hätte.

»An den Polen gibt es noch Punkte, Siir«, warf Sinistra ein.

»Keine Siedlungen, liebe Freundin, Forschungsstationen – für die Testgeneratoren der Antigravitation«, entgegnete er nachdenklich. »Die Aggressive Expansion hat sie bereits weit ins Weltall getrieben, wenn das hier ihre gesamte Bevölkerung auf diesem Planeten darstellt – sehr ehrgeizig mit dem aktuellen Techniklevel ihrer Raumschiffantriebe. Vielleicht hat die konzentrierte Konsumation des Pilzes über Jahrtausende von irgendeinem Punkt an ihre Fruchtbarkeit auf einen normalen Grad oder sogar darunter reduziert – das wäre nicht unüblich bei einer so starken Abhängigkeit über eine solche lange Zeit. Sie haben jedenfalls ein Nachwuchsproblem!«

Er hatte sein Visier aktiviert und auch ein persönliches Hologramm schwebte seit wenigen Sekunden vor ihm in der Luft. Plötzlich drehte er sich um, Lichtblitze zuckten in kurzem Stakkato aus seinem Visierrand.

»Etwas passiert da drinnen!«

Mit rasenden Handbewegungen schien er nur für ihn sichtbare Instrumente zu bedienen. Sturgis warf mir einen fragenden Blick zu.

»Ich habe schwere Interferenzen empfangen«, hörte ich die übersetzten, nachdenklichen Worte des alten Mannes.

Die Projektion erlosch. Die erwarteten Vibrationen des Bodens und der Luft setzten wieder ein, als sich das Tor zum vierten Abschnitt öffnete. Angespannt spähten wir hindurch. Nichts als ein weiterer leerer Tunnel mit quadratischem Querschnitt und einem Podest in der Mitte waren zu sehen. Wir gingen hinauf und Syncc Marwiin setzte das Zepter vorsichtig in die diffus leuchtende Fassung.

»Bin sehr gespannt, ob es hier noch etwas anderes zu sehen gibt, außer dreidimensionalem Kino, Donavon«, sagte der Amerikaner verdrießlich in die Dunkelheit hinein.

»Da bin ich mir ganz sicher«, antwortete ich zuversichtlich. »Die Filmchen hätten sie nicht so tief unter der Erde verstecken müssen.«

Die neue Projektion detonierte lautlos um uns. Wieder befanden wir uns über einer Stadt – weitaus größer als im Abschnitt zuvor. Wir standen auf einem runden Aussichtsdeck eines Wolkenkratzers, ich schätzte den Abstand unseres Standortes vom Boden auf über einen Kilometer. Raumhohe Glasflächen umgaben das Deck in alle Richtungen. Unter sich verändernden Schriftzeichen schwebte in seiner Mitte eine große transparente Kugel, angefüllt von unzähligen blitzenden Punkten und Linien.

»Damn, *ist* das hoch, Scotsman!«

Sturgis stand dicht vor einem Fenster, die Illusion erneut so perfekt, dass ich mir sicher war, er würde diesmal nicht den Schritt durch die Wand wagen. Die Stadt reichte bis zum Horizont, ein unglaubliches Panorama aus nadelspitzen Hochhäusern, großen Freiflächen und schwebenden Gebäuden in allen Formen, deren Glasflächen das gleißende Sonnenlicht spiegelten. Hoch oben am Himmel glitzerte eine feine Linie quer von Ost nach West.

»Die Stadt ist verlassen!«

Sinistra erwartete keine Antwort.

Ich wusste intuitiv, dass sie recht hatte. Im Unterbewusstsein hatte ich die vergangenen Minuten nach etwas gesucht, während mein Blick über die Stadt glitt – *Bewegung!*

Es gab keine in der Metropole, nichts flog oder fuhr. Ich drehte mich um, hatte die Stimme unseres Führers vernommen. Dort stand er – neben Syncc Marwiin, der, von zwei schwebenden eigenen Darstellungen umgeben, ihn nicht wahrzunehmen schien.

Der Sole-Sourcer-Herrscher trug immer noch das sonderbare Tablett, das er auch im vorherigen Abschnitt bei sich hatte. Sein Lächeln war verschwunden.

Ich ging zu ihm, sah, dass es kein Tablett, sondern eine Art schlankes Buch war, das er vor sich hielt. Das Zeichen der Sole-Sourcer prangte auf dem Einband, von innen heraus leuchtend.

»Das scheint das vom Wandgemälde zu sein, Syncc Marwiin.«

Er sah kurz herüber und nickte. Dann wies er auf die Kugel und die Zeichen darüber.

»Alte Sole-Sourcer-Schrift des Ersten Imperiums – kann ich nicht entziffern. Die Potentialenden hier dagegen schon, meine Freunde.« Sinistra stand neben mir. »Die Kultur war sehr aktiv.

Mehr als fünfzig Welten hat sie besiedelt, und noch eine weitaus größere Zahl von anderen entdeckt. Auf einigen von den dichter bevölkerten sollten wir später nach Archen suchen.«

Ein roter, öliger Schleier begann sich im Zeitraffertempo innerhalb der Kugel auszubreiten, schoss, sobald er auf eine neue Linie traf, an dieser entlang und entfaltete sich ohne Verzug blasenförmig an ihrem anderen Ende. Diese Kettenreaktion erfüllte nach kurzer Zeit fast die gesamte Darstellung. Sie stoppte unerwartet und die Kugelansicht zoomte auf einen bestimmten Sektor am Rande der Öl-Wolke, ein vertrauter Planet erschien in starker Vergrößerung – die Erde.

»*Seht euch das an!*« Sturgis war als einziger am Fenster geblieben und winkte Sinistra und mich aufgeregt zu sich heran.

Eine dichter werdende gelbe Schicht behinderte mit einem Mal unsere Aussicht wie Nebel. Das filigrane, funkelnde Band am Himmel flimmerte, als stünde es plötzlich unter einer sehr starken Spannung – dann riss es – wurde wie Rauch im Wind auseinandergetrieben. Ein lautes Dröhnen ließ den Boden und die Scheiben um uns herum erzittern, der gelbe Nebel wurde dicker, veränderte die Farbe an einigen Stellen erst in ein schmutziges Grau, gefolgt von einem glänzenden Schwarz, bevor es an einer Stelle aufriss, auf uns zuraste und unsere Aussichtsplattform mit größter Wucht auflöste. Sinistras Schrei war noch nicht verhallt, als das bronzefarbene Licht zurückkehrte.

Langsam senkte ich meine im Reflex hochgerissenen Arme. Sturgis blinzelte mich aus zusammengekniffenen Augen an.

»Haben wir's jetzt endlich geschafft?«

»Für mich war das der vierte Abschnitt«, sagte ich grinsend, »ich habe den Gang der Weisheit durchschritten!«, sprang vom Podest herunter und folgte Syncc Marwiin und Sinistra, die bereits das sich langsam öffnende Tor erreicht hatten. Diesmal erfolgte kein Druckausgleich, kein intensives Pfeifen der Luft, nur ein knirschendes Dröhnen, als sich die seit mehr als einhundertzwanzigtausend Jahren nicht bewegten Blenden zu drehen begannen.

Dieses letzte Tor war wesentlich mächtiger als die anderen zwischen den einzelnen Abschnitten. Ich zählte drei massive Blendensätze hintereinander, wovon der letzte eine konkave Seite besaß, die dem neuen Raum zugewandt war, den wir nun erreichten. Dies musste der eigentliche Eingang sein. Die Luft, die durch mein Schutzfeld drang, war warm, unendlich trocken und hatte einen stechenden, technischen Geruch.

Der Boden glitzerte wie eine mit Diamanten übersäte Fläche, war jedoch vollkommen eben. Syncc Marwiin war wie immer ein paar Schritt voraus, das Zepter in der linken Hand, kniete er nieder und besah sich eine rechteckige Aussparung im Boden.

»Jetzt könnten wir das Buch unseres Sole-Sourcer-Führers gut gebrauchen, Scotsman.«

Der alte Mann richtete sich wieder auf. Sein stechender Blick traf Sturgis. »Es wird multiple Zugangscodes geben, sonst wären wir nicht so weit gekommen, Freund!«

»Hier ist eine Vertiefung, in die das Zepter passen könnte, Siir!«, rief Sinistra von einer Stelle, zwanzig Meter von uns entfernt.

Dieses fügte sich mit dem symptomatischen blauen Glühen in die Fassung im Boden, bewegte sich lautlos in eine schräge Position und drehte sich, bis sein in schwarzem Dunst verhülltes oberes Ende auf die unserem Eingang gegenüberliegende Wand zeigte.

Wir warteten.

Das Glitzern des Bodens erlosch.

»*Keine Visiere!*«, zischte die übersetzte Stimme des alten Mannes.

Ein gleißender, streng begrenzter Lichtstrahl traf die im schwarzen Nebel verhüllte Spitze des Zepters, ließ es hellrot aufglühen. Das dauerte nur wenige Sekunden, dann standen wir wieder in tiefster Dunkelheit – Phantomblitze auf der Netzhaut.

Ein dreieckiger Sektor des Bodens erstrahlte in einem warmen Grünton, begleitet von einen Knirschen direkt vor uns.

»Liebe Freunde«, vernahm ich Syncc Marwiins Stimme mit einem beinahe feierlichen Unterton, »das ist die einzige bisher entdeckte Arche der Sole-Sourcer des Ersten Imperiums. Noch nie zuvor hat ein Vertreter der Königreiche eine in intaktem Zustand betreten. Dies ist ein denkwürdiger Moment und ich wünschte, es wären nicht diese dramatischen Umstände, die mich zwingen, alles in Eile zu machen!«

Sturgis und ich tauschten fragende Blicke. Sinistra sah angespannt zu Boden.

»Gehen wir hinein.«

Er zog das Zepter aus der Fassung. Ich hielt entsetzt die Luft an. Syncc Marwiin hätte sich an dem immer noch glühend heißen Material verbrennen müssen – doch wider Erwarten schien es normal temperiert zu sein.

Wir folgten ihm zur Spitze des grün leuchtenden Dreiecks, über der sich eine schlanke Öffnung gebildet hatte. Erschrocken blieb ich stehen.

»Was ist, Scotsman?«

Ich zeigte auf mehrere, unzweifelhaft als Waffenmündungen zu erkennende Schlitze, welche die Öffnung kreisförmig in zwei Reihen umgaben.

»Die letzte Verteidigungslinie, falls du dich nicht ausweisen kannst«, frotzelte er.

Wir beeilten uns, hinter Sinistra den schmalen, bronzefarben leuchtenden Gang zu betreten. Er war wirklich eng im Vergleich zu den großzügigen Tunnelsystemen, durch die wir bisher gegangen waren, maximal drei Meter hoch und zwei breit. Wir stiegen ihn hinauf, aus dem Hintergrund das mahlende Geräusch sich schließender Blendentore vernehmend.

»*Ahh!*«

Ohne Vorwarnung machte der gesamte Gang einen Satz zur Seite und ließ mich beinahe das Gleichgewicht verlieren. Ich stützte mich an der Wand ab, während der Boden unter mir eine rotierende Bewegung nach links oben ausführte, die meinem leeren Magen arg zusetzte und die so abrupt endete, wie sie begonnen hatte.

»Jetzt sind wir allein, meine Freunde«, hörte ich die Stimme des alten Mannes.

Ich tat wackelig die letzten Schritte und erreichte als Letzter einen kugelförmigen Raum von vielleicht zwanzig Metern Durchmesser.

Kaum hatte mein Fuß den Gang verlassen, verschloss sich dieser mit einer filigranen Blendenvorrichtung und ich glaubte zu hören, dass das wenigstens noch zwei andere dahinter im gleichen Augenblick getan hatten.

Nachdem wir nun kilometertief unter der Oberfläche waren, kam ich mir hier drin erst recht so vor wie in einer Falle.

»Jetzt sind wir sicher – selbst wenn der Planet auseinanderbrechen sollte – hier drin kann uns nichts passieren.«

Vor uns schwebte ein Bauplan der Arche als Hologramm. Ich verstand, was der alte Mann ausdrücken wollte. Wir befanden uns in einer Kugel, wenigstens vierhundert Meter im Durchmesser. Genauer gesagt waren es vier ineinander geschachtelte Sphären, deren Zugänge jetzt gegeneinander verdreht waren und somit einen Grad an Sicherheit darstellten, der wirklich mit nichts anderem zu vergleichen war – als Unzerstörbarkeit.

Wir standen in der zentralen Sphäre. Umgeben von einer inneren Transferkugel, mit einer eigenen Wandstärke von fünfzehn Metern und mit nur genau einem Durchgang. Diese Sphäre befand sich wiederum innerhalb der sie umschließenden Substanzkugel, wie Syncc Marwiin sie nannte, mit einhundert Metern Wandstärke. Sie enthielt diverse Kammern unterschiedlichen Zwecks, welche nur von innen durch den einzigen Gang der Transferkugel zu erreichen waren und keinerlei Verbindungen untereinander besaßen, trotzdem bestand ihr Inhalt zu ungefähr neunzig Prozent aus fester Materie.

Die Hülle bildete die äußere Transferkugel, mit eigenen fünfzig Metern Dicke, die auch nur einen einzigen Durchgang besaß. All diese Sphären mussten in einer genau definierten Weise zueinander und zum einzigen Einlass des Tunnels ausgerichtet sein, um ein Betreten oder - für mich im Moment wichtiger - das Verlassen zu ermöglichen. Mir war unterwegs kein Übergang zwischen den einzelnen Sphärenschichten aufgefallen, aber wenigstens hatte ich jetzt eine Erklärung für die Erschütterung nach dem Betreten der Arche - die äußere Transferkugel hatte sich bewegt und den Eingang versiegelt.

»Wir sollten jetzt gut auf das Zepter aufpassen«, sagte Sturgis mit Hinweis auf die holografische Darstellung, »falls wir hier drinnen nicht verhungern wollen.«

Unruhig erinnerte ich mich an die Schlusspassage von Sinistras Zusammenfassung des Gesprächs zwischen Keleeze und Syncc Marwiin an Bord des Raumschiffes. *Er hatte davon gesprochen, diese Arche zu zerstören, falls sie den Sole-Sourcern helfen könne, sich aus der Isolation zu befreien.*

Ich hoffte, meine Ansicht über die Unzerstörbarkeit dieses Bauwerkes war nicht trügerisch.

»Hier ist jemand gestorben!«

Sinistras Stimme erklang gedämpft zu mir. Ich drehte mich um, suchte sie, sah jedoch nur Syncc Marwiin, der hinter eine trennende Wand eilte und verschwand. Sturgis und ich folgten ihm, entdeckten eine Rampe zu einem tiefer gelegenen Deck, sprangen hinunter, bogen um eine Ecke und erstarrten.

Wir hatten unseren Führer wiedergefunden.

Im Halbrund mit drei anderen toten Sole-Sourcern, saß er auf einem Konturensessel, das Gesicht einer Projektion zugewandt.

»Verhungert sind die jedenfalls nicht«, sagte ich leise zu Sturgis, nachdem ich mich dem ersten Sole-Sourcer, der Frau mit den langen Haaren, zugewandt hatte und mir die pergamentene, gealterte und ausgetrocknete Haut aus der Nähe angesehen hatte. »Die haben noch viele Jahre hier drinnen gelebt.«

Sie waren wirklich groß gewachsen. Ihre schlanke Statur betonte dies noch weiter. Das einst schwarze Haar der Frau war im Alter grau geworden. Wie auf dem Bild zum Eingang des oberen Archenteils war es aufwendig geflochten, der Zopf endete auf ihrem Schoß, unter gefalteten Händen mit sehr langen, nach hunderttausend Jahren immer noch scharf aussehenden Fingernägeln. Ihre Handgelenke waren zerfallen, unter dem Druck des hautengen Anzugs, mit dem alle Sole-Sourcer bekleidet waren.

»Sie haben sich selbst getötet, wahrscheinlich, als sie ihre natürliche Lebensgrenze erreicht hatten.«

»Sie haben sich getötet, junger Freund, nachdem sie am Ziel ihrer Forschung waren«, warf der alte Mann ein.

»Was ist das, Syncc?«, fragte Sinistra.

»Ich kann es nur vermuten – mir fehlen die Spezialkenntnisse eines Huds – ich denke, sie haben von hier das Eintreffen der Schockwellen verfolgt, ihre Wirkung auf das System, die Individuen und die Flora beobachtet und analysiert. Das hier gleicht einer Berechnung für den Aufbau, über die benötigte Energie und die Poleigenschaften eines Feldes – möglicherweise zur Abwehr eines weiteren Kollapses.«

»Aber nicht zur Verstärkung eines solchen?«, versuchte ich eine Abschätzung der Gefahr, in der wir uns befanden.

Syncc Marwiin erkannte auf Anhieb den Hintergrund meiner Frage. Er lächelte kurz und drehte sich zu mir.

»Sinistra hat Euch die Unterhaltung übersetzt, das ist gut. Ihr macht Euch unbegründete Sorgen, mein junger Freund. Ihr werdet gesund zurückkehren. Diese Berechnungen haben die Arche bereits vor langer Zeit verlassen – das Zweite Imperium hat sie wahrscheinlich zum Bau der Maschinen genutzt, welche die Sole-Sourcer in ihre aktuelle missliche Lage versetzt haben. Sie stellen kein Geheimnis mehr für sie dar.«

Er sah auf die schirmartige Projektion, den vier Toten gegenüber.

»Das hier kann interessant sein!«

Wir folgten seinem Blick. Ich sah nichts auf dem Display, außer einem langsam wabernden, grauen Rauschen.

»Eine Anleitung zum Sprengen der Erde?« Sturgis starrte kopfschüttelnd mit aktivem Visier hinauf.

»Eine Möglichkeit, das Magnetfeld des Planeten zu verändern, *hmmm – sehr interessant.*« Der alte Mann versank in Schweigen und vertiefte sich ganz in den Anblick eines Schemas, das ich nach der Aktivierung meines Visiers endlich auch erkennen konnte.

Es zeigte einen Schnitt durch den Planeten, mit allen Schichten und einem stilisierten Magnetfeld. Die Position der Arche war markiert und ebenso an die zwanzig von ihr ausgehende Fühler in Richtung Erdkern.

Ohne Kommentar eilte Syncc Marwiin nach einigen Minuten wieder die Treppenstufen hinauf.

Wir folgten ihm, ohne zu zögern. Er ging zügig um das Hologramm der Arche herum, ohne ihm einen Blick zu schenken, so als suche er etwas. Plötzlich blieb er stehen, dicht an einer filigranen Konstruktion, legte beide Hände vorsichtig auf eine dünne Platte und schloss die Augen.

Ich vernahm ein entferntes Surren, leichteste Vibrationen, während sich die Kugeln in der Darstellung bewegten. Die innere Transferkugel rotierte um alle drei Achsen, bewegte ihre einzige Öffnung nach rechts oben. Mit einem Klicken öffnete sich ein perfekt in die innere Kugel eingepasstes Blendentor.

»Jemand muss da hinein«, sagte der alte Mann und an der Art, wie er *jemand* betonte, ohne die Augen zu öffnen, erkannte ich, dass er mich meinte.

»Ich würde selbst gehen, junger Freund, aber nur ich kann dieses Gerät bedienen. Fühlt Ihr Euch wieder stark genug, dort hineinzugehen? Ihr müsst etwas herausfinden – seht her!«

Vor meinem inneren Auge entstand ein großes Becken voller Wasser, als er mein Visier fernzusteuern begann. Die Oberfläche wölbte sich nach innen, wurde transparent.

»Das ist ein Thieraport, ein Kommunikationsmittel für sehr große Entfernungen. Die Sole-Sourcer haben es erfunden. Es muss ein solches Gerät hier in der Arche geben, mit ihm haben die vier da unten Kontakt zu den Übrigen gehalten. – Ich benötige die eingestellten Koordinaten – aber Ihr dürft es auf keinen Fall berühren!«

»Wenn es nur das ist, Syncc Marwiin«, sagte ich leichthin, den warnenden Blick Sturgis' und das unterschwellige Grippe-Gefühl, das mich ergriffen hatte, weglächelnd, und wandte mich der Öffnung zu.

»Macht eine Aufzeichnung von allem, was Ihr dort seht – die Visiere werden keine Verbindung aufrecht erhalten können.«

Der Gang lag in bronzenen Licht vor mir. Ich ging hinein und drehte mich zum Abschied um – das Blendentor hinter mir hatte sich bereits lautlos geschlossen.

Ich wartete.

Das Tor am anderen Ende des Gangs öffnete sich genauso geräuschlos. Vorsichtig sah ich hinaus.

»Syncc Marwiin?«

Er hörte mich nicht. Wo war ich? Einfach auf der anderen Seite der Transferkugel? Die Wände glühten auch hier in dem üblichen Bronzerot. Ich sah in einen leeren Gang mit abgerundeten Kanten, von wenigstens fünfzig Metern Länge. Ein sonderbares Gefühl der Taubheit drückte auf meine Ohren. Eine dünne Schicht Schweiß lag auf meinem Gesicht. Ich war vollkommen allein, nichts regte sich. Die Empfindung war nicht unangenehm – es war neu und faszinierend. Donavon MacAllon lief allein in dem ältesten Artefakt der Menschheit herum. Ich lächelte bei dem Gedanken an Fergus, der nach meiner Rückkehr an meinen Lippen hängen würde.

Unwillkürlich stieß ich mit meinem Stiefel gegen die Wand des Schotts. Ein leises Zischen des abgleitenden Schutzfeldes lenkte mich ab – nun, die Informationen würden sicher nicht zu mir kommen – ich marschierte los, in die Substanzkugel hinein. Der Gang endete unspektakulär vor einem fugenlosen Tor, das sich mit leisem Klicken horizontal teilte, in Boden und Decke zu fahren begann und mitten in der Öffnungsbewegung stecken blieb.

Die untere Hälfte ragte noch einen guten Meter aus dem Boden. Die obere hatte sich nur wenige Zentimeter bewegt. Ich sah hindurch – es war vielleicht vier Meter dick. Ich überlegte einen Moment, stemmte mich dann entschlossen hoch und sprang erschrocken zurück. Das Knistern und Flackern meines Schutzfeldes hatte mich erschreckt und mir jegliche Sicht genommen. So würde ich da jedenfalls nicht hindurch kommen. Entschlossen schaltete ich es mit einer Drehung am Ring ab. Erneut stemmte ich mich hoch und kroch zügig durch den Spalt. Den aufkommenden Vergleich mit einer Fliege auf dem Amboss eines Schmieds ignorierend, glitt ich auf der anderen Seite hinunter und hatte das Gerät gefunden.

Aye!

Der Thieraport sah völlig anders aus als beschrieben, doch es bestand für mich kein Zweifel daran, dass der alte Mann diese Maschine gemeint hatte – leider schien sie seit sehr langer Zeit kaputt zu sein. Ein sehr großer Teller aus einem stumpfen, schwarzen Material von zehn Metern Durchmesser, mit flachem, schmalem Rand, war in die Mitte des runden Raumes wie ein Bassin eingelassen. Er war dick mit einer Art braun-weißer Asche überzogen, die seit Jahrtausenden unberührt dort liegen musste und auch den restlichen Boden des Raumes mit einer dünnen Schicht bedeckte.

Ich hatte die Hälfte der Entfernung zum Bassin zurückgelegt und sah mich um. Meine Fußabdrücke hatten die Unberührtheit dieses Raumes bereits zerstört – Karen wäre entsetzt gewesen.

Ein einzelner, glasklarer Ton erklang, ließ mich erst zusammenzucken und dann erstarren. Die Ascheschicht blitzte auf, erglühte von innen heraus wie geschmolzenes Metall, erhob sich wie ein dünnes Tuch langsam im gesamten Raum vom Boden bis auf die Brusthöhe und begann sich dann in Richtung meines Kopfes auszudehnen. Das Schott hinter mir schloss sich brachial quietschend und knirschend. Ich pustete ein paar Aschepartikel fort, wischte mir über den Mund. Sofort füllten andere Partikel den leeren Raum, die Asche verhielt sich wie eine Flüssigkeit, dehnte sich weiter aus. Ich geriet in Panik, versuchte mich unter die Schicht zu ducken, doch die folgte mir ohne die geringste zeitliche Verzögerung. Ich hatte die Luft angehalten. Der Drang zu atmen würde übermenschlich. Ich holte Luft, schmeckte zuerst die Trockenheit, die sich sofort in einen wohligen Balsam verwandelte. Ich machte ein paar ruhige Atemzüge, spürte die Ascheflocken in meinem Mund zu Feuchtigkeit schmelzen.

Das Feld!, schrie mich etwas an. Ich erstarrte. *Natürlich* – und ergriff den Ring.

Dort, wo die Ascheschicht mein Schutzfeld berührte, begann sie lichterloh zu brennen, als würde geschmolzenem Metall Sauerstoff eingeblasen.

Langsam, ganz langsam, atmete ich normal weiter, verdrängte die Panikattacke, während sich in meiner Lunge ein wohliges Gefühl einzustellen und für ein paar Sekunden eine

Art goldener Staub vor meinen Augen zu tanzen begann. Langsam, ganz langsam setzte ich meinen Weg zum Thieraport fort, drehte mich dabei leicht nach hinten, um zu beobachten, wie sich die Ascheschicht verhalten würde. Ich hinterließ eine dunkle Spur, die sich träge wieder schloss, ganz so, als würde man eine brennende Wunderkerze durch zähen, grauen Schlamm ziehen.

Das Flimmern vor meinen Augen verschwand, die wohlige Wärme in meiner Lunge blieb. Das Schutzfeld der Besucher erhielt mich jetzt am Leben, da machte ich mir keinerlei Illusionen. Das hier war ein Sicherheitsmechanismus der Arche, der auch nach dieser langen Zeit noch funktionierte. Ich ging in die Hocke, versuchte erneut, mich unter der brennenden Schicht wegzuducken - doch vergeblich - die Hauptebene der Asche folgte immer der Position meines Oberkörpers. Ich erkannte feinere Aschepartikel, die scheinbar auf unterschiedlichen Luftebenen schwammen und meinen Mund erreichten - die hatte ich eingeatmet - doch wohl nicht genug. Vielleicht orientierte sich ihre Steuerung an meinem Herzschlag. Unruhig suchte ich nach Spuren von nachlassender Feldstärke meines Schutzfeldes - zum Glück bemerkte ich keine Veränderungen.

Ich erreichte den Rand des Bassins. Meine Reaktionsfähigkeit musste noch beeinträchtigt sein, der Grad meiner Erschöpfung hatte zugenommen. Nur so war es zu erklären, dass ich beim Anblick der überlebensgroßen Frau nicht heftig zusammenzuckte, die über dem runden Bassin schwebte und mich aus schwarzen Augen anstarrte.

Ich hatte mich geirrt - und zwar gleich mehrfach. Diese Maschine war nicht defekt, und bei der leuchtenden Ascheschicht handelte es sich nicht um einen Abwehrmechanismus der Arche, sondern es musste eine Art Scanner sein, der höchstwahrscheinlich in diesem Moment mein Bild in die Gegenwart dieser Frau beförderte.

Sie redete mich an. Ich verstand sie nicht, es klang ein wenig nach der Sprache der Besucher, doch half mir das nichts.

Ich bestaunte ihren fein strukturierten Anzug in tiefem Rot, dessen Oberfläche ihren Körperproportionen im Detail folgte und aus unendlich filigranen Rillen zu bestehen schien, die ihn wie einen Muskel wirken ließ.

Sie fuhr fort, zu mir zu sprechen - ein angenehmer Alt. Ich erinnerte mich an die Anweisung Syncc Marwiins. Nun - das mit dem *nicht Berühren* hatte sich erledigt, aber ich konnte diese Szenen noch aufzeichnen. Ich aktivierte mein Visier.

Unterhalb der Projektion der Frau schwebte die Darstellung mehrerer Galaxien. Drei helle Punkte stachen hervor, einer war rot, ein anderer leuchtete mit einer Corona und einer war lediglich größer.

Langsam umrundete ich das Bassin, suchte nach Anzeichen von Koordinaten, irgendetwas, was einer Positionsbestimmung dienlich sein könnte. Die Frau drehte sich mit mir, bediente Anzeigen, die ich nicht erkennen konnte, wiederholte ihre Ansprache. Dann - von einer zur anderen Sekunde - erlosch die Projektion der Frau. Die Verbindung war unterbrochen. Die Ascheschicht wirbelte in einem plötzlichen Luftzug auf, hüllte mich vollständig ein, so dass ich mir wie in einem Schneesturm vorkam. Mein Visier zeigte mir die Umrisse des Raumes und auch den Weg zurück zum Schott.

Vorsichtig ging ich meinen Weg zurück, einen Fuß vor den anderen setzend, bis ich das geschlossene Tor erreicht hatte. Ein blinkendes Feld zu meiner Rechten bot sich förmlich als Öffnungsmechanismus an, ich drückte darauf - nichts geschah, außer, dass mein Schutzfeld mit einem anderen elektrischen Komponente reagierte und ein laut knatterndes Funkenfeuerwerk den Aschesturm um mich herum erleuchtete.

Ich drückte erneut, während ich meinen Kopf so weit wie möglich von dem Schalter weghielt, doch der infernalische Lärm schien nahezu unbeeinträchtigt durch das Schutzfeld zu dringen.

Gefangen – ich überlegte angestrengt und kam zu keinem Ergebnis. Das Tor hatte sich bei meinem Näherkommen von allein geöffnet – wieso tat es das nicht beim Verlassen? War der Mechanismus blockiert? Das würde mich nach dieser langen Zeit nicht wundern.

»Syncc, könnt Ihr mich hören?«, rief ich wütend über meine eigene Hilflosigkeit und erhielt keine Antwort.

Das Feld, ich musste es nochmals kurz abschalten, um den Öffnungsmechanismus zu betätigen. Ich ergriff den Schildring mit Daumen und Zeigefinger meiner rechten Hand, holte tief Luft, deaktivierte es, fühlte ein unsägliches Brennen auf der Haut, schlug auf den Kontakt und aktivierte den Ring erneut. Der Aschesturm schlief ein, das Brennen ließ nach. Das Tor ruckte und blieb mit einem Geräusch stecken, das mir die Haare zu Berge stehen ließ. *Nein!* Der Spalt vor mir war jetzt maximal vierzig Zentimeter breit.

Erneut holte ich Luft, deaktivierte das Feld, kroch hektisch durch den Spalt, bis ich die andere Seite erreichte, sprang dort hinunter und schaltete es wieder ein. Das Brennen auf meiner Haut ignorierend, rannte ich den Gang zurück.

Syncc Marwiin war sofort mit uns aufgebrochen. So schnell es ging, eilten wir wortlos aus der Arche heraus in das erste Segment des Zugangstunnels hinein. Er hatte nur einen kurzen Blick auf meine Aufzeichnungen geworfen, war mit versteinertem Gesichtsausdruck aufgesprungen, nachdem er die Frau in dem roten Anzug gesehen hatte. Mein *es tut mir leid, ich habe keine Koordinaten gefunden* hatte er kurzerhand mit der Entgegnung *doch, habt Ihr, mein junger Freund* abgetan.

Wir bekamen auf dem Rückweg keinerlei Gesellschaft von unserem Sole-Sourcer-Führer des Hinwegs. Alle Segmente waren leer und öffneten sich bereitwillig bei unserer Annäherung. Vor dem letzten Schott hielten wir an.

»Etwas ist da draußen!«

Sturgis atmete schwer. Ich stellte verblüfft fest, dass es mir überraschend gut ging. Die Atembeschwerden des Hinwegs und aus der Arche waren verschwunden, ich spürte keinerlei Anstrengung, trotz des hohen Marschtempos, das der alte Mann vorgelegt hatte. Auch Sinistra war nicht im Geringsten außer Puste.

»Was meint Ihr, Syncc?«, wandte sie sich an den Wissenschaftler.

Abwehrend hob er eine Hand und verharrte sonst regungslos hinter seinem Visier. »Wir können nicht weiter – das Tor ist blockiert.«

Sturgis beruhigte weiterhin seine Atmung, stützte sich auf seinen Oberschenkeln ab und sah an ihm hinauf. »Es – sieht – intakt aus«, brachte er zwischen einzelnen Luftzügen heraus.

Syncc Marwiin schüttelte den Kopf und wandte sein Visier zum rückwärtigen Tor. »Ich meine keine mechanische Beeinträchtigung, meine Freunde, es wartet jemand auf uns, den wir besser nicht treffen sollten.«

Das leichte Zittern des Bodens kündigte das Entriegeln des Eingangs an. Die Blende zum zurückliegenden Tunnelabschnitt, den wir vor Minuten passiert hatten, öffnete sich erneut. Ich wartete angespannt – nichts geschah.

»*Damn!*«, quetsche der Amerikaner neben mir leise durch die Zähne.

Zwanzig Meter von uns entfernt begann die Luft zu flimmern. Langsam gaben sich mächtige Konturen zu erkennen, welche die Anzüge der Certeers wie Kindergrößen aussehen ließen.

»Ich habe nicht gedacht, Euch je lebend wiederzusehen, Marwiin«, dröhnte eine metallische Stimme in meinem Ohrhörer, »ich bin erfreut, dass Ihr die Vorzüge der Reinkarnationstechnik für Euch entdeckt habt, denn nun könnt Ihr mir sicher einige Fragen beantworten.«

9 Nebelwelten

Roter Nebel, Triumphane, Sitz der Benedictine
30397/2/3 SGC
23. November 2014

Raoula

Sie flog.

Endlose, grüne Savannen strichen unter ihr entlang, ein warmer Wind berührte ihre Wangen. Durch die hohe Geschwindigkeit der Antigrav-Scheibe wirkte die Graslandschaft wie ein samtenes, seicht gewelltes Tuch. Am Horizont erschien ein Glitzern, kam schnell näher – sie erreichte eine Küstenlinie, das Licht der untergehenden Sonne in ihrem Rücken spiegelte sich in einem endlosen Meer, der Wind in ihrem Gesicht wurde feuchter und kühler.

Eine kurze Dämmerung trug sie in die Nacht. Sterne begannen an einem tiefschwarzen Firmament zu funkeln, zwei dünne Mondsicheln spiegelten sich im Wasser – wiesen ihr den Weg zu einer riesigen Neer, die lautlos und mit unbändiger Kraft glitzernd, inmitten des uferlosen Ozeans rotierte.

Raoula tauchte ein, folgte dem Strudel hinab in die Tiefen der See, immer weiter, bis sie unter sich ein rotes Schimmern entdeckte, eine große Luftblase, erfüllt von warmen Licht, inmitten der ewigen Finsternis.

Die Antigrav-Scheibe landete, ihre bloßen Füße betraten kalten Sandboden, lähmende Stille dröhnte in ihrem Geist. Sie öffnete ihre Lider, blickte aus leeren Augenhöhlen hinauf zur tiefroten Kuppel.

Berichtet!

Ein neues Bild entstand vor ihrem inneren Auge. Es war Nacht, sie näherte sich einem beeindruckenden Anwesen. Mehrere Marker in ihrem Gesichtsfeld sagten ihr: Sie war nicht allein.

Die Gebäude des Anwesens waren von einer hohen Steinmauer umgeben, sie betrat einen Torweg – massive Pforten hingen zerschmettert in den Angeln. Leise Kommandos wurden gegeben, weitere Marker näherten sich, überflogen die Mauern, landeten im Hof, in ihrer Nähe, bewegten sich schnell.

Sie glitt nach vorn, erreichte eine breite Treppe, sprang mit einem gewaltigen Satz hinauf, stürmte in eine Halle - blieb wie eingefroren stehen.

Feinste Asche verharrte unnatürlich schwerelos im Raum, glitzerte im unsichtbaren Licht der Helmvisiere ihrer Ritter. Nichts Organisches war mehr zu erkennen - der gesamte Inhalt dieser Halle war durch präzisen Waffeneinsatz verglüht worden. Eine blinkende Anzeige informierte sie über die Reststrahlung - vor nicht mehr als fünf Stunden.

Ihr Atem stockte - *zu spät!*

Ein weiterer, gewaltiger Satz brachte sie in eine der oberen Etagen des Haupthauses, folgte einem Signal ihrer Ritter.

Damon? Der Gerüstete nickte kurz.

Sie drehte sich um.

Nestor!

Die leblosen Körper zweier erwachsener Männer lagen auf speziellen Tischen, Blutlachen auf dem fein strukturierten Steinfußboden darunter - noch nicht geronnen.

Damon hat noch gelebt, Mutter. Die Entnahme seines Gehirns und des Rückenmarks waren höchstwahrscheinlich erfolgreich.

Und Nestor?

Hände drehten dessen Körper vorsichtig auf den Rücken.

Sie erblickte zum ersten Mal die schönen und gleichmäßigen Züge ihres zweiten Sohnes. Er hatte im Sterben gelächelt, sein feiner Mund war mit blauer Farbe verschmiert. Nestor hatte sich der Kontrolle der Urmutter entzogen - auf seine Weise.

Auch sein Gehirn wurde entnommen, Mutter - aber er hat sich vorher mit Papit vergiftet. Die Zellen seines Gehirns werden sich weiter zersetzen, der Prozess ist nicht aufzuhalten. Er kann nicht reinkarniert werden. Es tut mir leid, Mutter, wir sind zu spät.

Sie blickte zurück zu Damon - ja, ein Abbild seines Vaters aus jungen Jahren. Hübsch sah er aus - mutig und tapfer. Was war sein Plan? Sie zweifelte nicht eine Sekunde daran, dass er bewusst eine Vergiftung ausgeschlagen hatte. Ihre Söhne hatten unter Ramones Vormund rebelliert – Damon wollte überleben – doch warum?

Kehrt zurück, Ritter!

Ein entschlossener Gedankenimpuls von ihr und der Gedankenscanner der Benedictinen-Kathedrale führte sie aus der geschützten Isolation der roten Lichtblase heraus. Sie verließ den Ozean, die Savanne – öffnete mit zitternden Wimpern ihre schönen Augen, spürte den rauen Fels der Mauer am Hinterkopf, die vertraute, warme Steinbank unter ihr. Ein lauer Sommerwind ließ die Baldachine des Balkons lustig flattern. Tränen rannen über ihre zarten Wangen, tropften auf ihr rotes Gewand.

Ein Lächeln durchbrach den traurigen Schleier auf ihrem Gesicht.

Damon lebte!

»Wer hat uns diesmal verraten, Primus?«

Die hochgewachsene Statur ihres Ersten Ritters drehte den Kopf leicht in ihre Richtung. Die blauen Augen unter der geöffneten Sensorenphalanx des Helms blickten sie ruhig an.

»Ich weiß es nicht, Mutter.«

Das erwartungsvolle Schweigen der Benedictine ließ ihn fortfahren: »Vielleicht war es nicht einmal Verrat. Ihr habt mich und alle Mitglieder der Garde überprüft. Ramone wusste um das Schicksal Rastolons – und hat ihre eigenen Schlüsse gezogen.«

»Und war uns wieder einmal einen Schritt voraus.«

Eine Windbö fuhr unter den Baldachin des Balkons, verwehte einzelne Haarsträhnen. Raoula ignorierte das, Sorgenfalten auf ihrer hohen Stirn. Unbewusst spielten ihre Hände mit dem Benedictinen-Zepter, ließen die Mysalik-Klingen leise scharrend auseinander- und wieder zusammenfahren.

»Was hast du über diese Synccs der Königreiche herausgefunden, Erster? Ergab irgendetwas aus der Nachricht von Vater Debruhik nachträglich einen Sinn?«

»Es muss eine Verbindung zu den Kulturbewahrern der Organisation gegeben haben, Mutter. Möglicherweise war der Abt selbst ein Mitglied dieser Vereinigung. Ihre Geschichte reicht bis in die Zeit von Aonia 2. und Residore 3. zurück.«

Raoula erhob sich und schritt nachdenklich zur Brüstung des Balkons, ihr Blick schweifte über die faszinierende Aussicht – ohne etwas wahrzunehmen.

»Wie passend. Wer ist Syncc Marwiin?«

»Ein Geist.«

Der Ritter folgte ihr langsam, als sie dem umlaufenden Balkon umschritt.

»Marwiin ist kein Name, Mutter – wir halten es eher für einen Titel oder eine Bezeichnung.«

*Wofür?, d*etonierte ungeduldig der Gedanke im Kopf des Primus.

»Für den Erfahrensten der Kulturbewahrer, ihren Vorsitzenden. Wir kennen seinen eigentlichen Namen nicht.«

Raoula drehte sich um. »Was ist ihre Aufgabe? Ich war bisher der Auffassung, sie kümmerten sich um die Integration neuer Welten in die Königreiche?«

»Das ist auch ihre offizielle Funktion, Mutter. Der neue Abt von Tempelton IV ist beim Nachvollziehen der letzten Analysen seines Vorgängers jedoch auf interessante Zusatzinformationen gestoßen, wonach es intensive Verbindungen der Synccs zu dieser verschollenen Kultur gegeben hat, bei deren Verschwinden König Harkcrow zu Tode kam.«

Da war er wieder – der mysteriöse Dreiklang der Toten: Harkcrow, Aonia und El'Ottar.

»Gibt es eine Verbindung zur Urmutter?« Ihr Blick hob sich und suchte die Augen des Ritters, fast einen Meter über ihr.

»Es gab einen Besuch von Persephone 3. auf einem Planeten namens Cetna – im Jahr vor der Ermordung Aonias. Persephone 3. galt als enge Vertraute der damaligen Benedictine…«

»*Residore 3.*«, fiel Raoula ihrem Primus ins Wort, »ja – ich weiß.«

Sie ging zur Brüstung, legte ihre Unterarme auf und schloss die Augen. »Und dabei traf die Benedicine auf Harkcrow in Gesellschaft des damaligen Syncc Marwiins, – was noch?«

»Es gab Fragmente von Informationen, die noch sehr viel weiter in die Vergangenheit zurückreichen«, er zögerte kurz, »bis zu Kryptia 11.«

Die implantierten Sphären der Urmutter und des Urvaters zitterten leicht auf ihren Lidern.

»Wissen wir, wo sich der aktuelle Syncc Marwiin befindet?«

»Nein, Mutter. Wir kopierten eine Nachricht der Legatin von Cap del Nora – offensichtlich führte sie eine Operation für die Urmutter gegen Syncc Marwiin durch – und scheiterte. Das war vor elf Tagen auf Ankatarh im Zentrum.«

Ramone interessiert sich für Syncc Marwiin!

Raoula spürte den Wind ihr Gewand aufbauschen. Wie sollte sie diesen Mann finden? Wie sollte sie ihn vor der Gegnerin warnen? *Warum* sollte sie ihn warnen?

»Ich muss ihn sprechen. Wir müssen diesmal schneller sein als sie.«

Finde ihn – noch vor der Reinkarnation der Urmutter!

Ramone fürchtete diese Person. Raoula lächelte, dann hatte sie dort vielleicht einen Verbündeten.

Roter Nebel, Innocentia II, Planet der Urmutter
30397/2/6 SGC
27. November 2014

Raoula

Das neue Bündnis mit dem abtrünnigen Königreich Metcalfe/Dominion und die Anwesenheit der aus dem Nichts erschienenen Od'Fer hatten eine umfangreiche Anpassung der Ehrenformation für die Urmutter erforderlich gemacht.

Während die Ersten Ritter der Od'Fer einfach an die Positionen der ehemaligen Lehnsmänner des sechsten Sektors, in dem ihr Ursprungssystem Xee lag, getreten waren, war für die Offiziere des Königs erstmalig seit der vollendeten Neustrukturierung der Nebelwelten durch Mesaphode 4. im Jahre 29205 ein weiterer - neunter - Sektor entstanden.

Auch optisch stachen die Neuzugänge aus den Versammelten hervor. Am deutlichsten hoben sich die massigen Panzeranzüge der einstigen Schattentruppen auf ihren kniehohen Krallenfüßen von den anderen ab. Raoula spürte deutlich die Verwirrung einzelner Offiziere, Abscheu, Scham, Irritation nahm sie nicht ohne einen Anflug von Genugtuung wahr, während sie im Geiste die Gedanken der Anwesenden beobachtete.

Die Od'Fer hingegen verfügten über einen soliden Gedankenblock, der ihren defensiv vorgetragenen Leseversuch wirkungslos abprallen ließ - vielleicht war dies jedoch bereits das erste Resultat des Papits - ihre mentalen Fähigkeiten begannen in dem Maße zu verblassen, wie ihr eigener Widerstand gegen gedankliche Manipulation wuchs.

Die fein strukturierten Anzüge der Od'Fer betonten den athletischen Körperbau der Offiziere. Die kompakten Antigrav-Schilde, auf denen sie standen, erhoben sie auf die Größe der Lehnsmänner, die im klassischen Ornat die überwiegende Mehrheit der Anwesenden stellten.

Die Kapelle der Unsterblichkeit in der Kathedrale der Urmutter auf Innocentia war die größte ihrer Art in den Nebelwelten. Sie übertraf bei weitem die meisten Kathedralen der *normalen* Kirchen-Planeten. Allein die Apsis, in der Form der ineinander verschränkten Sphären der Kirche, durchmaß zweihundert Meter. Der dem Längsschiff der Kapelle zugewandte Teil der Zeremonien-Plattform erstrahlte im dominanten Rot der Lehnsmänner, unterteilt durch einen scharfen Keil silberfarbener Anzüge der Dominion-Garde.

Ramone stand, in tiefes Dunkelrot gekleidet, ihre hellblonden Haare unter einer Kapuze verborgen, auf einem runden Podest in der Mitte der vorderen Sphäre. In der linken Hand hielt sie das Zepter der Urmutter in der Form einer gegenläufig geschwungenen Doppelsichel, dicht über der langen Schnauze eines schlanken, wolfsähnlichen Wesens, welches aufmerksam auf seinen Hinterläufen saß. Ein Animoide, wie Raoula erfahren hatte, mit der Gehirnmuster-ID einer von Ramones Lieblingsnovizinnen.

Die Urmutter tauchte die Zeige- und Mittelfinger ihrer rechten Hand in ein Gefäß, welches ihr von einer Novizin gereicht wurde. Mit ruhiger Hand zog sie zwei tiefrote Linien von ihrer Stirn über die künstlichen Augen bis zu ihren feinen Wangenknochen. Die frische Farbe leuchtete im sonst blass geschminkten Gesicht, signalisierte große Trauer über den bevorstehenden Verlust des Geistes der Novizin und ihres eigenen Körpers, lief - blutigen Tränen gleich - ihre Wangen bis zum Hals hinunter.

Ramone neigte den zarten Kopf andachtsvoll, ein fester Blick durchbrach von Zeit zu Zeit die langen Wimpern und fixierte die ihr zugewandten Lehnsmänner und Offiziere. Ihr Primus stand hinter ihr, leicht zur Seite versetzt.

In ihrem Rücken, den hinteren Teil der Zeremonien-Plattform ausfüllend und bis weit ins hintere Schiff der Kapelle reichend, standen die Verwalterinnen der Nebelwelten. Ihre dunkelroten Kapuzen mit dem weißen Rand waren seit jeher das Zeichen einer Legatin der Urmutter - der lokalen unsichtbaren Macht hinter den präsenten Lehnsrittern.

Ein paar Schritte abseits von Ramone, ihrem Animoiden und dem Primus stand ein weiterer Mann.

Raoula spürte seine innere Zerrissenheit, die unterschwellige Unzufriedenheit des Mannes, der zukünftig an der Seite der Urmutter über die Nebelwelten herrschen sollte. Als einziger Vertreter von Dominion trug er keinen Panzeranzug, sondern eine schwarze Uniform, deren einziger Schmuck die Königskrone war, als dunkelrotes Abzeichen auf der Brust und als Mysalik-Reif auf der Stirn.

Sein Kopf war nicht geneigt, seine Augen nicht geschlossen. Sein Blick traf sie - auf der Kanzel gegenüber stehend - verharrte sekundenlang auf ihr, einen undefinierbaren Eindruck von Stärke und gleichzeitiger Unsicherheit in ihrem Geist zurücklassend.

Frere Metcalfe, der von Torkrage Treerose enttäuschte König von Dominion, wäre ein potentieller Verbündeter, erkannte sie in diesem Moment. Wie immer der Zauber ausgesehen haben mochte, der ihn in die Nähe von Ramone getrieben hatte, nun drohte er zu verfliegen. Die Konsequenzen seines Abfallens von den Königreichen und die Pläne der Urmutter vermochten ihn vielleicht noch eine kurze Zeit unschlüssig bleiben zu lassen, doch würden seine Zweifel und die seiner Offiziere weiter wachsen und ihn schließlich zu einer Gefahr für Ramone selbst werden lassen.

Beginne, Liebes!

Raoula zuckte unmerklich zusammen.

Als Benedictine würde sie von einer kleinen Kanzel vom Rand der Apsis das Reinkarnations-Ritual leiten. Sie würde für die Dauer des Übergangs sogar das Oberhaupt der Nebelwelten sein - für wenige Minuten - bis der Geist Ramones im neuen Körper der Novizin wiedererwachte und das Amt auf sie zurückfallen würde.

Der Primus der Urmutter und ihre Garde würden diesen Moment bewachen und sicherstellen, dass nichts eintrat, was den Ablauf der Zeremonie gefährden könnte.

Sie drehte sich ein wenig nach hinten und sah in die Augen ihres zwei Schritt hinter ihr stehenden Primus.

»Bringe die Novizin!«, sagte sie leise, und hörte gleichzeitig ihre verstärkte Stimme durch die Kapelle donnern.

Er nickte und betätigte Kontrollen auf einem virtuellen Display. Geräuschlos öffnete sich eine kreisförmige Blende in der Mitte des Podests vor Ramone und ein mehr als drei Meter langer, reich verzierter Altar wurde aus dem Boden gehoben.

Alle Blicke hingen an dem strahlend weißen Tuch, das die Novizin verhüllte, deren Körper in wenigen Augenblicken vom Geist Ramones erfüllt werden sollte.

Wo war die sterile Umgebung?

Die Art, wie ihr Primus hinter ihr die Luft ausstieß, nahm Raoula als Bestätigung, dass dieses Mal etwas anders war als sonst bei einem typischen Reinkarnationsritual.

Zischend öffnete sich auf der gegenüberliegenden Seite der Kapelle ein hohes Wandsegment der Apsis und tauchte den Altar und Ramone schlagartig in grelles Sonnenlicht. Eine Böe erfasste das weiße Tuch über der Novizin, wehte es hinunter auf den reich gravierten Boden des Podests zu den nackten Füßen der Urmutter.

Raoula schwindelte – *was geschah hier?*

Ihr Geist erfasste unmittelbar, dass diese Frau auf dem Altar keine Novizin war – *es* war nicht einmal menschlich – doch was war *es*?

Ramone ließ ihren Blick lange darauf ruhen, rührte sich nicht, überprüfte zum letzten Mal jedes Detail.

Fürchte dich nicht, Liebes – ich bin es, spürte Raoula schließlich die Stimme der Urmutter, *fahre fort!*

Sie war nicht die Einzige, der diese Abweichung vom normalen Ritual aufgefallen war. Der König von Dominion war schlagartig einen Schritt näher getreten, zögerte dann, weiterzugehen. Raoula sah die Sorgenfalten auf seiner Stirn.

Ramone hatte sich ihm zugewandt, lächelte ihn an, streckte ihre rechte Hand zu ihm aus.

»Ein Gynoid, Mutter – sie wird nur ihre Gehirnmuster-ID übertragen«, raunte ihr Primus nahezu unhörbar.

Sie nickte wie in Trance, verstand mit einem Mal den genialen Plan der Urmutter, die verborgenen Hinweise in ihrem letzten Gespräch – die Brillanz ihres Vorgehens, verstand, wie sie für mehr als eintausenddreihundert Jahre an der Spitze der

Kirche hatte überleben können. Nach dieser Reinkarnation würde sie wahrhaftig unsterblich sein.

»Die Ruhestätte der Urmutter, Ramones 1.«, sprach sie förmlich, innerlich bis zum Äußersten angespannt, was nun passieren würde.

Hinter der Urmutter, zwischen ihr und der ersten Reihe der Verwalterinnen, erhob sich ein zweiter, leerer, Altar aus dem Boden des Podests. Sehnsüchtig wandte Ramone sich diesem zu, den König von Dominion zärtlich an ihre Seite ziehend.

Langsam rotierten die zwei Altare neunzig Grad um einen gemeinsamen Mittelpunkt, auf dem die Urmutter und Metcalfe sowie ihr Primus standen, bis beide Altare nebeneinander von den versammelten Ehrenformationen aus den Längsschiffen zu sehen waren.

Ramone zog den König zu sich hinab, küsste ihn sanft auf die Lippen, sagte etwas, das Raoula nicht verstehen konnte. Dann strich sie dem Wolf über den Kopf und begann langsam die filigranen Stufen zum Altar hinaufzusteigen, der wie ein Geflecht aus unzähligen zu Ornamenten zusammengesetzten Doppelsicheln wirkte. Auf der letzten Stufe ließ sie langsam die Hand des Königs los, strich ihr Gewand glatt, warf die Kapuze zurück, entblößte dabei ihr kunstvoll mit Blutperlen und Mysalikfäden verflochtenes Haar und setzte sich auf die lederartige Oberfläche des Altars, welche im gleißenden Sonnenlicht wie kostbares, rotes Tuch flimmerte.

Ramone wandte den Kopf zu ihr, blickte ihr über die fünfzig Meter Entfernung direkt in die Augen.

Es ist gut, Liebes. Beginne den Transfer, hörte sie die Stimme der Urmutter in ihrem Kopf.

Ramone legte sich langsam auf das Tuch, streckte die nackten Zehen, verschränkte die Finger beider Hände über ihrem Zepter und schloss die Augen.

Raoula nickte ihrem Primus zu.

»Beginne den Transfer!«

Zeitgleich wuchsen mehrere Bögen aus den Altaroberflächen, überspannten den Gynoiden und Ramone an jeweils fünf Stellen und explodierten lautlos in intensive Lichtfächer, welche das Sonnenlicht bei weitem überstrahlten.

Der König von Dominion und der Primus der Urmutter warteten regungslos, wie alle anderen Anwesenden in der Kapelle auch.

Äußerst langsam begann sich das Podest erneut zu drehen. Diesmal vollführte es eine Einhundertachtzig-Grad-Drehung und wandte anschließend den Altar des Gynoiden der Sonne zu. So plötzlich wie der Transfer begonnen hatte, erlosch das Licht, die sichelförmigen Bögen senkten sich in die Oberflächen zurück.

Raoula atmete langsam, ihre mandelförmigen Augen suchten nach Lebenszeichen des Gynoiden oder von Ramone.

Es war eine neue, merkwürdige Situation. Wenn beide die Augen öffnen sollten - gäbe es erstmals in der Geschichte der Nebelwelten zwei Urmütter - ein unhaltbarer Zustand. Was hatte Ramone geplant?

Ihre nächste Aufgabe als Ausführende des Rituals zumindest war definiert. Sie hob beide Arme, teilte ihr Benedictinen-Zepter und wandte sich den Verwalterinnen zu. Mit lauter Stimme rief sie:

»Sehet! Ramone 1., reinkarniert 30397, nimmt das Amt der Urmutter der Nebelwelten erneut in Besitz.«

Dies wiederholte sie, den Lehnsrittern zugewandt. Nachdem das Donnern ihrer Stimme in der Kapelle verhallt war, wartete Raoula einen Moment, in dem sie die immer noch reglose Ramone und ihren Gynoiden nachdenklich betrachtete.

»Erhebe dich, Mutter, in unserer Mitte!«, sagte sie leise, sich selbst im Unklaren darüber, an wen sie diese Worte gerichtet hatte.

Roter Nebel, Innocentia II, Planet der Urmutter
30397/2/6 SGC
27. November 2014

Ramone

Ein angstvoller Gedankenimpuls ließ die Anwesenden in ihrer Nähe zusammenzucken.

Es ist geglückt, Mutter, vernahm sie ihren Primus, spürte seine körperlichen Schmerzen durch ihren unkontrollierten Ausbruch.

Sie gestattete sich einen entspannenden Atemzug - ihr Körper reagierte nicht.

Ramone öffnete erschreckt ihre Augen, grelle Sonne blendete sie für einen kurzen Moment, bis ihre Sensoren sich angepasst hatten.

Ich werde nicht mehr atmen müssen, beruhigte sie sich selbst - *nie wieder.*

Die Spitzen der auslaufenden Pfeiler hoch über ihr vereinigten sich zu einer Krone. Ihr Blick erfasste jedes Detail, ihre Ohren vernahmen das stoßhafte Atmen der aufgeregten Novizin am Fuße des Altars, der unerwartet ein neues Leben geschenkt worden war.

Die künstliche, hautimitierende Beschichtung ihrer Fingerspitzen strich behutsam über den warmen, ledernen Bezug der Altaroberfläche, *sie fühlte!*

Ramone richtete sich auf, spürte ihr offenes Haar auf den nackten Schultern, weich streichelnd.

»*Willkommen, Mutter*«, dröhnte die verstärkte Stimme ihrer Benedictine durch die Kapelle.

Ihr Blick fuhr zur Kanzel, traf den von Raoula, spürte die einsetzende Wirkung ihres Papits. Ramone lächelte sie an. *Danke, Liebes.*

Frere sah sie an, hin und her gerissen zwischen purer Begeisterung über den gelungenen Transfer und ihre neue unbeschreibliche Schönheit und der Abstoßung über ihren künstlichen Körper und die Möglichkeiten, die er ihr offenbarte.

Sie drehte sich auf dem Altar, setzte ihre Fußspitzen tastend auf den Boden. Dann stand sie das erste Mal, tat langsam die ersten Schritte die Stufen des Altars hinunter, erlaubte mit einem Kopfnicken der Novizin, ihr ein weißes Gewand umzulegen.

Sie hatte eine Aufgabe.

Langsam schritt sie zwischen ihrer Paladina und Frere sowie ihrem Primus hindurch, durchquerte das Podest, ohne sie eines Blickes zu würdigen, ging die Stufen zum Altar ihres menschlichen Körpers hinauf und sah auf dessen friedliches Gesicht hinab.

Ich muss dich töten, Liebes, dachte sie sanft, erweckte Ramone aus ihrer Trance.

Augen öffneten sich, rötliches Funkeln betrachtete sie neugierig

Wie geht es dir? War ich erfolgreich?

Ja, Liebes, wir waren erfolgreich – komm!

Die Urmutter ergriff das Zepter, nahm ihren Körper behutsam auf beide Arme, spürte seine menschliche Wärme, das federleichte Gewicht, die liebevolle Berührung von Ramones Arm, der sich um ihre Schulter legte, wandte sich um und schritt vom Altar hinunter.

Sie sah die Tränen in Freres Augen blitzen, die den Kontakt zur schwachen, menschlichen Ramone suchten, als sie langsam an ihm vorbei dem Sonnenlicht entgegen schritt, durch das geöffnete Wandsegment die Kapelle verlassend.

Der Wind verfing sich in ihren Gewändern, ließ ihre Haare wehen, während sie auf den hohen Felsbogen hinausging, in gedanklicher Einheit mit ihrer Schwester und Mutter, in vollkommener Übereinstimmung in allen Fragen und Wegen, die nur sie allein letztendlich bewältigen konnte.

Ramone blieb stehen. Das Panorama der schneebedeckten Gipfel in der Ferne am Rande wahrnehmend. Nur ein Schritt trennte sie vom Ende des Felsbogens, der hier aus dem Fundament der Kathedrale der Urmutter herauswuchs, und dem mehr als zwei Kilometer tiefer liegenden, schattigen Tal.

»Ich habe Angst«, sagte Ramone, ihre künstlichen Augen blickten sie mit einer Spur von aufkommender Unruhe an.

»Ich weiß, Liebes, du bist ein Mensch. Du musst Gefühle haben und zeigen. Für die Aufgaben, die jetzt vor uns liegen, wäre das hinderlich, deshalb trafen wir diese Entscheidung.«

Die Urmutter tat den letzten Schritt, küsste ihr Ebenbild auf die Wange.

»Ich werde dich nie vergessen, Schwester!«

Ramone löste ihren Arm von der Schulter, *sei perfekt*, dachte sie zum Abschied, breitete ihre Arme aus, legte den Kopf zurück und – fiel.

Ramone stand reglos am Abgrund, der böige Wind zerrte an ihrem in der Sonne strahlenden Gewand und ließ die langen, blonden Haare wehen.

Ihre Schwester antwortete nicht mehr, jetzt war sie vollkommen frei: kein Schlaf, keine Nahrung, keine körperlichen Unreinheiten konnten sie noch von der Umsetzung ihres Vorhabens abhalten.

Ihr Geist war höchst aktiv. Unmerklich überprüfte sie jeden der Anwesenden in der Kapelle der Unsterblichkeit – mit Ausnahme der Benedictine.

Die nächste Aufgabe wartete bereits.

Eine spitze Schnauze berührte ihre rechte Hand.

Willkommen, Mutter.

Sie kniete nieder und strich ihrer Paladina über den Kopf, sah die nadelspitzen Fangzähne unter den Lefzen des Animoiden.

Willkommen, mein Engel. Jetzt bin ich wie du! Lass uns unser Werk beginnen.

Frere erwartete sie unruhig im Innern der Kapelle. Sein Blick flackerte unentschlossen zwischen ihr und seiner Garde auf dem vorderen Segment der Apsis hin und her.

Ramone hatte seine wachsende Verzweiflung bereits aus der Ferne deutlich wahrgenommen - um ihn würde sie sich zuerst kümmern müssen.

Langsam schritt sie auf ihn zu, lächelte ihn an, streckte beide Hände zärtlich zu ihm aus, während sie die geballte gedankliche Kraft ihres neuen Körpers sammelte und in einem einzigen, fokussierten Impuls in die Gehirne der anwesenden Garde von Frere Metcalfe sandte.

Als sie nur Momente später seine Hände ergriff, war kein Offizier der einstigen Schattentruppen im Innern der Kapelle mehr am Leben, ihre furchteinflößenden Panzeranzüge nur noch eine wertlose Ansammlung von sich selbst deaktivierenden, orientierungslosen Hüllen.

Liebes, beginne mit der zweiten Reinkarnation - bitte!

Vergnügt registrierte sie die vollkommene Verwirrung der Benedictine auf ihren Befehl, bemerkte erneut die in Ansätzen vorhandene Barriere im Geist von Raoula.

Mutter?

Frere muss werden wie ich, wenn er an meiner Seite stehen soll, Liebes. Sei aufmerksam, dann wird deine nächste Reinkarnation so wie meine sein.

Der König sah voller Entsetzen auf die Spuren der roten Farbe, welche der Kuss auf Ramones Wange auf dem Mund des Gynoids hinterlassen hatte.

»Bringt den Novizen«, hallte die verstärkte Stimme ihrer Benedictine durch die Kapelle.

Ramone festigte ihren Griff um Freres linken Unterarm.

»Komm mit mir, Lieber, ich habe ein Geschenk für dich.«

Gegen seinen aufkommenden Widerstand führte sie ihn auf den Altar zu, welcher zuvor der menschlichen Urmutter als Ruhestätte gedient hatte, während sich der zweite in den Boden senkte, um kurz darauf mit einem neuen, unter einem roten Tuch verborgenen Körper zurückzukehren.

»Was hat das zu bedeuten, Ramone?« Freres Stimme klang fest, doch sie erkannte die brüchige Schicht der Sicherheit über einer bodenlosen Panik, auf die er sich zubewegte.

»Willst du mich in eine Marionette verwandeln?«, er wies auf den Androiden-Körper, ein perfektes Abbild seiner selbst, »dann töte mich lieber jetzt.«

Sie reagierte nicht, zog ihn hinter sich her, ein junges Mädchen, das einen hünenhaften Mann hinter sich her zerrt.

Mit aller Kraft stemmte Frere sich ihr entgegen.

»Ramone, bist du wahnsinnig geworden?«

Ihr Schritt verharrte.

Die Urmutter lockerte ihren Griff nicht. Drehte ihn zu sich herum, hörte sein Handgelenk brechen, seinen Schrei, als sie den großen Mann an seinen geschundenen Arm weit herunterzog, um sein schmerzverzerrtes Gesicht auf ihre Höhe zu bekommen.

»Ich bin es immer noch, Lieber«, sprach sie ruhig mit weicher Stimme. »Dank deiner Technik. Sag mir nun, willst du mich auf meinem Weg ein Stück begleiten, mit mir zum größten König aufsteigen, den der Rote Nebel jemals gesehen hat – oder soll dein Weg hier enden?«

Sie bemerkte seinen suchenden Blick zu der nicht eintreffenden Unterstützung durch seine Offiziere, verfolgte die in seinem Geist um sich greifende Verzweiflung, als er den Tod seiner Garde realisierte – der einzigen möglichen Zeugen des bevorstehenden Austauschs ihres Königs.

Mit einem Gedankenimpuls unterbrach sie seinen schwachen Versuch, den Schildring an seiner linken Hand zu aktivieren. Presste das zerschmetterte Handgelenk noch fester zusammen.

»Du musst mich töten, Ramone, mein Treueschwur galt der menschlichen Ramone aus Fleisch und Blut, nicht dir«, keuchte er, »einem Gynoiden. Ich werde dich von jetzt an bekämpfen, ganz gleich, in welchem Körper.«

Er erstarrte unter einem erneuten Gedankenansturm. Wehrlos war der König von Dominion der Macht ihres Geistes ausgeliefert, während sich Ramones Blick durch seine Augen bohrte, seine Erinnerungen modifizierte und ihn in einen Vasallen verwandelte. Sie konnte und wollte nicht auf den Einfluss verzichten, den er noch immer besaß – noch nicht.

Warten wir ab, wie du in ein paar Minuten darüber denkst, Lieber.

Näher an einer willenlosen Puppe als an einem denkenden Wesen, ließ Metcalfe sich schließlich von ihr zum Altar führen, legte sich auf das feine Tuch, schloss die Augen und versank in einem tiefen, traumlosen Schlaf.

Ramones Blick richtete sich auf ihre Benedictine, hoch oben zwischen den Säulen, in der kleinen Kanzel.

Oder sie wird so wie diese sein!

Roter Nebel, Innocentia II, Planet der Urmutter
30397/2/6 SGC
27. November 2014

Raoula

Sie war schlechtester Stimmung. Ramone enteilte ihr, war nicht mehr nur einen Schritt voraus - sondern nahezu uneinholbar. Die Informationen ihrer eigenen Spione waren fragmenthaft, halfen ihr nicht, das große Bild zusammenzusetzen - nicht einmal, es zu erkennen.

Wirklich neue Mitteilungen erhielt sie nur von der Urmutter selbst, wie über die Od'Fer oder über Ramones Reinkarnation in einen künstlichen Körper. Doch wozu diente das alles? Dem großen Krieg gegen die Königreiche und das Zentrum? Waren die Od'Fer so stark? Woher kamen sie überhaupt?

Das leise Scharren der Mysalikklingen ihres Zepters auf den feinen Holzintarsien des Fußbodens war das einzige Geräusch im weitläufigen Benedictinensaal.

»Mutter?«

Ihr Primus war lautlos hinter ihr eingetreten und hatte sich bis auf wenige Schritte nähern können, ohne dass sie es bemerkt hatte. Sie erhob sich, registrierte nachdenklich den zunehmenden Verlust ihrer mentalen Fähigkeiten - sie zahlte bereits jetzt einen hohen Preis dafür, ihre Gedanken vor Ramone zu schützen.

»Wir haben die Legatin auf Ankatarh zu dem Vorfall befragt. Wir konnten den Aufenthaltsort von Syncc Marwiin grob bestimmen.«

Sie erwartete schweigend die Präzisierung dieser Angaben und sah den Ritter auffordernd an.

»Er hat das Zentrum an Bord einer Privatyacht der Ersten Händlerin verlassen - in Begleitung hoher Offiziere von Z-Zemothy. Ihr Ziel war höchstwahrscheinlich ein kleines System im Galaktischen Spalt zwischen den Königreichen und uns. Die Aufklärungsdrohne der Legatin wurde während des Absprungs entdeckt und zerstört.«

»Dann hat dieser Marwiin einflussreiche Freunde außerhalb der Königreiche.« Sie sah in die Tiefe des Benedictinen-Saals. »Wir stehen mehr und mehr allein. Wenn sich jetzt die Gilde noch mit den Königreichen verbündet, können sie uns isolieren, ohne ein Kriegsschiff zu schicken – was hat Ramone vor?«

»Die Od'Fer haben sich eine Schlacht mit den Königreichen geliefert, Mutter – um Chrunus.«

Raoula wirbelte herum.

Was sagst du?

Die Augen im Schlitz des geöffneten Helmvisiers hielten ihrem Blick stand. »Die Od'Fer wurden dort vernichtet. Auch reguläre Kirchentruppen waren beteiligt – niemand kehrte zurück. Das war vor sieben Tagen, wir haben nichts gewusst.«

Wütend schlug sie die Klingen des Zepters in die steinerne Wand des Saals, dass grelle Funken aufstoben.

»Dann sind wir im Krieg mit den Königreichen, ohne dass Ramone etwas gesagt hat? *Ohne, dass es eine offizielle Kommunikation gibt?*«

»Alles läuft darauf hinaus, Mutter, sie hat uns nahezu vollständig isoliert – fast alle Agenten wurden neutralisiert – Ihr seid hier in größter Gefahr!«

Raoula schüttelte traurig lächelnd den zarten Kopf und berührte den Schwertarm des Primus.

»Die Urmutter hätte mich längst erleuchten können, Erster. Du hast gesehen, was mit dem König von Dominion geschehen ist. Früher oder später wird es mir genauso ergehen, mein neuer Körper ruht sicherlich bereits hier irgendwo – nur wird Ramone beim Transfer eine Überraschung erleben. Nein, Primus – sie kann nicht alles allein machen, sie benötigt mich zur Verwaltung der Kirche – *noch!*«

»Sie wird Euch dabei töten, Mutter – gleichgültig ob aus Versehen oder mit Absicht. Euer Geist wird nach dem Aufbau der Barriere durch das Papit nicht mehr zu reinkarnieren sein.«

Ihr Blick wurde entschlossen. »So soll es sein!«

Sie kehrte zu ihrer Ruhe zurück. Straffte sich, fokussierte ihre Gedanken.

Lass uns keine Zeit verlieren – hast du mein Kind gefunden?

»Ja, Mutter.«

Ein Holodisplay erfüllte einen Teil des Saals, zeigte einen Ausschnitt des Grundriss' der Kathedrale Ramones, fokussierte auf immer tiefere Gebäudeteile, weit eingegraben im Fels.

»Staubdrohnen haben dieses Areal aufgeklärt, Mutter. Es handelt sich um den zentralen Reinkarnationsspeicher. Ein einziger Zugang. Weit über zehntausend Geister erwarten ihre Wiedergeburt. Damon wird hierunter sein. Es ist leider unmöglich, dort unbemerkt einzudringen.«

Raoula erwiderte nichts. Sie war ihrem Sohn nahe – so nahe wie noch nie zuvor in ihrem Leben. Die Benedictine teilte die Einschätzung ihres Primus. Auf Triumphane verfügte sie über einen ähnlichen Komplex, nicht in dieser Dimension, aber ähnlich gesichert durch Bio- und Gedankenscanner.

Sie würden den Bereich niemals ohne Zustimmung Ramones betreten dürfen.

»Dann dringen wir bemerkbar ein, Primus!«

»Mutter?«

Sie sah ihn scharf an. »Ich wusste bis vor ein paar Tagen nichts davon, dass ich Kinder hatte. Nun, da ich es weiß und bereits eines von ihnen verloren habe, möchte ich, dass Damon frei aufwächst – außerhalb des Einflussbereichs der Urmutter.«

Der Kirchenritter schwieg.

»Es wird deine letzte Aufgabe für mich sein, Primus. Du wirst ihn in Sicherheit bringen – ich werde Ramone ablenken.«

»Das ist Euer Tod, Mutter!«

Sie lächelte bitter. »Das hatten wir schon öfter, Erster. – Geh und bereite alles vor. Du kennst die Positionen der kirchlichen Reinkarnationsumgebungen im Nebel. Sag mir nicht, welche du auswählst, sag mir nur, dass du Erfolg haben wirst.«

Er zögerte. »Das kann ich nicht tun, Mutter. Meine Aufgabe ist es, *Euch* zu schützen!«

Sie drehte sich zu ihm um, hob den Kopf, sah in seine hellen Augen, tief im Helm des Anzugs.

»Glaubst du wirklich, du kannst mich vor Ramone beschützen?«

Er erwiderte nichts.

»Dann bereite alles vor, Erster. In zwei Stunden habe ich eine Audienz bei der Urmutter – das ist ein guter Zeitpunkt.«

Ein Ritter ihrer Garde setzte die Antigrav-Scheibe Raoulas unmerklich auf dem Boden vor dem Tor zur Audienzhalle der Urmutter auf.

Sie betrat den Zugang in Form einer aufgehenden Blüte, getrieben aus Mysalik, welche den Gedankenscanner verbarg, der ihre Gehirnmuster-ID las und das Tor für sie öffnete.

Die Audienzhalle der Urmutter im Komplex ihrer Kathedrale war der größte, künstlich geschaffene, umschlossene Raum in den Nebelwelten.

Raoula betrat ihn durch einen Nebeneingang, der sie in unmittelbarer Nähe zum Thron der Urmutter entließ, einem schlichten, hölzernen Stuhl mit hoher Lehne und ausladenden Armstützen. Nur wenige Meter von diesem entfernt, befand sich ein identischer zweiter Sitz, leer wie immer – für den namenlosen Urvater.

Beide Stühle standen ein wenig einander zugewandt, auf einem Podest in der wiederkehrenden Form der verschränkten Sicheln, im Schatten der mächtigen Statuen von Cestorine 1. und des sich leicht auf sein Schwert stützenden, namenlosen Urvaters.

Mondlicht drang durch unzählige rosettenförmige Fenster, hoch oben in der Kuppelkonstruktion, in den Audienzsaal ein und erfüllte ihn mit einem bläulichen Flimmern, das durch eine gedämpfte indirekte Beleuchtung der Statuen und der mit großflächigen, kirchlichen Szenen bedeckten Wände ergänzt wurde.

Ihr Blick strich über die verlassenen Throne. In wenigen Minuten würde die zwanzigste und letzte Stunde des Tages der zehnten Reinkarnation der Urmutter enden. Was würde der dann anbrechende, neue, Raoula bringen?

Ein Rascheln kostbaren Stoffes lenkte ihre Aufmerksamkeit auf die dem Podest gegenüberliegende Seite des Saals. Zwei Schemen kamen gemessenen Schrittes auf sie zu, trennten sich vor den unteren Stufen.

Raoula erkannte die große Silhouette des Königs von Dominion, der ohne Uniform, ohne Panzeranzug, nur in eine dunkle Toga gekleidet, ohne sie zu beachten, langsam die Stufen zum Thron des namenslosen Urvaters hinauf schritt und mit größter Selbstverständlichkeit und Ungeheuerlichkeit auf dem Holzstuhl Platz nahm. Er beugte sich leicht nach vorn, stützte die Ellenbogen auf die Knie, das markante Kinn auf die Handknöchel, das wahnsinnige Glitzern seiner künstlichen Augen – als sein Blick sie streifte – ließ sie frösteln.

»Ach, Liebes, warum nur zerstörst du deine Gabe?«

Ramone stand vor ihr, ihr schönes Gesicht von Trauer bewölkt, ein helles, im Mondlicht violett schimmerndes Gewand tragend, ihr Haar aufwendig geflochten, mit Blutperlen versetzt, die wie kleine Sonnen funkelten.

»Ich kann dich nicht mehr erreichen, warum tust du mir das an?« Ihr Blick bohrte sich in den der Benedictine.

Komm!

Die Urmutter nahm Raoulas Hand und führte sie zu den unteren Stufen des Podests, wo sie sich mit dem Rücken zu Metcalfe setzte und die Benedictine mit einem Nicken aufforderte, es ihr gleichzutun.

Raoula registrierte befriedigt die spürbar schwächere Intensität der Gedankenimpulse Ramones. Selbstverständlich bemerkte die Urmutter ihrerseits die erschwerte Wahrnehmung des Geists der Benedictine.

»Ich will dir einiges offenbaren, Liebes – in der Hoffnung, dass du mein Handeln besser verstehst und mir hilfst, die Kirche – *unsere Kirche* – weiter zu festigen.«

Ramone ergriff ihre Linke mit beiden Händen, löste einen Schwall von Gefühlen aus. Die bewusste Berührung mit der künstlichen Haut der Urmutter war warm und angenehm –

Raoula hatte nicht gewusst, was sie erwarten sollte – doch ihre Abneigung gegen den Gynoiden begann leichte Risse zu bekommen. Ramone war so gar nicht von ihrer menschlichen Vorgängerin zu unterscheiden.

»Ich muss dir die Geschichte der Nebelwelten nicht erklären, Liebes, du kennst sie so gut wie ich«, begann die Urmutter, »ich muss dir *meinen Anteil* daran näherbringen.«

Die Fingerspitzen ihrer rechten Hand berührten Raoulas Kinn, vorsichtig, behutsam – hoben ihren Kopf, bis ihre Blicke sich trafen. Ramones Pupillen in der Form der verschränkten Sicheln in ihrem sonst blassen Gesicht glühten rot auf.

»Ich bin sehr alt, Liebes. Das weißt du. Du warst auf Infinitum und hast die Informationen des Abtes bekommen.«

Die Urmutter erwartete keine Bestätigung, sie stellte fest.

»Die Kirche war vor mehr als eintausend Jahren in einem bedauernswerten Zustand. Wir waren die schwächste Fraktion im Roten Nebel, ich musste etwas tun, wollten wir nicht zwischen den Königreichen und dem Zentrum zermahlen werden. Wie du heute, fühlte ich mich als Residore in der Funktion der Benedictine unwohl, ich benötigte mehr Handlungsspielraum – ich war davon überzeugt, dass Aonia das Verderben der Kirche herbeiführen würde – sie war zu schwach – sie reagierte nur! Die Königreiche und das Zentrum dominierten uns nach Belieben – ich sah eine Gelegenheit – ich musste handeln.«

Ihr Blick hing prüfend an Raoulas Augen.

»Du hast mein Zepter in der Krypta von Mesaphode gefunden. Weißt du, wofür es steht, Liebes?«

Raoula hatte mehrere Antworten zur Auswahl, doch zog sie es vor, zu verneinen – sie wollte die Geschichte von Ramone.

»Nein, Mutter – nicht genau.«

»Es ist das Zeichen der Unterwerfung. Die Königreiche, das Zentrum und die Nebelwelten besaßen je eines von ihnen zusammen mit einem Kommunikationsraum. Lange vor Cestorine, der geliebten Ersten Urmutter, gab es eine Zivilisation im Roten Nebel. Sie nannte sich die Sole-Sourcer – wir alle stammen von ihren Nachfahren ab. Diese Kultur existiert über drei Imperien bis heute – in einem isolierten Bereich des Universums, in dem sie sich vor der letzten Potentialkatastrophe in Sicherheit gebracht hatten, dessen einziger Zugang jedoch *unglücklicherweise* durch die Katastrophe verschlossen wurde.«

Raoula spürte den Sarkasmus in Ramones Stimme deutlich.

»Diese Zivilisation hat uns Artefakte und Technologien auf einem Planeten namens Tektor hinterlassen, welche wir zusammen mit den Königreichen und dem Zentrum seit mehr als neuntausend Jahren erforschen, nachdem die Kulturen des Roten Nebels vorher über eintausendfünfhundert Jahre hinweg Krieg darum geführt hatten.«

Ramone blickte lächelnd ins Leere. Raoula bewunderte die weichen Formen der unter seidig glänzender Haut verborgenen Muskelstränge der Oberarme der Urmutter.

»Nachdem durch den Nachbau einzelner Artefakte ein Kontakt zu den Sole-Sourcern hergestellt worden war, leiteten sie uns an, die Zepter zu bauen und ernannten die Troyians als ausgewählte Vertreter der Königreiche, des Zentrums und der Nebelwelten, um mit ihnen zu kommunizieren. Trotz ihrer ungeheuer leistungsfähigen Technologie benötigten sie offensichtlich unsere Hilfe, um aus ihrer isolierten Dimension zu entkommen – auch wenn sie dies nie zugaben.«

Raoula hörte konzentriert zu. Diese Informationen waren ihr in Fragmenten größtenteils bekannt, doch setzte die Urmutter diese Teilchen gerade zu einer bestechend logischen Geschichte zusammen.

»Eines Tages forderten sie die Troyians auf, eine bestimmte Kern-Kultur für sie auf einem besonderen Planeten zu entwickeln. Diese sollte gemeinsam mit den Sole-Sourcern in der Lage sein, eine Lösung für die in großen Abständen wiederkehrende Potentialkatastrophe zu finden. Das geschah um 26900 zur Zeit Laures 37., gut eintausendsechshundert Jahre, nachdem unter Kryptia 11. die Reinkarnationstechnik erfunden worden war.

Zweitausenddreihundert Jahre lang entwickelte sich fortan die Kultur unter der Verantwortung der Troyians und der Obhut des Zentrums-Extraktionscorps.«

Ramones feine Brauen zogen sich etwas zusammen, sie zeigte ihre weißen Zähne, als sie lächelte.

»Doch waren zweitausenddreihundert Jahre eine lange Zeit – für Menschen der Königreiche oder des Zentrums. Sie verfielen zurück in das übliche Misstrauen gegeneinander, geboren aus ihrer kurzen Lebenserwartung und dem daraus resultierendem Zwang, in der gegebenen Zeit unbedingt etwas Großes erreichen zu müssen. Schon zu Beginn der Kern-Kultur für die Sole-Sourcer legte der Cektronn Z-Zemothys, zugleich Troyian des Zentrums, Abedi O'Sesan, eine Zwillingskultur in unmittelbarer geografischer Nähe an, äußerst geschickt, und für die beiden Übrigen, Laure 37. und Bengsten Treerose, nicht zu unterscheiden von den einheimischen Stämmen des Planeten.«

»Wie hat die Kirche davon erfahren, Mutter, und was war der Zweck der zweiten Kultur?«

Ramone schloss die Augen, schaltete das diffuse rote Glühen für einen Moment lang ab.

»Ich habe als Benedictine davon erfahren, nachdem ich als Residore 2. reinkarniert worden war. Meine Spione waren sehr gut damals. Der Cektronn von Z-Zemothy, Rud El'Ottar, versuchte die für die Sole-Sourcer bestimmte Kern-Kultur zu vernichten und seine eigene teuer zu verkaufen – für modernste Sole-Sourcer-Technologie, welche ihm die Vorherrschaft im Roten Nebel gesichert hätte. Harkcrow Treerose durchkreuzte diese Pläne unbewusst – er war routinemäßig immer ausgezeichnet vorbereitet – er verhinderte den Exodus der Kern-Kultur, extrahierte sie planmäßig. Sie wurde nach Cetna gebracht, einem Planeten der Kirche, den ich Harkcrow zur Verfügung gestellt hatte, und dort von den Königreichen ausgebildet – auch wenn er es selbst nicht mehr erlebte. Die zweite Kultur von El'Ottar wurde zwei Jahre später extrahiert, 29204, nach Xee verlegt, einem geheimen Planeten des Zentrums. Diese Kultur übernahm ich als Mesaphode 4. dreißig Jahre später für die Kirche.«

Raoula stieß ihre Atemluft plötzlich aus.

»Das sind die Od'Fer!«

Die Urmutter nickte. »Ja, Liebes – meine Engel!«

Sie schwiegen. Ramone, um auf die nächste Frage der Benedictine zu warten, und Raoula, um sich auf eben diese festzulegen.

»Deshalb waren alle Spuren über Cetna verwischt – aber weshalb starben die Troyians?« Sie versuchte ihre Stimme beiläufig klingen zu lassen um den Eindruck zu vermeiden, sie beschuldige Ramone, etwas mit dem Tod der Troyians zu tun zu haben.

»Rud El'Ottar hatte es verdient, er war seiner Position nicht gerecht geworden«, antwortete die Urmutter im normalen Tonfall. »Harkcrow hatte schließlich Pech, die Agenten des Cektronns hatten ihn ausmanövriert. Er konnte die Vernichtung der Kern-Kultur verhindern – opferte sich dafür aber selbst. Ein einziges Mal war seine Vorbereitung unzureichend gewesen – sein Rat gebender Syncc auf einer wichtigen Reise abwesend.«

Ramone blickte sie scharf an.

Was ist, Liebes?

Raoula war unmerklich zusammengefahren, als Ramone das Wort *Syncc* aussprach. Sie wehrte sich gegen die suchenden Gedanken der Urmutter in ihrem Kopf.

»Ich hatte mich gewundert, warum es heute keine Troyians mehr gibt, Mutter. Warum habt Ihr keinen Kontakt zu den Sole-Sourcern?«

Sie spürte, wie Ramone sich aus ihrem Geist zurückzog.

»Sie haben uns ausgenutzt, Kleines. Sie verfolgten allein ein einziges Ziel: Sie wollten aus ihrem Gefängnis heraus, um hier erneut die Herrschaft zu übernehmen. Nachdem Harkcrow und El'Ottar nicht mehr im Weg waren, brach ich den Kontakt zu den Sole-Sourcern ab.«

»Obwohl sie uns vor der hereinbrechenden Potentialkatastrophe retten könnten?« Raoula spürte, dass die Urmutter ihr jetzt etwas verheimlichte – sie legte deutliche Verbindlichkeit in ihre Stimme, setzte sich kerzengerade auf die Stufe.

»Das war ein Vorwand, um die Kulturen des Nebels zur Mitarbeit zu motivieren, Kleines. Was verpflichtet mehr als die Furcht vor dem eigenen Aussterben?« Sie schüttelte leicht den Kopf. »Sie können uns nichts geben, was ich nicht schon hätte!«

Raoula glaubte, sich verhört zu haben.

»Ihr könnt die Potentialkatastrophe aufhalten, Mutter?«, sie keuchte vor Erstaunen.

»Nicht aufhalten, Liebes – *lenken!*«

Ramone erhob sich – nicht, wie sie es noch vor einem Tag als Mensch getan hätte, langsam und grazil – sondern sie katapultierte sich auf die Beine, landete gut zwanzig Meter von einer verblüfften Raoula entfernt im weiten Rund des Saals.

»Sieh, Liebes!«

Eine Lichtblase entstand flimmernd vor ihr in der Luft, wenigstens einhundert Meter im Durchmesser.

Raoula ging langsam auf die Urmutter zu, erinnerte sich an den König von Dominion auf dem Thron des Urvaters, blickte sich über die Schulter um, sah ihn in unveränderter Haltung, wie er sie nachdenklich mit seinen Augen verfolgte.

»Niemand kann die Potentialkatastrophe aufhalten, Liebes. Auch die Sole-Sourcer nicht – selbst wenn sie es behaupten.«

Ein Gewirr von unregelmäßigen, sich windenden, ausfächernden Linien entstand in dem Holodisplay. Raoula erkannte sie als Potentiallinien. Während sie gebannt die Potentiale betrachtete, begannen diese sich zu verändern, schufen einen leeren Raum, von dessen unsichtbarer Begrenzung alle Linien ab- oder um ihn herum gelenkt wurden.

»Mein lieber Frere schenkte mir diesen Katalog der Potentialverbindungen der Pretaia. Du kannst erkennen, wo sich die Sole-Sourcer befinden – in der leeren Sphäre dort, einer Art isolierten Dimension. Eine erneute Katastrophe könnte den Zugang zu ihnen wieder öffnen, Liebes«, Ramone sah sie an,

»sie könnte sie jedoch auch auslöschen – die Huds der Königreiche sehen die Wahrscheinlich dafür als weitaus größer an.«

Die Urmutter lächelte. »Das wäre auch meine Wahl.«

Die Lichtdarstellung veränderte sich, als Abbildungen vereinzelter Himmelskörper hinzugefügt wurden.

»Diese Planeten und Sonnen enthalten Archen der Sole-Sourcer. Die bergen ihr gesammeltes Wissen. Ihre Führer haben mir diese Positionen vor langer Zeit verraten, um sich meine Gunst für ihren Streit mit den Königreichen zu erkaufen, ich wusste damit bisher nichts anzufangen, doch in Verbindung mit dem Potentialkatalog erkennt man ein Muster.«

Raoula schwieg. Sie hatte Unmengen an neuen Fragen, wartete auf die Erklärung Ramones.

»Jede dieser Archen erfüllt einen doppelten Zweck. Der offensichtliche ist es, ihren Nachfahren einen leichteren Start in die Zeit nach einer Potentialkatastrophe zu ermöglichen. Ich bezweifele allerdings, dass das ihre wahre Absicht gewesen ist. Nur die Synccs und ich haben bisher eine dieser Archen finden und öffnen können.«

Raoula musste jetzt etwas sagen.

»Wer sind diese *Synccs*, Mutter? Ihr erwähntet sie bereits zuvor.«

Ramones Lippen verzogen sich zu Abscheu.

»Sie sind die Pest, Liebes. Sie operieren im Verborgenen, arbeiten mit den Sole-Sourcern zusammen und versuchen die Kirche zu vernichten. Du hast einen der ihren erleuchtet: Vater Debruhik!«

Sie spuckte den Namen des Abtes förmlich aus.

»Sie haben einen Syncc in unsere Reihen eingeschleust, haben mich über Jahrhunderte ausspioniert.«

Raoula nahm die Information betroffen auf. Lag sie falsch mit ihrer Interpretation der Gründe für die Erleuchtung des Abtes?

Ramone fuhr fort.

»Der eigentliche Zweck der Archen ist ein ganz anderer, Liebes. Ich bin nur mit Freres Hilfe darauf gekommen, er ist so *großzügig*.«

Ihr Blick fuhr zu der massigen Gestalt auf dem Thron des Urvaters hinüber. Sekundenlang schwieg die Urmutter, Raoula glaubte so etwas wie Trauer in ihrem Gesichtsausdruck zu entdecken.

»Mein Liebster«, sagte Ramone leise, »er ist so zornig. Ich musste tief in seinen Geist eingreifen – vielleicht zu tief. Besonders die Erleuchtung seines menschlichen Ichs nach seiner Reinkarnation hat ihn mehr Kraft gekostet, als ich erwartet hatte.«

Die Trauer aus ihrer Stimme und aus ihrem Gesichtsausdruck verschwand schlagartig. Sie zeigte perfekte Zähne.

»Aber er ist immer noch *sehr* nützlich, Liebes.«

Sie deutete auf das Holodisplay. Eine große Kugel war erschienen und zerlegte sich in einzelne Hohlkugeln und diese wiederum in Hemisphären und Sektoren.

»Die Archen sind gigantische Energiespeicher. Diese schraffierten Teile sind die begehbaren Datenbanken mit dem Wissen der Sole-Sourcer, alles andere – und das sind mehr als fünfundneunzig Prozent des Volumens, sind Energiespeicher und Gravitationsschirme, die verhindern sollen, dass die Archen mit zunehmendem Gewicht durch die steigende Energiedichte in den Planetenkern absinken.«

Eine zweite Sphäre erschien.

»Das ist die Arche von Xee. Es ist eine des Zweiten Sole-Sourcer-Imperiums und das in ihr gespeicherte Wissen zusammen mit dem Haus Dominion half mir, die Od'Fer auszubilden und auszurüsten. Ich habe lange nicht verstanden, warum die Sole-Sourcer diese Arche in unmittelbarer Nähe von tektonischen Brüchen des Planetenmantels angelegt hatten, es schien so unsicher – bis wir entdeckten, dass sie aus dem flüssigen Inneren des Planeten Energie ableitet und verdichtet.«

Raoula folgte ihr angespannt. Dieses Gespräch bewegte sich in eine vollkommen andere Richtung, als sie geplant hatte.

»Die Sole-Sourcer kannten die mittlere Wiederholfrequenz der Potentialkatastrophen – ungefähr fünfzigtausend unserer Jahre. Diese Archen waren ein Hilfsmittel, um zukünftige

Katastrophen umzulenken, indem sie sich in der Zeit zwischen zwei Ereignissen mit Energie aufluden, um im Fall eines bevorstehenden, neuen Potentialzusammenbruchs diesen künstlich auslösen und um besonders wichtige Zivilisationszentren herumleiten zu können.«

Ramone verstummte.

Raoula sah sie an. Die Augen der Urmutter sprühten tiefrotes Licht der Begeisterung.

»Weißt du, was wir damit tun können, Liebes?«

Sie verstand urplötzlich den Wahnsinn der Urmutter, sah den zurückkehrenden Horror einer künstlich ausgelösten Potentialkatastrophe, welche das Leben auf allen unvorbereiteten Welten des Roten Nebels hinwegfegen würde, nur Raum lassend für einen unsterblichen Gynoiden an der Spitze eines versklavten Kirchenimperiums – der Katastrophe entkommen in einzelnen Systemen – über die wenigen Überlebenden des Nebels hinwegfegend mit einer Armee gezüchteter Od'Fer-Ritter – unkontrollierbar, denn der einzige potente Feind, die Sole-Sourcer, wären ebenfalls vernichtet.

Sie war erschüttert.

»Das könnt Ihr nicht tun, Mutter!« Tränen stiegen ihr in die Augen, sie war ärgerlich, *nicht jetzt*, »das *dürft* Ihr nicht!«

Ramone lachte, hob wie zum Zeichen eine Hand mit einem ausgestreckten Finger.

Sie spürte eine Bewegung in ihrem Rücken, fuhr herum – und erstarrte.

Ein rotgekleideter Od'Fer stand nur wenige Schritte hinter ihr – sie hatte ihn nicht gespürt – kam auf sie zu, reichte ihr den Helm eines Kirchenritters.

Automatisch nahm sie ihn entgegen, verblüfft über sein Gewicht. Sie blickte in das Antlitz ihres Primus. Entsetzen ergriff sie. *Damon!*

Verzweifelt bemühte sie sich, ihren Gedankenblock zu errichten, es funktionierte nur schwach, das Papit hatte auch hier seine Wirkung bereits weitestgehend entfaltet.

Der Ausdruck auf dem Gesicht ihres Primus war ruhig. Er hatte nicht gelitten. Fest drückte sie den Helm mit beiden Händen, zwang ihren Blick auf das vertraute Gesicht.

»Bleibe du bei mir, Liebes, ich will mit dir streiten, deine gegensätzlichen Standpunkte hören, du kannst deine Freiheiten behalten, solange du mit *diesen dummen* Sachen aufhörst.«

Ramone strich über ihre Wange.

»Ich möchte dich nicht als willenlose Hülle, bleib ein Mensch, wenn es dir so wichtig ist, und reinkarniere weiterhin auf die altmodische Art. Reise zurück nach Triumphane, Liebes, und erwarte meine Anordnungen. Es wird nicht lange dauern.«

Roter Nebel, Innocentia II, Planet der Urmutter
30397/2/7 SGC
28. November 2014

Ramone

Ihre Benedictine hatte feuchte Augen. Ramones Sensoren erkannten ohne Mühe die dunklen Spuren, welche die Tränen auf ihren Wangen hinterließen – Zonen geringfügig abgesenkter Hauttemperatur durch die Verdunstungskälte der salzhaltigen Flüssigkeit. Die Benedictine kämpfte um ihre Fassung, das blaue Gift hatte ihre mentalen Fähigkeiten weitestgehend zerstört, wie dumm sie doch war, ihr Potential auf diese Art aus nichtigen Gründen zu verschwenden!

Mutter! Ihr werdet gerufen!

Ihr Geist verfolgte den Hinweis zurück, überprüfte die Berechtigung, sie hier zu stören – erschrak bei der Identifikation der anderen Seite. Ihre Gedanken gerieten mehr und mehr in Unordnung. *Wie konnte…?*

Sie erinnerte sich an die Benedictine, die immer noch vor ihr stand. Ramone lächelte kalt. »Damon wird noch ein wenig bei mir bleiben, Liebes. Dein neuer Primus ist bereits auf dem Schiff – Geh!«

Es war nicht möglich – konnte nicht sein!

Über dem Thieraport schwebte die schwarze Silhouette eines großen Mannes mit hoher Stirn. Intuitiv erkannte Ramone den Identifikationskern eines Sole-Sourcers, in dem üblichen Körperpanzer, überwand ihre Überraschung, diesen nach über 1128 Jahren wiederzusehen – es konnte nur einer sein.

Ihr Troyian-Gemach glich dem der Königreiche und des Zentrums auf Genaueste. Die konzentrischen Stufenkreise, die parallelen Riefen des Bodens und der beckenähnliche Torus des Thieraports entstammten der Sole-Sourcer-Architektur, welche den ersten Troyians vom Paramount der Sole-Sourcer übermittelt worden war. Die KI der Urmutter versuchte hartnäckig die Navigationsdaten des Sende-Thieraports zu erhalten, prallte an den internen Code-Barrieren jedoch wirkungslos ab. Ein heiseres Lachen drang von hinten zu ihr, als Frere Metcalfe die Stufen herunter schritt und einen ersten Blick auf die Darstellung im Thieraport warf.

»Ihr überrascht mich, Oldo Merceer«, begrüßte Ramone die Gestalt im Holodisplay ohne jegliches Pathos. »Ich hatte gehofft, Euch nie wieder zu sehen – offensichtlich waren die Meldungen meiner Od'Fer über Euren Tod zu optimistisch. Wo habt Ihr Euch die lange Zeit verkrochen?«

Der Mann in Schwarz antwortete nicht. Seine leblosen, schwarzen Augen im schwarzen Gesicht musterten sie ohne jede Regung.

»Sehr schön, sehr schön!«, kicherte Frere Metcalfe belustigt im Hintergrund. Er hatte sich auf der untersten Stufenreihe niedergelassen und nickte Ramone aufmunternd zu, als ein verachtender Blick von ihr über ihn hinweg fuhr.

»Du bist undankbar, Residore!«, dröhnte eine synthetische Stimme durch den Saal.

Sie blickte zu der Lichtprojektion auf, ein feines Lächeln umspielte ihre Lippen. »Heute bin ich Ramone, die *echte* Ramone. Residore ist seit ein paar Stunden tot.«

Das schwarze Gesicht wandte sich ihr zu, wuchs im Holodisplay, bis die Augen-Nase-Partie in unzähligen Abstufungen von Schwarz die gesamte Darstellung ausfüllte.

»Du hast deinen menschlichen Körper schon immer als Makel angesehen, Urmutter, ich sehe, dass du ihn abgestreift hast. *Ich erwarte deinen Gehorsam!*«

Ramone versuchte nach wie vor konzentriert herauszufinden, woher diese Übertragung kam, und verfluchte zum wiederholten Male ihre Abhängigkeit von der Technik der Sole-Sourcer, die es ihr auch jetzt versagte, eine weitergehende Information zu erhalten.

Der Blick Oldo Merceers erfasste die zusammengesunkene Statur des Königs von Dominion, erstarrte für einen kurzen

Augenblick in einer Mischung aus Hochachtung und Trauer. Dann bewegte er sich ruckartig auf die Urmutter zurück.

»Nun?«

Das Lächeln auf ihrem perfekten Gesicht versiegte nicht, als sie ihm antwortete. »Ihr befindet Euch nicht mehr in der Position, etwas zu fordern. In wenigen Wochen werde ich die Position des Paramounts im Roten Nebel eingenommen haben – es gibt nichts, was ihr dagegen unternehmen könnt, Oldo Merceer. Die Sole-Sourcer werden ihr Gefängnis bis zu ihrem Tod nicht mehr verlassen. Das Dritte Imperium wird ihr letztes sein.«

Sie trat dicht an die Brüstung des Thieraports heran. Blickte zu den riesigen schwarzen Augen über ihr auf und senkte ihre Stimme. »Kommt zu mir und Ihr werdet der Sole-Sourcer sein, der über den Nebel herrschen kann – an meiner Seite.«

Das hustende Lachen von Frere Metcalfe raspelte durch den Saal, »... und an meiner!«

Ramone drehte sich um, in einer fließenden, für das normale Auge viel zu schnellen Bewegung glitt sie durch den Saal an die Seite Metcalfes, den rechten Arm mit der gestreckten Hand wie zum Dolchstoß erhoben, mit der linken den König von Dominion am Kragen seines Gewandes packend.

»Schweig, Lieber!«, flüsterte sie nahezu unhörbar, begleitet von einem Gedankenimpuls, der den großen Mann erschauern ließ.

Ein Alarmsignal! Ramones Hand löste sich plötzlich, Metcalfes Oberkörper sackte auf der Treppe in sich zusammen.

In ihrem künstlichen Unterbewusstsein herrschte Aufruhr. Ihre Sensoren richteten sich auf die dunklen Augen Oldo Merceers. Er hatte sie fest im Blick – was ging hier vor sich?

»Danke, Urmutter, jetzt weiß ich, was ich wissen musste.«

Nein!

Die Darstellung löste sich auf, verschwand in einer Wolke aus dunklen Lichtteilchen, erfüllte den Thieraport mit einem zunehmend intensiven Glühen.

Dann explodierte er.

10 Sieben Königreiche

Roter Nebel, Nebelwelten, Enchrome
30397/2/4 SGC
24. November 2014

Kooi

Die Kommunikationsdrohne kam nahezu zeitgleich mit den beiden langgestreckten Objekten aus dem abgewandten Ende des Dimensionsschiffes, nur ein Wimpernschlag war vergangen, seitdem der Langstreckenaufklärer aus ihrer Sicht verschwunden war.

Hoffentlich war alles gut gegangen, dachte sie angespannt.

Die Schiffs-KI der *T3* ließ die Disruptoren in zehn Lichtsekunden Entfernung unverzüglich die beiden riesigen Kampfmaschinen anvisieren, die sich vor ihren Augen in der Form zu verändern begannen. Die Kampfdrohnen reagierten augenblicklich und veränderten das dynamische Geflecht ihrer Feuerleitsysteme, bis sich beide Objekte im Zentrum ihrer vereinten Feuerkraft befanden.

Sie bremsten stark ab und verharrten zehn Kilometer vom Dimensionsschiff entfernt, überschütteten die Aufklärungsdrohnen und die *T3* mit Sensorstrahlen.

»Wir empfangen keinerlei Signale von Hud Keraas oder Ruf Astroon, Hightenent«, deutete der Schlacht-Certeer die ersten Auswertungen der eingehenden Daten. »Dafür scannen sie uns mit der kompletten Sensorbreite. Unsere Kommunikationsdrohne war für siebenundzwanzig Sekunden drüben.«

»*Schattentruppen, Certeer Astroon meldet sich zurück. Status Blau!*«, hörte Kooi erleichtert Rufs vertraute Stimme im Ohrhörer ihres Visiers, begleitet von einem Identifikationssignal, das die *T3* sogleich verifizierte. »Wir haben den Kontakt zu den Sole-Sourcern hergestellt, ich habe den Paramount gesprochen – es gibt fantastische Neuigkeiten.«

Kooi betrachtete verblüfft die beiden Objekte, die im Moment riesigen Kampfanzügen glichen. Ad Rogue und die anderen Tempi auf Enchrome waren bereits sehr beeindruckend gewesen – doch die hier – *wo war Ruf?*

»Certeer, ich brauche fünf Freiwillige, die jetzt schnellstens durch das Tor gehen, Hud Keraas ist drüben geblieben, er ist in einem regen wissenschaftlichen Austausch, will von den Sole-Sourcern lernen, aber wir benötigen weitere von ihnen in unserer Dimension, um auf Tektor die Maschinen zu bauen, mit denen wir die Potentialkatastrophe für den Roten Nebel aufhalten können!«

Kooi strich sich über ihr ungewohnt kurzes Haar, starrte aus braunen Augen nachdenklich auf das lächelnde Gesicht Ruf Astroons, das ihr aus dem Inneren eines der Tempi entzückt entgegenblickte, realisierte, dass etwas geschehen sein musste, was ihren langjährigen Kameraden gezwungen hatte, seinen Zerstöreranzug gegen dieses Ein-Mann-Raumschiff zu tauschen.

Sie hörte die Kommandos des Schlacht-Certeers, die nach fünf Offizieren unter den Schattentruppen rief.

»Siir, wenn Ihr in dem einen Anzug steckt und Hud Keraas nicht mit zurückgekommen ist, wer begleitet Euch dann?«

Die Frau neben ihr unterbrach ihren Befehlsstrom, als sie das Schweigen Rufs auf die Frage bemerkte.

»Siir? *Wer ist der zweite Tempus?*«

»Kooi! Schön, Euch wohlauf zu sehen. Es ist Kaan, einer der führenden Wissenschaftler der Sole-Sourcer – er muss Hud Chitziin treffen.«

Sie sah nachdenklich auf die virtuelle Alarmtaste auf ihrem persönlichen Holodisplay. Der Schlacht-Certeer isolierte mit einem Fingerzeig die Kommunikation auf der Brücke der *T3* und wandte sich ihr zu.

»Was ist los, Hightenent?«

Sie schüttelte langsam den Kopf. Für sie war er eigentlich nicht weg gewesen, Ruf war in diesen Bruchteilen von Sekunden um eineinhalb Jahre gealtert, hatte sicherlich unglaubliche Dinge erlebt und gesehen – durfte sie ihm ihr Misstrauen so deutlich vorhalten – wenn es nur auf Gefühlen basierte?

»Etwas stimmt nicht, Certeer. Er ist irgendwie verändert, so euphorisch – nicht der besonnene Kommandant der Alstortruppen, den ich kenne. Bevor wir andere schicken, sollten wir zuerst seine Aufzeichnungen und die der Drohne genauer ansehen.«

Die kommandierende Offizierin der Schattentruppen ließ ihren Blick unter ihrem Visier hindurch einige Sekunden auf Kooi verharren, entdeckte ihre innere Unruhe und Zerrissenheit zwischen instinktivem Pflichtgefühl und Zuneigung zu ihrem Kommandanten. Dann traf sie ihre Entscheidungen und öffnete die Kommunikation erneut.

»*T3*: Eindringlinge isolieren und Dimensionsschiff aus dem Sprungpunkt heraus manövrieren!«

»*Certeer, Kooi! Was macht Ihr? Ich –* «

»*Siir*, Ihr befindet euch unter Quarantäne. Deaktiviert alle Systeme bis auf die Lebenserhaltung. Bitte überspielt uns die vollständigen Aufzeichnungen Eures Besuchs bei den Sole-Sourcern. Dies ist eine routinemäßige Vorsichtsmaßnahme – Euch ist das bekannt – ich meine auch die Konsequenzen, solltet Ihr den Befehlen nicht sofort Folge leisten!«

»Aber Certeer!« Rufs Stimme wurde ärgerlich. »Lasst das Schiff in Position, wir dürfen keine Zeit verlieren, wir können den Sole-Sourcern uneingeschränkt trauen – ich war für mehr als ein Jahr dort, sie haben mein Leben gerettet, als uns der Wechsel in ihre Dimension beinahe umgebracht hatte. Schickt die Offiziere!«

»*Bitte, Siir!*« Koois Stimme hatte einen flehenden Unterton angenommen. »Gebt uns Zeit, die Informationen zu analysieren. Ihr würdet an meiner Stelle nicht anders verfahren!«

Ruf Astroon verstummte. Seine Augen wanderten unruhig über die Anzeigen seines Visiers.

»Na gut, Hightenent. Ihr habt vielleicht recht – aber beeilt Euch, es ist so *ungeheuer wichtig*, keine Zeit zu verlieren.«

Drei Tage waren vergangen. Der Schlacht-Certeer und Kooi hatten ohne Unterbrechung und mit Unterstützung der Schiffs-KI das Datenmaterial angesehen und auf Plausibilität geprüft.

Was sie sahen, war hochwertig, logisch und zeichnete ein extrem faszinierendes und hilfreiches Bild, wie der Rote Nebel vor der herannahenden Potentialkatastrophe bewahrt werden konnte – es war nur unmöglich, eineinhalb Jahre Aufzeichnungen in drei Tagen inhaltlich zu überprüfen – selbst wenn die Schiffs-KI der *T3* das Material spielend in ein paar Sekunden sichten konnte.

Die Länge sämtlicher Gespräche Rufs mit dem Herrscher der Sole-Sourcer, dem Paramount, betrug allein siebenundvierzig Tage.

»Es ist zu viel!«

Kooi nickte. »Er war elf Monate und neunundreißig Tage dort. Warum so lange? Was musste er alles erfahren, nur um zurückzukommen und uns zu sagen, wir hätten keine Zeit zu verlieren, wir müssten einen Sole-Sourcer in seiner Begleitung nach Tektor bringen und weitere fünf Menschen dorthin schicken, um Fahrkarten für weitere Sole-Sourcer in unsere Dimension zu übergeben?«

»Möglicherweise haben die Sole-Sourcer Certeer Astroons Erinnerungen manipuliert oder er war wirklich verletzt und sein Heilungsprozess hat so lange gedauert?«

Auf dem zentralen Holodisplay der Brücke liefen zum wiederholten Male die Aufzeichnungen der Kommunikationsdrohne, zeigten den Aufklärer mit Ruf und Hud Keraas an Bord und entfernt die Signale von drei Objekten, die sich ihnen mit hoher Geschwindigkeit näherten, dabei die Konturen von Anzügen annahmen, wie sie jetzt dort draußen schwebten.

Koois Blick verharrte müde auf dem Display. Sie spürte die drückenden Zweifel des Schlacht-Certeers über die vorgebliche Dringlichkeit von Rufs Mission in ihrem Nacken.

»*Er sagte doch*, er sei durch den Transfer schwer verletzt worden?«

Die große Frau ging zum umlaufenden Geländer des zentralen Navigationsholodisplays, stützte sich darauf, ließ die Aufzeichnungen der Kommunikationsdrohne langsam rückwärts laufen, bis der Aufklärer das Display ausfüllte.

»Das Schiff sieht vollkommen intakt aus, die Drohne hat von der KI des Aufklärers einen vollständigen Satz der Lebenserhaltungssystemdaten bekommen – keinerlei … *und ich meine, überhaupt nichts* – was kritische Strahlungsemissionen oder Systemdefekte auch nur vermuten ließe.«

Kooi aktivierte die Kommunikationsverbindung zu Ruf.

»Siir, warum befindet Ihr Euch nicht mehr in dem Zerstöreranzug?«

»Kooi, wie kommt Ihr mit der Auswertung voran? Es wird langsam langweilig. Auch wenn dieser Anzug hier sehr komfortabel ist, ist mein Auslauf doch begrenzt«, begrüßte er sie gutgelaunt.

»Siir, welcher Art waren die Verletzungen nach Eurem Transfer?«

Sein Blick flackerte kurz, wurde niedergeschlagen.

»Wie vor langer Zeit im Kommunikationszentrum von Enchrome bei Zaguun und Speer. Es waren harte Gammastrahlen, Kooi, wirklich nicht sehr angenehm, wir wurden geröstet, der Körper war defekt. Nur die Hochtechnologie der Sole-Sourcer konnte mich retten – das, was übrig war. Die Regeneration war sehr kompliziert.«

Kooi starrte in sein Gesicht, spürte den immensen Druck der Verantwortung. Tränen stiegen ihr in die Augen.

»Wieso ist dann nichts davon in den Aufzeichnungen der Kommunikationsdrohne zu finden, Siir?«

Rufs Blick wurde ärgerlich.

»Kooi, verdammt nochmal, das weiß ich auch nicht, ich war außer Gefecht nach unserer Ankunft. Ich weiß nur, dass ich den Sole-Sourcern mein Leben verdanke und sie es ehrlich meinen.«

Der Schlacht-Certeer sah zu ihr hinüber, schaltete auf einen internen Kommunikationskanal.

»Er glaubt, was er sagt, Hightenent. Ich bin sicher, seine Erinnerungen wurden manipuliert, wenn das da drinnen überhaupt noch etwas gemein hat mit dem Certeer, der losgeflogen ist!«

Nebenanzeigen im zentralen Navigationsholodisplay dokumentierten unerwartet steile Anstiege verschiedener Emissionswerte in der Nähe des Dimensionsschiffes.

»Ich muss nach Tektor, Kooi!«

Die Schiffs-KI der *T3* gab stillen Alarm.

»Ruf – du lügst«, sagte sie leise, Tränen auf den hohen Wangen. Etwas durchbrach seinen wütenden Blick, sie sah mit einem Mal die versteckte Qual in seinen Augen. Ihre Finger berührten die Alarmtaste.

Die Disruptoren feuerten.

Eine Wolke einseitig geladener Teilchen von zwanzig Kilometern Durchmesser begann mit Lichtgeschwindigkeit auf den Sprungpunkt zuzurasen. Die Sensoren der Tempi konnten sie nicht sehen, da die Geschwindigkeit ihrer lichtbasierten Scanner nicht höher als die der herannahenden Teilchen sein konnte.

Kooi verfolgte mit tränenverschleierten Blick den Countdown bis zum Eintreffen der Wolke.

»Kooi! *Nein – lasst das Schiff in Position! Was soll das?* Wir können helfen, wir …«

In dem Moment reagierten die Tempi. Sie konnten die heranrasende Wolke nicht sehen – sie reagierten auf eine Auswertung der Gesamtsituation, der Stressanzeichen in Koois Stimme, folgten logisch basierten Verhaltensmustern der Anzug-KI.

Die Marker von Ruf und seinem Begleiter verschwanden von allen Displays. Zwei Sekunden später löste sich das letzte Schiff der Coruumer in einer gewaltigen Explosion in seine kleinsten Bestandteile auf.

Roter Nebel, Galaktischer Spalt, Ruthpark
30397/2/8 SGC
29. November 2014

Syncc Marwiin

»Was kommt jetzt, Sourcer?« Er sah den schwarzen Mann durch die Wolke der braun-weißen Flocken hindurch scharf an. »Ruft Ihr Torkrage Treerose und zerstört die Winterresidenz, so wie Ihr es mit der Kathedrale der Urmutter gemacht habt?«

Die schwarze Silhouette des Identifikationskerns mit den menschlichen Proportionen, der das letzte organische Gewebe von Oldo Merceer beherbergte und schützte, nahm den Fuß vom schmalen Rand des im Boden des Kommunikationsraumes der Arche eingelassenen Thieraports und wandte sich ihm zu.

»Ihr denkt immer noch in den Mustern aus dem vorletzten Jahrtausend, Marwiin - Ihr vor allen anderen solltet es wirklich besser wissen!«

Er kam ein paar Schritte auf ihn zu, die Sensoren in Form von stumpfen, schwarzen Augen blickten den alten Mann an. »Ich hätte es damals schon tun können, wenn es erforderlich gewesen wäre - und ich hätte nicht gezögert. Doch wie Ihr wisst, war die Situation eine andere - wir glaubten an eine Technologie-getriebene Lösung und wir hatten Zeit.«

Syncc Marwiin hielt dem Blick stand, bemerkte, wie Sinistra mit aktiviertem Schutzfeld angestrengt zuhörte, innerlich immer noch aufgewühlt von der erlebten Konfrontation mit der Urmutter.

»Die haben wir jetzt nicht mehr. Ramone arbeitete daran, den Kollaps künstlich zu beschleunigen. Durch ihren Tod haben wir kein klares Ziel mehr - aber ich bezweifele, dass sie für diese Situation nicht vorgesorgt hat. Im schlimmsten Fall wird die Katastrophe nun sehr viel früher einsetzen - und das kommt den Sole-Sourcern doch nicht ungelegen?«

Oldo Merceer schwieg. Syncc Marwiin konnte fühlen, wie intensiv der Sole-Sourcer gedanklich arbeitete.

»Die Zusammenhänge sind weit komplexer, als Ihr glaubt, Marwiin - wir werden verlieren - so oder so«, sagte er schließlich, »der Paramount befahl mir im Dimensionsraum, die Katastrophe auszulösen. Das Imperium geht davon aus, auf eine reguläre Potentialentladung vorbereitet zu sein. Die Technologie steht bereit, um es durch die Katastrophe in die Dimension des Nebels zurückzubringen.«

Syncc Marwiin strich sich eine dünne Schicht der weißen Partikel von der Schulter, nickte betont, um die Worte des Sole-Sourcers als Argument seiner Position zuzuordnen.

Das schwarze Gesicht berührte ihn fast. »*Eine reguläre Potentialentladung*, Marwiin! Wenn Ramone jetzt in der Lage ist, sie zu steuern, entwickelt sich die Katastrophe vollkommen anders als die, welche das Erste und Zweite Imperium ausgelöscht haben - die Aufzeichnungen und Analysen davon bildeten die Basis zur Entwicklung und Berechnung der Abwehrtechnologie!«

Marwiin bewegte sich nicht.

»Demnach habe ich soeben den Untergang des Imperiums manifestiert, wenn es mir nicht gelingt, die Steuerung der Katastrophe wieder zu übernehmen und in den regulären Ablauf zurückzuversetzen!«

Merceer drehte sich um, sah zu Sinistra hinüber, bemerkte die unterschwellige Angst, die sie vor ihm hatte.

»Eine modifizierte Potentialentladung vernichtet das instabile Blasenuniversum des Imperiums, Marwiin, erfolgt *keine* reguläre Entladung, vernichtet es sich selbst - nur eine reguläre rettet es - und die muss schnell erfolgen - sonst gibt es nichts mehr zu retten!«

Der Sole-Sourcer sprach die letzten Sätze sehr betont und klar, als hämmere er sie seinem alten Widersacher ein.

»Das heißt, es herrscht Krieg unter den Sole-Sourcern?«

Dem alten Mann war deutlich seine Überraschung anzumerken. Diese Information hätte ihm der Sole-Sourcer nicht zu geben brauchen. Was passierte mit ihm?

Merceer richtete sich auf und ging ein paar Schritte von Syncc Marwiin weg, in den runden Kommunikationsraum hinein, dessen Zentrum das Bassin des Thieraports bildete.

»Seit ungefähr neuntausend Jahren. Das Blasenuniversum des Imperiums droht zu kollabieren, die Zeitbeschleunigung nimmt zu. Zum Zeitpunkt der letzten Potentialkatastrophe, als es sich bildete, verlief die Zeit synchron zu der in unserer Dimension – doch das änderte sich langsam. Zum Zeitpunkt meines Transfers verging sie dort bereits viermal schneller und gestern, als ich mit dem Paramount sprach – war der Faktor auf vierzig angestiegen.«

Marwiin fuhr sich unschlüssig mit der Hand durch die langen blonden Haare.

»Das ist unlogisch, Sourcer, warum sollten sich die Sole-Sourcer untereinander bekämpfen? Sie müssten doch gemeinsam für eine Lösung arbeiten.«

Der schwarze, künstliche Körper des Sole-Sourcers streckte lächelnd seinen linken Arm aus, wischte mit der schwarzen Hand langsam durch die Luft und betrachtete die sich wie schmutziger Schnee auf der Handinnenseite absetzenden, braun-weißen Teilchen.

»*Das hier*, Marwiin«, er sah ihn plötzlich ernst an, »ist Euch das wirklich nicht klar geworden?«

Syncc Marwiin starrte ratlos auf die im Kommunikationsraum schwebenden Fragmente.

»*Nein!* Was soll das sein?«

»Es war seit Anbeginn der Zeit unser Segen und unser Fluch!«

»Ich – «, setzte er an und brach ab, wortlos die Schultern hebend.

»*Sole* – wir nahmen es in unseren Namen auf«, die Finger seiner schwarzen Hand zerrieben die Flocken zu Staub, »es sind die Sporen eines harmlosen, weißen Pilzes.«

»Dann ist es dieser Pilz aus den Aufzeichnungen, die wir in den Tunnelabschnitten zur Arche gesehen haben. Die ersten Sole-Sourcer haben ihn kultiviert und gegessen, er gab ihnen eine höhere Intelligenz und Aggressivität, die es ihnen ermöglichte, schneller als alle anderen Stämme dieses Planeten in der Evolution voranzuschreiten – es ist sicherlich kein harmloser Pilz.«

»Er ist Bestandteil unseres Lebens, Marwiin«, Oldo Merceer senkte den Arm, drehte sich und ging langsam um das Bassin des Thieraports herum – ein schwarzer Schatten im Winter.

»Er ist vollkommen harmlos«, vernahm er die Stimme des Sole-Sourcers durch den Raum, »solange sich das Virus nicht in Eurer Lunge befindet, wenn Ihr die Sporen einatmet.«

Syncc Marwiin glaubte sich verhört zu haben.

»*Virus?*«

Oldo Merceer kam ihm von der anderen Seite des Bassins entgegen.

»Eine komplexe Form des Pluralen Mutualismus, eine Art Symbiose zwischen drei Lebensformen – Sourcer, Pilz und Virus. Das Virus setzt sich in den Lungenbläschen fest und überzieht diese mit einem zusätzlichen Film. Es ernährt sich aus dem Blut des Wirtes, ohne ihn dabei zu schädigen, es passt sich sehr schnell an – in diesem Stadium als reiner Schmarotzer. Kommen dagegen Pilzsporen hinzu – durch einatmen – und treten in Kontakt mit dem Film, mutiert das Virus und in der Folge verändert es die Arbeitsweise der Lungenbläschen und der benachbarten Zellen. In diesem Stadium beginnt die Leistungssteigerung des Organismus durch eine neue Zusammensetzung der Gase, die von den mutierten Lungenbläschen weitergegeben werden. Das Virus entnimmt der eingeatmeten Luft dann deutlich mehr Komponenten, als die natürliche Lunge es vermag, und erstellt daraus neue Verbindungen. Zudem gleicht dieser veränderte Mix einer starken Droge, welche unterschiedliche Wirkungen in verschiedenen Bereichen des Organismus auslöst.«

»Eine davon ist eine überragende Intelligenz«, sagte Syncc Marwiin eher zu sich selbst, »was sind negative Auswirkungen?«

Der schwarze Mann blieb vor ihm stehen.

»Gesteigerte Aggression, Wegfall von Verhaltensbarrieren, zunehmende Sterilität und eine passive Abhängigkeit.«

»Ist das der Grund, warum sich die Sole-Sourcer hier auf diesem Planeten nur an einer Stelle entwickelt haben, Siir?«

Syncc Marwiin und Oldo Merceer drehten sich in einer Bewegung zu Sinistra um, die in diesem Moment zum ersten Mal seit dem Aufeinandertreffen mit dem Sole-Sourcer vor einem Tag das Wort ergriff.

»Nein«, sagte Merceer geduldig, »passive Abhängigkeit bedeutet, dass nach erstmaligen Kontakt mit beiden Symbionten ein Verzicht auf den Pilz zu einer langsamen Rückkehr in die Normalität führt. Das Virus wird zunehmend inaktiv. Ist diese Normalität erreicht, führt ein erneuter Kontakt mit dem Pilz zum Tod – eine weitere Mutation des Virus zerstört die Lunge und andere Organe, toxische Inhalte werden in den Blutkreislauf gespeist.«

»Damit hat die erste Sole-Sourcer-Generation, die mit beiden Symbionten aufgewachsen war, bereits einen kulturellen und evolutionären Vorsprung gegenüber den anderen Stämmen erreicht, den sie rational einordnen konnte und nicht mehr missen wollte. Gleichzeitig nahm sie für alle Zeiten den Nachfolgegenerationen die Möglichkeit, zu verzichten, wollten sie nicht binnen kurzer Zeit wieder aussterben.«

»Das galt, solange die Sole-Sourcer die Heimatwelt nicht verlassen konnten – denn hier hatten sie keine Möglichkeit, auf Dauer den Sporen zu entfliehen«, ergänzte Merceer.

Syncc Marwiin schwieg.

»Aber wir wären auch so wieder ausgestorben«, fuhr Oldo Merceer langsam fort. »Ab der einhundertsten Generation setzten die Folgen der zunehmenden Unfruchtbarkeit ein, das Wachstum in der Heimat stagnierte, das war nach ungefähr zehntausend Jahren Entwicklung, und es zwang uns, diesen Planeten zu verlassen, wollten wir nicht einfach wieder in der Evolution untergehen. Ab der einhundertzehnten Generation lag die Unfruchtbarkeit bei achtundneunzig Prozent bei einer durchschnittlichen Lebenserwartung von zweihundertfünfzig Jahren. Das war auch der Stand zur ersten Potentialentladung.«

Er sah die kleine Frau an, welche dem Blick tapfer standhielt.

»Ihr verfügt über ein modernes Makrobot-System, Siira, damit werdet Ihr hier nichts zu befürchten haben, das Virus kann sich nicht einnisten!«

»Sie wird das Feld trotzdem aktiviert lassen«, sagte Syncc Marwiin mit einem scharfen Seitenblick auf Sinistra. »Was ist mit Euch, Sourcer?«, er trat zu ihm. »Wird Euch der erneute Kontakt mit den Sporen nicht umbringen?«

Oldo Merceer schenkte ihm ein schwarzes Grinsen.

»Vielleicht, vielleicht nicht, Marwiin. Wenn sie einen Weg durch diese Rüstung zu dem bisschen Blut finden, weiß ich nicht, was passiert. Jedenfalls atme ich schon lange nicht mehr, das habt Ihr mir mit Eurem Anschlag auf Enchrome abgewöhnt!«

Syncc Marwiin nahm diesen Seitenhieb ohne sichtbare Regung entgegen.

»Ihr wart ein anderer zu der Zeit, Sourcer – die Entwöhnung vom Sole hat Euch die Aggression genommen. Ich gebe zu, ich bin mehr als überrascht, das zu erleben.«

»Es war ein Rotes Sole, welches das Dritte Imperium benutzte.« Die schwarze Gestalt des Sole-Sourcers blickte zurück zu Sinistra.

»Eure Vermutung ist korrekt, Siira. Der Pilz war nur in einer eng begrenzten Region dieses Kontinents heimisch und zu kultivieren. Die Vorfahren haben es überall auf dem Heimatplaneten versucht – ohne Erfolg. Das Klima hat sich seitdem auf dem Heimatplaneten verändert, die Pilze könnten heute überall wachsen«, er sah in die umhertreibenden, weißen Sporenklumpen.

»Diese Endosporen hier dürften die letzten Originale im Universum sein – die Kultivierung war auch auf allen anderen kolonisierten Welten unmöglich. In der Folge entwöhnten sich die Sole-Sourcer des Zweiten Imperiums sehr rasch vom Sole. Die Geschwindigkeit des technologischen Fortschritts sank deutlich. Die Erfindungen des Zweiten Imperiums blieben immer hinter denen des Ersten zurück, dafür stieg die Population wieder an, die Lebenserwartung sank auf ungefähr einhundertfünfzig Jahre – der Durchschnittswert, der heute für die Völker des Roten Nebels immer noch gilt.«

»Wie kann das Sole dann *heute* der Auslöser für einen Krieg innerhalb des Dritten Imperiums sein, Sourcer, mehr als einhunderttausend Jahre, nachdem der Sole-Anbau auf diesem Planeten endete?«

Syncc Marwiin setzte sich auf den flachen Rand des tellerartigen, zehn Meter durchmessenden Thieraports und sah Oldo Merceer aus zusammengekniffenen Augen an.

»Ihr könnt Euch die Antwort selbst geben, alter Mann. Natürlich hatte bereits das Erste Imperium das Sole synthetisiert, lange bevor sie von diesem Planeten aufgebrochen waren. Es dürfte sich um die am intensivsten erforschte Substanz im Universum handeln.«

Der Blick des Kulturbewahrers änderte sich nicht, während er auf die Fortsetzung der Erklärung wartete.

»Es gab im Zweiten Imperium sieben synthetische Arten, die dem Original bis auf wenige Millionstel Anteile entsprachen – doch besonders das Virus ist enorm komplex, es ist auf eine besondere Art intelligent – es maskiert sich ständig. Die Abweichungen machten alle sieben Arten nach kurzer Zeit mehr oder weniger toxisch.

Zu Beginn des Dritten Imperiums, nachdem wir erkannt hatten, was passiert war, entschloss sich eine Fraktion, das am weitesten entwickelte Sole der siebten Art so zu manipulieren, dass es den Wirt nicht umbringt – das ist das Rote Sole. Dieser Entwicklung opferten wir zehntausend der brillantesten Köpfe – sie nahmen das bis dahin tödliche Sole der siebten Art, um ihre Intelligenz wenigstens kurzzeitig zu steigern, und sie hatten Erfolg. Als wir uns vor eintausendeinhundert Jahren bei Harkcrow trafen und ich ihm den Plan für die Rettung des Nebels überbrachte, war das Rote Sole in mir aktiv.«

Er sah Syncc Marwiin an, der nachdenklich neben dem Bassin stand, den Kopf gesenkt und konzentriert zuhörte.

»Die Auseinandersetzungen im Dritten Imperium beruhen darauf, das erneut eine Fraktion die Zusammensetzung des

Roten Sole verändert hat, um durch eine noch weiter gesteigerte Intelligenz einen letzten Ausweg aus dem Dilemma zu finden – es ist zudem die Fraktion des Paramounts.«

Syncc Marwiin erhob sich.

»Sie wird keine Chance haben, Sourcer. Wie bei den Vorfahren, wird es erneut eine Phase der Aggressiven Expansion geben, welche allein die Rücksichtslosen treibt, bis sie zu den allein Herrschenden geworden sind, die ihre Intelligenz nutzen, um sich vor der kompletten Selbstausrottung zu schützen. Dann werden sie sich erinnern, das es außerhalb ihres Universums eine Potentialkatastrophe gibt, die sie wenigstens genauso mit dem Untergang bedroht, und sie werden handeln.«

Er sah Sinistra düster an. »Sie werden kommen.«

Oldo Merceer schüttelte den Kopf, seine künstlichen Haare bewegten sich nicht.

»Es gibt keinen Weg! Die Potentialverbindung, die ich nutzte, war eine Kuriosität – es war eine einmalige Kombination aus Potentiallinie und Dimension, von so schwacher Belastbarkeit, dass durch ihre einmalige Benutzung der Potentialunterschied aufgebraucht wurde – *es gibt keinen Weg!*«

»Doch, Sourcer, sie werden kommen.«

Er war überzeugt.

»Sie werden es machen, wie Ihr beschrieben habt. Sie opfern die Besten, um eine Lösung für die anderen zu finden. Das Dritte Imperium wird durch die neue Intelligenz einen Weg entdecken, der zu der Zeit, als Ihr zu Harkcrow Treerose kamt, noch nicht bekannt war. Sie werden durch die unausweichliche Katastrophe zu Höchstleistungen angetrieben werden, sie werden eine Lösung finden.«

Oldo Merceer verharrte sekundenlang regungslos.

Fast kam es Syncc Marwiin vor, als bete der Sole-Sourcer – wider besseres Wissen, dass Religion bei ihnen nie eine Rolle gespielt hatte. Er wartete geduldig, lächelte Sinistra kurz zu, die im Hintergrund konzentriert die Szene beobachtete und ihre unzähligen Fragen nur mühsam unter Kontrolle hielt. Sein Respekt vor der Haltung der jungen Frau wuchs ständig. Er würde sie vermissen, sollte sie sich entscheiden, bei ihrem Volk zu bleiben.

»Ich wusste nicht, dass es sie wirklich gibt«, sagte der Sole-Sourcer zu niemand Besonderem, »wir hielten es für eine Sage.«

»Wer ist es?« Der alte Mann deutete auf die Frau mit den langen geflochtenen Haaren.

»Das ist Eluee, die Partnerin von Faee, dem letzten Paramount des Ersten Imperiums zur Zeit des Aufbruchs aus der Heimat.«

Merceer schritt zu ihrem Konturensessel und beugte sich über sie, studierte die pergamentene Haut ihres Gesichts aus der Nähe, als müsse er sich davon überzeugen, dass es sich hier nicht um Holo-Projektionen, sondern um echte Materie handelte.

Dann richtete er sich auf, seine schwarze Hand zeigte zuerst auf den rechts von der Frau sitzenden Mann, danach auf die beiden links von ihr.

»Das ist Faee und das sind Gandaa und Kaa, aus dem Genmaterial des Paramounts und Eluees geklonte und modifizierte Söhne. Sie alle haben sich entschieden, die Heimat nicht zu verlassen, sondern auf das Eintreffen der Welle zu warten, um sie zu analysieren und das Archenprinzip für das Zweite Imperium zu ermöglichen.«

Sinistra war für ihr Empfinden sehr dicht an den Sole-Sourcer herangetreten. Syncc Marwiin spürte die Frage auf ihren Lippen.

»Aber haben sie denn nicht die Auswirkungen der Katastrophe auf die Erde beobachtet und das Wissen darüber weitergeleitet, Siir?«

»*Erde?*« Das schwarze Gesicht verzog sich zu einem Lächeln. Sie stand am Kopfende des Konturensessels von Eluee, dem Sole-Sourcer gegenüber, weniger als drei Meter entfernt.

»Erde habt Ihr den Planeten genannt? – Ja, warum nicht, das ist genauso gut wie *Heimat*.« Er nickte wohlwollend.

»Ihr habt mehr mit uns gemein als die Nachkommen der anderen Planeten im Nebel, Siira«, er blickte zu Syncc Marwiin und drehte sich dann zu ihr zurück. »Ihr seid Nachfahren der direkten Linie des Ersten Imperiums.« Er hielt ihr seine Hand hin, vor der sie leicht zurückschreckte. In einem fast nachdenklichen Ton fügte er hinzu: »Ihr könntet so stark sein«, dann lächelte er. »Wir bezeichnen Dinge nach ihrer Eigenschaft, geben ihnen keinen abstrakten Namen wie *Ruthpark*.«

Dann schien er sich an ihre Frage zu erinnern.

»Das Archenprinzip beschreibt eine Möglichkeit, zukünftige Potentialentladungen zu beeinflussen. Die Sole-Sourcer des Ersten Imperiums erkannten bereits, dass sie selbst die Katastrophe heraufbeschworen hatten – durch den Einsatz ihrer unzureichenden Technologie des Reisens entlang der Potentiallinien im Raum. Sie erkannten, dass es neuer Technologien bedurfte, welche die Potentiale nicht veränderten, oder – wenn sie diese nicht schnell genug entwickeln konnten – einer Möglichkeit, folgende Entladungen um wichtige Zentren der Zivilisation herum lenken zu können. Zu dem Zweck errichtete das Zweite Imperium Archen, die dem Muster dieser Ur-Arche hier folgten, nur um Potenzen stärker und in dem Glauben, dass sie selbst es erleben würden.«

Das Lächeln auf seinem schwarzen Gesicht nahm schmerzliche Züge an. »Es funktionierte gut – große Teile des Zweiten Imperiums überlebten – doch zu welchem Preis. Die Archen waren zu stark, das geschaffene Gegenpotential zu mächtig, es verschlang ganze Systeme, der Raum kollabierte und schuf eine lokale Anomalie: es entstand das Blasenuniversum, in dem das Dritte Imperium bis heute gefangen ist.«

Syncc Marwiin sah schweigend auf die Holo-Projektion vor den vier toten Sole-Sourcern. Er interpolierte Volumina und Gravitation, berechnete die Werte von über Zehntausende von Jahren ansteigenden Energiedichten.

»Ihr habt die Archen als Generatoren entworfen, Merceer, als lokale Bomben, welche Potentialöffnungen schaffen können. Jetzt verstehe ich es.«

Seine Kiefer pressten sich fest aufeinander, Syncc Marwiin schloss die Augen, als wenn ihm schwindelte.

»Wenn ich richtig liege«, sagte er mit fester Stimme, »bleibt uns nicht viel Zeit. Die Truppen der Urmutter haben wenigstens eine Arche des Zweiten Imperiums gefunden – wir sahen durch Zufall die Koordinaten in diesem Thieraport – und sie kennen die Positionen der übrigen – habe ich recht, Sourcer?«

Oldo Merceer sah zum Display, nickte.

»Residore hat die Positionen sämtlicher Archen erhalten, um ihnen die Technologie-Blaupausen zu entnehmen, die sie zum Aufbau ihrer Armee benötigte. Sie war unsere Hoffnungsträgerin unter den Kulturen des Nebels, wir brachten das Haus Metcalfe dazu, mit ihr zu kooperieren, sie hat wenigstens zwei Archen geöffnet und aktiviert.«

»Als Bezahlung gab es für Dominion unbekannte Technologien, welche es unentbehrlich für die anderen Königreiche machten.«

»Es funktionierte über viele hundert Jahre, Marwiin, bis Ihr begannt, mir zu misstrauen – und einen Keil zwischen Harkcrow und die Sole-Sourcer triebt.«

Der alte Mann reckte angriffslustig das Kinn, seine eisblauen Augen blitzten, als wäre der Tag, den Oldo Merceer ansprach, erst gestern gewesen. »Lag ich falsch, Sourcer?«

»Ja. Wir hätten Euch nicht unterworfen.«

»*Ha!*« Syncc Marwiin zeigte auf den schwarzen Mann. »*Niemals* – das Dritte Imperium wäre erneut in eine Phase der Aggressiven Expansion eingetreten, die siebeneinhalb Millionen Hüllen der Sucher, die wir mit den Dimensionsschiffen zu den Sole-Sourcern gebracht hätten, wären niemals ausreichend gewesen, um auch nur einen Bruchteil des Dritten Imperiums aus der Dimensionsfalle zu befreien. Ihr brauchtet Milliarden – und woher wolltet Ihr die nehmen? *Darum bitten?*«

»Ich hätte das Programm fortgesetzt. Ich habe aus weniger als fünfzigtausend Exemplaren der Zielkultur, mehr als fünfzehn Millionen Sucher geklont. Auch wenn die Hälfte in den Königreichen geblieben ist, hätte ich nur noch vierzig weitere Jahre benötigt, um ausreichend Sucher zu haben – *hättet Ihr nicht den Anschlag auf mich verübt und die Schiffe sabotiert!*«

Der alte Mann stand wie vom Donner gerührt. Das war keine Frage des schwarzen Mannes gewesen, die Betonung der Worte kam einem Urteil gleich.

Oldo Merceer glitt auf ihn zu, ergriff seinen Hals, als wäre es ein Glas, hob ihn auf seine Augenhöhe. Das Schutzfeld Syncc Marwiins sprühte helle Lichtbögen, die an dem Sole-Sourcer abprallten und Sinistra panisch zwangen, in Deckung zu gehen.

»Dominion hat mich damals gerettet – zumindest die Nervenzellen, die mich heute ausmachen – sie benötigten eine Reihe von Jahren an zusätzlicher Forschung, die ich zur Untätigkeit verdammt im Kryotank verbrachte. Als ich wieder aktiv werden konnte, befand sich Enchrome in der Hand der Kirchenritter und alle Sucher waren verschwunden.«

»Ihr habt den letzten König von Dominion gerade zusammen mit der Urmutter getötet, Sourcer«, krächzte Syncc Marwiin, »das versteht Ihr unter Dank?«

Die schwarzen Augen lächelten ein wenig, die schwarzen Brauen unter der hohen Stirn hoben sich.

»Er war nicht mehr bei Sinnen, Ramone kontrollierte ihn.«

Er führte seine Stirn bis dicht an die Marwiins heran.

»Seitdem warte ich darauf, Euch zu treffen, Marwiin, den Mann, der als Geist Harkcrows über alles gewacht hat und der ohne Zögern das Dritte Imperium dem Untergang geweiht hat. Ich möchte verstehen, aus welchem Grund *ein einzelner Mann* Milliarden von Vorfahren tötet.«

Mit einer leichten Handbewegung warf er den Körper des alten Mannes durch den gesamten Raum, gegen die Wand, welche die Rampe zum oberen Hauptdeck abgrenzte.

Das Schutzfeld Syncc Marwiins blitzte an seinem Rücken auf, als er klatschend aufschlug. Er sank zu Boden, richtete sich auf, blieb sitzen, lehnte sich an die Wand, drehte den Kopf langsam nach rechte und dann nach links, bevor er antwortete.

»Ich habe sie nicht getötet, Sourcer. Sie leben noch.« Er atmete langsam und tief. »Ich habe die Völker des Roten Nebels vor dem Genozid bewahrt – das war damals meine Aufgabe als Oberhaupt der Synccs und das ist sie noch!«

Merceer erwiderte nichts.

»Warum die Urmutter, Merceer? Sie war falsch. Warum nicht die Königreiche?«, fragte der alte Mann ohne eine Spur von Zorn in der Stimme über die erfahrene Gewalt.

»Residore hat bereitwillig unsere Pläne umgesetzt, Marwiin! Die Königreiche waren zu stolz, die Urmutter war dankbar!«

»Sie war vor allem egoistisch, Merceer – und die Sole-Sourcer waren naiv, das nicht zu beachten!«

Die Halle außerhalb der Arche lag mit Ausnahme des Tempus verlassen vor ihnen. Das geschlossene äußerste Blendentor mit seiner in den Zugangstunnel hineingewölbten Oberfläche schimmerte im bronzenen Licht.

Sinistra hielt sich unsicher in seiner Nähe, während Oldo Merceer langsam auf die auf ihn wartende Hülle des gewaltigen Tempus zuschritt.

»Werdet Ihr uns beim Kampf gegen die Armee der Urmutter helfen, Merceer?«

Der Sole-Sourcer drehte sich um. Sinistra fand, im bronzefarbenen Licht schimmerte er beinahe kostbar.

»Seht Ihr das Emblem auf der Schultersektion des Anzugs, Marwiin?«

Sinistra und der alte Mann hoben den Kopf, sahen das rot leuchtende Zeichen im sandsteinfarbenen Anzug.

»Wie ich Eurem Merkanteer auf Ul'Charque gesagt habe, beschützen die Tempi den Troyian der Königreiche. Dieser Anzug und seine Systeme haben mich die vergangen eintausend Jahre am Leben erhalten. Das Sole hat für mich nicht mehr die Bedeutung, die es einmal besaß, Marwiin – trotzdem bleibe ich ein Sourcer und als solcher kann ich die Not meines

Volkes nicht ignorieren. Wenn Ihr denkt, dass es auf diesem Weg gemeinsame Abschnitte gibt, die meinen Prioritäten nicht zuwiderlaufen, dann zeigt mir, wer heute der Troyian der Königreiche ist, und ich werde ihm helfen!«

Damit drehte er sich dem Anzug zu, trat an das linke Bein und – verschwand.

»Wo…?«

»Remodulierende Nanostrukturen, meine Freundin. Eine bekannte Technik. Ihr dachtet nicht wirklich, das er so aussieht wie dieser schwarze Cyborg?«

Mit einem Lächeln nahm er ihr verlegenes Eingeständnis an.

»Ihr habt Euch ausgezeichnet gehalten. Ich weiß, dass es nicht leicht sein kann, mit zwei so alten Individuen in einem noch einhundert Mal älteren Artefakt eingeschlossen zu sein.«

Er ergriff behutsam ihren Arm.

»Kommt, die anderen werden warten.«

Eine achteckige Plattform mit brusthohen Haltegriffen im Zentrum landete vor ihnen.

»Das geht schneller, steigt auf!«, dröhnte die metallische Stimme des Sourcers durch die Halle, der sich bereits im langsamen Flug in Richtung auf das erste Blendentor zu befand.

Sinistra klammerte sich an den Griffen fest, nachdem sie das auffordernde Nicken Syncc Marwiins gesehen hatte.

Die Plattform erhob sich und folgte dem Tempus, verankerte sich in einer konischen Bucht auf seiner rechten Schulter, während sie bereits das innerste der drei hintereinanderliegenden Blendentore zum letzten Abschnitt des Zugangs passierten.

In den folgenden drei Minuten legten sie den gesamten Weg durch den Tunnel zurück, bis sie hinter dem letzten Blendentor die riesige Landkarte und den zentralen Zugangsschacht erreichten.

Im Schutz dichter Systemdrohnenschilde waren fünf Offiziere der Schattentruppen mit ihren Kampfanzügen zu erkennen, die ungetarnt den Ausgang abriegelten.

»*Marwiin, könnt Ihr das übernehmen?*«, dröhnte die synthetische Stimme des Tempus gereizt in ihren Ohrhörern.

Er übermittelte den Offizieren die notwendigen Codes und die Schilde der Drohnen gaben den Weg frei.

Die Plattform löste sich von der Schulter des Tempus und landete vor dem ersten Kampfanzug der Organisation.

»Ich werde in der Arche auf eine Antwort warten, Marwiin«, hörte er Oldo Merceer sagen, bevor sich der Tempus wieder hinter das Blendentor zurückzog, das sich leise knirschend schloss.

»Siir, der Adjutant von Overteer Treerose ist zurück«, meldete ihm der kommandierende Certeer ohne große Einleitung und ohne sich anmerken zu lassen, ob ihn die Begegnung mit dem Tempus beeindruckt hatte.

»Er steckt in der Rüstung eines neuartigen Tempus-Übermenschen«, er stockte einen Moment, suchte nach einer passenderen Beschreibung, »ungefähr doppelt so groß wie der in Eurer Begleitung, und er hat einen weiteren Sole-Sourcer dabei. Sie wollten nicht kooperieren und befinden sich auf der Flucht. Wir gehen davon aus, dass sie auf dem Weg nach Tektor sind. Bitte begleitet mich aufs Flaggschiff, Siir, Merkanteer Keleeze erwartet Euch für ein Gespräch mit dem Overteer!«

Roter Nebel, Galaktischer Spalt, Ruthpark, Schildverband
30397/2/8 SGC
30. November 2014

Keleeze

Der Kulturbeauftragte sah mitgenommen aus, als er die Fähre auf dem Deck des Schiffskonfigurators verließ. Seine Wangen strahlten in einem frischen Rosa, während seine Augen tief in ihren Höhlen lagen – ein deutliches Anzeichen für eine zu intensive Beanspruchung des Makrobot-Systems über einen zu langen Zeitraum.

»Holt Hud Pasuun. Sie soll sich um Syncc Marwiin kümmern, bevor er in zwei Stunden mit Torkrage spricht«, bat ich Noxx Septoon, meinen neuen Adjutanten. »Bringt ihn eine halbe Stunde vorher zu mir.«

»Siir!« Sein pechschwarzer Schopf nickte und er tat ein paar Schritt zur Seite, während er es veranlasste.

Mich hatten alle Nachrichten über die Arche der Sole-Sourcer erreicht – alle, die über die Geschehnisse außerhalb von ihr berichteten und vom ersten Eindringen des Synccs gemeinsam mit den drei Einheimischen – wenig von den Abläufen, nachdem Oldo Merceer wie aus dem Nichts aufgetaucht war und ihn gezwungen hatte, mit ihm erneut hineinzugehen.

Der alte Mann mit Sinistra im Gefolge kam mit ernstem Gesichtsausdruck auf mich zu.

»Höchster«, grüßte er, »habt Ihr Neuigkeiten aus dem Enchrome-System?«

»Der Adjutant von Treerose ist zurück, meint Ihr das?«

Er nickte. »Gibt es Informationen über seinen aktuellen Aufenthaltsort?«

»Nein, sie sind weiterhin verschwunden – auf dem Weg zum Tektor-System, wird vermutet.« Ich sah in seine Augen.

»Ich habe den Eindruck, Eure Einschätzung von Oldo Merceer war ein wenig voreilig?«

Eine Spur von Bitterkeit legte sich auf seine Züge.

»Möglicherweise, Siir. Er wird uns nicht helfen, gegen die Sole-Sourcer zu arbeiten. Er verlangt einen neuen Troyian, dem er dienen kann.«

Sinistra ließ eine große Tasche, die sie bis jetzt über der Schulter getragen hatte, achtlos auf den Boden gleiten. Sie schien uns vollkommen vergessen zu haben. Gebannt beobachtete sie den intensiven Verkehr auf dem riesigen Flugdeck, die voranschreitenden Reparaturarbeiten am Atmosphärenschild, die klare Sicht auf die messerscharfe Sichel des Mondes von Ruthpark. Als Hud Pasuun in ihr Blickfeld trat, umarmte sie sie, wie es schien, aus der spontanen Laune heraus, etwas Vertrautes zu entdecken.

»Das klingt, als spiele er auf Zeit. Wer soll das sein, Syncc«, kam ich auf seine letzte Aussage zurück. »Ich denke da an Torkrage – Ihr nicht?«

Er nickte matt. »Auf unserer Seite ist das klar. Wir müssen aber auf das Gleichgewicht achten. Auch das Zentrum benötigt einen neuen Troyian. Die Erste Händlerin hat ihren Vorgänger genannt, Kamir Des'Rafil.«

Ich erinnerte mich an den Händler. »Eine gute Wahl, wenn Mom nichts dagegen einzuwenden hat und sicher kein leichter Gegner für Ramone.«

»Die Urmutter ist tot, Höchster.«

»Könnt Ihr das noch einmal sagen?«

»Oldo Merceer hat aus der Arche Kontakt zu ihr aufgenommen. Sie hat ihn verhöhnt. Er hat ihren Thieraport auf Innocentia ferngezündet, nachdem er den Eindruck hatte, sie würde das Dritte Imperium gefährden und er könne sie nicht mehr kontrollieren. Die Urmutter und Metcalfe standen direkt daneben.«

Torkrage schüttelte den Kopf. Der schwere Ohrring in seinem linken Ohr schaukelte ein wenig »Ich sollte beide Thieraports ausbauen lassen. Wenn Oldo Merceer das kann, kann es jeder Sole-Sourcer – und im Moment fliegen hier wenigstens noch zwei andere herum.«

»Glaubt Ihr nicht mehr an Euren Adjutanten, Siir?« fragte ich vorsichtig.

Das feine Narbengeflecht im rechten Augenwinkel kräuselte sich, als er die Augen unbewusst ein wenig zusammenkniff und ohne zu zögern antwortete: »Ich glaube an die Logik und das Beurteilungsvermögen meiner Offiziere, die Zeugen im Enchrome-System waren und ihn seit Jahren kannten. Sie sind einstimmig der Meinung, dass das, was sich als Ruf Astroon *ausgegeben hat*, Projektion, Cyborg oder Androide gewesen ist.«

Sein Stirnreif funkelte im Licht der Nachmittagssonne in der Winterresidenz.

»Nach deinen Erfahrungen mit Oldo Merceer habe ich keine Wahl. Wir müssen herausfinden, was sie auf Tektor wollen, *bevor* sie dort auftauchen, Keleeze.«

»Das System befindet sich in Alarmbereitschaft, Overteer, alle Sprungpunkte werden an ihrem äußeren Ende bewacht. Sie können da nicht einfach rein«, antwortete ich und nickte meinem Adjutanten zu, der mit fragendem Blick hereingekommen war und Syncc Marwiin, der erfrischt wirkte und neu gekleidet war, bei sich hatte.

»Ich habe die *T3* hingeschickt. Wenn wir Glück haben, ist sie vor diesen Giganten dort«, Treerose bemerkte Marwiin neben mir und sah ihn scharf an.

»Tektor ist gesichert, Siir«, warf ich ein, »Blaak und die *Sieben* sind dort. Wenn die *T3* im Enchrome-System nicht mehr benötigt wird, kann sie Euer Flaggschiff ersetzen, das Ihr auf Dominion gelassen habt«, sagte ich und erlaubte mir einen winzigen, ironischen Unterton, den er sofort bemerkte.

Ein schmerzhaftes Lächeln huschte über seine Mundwinkel. »Das besprechen wir später. Du hast die Aufzeichnungen über die Rückkehr von Ruf noch nicht gesehen, Keleeze, hol das nach, bevor morgen die Konferenz beginnt – dann wirst du mich verstehen.«

Er entließ mich mit einem Nicken und wandte sich dem alten Kulturschützer zu.

»Syncc Marwiin, es wird Zeit, dass wir etwas besprechen!«

Karbedi mas Boroudy wurde ihrem Ruf als schönste Frau des Nebels gerecht.

Ich hatte sie noch nie zuvor getroffen oder eine Thieraport-Übertragung von ihr gesehen, war aber nach dem ersten Eindruck ohne Einschränkungen bereit, dem zuzustimmen.

Die Erste Händlerin trug ihre lockigen, goldblonden Haare straff zum Hinterkopf gebunden, wo sie in einer fächerförmigen Farbexplosion einen natürlichen Kragen bildeten. Der Ton ihrer langen Wimpern pulsierte beim Hinsehen zwischen Gold über Schwarz zu einem grellen Kobaltblau, und passte sich damit abwechselnd ihrer Haarfarbe oder der ihres eleganten, aber schlichten Anzugs an. Mit Ausnahme ihrer langen und in allen Farbtönen glitzernden Ohrringe trug sie keinerlei Schmuck, von ihrem auf der Makrobot-Technologie der Königreiche beruhenden, sensitiven Make-up einmal abgesehen.

Da die Konferenz noch nicht begonnen hatte, stand sie hinter ihrem Sessel, in ein ruhiges Gespräch mit dem Händler vertieft, der auf eigene Faust versucht hatte, Hud Chitziin aus dem Griff von Z-Zemothy zu befreien und dabei Raana mit meinem Rettungskommando in die Arme gelaufen war.

Im Hintergrund der beiden, bereits leicht unscharf in der Darstellung, stand eine hochgewachsene Frau, die regungslos ihrem Gespräch folgte. Mein Visier blendete den Hauptplaneten der Gilde als Quelle der Übertragung ein, sobald ich in ihre Richtung sah.

In der Mitte des Kommunikationsraumes der *Boe* befand sich eine Gruppe von fünf Individuen um Treerose. Der König, sein neuer Adjutant, und damit gleichzeitig kommandierender Offizier der Alstortruppen, Demm Zarkoon im Hintergrund, mit Blaak Ferkuiz und dem Si'Taal des Zentrums, Mom Aw'Hagun, sowie einer in das Blau der Gilde und der Unsichtbaren Flotte gekleideten Frau. Eine kreisförmige, leuchtende Linie im Boden markierte die Grenze dieser isolierten Kommunikationseinheit und signalisierte damit auch den anderen Anwesenden die Vertraulichkeit dieser Unterhaltung.

Torkrage und Blaak, in ihren schwarzen Zeta-Nanofaser-Anzügen, überragten ihre Gesprächspartner um Haupteslänge. Treerose sah aus wie immer, seine glänzenden schwarzen Haare zu einem stumpfen abstehenden Zopf gebunden, seinen goldenen Reif in der Hand, gestikulierte er damit während des Gesprächs ruhig zum Präsidenten, während ein gewinnender Blick zum Dawn Cektronn der Unsichtbaren Flotte, Shaas El'Kafaa, aufblitzte. Blaak hörte konzentriert zu, bemerkte mich und nickte unmerklich in Richtung meines Adjutanten, wobei er ein anerkennendes Lächeln zeigte, in dem er es schaffte, gleichzeitig Trauer über den Verlust Raanas mitschwingen zu lassen.

Während ich langsam tiefer in den weiten Raum hinein schritt, blitzten ein paar Meter rechts von der Ersten Händlerin zwei weitere Hologramme auf und verdichteten sich zu Projektionen von Hud Chitziin und Hud Kluwaan, dem Leiter der Pretaia auf Chrunus. Beide sahen sich interessiert auf dem Deck um und beobachteten die anderen Anwesenden. Als sie mich und Syncc Marwiin in meiner Begleitung entdeckten, winkte Seine Weisheit mir grüßend zu und den alten Mann zu sich heran.

Ganz auf der linken Seite erschien die massige Gestalt des letzten Overteers. Narg Laurenz' Projektion wurde aus seiner Metropole übertragen, Ren Dazh auf Difthon. Mit ihm erschienen seine Adjutantin Senga Landaal und Nonga Tejii, die Erste Händlerin der Heratis. Beide Frauen trugen das tiefe Grün der Händlervereinigung der Königreiche.

Karbedi mas Boroudy löste sich von dem sie begleitenden Händler, als sie Nonga Tejii erblickte, ging zu ihr und begrüßte sie herzlich. Sofort erschien eine weitere leuchtende Linie auf dem Boden und isolierte das Gespräch der beiden Frauen.

Ich blickte mich um.

»Passt gut auf, Tenent«, sagte ich zu meinem Adjutanten, »eine Gelegenheit wie diese werdet Ihr nicht oft bekommen. Seht Euch die Personen gut an!«

Er nickte verlegen. »Ich weiß nicht, wo ich anfangen soll, Siir.« Sein Blick hing wie gebannt an der Ersten Händlerin.

»Die lasst besser in Ruhe«, riet ich ihm leise. »Sprecht mit Certeer Demm Zarkoon, er kennt sich bereits gut aus und kann Euch helfen, die richtigen Prioritäten zu finden, macht Euch auch mit Hud Chitziin bekannt, ich habe ihm Euren Namen bereits genannt. Ihr werdet eng mit ihm zusammenarbeiten.«

»Siir!« Er nickte mir zu und entfernte sich in Richtung der Gruppe der Wissenschaftler.

Ein glasklarer Ton hallte durch den Raum, das Zeichen für alle, sich auf den Beginn der Konferenz einzurichten. Eine Reihe von Sesseln fuhr in einer kreisförmigen Anordnung aus dem Boden, einem gemeinsamen Holodisplay zugewandt.

Ich schritt zu dem nächsten Sitz vor mir, sah Treerose und Zarkoon, die beiden Plätze zu meiner Linken einnehmend, wobei Treerose den Si'Taal an seine Seite bat.

Die Sessel der nicht persönlich anwesenden Teilnehmer verschwanden wieder im Boden und wurden durch holografische Projektionen ersetzt. Das zentrale Holodisplay schwebte ein wenig nach oben, so dass sich alle Teilnehmer gegenseitig sehen konnten.

Noxx eilte hinter meinen Sessel, gefolgt von Syncc Marwiin, der zu meiner Rechten Platz nahm, und den Projektionen der beiden Huds.

Der Dawn Cektronn der Unsichtbaren Flotte saß neben dem Si'Taal, eingerahmt von Blaak. Es folgten Kamir Des'Rafil, die Erste Händlerin, weiterhin im Gespräch mit Nonga Tejii, daneben Senga Landaal, als einziger Adjutant mit eigenem Platz, Narg und schließlich Hud Kluwaan.

Von den Teilnehmern dieser Runde waren alle bedeutend, doch nur fünf würden wirklich entscheiden und von diesen gaben nur *zwei* die Impulse – Karbedi mas Boroudy und Torkrage.

Ein zweiter Ton erfüllte den Kommunikationsraum, alle Gespräche verstummten.

Treerose erhob sich.

»Ich danke Ihnen allen für Ihre kurzfristige Teilnahme. Mit Ihrem Einverständnis und für die spätere Verwendung in den Stäben wird diese Konferenz vollständig aufgezeichnet werden.«

Er sah kurz auf den Boden, rief sich gedanklich seine Gesprächsagenda auf und begann den Vortrag, wobei er langsam vor den Teilnehmern um das Holodisplay herumging.

»Der Rote Nebel befindet sich in einer bedrohlichen Lage. Im Angesicht der heraufziehenden Potentialkatastrophe beginnen die verlässlichen Bündnisse der Vergangenheit zu versagen. Glücklicherweise haben wir durch entschiedenes Handeln eine beginnende Auseinandersetzung zwischen dem Zentrum und den Königreichen im Frühstadium wieder eliminieren können – doch bereits dieser in seinem Wesen vollkommen unnötige Konflikt hat uns gezeigt, wie nahe wir uns am Abgrund eines großflächigen Krieges bewegen.«

Mir fiel auf, dass der Cektronn von Z-Zemothy fehlte – auch wenn er einer Hauptverursacher des von Treerose geschilderten Konfliktes gewesen war, dessen Auswirkungen ich persönlich erfahren hatte, war er rehabilitiert worden und hätte aufgrund seiner Position hier teilnehmen müssen.

»Neben den Unruhen innerhalb der Blöcke«, fuhr Treerose fort und sah dabei den Si'Taal an, »ich nenne hier beispielhaft den Konflikt im wirtschaftlich bedeutenden Klesarth-Sektor des Zentrums oder die Abspaltung von Metcalfe/Dominion und Siinstep/Prokon von den Königreichen, begegnen wir gegenwärtig zwei völlig neuartigen Bedrohungen.«

In der zentralen Darstellung des Thieraports lief ein zusammengestellter Film über die Schlacht um Chrunus ab, zeigte die großflächigen Verwüstungen auf II/D und /E sowie die Raumschlacht gegen die angreifenden Kirchentruppen.

»Merkanteer Keleeze hat diesen Konflikt um Chrunus für die loyalen Königreiche entschieden. Trotzdem hatten die *alten* Königreiche dort unbeschreibliche Verluste – es war schließlich ein Bruderkrieg.«

Die Aufzeichnung fror ein. Es war die Szene von der Brücke des Flaggschiffs der Kirche, mit Aphera 4.

Ich presste die Kiefer zusammen, das war nur Minuten vor dem Tod Raanas gewesen.

Treerose kannte den unmittelbaren Zusammenhang nicht, gab den anderen Anwesenden Zeit, das Bild der Kirchenoberen und ihrer Leibgarde in den neuen Rüstungen in sich aufzunehmen.

»Die Nebelwelten eröffnen eine Auseinandersetzung auf breiter Front gegen uns. Ramone hat uns mit Unterstützung von Metcalfe/Dominion an dieser Stelle überrascht. Wäre Chrunus gefallen, hätte das die bestehenden Königreiche sehr geschwächt.«

Er ging ein paar Schritte weiter, kam vor Syncc Marwiin zu stehen, sah jedoch zunächst Mom Aw'Hagun an.

»Auch an anderen Stellen griffen die neuen Truppen der Nebelwelten unsere Transfersysteme an, versuchten systematisch die Zugangspunkte zu den wichtigen Welten der Kirche zu besetzen. Dies geschah beinahe zeitgleich am Rand des Zentrums.«

Treerose drehte sich langsam um, sein Blick fiel auf Syncc Marwiin, der sich an meiner rechten Seite aufrichtete.

»Mich interessiert – bevor ich auf den Hintergrund der Angriffe zu sprechen komme – *die Herkunft* dieser neuen Truppen. Syncc Marwiin, wenn Ihr den Anwesenden bitte die Erklärung geben könntet, die Ihr mir gestern vortrugt.«

Er erhob sich nicht. Wieder registrierte ich eher unbewusst, seine nachlassende Kondition. Doch noch etwas anderes fiel mir auf: Sein Blick wirkte unzufrieden. Als gäbe es weitaus wichtigere Angelegenheiten als die Teilnahme an dieser Konferenz, begann er in kurzen, klaren Sätzen zu sprechen.

»Siirs, Siiras, Toreki, Dawns. Die *Od'Fer*, wie sie genannt werden, stammen von dem Planeten Ruthpark, in dessen Orbit sich das Schiff, von dem ich zu Ihnen spreche, befindet. Es ist die Heimatwelt der Sole-Sourcer, unseren Vorfahren – ich denke, das ist bekannt.

Die Menschen, die ihn heute bewohnen, nennen ihn *Erde* und sind im Gegensatz zu allen Bewohnern des Roten Nebels – mit kleinen Ausnahmen – keine direkten Nachfahren der

Sole-Sourcer, sie entstammen vielmehr den zu Lebzeiten der Sole-Sourcer des Ersten Imperiums unterdrückten Nebenlinien der natürlichen Evolution des Planeten.

Diese kleinen Ausnahmen, die ich ansprach, waren die Gemeinschaften der Huds und der Synccs zur Zeit von Harkcrow Treerose und Rud El'Ottar.«

Das Gemurmel der Teilnehmer bewegte sich an der Schwelle des Unhörbaren. Ich war mir nicht sicher, wer von den Zuhörern wie viel über die Geschichte der Sucher wusste, über die der Tikaler konnten sie nichts wissen.

»Die Od'Fer waren ursprünglich von Abedi O'Sesan, dem Troyian des Zentrums, als Keimkultur auf diesem Planeten angelegt worden. Er wollte damit ein Gleichgewicht zur Kultur der Sucher schaffen, die unter Bengsten Treerose, dem Troyian der Königreiche, 26903 für die Sole-Sourcer des Dritten Imperiums angelegt wurde. Nach der Entwicklung und Extraktion der Sucher durch Harkcrow wurden die Od'Fer zwei Jahre später ebenfalls extrahiert und auf eine Welt im Zentrum gebracht, wo sie unter der Obhut von Z-Zemothy zu einer Elitearmee ausgebildet werden sollten.«

Ich sah geradeaus auf die Erste Händlerin. Sie wahrte angesichts der Informationen ihre Contenance ohne Schwierigkeiten. Der Händler zu ihrer Rechten sah mit zusammengezogenen Augenbrauen auf Syncc Marwiin. Die drei hatten sich bereits auf Cap del Nora ausgetauscht – war der Syncc dort so offen gewesen?

»Die Od'Fer des Zentrums wurden nach Xee gebracht. Dort wurden die bewachenden Zentrums-Einheiten nur wenig später von Kirchentruppen überrannt und von dem Moment an gehörten die Od'Fer der Urmutter. Mit dem Tod Rud El'Ottars verlieren sich die Informationen über diese Kultur, das System geriet in Vergessenheit, bis es zufällig vom Extraktionscorps vor einen halben Jahr wiederentdeckt wurde.

Die von Mesaphode 4. geraubte Kultur wurde zum Angriff auf Enchrome, die Ausbildungsstätte der Sucher, verwendet. Nach der Attacke blieben sie dort, benannten das System in

Cetna um und die Od'Fer wurden dort über Jahrhunderte hinweg weiter gedrillt und vermehrt.«

Er sah zu Treerose, der ihm durch ein klares Nicken anzeigte, den Schlusskommentar dazu auch noch zu treffen.

»Das bedeutet, die Od'Fer sind ein ursprüngliches Zentrumsprodukt, das sich die Urmutter für ihre eigenen Zwecke zu eigen gemacht hat - eine Killerarmee von vielleicht zwanzig bis dreißig Millionen Soldaten - ausgerüstet von den Wissenschaftlern Metcalfe/Dominions nach Instruktionen und mit Technologie der Sole-Sourcer.«

Treerose war mit ernstem Gesicht weitergegangen, sah mich kurz an und grinste plötzlich.

»Das heißt, es sind im Moment ungefähr drei Millionen weniger, nachdem sie Keleeze im Chrunus-System begegnet sind.« Das Grinsen verschwand so schnell, wie es gekommen war, und er wurde wieder ernst. »So viel zum Hintergrund der Od'Fer, was wissen wir über die Absichten der Urmutter?«

Das war eine rhetorische Frage, nur Syncc Marwiin hätte dazu erschöpfend Auskunft geben können.

»Nun, offensichtlich hatte sie seit sehr langer Zeit vor, den Stellenwert der Nebelwelten im Roten Nebel nachhaltig zu erhöhen - durch Waffengewalt und unter Missachtung jeglicher Konventionen.«

»Stimmt es, Torkrage, dass Ramone getötet wurde?«

Mom Aw'Hagun hatte diese Frage in den Raum gestellt, nachdem er kurz zuvor von einem Adjutanten etwas zugeflüstert bekommen hatte.

Treerose stand vor ihm und nickte.

»Syncc Marwiin war Zeuge, als Oldo Merceer den Thieraport im Palast der Urmutter in ihrer Gegenwart zur Explosion brachte - Oldo Merceer ist ein Sole-Sourcer - darüber werden wir später noch sprechen.«

Unruhe entstand unter den Teilnehmern des Zentrums, die vom diesem Namen und über die Existenz eines Sole-Sourcers im Roten Nebel nichts gewusst hatten.

»Mom, macht das einen Unterschied?«

Die Frage erzeugte sofortiges Schweigen bei allen Anwesenden.

Der Si'Taal schüttelte schließlich den Kopf. »Wahrscheinlich nicht – sie wird eine Stellvertreterin haben – oder mehrere.«

»Das denke ich auch.« Treerose deutete auf die Holo-Projektion, die ein schwer erkennbares Bild der Urmutter zeigte, das aus der Aufzeichnung von Syncc Marwiins Visier stammte. »Deshalb habe ich mit der Nachricht über ihren Tod – und den von Frere Metcalfe – nicht begonnen. Es ändert nichts an der Bedrohung. Wir müssen davon ausgehen, dass sie vorgesorgt hat – bis wir das Gegenteil finden.«

»Haltet Ihr es nicht für untypisch für einen Eroberungskrieg, Siir, wenn der Angreifer alle Zugänge zu seinen Sektoren kappt und sich einigelt?«

Shaas El'Kafaa, Dawn Cektronn der Unsichtbaren Flotte, hatte eine leicht provokante Tonlage gewählt.

Treerose blickte von Mom Aw'Hagun einen Sessel weiter nach rechts zu der dunklen Frau und deutete eine Verneigung an. »Ihr habt recht, Dawn. Das *ist* untypisch und es hat auch uns zu denken gegeben.«

Sein spöttisches Lächeln hielt ein paar Sekunden, in der der Dawn Cektronn darauf verzichtete, die naheliegende Frage zu stellen.

»Wir haben nur eine Erklärung gefunden: Sie bereiten etwas vor – eine weitere Angriffswelle oder eine besondere Waffe – in jedem Fall benötigen sie noch Zeit. Es gab zur Ablenkung zwei massive Attacken auf Schlüsselpositionen der Königreiche. Wären die gelungen, hätte die Urmutter einen großen zusätzlichen Vorteil gewonnen – so hat sie uns immerhin geschwächt.«

»Aber sie ist nicht nachgerückt – sie hätte neue Wellen schicken können.« Shaas El'Kafaa hatte sicherlich sämtliche Szenarien in den Stäben der Unsichtbaren Flotte testen lassen.

»Das interpretieren wir so, dass sie ihrem Ziel bereits sehr nah zu sein glaubte.«

»*Und deshalb ist es wichtig, selbst dort nachzusehen*«, ertönte eine neue, kräftige Stimme. Die Holo-Projektion eines Panzeranzuges blitzte neben dem Dawn Cektronn auf. Sämtliche Sessel bewegten sich ein wenig nach außen, um Platz für den Neuankömmling zu schaffen, der einen dunklen, sehr aufwendig geflochtenen Perlenbart nach Gildenetikette trug.

»*Und das will ich gerne tun, wenn diese Versammlung mich beauftragt, Siir!*«

Das musste Ten O'Shadiif sein, der Cektronn von Z-Zemothy. Ich kannte sein Konterfei von Aufzeichnungen, doch dies war mein erster Kontakt zu ihm.

Er ließ seinen Blick schnell durch die Runde der versammelten Personen streifen, verharrte nur unmerklich auf Syncc Marwiin. Dann wandte er sich an Treerose.

»Entschuldigt meine Verspätung, Overteer, ich erfuhr Neuigkeiten über Ramone, die diese Runde sicherlich bemerkenswert finden wird.«

Treerose nickte ihm zu, als Zeichen dafür, die Anwesenden zu informieren.

Klare, grüne Augen funkelten, als der Cektronn sagte: »Wider alle Erwartungen ist Ramone noch am Leben.«

Er deutete auf die Holo-Projektion der Urmutter.

»Die Explosion erfolgte nur wenig nach ihrer zehnten Reinkarnation. Meine Agenten berichteten von einem Schiff, das unverkennbar ihre Signatur trug und das System unbeschädigt verlassen hat. Auch Euer abtrünniger König Frere Metcalfe hat bemerkenswerterweise eine Explosion überlebt, die neunzig Prozent der Kathedrale der Urmutter in eine Ruine verwandelt hat.«

Er lächelte spöttisch, als er sich Treerose zudrehte, der vor Mom Aw'Hagun stand und dem Cektronn konzentriert zuhörte.

»Unter diesen Voraussetzungen ist es möglicherweise nicht empfehlenswert, sich der Urmutter in einer direkten Konfrontation gegenüberzustellen«, er drehte sich zu Blaak und danach zu Narg Laurenz, »zumal alle Offiziere in Metcalfes Begleitung die Reinkarnation nicht überlebten und Ramone nun über etliche Kampfanzüge der Schattentruppen für eigene Zwecke verfügt.«

Das traf mich, wie auch die anderen Anwesenden der Königreiche, tief. Niemand von uns – außer vielleicht Treerose selbst – hatte den Verrat des Königs von Dominion verstanden, der ihn zu einer Allianz mit der Urmutter bewogen hatte. Dass die Vorteile aus einer solchen Beziehung von Anfang an sehr einseitig gewesen sein mussten, war dagegen allen offenbar.

»Toreki, Eure Quellen sind sicher verlässlich?« Blaak gab sich keine Mühe, seine Verachtung für den Cektronn und die Art seiner respektlosen Berichterstattung zu verbergen.

»Sie sind bei der Übermittlung gestorben, Siir, eine Überprüfung ist nicht mehr möglich, wenn Ihr das meint!«, erwiderte Ten O'Shadiif hart, ohne in die Richtung des Overteers zu sehen.

»Wie gesagt, ändert es nichts an der Betrachtung dieser Bedrohung, ob nun Ramone oder eine Stellvertreterin die Od'Fer und ihren Plan antreibt.«

Treerose sah zur Ersten Händlerin und danach zum Si'Taal.

»Gibt es andere Einschätzungen?«

»*Nein!*«, antwortete Karbedi mas Boroudy, beugte sich dabei leicht nach vorn, belegte den Cektronn mit einem beiläufigen, lächelnden Blick unter ihren langen Wimpern hinweg, der ihn sofort Haltung annehmen ließ und davon abhielt, irgendetwas zu erwidern.

»Nein, Siir!«, bekräftigte der Si'Taal.

»*Gut.*« Torkrage sah zu Syncc Marwiin.

»Die zweite Bedrohung, die wesentlich subtiler und nicht so leicht zu erkennen ist, besteht aus den Auswirkungen der Rückkehr der Sole-Sourcer des Dritten Imperiums.« Er machte eine Pause und gab den Anwesenden ein paar Sekunden Gelegenheit, sich auf den neuen Themenkomplex einzustellen, während gleichzeitig eine idealisierte Darstellung des Blasen-Universums der Sole-Sourcer im Holodisplay erschien.

»Es würde zu weit führen, ihre gesamte Geschichte hier zu erzählen, nur so viel: sie war sehr gewalttätig. Die von ihren Imperien im Angesicht der herannahenden Potentialkatastrophen errichteten und hinterlassenen Archen dienten *nicht* dem

Zweck, den Überlebenden und degenerierten Nachfahren dieser Katastrophen nach Jahrtausenden der neuen Evolution die technologischen Errungenschaften der Sole-Sourcer zu übergeben, sondern sie hatten primär den Zweck, eines Tages zurückkehrenden Sole-Sourcern die erneute Übernahme der Vorherrschaft zu erleichtern.«

Mit zusammengekniffenen Augen sah er in die Runde. »Sole-Sourcer kooperieren nicht – *sie herrschen!*«

Langsam machte er ein paar Schritte, setzte den Stirnreif wieder ins Haar.

»Seit der Entdeckung der Ur-Arche auf dem Planeten Ruthpark und der dortigen Zusammenkunft Syncc Marwiins mit Oldo Merceer – dem Sole-Sourcer, der Harkcrow Treerose bei der Ausbildung der Sucher anleiten sollte – kennen wir einen weiteren Zweck dieser im Roten Nebel verteilten Gebilde.«

Eine dreidimensionale Ansicht des Roten Nebels erschien im Holodisplay. »Die Sole-Sourcer des Zweiten Imperiums konnten den Verlauf der herannahenden Potentialkatastrophe bereits sehr genau vorhersagen. Sie entwarfen spezielle Generatoren und Konverter, die sie in Archen verbargen. Die Generatoren speicherten über mehrere zehntausend Jahre hinweg Energie, welche sie aus dem Planeteninneren bezogen. Aufgabe der Archen war es, den Verlauf zukünftiger Potentialkatastrophen zu manipulieren, ihre Ausbreitung um wesentliche Zentren der Besiedelung herumzuleiten.«

Im Holodisplay begann die Welle grafisch in das Zweite Imperium einzudringen.

»Dieser Prozess der zweiten Potentialentladung dauerte neunzehn Jahre. Hud Chitziin glaubt, dies als den wahrscheinlichsten Ablauf der letzten Katastrophe rekonstruiert zu haben. Diese hellen, gelben Kugeln stellen Archen des Zweiten Imperiums dar, diese blauen transparenten Kugeln Zentren, die geschützt werden sollen.«

In der Darstellung begann sich die Katastrophe entlang besonderer Potentiallinien auszubreiten und drang scheinbar vollkommen gleichmäßig ohne sichtbare Verzögerung in weit vor der eigentlichen Wellenfront liegende Sektoren ein, setzte dort Kettenreaktionen in Gang.

Einzelne Archen initiierten eigene Potentialwellen, die sich im Verlauf der Ausbreitung zu überlagern und erhöhen begannen. Wo diese Gegenwellen auf die natürliche Potentialwelle trafen, löschten sie einander im Idealfall aus und brachten die Katastrophe in einzelnen Sektoren vollkommen zum Erliegen.

»Die Huds sind der Meinung, dass die Sole-Sourcer bereits einen sehr hohen Grad der Perfektion in ihren Berechnungen erreicht hatten – jenseits unserer heutigen Fähigkeiten, weit davon entfernt«, erklärte Treerose, die Projektion stoppte.

»Dennoch ging etwas schief – sonst würden wir heute hier nicht darüber sprechen.«

Eine Blase blitzte im Holodisplay auf, umrahmte einen Bereich des Roten Nebels, der von blauen Kugeln gefüllt war und in dem keine gelben Kugeln zu sehen waren.

Die Projektion lief weiter.

»Es gab eine Störung. Unbekannte Potentiallinien, die sich erst im Verlauf der fortschreitenden Katastrophe bildeten, veränderten den vorhergesagten Verlauf der Entladung. Die von den Archen gebildeten, mächtigen Gegenwellen verfehlten die natürlichen Wellen, die sie auslöschen sollten und trafen unvermindert diese blaue Region, in der sich die Sole-Sourcer versammelt hatten, rissen sie aus unserem Kontinuum in eine andere Dimension – das Blasenuniversum, das sie bis heute gefangen hält.«

Seine Weisheit hatte sich erhoben und wartete darauf, Treeroses Aufmerksamkeit zu bekommen.

»Hud?«

Er sah neben sich zu Syncc Marwiin.

»Marwiin, hat Oldo Merceer Euch verraten, wie er aus dem Blasenuniversum den Weg zu Harkcrow gefunden hat?«

Syncc Marwiin nickte. »Er nannte eine Potentiallinie, mit sehr schwachem Gefälle, das durch den einmaligen Transfer ausgeglichen wurde – ich glaube das nicht.«

Hud Chitziin nickte nachdenklich.

»Ich glaube das auch nicht, und genau so wenig, dass er auf unserer Seite steht – er bleibt für alle Zeiten ein Sole-Sourcer, Höchster.«

»Was wollt Ihr sagen, Hud?«

Seine Weisheit duckte sich, als weiche er einem angedeuteten Schlag von Treerose aus.

»Die Analyse der Theorie des Blasenuniversums hat mich auf eine weitere Möglichkeit gebracht, wie ein Transfer möglich gewesen sein könnte.«

Der Overteer machte eine fordernde Handbewegung in die Richtung des Huds.

»Ich denke, dass Tektor mit seiner Anomalie des Artefakts eine ständige Verbindung in das Blasenuniversum aufrecht erhält. Sie ist nicht ohne weiteres benutzbar, sonst hätten es die Sole-Sourcer längst getan. Doch scheinen sie jetzt in der Lage, von Tektorseite aus den Transfer zu initiieren.«

Keiner sagte etwas. Mom Aw'Hagun und die Erste Händlerin tauschten wortlose Blicke.

»Woraus schließt Ihr das, Hud?«

»Daraus, Siir, dass Euer Adjutant – verzeiht – der Tempus sich Tektor als Ziel gesucht hat. Es ist das einzige, was er nach seiner Ankunft im Enchrome-System klar formuliert hat. Er wird hierher kommen, um die Verbindung zu sichern – jetzt, wo es für die Sole-Sourcer ernst wird.«

In mir machte sich ein unbehagliches Gefühl breit. Vor nicht mal einem Tag hatte ich Treerose davon abgeraten, die *T3* nach Tektor zu schicken, er war meinem Rat nicht gefolgt. Er schien ebenfalls daran zu denken, denn unsere Blicke trafen sich für einen kurzen Moment und ein knappes Lächeln erschien auf seinem Gesicht, nur um sofort wieder zu verschwinden.

»Sie kommen, um was zu tun, Hud?«

»Sie kommen, um Ramone an der Zündung der Arche auf Xee zu hindern. Dies würde den vom Dritten Imperium vorausberechneten Verlauf der kommenden Potentialkatstrophe erneut verändern und sie höchstwahrscheinlich in ihrem Gefängnis vernichten.«

Seine Weisheit sah zu Syncc Marwiin.

»Wir sind uns einig, dass sie um jeden Preis versuchen werden, die Verbindung von Tektor in das Blasenuniversum zu öffnen, um weitere Mega-Tempi in unseren Raum zu bringen. Danach werden sie das System abschotten und eine Invasion vorbereiten. Sie werden zuerst Ramone und die von ihr ausgehende Bedrohung neutralisieren und dann den restlichen Kulturen des Nebels ihr Diktat aufzwingen.«

Syncc Marwiin nickte mehrmals zustimmend, während Seine Weisheit Treeroses Frage beantwortete, danach fügte er an:

»Unsere Einschätzungen zum letzten Punkt gehen ein wenig auseinander. Der Geschichte der Sole-Sourcer folgend, denke ich, dass sie nach der Vernichtung der Nebelwelten nicht aufhören, Chitziin glaubt hingegen, das sie uns eine Koexistenz als kleinerer Partner am Ende zugestehen werden.«

»In jedem Fall werden wir darauf nicht warten wollen.« Der Cektronn sprach kraftvoll in das aufkommende Schweigen. »Ihr stellt die Frage der Zerstörung von Tektor durch uns in den Raum, alter Mann.«

Marwiin schien ihm die unhöfliche Anrede nicht übel zu nehmen. Seine langen Haare hingen ihm ins Gesicht, als er sich langsam in seinen Sessel sinken ließ.

»Wir müssen hier eigentlich nur entscheiden, *wer* es macht, Cektronn.«

Mein Blick richtete sich automatisch auf Blaak.

»Das fügt unserem Schlachtplan ein weiteres Ziel hinzu, Syncc«, sagte Treerose und warf dem Dawn Cektronn der Unsichtbaren Flotte einen prüfenden Blick zu.

Shaas El'Kafaa war der bisherigen Diskussion wortlos aber aufmerksam gefolgt. Als sie den Blick des Königs bemerkte, sagte sie:

»*Xee* steht auf *unserer* Liste ganz oben, Siir. Das kritische Potential, das wir dort entdeckt haben, darf nicht gezündet werden. Die Unsichtbare Flotte hat das System und die umgebenden Transfersysteme isoliert. Die Kirchentruppen greifen willkürlich, aber ohne Nachdruck unsere Belagerungskugel an. Wenn die Versammlung es hier beschließt, gehen wir hinein.«

»Das werden wir sicher noch tun, Dawn.« Treerose setzte sich auf seinen Sessel links von mir, blickte kurz auf ein Dokument, das sein Adjutant ihm hinhielt, und nickte.

»Bevor wir die operativen Maßnahmen entscheiden, möchte ich ein weiteres Thema ansprechen, das mir von Syncc Marwiin und Karbedi mas Boroudy vorgetragen wurde.«

Im zentralen Holodisplay des Thieraports erschienen Abbildungen der drei Troyian-Zepter.

»Nachdem ich mehr als vierzig Jahre in der Winterresidenz der Treeroses auf Restront verbracht habe, wurde direkt neben meinem Schlafgemach, inmitten des Palastes, ein getarnter Kommunikationsraum aus Harkcrows Zeit gefunden, über dessen Existenz ich keinerlei Hinweise besaß.«

Er lächelte säuerlich.

»Dieser Raum enthielt einen alten Thieraport und die KI spielte mir eine Aufzeichnung Harkcrow Treeroses ab, welche den Schluss nahelegte, dass er der letzte Troyian der Königreiche gewesen ist und dieser Raum, sein Troyian-Zepter sowie alle Angelegenheiten der Troyians nach seinem Tod in Vergessenheit gerieten.«

Die Erste Händlerin sah ihn gespannt an.

»Entgegen Eurem Rat, Händlerin werde ich die Troyian-Würde für mich nicht akzeptieren.«

Ihre Bestürzung war offensichtlich.

Torkrage hatte in der vergangenen Nacht intensiv mit Syncc Marwiin und mir über die Institution der Troyians gesprochen. Er hatte sich von dem Syncc die Funktionsweise des Zepters erklären und demonstrieren lassen, wir hatten über die Ernennungsprozedur diskutiert und über die Motivation der Sole-Sourcer spekuliert, die Technologie zum Bau dieser Instrumente den Kulturen des Roten Nebels zur Verfügung zu stellen. Letztendlich waren wir zu demselben Schluss gekommen.

Treerose hatte sich wieder erhoben und war in Richtung von Karbedi mas Boroudy geschritten.

»Die Zepter und die Position des Troyians entstammen einer Zeit, als die Rolle der Sole-Sourcer eine andere war und unsere auch. Die Kulturen des Roten Nebels fühlten sich von ihnen respektiert. Die drei Troyians wirkten als Einheit fördernd auf die Zivilisationen ein.«

Er sah die Erste Händlerin an, die sehr nachdenklich seinen Worten lauschte.

»*Heute* stellt sich der Sachverhalt vollkommen anders dar. Würde ich der neue Troyian der Königreiche werden und Ihr, Händlerin, oder Ihr, Händler, der des Zentrums, sähen wir uns einem absolut zur Kooperation unwilligen Troyian der Nebelwelten gegenüber, sowie der Tatsache, dass wir den Sole-Sourcern alle unsere Pläne offenlegen würden – obwohl ich nach dem bisherigen Verlauf der Konferenz eher den Eindruck habe – wir sollten sie gegenüber dem Dritten Imperium besser sehr gut verbergen.«

Niemand sagte etwas. Allen war klar, dass sich der Overteer nicht umstimmen lassen würde.

»Merkanteer Keleeze und Syncc Marwiin haben aus den letzten Konfrontationen mit einem Sole-Sourcer den Eindruck gewonnen, dass ihr Verhalten sehr impulsiv und unkontrolliert sein kann – Eigenschaften, die wir im Moment nicht benötigen!«

Er formte mit beiden Händen eine Kugel.

»Im Zusammenhang mit der besonderen Situation ihres Blasenuniversums ist mein Vorschlag, diese Zepter zu isolieren, die Kommunikationsräume zu versiegeln, nach Möglichkeit ihre Energieversorgung zu deaktivieren und die Sole-Sourcer – *und zwar alle* – klar als Bedrohung und nicht als Verbündete einzustufen.«

Sein Blick fand mich.

»Das bedeutet, Oldo Merceer ist zu eliminieren, Keleeze!«

Das hatten wir bereits in der Nacht beschlossen – ich hatte ein paar Stunden Zeit gehabt, mich an den Gedanken zu gewöhnen und – viel wichtiger – mir eine mögliche Erfolgsstrategie zu überlegen.

Ein leises Zischen durchzog den großen Raum. Die Holo-Projektionen von einigen der Anwesenden flackerten kurz.

»Blaak, was geht da vor sich?«

Der Overteer hatte sein Visier aktiviert und Treeroses Frage nicht vernommen. Intensive Projektionsstörungen überzogen die Abbildung seiner massigen Gestalt.

»Die Torstation von Tektor wird angegriffen, Tork. Die *T3* ist soeben am systemnahen Sprungpunkt erschienen, offenbar haben die Tempi sie als Deckung genutzt - mir unerklärlich, wie sie das gemacht haben. Das Tor ist soeben implodiert. *Ich melde –«*

Die Holo-Projektion löste sich in Lichtfragmente auf und verblasste.

»Was denkt Ihr, Hud. Wie viel Zeit bleibt uns?«, fragte ich Seine Weisheit.

Er antwortete nicht. Ich sah nach rechts, an den Platz, den bis vor kurzem noch seine Holo-Projektion ausgefüllt hatte. Ich erblickte zwischen Hud Kluwaan, der mich angespannt anstarrte, und dem ernsten Gesicht des Synccs nur den nackten Fußboden des Kommunikationsraumes.

»Dawn«, Treerose sah angespannt zu Shaas El'Kafaa, nachdem er ein angedeutetes Nicken der Ersten Händlerin registriert hatte, »ich denke, die Versammlung autorisiert Euch, das kritische Potential auf Xee zu entschärfen.«

Sie erhob sich, deutete eine kurze Verbeugung zum Si'Taal, zur Ersten Händlerin und zu Treerose an und verließ die Versammlung, während ihre Projektion verblasste.

Sein Blick wanderte weiter zu Ten O'Shadiif, der äußerlich gelangweilt in seinem Sessel saß.

»Cektronn, Ihr habt meine Zustimmung, dem System der Benedictine einen Besuch abzustatten und dafür zu sorgen, dass sie als Stellvertreterin der Urmutter und ihre Truppen für uns keine Bedrohung mehr darstellen. Die detaillierten Befehle, die Karbedi mas Boroudy und Mom mit dem Kleinen Rat erarbeitet haben, erhaltet Ihr in diesem Moment. Die Schattentruppen werden nicht involviert sein.«

Ten O'Shadiif erhob sich langsam, strich sich mit einer Hand durch die leise klickenden Bartperlen.

»Wer kümmert sich um Ramone? Sie ist sehr viel gefährlicher als ihre Benedictine, Siir?«

Treerose wechselte einen kurzen Blick mit Narg Laurenz und schüttelte dann den Kopf.

»Wir werden Eure Informationen erst verifizieren, Toreki. Sollte sich herausstellen, dass Ramone die Vernichtung ihrer Kathedrale überlebt hat und vielleicht auch Frere Metcalfe davongekommen ist, wird die Organisation sich darum kümmern.«

Roter Nebel, Tektor
30397/2/8 SGC
30. November 2014

Blaak Ferkuiz

Die Verbindung nach Ruthpark war zusammengebrochen. Er rannte den kurzen Weg zur Brücke entlang, sortierte dabei gedanklich die über sein Visier auf ihn einströmenden Statusmeldungen der Offiziere und der Schiffs-KI und versuchte sich ein Bild der Lage zu machen.

Nahezu zeitgleich mit seinem Kommandeur-Anzug, der durch den allgemeinen Alarmzustand vom Dockbereich der *Sieben* zu ihm befohlen worden war, traf er auf der Brücke ein, trat neben die Fußkrallen des *Aufkläreranzugs* seiner Adjutantin Miil Sobho, die bereits in voller Gefechtsbereitschaft die ersten Gegenmaßnahmen befahl. Während er geübt mit wenigen Handgriffen in seinen Anzug kletterte, hörte er ihren Bericht.

»Wir sind komplett abgeschnitten, Siir. Keinerlei Verbindung irgendwohin. Die *T3* hat sich eingekapselt, um sich vor dem Beschuss der beiden Tempi zu schützen, ohne uns zu gefährden. Sie zieht sich in den Raum zurück. Sensoren kommen nicht zu den Alstortruppen an Bord durch.«

Die Schulterpartie seines Anzugs schloss sich, die Anzeigen signalisierten ihm die Verbindung zur Schiffs-KI der *Sieben*.

»Wo sind sie?«

»Nicht sichtbar, ausgezeichnete Tarnung, Höchster. Die Feuerleit-KI vermutet sie zwischen uns und den verbliebenen Kampfstationen des inneren Rings um Tektor. Habe alle Aufklärungsdrohnen gestartet, die wir hatten, es sind jetzt so viele von denen da draußen, dass sie eigentlich jeden Moment miteinander kollidieren müssten.«

Blaak kniff die Augen zusammen. *Das durfte es nicht geben.*

»Fünfmal fünf Lichtbomben in die Richtung mit der höchsten Aufenthaltswahrscheinlichkeit der Tempi«, befahl er der KI.

Wenn sie sich selbst so gut tarnen konnten, würde er eben ihre Schatten jagen.

Vor ihren Augen neutralisierten die Tempi die fünf restlichen Kampfstationen, ohne dass diese auch nur einen Schuss abgegeben hatten.

Die Schiffs-KI errechnete ein Muster aufgrund der wahrscheinlichsten Angriffspositionen auf die zerstörten Kampfstationen und zündete die erste Serie der Lichtbomben.

Das als Kugel-Sektor ausgerichtete Explosionsfeld erschien auf Blaaks Visier. Nur vereinzelte, kleine Schlagschatten von Aufklärungsdrohnen und Trümmern der Kampfstationen stachen heraus.

»Weiter Richtung Tektor!«

Doch auch die zweite und dritte Welle lieferten keine brauchbaren Aufklärungsdaten.

»Streuen um die Koordinaten der ersten Welle, Antimateriedrohnen in Bereitschaft, Disruptoren feuern nur nach vorherigen Penetrationen der Antimateriedrohnen«, hörte er die taktischen Anweisungen der Brückenoffiziere.

Sein Anzug schwebte langsam in Richtung der Evakuierungsposition. Alle Schiffe der *Sieben* waren ausgedockt und befanden sich jetzt im Schlachtmodus, sämtliche Schotte waren geöffnet, alle Lebenserhaltungssysteme außerhalb der Kampfanzüge waren deaktiviert.

»Siir, ein Ruf von Tektor, sehr schwaches Signal!«

Blaak Ferkuiz erkannte das Gesicht Hud Chitziins.

»Höchster, Ihr müsst sie eine Stunde lang aufhalten! Sie dürfen das Artefakt nicht erreichen!«

»Aufhalten, Hud. Sehr gut!«, knurrte er, »wir sind noch dabei, sie zu suchen! Was habt Ihr vor?«

»Ich muss den Planeten zerstören, nur dann ist sichergestellt, dass sich der Zugang zur Anomalie des Artefaktes auflöst. Das Schwerkraftfeld Tektors übt eine Ankerfunktion auf das Potential aus.«

»Darum beneide ich Euch nicht, Hud. Bewahrt Eure Wärme!«

Das Bild von Hud Chitziins Gesicht war verrauscht, seine Stimme nahezu unhörbar, nur durch die Aufbereitung der KI verständlich.

»– sind ohnehin alle dem Tod geweiht, wenn die Verbindung aktiviert wird ... auch für alle anderen im Roten Nebel zu spät. Habe Evakuierung befohlen. Eine Stunde!«

Die Verbindung brach ab.

Hud Chitziin

Hoffentlich hatte Blaak Ferkuiz seine Nachricht verstanden und fand eine Möglichkeit, die Sole-Sourcer aufzuhalten. Er würde sich nicht darauf verlassen, dass ihm die Stunde zur Verfügung stand.

Die Tempi mussten im Moment ihres Systemeintritts die Kommunikationsanlagen der Planetenstationen geblendet haben, auf eine vollkommen unbekannte Art, die innerhalb kürzester Zeit die Last im gesamten Netz gleichmäßig erhöht hatte, bis sämtliche Netzwerkknoten zeitgleich explodierten. An eine Reparatur war nicht zu denken, zumal sich die Zerstörung in den verbliebenen Netzabschnitten wie von Geisterhand kontinuierlich fortsetzte.

Mit Hilfe seines Energieringes hatte er die Leistung des Kommunikationsvisiers kurzfristig überlasten und einen Kontakt zur *Sieben* herstellen können, doch waren dabei wichtige Komponenten des Visiers verdampft.

Er setzte seinen Weg in Richtung des unterirdischen Laborkomplexes fort. Der Kommunikationsraum, aus dem er der Versammlung gefolgt war, befand sich als einziger Bau außerhalb der halbkugelförmigen Schutzkuppel des Artefaktes – ein exklusiver Bereich der Huds der Königreiche, der noch aus der Zeit des großen Misstrauens stammte, ohne jede Anbindung – doch in Situationen wie diesen ein unerträglicher Nachteil.

Endlich sah er den bunkerähnlichen Haupteingang des Laborkomplexes vor sich auftauchen. Im Hintergrund starteten in einer endlosen Kette die Evakuierungsschiffe mit dem Personal.

Hud Chitziin unterdrückte jegliches Mitgefühl. Die Worte von Marwiin waren anschaulich gewesen. Es hatte keiner Betonung der Dringlichkeit bedurft. Einzelne Leben waren nicht länger von Bedeutung. Die Verbindung war dauerhaft zu zerstören, sollte die Invasion verhindert werden – und nur er konnte das tun.

Die Planetenoberfläche von Tektor war einst malerisch gewesen, von üppiger Flora bedeckt, von einmaligen Tieren bewohnt. Die eintausendvierhundert Jahre Krieg um das einer mobilen Arche ähnelnde Artefakt und seine technologische Bedeutung hatten die Tektoroberfläche in eine einzige Wüste aus einer mehrere Kilometer dicken Schicht hoch toxischen Lavagesteins verwandelt, welche dem Wechsel der Tages- und Jahreszeiten entsprechend mal tiefgefroren oder um die zweihundert Grad heiß war – die letzte regulierende Wirkung der Atmosphäre war mit dem Ende der Kriege für immer verschwunden.

Er warf einen letzten Blick zum schwarzen Himmel, an dem nur noch vereinzelte Segmente des zerstörten Planetenschildes einen löchrigen, dunkelroten Schleier bildeten.

Wer hatte je damit gerechnet? Nach dem Ende der Tektor-Kriege war der gesamte Sektor entmilitarisiert worden. Lediglich ein sehr massiver Planetenschutzschild und ein Netz von Kampfstationen hatten für ausreichend Sicherheit gesorgt. Die Wissenschaftler der Kulturen des Roten Nebels forschten gemeinsam am Artefakt, es gab keinen Grund mehr für Eifersüchteleien – zumindest erhielten alle die gleichen Rohdaten.

Die *Sieben* war bis zum Eintreffen der *T3* der einzige Verband im Umkreis von sechs Lichtjahren gewesen. Hoffentlich konnte sie etwas ausrichten.

Das innere Tor des Eingangs öffnete sich zischend. Mit einer routinierten Handbewegung deaktivierte er seinen Körperschutzschild und rannte in Richtung des Laborzentrums, reagierte nicht auf die warnenden Rufe vereinzelter Kollegen, die ihm in großer Hast entgegenkamen – *ja, ich werde es tun,* sprach er mit der Bitterkeit des Wissenschaftlers zu sich, der weiß, dass er im Begriff steht, ein unwiederbringliches Stück Forschergeschichte für immer zu vernichten.

»Hud!«

Er stoppte. Hudun Merswiin kam an seine Seite, der Assistent aus dem Bereich des Nullgravitationstores hatte einen kinetischen Schutzanzug angelegt – eine gute Wahl für den Fall, dass die Angreifer Pulswaffen einsetzen sollten – und er es noch erleben würde.

»Hud Keruun schickt mich zu Euch. Die Wissenschaftler der Kirche kämpfen gegen uns. Wir kommen nicht mehr zum Evakuierungspunkt. Er hat den Prototypen aktiviert, er sagt, wenn wir ihn jetzt nicht testen, werden wir das niemals tun.«

Wie wahr! Ein schmaler Lichtstreif schimmerte nur kurz am dunklen Horizont. Hud Chitziin überschlug die Zeit, die er zum Auslösen der Selbstzerstörung benötigen würde.

»Gebt mir siebzig Minuten, Hudun, aber startet spätestens, wenn die Tempi hier eindringen!«

Der junge Mann nickte und rannte zurück in den Komplex der experimentellen Schiffe.

Kirchenwissenschaftler – er schüttelte frustriert den Kopf, aktivierte sein Körperschutzfeld und den gedrungenen Waffenring – und beeilte sich, gegen den Strom der fliehenden Kollegen zur Antigrav-Bahn voranzukommen.

Als er sie schließlich erreichte, war er allein auf der Fahrt in die Tiefen des Komplexes. Auf halber Strecke, er befand sich bereits mehrere Kilometer unterhalb der Oberfläche, vernahm er die Ausläufer schwerer Schockwellen, das Notbremssystem presste ihn tief in die Gurte, das Licht erlosch.

»*Zu früh!*«, jammerte er. Er verspürte keine Furcht – doch wie sollte er so einem Gegner widerstehen können?

Er kletterte vorsichtig aus der Kabine, folgte der in seinem Visier eingeblendeten Fluchtroute und erreichte nach ein paar Minuten durch einen horizontalen Quergang den Rettungsschacht. In einer kleinen Bucht warteten mehrere autarke Rettungskapseln. Innerlich fast verzweifelnd vor der unaufhörlich versiegenden Zeit, vor seinem inneren Auge sah er die Tempi in rasendem Tempo näherkommen, sprang er in die erste der Kapseln und begann hastig, der KI neue Befehle einzugeben.

Entgegen der einprogrammierten Fluchtroute an die Oberfläche des Planeten brachte ihn die Kapsel tiefer in den geschützten Laborkomplex hinein. Mittlerweile war er völlig allein. Sein Visier war ihm keine große Hilfe mehr, zeigte nur noch einen begrenzten Radius der vor ihm liegenden Strecke und keinerlei Lebenszeichen anderer Menschen.

Mit dem Zusammenbruch der zentralen Energieversorgung und Kommunikation hatten alle Schotte automatisch auf eigene Versorgung umgestellt. Das kostete ihn weitere, wertvolle Zeit. Er musste jedem der tonnenschweren Tore den manuellen Befehl über den Druck auf eine seit Jahrhunderten nicht mehr benutzte Taste erteilen und dazu jedesmal die Kapsel verlassen.

Nach einer sehr langen Zeit, die Einbildung der Geräusche von berstenden Schotten wurde deutlich realer, erreichte die Kapsel endlich das zentrale Steuerungsdeck. Er rannte, so schnell er konnte, auf den Reaktoreingang zu, als eine weitere Schockwelle ihn schwanken und stürzen ließ. Der Boden, der gesamte Komplex wackelte unerträglich.

Solange die Beben anhielten, kroch er auf allen vieren weiter auf das aktive Schott zu, welches sich gut zehn Meter über ihn, weit in den Raum hinein wölbte. Hud Chitziin sandte mit seinem Kommunikationsring das Öffnungssignal und legte seinen Kopf erschöpft auf die Hände, bis der Körperscanner des Schotts ihm wenige Sekunden später durch das Öffnen einer kleinen, remodulierten Torpassage signalisierte, dass er zu einem positiven Ergebnis der Überprüfung seiner Vitalfunktionen gelangt war.

Die Schockwellen ebbten einen Moment lang ab.

Er sprang auf, hechtete durch das remodulierte Nano-Material des Tores und landete hart auf einem Laufsteg, der senkrecht aus der Innenwand einer Hohlkugel führte. Hud Chitziin erhob sich auf die Knie, betrachtete die vor ihm liegende Brücke, die sich sehr verjüngte und dreißig Meter weiter auf eine kleine, im Zentrum der Hohlkugel befindliche ellipsoide Plattform führte, deren Oberfläche leicht abgeflacht war.

Sein Visier signalisierte ihm das Versiegeln des Zugangs. Er erlaubte sich, eine Minute lang regelmäßig Luft zu holen und gab seinen Makrobots Zeit, die gespeicherten Energiereserven in seinem Körper zu verteilen. Dann sprang er auf die Füße. Alle Anzeigen des Potentials waren aktiv. Die Projektion des Raumschiffs der Sole-Sourcer war nach wie vor intakt – nur nicht in dieser Dimension. Er lief über den Steg auf die Plattform.

Vor ihm blinkte eine handgroße Fläche in einem tiefen Blau und erinnerte ihn daran, sein Visier auf eine besondere Wellenlänge umzuschalten, damit er die Kontrollen des Selbstzerstörungsmechanismus sehen konnte.

Hud Chitziin drückte auf einen tieferliegenden Kontakt an der Visierbasis in seinem Nacken und das Innere der großen Kugel war plötzlich erfüllt von transparenten, lückenlos aneinander liegenden Pyramiden, der schmale Steg, auf dem er hierher gekommen war – jetzt unsichtbar.

Ein dumpfes Dröhnen drang an sein Ohr. Hud Keruun war mit seinem Assistenten hoffentlich gestartet – er würde hier nie mehr herauskommen – jetzt, wo der Tempus vor dem Tor stand.

Die Pyramiden wurden zum Kugelmantel hin kleiner, fügten sich dem gekrümmten Innenradius an der Grenze zur Sichtbarkeit weich an, pulsierten in einem hypnotischen Blau. An der Stelle, wo sich zuvor die Abbildung des Tektor-Artefaktes befunden hatte, waren jetzt Potentiallinien zu erkennen, filigran, die sich mit spliinehaftiger Eleganz um ein gemeinsames Zentrum wanden, mit zunehmender Aktivität an Durchmesser und Intensität gewinnend.

»Die Sole-Sourcer arbeiten von ihrer Seite bereits daran«, murmelte er betrübt zu sich, einen kleinen Chip aus seinem Kommunikationsring nehmend und ihn an eine markierte Stelle über der blauen Taste haltend.

Der Chip schwebte, wurde von dem Kraftfeld analysiert, akzeptiert. Die Pyramiden lösten sich auf. Das Blau der Taste verwandelte sich in ein Grün, der Steg wurde erneut sichtbar. Das Dröhnen wurde lauter, knisternder – bedrohlicher.

Das mehrmalige Berühren der Taste würde die sofortige Reaktion auslösen, das superschwere Material der Kugelhülle entzünden und mit Hilfe des Antimaterie-Konverters, auf dem er stand, den Planeten in einer Art Supernova erglühen lassen.

Sollte er die Taste nur einmal drücken, könnte er warten, bis der Sole-Sourcer durch das Tor käme.

Er spürte, wie eine tiefe, lang nicht mehr gefühlte Ruhe in ihm einzog. Er hatte viel erreicht und es war nicht einmal unpassend, an dem Ort zu sterben, der die Quelle seines Arbeiten und Forschens gewesen war.

Der einzige fade Beigeschmack, der blieb, wäre der permanente, unauslöschliche Makel, derjenige zu sein, der das Artefakt vernichtet hatte, welches den technologischen Aufstieg der Kulturen des Nebels maßgeblich ermöglichte.

Das Dröhnen verstummte schlagartig, wurde durch ein scharfes Zischen ersetzt.

Er betätigte die Taste - einmal, mit großer Ruhe - er wollte ihn wenigstens sehen.

Kooi

»Ahhh – Nein!«

Der wutentbrannte Schrei der kommandierenden Offizierin der Schattentruppen an Bord der *T3* schmerzte in Koois Ohren.

Die Explosionswolke der *Sieben* begann schnell abzukühlen.

»KI, warum hast du nicht geholfen?«

»Die Sicherheit des Schiffes und das Überbringen dieser Informationen sind wichtiger!«, war die von Kooi erwartete Antwort. »Das Kampfpotential dieser Einheiten ist bedrohlich«, fügte die Schiffs-KI wie eine Entschuldigung hinzu.

Die *T3* war unmittelbar nach Eintritt in das Tektor-System hinter ihren Schutzfeldern verschwunden. Die Schiffs-KI hatte die beiden blinden Passagiere in ihrem Konduktionsfeld durch die Schwerkraftlinse geschleppt. Erst nach Erreichen des Zielsystems war ihr bei der Berechnung des Potentialunterschieds aufgefallen, dass dort wesentlich mehr Masse transportiert worden war, als sie selbst besaß.

Nur diese in Nanosekunden getroffene Entscheidung hatte dem Schiff und seiner Besatzung das Leben gerettet, bevor einer der Tempi aus der Nähe und im Inneren des Schutzfeldes einen tödlichen Schuss absetzen konnte. Stattdessen waren sie hinter ihren hervorragenden Tarnschirmen verschwunden und hatten sich auf die *Sieben* gestürzt, nachdem der Overteer sie durch die Lichtbomben wiederentdeckt hatte.

Die Schiffs-KI hatte sich diese Technik abgespeichert und bereits mehrere darauf basierende Vernichtungsstrategien kalkuliert – mit dem Ausgang, dass im günstigsten Fall nur ein Tempus überlebte, die *T3* jedoch immer untergehen würde.

Kooi hatte Blaak Ferkuiz nur aus der Ferne gekannt. Auf Restront war sie ihm vor einiger Zeit während einer Konferenz begegnet. Er galt als einer der besten Offiziere der Organisation – hatte als einer der Besten *gegolten*. Sie durften nicht fliehen, wenn die Besten fielen.

»KI – kehr um. Wir können das System nicht den Tempi überlassen.«

»Das kann ich nicht tun, Siira«, war die höfliche, aber bestimmte Antwort.

Kooi sah den Schlacht-Certeer an, die nur mühsam kontrolliert die Lippen zusammenpresste. »Wenn die Tempi weiter in den Nebel eindringen, werden sie die töten, denen du diese Informationen bringen willst – und zwar lange bevor du dort überhaupt eintriffst –*sie werden dann irrelevant sein!*«

»Ich habe Szenarien berechnet, in denen das nicht geschieht, Siira, in denen ich rechtzeitig komme.«

Sie atmete frustriert aus. »Wer kann diese Anweisungen überstimmen, KI?«

»Overteer Treerose, Overteer Laurenz«, war die sofortige Antwort.

Der Blick der Kommandantin traf ihren.

»Bereite meinen Zerstöreranzug vor, KI, maximale Bewaffnung mit Antimateriedrohnen, Systemtriebwerk mit Disruptoren.«

»Was habt Ihr vor, Hightenent?«, fragte sie die große Frau.

»Ich werde versuchen, mit dem Tempus, der einmal Ruf Astroon war, zu reden.«

Der Schlacht-Certeer entgegnete einen Moment lang nichts. Ihre fein geschwungenen Brauen zuckten leicht. Dann nickte sie.

»Alles Gute, Siira. Bewahrt Eure Wärme – möglichst lange!«

Sie schwebte neunzigtausend Kilometer, sechs Planetendurchmesser, oberhalb des Laborkomplexes. Der Strom der fliehenden Schiffe von der Oberfläche riss nicht ab. Sie hatte keinerlei Signale von den beiden Tempi – oder irgendwelche anderen Sensorreaktionen. Die Kommunikation schien vollständig außer Kraft. Keines der Schiffe beantwortete ihre Rufzeichen.

Die *T3* war ebenso unsichtbar, aber wenigstens wusste sie, dass sie von der Schiffs-KI beobachtet wurde, auch wenn Kooi keinerlei Hilfe erwarten durfte.

Das Aufblitzen eines Organisations-Markers, Pretaia, gefolgt von der grafischen Darstellung einer Bahnkurve vom westlichen Rand des Laborkomplexes ausgehend, auf den Sprungpunkt zuhaltend, durch den die *T3* das Tektor-System erreicht hatte, lenkte ihre Aufmerksamkeit von den anderen Schiffen ab.

»Das wird nicht klappen – die Torstationen sind zerstört«, dachte sie laut, verfolgte gebannt die enorme Beschleunigung des Schiffes.

Da war etwas!

Einer der Tempi hatte dieses Schiff ebenfalls bemerkt, seine Tarnfeldeinstellungen veränderten sich, boten ihren Anzugsensoren eine Angriffsfläche. Der Marker bewegte sich auf Abfangkurs zu dem gestarteten Schiff. Sie wählte eine Kommunikationsleitung zur *T3*, wusste, dass sie keine Antwort erhalten würde und übermittelte die Positionsdaten des Tempus aus der Feuerleit-KI des Anzugs, zündete das Systemtriebwerksmodul mit vollem Schub und folgte der interpolierten Route des Markers.

Sämtliche Antimateriedrohnen des Anzugs waren aktiviert und auf den Tempus eingeloggt. Sie würde nur die Gelegenheit zu einem einzigen Angriff bekommen – wenn überhaupt.

Die hereinströmenden Sensordaten des Pretaia-Schiffes irritierten sie. Es waren Daten eines sich etablierenden Konduktionsfeldes, gleichzeitig erschien die Signatur eines stark fokussierten Massiven Shunt Drives.

»Das kann doch nicht – «, die Worte versiegten, während Kooi in wenigen Kilometern Abstand vor dem weiter beschleunigenden Schiff den Aufbau einer kleinen Schwerkraftlinse verfolgte, die sich mit gleicher Geschwindigkeit wie dieses zu bewegen schien.

Ein plötzlicher Regen von Sensordaten und die Reflektion schwerer Energien vom Heck des kleinen Schiffes bestätigten ihr den Treffer der Waffensysteme des Tempus. Instinktiv gab sie der Feuerleit-KI ihres Anzugs den Angriffsbefehl. Während die Antimateriedrohnen sich auf die wahrscheinlichste Position des Tempus stürzten, begann das Schiff dramatisch an

Geschwindigkeit zu verlieren, ölige Schlieren durchliefen sein Konduktionsfeld, der Abstand zur Schwerkraftlinse vergrößerte sich.

»*Helft u- …, …-tet diese Maschine auf!*« drangen Reste einer Nachricht zu ihr.

»Hilf ihnen nicht, Kooi«, sagte eine Stimme, die ihr die Tränen in die Augen trieben. »Sie wollen uns vernichten.«

Ruf sah sie an. Die Drohnen trafen seinen Anzug, rissen Löcher in die umgebenden Felder. Kooi konnte nicht erkennen, wie schwer der angerichtete Schaden war, doch plötzlich hatte sie eine klare Position des Tempus auf ihrem Display. Die in der Systemtriebwerksichel befindlichen Disruptoren feuerten von der Anzug-KI gesteuert, zweimal.

Das Systemtriebwerk mit dem angedockten Zerstöreranzug Koois vollführte eine Rolle und begann sich mit maximaler Beschleunigung vom Planeten zu entfernen. Sie drohte ihr Bewusstsein zu verlieren, während die Makrobots alles taten, um ein Wegsacken des Blutes aus ihrem Gehirn nach Ausfall des Trägheitssystems zu verhindern.

Der Tempus blitzte auf, seine Felder flackerten, sie erkannte grelle Jets im ultravioletten Bereich, mit denen der Anzug die Energien wieder abstrahlte, die ihn zu überhitzen drohten.

»*Jetzt, T3!*«, sagte sie mit letzter Kraft, unfähig zu begreifen, warum ihr Anzug sich weiter mit Höchstgeschwindigkeit von dem Tempus und von Tektor entfernte, nur am Rande registrierend, wie das Schiff der Pretaia durch die Schwerkraftlinse flog und aus dem System verschwand. Der Planet erstrahlte, verwandelte sich in eine schnell wachsende Sonne, spuckte eine kleine schwarze Kugel aus, die mit nahezu Lichtgeschwindigkeit vor der Wellenfront des sich in reine Energie umwandelnden Planeten die Systemgrenzen von Tektor passierte.

Dann war da nur noch Dunkelheit.

Roter Nebel, Galaktischer Spalt, Ruthpark
30397/2/9 SGC
01. Dezember 2014

Keleeze

Es war das erste Mal, dass Syncc Marwiin sich in einem Kampfanzug der Schattentruppen befand.

»Ihr müsst nichts tun, Syncc, die KI wird alles erledigen, ich brauche Euch nur zum Öffnen der Schotte und des Archenzugangs«, informierte ich ihn.

Oldo Merceer hatte sich seit dem Vortag nicht sehen lassen. Ich wollte mich nicht darauf verlassen, dass er nichts von den Vorgängen und Beschlüssen um sich herum mitbekommen hatte – schließlich war er mehrere hundert Jahre auf Ul'Charque damit beschäftigt gewesen, seine Ausrüstung zu optimieren – und das hatte sicher seine Kommunikationsmöglichkeiten zum Abhören der Einrichtungen von Z-Zemothy mit eingeschlossen. Ich hielt es für eher unwahrscheinlich, dass wir ihn überraschen konnten.

Nach Analyse der Aufzeichnungen Ruf Astroons von seinem Kampf mit den beiden Tempi auf Enchrome hatte ich beschlossen, dass zwei speziell mit Antimateriewaffen konfigurierte, schwere Kampfdrohnen und vier Anzüge ausreichen sollten, Oldo Merceer zu neutralisieren – die optimistischste Abschätzung der Energiereserven seines Anzugs hatten wir vierfach übersteigert als Berechnungsgrundlage angenommen.

Rückendeckung verschafften uns die Expeditionsdrohnen am Schachtende und die Oberflächendisruptoren der *Boe*, die als Modul in einem geostationären Orbit über der Arche in Position gegangen waren und auch den Hintereingang überwachten, den der Sole-Sourcer bei seinem ersten Eindringen genommen hatte, – ein getarntes, direktes Tunnelsystem, das er hinter sich zum Einsturz gebracht hatte.

Syncc Marwiin gefiel mir nicht. Er hatte sich nur nach meiner sehr eindringlichen Aufforderung von Hud Pasuun untersuchen lassen. Sie hatte mir das dramatische Ergebnis vor unserem Abflug in ihrer eigenen Art mitgeteilt.

Eure Verantwortung, Merkanteer. Sein Makrobot-System ist defekt, es verfügt nur noch über zehn bis fünfzehn Prozent Kapazität, dazu kommt, dass seine biologische Substanz nahezu verbraucht ist – wisst Ihr eigentlich, wie alt er ist?

Ich hatte bejaht, sie hatte mich wütend angesehen.

Dann bringt Ihr ihn also vorsätzlich um!

Meine Verteidigung hatte sie nicht abgewartet, sondern mich missachtend stehen gelassen.

»Sobald wir drinnen sind, werdet Ihr mit Eurem Begleitschutz wieder abfliegen, Syncc, und Euch zu Hud Pasuun an Bord der *Boe* begeben«, erinnerte ich ihn, »Ihr kennt Euren Gesundheitszustand wohl am besten.«

Er blickte mich auf dem Nebenvisier meines Anzugs an, ich glaubte klar, Trotz darin zu erkennen.

»Das ist ein Befehl, Syncc, und da Ihr den Anzug nicht steuern könnt, wird es automatisch geschehen«, fügte ich lächelnd hinzu.

Er kniff die Lippen zusammen – entgegnete jedoch nichts.

Ich gab der Drohne das Kommando zur Aktivierung des Zepters. Alternativ hätte Syncc Marwiin selbst diesen Schritt durchführen müssen – dies war ihm jedoch aus dem Anzug heraus unmöglich und deshalb keine Lösung.

Die Drohne war mit einer Kopie seiner Bio-Sensordaten ausgestattet, die kontinuierlich über eine Kommunikationsleitung mit den echten Sensordaten seiner Makrobots aktualisiert wurde.

Die Helligkeit in der fantastischen Vorhalle nahm ab, eine Rampe erhob sich aus dem Boden, das Tor öffnete sich langsam, gab einen quadratischen Durchgang frei, durch den ein paar kleine Aufklärungs- und Sensordrohnen sofort in den dahinterliegenden Tunnelabschnitt eindrangen.

Vorsichtshalber hatten wir die Waffensysteme im Schacht, gegenüber dem Hauptzugang mit taktischen Antimateriedrohnen dauerhaft deaktiviert. Sollte es noch weitere, unentdeckte Abwehrsysteme der Arche geben und Oldo Merceer diese kontrollieren können, würden wir es gleich merken.

Angespannt wartete ich eine halbe Minute, während die Sensordaten ausgewertet wurden.

»Alles frei, Merkanteer«, meldete mir der Certeer, »keinerlei Aktivität.«

Das Tor wurde mechanisch gesichert. Die Drohne mit dem Zepter löste es aus der Fassung auf dem Podest, welches langsam im Boden versank, flog durch das Tor und setzte das Zepter in die nächste Fassung im ersten Tunnelabschnitt ein.

Syncc Marwiin hatte gesagt, die folgenden Tore würden sich nicht öffnen, solange das Eingangstor nicht geschlossen war – eine naheliegende Vermutung bei einem Schleusensystem.

Wir warteten. Nichts geschah.

»Wie ich sagte, Höchster«, bemerkte Marwiin. »Er muss uns nicht angreifen. Wir haben keine Chance, zu ihm vorzudringen. Möglicherweise sendet die Arche gegenwärtig eine Nachricht über die Kommunikationsschnittstelle des Zepters – das kann ich von hier aber nicht beurteilen.«

»Ihr werdet nicht aussteigen, Syncc, ich denke, das habe ich bereits klar zum Ausdruck gebracht«, entgegnete ich und gab der Expeditionsdrohne den Befehl, das zweite Tor zu öffnen.

»Wir werden sehen, wie lange es dauert, bis wir bei ihm sind.«

Sie benötigte vier Minuten, um die Sperrmechanismen zu durchtrennen, das Tor von der eigenen Kommunikations- und Energieversorgung zu lösen. Auf meinem Visier verfolgte ich die glühenden Linien im Tunnelmaterial, die ihre Strahlen hinterließen. Schließlich meldete sie ihre Bereitschaft zum Öffnen des Tores.

Der dahinter zum Vorschein kommende Tunnelabschnitt lag in tiefster Dunkelheit, die Aufklärungs- und Sensordrohnen wiederholten ihre Aufgaben und begannen erneut ihre Daten zu senden, während auch das zweite Tor mechanisch gesichert wurde.

Die Expeditionsdrohne flog zum nächsten und begann mit der Öffnung des dritten Abschnitts.

Schlagartig erlosch jegliches Licht in der Zugangshalle und im ersten Tunnelabschnitt.

»Jetzt hat jemand etwas gemerkt«, sagte der Certeer und manövrierte seinen Zerstöreranzug in eine gerade Sichtlinie zur Expeditionsdrohne.

Es beeinträchtigte unser Vorankommen nicht. Die tageslichtähnliche Visierdarstellung der Daten aus den Sensorphalangen machte die Anzüge ohnehin unabhängig von jeglichen Lichtverhältnissen.

Die Expeditionsdrohne öffnete das Tor, die Aufklärungsdrohnen flogen zuerst hindurch, gefolgt von der Drohne mit dem Zepter sowie der Expeditionsdrohne selbst, die nach meiner Aufforderung das vierte Tor in Angriff nahm.

Ich hatte die Aufzeichnungen des Synccs von seinem ersten Besuch hier überflogen und hatte mir nur den vierten Abschnitt genauer angesehen – gern wäre ich dabei gewesen.

»Ist durch, Siir«, meldete der Certeer. »Sollen wir fortfahren und das dreifache Blendentor auch öffnen oder wollen wir erst mehr Einheiten in den vierten Abschnitt bringen?«

»Die Drohne soll weitermachen. Wir bleiben bei der beschlossenen Taktik für diesen Fall. Sobald die Tore geöffnet sind, zerstören die Drohnen zuerst die Waffen, welche den direkten Archenzugang sichern. Die möchte ich nicht im gleichen Moment gegen uns gerichtet wissen, wenn wir dem Sole-Sourcer begegnen – er kann nur noch dort auf uns warten.«

Das erste Blendentor wurde von seiner Energieversorgung gelöst und schob sich in die Wand.

Ein Disruptor wurde neben mir abgesetzt und der Feuerleit-KI meines Kommandeur-Anzugs zugewiesen.

Automatisch positionierte er sich in direkter Linie zur Expeditionsdrohne, gut dreihundert Meter weiter im Tunnel, die soeben das zweite Blendentor öffnete.

»Angriffsdrohnen in Position, Merkanteer«, kommentierte der Certeer das Ausdocken von zehn taktischen Antimateriedrohnen aus der Trägerdrohne, die mittlerweile ins dritte Tunnelsegment vorgerückt war.

Der Disruptor zielte auf das Zentrum des dritten Blendentores, an welchem die Expeditionsdrohne arbeitete. Die Feuerleit-KI meines Anzugs würde ihn erst freigeben, nachdem sie nachweisliche Penetrationszonen in den Schutzfeldern des Sole-Sourcers entdeckt hatte. Ein Treffer auf intakten Feldern würde den Strahl unkontrolliert ablenken und massive Zerstörungen auf allem anrichten, was er traf.

Ich gab der KI des Anzugs von Syncc Marwiin den Befehl, sich in den Zugangsschacht zurückzuziehen. Der Tunnel vor mir war jetzt bis auf die beiden Waffendrohnensysteme und die Expeditionsdrohne leer.

Der Certeer und die zwei Hightenents in ihren Zerstöreranzügen warteten auf einen Sensorkontakt zu Oldo Merceer und hatten sich in der Vorhalle verteilt. Die Schilde der Drohnensysteme hier riegelten den Tunnel zum Schacht hin ab und gaben uns allen zusätzlichen Schutz.

»Bereit zum Öffnen!« meldete die KI der Expeditionsdrohne und lenkte unser aller Aufmerksamkeit auf das letzte Tor.

Ich bestätigte den Befehl und das letzte Blendentor glitt in die umgebenden Tunnelwände, die Aufklärungsdrohnen glitten durch die Öffnung, sobald es ihr Durchmesser erlaubte, scannten innerhalb von Millisekunden den Vorraum zum Archenzugang, sendeten die Sensordaten, bevor sie in einer dichten Abfolge von Gammastrahlenbursts verglühten, als die Antimateriedrohnen ihr Ziel in den Waffensystemen des Archenzugangs fanden und implodierten.

Ich wartete ein paar Sekunden auf die Auswertung der Sensordaten der Aufklärungsdrohnen, um einen Hinweis auf die Position des Tempus zu erhalten - doch vergeblich. Bis zu ihrer Zerstörung waren sie davon überzeugt, sich in einem leeren Vorraum zu befinden.

»Die Zugangskontrolle ist vaporisiert, Merkanteer«, sagte der Certeer mechanisch und startete eine zweite Welle von Aufklärungsdrohnen aus einem Sammelbehälter von Bord der Expeditionsdrohne.

»Hoffentlich habt Ihr den Eingang zur äußeren Transferkugel nicht beschädigt, Höchster, *denkt daran*, dies ist die einzige intakte Arche, die wir haben«, meldete sich Syncc Marwiin besorgt auf einem Nebendisplay.

»Er ist getarnt, er muss da sein«, sagte ich zerknirscht und betrachtete mit wachsender innerer Unruhe die Sensordaten der zweiten Welle der Aufklärungsdrohnen, die lediglich ein leeres Tunnellabyrinth dokumentierten, das neben einer Vielzahl von toten Nischen auch den von Oldo Merceer nach seiner Ankunft zum Einsturz gebrachten, zweiten Zugangstunnel beherbergte.

»Kann er sich so gut tarnen, dass die Drohnen ihn übersehen, Siir?«

»*Ja!*«

Eine Interferenz in den Schilden der Expeditionsdrohnen vor mir genügte der Feuerleit-KI meines Anzugs, um Alarm zu geben. Die KI ließ mich eine gestreckte Rolle nach hinten, Richtung Zugangsschacht, ausführen, die anderen Offiziere folgten nur Bruchteile von Sekunden später - wahrscheinlich schon zu spät. Alle Anzeigedisplays vor mir färbten sich weiß und die Anzugsysteme fielen aus.

Ich stürzte in die Tiefe, erwartete den harten Aufprall, während die KI die Systeme neu startete.

Mein Kommandeur-Anzug traf hart auf etwas auf, rutschte weiter in die Tiefe, schlug erneut auf.

Ich bemerkte davon nur ein leichtes Vibrieren, die Nanostrukturen des Anzugoberflächenmaterials waren durch einen Aufprall mit weniger als eintausend Sekundenkilometern nicht zu zerstören, doch die Antigravitationsrepulsoren lieferten nur wenig Kompensation.

Der Fels hingegen würde eine deutliche Schleifspur abbekommen haben.

Nach einer gefühlten Ewigkeit - in Wirklichkeit jedoch gerade einmal zweieinhalb Sekunden nach dem Treffer - stabilisierte die KI den Anzug, während die verbliebenen Sensoren die Umgebung analysierten. Meine Schilde waren nahezu zerstört, die Feldemitter des Anzugs waren durch eine Berührung mit dem Schild im Augenblick des Treffers überladen worden.

Ich befand mich neunundsiebzig Meter unter der Wasseroberfläche am unteren Ende des Zugangsschachtes. Die Marker meiner Offiziere waren nur wenig von mir entfernt – keiner von ihnen war noch aktiv. Syncc Marwiin bewegte sich mit hoher Geschwindigkeit in Richtung der Planetenoberfläche – er hatte es so weit als einziger geschafft.

Alle anderen Marker waren erloschen.

Ein Treffer der Spezialwaffe des Tempus. Die Feuerleit-KI benötigte nicht lange, um das herauszufinden – die Strahlungssignatur glich der von Chrunus zu einhundert Prozent – nur hatte Oldo Merceer Raana und mich damals damit gerettet.

Warum ließ er mich jetzt in Ruhe?

»Kommt herauf, Merkanteer!«

Ich gab der Anzug-KI den entsprechenden Befehl. Der Tempus erwartete mich unter dem Dach der Vorhalle. Ich konnte keinerlei Zerstörung an dieser selbst erkennen. Von den Expeditionsdrohnen waren nur zerrissene Trümmer geblieben, die Drohnensysteme mit den Antimateriedrohnen waren verschwunden, meine Offiziere auch.

Die Intensität der Spezialwaffe des Tempus musste während des Feuerns variabel sein– anders konnte ich mir die Differenzierung beim Grad der Zerstörung nicht erklären – ich hätte auch tot sein müssen.

Ein Teil meines Bewusstseins sagte mir, dass Verstärkung jeden Moment eintreffen würde. Sie würden mich nicht informieren – Oldo Merceer würde es sonst durch seine fortgeschrittenen Sensoren gleichzeitig erfahren.

Ich würde ebenfalls sterben.

Die Schattentruppen konnten es nicht riskieren, diesen Feind entkommen zu lassen – die nächsten Waffen wären weit unkomplizierter als die von mir gewählten.

»Folgt mir! Wir haben noch acht Sekunden, bevor Eure Verstärkung eintrifft, Merkanteer.«

Er bewegte sich mit unmenschlicher Beschleunigung in Richtung Arche, riss mich mit einer Feldschlaufe hinter sich her, während sich alle Tore des Zugangstunnels hinter uns schlossen, die von den Drohnen angebrachten mechanischen Sperren wie morsches Holz zerquetschend.

Meine Displays zeigten mir die Marker von vier Paaroos im Anflug durch den Schacht, eingehüllt in eine Wolke von Antimateriedrohnen.

»*Wie lächerlich!*«, dröhnte der Bass Oldo Merceers.

Der Tempus stoppte vor dem dreifachen Satz der geöffneten Blendentore und drehte sich zurück in den Tunnel. Sein Feld manövrierte mich hinter ihn.

Ein Nebendisplay signalisierte mir eine unglaublich dichte Energiebarriere vor dem Tempus.

Das letzte Tor löste sich in den Energien der Antimateriedrohnen auf, die Paaroos stürzten hindurch auf uns zu.

Die Energiebarriere formte ein bikonvexes Profil – dann schlugen die Nova-Drohnen nahezu zeitgleich in sie ein.

Ich musste träumen!

Die Drohnen verglühten, das vierte Tunnelsegment löste sich auf, Gestein stürzte von der Decke und den Wänden hinab, füllte den tiefen Krater, der eine kreisrunde Form aufwies und den Tunnel bis nahe der Decke. Im Licht meiner Sensorphalanx füllte der Staub eine riesige Kugel, welche das einstige Tunnelsegment verstopfte.

»Wie könnt Ihr diese Energien kontrollieren?«, fragte ich verblüfft, ohne eine Antwort zu erwarten.

Der Tempus machte ein paar Schritte in Richtung der Arche, drehte sich zu mir. Die tiefliegende Sensorphalanx scannte meinen Anzug.

»Steigt aus, Merkanteer, Euer Anzug ist defekt!«

»Ich bin noch ganz zufrieden«, erwiderte ich, »was habt Ihr vor?«

Er richtete einen Arm auf mich. Ich erkannte die ausgefahrenen Mündungen der Rail-Cannon, nur kurz bevor der Projektilstrom meinen Anzug erwischte und gegen die Tunnelwand presste. Ein Ausläufer seines Schutzfeldes hüllte mich ein und verhinderte jegliches Ausweichmanöver.

Innerhalb von Sekunden erstarben die verbliebenen Feldemitter, die Treffer wurden kinetisch und das Nano-Material der Oberfläche begann sich rasend schnell aufzuheizen.

Die Anzug-Steuerung signalisierte den Notausstieg, wollte ich nicht in wenigen Sekunden hier drin gekocht werden, jegliche Wärmeableitung war durch das Feld des Tempus unterbunden – die knatternden Entladungsblitze kehrten wie magnetische Feldlinien auf die Anzugoberfläche zurück.

Wütend schlug ich auf die Ausstiegstaste.

Das Feuer versiegte.

»Steigt aus, Merkanteer, Euer Anzug ist defekt!«, vernahm ich dumpf die dröhnende Stimme durch den Anzug hindurch. Alle Displays im Visier waren erloschen.

Die Verriegelung klemmte und öffnete sich nur widerwillig ein letztes Mal. Als ich die Haltegriffe an der Schulter des Anzugs berührte, verbrannte ich mir die Hand.

Ich kletterte schnell heraus, sprang hinunter und aktivierte meinen Feldring.

Eine Scheibe mit ellipsoidem Querschnitt löste sich von der linken Schulter des Tempus, bewegte sich mittig vor die Energiebarriere und verharrte dort.

»Folgt mir!«, donnerte die synthetische Stimme über die Außenlautsprecher. »Ich habe Euch zum dritten Mal Euer erbärmliches Leben gerettet, Merkanteer, obwohl Ihr mich angegriffen habt!«

Der Tempus bewegte sich im Flugmodus bis in die Vorhalle der Arche, setzte lautlos auf und drehte sich mit ausgefahrenen Waffensystemen in Richtung der drei geöffneten Blendentore, die ich nun durchschritt.

»Was wird Euer Stellvertreter jetzt tun, Merkanteer, den Planeten zerstören?«

»Nein, er wird mit Expeditionsdrohnen in diesem Moment beginnen, einen neuen Tunnel zu bohren, um hierher zu gelangen«, antwortete ich offen, »dann werden weitere Paaroos kommen – so lange – bis Ihr Euch im Mittelpunkt des Planeten versteckt oder tot seid.«

»Ich denke, das war eine ehrliche Antwort.«

Der Tempus verschwamm vor meinen Augen, während ich noch gut zwanzig Meter von ihm entfernt war. Ich blieb stehen, prüfte die Einstellungen meines Visiers, doch er blieb unsichtbar.

»*Was wollt Ihr, Merceer?*«, rief ich in die leere, nur im dunklen, bronzenen Licht erstrahlende Vorhalle.

»Ich will mit Euch reden, Merkanteer. Ich habe Euch nicht auf Chrunus gerettet, um Euch jetzt zu töten – das wäre unlogisch und ineffizient.«

Ein feines Kratzen und Knistern ertönte, der Boden unter mir begann zu glitzern, ein fokussierter Leitstrahl traf mich.

»Kommt in die Arche!«

Irritiert sah ich mich um und suchte Spuren des Tempus – vergeblich. Das Kratzen verstummte.

Ich hatte nichts zu verlieren, wenn ich hinein ging, irgendwie würde er auch dort mit mir kommunizieren können.

Zügig und mit ausgestreckten Händen legte ich die Entfernung zum Portal zurück, immer darauf gefasst, gegen die Krallenfüße des getarnten Tempus zu stoßen.

Der Boden im engen Gang stieg leicht an – so wie meine Anspannung. Aufkommende Neugierde mischte sich mit einem überwältigenden Gefühl der Gefahr.

Als ich ungefähr die Hälfte des Ganges in Richtung auf sein hell leuchtendes Ende durchschritten hatte, vollführte der ganze Gang eine länger anhaltende Dreh- und Scherbewegung, die mich fast umwarf.

Dann erreichte ich das Ende und trat in einen großen kugelförmigen Raum, den ich aus den Aufzeichnungen Syncc Marwiins bereits kannte. Mit leisem Klicken schloss sich ein Blendentor hinter mir und beraubte mich damit meiner letzten Rückzugsmöglichkeit.

Ich verstand.

Oldo Merceer lehnte an einer Wand, mir gegenüber. Er hatte sich nie in dem Tempus befunden, seitdem wir mit dem Angriff begonnen hatten. Der schwarze Identifikationskern bestand aus einem mir unbekannten Material, trug nackte menschliche Konturen, ohne jede farbliche Abstufung.

Ich nickte ihm anerkennend zu.

»Wir hätten uns eine wochenlange Schlacht mit dem Tempus liefern können – und Ihr hättet einfach von hier aus zugesehen.«

»Nun, so lange vielleicht nicht – aber dazu komme ich später, Merkanteer«, sagte er und bedeutete mir mit einer Handbewegung, näher zu kommen.

Er war größer als ich, vielleicht zweieinhalb Meter. Sein Mund bewegte sich nicht, wenn er sprach – warum auch – er hätte seinem Kern genauso gut die Form eines Würfels geben können.

»Warum bekämpfen die Königreiche mich? Ist Euch nicht klar, wie wenig wir uns unterscheiden? Es fehlt nur eine Winzigkeit und Ihr seid wie ich.«

Ich war mir nicht sicher, ob er eine Antwort verlangte. Als er nicht ansetzte, weiter zu sprechen, erwiderte ich:

»Wenn das Dritte Imperium in den Nebel zurückkehrt, werdet Ihr nicht nur die Königreiche verdrängen, Merceer. Habe ich recht?«

Er schüttelte den Kopf, »nein, Merkanteer, habt Ihr nicht«, er richtete sich auf, stützte die Hände in die Hüften, »wir würden sie wie alle anderen *übernehmen*. Ihr dürftet als Vasallen des Vierten Imperiums weiterexistieren.«

Ich sah zu ihm auf. »Das ist nicht in unserem Interesse.«

Sein Mund verzog sich zu einem Lächeln.

»Sole-Sourcer nehmen da keine Rücksicht auf die Bedürfnisse von Schwächeren. Wie nannte es mein alter Gegner Marwiin? Aggressive Expansion – ich denke, er hat es vielleicht etwas anders verstanden, als Ihr es jetzt erfahren werdet.«

»Wie - ?«

Ich kam nicht dazu, meine Frage zu beenden. Ein unglaublicher Schmerz erfüllte meinen Körper, mein Schutzfeld knisterte laut und brach anschließend zusammen. Oldo Merceers linke Hand umfasste mein Genick, als würde er es jeden Moment zerbrechen, sandte den mein Denken beherrschenden Schmerzimpuls durch mein Nervensystem.

»Euer Makrobot-System ist recht gut, Merkanteer, aber nur rudimentär im Vergleich zu dem des Ersten Imperiums. Ich denke, die Fabriken sitzen hier?«, etwas stach unter meine linke Achsel – der Schmerz verdoppelte sich, ich schrie laut auf, »hier?«, er stach unter die rechte, »und hier?«, die Stiche in die Leisten spürte ich nicht mehr, die Makrobots hatten endlich genug Schmerzblocker ausgeschüttet.

»Es ist auch sehr langsam, wie Ihr leider soeben festgestellt habt, Merkanteer. Ich wollte Euch keinen Schmerz zufügen, versteht Ihr, aber ich musste das System sicher deaktivieren.«

Der Griff seiner Hand lockerte sich ein wenig, ohne mich freizugeben.

Er drehte meinen Kopf wie den einer Puppe zur Mitte des Decks, wo sich ein Holodisplay aufbaute. *Tektor!*

»Die Brüder haben versagt, Merkanteer«, der Planet im Holodisplay verglühte in einem grellen Lichtblitz, »die Verbindung über das versteckte Potentialende konnte nicht gesichert werden und ist durch die Zerstörung Tektors nicht mehr existent – die Schwerkraftlinien haben sich um das System herum verändert.«

Eine geringe Spur der Trauer in seiner Stimme war wahrnehmbar. Bedeutete dies, das Dritte Imperium war für immer im Blasenuniversum gefangen?

»Nach meinem Tod wird es nur noch einen Bruder hier im Roten Nebel geben – ich muss Vorsorge treffen.«

Mein Denken war zunehmend verwirrt. Der dumpfe Schmerz in den Achseln und Leisten war präsent.

»Was habt Ihr vor?«

Aus den Fingerspitzen seiner rechten Hand wuchsen zwei sehr spitze Dornen, ich zuckte leicht zusammen und der Griff seiner Linken um mein Genick wurde wieder fester.

»Hat Euch Syncc Marwiin von der Bedeutung des Soles für die Zivilisation der Sole-Sourcer berichtet, Merkanteer?«

Er führte mir die Dornen dicht vors Gesicht, ich konnte feinste Tröpfchen auf den Spitzen erkennen.

»Er hat es mit erzählt«, keuchte ich, da mir der Bewegungsspielraum zum Nicken fehlte.

»Dann werdet Ihr mich verstehen, das ist gut, Merkanteer.«

Die Dornen stachen in meine Brust. Ein punktueller Wärmeherd entstand um die Einstichstellen herum und breitete sich schnell in meinem Oberkörper aus. Das Atmen fiel mir in den folgenden Minuten zusehends schwerer. Obwohl ich tief Luft holte, vernahm ich kaum die Wirkung des Sauerstoffs, die Makrobots verhinderten mein Ersticken, indem sie ihrerseits gespeicherten Sauerstoff abgaben.

Oldo Merceers schwarze Augen betrachteten mich die ganze Zeit aufmerksam – er rührte sich nicht, lockerte seinen Griff nicht im Geringsten.

Irgendwann verblasste das Wärmegefühl, meine Atemnot linderte sich, ich holte tief Luft, die Schmerzen gingen zurück.

»Sehr schön, Merkanteer. Die Hälfte habt Ihr überstanden.«

Er ließ mich los. Ich brachte sofort ein paar Schritte Distanz zwischen uns und rieb mir den Nacken.

»Hättet Ihr mir das nicht zu trinken geben können?«, knurrte ich ihn wütend an, »was war das?«

»Okinaa«, antwortete er. »Ein hochkomplexes Virus, das die Aufnahme des Soles ermöglicht.«

»*Nein!*«, schrie ich ihn an, schritt langsam rückwärts, »*das dürft Ihr nicht!*«

Das unmenschliche schwarze Lächeln war zurück. »Wie ich sagte, Marwiin hat Euch die aggressive Expansion wahrscheinlich anders erklärt, Merkanteer. Ich habe keinen Nutzen davon, Euch zu töten, ich muss *Euch* zu einen von *uns* machen.«

Ich griff zu meinem Waffenring, aktivierte ihn auf maximaler Leistung, feuerte den Plasmastrahl auf den Sole-Sourcer, hechtete hinter einer kleinen Wand in Deckung – alles in einer schnellen, fließenden Bewegung.

Der Schuss ging ins Leere, bevor er die Wand des kugelförmigen Innenraums traf, von dieser reflektiert wurde und mehrere Male kreisförmig über das Deck raste, ehe sie ihn spurlos absorbierte. Nahezu zeitgleich spürte ich den brutalen Griff Oldo Merceers wieder im Genick, verurteilte mich zur Bewegungslosigkeit.

»Ich respektiere Eure fehlende Bereitschaft zur Kooperation, Merkanteer«, sagte er ruhig, »sie wird am Ergebnis nichts ändern.«

Damit riss er mich auf die Beine, trug mich an eine Stelle des Decks und wartete einen Moment, bis sich vor uns ein Blendentor öffnete.

Er schleifte mich in den bronzenen Gang, ich vernahm leise Geräusche von sich schließenden und öffnenden Toren. Dann torkelte ich durch einen weiteren, langen Gang, musste über ein defektes Schott kriechen und wir erreichten den Raum, den Syncc Marwiin in seinem Bericht als Kommunikationsraum bezeichnet hatte.

Weiße Aschewolken bedeckten bei unserem Betreten den Boden, ein Glockenton zitterte durch den Raum, die Ascheschicht erhob sich auf meine Brusthöhe, legte sich auf der Oberfläche meines feinporigen Innenanzugs ab.

Ich hielt die Luft an.

Oldo Merceer ließ mich los. Ich sackte auf den Boden, Tränen der Wut und Hilflosigkeit bahnten sich einen Weg. Die Schicht der Sole-Klumpen folgte jeder meiner Bewegungen, blieb immer auf Brusthöhe, die nahezu unsichtbar kleinen einzelnen Sporen wie eine Wolkenschicht darüber und darunter.

Er hockte sich hin, keine zwei Meter von mir entfernt, die Ellenbogen auf die Knie gelegt, und beobachtete mich wie ein Versuchstier.

»Atmet, Merkanteer, Ihr könnt es nicht verhindern. Das Sole wird Euch nicht töten – es wird Euch stärker und intelligenter machen, als Ihr es Euch je erträumt habt.«

Der Reflex, Luft zu holen, steigerte sich ins Unermessliche. Nach mehr als zwanzig Minuten waren die letzten Reserven der Makrobots verbraucht, gegen meinen Willen öffnete sich mein Mund und ich tat einen langen Atemzug – saugte Tausende von Sporen ein, brachte sie in der Lunge in Kontakt mit dem Virus.

Der schwarze Identifikationskern lächelte mich an.

»Willkommen, Bruder. Du hast eine gute Wahl getroffen.«

Meine Lungen standen in Flammen, goldener Staub flimmerte vor meinen Augen. Ich wälzte mich krampfgeschüttelt und vor Schmerzen auf dem Boden, Schweiß trat aus allen Poren, mein Puls raste – die regulierende Wirkung der Makrobots tendierte gegen Null.

Erst nach Minuten ließen die Krämpfe nach, normalisierte sich mein Herzschlag, sank meine fiebrige Körpertemperatur.

Ich setzte mich schwerfällig auf.

»Sobald ich hier raus bin, werde ich das Makrobotsystem erneuern und die Sporen sowie das Virus entfernen lassen«, brachte ich die Worte stoßweise heraus und schleuderte sie ihm wütend entgegen.

»Das könntest du tun, Bruder. Doch wenn es so weit ist, wirst du es nicht mehr wollen, das verspreche ich. Die neuen Fähigkeiten sind hilfreich.«

Meine Kehle war trocken.

Oldo Merceer erhob sich aus der Hocke und setzte sich schwer auf die Umrandung des Thieraports.

»Und jetzt erlaube, dass ich sterbe, Bruder, ich habe mir den Wechsel auf die nächste Ebene der Reife wirklich verdient.«

Ich traute meinen Ohren nicht.

»Wieso - ?«

Er zerrieb einige Klumpen des Sole in seiner Hand.

»Mein Organismus war seit dem ersten Tag mit Harkcrow entwöhnt. Offenbar haben die Sporen einen Weg in meinen Kern gefunden, als ich mit Marwiin diesen Raum betrat.« Sein Lächeln wurde freundlich. »So hat er doch noch gesiegt.«

Mein ratloses Gesicht ließ ihn noch eine weitere Erklärung anfügen.

»Das Sole vergiftet mich, Bruder, ich habe noch immer echte Zellen in mir.«

Er sah mich an.

»Du hast die einmalige Chance, ein anderer Sole-Sourcer zu werden als all die anderen vor dir. Wenn du den Paramount triffst, wird er es erkennen.«

Ich erhob mich, neuer Schwindel ergriff mich, wackelig machte ich ein paar Schritte auf ihn zu.

»Wie soll ich ihn finden?«

»Er wird das Potential auf Xee stoppen müssen.«

Oldo Merceer erhob sich, ging in den Raum hinein und setzte sich auf den Boden, streckte sich dann aus.

»Nimm den Tempus dort draußen vor der Arche als Entschädigung für die Schmerzen und als Ersatz für das nicht mehr vorhandene Schiff auf Tektor.«

Er nickte mir zu. »Und nun, tritt zur Seite, Bruder.«

Die menschlichen Konturen seines Identifikationskernes verschwammen, ein ellipsoides Feld umhüllte ihn, hob ihn ins Zentrum, erstrahlte so hell, dass ich mich mit geschlossenen Augen abwenden musste.

Dann war ich allein.

Das Feld löste sich auf, zwei kleine, schwarze Gegenstände fielen zu Boden. Ich kniete nieder, streckte meine Hand aus und zog sie im letzten Moment zurück.

Dort lagen der dornenbewehrte Doppelinjektor und ein kleiner Würfel.

11 Zentrum

Roter Nebel, Nebelwelten, Transfersystem Myleen
30397/2/10 SGC
03. Dezember 2014

Ten O'Shadiif

Das Bild des Abtes von Manifestum verblasste langsam im Holodisplay seines Privatgemachs an Bord der im vergangenen Monat notdürftig reparierten Riddec, während der Cektronn sich ein weiteres Glas des dunklen Weins einschenkte.

Natürlich – es lag schon eine geraume Zeit zurück und er hatte den Mann niemals zuvor persönlich getroffen. Dennoch war er ihm aus den Unterlagen bekannt gewesen – ein Agentenführer der Kirche – nur mäßig mit Talent gesegnet. Er war vor vielen Jahren verantwortlich für einen hohen Spion der Kirche, Seers O'Lamdiir, und dessen Gefolgsleute gewesen, zu einer Zeit, als Ten O'Shadiif gerade diese Gruppe zum Überlaufen zu Z-Zemothy bewegt hatte. Es hatte damals nicht viel der materiellen Verlockungen bedurft, jedenfalls weit weniger, als er durch die folgende Ernennung zum Cektronn selbst erfahren hatte. Er hätte nicht in der Haut Rastolons stecken mögen – wo es Gewinner gab, musste es Verlierer geben.

Das Bild um diese Person herum hatte sich für ihn damit geklärt. Die Benedictine hatte ihren Agentenführer bestraft, auf eine Verwaltungsposition abgeschoben und ihm die üblichen Annehmlichkeiten, wie ein langes Leben, verwehrt. Rastolon hatte eine zweite Chance gewollt, dafür hatte sie ihn benutzt – um ihm, Ten O Shadiif, irreführende Informationen zu liefern.

Das geheimnisvolle Verschwinden O'Lamdiirs von seinem Posten im Risidor-System vor ziemlich genau zwei Monaten erklärte sich damit noch nicht, vielleicht hatte Rastolon einen späten Weg der Vergeltung gesucht, gefunden und beschritten.

Jedenfalls waren die Berichte über den wahrscheinlichen Tod des Abtes – einen gewaltsamen, durch die Hand der

Benedictine – etwas, das ihn zumindest kurzfristig aufgeheitert hatte. Offenbar hatte der ehrgeizige Rastolon die Erwartungen Raoulas ein weiteres Mal enttäuscht und ihm war ein Fehler unterlaufen – mit diesmal irreversiblen Folgen.

Er grinste, löschte das Holodisplay.

Sollte sich der Geheimdienst der Kirche doch selbst aus dem Nebel schaffen.

Um die Benedictine würde er sich persönlich kümmern.

»Pleet, haben wir endlich Spuren dieser Od'Fer?«, rief er ungeduldig seinen Landsucher.

Seit zwei Tagen bombardierten die Z-Zemothy-Truppen jetzt das System der Benedictine – vor allem durch schwere Kampfdrohnen, nachdem zuvor mehrere Wellen von Antimaterie-Rumblern die großen Kampfschiffe der Kirche neutralisiert hatten.

»Nichts, Toreki. Wir haben das Triumphane-System vollkommen isoliert. Kein Anzeichen davon, dass irgendwo ein Versuch unternommen wurde, durchzubrechen – es ist fast so, als würden diese Einheiten hier im Stich gelassen!«

Genau das spiegelte das Holodisplay vor ihm wieder. Die schweren Kampfdrohnen besaßen inzwischen die vollkommene Herrschaft im System der Benedictine. Sie hatten jegliche Raumstation, Planetenbasen und alle überlebenden Schiffe der Rumbler-Angriffe zerstört, die sich nicht sofort ergeben hatten. Alle Sprungpunkte nach Triumphane hatten von außerhalb unter nur geringen Verlusten besetzt werden können.

Wo blieb die Unterstützung Ramones für ihre Benedictine? Das konnte doch nicht alles gewesen sein? Wünschte die Urmutter ihren Untergang – oder waren ihre Truppen durch die Auseinandersetzungen mit den Königreichen inzwischen so weit geschwächt, dass sie keine Einheiten erübrigen konnte?

Er musste sich entscheiden. Die Benedictine selbst konnte er nur mit den intelligenten Drohnen nicht bekommen. Sie würden landen müssen, den Bodenkrieg um ihre festungsähnliche Kathedrale gewinnen – ohne sie dabei zu töten, ihre Leibgarde niederkämpfen und hoffen, dass sie sich nicht das Leben nehmen würde, um der Gefangennahme zu entgehen.

Der Wein schmeckte mit einmal fad.

»Wir landen, Pleet. Dieses System hier bleibt unser Rückzugsweg, sollten doch noch Verstärkungen eintreffen.«

Die Niederlage im Ruthpark-System zehrte an ihm. Er würde diesmal noch gründlicher und vorausschauender vorgehen.

»Die Lancer-Verbände decken sich gegenseitig und bleiben in einer Linie vom Sprungpunkt bis zu Triumphane II, so wie es die KI errechnet hat.«

Ten O'Shadiif stellte das halbvolle Glas auf einem kostbaren Tablett ab. Seine Bartperlen funkelten im akkurat gestutzten Bart.

Keine Fehler diesmal – oder er würde sich selbst verabscheuen. Eine erfolgreiche Operation hingegen würde seinen noch offenen Besuch beim Overteer leichter machen.

»Ich komme direkt auf das Landungsdeck, wir starten, wenn die Bodenkontrolle sich eingerichtet hat.«

Die Riddec und ihr Begleitschutz waren aus dem Transfersystem nach Triumphane gesprungen.

Die Sturmboote folgten den vorausfliegenden, schweren Schilddrohnen in enger Formation durch die Ausläufer der Atmosphäre. Die Bodenkontrolle hatte ihre Freigabe für seinen Landeanflug gegeben, das bedeutete, die Lancer hatten ihre Arbeit bereits getan, sämtliche bekannten, bodengestützten Abwehrwaffen zerstört – doch er war lange genug im Geschäft, um zu wissen: Überraschungen konnte es jeden Moment geben.

Der Cektronn stand mit verriegeltem Gel-Anzug und angelegtem Delta-Gleitschild absprungbereit auf der Empore des ferngesteuerten Sturmbootes. Zu beiden Seiten unter ihm verharrten die Offiziere seines Rodonns in den Landemodulen. Ihr vorläufiger Zielpunkt lag etwas abseits des Flughafens, den er bei seinem letzten Besuch Raoulas benutzt hatte.

Diesmal würde er nicht in Demut zu ihr kommen und auch nicht zu Fuß in Sandalen.

»*Kampfdrohne bereit*«, vernahm er die Stimme der Feuerleit-KI der Riddec auf dem offenen Gefechtskanal.

Er verfolgte ihre Annäherungsflugbahn auf dem zentralen Navigationsholodisplay bis zum Erreichen der Zwanzig-Kilometer-Wartezone. Noch hatten die Aufklärungsdrohnen die Benedictine im Bereich der Kathedrale nicht lokalisiert. Vorher würde es keine großflächigen Zerstörungen geben.

»*Zielobjekt identifiziert!*«, löste die Nachricht der Schiffs-KI schlagartig seine unbewusste Anspannung.

Der Rumbler befand sich bereits auf seinem Zielkurs. Unbehelligt von irgendwelchen Abfangdrohnen näherte er sich wie von einer Schnur gezogen, dem nur einen Kilometer vom persönlichen Bereich der Benedictine entfernten Zielpunkt in der Kathedrale. Dort sollte sich den Angaben der Aufklärer zufolge das Hauptquartier der Garde Raoulas mit der Kommunikationszentrale befinden – *befunden haben* – dachte er bei sich, während vor seinen Augen die halbkugelförmige Reaktionswolke von Materie und Antimaterie in die Höhe wuchs und das Holodisplay auszufüllen begann.

Die Crops der fünf begleitenden Sturmboote waren ausgestiegen und bewegten sich in einer tief gestaffelten Angriffslinie auf die noch von schweren Luftverwirbelungen gezeichnete Unterdruckzone über dem Krater zu.

Das war wirklich zu einfach.

Von der Bodenkontrolle bereitgestellte Neerds und schwere Antigrav-Panzer seines Rodonns warteten in einigen Kilometern Entfernung auf das Abklingen der Strahlungswerte unterhalb der kritischen Marken.

Der Positionsmarker der Benedictine wurde ihm genau an der Stelle ihrer letzten Begegnung angezeigt – Erinnerungen griffen nach ihm, eine Welle der Unsicherheit rollte heran. Bilder einer jungen, attraktiven Frau flackerten vor seinem inneren Auge auf.

Er dehnte seine Nackenmuskulatur, verdrängte das unbehagliche Gefühl, etwas zu übersehen, Fehler zu machen, nur ansatzweise.

Dann gab er seinen Offizieren das Zeichen zum Aufbruch, aktivierte die Anzug-Mimikry und verließ das Sturmboot als Letzter in drei Kilometern Höhe durch eine der Ausstiegsöffnungen, erlaubte der Anzug-KI, dem Leitstrahl der Bodenkontrolle zu folgen und konzentrierte sich ganz darauf, die Sensordaten der tief in die Kathedrale vorgedrungenen Aufklärungsdrohnen zu analysieren.

»Kommunikation ist ausgeschaltet, Toreki, die Kampfdrohnen haben die autarken Zentren abseits der Hauptenergieversorgung aufgespürt und neutralisiert«, melde sich der Landsucher von Bord der Riddec.

»Ihre Kernschilde sind am Zusammenbrechen, in einer halben Stunde sind die Kirchentruppen dort drinnen wehrlos.«

»Wir verzeichnen keinen Widerstand, Cektronn. Empfehlen Strategiewechsel auf Sturm!«, vernahm er die Einschätzung der Bodenkontrolle. Es könnte jetzt sehr schnell gehen.

Er erteilte den Befehl mit einem Druck seines linken Zeigefingers auf das Sensorfeld im Handschuh.

Seine Genugtuung wuchs. Jetzt wäre es auch für eintreffende Verstärkungen der Kirchentruppen zu spät, noch etwas am Ausgang des Angriffs zu ändern.

Neerds drangen in großer Zahl durch den Krater in die Kathedrale ein und machten sich auf den Weg, die restliche Infrastruktur zu zerstören.

Warum wehrte sie sich nicht?

»Ich möchte die Benedictine isolieren, schnellstmöglich!«, sprach er auf dem offenen Gefechtskanal, »ihr darf *absolut nichts* passieren!«

»Nach wie vor alles ruhig, Toreki, keinerlei Aktivitäten an den Sprungpunkten oder in den Transfersystemen«, informierte ihn Pleet auf dem privaten Kanal.

Seine Augen strichen unruhig über den weitläufigen Komplex der Kathedrale, suchten nach *dem* Turm, auf dessen

Balkon er beinahe den Kräften der schönen jungen Frau verfallen wäre, deren Körper den Geist dieses Monsters beherbergte.

Sein Anzug änderte automatisch den Kurs in Richtung auf einen neuen, von seinem Rodonn gesicherten Zugang in die Kathedrale. Er spürte die leicht berauschende Wirkung des Reflexbeschleunigers, den die in seinem Blut schwimmenden Botenfabriken ausschütteten.

Sieben Offiziere umringten ihn, drei mit schweren Waffen flogen voraus, seine Kampfdrohnen starteten selbständig aus den Schulterbehältern seines Anzugs und woben ein tödliches Schutznetz um ihn.

Die einst prunkvoll gestalteten Säulengänge innerhalb der Kathedrale waren vereinzelt von Kampfspuren gezeichnet, größtenteils jedoch nur den Abmessungen der schweren Antigrav-Panzer bei ihrem zügigen Vorrücken geschuldet.

Sein Weg führte ihn durch ein Zickzack von Gängen, Sälen und Innenhöfen auf den großen Hauptgang zu, den er von seinem letzten Besuch gut kannte. Das hohe, unschätzbar wertvolle, zweiflügelige Septid-Tor lag, gesprengt und in unzählige Einzelteile zerborsten, über die Böden des Ganges und des dahinterliegenden Saales verstreut. Nur die kunstvoll gestalteten Doppel-Sphären in der Spitze des Torbogens hatten diesen Frevel überstanden.

Ein schwerer Antigrav-Panzer seines Rodonns schwebte hinter massiven Schilden in Warteposition inmitten des Saales, nur wenige Meter von einem Thron-ähnlichen Sessel entfernt, seine beiden Disruptor-Projektoren und das kinetische Geschütz auf eine Wand ausgerichtet.

Die kleine Tür vor Ten O'Shadiif, abseits des einstigen Prunk-Tores, war geschlossen. Ein kleiner diskusförmiger Schlitz in der oberen Hälfte bedeutete ihm, dass eine Kampfdrohne dort hindurch geflogen und in das persönliche Audienzgemach der Bendictine vorgedrungen war.

Unbewusst hielt er die Luft an – nein, Raoula war am Leben, der Zielmarker bestätigte das eindeutig.

Ein Offizier seines Rodonns projizierte ihm eine Alternativroute in das Gemach – durch den großen Saal und durch die Wand, welche im Visier des Antigrav-Panzers lag.

Für eine Sekunde überlegte er, seinen Anzug zu verlassen und die kunstvoll geschnitzte Tür vor ihm mit der Hand zu öffnen – *nein!*

Die Feuerleit-KI seines Anzugs programmierte die Projektile seiner Ixus auf Staubkorngröße und kurze Reichweite, fräste die Scharniere der Tür filigran aus der Wand, vergrößerte den Durchgang, bis er in seinem Anzug hindurch passte. Dahinter befand sich eine deutlich massivere Wand, für welche die Ixus nur wenige Sekunden länger benötigte.

Seine Drohnen strömten in den dahinter liegenden Raum, die Trümmer der Wand donnerten auf den Boden.

Langsam trieb er auf den Anzug-Repulsoren in das runde Gemach.

Wie bei seinem ersten Besuch waren alle raumhohen Fenster und Türen zum umlaufenden Balkon hin geöffnet. Das Sonnenlicht war verdeckt durch schmutzig-graue Wolken, die mittlerweile turmartig in die Höhe ragten, eine Schicht schmieriger Aschepartikel, hereingetragen von den begleitenden Winden der Explosionen, bedeckte den Boden und jeden Einrichtungsgegenstand im Raum.

Die feinen Stoffe hingen verklebt, alten Spinnenweben gleich, von der Decke herab, niemand war anwesend.

Der Cektronn deaktivierte seine Anzug-Mimikry, dämpfte die Repulsoren, bis er den simulierten Boden unter den Fußsohlen spürte, und ging auf eine der geöffneten Türen zum steinernen Balkon zu, wobei er eine Spur aus zu Staub zermahlenen Trümmern hinterließ.

Der Horizont verschwand jetzt vollständig hinter den graubraunen Schlieren einsetzenden Kriegsregens. Der Kraterrand des Rumbler-Einschlags lag direkt unter ihm, keine fünfhundert Meter Luftlinie von der Brüstung entfernt. Die einzige Farbe in der Szene stammte von der dunkelroten Blutlache des Ritters, der zu Füßen Raoulas auf dem Boden lag, sein Vibro-Schwert noch in der Hand, getötet durch die Kampfdrohne, welche als erste die Benedictine aufgespürt hatte und nun auf Kopfhöhe, nur wenig von ihr entfernt, auf weitere Anweisungen wartete.

Die Benedictine sah ihn nicht an. Er zweifelte nicht daran, dass sie ihn bemerkt hatte, sein Eintreten war nicht zu überhören gewesen. Mit angezogenen und von ihren Armen umschlungenen Beinen saß sie zusammengekauert auf einer Steinbank, das zarte Kinn auf die Knie gestützt, die Kampfdrohne vor sich fest im Blick.

Das helle Gewand war ebenso mit Asche bedeckt wie die Bank, zusätzlich sah er Blutspritzer ihrer Leibwache darauf. Das leise klickende Geräusch des scharf aussehenden Zepters in ihrer linken Hand lenkte ihn nur für einen kurzen Moment ab.

Er trat vor sie, ließ einige Meter Abstand zu der zierlichen Frau, um sie durch seine Erscheinung nicht zu bedrängen.

»Wollt Ihr Eurer Drohne nicht endlich den Befehl erteilen, mich zu töten, Offizier?«, sagte sie wütend, ohne den Kopf zu bewegen, »oder ist es Euch nicht heimtückisch genug, wenn das Opfer sie bereits gesehen hat?«

Er entriegelte den Anzug, setzte den Delta-Gleitschild knirschend auf den Boden. Sein Visier fuhr nach oben.

»Ich habe nicht vor, Euch zu töten, Mutter«, antwortete er. »Mein Auftrag lautet, Eure Handlungsmöglichkeiten gegen das Zentrum und die Königreiche einzuschränken und diese Einrichtung zu neutralisieren – ich werde Euch mitnehmen.«

Irritiert bemerkte er Blut an den Fingern ihrer rechten Hand.

Die Benedictine reagierte nicht mit Worten auf seine Ausführungen. Schneller, als sein Blick folgen konnte, schnellte ihre linke Hand mit dem Zepter nach vorn, schleuderte es in Richtung Drohne, während sich die Vibro-Klinge auf dem nur einen Meter langen Flug teilte und die Kampfdrohne mit ungeheurer Geschwindigkeit traf, ihre Hülle zerschnitt und das Energiereservoir nur um Millimeter verfehlte.

Erstarrt sah er die Bruchstücke zu Boden fallen, erwartete schockiert die Implosion des Energiereservoirs – die nicht erfolgte, unterdrückte den Angriff der Anzug-KI auf die zierliche Frau.

Die Klingen des Zepters kehrten wie von Zauberhand zurück in Raoulas Hand.

»Dann braucht Ihr sie ja nicht mehr!«

Sie wandte ihm das Gesicht zu, erkannte ihn.

»*Ihr* seid es, Cektronn, es überrascht mich nicht.«

Er betrachtete sie, erschrak. Vier senkrechte rote Striche entstellten ihr schönes Gesicht, verklebten den Haaransatz ihrer feinen blonden Locken, füllten die Grübchen ihrer Wangen und endeten in schweren, dunklen Tropfen an ihrem Hals – das trocknende Blut ihres Primus. Sein Blick fiel erneut auf die rotbraun gefärbten Fingerspitzen ihrer Hand.

Ihre braunen Augen fixierten ihn, traurig – wütend.

»Ihr seid so dumm, O'Shadiif!«

Er wusste nicht, was ihn mehr überraschte, die Intensität ihrer Beschuldigung oder die Tatsache, dass sie ihn zum ersten Mal mit seinem Namen anredete und damit die Förmlichkeit der Kirchenoberen durchbrach.

Seine Sprachlosigkeit ließ den trauernden Ausdruck auf ihrem Gesicht bröckeln. Fast lächelte sie.

»Ihr jagt am falschen Ort, Lieber – wie immer!«

Er glaubte einen Schimmer blauer Farbe in ihrem Mundwinkel zu sehen.

»Ich bin nicht diejenige, vor der Ihr Euch fürchten müsst!«

»Wir kümmern uns auch um Ramone, Mutter«, sagte er, »Ihr glaubt nicht wirklich, dass wir ihre Gefährlichkeit unterschätzen?«

Mit der rechten Hand legte sie sich die von Asche verschmutzte Kapuze über ihr Haar, richtete ihren Blick wieder nach vorn, sah auf die Zerstörungen.

»Ihr habt keine Ahnung von ihrer Gefährlichkeit, Lieber – und nicht die geringste Ahnung von ihrer Macht.«

Raoula spürte, dass es ihm für einen Moment die Sprache verschlug, in dem er abwog, ob sie die Wahrheit sagte oder ihm nur imponieren wollte und was wohl die Konsequenzen sein mochten – würde sie es tun.

»Syncc Marwiin hat ihre Kathedrale zerstört – vor ein paar Tagen – ich hatte Innocentia gerade verlassen, nach ihrer Reinkarnation in dieses – *Ding!*«

Ihre linke Hand wies mit dem Zepter auf die langsam verwehende Staubwolke über dem einstigen Dormitorium ihrer Leibwache.

»Sie hätte dort in der Mitte stehen können, Lieber, und ihr wäre nichts passiert.«

Er war erschüttert, *wer*, hatte sie gesagt, sollte für den Angriff auf Ramone verantwortlich gewesen sein? »Ihr sprecht von Syncc Marwiin, dem Kulturschützer der Organisation, Mutter – *er soll das gewesen sein?*«

Sie nickte. »Ich war vorher im Gespräch mit der Urmutter. Sie erhielt einen Ruf über ihren Thieraport – von einem Planeten weit außerhalb des Nebels – von einem mysteriösen Mann. Sie verlor von einem zum anderen Augenblick beinahe die Fassung – nur er kann es gewesen sein, *der Sohn des Urvaters – der Unsterbliche.*«

Seine Verwirrung wuchs.

»Was redet Ihr? Es war Oldo Merceer, ein Sole-Sourcer, der Ramone rief und den Thieraport in ihrer Kathedrale fernzündete, nachdem er verstanden hatte, wie wahnsinnig sie geworden war. Wir wissen, dass sie das überlebte, aber wir wissen nicht, wo sie jetzt ist.«

Die Benedictine sagte lange Zeit nichts, verfolgte äußerlich ruhig, wie sich die Aschewolken im stärker werdenden Wind weiter verwirbelten, während feine Ascheflocken sich auf ihrer Kapuze und den darunter hervor rutschenden blonden Locken ablagerte.

»Dann haben sich die alten Feinde wieder verbündet, gegen uns.« Ihre Stimme war mutlos. »Eure Agenten müssen sehr gut sein, Cektronn, besser als meine«, erwiderte sie nachdenklich, drehte sich ihm zu, setzte ihre nackten Füße vorsichtig neben die Blutlache des toten Kirchenritters auf den steinernden Boden und erhob sich.

Sie sah den toten Mann an. »Aber sind sie auch besser als die Ramones?« Damit gab sie dem Körper einen abfälligen Tritt.

O'Shadiifs Anzug drehte sich knirschend und trat einen Schritt zurück. Auf seinem Display konnte er die beiden Offiziere seines Rodonns sehen, die sich mit ihren Antigravs dem Balkon von unten näherten.

Er wollte noch nicht gehen.

»Was meintet Ihr mit dem Unsterblichen, Mutter – dem Sohn des Urvaters – etwa Syncc Marwiin?«

Sie war so viel kleiner als er. Lächelnd hob Raoula ihren hübschen Kopf, sah ihn unter ihrer Kapuze hervor an.

»Ach, Lieber, ich will Euch von der Qual der Unwissenheit erlösen.«

Ihre braunen Augen erschienen ihm mit einem Mal so müde.

»Syncc Marwiin ist wenigstens so alt wie Ramone. Er ist ein Klon des namenlosen Urvaters, der als Gemahl der ersten Urmutter, Cestorine, nach deren Tod den Orden der Kirchenritter formte und sich in ihre Mitte zurückzog. Seitdem schützen sie die Mütter bei ihrer Entwicklung der Kirche.«

»*Was sagt Ihr?* Syncc Marwiin ist ein Spion der Kirche?«, entfuhr es ihm entsetzt.

Die Benedictine schüttelte den Kopf. »Nein. Er ist ihr größter Feind. Er hat ihren Wahnsinn früh erkannt und sich von ihr zurückgezogen, als sie den Pakt mit den Vorfahren schloss. Ich habe es leider erst vor kurzer Zeit herausgefunden – Ramone fürchtet ihn immer noch – und mir ist es nicht gelungen, zu ihm in Kontakt zu treten.«

Die hellgelb glühenden Repulsoren der Gel-Anzüge seiner Offiziere, die in diesem Moment in dreißig Metern Abstand ungetarnt hinter dem Balkon auftauchten, lenkten ihre Aufmerksamkeit für einen Moment ab.

Sie tat ein paar Schritte auf die Brüstung zu.

»Ich musste vor einiger Zeit auf Ramones Befehl hin einen Abt hinrichten, Vater Debruhik. Er hinterließ mir eine Nachricht, die ich zuerst nicht verstand. Erst als meine Agenten sein

Anwesen auf Serkan durchsuchten, fanden wir eine programmierte Nachricht, die mir nach und nach enthüllte, dass er ebenfalls ein Klon des Urvaters war, ein Bruder Syncc Marwiins sozusagen. Er hatte Einzelheiten über den Plan der Urmutter herausgefunden, den Nebel zu vernichten«, sie holte tief und langsam Luft, »dennoch wusste die Urmutter nicht, wer er wirklich war, als er durch meine Hand starb.«

Raoula sah ihn an. »Er war es, der mich aufforderte, Syncc Marwiin zu treffen.«

Sie taumelte, stützte sich plötzlich an der Brüstung ab, ihr Zepter fuhr funkenschlangend über den Stein, bis sie wieder Halt gefunden hatte, wischte sich über ihre Stirn, und schaute verwundert auf die aus Blut und Asche verschmierte braune Farbe auf ihrer rechten Hand.

Ten O'Shadiif verfluchte seine Nachlässigkeit. Hektisch aktivierte er die Sensoren seines Anzugs, sah besorgt auf die Anzeigen ihrer Vitalwerte – sie starb.

»Ich benötige einen Regenerationstank hier – schnell!«, schrie er auf dem offenen Kanal.

Er öffnete seinen Anzug, sprang heraus, rutschte auf dem glitschigen Gemisch aus Asche und Blut, machte ein paar Schritte zu ihr und erreichte die Benedictine in dem Moment, in dem sie vollends das Gleichgewicht verlor.

Kurz dachte der Cektronn an ihr Körperschutzfeld, ignorierte es, ergriff sie im Fall, bremste ihren Sturz mit einer Hand – sie war so leicht.

Ihr Feld war inaktiv. Er kniete auf dem steinernen Boden, hielt Raoulas Kopf und Oberkörper in seinen Armen, starrte auf die feinen Spuren blauen Pulvers in ihrem Mundwinkel, die zitternden, implantierten Sphären der Kirche auf ihren Augenlidern, die getrockneten und bereits rissig gewordenen Blutlinien auf ihren Wangen, während er unbändig hoffte, sie würde nicht sterben.

Roter Nebel, Zentrum, Ankatarh, Cap del Nora, Hauptstadt der Gilde
30397/2/11 SGC
04. Dezember 2014

Kamir

Das Gesicht Torkrage Treeroses war ernst.

»Der Preis ist bereits jetzt sehr hoch, Händlerin. Tektor wurde vor drei Tagen zerstört - zusammen mit einem unserer stärksten Verbände.«

Kamir registrierte seine Professionalität. Er wusste, das Blaak Ferkuiz, der mit diesem Verband gefallen war, einer der engsten Freunde des Königs gewesen war.

»Zusätzlich wurde der letzte Prototyp des neuen Sprungantriebs vernichtet - zusammen mit dem Hud, der ihn entwickelt hat.«

»Die Unsichtbare Flotte wird versuchen, diese Lücken zu schließen, Siir«, antwortete Karbedi mas Boroudy ernst und pflichtgemäß.

Er nickte kurz.

»Einer der beiden Mega-Tempi wurde dort vernichtet, über den anderen wissen wir nichts. Oldo Merceer, der Sole-Sourcer, ist tot - nichts, was wir uns auf die Fahne schreiben könnten - er starb ohne unsere Beteiligung in der Arche auf Ruthpark.«

»Die Stellvertreterin Ramones ist ebenfalls keine Bedrohung mehr, Siir«, entgegnete die Erste Händlerin.

Der König sah überrascht auf. »Durch den Cektronn?«

»Ja, Overteer. O'Shadiif hat das komplette System entmilitarisiert. Es gibt dort keinen einzigen Kirchenritter mehr. Die Benedictine fiel lebend in seine Hand. Sie hat das Überleben Ramones und Frere Metcalfes bestätigt, bevor sie an einer selbst zugefügten Vergiftung starb.«

Torkrage Treerose schien ein wenig erleichtert. »So verdanken wir ihm den einzig positiven Fortschritt. Hat er erfahren, wo Ramone sich aufhält?«

Kamir schüttelte verneinend den Kopf. »Die höchste Wahrscheinlichkeit hat noch immer Xee, Siir.«

»Das glaube ich nicht, Händler. Es befinden sich zu wenig Kirchentruppen dort. Gemessen an den Konzentrationen, denen wir auf Chrunus und Enchrome gegenüberstanden, können das nicht einmal zehn Prozent der Gesamtstärke sein.«

Er kniff seine Augen etwas zusammen, das feine Narbengeflecht kräuselte sich im Holodisplay.

»Sie ist woanders – wir müssen weitersuchen.«

»Sollen wir dann mit dem Angriff auf Xee beginnen? Wenn es so ist, wie Ihr sagt, Overteer, ist das Verhältnis im Moment günstig. Wir haben den Sektor komplett isoliert.«

Torkrage Treerose blickte an Karbedi mas Boroudy vorbei, als erhalte er soeben weitere Informationen.

»Ich würde gern jemanden mitschicken - Merkanteer Keleeze – Ihr habt ihn kennengelernt. Er ist ein ausgezeichneter Offizier und besitzt volle Entscheidungsgewalt. Seine Aufgabe wird es sein, die Arche auf Xee zu sichern und eine Auslösung der Potentialkatstrophe zu verhindern.«

Weitere Daten wurden auf einem Nebendisplay angezeigt.

»Wir haben das Archenprinzip weiter entschlüsselt, es ist von entscheidender Wichtigkeit, dass keine Arche gezündet wird! Sobald er dort eintrifft, kann der Angriff beginnen, Händlerin.«

»Befindet sich der Merkanteer noch auf Ruthpark? Dann lasse ich ihn abholen, Siir«, Kamir sah die Erste Händlerin lächelnd an.

»Eine alte Freundin von mir ist in der Nähe.«

Roter Nebel, Galaktischer Spalt, Ruthpark
30397/2/12 SGC
05. Dezember 2014

Ashia

Meinem Crownie ging es ausgesprochen schlecht.

Eine Ärztin des Basisschiffes hatte mir gesagt, sie hätten darauf verzichtet, ihn in einen Regenerationstank zu legen, nachdem er sich die Anschlüsse zum dritten Mal aus dem Körper gerissen hatte und offensichtlich in der Regenerationsflüssigkeit zu ertrinken drohte.

Er verhält sich vollkommen irrational. Seine Lunge ist beschädigt. Verleitet ihn nicht zum Sprechen, Dawn, falls er überhaupt etwas mitbekommt!

Irrationales Verhalten, ich lächelte vor mich hin und dachte an unsere Landung auf Ul'Charque III, das beschrieb so gar nicht das mentale Grundgerüst meines Crownies.

Keleeze schwebte im Antigravitationsfeld. Filigrane Leitungen, von seinem Brustbein, den Achseln und Leisten ausgehend, verbanden ihn mit den Einrichtungen der Überwachungs-KI.

Seine rechte Hand befand sich in einem Handschuh, der bis zum Unterarm hinaufreichte, ein kleines Holodisplay zeigte mir den fortschreitenden Heilungsprozess des ursprünglich bis auf die Knochen verbrannten Gewebes.

»*Ashia!*«

»Du bist doch noch nicht tot, Crownie«, antwortete ich erleichtert und strich mit einem Finger über seine nackte Schulter.

»Hud Pasuun hatte wohl übertrieben«, brachte er heiser und stockend heraus, öffnete langsam die Augen und verzog das Gesicht dabei zu einem schmerzhaften Grinsen.

»Dein König und mein Herr haben mir aufgetragen, dich abzuholen«, sagte ich.

Er drehte den Kopf zu mir und sah mich aus plötzlich wachen Augen an.

»Du sollst beim Angriff auf Xee dabei sein und dich um die Sicherung der Arche kümmern, während die anderen als Kanonenfutter für die Od'Fer herhalten und sie von dir ablenken.«

»Finde ich gut«, krächzte er, »hat das noch ein Jahr Zeit?«

»*Einen Tag* – und ich bin mir nicht mal sicher, ob du uns in dem Zustand nicht eher behinderst. Meine Zeit als Kindermädchen für unterentwickelte Exemplare ist vorbei, Crownie.«

Er schloss die Augen und lächelte.

»Ich habe gehört, du hast den einzigen Sole-Sourcer getötet, der uns helfen könnte – der, der uns beiden auf Ul'Charque das Leben gerettet hat – *schlau von dir!*«

Das Lächeln auf seinem Gesicht verschwand. Seine linke Hand schoss vor und umklammerte mein Handgelenk schmerzhaft. Seine Augen glühten mit einem Mal voller Zorn.

»Das ist nicht wahr!« Er hustete. Winzige Blutströpfchen erschienen auf seinen Lippen. »Wir haben uns unterhalten, er hat mir seine Sichtweise erklärt und sich dann selbst getötet.«

Ich legte meine Hand auf seine Ringe und löste die Finger einen nach dem anderen von meinem Handgelenk.

»Du willst mir sagen, du hast dieses unschlagbare Nanostruktur-Monster *totgequatscht?*«

Die Spannung wich aus seinem Körper, das Lächeln kehrte zurück, seine langen schwarzen Haare schwebten wie Seegras in der Dünung unter ihm.

»Warte, bis es mir wieder besser geht.«

Ich küsste ihn auf die blutigen Lippen.

»*Noch einen Tag!*« flüsterte ich.

Es war beeindruckend.

Ich hatte einige Zivilisationsarchen in den vergangenen Jahren gesehen, doch im Vergleich zu dieser ineinander geschachtelten Kugel der Sole-Sourcer waren das allenfalls Versuche gewesen.

Keleeze war natürlich am Abend des Tages wieder auf den Beinen. Seine medizinische Versorgung trug er als Rucksack auf dem Rücken, der Medi-Handschuh an seiner Rechten war unauffällig und im gleichen Dunkelgrau wie der andere. Sein Innenanzug unter dem Uniformanzug fixierte die Leitungen und das aktivierte Visier verbarg die dunklen Ringe unter seinen Augen *so in etwa.*

Der hallenähnliche Vorraum tief in der Erde war erfüllt von Wissenschaftlern der Organisation, welche den Tempus untersuchten und Stück für Stück in seine Komponenten zerlegten.

»Syncc Marwiin erwartet uns drinnen«, sagte er zu mir und setzte sich an der leblosen Hülle des Tempus vorbei in Richtung einer kleinen Öffnung in Bewegung.

Mein Respekt vor diesem Bauwerk wuchs mit jedem Schritt, während wir durch den Zugang ins Innere gingen und schließlich in einen kugelförmigen Raum gelangten, in dem mich einige der Anwesenden mit kritischen Blicken empfingen.

Oh nein!

Die beiden weiblichen Exemplare sahen mich mit deutlich gemischten Gefühlen an. Das Jüngere schien erneut gereift zu sein, seitdem ich es zum letzten Mal auf dem Flug hierher gesehen hatte, sein Blick war bohrend, während die andere Frau lieber einen Schritt zurückgemacht hätte, wäre dort nicht die Wand gewesen.

»Ashia, du hast Syncc Marwiin bereits getroffen, das sind Sinistra und Karen«, hörte ich Keleeze im Hintergrund sagen, während mein Blick zu dem alten Mann wanderte, der ohne von uns Notiz zu nehmen ein hochauflösendes Holodisplay bediente.

»Die Codes im Datenspeicher Oldo Merceers waren hilfreich, Höchster«, bemerkte er im gleichbleibenden Ton, warf mir einen kurzen Blick zu und wandte sich dann an den Crownie.

»Sie enthielten eine vollständige Liste der Archen des Zweiten Imperiums, die während der letzten Potentialkatastrophe nicht gezündet wurden und eine Markierung all derer, die mit

Position an Ramone weitergeleitet worden waren. Xee und eine weitere Welt der Nebelwelten sind darunter!«

»Welches ist der andere Planet, Syncc?«

Er bediente ein paar virtuelle Einstellungen, worauf eine Karte des Roten Nebels im Holodisplay über uns erschien, in dem sich der Fokus auf eine Randwelt im Bereich der Nebelwelten verschob.

»Infinitum – das Mausoleum der Urmütter.«

»Kann das der aktuelle Aufenthaltsort von Ramone sein?« Keleeze schritt zu ihm und sah konzentriert auf die Darstellung.

»Möglich wäre es, Siir. Für ihr Vorhaben sind beide Welten gleichbedeutend. Der Overteer hat einen Angriff bereits befohlen.«

»Gut, Syncc. Schließt Eure Arbeiten hier ab und - *was?*«, setzte er im Befehlston an, unterbrach sich jedoch selbst, als er den mahnend erhobenen Finger des alten Mannes bemerkte.

»Auch diese Arche erscheint dort, Höchster – seht!«

Ich verstand erst nicht, was er mit *dieser Arche* meinte, bis der Fokus sich von Infinitum entfernte und in die Region des Nebels schwenkte, in dem sich der Galaktische Spalt und Ruthpark befanden.

»*Ruthpark ist aktiv?*« Keleeze stockte und überlegte angestrengt. »Dies ist doch eine Arche des Ersten Imperiums, ist die technologisch dazu überhaupt in der Lage?«

»Offensichtlich, Siir. Die Energiedichte hat seit mehreren tausend Jahren ihr Maximum erreicht. Wenn Ramone die entsprechenden Zugangsinformationen besitzt, kann sie die Arche über den Thieraport fernzünden, um den Aufbau der Kettenreaktion zu unterstützen.«

Die beiden Exemplare reagierten bestürzt auf das Gehörte, sahen sich entsetzt an.

»Wir können das nur abwenden, wenn wir Ramone rechtzeitig finden«, dachte der Crownie laut, »geht mit mir an Bord, Syncc, nehmt Eure Assistentin mit, wir fliegen so schnell wie möglich ab!«

»*Nein!* Ich werde *nicht* mitkommen!« schrie sie.

Alle erstarrten durch die Intensität der herausgeschrienen Worte. Keleeze verharrte in seinem Schritt in Richtung Ausgang. Drehte sich langsam um und sah überrascht zu dem jüngeren Exemplar.

Dann nickte er bestimmt und sagte: »Syncc, sie ist Euch eine große Hilfe, Ihr nehmt sie mit.«

Die junge Frau stürmte auf Keleeze zu, fast dachte ich, sie würde die Wahnsinnstat begehen und ihn ins Gesicht schlagen. Stattdessen verharrte das Exemplar mühsam kontrolliert vor ihm und sah ihn von unten wütend an.

»*Was glaubt Ihr, wer Ihr seid, Keleeze. Mein Sklavenhalter? Ich bin nicht Euer Exemplar und ich werde sicher nicht mitkommen und wenn Ihr Euch auf den Kopf stellt – ich entscheide ganz allein, was ich wann unternehmen werde. Geht ohne mich!*«, schrie sie ihn lautstark in perfektem Proc an.

Anschließend flog sie durch den halben Raum, getroffen von der impulsiven Rückhand meines Crownies, landete hart an einer Wand und glitt zu Boden.

Keleeze deaktivierte sein Visier und ging ein paar Schritte auf sie zu, während das ältere Exemplar, mit Tränen in den Augen, ihm mutig den Weg verstellte.

Ich betrachtete amüsiert die Szene. Wie kam er da nur wieder raus?

»*Höchster!*«

Der alte Mann warf ihm einen ermahnenden Blick zu.

»Ihr vergesst Euch, Merkanteer!«

Keleeze sah scharf zu ihm.

»Es gibt eine bessere Lösung, Siir.«

In den vergangenen Sekunden waren ein älterer und ein jüngerer Mann aus einem Aufgang hinter der Wand getreten, an der das zusammengekrümmte Exemplar hockte, und angewurzelt stehen geblieben, als sie die Spannung unter den Anwesenden vernahmen. Die Abzeichen an ihren Anzügen wiesen sie als Mitglieder der Pretaia aus, ich schloss auf einen Hud und seinen Assistenten.

»Hud Keruun und Hudun Merswiin, Höchster. Sie kamen mit dem neuesten Prototypen von Tektor. Hud Chitziin hat sie geschickt, bevor er das Artefakt und damit den Planeten zerstörte.«

Keleeze entspannte sich ein wenig, konzentrierte sich auf die neuen Informationen, beachtete die beiden Exemplare nicht weiter.

»Sie haben außerdem die gesamten Berechnungen Chitziins über die Potentialanomalien mitgebracht. Es besteht die Möglichkeit, diese Arche abzukoppeln und die gespeicherte Energie für einen Schutzschild zu verwenden.«

Er sah ihn stirnrunzelnd an.

»Ist das sicher, Syncc?«, sagte er und erlitt einen Hustenanfall, der wiederum einen feinen Film roten Blutes auf seinen Lippen hinterließ.

»Nein, Siir. Aber wenn wir es schaffen, haben wir wenigstens ein Jahr Zeit, den Schild zu errichten, bevor die Welle der Potentialentladung diesen Planeten erreicht – falls Ihr versagt und Ramone die Katastrophe auslösen kann.«

Der Tadel war unüberhörbar, ich spürte die Wut in meinem Crownie erneut anwachsen – wo war seine Beherrschtheit geblieben? Keine Spur mehr von dem immer kontrollierten Offizier der Schattentruppen. Alle erwarteten die unausweichliche Reaktion.

Der alte Mann trat dennoch auf ihn zu, durchbrach den respektvollen Abstand, führte seinen Mund dicht an Keleezes rechtes Ohr und sprach unhörbar für die anderen hinein.

Es geschah das Überraschende.

Keleezes Anspannung fiel zusammen, seine Aggressivität verwandelte sich in einen Ausdruck des Bedauerns – unsicher sah er zu den beiden am Boden hockenden Frauen, wandte seine Aufmerksamkeit wieder dem alten Mann zu, der ihn fest anblickte und dabei leise aber nicht weniger eindringlich mit ihm sprach.

Nachdem er geendet hatte, sah Keleeze ihn ein paar Sekunden wortlos und ernst an. Dann nickte er einmal und drehte sich den beiden Frauen zu.

»Es tut mir leid, Siiras!«, sagte er und es klang aufrichtig.

»Bewahrt Eure Wärme, Syncc.«

Der alte Mann beobachtete ihn prüfend.

Keleeze nickte mir zu und schritt auf dem Ausgang zu. Alle Blicke hingen plötzlich an mir. Langsam ging ich zu dem jüngeren Exemplar, hockte mich neben sie und die andere Frau. Ihre Wange war an der Stelle aufgeplatzt, wo sie der Handschuh getroffen hatte. Ihr Blick war feindselig.

»Das war so außergewöhnlich mutig, Siira«, sagte ich leise zu ihr, »wie es außergewöhnlich dumm war.«

Ich lächelte sie an. »Ich würde sagen, der Mut überwog vielleicht ein bisschen.«

Die Frau, die Keleeze mir als Karen vorgestellt hatte, musterte mich aus der Nähe.

»Es wäre sehr angenehm, wenn Ihr verschwinden würdet«, hörte ich die Übersetzung der in ihrer eigenen Sprache gesprochenen Worte.

Ich erhob mich, *nun – das würden sicher nicht meine besten Freundinnen werden,* und folgte Keleeze aus der Arche heraus, mir im Unklaren darüber, ob das jüngere Exemplar mein Kompliment wohl verstanden hatte.

Wir verliessen den Archenkomplex schweigend durch den langen Zugangstunnel, vorbei an Arbeitsdrohnen und Organisationswissenschaftlern in Panzeranzügen, deren verwunderte Blicke darüber, dass hier jemand zu Fuß lief, durch ihre Anzüge hindurch spürbar waren.

»Was war da drinnen los, Keleeze?«, fragte ich, als wir nach einer Weile die riesige Vorhalle mit dem leuchtenden Mosaik erreichten.

»Was hat der alte Mann zu dir gesagt?«

Er beachtete mich nicht, setzte seinen Weg zielstrebig auf einen bestimmten Punkt des Mosaiks fort, blieb nach etwa einhundertzwanzig Metern stehen. Ich folgte ihm, sah, wie sich der Boden unter ihm veränderte, als fliege er über eine grüne Landschaft, während er langsam einzelne Schritte mal nach rechts, dann wieder nach links machte, worauf die Darstellung sich jedesmal vergrößerte, bis wir uns über einer von weißen Punkten übersäten Waldlichtung befanden, auf der wir langsam niedergingen, bis die weißen Punkte sich in einzelne pilzartige Gewächse auflösten.

Keleeze kniete nieder, zog sich den Handschuh von der verletzten Hand und strich abwesend über die Lichtdarstellung der Pilzgewächse. »Er hat es mir prophezeit – vor wenigen Tagen erst – und es ist bereits jetzt wahr geworden.«

Ich verstand ihn nicht im Geringsten. Sein Blick erfasste mich, erkannte mein Unverständnis. Er ergriff meine Hand, zog mich auf die Knie, sein Gesicht kam dicht an mich heran, beinahe dachte ich, er wolle mich küssen.

»Oldo Merceer hat mich infiziert, Ashia, vor seinem Tod.«

»Womit?«

»Hiermit.«

Er wies auf die Pilze. »Mit den Sporen des Soles, vorher injizierte er mir sein Virus«, er atmete schwer, »das hat mir Syncc Marwiin soeben dort drinnen auf den Kopf zugesagt. Woher konnte er es wissen?«

Es war eine rhetorische Frage, die Antwort würde er mir gleich selbst liefern. Konzentriert musterte er mich.

»Er hat es aus der Veränderung meines Verhaltens gelesen, aus den paar Sekunden, die er mich dort gesehen hatte, Ashia. Er sagte, ich solle losgehen und Ramone finden und töten, das sei meine einzige Aufgabe und danach das Vierte Imperium aus den Kulturen des Roten Nebels formen. – Wieso ich und nicht Treerose? Wieso nicht er?«

Die Verwirrung, die mich erfüllte, musste er auf meinem Gesicht lesen.

»Diese Kombination aus Virus und Pilzsporen ist der Auslöser in der Evolution der Sole-Sourcer gewesen, Ashia«, erklärte er.

»Vor seinem Tod machte Oldo Merceer mich zu einem der Seinen, er sagte mir, ich würde die Infektion nicht mehr rückgängig machen wollen, selbst wenn ich es könnte – und es wurde wahr – nur Stunden später!«

Seine Augen glühten, sein Griff um mein Handgelenk war fest. Ich verstand meinen Crownie. Sein Denken war bereits zum Zeitpunkt seiner Bergung aus der Arche verändert gewesen. Die unterschwellige Aggressivität, die ich schon auf dem Schiff gespürt hatte, war ein Ausdruck dieser Veränderung.

»Obwohl meine Makrobots erschöpft waren, wehrte ich mich gegen den Regenerationstank, der das Virus zerstören konnte, ich *wollte* es behalten, verstehst du? Ich schleppte mich aus der Arche und verbarg den Injektor, der mich nur Minuten vorher zum Sklaven gemacht hatte – ich wollte ihn schon nicht mehr hergeben.«

Ich nickte langsam, das ergab jetzt einen Sinn.

»Ich denke unablässig daran, wie ich die Makrobots so verändern kann, dass sie mir helfen, das Virus zu entwickeln, anstatt es zu bekämpfen, ich denke darüber nach, wie ich verhindern kann, dass Ramone die Katastrophe auslöst, wie ich den Tod so vieler Brüder aufhalten kann und wie ich am besten damit beginne – *als Sole-Sourcer* weiterzuleben.«

Ich legte meine freie Hand auf seine Wange. Er glühte. Die Haut war heiß, eine Schicht von Schweiß lag auf seinem Gesicht.

»Ich werde dir helfen, Keleeze – wir sollten auf Xee anfangen – denn wenn *wir* die Arche dort übernehmen, diese hier auf Ruthpark durch den alten Mann dem Zugriff der Urmutter entzogen wird und Treerose Infinitum angreift, haben wir alle Chancen auf ein siegreiches Ende.«

»*Wir wissen nicht, wo Ramone ist*«, zischte er über die blutigen Lippen.

»Das ist im Moment egal, Keleeze«, ermahnte ich ihn schärfer als geplant. »Wir haben Drohnen nach Xee geschickt, und die, die zurückkamen, hatten keine erfreulichen Nachrichten dabei!«

Endlich besaß ich seine ungeteilte Aufmerksamkeit. »Wir haben zehn Tage – maximal – bevor das Potential dort kritisch wird, gleichgültig, ob die Urmutter dort ist oder woanders, sie hat die Arche dort bereits gezündet, *wir müssen dorthin!*«

Roter Nebel, Zentrum, Ul'Charque, Forschungssystem von Z-Zemothy
30397/2/12 SGC
05. Dezember 2014

Ten O'Shadiif

Raoula war tot. Ihr Geist an den Folgen der Überdosis des Nervengiftes gestorben.

Er hatte der KI des Regenerationstanks nach einem Tag den Befehl gegeben, die Versorgung ihres Körpers einzustellen.

Warum war er traurig?

Sie hatte ihm in ihren letzten Sekunden geistiger Klarheit Einsichten gewährt, die ihn zutiefst verstört hatten.

Nur eine Minute nach seinem Hilferuf war der Tank dort gewesen. Noch während er half, sie in die Nährflüssigkeit zu legen, hatte ihr Geist begonnen, zu ihm zu spechen.

Er hatte Bilder einer Hinrichtung gesehen, Bilder einer Promotion, das Gesicht eines gefolterten Mannes, Damon von Antaros, eine Flut von Erinnerungen aus der Vergangenheit, dann einen Angriff der Kirchentruppen auf ein leeres Anwesen, zwei tote Männer - *Damon* und *Nestor*.

Er hatte sich nicht entziehen, nicht von den Informationen befreien können, sein Körper war wie gelähmt gewesen. Erst als der Strom der Bilder verebbt war und er vor seinem inneren Auge die Szene auf dem Balkon erlebt hatte, auf dem er sich mit Raoula im Regenerationstank und den Offizieren seines Rodonns befand, hatte er die Kontrolle langsam zurückzugewinnen können.

Das Papit ist ein treuer Freund, Lieber. Benutze es, wenn du Ramone gegenübertrittst – dann bist du vor ihren Gedanken sicher. Und jetzt lass mich gehen – ich muss Damon finden.

Ein Bild der Urmutter war in seinem Geist erschienen, wie sie sich selbst auf den Armen trug.

Verwirrt hatte er den schmerzenden Kopf geschüttelt, das Bild war hartnäckig geblieben, hatte begonnen, sich zu verändern.

Er stand in einer großen Gruppe von Schattentruppen in einer Dom-ähnlichen Halle, sah Ramone durch eine hohe Öffnung eintreten – verspürte einen tödlichen, stechenden Schmerz – im nächsten Moment waren die Panzeranzüge der Schattentruppen um ihn herum nur noch eine Ansammlung aufrecht stehender Särge. Jemand rief seinen Namen, er hob den Blick, sah Raoula dort oben auf einer Empore. Sie lächelte ihn an, reichte ihm die nach oben geöffnete Hand. Er flog auf sie zu, wollte die Hand ergreifen – erschrak, als er in ihr totes Antlitz blickte, die blau gefärbte Handinnenseite zu Staub zerfiel.

Der Regenerationstank war bereits an Bord der Riddec gewesen, er war wieder in seinem Anzug, vollkommen in Gedanken, hatte die Anwesenheit seiner Offiziere um ihn herum nicht wahrgenommen, die das Gemach der Benedictine routinemäßig durchsucht hatten. Sein Blick war auf einen Marker in seinem Display gefallen. Er hatte die Darstellung herangezoomt, bis er einen kleinen, blauen, schwach strahlenden Stein auf der Bank erkannt hatte, genau an der Stelle, wo Raoula bei seiner Ankunft gesessen hatte.

Die Farbe des Steins war für ihn nicht mehr erforderlich gewesen, er hatte instinktiv gewusst, dass dies Papit war, jene kostbare Substanz, mit der sich die Benedictine vergiftet hatte und die ihn retten sollte.

Vorsichtig hatte sein Anzug den Stein aufgenommen, ihn in einem sich molekular versiegelnden Außenbehälter seines rechten Beins deponiert.

Er hatte sich nicht wie ein Sieger gefühlt.

Der Cektronn sah auf die Karte des Roten Nebels vor ihm.

Nachdem seine Agenten ihm den Abflug Ramones aus ihrem System berichtet hatten, blieb aus Sicht der Königreiche nur Xee als mögliches Ziel übrig.

Er lächelte. Er hatte stets einen Trumpf in der Hand behalten. Warum sollte er diesmal alle Informationen preisgeben?

Torkrage Treerose und der Rat waren mit seiner Antwort zufrieden gewesen.

Das Holodisplay fokussierte auf Infinitum. Die Potentialinformationen der Sprungverbindung dorthin waren ebenfalls Bestandteil der letzten Übermittlung an ihn gewesen.

Beide Welten lagen an den gegenüberliegenden Enden des Roten Nebels.

Die Unsichtbare Flotte hatte Xee isoliert – die Schattentruppen würden überall auf der Jagd nach der Urmutter sein. Auch dort.

Sein Lächeln wurde breiter. Er mußte nicht über den möglichen Aufenthaltsort der Urmutter spekulieren.

Wäre ihm recht, wenn die Königreiche auf Infinitum die schmutzige Arbeit übernehmen könnten und ihm den Weg zu Ramone freiräumten.

12 Sieben Königreiche

Roter Nebel, Transfersystem 19, Roo - Flaggschiff des Schildverbands
30397/2/13 SGC
07. Dezember 2014

Torkrage Treerose

Certeer Demm Zarkoon beendete die Thieraportübertragung nach Chrunus. Die turnusmäßige Beratung mit dem Stab der Huds und Zentrumswissenschaftler hatte auch diesmal keine Fortschritte in Bezug auf neue Möglichkeiten der Abwehr einer künstlich ausgelösten Potentialentladung erbracht. Sie würden den Angriff auf Infinitum ohne eine ausgereifte Lösung für den Fall beginnen müssen, dass es ihnen nicht gelang, die Arche zu finden, in sie einzudringen und alle Kirchentruppen auszuschalten, bevor die Urmutter das superkritische Potential zünden würde.

Nur die Lichtdarstellung Narg Laurenz' verharrte weiterhin neben Treerose, der unzufrieden mit den Fingern der rechten Hand auf die große ovale Tischplatte trommelte.

»Syncc Marwiin ist am dichtesten dran, Tork. Wir werden ihn auf Ruthpark unterstützen, so weit wir können und er es wünscht.«

Der König von Restront hob eine Augenbraue und sah zu der imposanten Erscheinung des Königs von Laurenz/Difthon, bevor er schließlich nickte.

»Gut. Ich denke auch, dass von Hud Kluwaan in der verbleibenden Zeit nur Glücktreffer zu erwarten sind, Narg. Der Tod von Chitziin ist eine Katastrophe für uns.«

Er erhob sich aus dem Sessel, der in seine aufrechte Ausgangsposition zurückfuhr.

»Keleeze hat diesem Kulturbewahrer von Anfang an instinktiv vertraut. Ich bin mir allerdings nicht sicher, ob er ihn einmal in der Rolle des alleinigen Retters der Nebel-Kulturen vermutet hat.«

Sein Blick wanderte zur rechten Wand des Kommunikationsdecks an Bord der *Roo*, dem Schildverband, der ihm als

Kommandobasis für den bevorstehenden Angriff auf Infinitum dienen würde. Diverse Holodisplays informierten über die Status der Aufklärungsdrohnen, der Testangriffe auf Teilverbände der Kirchentruppen im Bereich des sekundären Einsprungpunktes nach Infinitum und über die allgemeinen Schlachtvorbereitungen der Schattentruppen im Transfersystem 19.

Alles lief ruhig und geordnet ab. Das Transfersystem war vollkommen abgeschottet, isoliert gelegen, durch den Normalraum nur durch jahrelanges Reisen unter Normalantrieb zu erreichen. Die beiden Potentialenden lagen verborgen hinter den diffus glühenden Schilden der Kampftore, deren gefilterte Verbindung nur autorisierten Schiffen den Transfer ermöglichte.

Die Systemsonne von 19 erglühte im schwachen Blau sowie im ultravioletten Teil des Lichtspektrums. Es handelte sich um einen blauen Riesen, der gut die neunzigfache Masse der Systemsonne von Restront besaß, bei einem um den Faktor hundert größeren Radius. Er befand sich im letzten Viertel seiner Lebenserwartung, die nach Aussagen der Pretaia lediglich vierzig Millionen Jahre betrug und wandelte in einer Sekunde so viel Wasserstoff in Helium um, wie die Sonne Restronts in einem ganzen Jahr. Zwei kleine Planeten umkreisten in dreihundert- und vierhundertundfünfzig Millionen Kilometern Entfernung diesen Riesen, bereits vor Urzeiten zu schwarzer Schlacke verbrannt.

Zehn Sonnenstationen befanden sich in den Ausläufern der Photosphäre von 19, im Moment nur minimale Energien aufnehmend, mit denen sie ihre eigenen Schutzfelder und den Schildverband versorgten.

Bei Bedarf konnten sie in kürzester Zeit die intensive Strahlung des Blauen Riesen in ihren magnetischen Linsen bündeln und in Form eines hochenergetischen Quantenstrahls über die Steuerlinsensysteme durch das Sprungtor senden.

In Gedanken folgte Treerose dem Kurs einer Gruppe von Infiltrationsdrohnen, zimmergroßen, KI-gesteuerten Aufklärungssystemen, welche in Rudeln von zwanzig durch das nur für Millisekunden im gegnerischen System materialisierende Kampftor mit maximaler Transfergeschwindigkeit und Tarnung eintraten, ausschwärmten und Informationen zu sammeln begannen.

Die Aufklärungsinformationen wurden gebündelt an die ersten Drohnen der nächsten Gruppe zurückübertragen, sobald diese im System eintrafen, und von diesen durch die Torverbindung weiter aus dem System zurück zur *Roo* geleitet, wo die zentrale Feuerleit-KI die Daten in ihre aktuellen Berechnungen übernahm.

»Das Bild vervollständigt sich, Siirs«, sagte ein Certeer und deutete auf eine Sammelauswertung der vergangenen Stunden.

»Wir haben bis jetzt vierundzwanzig Wellen hineingeschickt, von den letzten vier wurden weniger als dreißig Prozent zerstört. In einer knappen Stunde haben wir das gesamte System bis auf die Null-Zone kartographiert, bis jetzt konnten vier schwere Verbände lokalisiert werden.«

Treerose sah auf den ersten davon. Er bestand aus vier Schlachtschiffen, acht superschweren Kreuzern, vierundzwanzig Kreuzern der regulären Baugröße und neunundsiebzig Zerstörern einer unbekannten Klassifizierung, deren Defensivsysteme die Infiltrationsdrohnen bisher erfolgreich von einer Nahaufklärung abhalten konnten. Daneben erfüllte ein Nebel von Kirchendrohnen aller Größen und Bauformen den Raum zwischen den Großschiffen. Der Verband füllte eine Kugel mit dem Durchmesser von vierzig Lichtsekunden, deren Mittelpunkt zwanzig Lichtsekunden vom sekundären Eintrittspunkt entfernt war.

Ein zweiter Verband wartete auf einem Drittel der Entfernung vom Eintrittspunkt zum Hauptplaneten Infinitum, ein dritter unmittelbar vor dem Planeten und der vierte im Orbit der Systemsonne.

»Es gibt mindestens noch einen weiteren vor dem primären Einsprungpunkt, Certeer – den werden wir aber nicht aufklären!«, sagte Treerose.

Der Offizier nickte bestätigend.

»Wir erwarten ihn in der Nullzone, das wird unser Testobjekt, Siir – wie berechnet.«

Der König sah auf das zentrale Holodisplay, das in einer Totalsicht das Zielsystem von oben darstellte.

Im Infinitum-System hatten sie endlich die neuen Truppen der Kirche gefunden, die Od'Fer, in einer Schlachtaufstellung, die er nur zu gut kannte, entsprang sie doch den Strategien der Königreiche. Ihn irritierte nur die geringe Anzahl der identifizierten Einheiten. Ebenso trafen sie hier auf Schildtechnologie, die der ihren ebenbürtig war – Metcalfe musste der Urmutter die Geheimnisse schon vor langer Zeit zur Verfügung gestellt haben – das erklärte auch die hohen Verlustraten unter den eigentlich für Kirchentechnik unsichtbaren Infiltrationsdrohnen. Seine Zähne mahlten unhörbar aufeinander. Es würden Offiziere fallen.

Die Anzeige der Angriffsabfolge aktualisierte sich. Die zentrale Feuerleit-KI des Schildverbandes war ausschlaggebend für die Strategie und Durchführung des gesamten Angriffs. Sie hatte zurzeit die umfassende Befehlsgewalt über sämtliche Einheiten in beiden Transfersystemen, holte sich zu bestimmten Entscheidungen die Zustimmung des Königs und weiterer hochrangiger Offiziere. Sie befand sich in einem kontinuierlichen Austausch mit der obersten Koordinierungs-Instanz der Königreiche auf Difthon und mit der untergeordneten Feuerleit-KI in einem viertausend Lichtjahre entfernten, zweiten Transfersystem 98, welches die Potentiallinie des primären Sprungpunkts des Infinitum-Systems bediente. Von dort gingen im Moment keinerlei Aktionen aus, lediglich einzelne eindringende Aufklärungsdrohnen der Kirchentruppen waren im Filter des Kampftores vernichtet worden. Die Statistiken drückten jedoch kein gesteigertes Interesse der Urmutter an diesem System aus.

»Die KI übernimmt den Aufbau des ersten Kirchen-Verbandes in ihre Hochrechnung für die Ermittlung des zu erwartenden Widerstandes vor dem primären Einsprungpunkt, Siir«, kommentierte der Certeer die Veränderungen des Angriffsplans.

Er nickte. Gleich würde sich zeigen, wie schwer der eigentliche Angriff werden würde und mit welchen Zeiträumen sie rechnen mussten, die Raumüberlegenheit im Zielsystem zu erhalten.

»Tork, ich werde mich verabschieden.« Die Projektion von Overteer Laurenz drehte sich dem König von Restront zu.

»Er wird nicht leicht werden. Behalte die Massebeschleuniger im Auge, mir ist nicht ganz klar, was sie damit vorhaben, ich würde sie zuerst ausschalten – rein präventiv.«

Er lächelte, »ich erwarte keinen unüberwindlichen Widerstand auf Infinitum. Trotzdem benötigen wir mehr Informationen über diese Killerdrohnen, die den Verbänden auf Chrunus zugesetzt haben, und ihre Schildstärke. Die Vorbereitungen für die Angriffe auf Xee und Innocentia sind nahezu abgeschlossen. Du musst keine Verstärkungen der Kirchentruppen befürchten, wenn ihr einmal dort seid und die Parallelangriffe begonnen haben.«

Seine Augen wurden zu Schlitzen, als er hinzufügte: »Nimm dich in Acht vor der Urmutter, Frere war kein Dummkopf. Was ihn verblendete, kann jedem von uns zumindest gefährlich werden. Bewahre deine Wärme!«

Seine Darstellung verblasste.

Die Ansicht des zentralen Holodisplays sprang um, als die Daten der mit Nova-Bomben bestückten Trägersysteme vom primären Einsprungpunkt aus im Transfersystem 98 eintrafen.

Treerose ballte unbewusst seine rechte Hand zur Faust.

Die Feuerleit-KI hatte in ihrer Prognose sehr gut gelegen. Die Flugbahnen der Trägersysteme erforderten nur minimale Korrekturen, um die Verteilung der zu erwartenden Reaktionsradien der Nova-Bomben zu optimieren. Die äußeren Großschiffe der Kirche würden somit immer von mindestens drei reagierenden Nova-Bomben zugleich getroffen.

Die intelligenten Antimateriebomben würden noch während der Reaktion den Kegel ihrer austretenden Gammastrahlen-Jets auf den Gegner konzentrieren. Die lokale Feuerleit-KI des Trägersystems würde sich jeweils für genau ein Schiff entscheiden müssen – mit verheerender Wirkung für das Ziel.

Die Eintrittsgeschwindigkeit der Trägersysteme lag bei halber Lichtgeschwindigkeit, die Entfernung zu den vordersten der Kircheneinheiten betrug weniger als fünf Lichtsekunden. In den verbleibenden Momenten hatten die stationären Schiffe der Urmutter keine Chance, den trägheitslos navigierenden Angreifern auszuweichen. Die schweren Einheiten im inneren Teil des Verbandes beobachteten die plötzliche Vernichtung der Fronteinheiten, veränderten automatisch ihre Schildeinstellungen, starteten Schwärme von Abwehrdrohnen und kinetischen Minen – alles mit dem Zweck, die tödlichen Nova-Bomben so früh wie möglich, so weit entfernt wie möglich, zur Reaktion zu zwingen.

Der Overteer entspannte sich ein wenig, immer noch hoch konzentriert, als er die Einschlagtiefe der Bomben in der Kugelformation des fünften Verbandes sah. Die Vernichtungsspur eines sich langsam ausbreitenden, gigantischen, kegelförmigen Kraters hinterlassend, drangen die Novas tief in die Formation des gegnerischen Verbands ein, reichten mit ihren Gammastrahl-Jets bis auf wenige Lichtsekunden an das Zentrum heran, verfehlten die Schlachtschiffe nur um winzige Bruchteile von Bogensekunden.

Nach knapp zehn Minuten war der erste Angriff vorbei. Unmengen gegnerischer Drohnen hatten sich auf die Trägersysteme und Nova-Bomben gestürzt und den Großteil von ihnen sie vorzeitig zur Reaktion gebracht. Die sichtbare Spur der Verwüstung hatte immerhin einen Kugelsektor von fast neunzig Grad von feindlichen Einheiten geklärt.

»Das waren dreizehn Prozent der Einheiten, ein Schlachtschiff und zwei schwere Kreuzer inklusive«, konstatierte ein weiblicher Stabsoffizier. »Zehn Prozent weniger, als die KI erwartet hat. Der Verband zieht sich tiefer in die Nullzone zurück, Siir – sie verschaffen sich mehr Reaktionszeit. Die anderen Verbände bleiben stationär.«

Treerose vollzog nachdenklich seine eigene Analyse. Metcalfe war hier sein Gegner. Dieser Verband war so ausgelegt gewesen, dass er standhalten, aber nicht unüberwindlich sein sollte. Sie hatten hart zugeschlagen, einige Schichten der Verteidigung durchbrochen. Nun wusste jeder, woran er war.

Die Schilde der tiefer im Zentrum der gegnerischen Kugelformation liegenden Einheiten hatten sich während des Angriffs angepasst. Der angerichtete Schaden je Nova-Bombe hatte mit fortschreitender Angriffsdauer abgenommen. Zusätzlich waren laut Messung der Feuerleit-KI nahezu sechzig Prozent von ihnen vor Erreichen ihrer optimalen Auslösereichweite durch massiven Drohnenbeschuss zur Reaktion gezwungen worden.

»Dieser Angriff war uneffektiv, KI«, kam die Stabsoffizierin zu einem gleichlautenden Ergebnis und half der zentralen Feuerleit-KI durch diese menschliche Einschätzung, ihr internes Entscheidungsmodell zu verifizieren.

Unverzüglich änderten sich die strategischen Angriffsoptionen auf den Holodisplays. Die bereits anfliegenden weiteren Wellen der Nova-Bomben wurden in weite Kreisbahnen hinter den Umlaufbahnen der Systemplaneten verlegt, während neue Expeditionsdrohnen mit angedockten Drohnenjagdsystemen in großer Zahl von Bord der riesigen Konfigurationsträger der Organisation starteten und sich dem Kampftor näherten.

»Wir müssen ihre Drohnenübermacht brechen, Siir, bevor wir die hochwertigen Systeme einsetzen«, berichtete der leitende Stabsoffizier Treerose. »Die KI wird jetzt aus beiden Potentialenden massiv das System mit Kampfdrohnen fluten.«

Der König sah auf die Holodisplays. Mehrere Werte hatten sich aktualisiert. Die zentrale Feuerleit-KI hatte die Dauer des neuen intensivierten Drohnenkrieges auf neun Stunden kalkuliert.

Er würde sich einen Fengus holen.

Der neue Wert für den dann folgenden Kampf gegen die Großeinheiten zur Gewinnung der Raumüberlegenheit betrug knapp drei Tage, gefolgt von einem Tag für die Eroberung des Planeten.

Die Aussicht auf vier Tage nahezu körperliche Unbeweglichkeit im Kampfanzug schreckte ihn nicht - trotzdem würde er sich noch für ein paar Stunden die Beine vertreten.

Roter Nebel, Ruthpark, Arche der Sole-Sourcer
30397/2/13 SGC
07. Dezember 2014

Syncc Marwiin

Das Bild vor seinen Augen verschwamm. Er schloss die Lider, rieb sich die schmerzende Stirn und verfluchte erneut die sich in den letzten Monaten häufenden Anzeichen der finalen Progression des Alterns. Eintausendzweihundert Jahre – da würde es doch jetzt wohl noch ein wenig weiter gehen?

»Nehmt bitte, Syncc«, vernahm er die ruhige Stimme von Hudun Merswiin, der ihm einen Becher warmen Fengus reichte.

Der junge Assistent von Hud Keruun war der letzte gewesen, der Chitziin lebend auf Tektor gesehen hatte. Die Schockwellen der Implosion der Tektor-Anomalie würden hingegen für die nächsten einhundert Jahre im gesamten Roten Nebel sichtbar bleiben für jeden, der Zugang zum Äther der Potentiallinien besaß. Chitziin war wie erwartet auch bei seiner letzten Aufgabe erfolgreich gewesen – er seufzte leise. Die Besten begannen abzutreten – wie vor eintausend Jahren, als Harkcrow starb.

Langsam öffnete er seine Augen wieder. Das Flimmern der Potentiallinien im Holodisplay vor ihnen hatte ein neues lokales Maximum erhalten. Die Potentiale strukturierten sich weitläufig in den Sektoren um Tektor neu – ein Vorgeschmack dessen, was die richtige Potentialkatastrophe auslösen würde, *sollte er* ohne Erfolg bei seiner letzten Mission bleiben.

Der volle Geschmack des aufputschenden Getränks erfüllte ihn. Hud Keruuns Blick bohrte sich prüfend in seinen. Dieser Mann hatte Potential, da war er sich sicher – wenn auch nicht überrascht – Chitziin hätte sonst nie mit ihm zusammengearbeitet.

»Die siebte Jengi-Dimension hat sich entrollt, die vierte ist im Fold-Act kollabiert«, der Hud deutete auf eine markierte Lichtblase im Holodisplay, in der Lichtfächer erschienen, sich um mehrere Achsen drehten, aufblitzten und wieder verschwanden. »Die Interferenzen klingen ab und die Potentialbanden stabilisieren sich. Damit ist die Verbindung von Tektor zum Blasen-Universum der Sole-Sourcer gekappt. Sie kommen auf diesem Weg nicht mehr heraus.«

»Das löst das kleinere unserer Probleme, Keruun.« Er erhob sich langsam aus dem Sessel auf der Hauptebene der Arche und trat an eine brusthohe, schlanke, bronzefarbene Säule, über deren oberen Ende ein blaues Lichtfeld erglühte. Zwischen Zeigefinger und Daumen seiner rechten Hand haltend, zog er vorsichtig einen kleinen schwarzen Metallwürfel aus einer Tasche seines langen Gewands und warf ihn zielgenau in das Lichtfeld, welches den Würfel einfing und ihn in seiner magnetischen Mitte schweben ließ. »Dafür haben wir ein neues erhalten, das ich im Moment noch nicht quantifizieren kann.«

Interessiert kam der Hud näher, ein langsam breiter werdendes Lächeln umspielte seine Mundwinkel, während er den sich träge um alle Achsen drehenden Würfel eingehend betrachtete. Vorsichtig ergriff er ihn und zog ihn mit geringem Kraftaufwand aus dem Lichtfeld, wog ihn in seiner offenen Hand, um ihn an seinen Assistenten weiterzureichen.

Er wartete einige Sekunden, um Hudun Merswiin die Möglichkeit einer eigenen Analyse zu geben, und sagte dann zu Syncc Marwiin gewandt: »Tektor-Quant. Was ist darauf und woher habt Ihr es, Syncc?«

»Merkanteer Keleeze erhielt es hier von Oldo Merceer, nach dessen Tod. Es beinhaltet die Positionen aller Archen des Ersten und Zweiten Imperiums sowie den Zugang zum Kommunikationsnetzwerk der Archen.«

»Aber das ist doch wunderbar, Siir. Das wird uns helfen, eine Möglichkeit zu finden, die Archen aus dem Netzwerk abzukoppeln«, rief Hudun Merswiin fasziniert, über das ganze Gesicht strahlend, bis er erstaunt feststellte, das Syncc Marwiin nicht im geringsten amüsiert wirkte, wie auch sein Meister, Hud Keruun, jegliches Lächeln wieder abgelegt hatte. »Oder nicht?«

Syncc Marwiin nickte langsam, hielt Merswiin die geöffnete Hand entgegen, der hastig den Würfel hineinlegte. Mit einer geschmeidigen Bewegung warf er ihn wieder in das blaue Lichtfeld, das den Würfel einfing und in seiner Mitte stabilisierte.

»Er wird uns helfen. Aber er wird auch *unsere* Position verraten, uns sichtbar machen für alle anderen, die Zugriff auf das Netzwerk haben – für die Urmutter und für den letzten Sole-Sourcer, von dem wir nicht wissen, wer er ist, wo er sich im Moment aufhält oder was er hier vorhat.«

Und irgendwie erschien, während er das Wort Sole-Sourcer aussprach, zusätzlich das Bild von Keleeze vor seinem inneren Auge. Was hatte der Merkanteer vor dem Tod Oldo Merceers von ihm erfahren? Warum war er ihm gegenüber so verschlossen gewesen?

Roter Nebel, Transfersystem 19, Roo - Flaggschiff des Schildverbands
30397/2/14 SGC
08. Dezember 2014

Torkrage Treerose

Die Kirchentruppen hatten zwei Ausbruchsversuche unternommen. Das Kampftor von 98 war zerstört worden, als ein Kirchenkreuzer auf Himmelfahrtskommando mit eigenem Sprungantrieb im Transfersystem materialisierte und die verbleibenden siebenundachtzig Sekunden seiner Existenz auf den Beschuss des Tores konzentrierte. Ein zeitgleicher Angriff auf 19 war vollständig gescheitert – die zentrale Feuerleit-KI hatte nur zwei Sekunden für die Ausrichtung der Linsensysteme auf den Eindringling benötigt. Das Wrack des Kreuzers glühte immer noch im ultravioletten Bereich und trieb jetzt, nach vier Stunden, mit zunehmender Geschwindigkeit auf den Blauen Riesen zu.

Die von der zentralen Feuerleit-KI entfachte Drohnenflut hatte den gewünschten Erfolg gebracht. Eine zweite Welle der Nova-Bomben hatte durch das neu errichtete Kampftor den fünften Verband der Kirchenflotte nahezu unbeeinträchtigt von gegnerischen Drohnen erreicht und fast vollständig zerstört. Die beiden verbliebenen Schlachtschiffe hatten sich gut dreißig Lichtsekunden weit in das System zurückgezogen. Treerose hatte der Empfehlung der KI zugestimmt, die nächste Angriffsphase einzuleiten.

Die gesamte Besatzung hatte die Panzeranzüge angelegt. Er befand sich mit seiner Leibgarde der Alstortruppen startbereit auf einem der Abflugdecks des Schildverbands und saß mit dem Sensoranzug bekleidet auf dem rechten Krallenfuß seines Kommandeur-Anzugs, während er die Informationen der zentralen Feuerleit-KI über sein Visier verfolgte.

Das Kampftor von Transfersystem 19 hatte damit begonnen, seinen Radius zu vergrößern. Die zweiunddreißig Torstationen teilten sich und ein Ring von nun vierundsechzig einzelnen Kampfstationen trat gleichzeitig in das System von

Infinitum ein, etablierte eine stabile Verbindung und eröffnete den Hauptangriff.

Sein Visier übertrug das Öffnen der Schwerkraftlinse. Ein wachsender, tiefschwarzer Fleck ohne sichtbare Oberfläche entwickelte sich im Zentrum der Torstationen, durchzuckt von grellen Linien in wahnwitzigen Spiralen: einzelne Kirchendrohnen opferten sich in hilflosen Selbstzerstörungsangriffen und die erste Reihe der Kircheneinheiten des ersten Verbandes eröffnete das Feuer.

Ein kugelartiges Gebilde von zweihundert Metern Durchmesser bremste unmittelbar vor der Tor-Ebene ab. In seinem Inneren rotierte eine magnetische Linse um drei Achsen in einer Geschwindigkeit, dass Treerose sie lediglich als schwach glühende Kugel wahrnahm. Auf einem Nebendisplay erreichte ein Countdown Null.

Das Linsensystem aus Transfersystem 19 sprang.

Die Sonnenstationen auf ihren Umlaufbahnen um den Blauen Riesen schickten ihre konzentrierten Energien auf ein Steuerlinsensystem, welches einen Teil der Energie in ein den eigentlichen, stark gebündelten, ultravioletten Strahl umgebendes Hüllfeld umwandelte und beides durch das Tor leitete.

Zarkoon, Treerose und der gesamte Stab an Bord des Schildverbandes hielten im Moment des Übergangs die Luft an. Dann erreichte der Strahl das andere magnetische Linsensystem, welches bereits zwei Millionen Kilometer tief in das Infinitum-System eingedrungen war.

Die schwach glühende Kugel der rotierenden Schwerkraftlinse erstrahlte, Treeroses Visier reduzierte die eintreffenden Helligkeitswerte auf fünf Prozent, um ihn vor dem Erblinden zu retten.

Der Energiestrahl des Blauen Riesen wurde von der rotierenden Linse im Infinitum-System mit einer Geschwindigkeit umgelenkt, die sie wie eine eigene Sonne erscheinen ließ. Die Einheiten des ersten Verbandes der Kirche befanden sich plötzlich in einem Meer von hochenergetischen Röntgenblitzen, ohne Aussicht, irgendwie dem vernichtenden Strahl entgehen zu können. Der Großteil der nächsten Einheiten erhielt innerhalb der ersten Minuten nach der Etablierung der Sprungverbindung binnen kürzester Zeitabstände eine Vielzahl von kritischen Treffern und zerbarst in fächerartigen Explosionen

Die zentrale Feuerleit-KI veränderte noch während des Beschusses durch das Linsensystem die Intensität der abgegebenen Energien, optimierte die Wirkung und den Puls des Strahls bis zur völligen Vernichtung jedes Ziels innerhalb der einminütigen Nullzone.

Als Treeroses Makrobots ihm nach zwei Minuten durch ein leichtes Brennen im Hals signalisierten, er sollte langsam weiter atmen, waren die verbliebenen Einheiten des ersten Verbandes der Kirche an den Fingern einer Hand abzuzählen.

»Das war effektiv, KI«, stellte die Stabsoffizierin trocken fest.

Der Strahl wurde unterbrochen. Ein weiteres Linsensystem sprang, gefolgt vom Schildverband, dann folgten die Begleitschiffe. Zurück blieben nur die gigantischen Konfigurationsträger mit den Kampf- und Sonnenstationen, sowie die für spezielle Aufgaben vorgesehenen Skelettverbände.

Treerose schluckte die aufkommende Übelkeit herunter, jetzt waren sie angekommen.

»*Einsteigen!*«, befahl er und folgte gleichzeitig seiner eigenen Anweisung.

Auf dem zentralen Display seines Anzugs sah er das dritte und vierte Linsensystem hinter der *Roo* im Infinitum-System materialisieren, während sich die Schultern des Kampfanzugs hoben, dieser sich versiegelte und Assistenzdrohnen die Zusatzkomponenten auf dessen Schultern und Rücken montierten.

Die Linsensysteme würden die Verteidigung und Energieversorgung des Schildverbands auf seinem Vorrücken in das Infinitum-System gewährleisten, bis dieser eine eigene Versorgung durch die Systemsonne sicherstellen konnte. Das vierte Linsensystem würde als Bindeglied zwischen dem hier eintreffenden Strahl und den drei im Verband reisenden Linsensystemen fungieren und zusätzlich das Kampftor schützen.

Der Strahl des Blauen Riesen setzte erneut ein. Die Linsensysteme nahmen ihr Feuer wieder auf und sandten tödliche Impulse auf die Bahnen fliehender Kirchenschiffe in Richtung auf den Hauptplaneten.

»Die anderen Verbände sind außer Reichweite, Siir«, meldete Zarkoon. *»Eine Lichtstunde – den Raum füllen die Linsensysteme jetzt mit Energie, das ist ein Zehntel des Weges zur Sonne und neun Zehntel zum Ziel.«*

Darin würde sich kein gegnerisches Schiff freiwillig aufhalten, dachte Treerose. Die Energien würden natürlich weiter reichen, langsam abnehmend, immer noch verheerend für jegliche ungeschützte Materie im System. Ganz gleich, was noch folgen würde, eine Bevölkerung würde es auf Infinitum für die nächsten zehntausend Jahre nicht mehr geben.

Mehr und mehr eigene Verbände traten durch das Kampftor von Transfersystem 19 ins Kirchensystem ein, folgten den Linsensystemen und der *Roo,* die mit ihren auf höchster Leistung aktivierten Schilden einen Schutzschirm für sie aufspannte.

»98 wird angegriffen, Siir. Kircheneinheiten sind massiv eingedrungen und haben das Tor erneut zerstört. Es sieht diesmal nach einem echten Angriff aus.«

Die Stimme des Certeers war ruhig, dennoch spürte Treerose die unterdrückte Verärgerung Er verfolgte die Daten der Feuerleit-KI auf seinem Visier. 98 hatte die schwächere Ausgangssituation – keine Sonne. Dennoch würden die Kirchentruppen gegen den Schildverband dort einen schweren Stand haben.

»Das ist ein Entlastungsangriff, KI. Wir setzen unseren Weg fort«, richtete er seine Anweisungen an die zentrale Feuerleit-KI, schaltete zurück auf die Zielbeschreibung von Infinitum. Der zweite Verband hatte eine weite Ausweichbewegung begonnen, die ihn aus dem sengenden Fokus der Linsensysteme herausführen würde. Der dritte Verband verharrte in Planetennähe, nutzte lediglich Infinitum selbst als weiteren Schutzschild. Der Verband in der Sonnenumlaufbahn befand sich in Abfangposition. Diesen würden sie zuerst zerstören

müssen, um ihre eigene Abhängigkeit vom Transfersystem zu verringern. Die Masse-Beschleuniger in den Planetenumlaufbahnen hatten ihren Betrieb aufgenommen – reichlich spät, befand er, schließlich hatte die Flotte der Königreiche das Infinitum-System bereits erreicht und begann sich wieder zu verteilen. Die relativ langsamen Geschosse mit ihren unter zweihundert Sekundenkilometern würden rechtzeitig erkannt werden. Wäre er in der Situation des Verteidigers – die Linsensysteme wären sein primäres Ziel. Sie schufen momentan einen nicht zu kompensierenden Vorteil für die Organisation, den ein Kommandant der Kirchentruppen nicht ignorieren konnte.

Die nächsten Stunden verliefen ohne Veränderungen der Strategie. Die Linsensysteme blieben unbehelligt. Sie drangen weiter auf Infinitum vor, niemand versuchte sie aufzuhalten. Der Energievorhang der Linsensysteme war so dicht, das die Feuerleit-KI den Strahl im Sekundentakt unterbrechen musste, um für Kommunikationsdaten der Aufklärungsdrohnen erreichbar zu sein.

»98 kippt, Siir!«

Er kniff die Augen zusammen, das feine Nabengeflecht an seinem rechten Augenwinkel kräuselte sich. Die Statusmeldungen der zentralen Feuerleit-KI des Transfersystems überschlugen sich. Ein Strom von Einzelmeldungen rollte über ein Nebendisplay seines Anzugs, bis er es unterdrückte. Die Warnung der zentralen Feuerleit-KI blitze auf:

Die Noa, Flaggschiff des Schildverbandes in 98, war ohne Warnung geentert worden!

Die nächsten Schritte erfolgten automatisch. Alle Kommunikationseinrichtungen zwischen den Organisationseinheiten im Transfersystem 98 und den Schattentruppen wurden blockiert. Sämtliche Drohnenverbände im Infinitum-System erhielten den Befehl, sich selbst zu zerstören.

Treerose schloss frustriert die Augen. Als er sie nur Sekunden später wieder öffnete, hatten die Marker der einstigen Organisationseinheiten im Transfersystem 98 auf *feindlich* gewechselt.

»Hol dir die Urmutter, Tork! Ich sehe nach, was da los ist!«

Die Meldung von Narg Laurenz erschien im Display, versehen mit der voraussichtlichen Ankunftszeit: in siebzehn Stunden.

»Das waren mit Sicherheit Metcalfes Einheiten, Siir. Die KI hat alte Organisations-Codes entdeckt, Restront-Codes. Die haben funktioniert, obwohl sie mit allen anderen während der Umsetzung der Tektor-Protokolle gelöscht worden sein sollten.«

Certeer Zarkoon wirkte das erste Mal angespannt.

»Wir müssen die KIs mit neuen Codes ausrüsten und das gesamte Netz neu initialisieren, Siir. Sonst können wir nicht sicher sein, dass die Kirche nicht mithört.«

Treerose konnte den Aufklärer-Anzug seines Adjutanten sehen, wenn er auf Außenübertragung schaltete. Er stand nur ein paar hundert Meter entfernt auf dem Abflugdeck der *Roo*. Er hob den rechten Arm zur Bestätigung und sah, wie der Anzug Zarkoons mit der gleichen Bewegung antwortete.

»KI, die Skelettverbände sollen springen und uns den Rücken freihalten. Nach Möglichkeit bleiben sie so lange unsichtbar und ohne Kontakt, bis der geenterte Schildverband hier auftaucht.«

Der Overteer wartete nur wenige Sekunden, bis er die Zustimmung der koordinierenden Feuerleit-KI von Difthon erhielt, die er zur Strategieänderung benötigte. Dann schaltete er die Verbindung dorthin ab und gab seinem Adjutanten die Erlaubnis, die Systeme neu zu kodieren. Gleichzeitig änderten sich die Angriffsoptionen. Die neuartigen Schiffe der Pretaia erreichten das Infinitum-System und drehten in weit auseinandergezogener Formation in Richtung des primären Einsprungpunktes ab.

»Überrascht, Tork?«

Treerose starrte entgeistert in das Antlitz von Frere Metcalfe, nur wenige Zentimeter von seinem Auge entfernt im Holodisplay des Anzugs. Die Feuerleit-KI ermittelte den Weg des Signals und verfolgte es zurück zum Flaggschiff des geenterten Schildverbandes, der soeben durch den primären Einsprungpunkt das Infinitum-System erreicht hatte.

Der Moment der Irritation war rasch vorüber. Der König von Restront betrachtete seinen alten Verbündeten kritisch. »*Ein wenig, Frere. Ich hatte gedacht, du würdest dich auf Infinitum verstecken – bei deiner Herrin.*«

Er glaubte den Schatten eines verächtlichen Gesichtsausdrucks bei Metcalfe zu entdecken – dann war da wieder der verbitterte Rivale.

»*Die Geschäfte treiben uns umher, Tork. Ich habe kürzlich einen Schildverband erworben – voll bemannt. Es waren sogar vierzehn Gruppen voll ausgerüsteter Schattentruppen an Bord.*« Das Lachen auf seinem Gesicht verlor jeglichen menschlichen Zug. »*Sie baten darum, unter meiner Führung kämpfen zu dürfen. Kannst du dir das vorstellen, Overteer?*«

Treerose verkniff sich jegliche Reaktion. Er wusste, es ging bei Metcalfes Provokation nur um das Auslösen unbeherrschter Aktionen.

Der König von Dominion fuhr höhnisch fort: »*Ich konnte die Bewerbung der fünf Alstor-Gruppen von Restront leider nicht akzeptieren – nicht so ohne weiteres.*«

Er schien auf eine Reaktion zu warten, die jedoch nicht kam.

Treerose presste die Kiefer zusammen und beobachtete konzentriert auf einem Nebendisplay die Formierung der Skelettschiffe für ihren Angriff auf den Schildverband – sie waren noch vier Stunden voneinander entfernt.

»*Sie boten mir an, als Beweis ihrer Treue deinen Kopf zu bringen – und weißt du was? Ich willigte ein.*« Sein Grinsen reichte von einem Ohr zum anderen.

Treerose registrierte neben seiner stillen Trauer um die gefallenen vierzehn Gruppen von Schattentruppen den Hinweis der zentralen Feuerleit-KI, dass die Linsensysteme die vorausberechnete Flugbahn des geenterten Schildverbandes mit Energiepaketen pflasterten, welche nach guten drei Stunden Flugzeit Metcalfes Schildverband kurz vor der ersten Gruppe von Skelettschiffen erreichen würden. Er unterbrach den Redeschwall des Königs hart.

»Ich gehe davon aus, dass alle Schattentruppen an Bord der Noa nicht mehr am Leben sind, Frere – nach meinem Verständnis von Leben. Niemand wird auch nur in die Nähe der Roo kommen.«

Der König von Dominion schloss die Augen. Erst jetzt bemerkte Treerose, das Metcalfe das rote Ornat der Kirchenritter trug, am Hals den roten Stehkragen mit den Sphären der Kirche. Er schluckte seine Bitterkeit hinunter. Dieser Mann tat ihm trotz allem leid.

»Ich werde mich jetzt um Ramone kümmern – versuch mich aufzuhalten, wenn du kannst.« Der Overteer schaltete die Übertragung ab, sah in das erwartungsvolle Gesicht Demm Zarkoons, der alles mit angehört hatte.

»*Jetzt!*«, sagte der.

Die Displays vor Treerose und allen anderen Schattentruppen verdunkelten sich. Alle Systeme der Anzüge und Schiffe einschließlich der Lebenserhaltung und Energieerzeugung deaktivierten sich, warteten eine Minute, bis die Supraleiter ihren letzten Strom an die Verbraucher abgegeben hatten, initialisierten die neuen Code-Strukturen und führten den Neustart durch.

Treerose konnte sich ein schmales Lächeln nicht verkneifen, während die Anzug-KI den Erhalt der neuen Codes bestätigte und sich mit der ebenfalls neu initialisierten zentralen Feuerleit-KI verband. Für die vergangenen drei Minuten waren sie vollkommen ungeschützt gewesen, außerstande, auch nur eine minimale Reaktion zu zeigen.

Doch dieser Moment war nun vorbei.

»Willkommen zurück, Siir. Die neuen Aufklärungsdrohnen starten. Wir sind in dieser Formation sicher. Die Linsensysteme halten dem Angriff der Kirchentruppen stand, ihre Schilde können den Pulsen definitiv nicht widerstehen. Sie versuchten pausenlos, das erste Linsensystem am Tor zu zerstören – langsam gehen ihnen die Schiffe aus.«

Treerose nickte. *Eine* gute Nachricht.

Die Skelettschiffe waren die schnellste Lösung der Pretaia für die Aufgabe, innerhalb eines Monats eine Antwort auf die im Chrunus-System analysierte neue Drohnentechnologie der Od'Fer zu finden.

Nur die ursprüngliche, langgestreckte Form des Nova-Zerstörers war erhalten geblieben. Auf sämtliche, nicht dem Kampfzweck des Schiffes dienenden Module war verzichtet worden, die notwendigen Komponenten waren hinter verstärkter kinetischer und Feldpanzerung gekapselt. Design-Merkmale wie Verkleidungen, Lebenserhaltungssysteme, Kommandobrücke und Ähnliches waren gar nicht erst in Betracht gezogen worden. Der Nova-Zerstörer der Skelett-Klasse bestand nur noch aus Waffen und Antrieb. Die Rumpfbesatzung trug ihre Kampfanzüge, war auf Plattformen magnetisch verriegelt, die Schiffssteuerung lag in den Händen der lokalen und zentralen Feuerleit-KI, es sollte keinen Ort mehr geben, an dem sich die Od'Fer-Drohnen verstecken und ihr Zerstörungswerk beginnen konnten.

Drei Teilverbände von regulären Nova-Zerstörern schwenkten aus dem Schildverband der *Roo* aus und machten sich an die Verfolgung des zweiten Kirchenverbandes. Ihnen voraus rasten acht Wellen von Antimateriebomben auf ihren Trägersystemen.

Die *Noa* änderte ihren Kurs. Ihre Sensoren mussten die entgegenkommenden Energiepakete entdeckt haben und hatten den Schildverband in eine großzügige Ausweichbewegung gezwungen, die ihn zudem unbewusst vom schräg anfliegenden Verband der Skelett-Schiffe entfernte.

»Sie sind schneller geworden, Siir. Obwohl die Noa fast ein Drittel mehr Strecke zurücklegen musste, hat sich der Abstand zu uns verringert.«

Treerose verfolgte die dargestellten Kursvektoren auf seinem Holodisplay. Zarkoons Berechnungen boten Grund zur Besorgnis. Metcalfe würde sie überholen können, um den Verband in der Sonnen-Umlaufbahn zu unterstützen.

Die drei Linsensysteme feuerten ununterbrochen seit ihrem Eintritt in das System vor sieben Stunden, belegten ganze

Sektoren mit undurchdringlichem Sperrfeuer und isolierten im Näherkommen den Hauptplaneten. Gegnerische Schiffe wagten sich nicht mehr näher als eine Lichtstunde an die *Roo* und die Flotte in ihrer Umgebung heran.

Dann geschah das Unerwartete.

Sämtliche Positionsmarker der Kircheneinheiten wechselten von einem zum nächsten Moment in den Status einer *möglichen Position,* mit rapide abnehmenden Wahrscheinlichkeitswerten.

»Sie haben neue Schilde hochgefahren, Siir. Wir empfangen nur noch sehr schwache Signaturen. Die Drohnen schalten auf Sichtkontakt.«

Die zentrale Feuerleit-KI reagierte unmittelbar, verteilte die Schiffe der Flotte auf mehr Raum, startete visuelle Signaldrohnen von Bord aller Einheiten, die sich sofort mit Höchstgeschwindigkeit auf zwei Lichtminuten von diesen zu entfernen begannen. Das ionisierte Gas, das sie dabei unter hohem Druck ausstießen, bildete eine dichte, zusammenhängende Wolke, welche die gesamte Flotte einhüllte. Eindringende Einheiten würden auf den Sensoren der Flotte einen grellen Schweif hinter sich herziehen, somit jeglichen Tarn- und Überraschungseffekt einbüßen und für die Disruptoren sowie Abfangdrohnen leicht zu erfassen sein.

Doch das alles kam zu spät.

Bevor sich die Signaldrohnen auch nur zehn Lichtsekunden vom Verband entfernt hatten, verwandelten schwere kinetische Treffer aus dem Nichts drei der größeren Begleitschiffe der *Roo* in implodierende Sonnen und trafen auch den Schildverband schwer.

»Das ist ganz sicher das Tarnfeld der Od'Fer, Siir. Die Merkmale stimmen mit den auf Chrunus aufgezeichneten überein.«

»Warum kann die KI die neuen Felder nicht interpolieren?«, fragte Treerose zerknirscht.

»Das hatten auf Chrunus die Tempi für uns gemacht, Siir.«

Frere Metcalfes Hass auf ihn musste grenzenlos sein. Der König von Dominion hatte die Prozedur der Re-Initialisierung genau vorhergesehen, welche die Schattentruppen während der laufenden Angriffsphase durchlaufen mussten, nachdem er ihnen vor Augen geführt hatte, dass er in ihr Kommunikationsnetz einzudringen vermochte.

Killerdrohnen hatten genau die zweieinhalb Minuten große Lücke im Sperrfeuer genutzt, um lautlos in den Schildverband der *Roo* einzudringen, sich an den Linsensystemen, den Trägern und der *Roo* selbst festzusetzen. Zeitgleich trafen Unmengen an kinetischen Geschossen der Massebeschleuniger den Schildverband wie auch das Kampftor zu Transfersystem 19. Das alles war absolut präzise geplant und umgesetzt worden und hatte ihnen schwer zugesetzt. Die Torverbindung zu Transfersystem 19 war kollabiert, nachdem mehrere hundert Projektile der Massebeschleuniger in der Tor-Ebene eingeschlagen waren und infolge der ungeheuren kinetischen Energie mehr als vier Fünftel der Torstationen überladen wurden. Es war eine ausgemachte Finte gewesen. Metcalfe hatte einige der Massebeschleuniger und den größten Teil seiner Flotte mit für Schattentruppen üblichen Schilden versehen. Er war den Preis höherer Anfangsverluste bewusst eingegangen, um die Feuerleit-KI und Treerose in Sicherheit zu wiegen und gleichzeitig einen harten Schlag vorzubereiten. Sie waren darauf hereingefallen und hatten sich den getarnten und regungslosen Einheiten der Od'Fer genähert, die ihren Gegenangriff in dem Moment starteten, als die Königreiche ihre Kommunikation neu initialisieren mussten, um die Löcher in ihrem Sicherheitssystem zu stopfen.

Nur der die zuvor ausgescherten Nova-Verbände waren unbehelligt geblieben. Die vorausfliegenden Trägersysteme der Nova-Bomben hatten den zweiten Verband der Kirchentruppen eingeholt, kurz nachdem er hinter den neuen Schilden unsichtbar geworden war. Der Schlacht-Certeer der folgenden Nova-Zerstörer hatte sich auf die Bahninterpolationen der Feuerleit-KI verlassen und blinde Breitseiten der Disruptoren auf die Positionen mit der höchsten Wahrscheinlichkeit gefeuert, nachdem die letzte Welle der Antimateriebomben reagiert hatte. Mit dieser Strategie hatte er fast alle Kirchenschiffe ohne eigene Verluste vernichtet – der einzige Teilsieg der letzten Stunde.

Treerose sah auf die Kampfberichte auf einer Nebendarstellung seines Visiers. Die Nova-Zerstörer eilten der *Roo* nun zur Hilfe.

Der Energiestrahl des Blauen Riesen, der dem einzigen noch intakten Linsensystem der *Roo* als Energiequelle diente, würde erst in knapp acht Stunden versiegen, so lange war das letzte Lichtquant noch unterwegs, auch wenn das Kampftor bereits vor einer halben Stunde implodiert war. Da der Verband nur noch über ein intaktes Linsensystem verfügte, konnte er sich nicht mehr aus der Linie des Röntgenstrahls entfernen. Ein großer Nachteil, da es die Beweglichkeit des Linsensystems auf reine Geschwindigkeitsveränderungen entlang der Feuerlinie beschränkte.

»Wir sind wieder stabil, Siir«, meldete ein Certeer des Stabes, »keine Verluste in den letzten fünf Minuten, das Signalfeld steht. Wir erkennen die Geschosse, sobald sie in die Gaswolke eintreten, die Disruptoren haben ausreichend Spielraum zur Reaktion. Ein neues Tor können wir im Moment nicht etablieren, der Beschuss dort ist noch zu dicht.«

Treerose hörte ihn, war jedoch in seinen eigenen Gedanken gefangen. Ein dreister Plan verdichtete sich vor seinem inneren Auge.

»Zeig mir die Arche auf Infinitum, KI!«

Das Bild zweier riesiger Statuen unter zwei großen, gegeneinander verschobenen Halbzylindern erschien auf dem Hauptdisplay seines Anzugs. Diese verwandelten sich in Zeichnungen, kippten um neunzig Grad ab und die künstliche Kamera raste zwischen den Statuen in die Tiefe des Planeten, bis sie vor einer gewölbten Wand stoppte, die sich als Simulation in den verborgenen Fels fortsetzte. Auf einem Nebendisplay erschien eine Totale mit der kugelförmigen Arche im Zentrum.

»Zwölf Kilometer unter der Oberfläche. Zwei Zugänge, maximal gesichert.«

Regungslos verfolgte er die statistischen und geologischen Darstellungen ihres Angriffsziels. Die Arche befand sich über einem tektonischen Bruch im Gesteinsmantel von Infinitum. Eine Zerstörung könnte schwerwiegende Konsequenzen für den gesamten Planeten nach sich ziehen – im Fall einer Überladung des Energiespeichers durch die Urmutter ein sicherlich gewollter Effekt.

»Wann befindet sich die Arche im Feuerbereich des Linsensystems, KI?«

»Beginnend in einer Stunde, siebenundvierzig Minuten, neunundachtzig Sekunden für zweiundzwanzig Minuten, zehn Sekunden auf unserer gegenwärtigen Flugbahn. Der Strahl wird nicht durchdringen, Siir. Sie ist zu tief.«

Demm Zarkoon sah ihn aus dem Display erwartungsvoll an.

»Was wird Metcalfe von uns erwarten, Certeer?«, fragte er ihn.

»Dass wir die Roo unter Ausnutzung des Linsensystems in gerade Linie zur Systemsonne bringen, den dortigen Verband der Kirchentruppen eliminieren, die Sonnenstation starten, den Schild aktivieren und uns dann um den Hauptplaneten kümmern, Siir«, antwortete er geradeheraus.

Treerose nickte zustimmend. *»In dem Fall hätte Metcalfe ausreichend Zeit, mit der Noa Infinitum vor uns zu erreichen.«*

Er traf seine Entscheidung.

»KI: Fragt Syncc Marwiin unablässig nach den Transfercodes zum Öffnen der Arche. Die Roo setzt ihren Weg zur Sonne fort, etabliert die Sonnenstation und bereitet den lokalen Strahl vor. Das Linsensystem verlässt den Verband an der Reichweitengrenze zum Archenkomplex und gibt dem Infiltrationsverband Deckung. Die Skelettverbände fangen die Noa ab und halten sich nach der Neutralisierung der Arche für die Aufnahme der zurückkehrenden Schattentruppen bereit. Die Alstortruppen landen jetzt!«

Das jugendlich wirkende Gesicht seines Adjutanten verzog sich zu einem verwegenen Lächeln. *»Ich bin darauf gespannt, den Teil des Planes zu hören, der uns da wieder heraus bringt, Siir!«*

Die elektronischen Störschleier liefen rhythmisch über Treeroses Visier. Jedes Mal, wenn ein gepulstes Energiepaket des Linsensystems in nur eintausend Kilometern Entfernung an ihnen vorbeizuckte, liefen feine Felder durch die Holodisplays seines Anzugvisiers. Die zentrale Feuerleit-KI nutze die geringe Gravitation des Planeten maximal aus und schoss die Quantenpakete auf ihrer Bahn in einem leichten Bogen um den aus zehn Trägern und viereinhalbtausend Alstor-Einheiten bestehenden Infiltrationsverband herum, gab diesem dabei größtmöglichen Feuerschutz und säuberte den vor ihnen liegenden Weg zur Planetenoberfläche.

Aus Sicht der Kirchentruppen war der Infiltrationsverband nicht zu sehen, er flog unter voller Tarnung mit passiven Sensoren, übernahm alle relevanten Daten vom Schildverband, der seinen geplanten Weg mit unveränderter Geschwindigkeit in Richtung Systemsonne fortsetzte. Der Start der Schiffe war von Konfigurationsträgern außerhalb der Sensorwolke geschehen, so dass sie keine Spuren hinterlassen hatten.

Der Marker der geenterten *Noa* hielt direkt auf sie zu, die Verbände der Skelettschiffe im Nacken. Metcalfe würde frühestens drei Stunden nach ihnen eintreffen - zu spät, um den Kircheneinheiten in der Umlaufbahn zu helfen oder ihre Landung zu verhindern. Sie würden möglicherweise kreativ sein müssen, was den Weg hinaus anging - sollte das erforderlich sein. Er hoffte auf das rechtzeitige Eintreffen Narg Laurenz' für den Fall, dass die Skelettschiffe nicht siegreich sein würden.

Mehrere herunterzählende Angriffs-Countdowns auf seinem Visier zeigten die Angriffsstruktur. In wenigen Augenblicken würden die Nova-Bomben mit ihren Trägern die ersten Wellen gegen den dritten Verband fliegen, der sich momentan hinter dem Planeten versteckte, um den Energiepaketen des Linsensystems kein zu leichtes Ziel zu bieten - unvorbereitet auf die viel greifbarere Gefahr der Antimateriebomben, keine zwanzig Planetendurchmesser mehr von ihm entfernt.

Ihr Kurs war auf die Tag/Nacht-Linie Infinitums ausgerichtet. Ein unübersehbarer, grell leuchtender Streifen, von der Nachtseite kommend, wies auf ihr Ziel. Die Einschläge des vom Linsensystem gelenkten Röntgenstrahls hatten sich tief in den Mantel des Planeten gefressen. Der durch gut achtzehn Lichtminuten Reise auf einen Durchmesser von siebenhundert Metern aufgefächerte Strahl traf mit einer Temperatur von immer noch mehreren tausend Grad auf die Oberfläche und verwandelte sie in eine Canyon-Landschaft aus geschmolzenem Gestein. Unheilvoll glühende Staub- und Aschewolken in einem dunklen Rot-Grau, durchzuckt von schweren Trockengewittern, folgten den Schneidstrahl, als sich das in die höchsten Schichten der Atmosphäre geschleuderte, atomisierte Erdreich wie ein aus dem Boden quellender Mantel auszubreiten und um Infinitum zu legen begann.

Ein weiterer Countdown erreichte null.

Das Linsensystem re-fokussierte sich, umging den verborgenen Zugang zur Arche, der jetzt in direkter Reichweite lag, und fächerte den Strahl zu einem Tunnel mit zweihundert Kilometern Durchmesser auf, in dem sich die Infiltrationseinheiten auf die Oberfläche zubewegten.

»Landung!«, befahl die KI, sandte ein Aktivierungssignal an die Sensorenphalangen aller Einheiten und die Schattentruppen begannen auszuschwärmen.

Treerose startete von einem der Infiltrationsträger, folgte den Angriffseinheiten in zwei Minuten Abstand, umringt von zwanzig Alstor-Offizieren seiner Leibgarde sowie einer Handvoll bis ans Limit aufgerüsteten Expeditionsdrohnen, und beobachte die handstreichartige Landung der vordersten Linien sowie die Errichtung der Bodenkontrolle hinter ihren mächtigen Schilden. Die feindlichen Bodenstationen, welche dem Linsensystem aufgrund ihre Nähe zur Arche entkommen waren, die Kirchenritter auf ihren Flugscheiben, die Od'Fer auf den deutlich kleineren und wendigeren Disks, niemand hatte eine Chance, dem von der Feuerleit-KI zentral über die

Bodenkontrolle koordinierten Angriffsfeuer seiner Einheiten und der begleitenden Kampfdrohnen zu entkommen.

Als sich die schwarzen Krallenfüße seines Kommandeur-Anzugs zehn Minuten nach dem Beginn des Angriffs unter dem letzten Flecken violetten Morgenhimmels neben dem Aufklärer-Anzug Demm Zarkoons in den von geschmolzenen Glasflares durchzogenen Sand einer großen Düne gruben, herrschten die Schattentruppen über die Oberfläche der Planetenhalbkugel, auf der sie standen.

Roter Nebel, Ruthpark, Boe, Flaggschiff des Schildverbands
30397/2/15 SGC
09. Dezember 2014

Syncc Marwiin

Hud Pasuun stand tief zu Sinistra hinuntergebeugt.

Die junge Frau schien bei Bewusstsein, ihre Freundin Karen Whitewood stand mit besorgtem Gesichtsausdruck ein paar Meter entfernt und wollte bei seinem Erscheinen auf ihn zugehen, doch er brachte sie mit einer Handbewegung abrupt zum Stehen.

Die Wissenschaftlerin bemerkte ihn und kam ihm entgegen.

»Passive Reizüberflutung, Syncc – ich habe es gerade noch rechtzeitig erfahren«, flüsterte sie. »Ihr Makrobot-System hat sich runtergeschaltet, nachdem gehäuft gegensätzliche Nervenimpulse des Synapsen-Subsystems auftraten. Außerdem hatte sie viel zu wenig Meridonwasser in sich. Karen hat sie gerettet, als sie mich rief.«

Sein Blick ging an der Ärztin vorbei, hin zu seiner intelligenten Gehilfin. Sie lag auf dem Rücken, mit geöffneten Augen, und atmete langsam. Die externen Makrobot-Hubs ihn ihren Achselhöhlen waren belegt und verbanden sie mit der medizinischen KI, welche ihre Körperfunktionen langsam und behutsam in die richtigen Bandbreiten zurückführte.

Sinistra drehte ihren Kopf langsam zur Seite, erkannte ihn und lächelte schwach. Ihr linker Arm hob sich und winkte ihn unmissverständlich heran.

»Es tut mir unendlich leid, liebe Freundin, was ich Euch angetan habe«, sagte er zu ihr und ergriff zögernd ihre Hand. »Es gibt niemanden im Roten Nebel, der in den vergangenen zwei Wochen mehr lebensverändernde Informationen aufnehmen musste als Ihr. Ruht Euch aus.«

Sie schüttelte den Kopf. »Ich möchte weiter für Euch arbeiten, Syncc – ich lerne so viel, aber – «, sie verstummte und Tränen liefen ihr aus den Augenwinkeln die Wangen hinab.

Er wartete geduldig ein paar Sekunden, während sein Unterbewusstsein ihn schalt, keine weitere Zeit mehr zu verschwenden.

»Ich muss meine Familie sehen, Syncc, ich weiß nicht, wie es ihnen geht, die Ungewissheit macht mich wahnsinnig.«

Er sah fragend zu Hud Pasuun.

Sie schüttelte den Kopf. *Nicht in diesem Zustand.*

»Ruht Euch aus, liebe Freundin.« Er lächelte warm. »Es gibt glücklicherweise eine unendliche Abfolge von Neuigkeiten. Es macht nichts, wenn Ihr ein paar davon verpasst. Sobald Ihr Euch erholt habt, werdet Ihr nach Eurer Familie sehen können.« Er drückte ihre Hand abschließend und nickte Karen zu.

Dann folgte er eilig seiner inneren Stimme, hinaus aus dem medizinischen Komplex, weit hinüber auf die andere Seite des Flaggschiffs, zurück zu den Ungeheuerlichkeiten des Tektor-Quants.

Oldo Merceer hatte doch noch gewonnen. Er hatte ihn, Syncc Marwiin überlistet, einen der fähigsten Offiziere der Organisation auf seine Seite gezogen, indem er ihn mit dem Virus infizierte und damit die Auseinandersetzung auf eine neue, völlig unberechenbare Ebene getragen hatte.

Keleeze hatte ihm gegenüber nichts gesagt – das hatte ihn verraten. Wie sollte er sein Verhalten bewerten? Er würde den Merkanteer nicht bekämpfen können.

Entmutigt sah er in das große Holodisplay in der Mitte des sechseckigen Raumes, in dem sich unzählige, vieleckige geometrische Körper drehten, die sich in einem permanenten Wechselspiel ständig neu zueinander ausrichteten, dabei ihre Größe, Flächenanzahl und ihren Transparenzgrad veränderten.

»Ich glaube nicht, dass Merkanteer Keleeze diesen Würfel angeschaut hat, bevor er ihn Euch gab, Syncc. Neben den Positionen der Archen und der Zugangscodes zu ihren Steuerungssystemen befindet sich ein verschlüsselter Datenraum darauf, der all unseren Dekodiermöglichkeiten standhält. Er nimmt mehr als neunundneunzig Prozent des Speicherplatzes ein und scheint auf einen gedanklichen Schlüssel konfiguriert zu sein, möglicherweise das Hirnmuster des Merkanteers.«

Der alte Mann blickte nicht auf das Holodisplay. Er wusste, dass es so war, wie der Hud gesagt hatte, er wusste, dass Oldo Merceer so ein Geschenk niemals selbstlos machen würde – Keleeze hatte ebenfalls etwas gegeben – oder *geben müssen* – und in dem Fall handelte es sich bei den Informationen des Würfels eher um eine Art der Entschädigung für ein geraubtes Leben in Normalität.

»Wir konzentrieren uns auf das zugängliche Material, Hud, wir müssen diese Arche und die anderen entkoppeln!« Der Ton seiner Antwort geriet ihm etwas bestimmter als geplant.

Hud Keruun sah ihn irritiert an, nickte schließlich und löschte das Holodisplay. Ein neues Netzwerk aus Linien und Lichtfächern, dem Katalog der Potentialverbindungen nicht unähnlich, erschien. Syncc Marwiin erkannte sofort, dass sie hiernach gesucht hatten. Es war das Kommunikationsnetzwerk, das die Archen aller Sole-Sourcer-Imperien untereinander verband.

»Da müssen wir rein, Hud. Zuerst benötigen wir die ID dieser Arche hier.«

Aufregung hatte ihn ergriffen. Wieso fanden sie das erst jetzt? Sie hatten bereits mehr als zwei Tage Analyse dem Inhalt dieses Würfels geopfert. Fieberhaft stürzten sie sich auf die Daten, strukturierten und qualifizierten die einzelnen Einträge, bildeten Kategorien und ordneten zu. Nach drei Stunden hatten sie einen ersten Erfolg: Sie konnten mithilfe der zentralen Schiffs-KI das elektronische Nervensystem der Arche von Bord der *Boe* aus aktivieren.

Einen kurzen Moment der Panik überwanden sie schnell, als sich ein Codesegment der Arche auf die zentrale Schiffs-KI der *Boe* herunterlud – es war nur ein Dekodierprogramm – das ihnen von dem Moment an die Arbeit mit der Archenlogik deutlich vereinfachte. Sie fanden elektronische Wegweiser des Sole-Sourcers im riesigen Speicher der Arche, wertvolle Hilfen, ohne die sie für Jahrzehnte in den Inhalten hätten herumsuchen können.

Am frühen Morgen des nächsten Tages (Schiffszeit) war er sich sicher, die Art der Einbindung der Arche von Ruthpark in das Netzwerk verstanden zu haben. Er rieb sich über die schmerzende Stirn, presste sich Daumen und Zeigefinger auf die Schläfen.

»Wir können sie nicht einfach deaktivieren«, sagte Hud Keruun entmutigt. »Damit würden wir sie zwar aus dem Netzwerk abkoppeln, jedoch nur so lange, bis sie wieder aktiviert wird - oder das selbst tut - ausgelöst durch ein externes Signal.«

»Es wird einen physikalischen Schalter geben - in der Arche - der sie endgültig aus dem Netz nimmt.« Hudun Merswiin deutete auf ein Nebendisplay, auf dem die Kugel der Arche in einer Draufsicht zu sehen war. »Diese gelb markierten Bereiche fehlten auf den bisherigen Darstellungen. Sie sind erst seit gestern zu erkennen, seitdem wir dieses Codesegment erhalten haben.«

Syncc Marwiin leerte eine Flasche Meridonwasser und wartete auf das Einsetzen der belebenden Wirkung. Mit einer Handbewegung übertrug er die Darstellung auf das zentrale Holodisplay, trat in die Lichtdarstellung herein und vergrößerte einen der gelb markierten Bereiche.

»Ihr habt recht, Hudun«, bemerkte er anerkennend, sah auf einen kleinen Raum in der Substanzkugel, der nur durch einen separaten Tunnel hinter der Transferschicht der Arche zu erreichen war. »Da drin können sich Hunderte von solchen Räumen verbergen. Ohne die genauen Koordinaten zum Ausrichten der Transferkugel werden wir die Öffnungen niemals finden.«

Die Darstellung vergrößerte sich abermals. Eine graue, von elektrischen Störungen durchlaufende Kugel schwebte in einer bronzefarbenen Wandnische. Zwei Krallen, die in nadelförmige Spitzen ausliefen, ragten aus einem Bereich der Nische hervor, der Boden schien von grauen Ascheflocken bedeckt zu sein.

Er schloss frustriert die Augen.
»Wir müssen wieder runter und versuchen, den Raum direkt aus der Arche heraus zu öffnen.«

Roter Nebel, Zentrum, Transfersystem nach Xee, Mestiif
30397/2/16 SGC
11. Dezember 2014

Keleeze

Ich erwachte mitten in der kurzen Ruhephase. Das Blut in meinen Adern schien zu brennen, das Volumen meiner Lunge unendlich zu sein. Ich hatte den Eindruck, für den Rest meines Lebens mit nur einem einzigen, tiefen Atemzug auskommen zu können. Mein Organismus veränderte sich kontinuierlich, der endlose Kampf zwischen meinem Makrobot-System und dem Virus ging in die nächste Runde. Die Modifikationen an den Makrobot-Fabriken, die ich zur Verwunderung von Hud Pasuun noch auf der *Boe* durchgeführt hatte, wirkten, jedoch nicht weitreichend genug. Vereinzelt attackierte mein Immunsystem das Virus, was den Anstieg meiner Körpertemperatur bewirkte.

Ich sah dunkle Augen über mir.

»Deine Haut ist glühend heiß, Crownie, geht es dir gut?«

Ein schönes Gesicht lächelte mich an, kühle Lippen küssten mich. Wir waren uns die vergangenen vier Tage auf dem Weg von Ruthpark über Ankatarh bis in das Transfersystem Mestiif auf eine Art näher gekommen, die etwas Unerklärliches besaß. Je weiter sich das Virus in mir ausbreitete und zu einem Teil von mir wurde, desto intensiver wurden meine egoistischen Gefühle. In den Momenten, in denen wir zusammen waren, forderte ich völlige Unterwerfung, während sich meine Gedanken weit entfernt um den Aufbau einer großen Familie zu einem eigenen Imperium zu drehen begannen.

Mein toter Bruder Oldo Merceer hatte recht behalten. Ich wollte auf dieses Virus und die Sporen nicht mehr verzichten. Die Bewusstseinserweiterung, die ich seit Tagen erfuhr, die Klarheit im Denken und Fühlen, der Gewinn an Logik und Kreativität in Verbindung mit einer harten Kompromisslosigkeit, Ideen, die ich für richtig hielt, auch gegen äußeren Widerstand durchzusetzen – all das war – *sehr hilfreich.*

»Wir müssen angreifen, Ashia - wir verschwenden Kraft!«, sagte ich, sprang aus dem Bett und stand auf, stieg in den Wassertank, kühlte meine Körpertemperatur herunter, kleidete mich in meinen Innenanzug und lief im lockeren Schritt auf die Brücke.

Niemandem hatte ich von der Infektion durch den Sole-Sourcer erzählt. Hud Pasuun würde etwas vermuten, Syncc Marwiin hegte einen Verdacht - das hatte ich seinem Blick deutlich angesehen, als ich ihm den Datenwürfel zur Untersuchung überließ. Ashia war misstrauisch - eher der plötzlichen Veränderung meines Charakters gegenüber, als der Richtung meiner Entwicklung - da näherte ich mich ihrer Einstellung weiter an.

Die Verbände der Unsichtbaren Flotte, die den Angriff auf Xee durchführen sollten, hatten sich im Ankatarh-Sektor gesammelt und waren von dort zu zwei Transfersystemen aufgebrochen, in denen bereits die Kampfstationen der Blockadeeinheiten auf uns warteten. Die Transfersysteme wiesen eine große absolute Entfernung zu Xee auf - eine Sicherheitsmaßnahme für den Fall, dass wir versagen würden und das superkritische Potential zündete - ihre Potentialenden im Xee-System mündeten jedoch nur in einer Lichtstunde Entfernung zueinander.

Ich hatte deutlich gemacht, dass ich eine Scherenbewegung für den richtigen Angriff hielt, wobei eine Schneide der Schere deutlich überentwickelt sein würde, um die gegnerischen Einheiten zu vernichten, die von der leichteren, schnelleren Schneide heran getrieben würden. Die Verbände der starken Schneide, *meine Verbände,* warteten seit einem Tag im Mestiif-Transfersystem und wurden permanent von gegnerischen Drohnen attackiert, die den Sprungpunkt mit eigenem Antrieb durchquerten, wie aus dem Nichts auftauchten, sich auf ein Schiff der Unsichtbaren Flotte stürzten und es schwer beschädigten, bevor sie selbst vernichtet wurden. Auf diese Weise hatte ich bereits zwei Lancer-Plattformen und mehrere Korvetten verloren. Die Qualität der Schilde, die eigene Tarnung der

Einheiten der Unsichtbaren Flotte, hinkte beachtlich hinter dem Standard der Organisation her.

»Siir!«

Kapitän Es'Zuutil, Kommandant der Verbände im Mestiif-System, nickte mir grüßend zu. Auf meine Anordnung hin trugen alle Besatzungen bereits ihren Kampfanzug - ein enormer Stilbruch innerhalb der konservativen Offiziersschicht der Unsichtbaren Flotte, die in der Vergangenheit erst unmittelbar vor der Zerstörung ihres Schiffes - als Zeichen der Niederlage gewissermaßen - den Anzug angelegt hatten. Nach Ashias Hinweis auf den kurzen Zeitabstand zwischen Beginn des Angriffs und Zerstörung der *Esteer* hatte ich keine weitere Diskussion geduldet.

Mir genügte ein Blick auf das zentrale Navigationsholodisplay, um meinen Entschluss begründet zu sehen. Vier Kirchendrohnen spielten gerade mit wenigstens zwanzig Kampfdrohnen Verstecken, rasten zwischen den Einheiten der Flotte umher, die ihre schweren Waffensysteme nicht einsetzen konnten.

»Informiert Shaas El'Kafaa und die KI auf Difthon. Wir greifen an, Toreki.«

Ich spürte seine Überraschung, er würde lieber noch warten - warten, bis weitere Schiffe sinnlos zerstört worden waren oder die Kirchentruppen sich plötzlich ergaben. Mein Blick verharrte auf ihm, seine Überraschung löste sich auf und verwandelte sich in eifrige Tätigkeit.

Auf dem zentralen Navigationsholodisplay erschien eine Serie von Countdowns, mehrere Rumbler-Verbände sprangen in das Xee-System, um das Einsprung-Gebiet zu säubern.

Der Dawn Cektronn der Unsichtbaren Flotte, Shaas El'Kafaa, würde den Anweisungen folgen, die Einrichtungen zur Nebenraum-Kommunikation hatte ich von Wissenschaftlern der Organisation in den Flaggschiffen der Teilflotten vor Abflug einbauen lassen, eine zeitliche Verzögerung der Kommunikation konnte ich nicht akzeptieren.

Die *Konnega* sprang.

Die kurze Welle der Übelkeit blieb bei mir gänzlich aus, das Holodisplay erglühte in unzähligen Abbildern von reagierenden Antimaterie-Rumblern, die ihre Ziele erreicht hatten.

Mit der *Konnega* waren zeitgleich etwa vierzig weitere Schiffe in der zweiten Welle gesprungen. Ebenso erhielt ich erste Statusinformationen von der Flotte El'Kafaas.

Die Einheiten beschleunigten weiter ins Xee-System hinein, wir mit einem Zuwachs von fünfhundert Sekundenkilometern, die Verbände des Dawn Cektronns mit mindestens dem achtfachen Wert, an der Grenze der Leistungsfähigkeit ihrer Trägheitsfelder.

Niemand sprach ein überflüssiges Wort auf der Brücke der *Konnega*. Hinter uns traten weitere Wellen von Kampfschiffen in das System ein. Einzelne Gruppen von Lancer-Plattformen blieben zurück und begannen den Sprungpunkt für einen möglichen Rückzug zu sichern, indem sie kinetische Minenfelder in großem Stil auslegten. Eine sichere Durchquerung dieser Felder wäre nur bei einer Steuerung des Schiffes durch die zentrale Feuerleit-KI möglich.

Das Holodisplay zeigte einen Kubus von Schiffseinheiten um Xee III. Es waren weit mehr als fünftausend große Einheiten und die Feuerleit-KI war immer noch beim Identifizieren von weiteren. Ich dachte grimmig an die zusätzlichen, getarnten Einheiten unter den Schilden der Od'Fer, die überall auf uns warten konnten.

»Shaas El'Kafaa wird massiv bedrängt, Siir!«

Ein Nebendisplay zeigte die Verluste des zweiten Flottenverbandes im Xee-System.

»Sie können sich nicht formieren, ohne die Geschwindigkeit zu drosseln. Wenn sie das tun, müssen auch wir abbremsen, oder wir verlieren unseren strategischen Vorteil.«

Keinerlei Kircheneinheiten waren in der Umgebung des zweiten Verbandes zu erkennen, dennoch starb fast sekündlich ein Schiff der Unsichtbaren Flotte.

»Sie sollen weiter bis zur Rendezvous-Geschwindigkeit beschleunigen, dann sind sie schneller als die Od'Fer«, befahl ich und begann gleichzeitig die Verluste hochzurechnen und mit den ermittelten Werten der KI zu vergleichen.

Es funktionierte. Die Angriffe auf die Flotte des Dawn Cektronns ließen nach. In den folgenden Stunden näherten wir uns in gerader Linie Xee III, identifizierten klar die Position der Arche und des tief unter ihr liegenden kritischen Potentials.

Die kinetischen Geschosse der Lancer-Plattformen erreichten die ersten Kircheneinheiten in den vorgeschobenen Verteidigungsschichten des Hauptplaneten und vernichteten pro Treffer wenigstens das Schiff, welches sie direkt trafen, meistens jedoch durchschlugen sie ein weiteres und fraßen einen breiten Sektor in die Verteidigungskugel.

Das Aufblitzen neuer Verlustmeldungen weckte eine böse Vorahnung in mir.

Das Flaggschiff der zweiten Flotte war durch einen Volltreffer mit einem getarnten Asteroiden zerstört worden, Shaas El'Kafaa war tot und die *Konnega* vollführte eine Reihe von wahnwitzigen Manövern, um anderen, unsichtbaren Gesteinsbrocken auszuweichen. Nicht zu Unrecht. Eine Lancer-Plattform und die begleitenden Schlepper ganz in unserer Nähe verdampften in den Energien eines Asteroiden, der möglicherweise für die *Konnega* gedacht war.

Zugleich stürzten sich Wolken feindlicher Drohnen auf uns wie auch auf die in Auflösung befindliche zweite Flotte und setzten uns hart zu. Nach nur zwanzig Minuten war klar, dass wir eine Landung auf Xee nicht ernsthaft verfolgen konnten.

Ich fühlte kein Mitleid mit den Gefallenen, ich fühlte keinen Ärger über die Niederlage. Meine Gedanken waren klar. Ich würde Schattentruppen benötigen. Die Technik der Unsichtbaren Flotte war unzureichend gegen diesen Gegner.

»Wir ziehen uns zurück, Kapitän. Die unbemannten Einheiten sollen größtmöglichen Schaden beim Gegner anrichten, die Artillerie bleibt bis zuletzt«, befahl ich dem Kommandanten und verfolgte die Umsetzung meines Befehls auf dem Holodisplay.

Die *Konnega* und ihre Begleitung vollführten eine Einhundertachtzig-Grad-Drehung, während die Lancer-Plattformen ohne ihre Schlepper auf Kurs blieben und die Schussfrequenz erhöhten, während ihre Besatzungen zu anderen Einheiten wechselten und ebenfalls den Rückzug antraten.

Die Planer der Kirche waren gut. Ich an ihrer Stelle hätte noch einen Hinterhalt vorbereitet, der die sich nun zurückziehenden Schiffe angreift, um die Niederlage vollständig zu machen, doch blieb dieser Angriff aus - zumindest auf die *Konnega*.

Die Reste der zweiten Flotte hatten dieses Glück nicht. Sie trafen auf massierte Kircheneinheiten, die überraschend in der Nähe des Sprungpunktes materialisierten und die verbliebenen Einheiten seitlich erwischten.

Roter Nebel, Nebelwelten, Infinitum, Mausoleum der Urmütter
30397/2/16 SGC
11. Dezember 2014

Torkrage Treerose

Er schwebte langsam zwischen den mächtigen Statuen der ersten Urmutter Cestorine sowie ihres Gemahls, des namenlosen Urvaters, empor. Auf Höhe des Kopfes verharrte der schwere Kampfanzug, Sand wehte in Fächern durch die offenen Nahtstellen der beiden Halbzylinder und bedeckte bereits die weiten Kapuzen der Häupter und Schultern der Statuen. Dies war der erste Besuch eines Overteers der Organisation in dieser Stätte und der erste Besuch eines Königs von Restront sowieso. Die Augen des Mannes musterten ihn mit einem strengen und doch zugleich gütigen Blick - sicher, zu der Zeit war die Urmutter wahrscheinlich verträglicher zu ihrem Umfeld gewesen. An wen nur erinnerte ihn dieses Konterfei? Er wusste es nicht mehr.

Die durch die hohen Energien des Strahls ausgelösten Gewitterstürme verstärkten sich, als immer mehr kalte Luftmassen von weiter entfernten Regionen angesaugt wurden. Der Sand bildete außerhalb des Mausoleums bereits eine dichte Wolke und auch hier drinnen rieselte er auf die dicht aneinander gelagerten, halbkugelförmigen Felder der Expeditionsdrohnen, die am Boden des Mausoleums zwischen den beiden Statuen den äußeren Zugang des Archentunnels öffneten. Das einst lückenlose Schutzfeld des Mausoleums hatte kein Problem dargestellt, die Einheiten der Kirche hatten sich nach der überraschend massiven Präsenz der Schattentruppen völlig zurückgezogen. Durch die Strategieänderung hatten sie im Moment ein wenig Zeit gewonnen. Der zweite Eingang zur Arche lag knapp dreihundert Kilometer entfernt und wurde ebenso von den Expeditionsdrohnen bearbeitet. Sein Visier zeigte ihm, dass dort wesentlich festere Tore zu öffnen waren als hier im Mausoleum, wo soeben das äußere Siegel des Zugangs brach.

Knirschend begannen sich die beiden Statuen zu drehen, bis sie nebeneinander standen und vor ihnen eine breite Rampe in den Boden führte. Die Expeditionsdrohnen rückten nach und begannen ihre Arbeit am nächsten Siegel.

»Wir empfangen Organisationssignale von da unten, Siir«, meldete ihm einer seiner Schlacht-Certeers der Alstor-Garde irritiert. *»Alte Codes – längst ungültig, könnten Truppen von Dominion sein.«*

»Das sind keine Schattentruppen, wie wir sie kennen, Certeer«, antwortete er mit mahnendem Unterton. *»Das sind assimilierte Kirchentruppen, wir zeigen keine Gnade!«*

Schockwellen schwerer Explosionen zogen durch das Mausoleum, die Schilde der vordersten Expeditionsdrohne waren implodiert, die der nachfolgenden hatten die Energien nach oben abgeleitet. Ein Nebendisplay signalisierte ihm die Öffnung des zweiten Siegels. Sie würden nun in eine senkrechte Schachtanlage vordringen, die bis zu zehn Kilometer in die Tiefe reichte, wo sie in eine große Halle mündete. Von dort ging es nur noch seicht abwärts auf zwölf Kilometer, zum Eingang der Arche und der Mündung des zweiten Schachtes.

Die Expeditionsdrohnen übertrugen Sichtdaten. Er presste die Kiefer aufeinander.

»Sieht aus wie Falle, riecht wie eine Falle, ist eine Falle«, meldete sich Demm Zarkoon. *»Natürlich gehen wir rein, Siir?«*

»Deswegen sind wir hier, Certeer – Neuigkeiten von Syncc Marwiin?«

»Nein, Siir, bis jetzt nicht.«

Sie warteten weitere dreißig Minuten, dann signalisierten die Expeditionsdrohnen vom Fuß des Schachtes sicheres Vordringen. Zwei Trupps der Alstor-Einheiten flogen hinab, überprüften die große Halle in zehn Kilometer Tiefe und übertrugen faszinierende Bilder auf ein Nebendisplay von Treeroses Visier, während er langsam über die Allee der kleineren Statuen der Urmütter flog, gebannt von der Wucht der Geschichte, die ihn hier schlicht zu überrollen drohte.

»Zehn Minuten, Siir, dann müssen wir runter, wenn wir nicht riskieren wollen, dass Metcalfe uns den Rückweg abschneidet«, signalisierte Zarkoon.

Das würde ohnehin passieren, dachte Treerose bei sich, verfolgte das Voranschreiten der Öffnung der Arche, sah die Drohnen an einer Serie massiver Blendentore am westlichen Ende der kuppelförmigen Halle arbeiten und blickte ein letztes Mal über die mittlerweile halb im Sand begrabenen Statuen der verblichenen Urmütter.

Dann tippte er auf den von der Anzug-KI vorgeschlagenen Kurs, hinab unter die Oberfläche, sah, wie sich sein Geleitschutz vor und hinter ihm formierte und die Schattentruppen den Schutzring um die Arche noch ein wenig dichter zogen.

Die Bilder der Halle waren nicht annähernd ausreichend in ihrer Wirkung gewesen, verglichen mit dem Original. Widerwillig beeindruckt von der Gestaltungskraft der Künstler der Kirche flog Treerose eine Runde in der vierhundert Meter durchmessenden Kuppel, sah die plastisch reliefierte Geschichte der Nebelwelten, beginnend mit der Vereinigung von Cestorine und dem namenlosen Urvater. In der Mitte der Kuppel befand sich diesmal nur noch eine Statue, mehr als einhundert Meter hoch. Er war nicht überrascht gewesen, in ihr das Antlitz von Ramone wiederzuerkennen. Sie hatte die Lenkung der Nebelwelten vor langer Zeit übernommen und das sicher nicht im Sinne Cestorines.

Ein trockenes Knacken, gefolgt von einem kurzen, plötzlichen Temperaturanstieg um mehrere hundert Grad verkündete das Öffnen des letzten Blendentores. Der Weg hinab war frei.

»Die Strahlung im Tunnel ist hoch, Overteer. Durch den engen Radius können die Anzüge sie für maximal neunzehn Stunden kompensieren – falls wir nicht in Gefechteverwickelt werden, danach muss die KI sie spätestens abstrahlen oder die Schutzfelder implodie-

ren«, hörte er die Ansage eines Aufklärers der Alstortruppen, der bereits tief in den Tunnel eingedrungen war.

Von der Planetenoberfläche rückten weitere in dichte Schutzfelder gehüllte Expeditionsdrohnen nach, die sich in Schildreichweite den Tunnel hinunter positionierten und dadurch die Schildbelastung der Schattentruppen bei ihrem Vordringen minimierten.

»*Nachricht von Syncc Marwiin, Siir*«, meldete ihm sein Adjutant. An der Betonung erkannte er, dass es nicht die erhofften Codes sein konnten.

»*Overteer, leider gibt es keine Möglichkeit für Euch, die Arche zu entkoppeln*«, sagte der Syncc Marwiin in der Aufzeichnung geradeheraus. Der Blick seiner Augen war ernst. »*Die Sole-Sourcer haben einen biologischen Sicherungsmechanismus hinzugefügt, der sich nur von einem Sole-Sourcer entschärfen lässt.*«

Eine Abfolge von Bildern einer kleinen Kammer erschien, mit markierten Bereichen, in denen zwei gebogene Nadeln und eine Art Handschuh zu erkennen waren. »*Es wird jeden töten, der nicht über die Sole-Sourcer-typischen Merkmale im Blut verfügt. Eine andere qualifizierte Art der Entschärfung gibt es nicht. Ich sehe nur eine Chance, die Auslösung des Potentials auf Infinitum zu verhindern – möglicherweise.*« Er kniff die Lippen zusammen. »*Ihr müsst den Planeten zerstören, so wie Chitziin es mit Tektor gemacht hat – bevor das Potential sich selbst zündet – sprengt die Arche.*«

Die Aufzeichnung endete. Niemand verspürte den Drang, etwas zu sagen. Treerose war wie erstarrt. Nicht über die Nachricht – über den Überbringer. Er hatte soeben in das Gesicht des Urvaters geblickt.

»*Siir?*«

Wortlos folgte er dem Leitstrahl des Aufklärers hinab, registrierte missmutig die hohe Konzentration an Offizieren auf diesem verhältnismäßig kleinen Raum, wusste aber auch genau, dass er es im Moment nicht ändern konnte.

»*Warum verzweifelst du nicht ein wenig, Tork?*« Das kalt lächelnde Gesicht Frere Metcalfes blickte ihn erneut von seinem Visier an.

»Der Moment wäre passend. Du kannst hier nicht rein, alle deine Truppen werden sterben und du wirst mir dienen, Tork – dreh um und fliehe – solange du noch kannst, höre auf den Syncc!«

»Sie hören uns ab, Siir!«, bestätigte Zarkoon.

»Er kennt unsere Taktiken – auch für diesen Fall, Certeer«, antwortete er. *»KI – neue Verschlüsselung, neue Alternative zwei!«*, befahl Treerose der Feuerleit-KI und signalisierte ihr gleichzeitig eine Handlungsempfehlung, die Metcalfe nicht kennen konnte. *Neue* Alternative zwei bedeutete lediglich, dass sie versuchen würden, maximalen Schaden anzurichten und anschließend durch den zweiten Zugang abziehen würden, durch den sich die Expeditionsdrohnen momentan noch gruben, anstatt wie ursprünglich vorgesehen, durch den ersten.

Er erreichte das Ende des Tunnels, der sich in einen quaderförmigen Raum von gut zweihundert Metern Kantenlänge öffnete. Die gegenüberliegende Wand des Raumes war stark nach innen gewölbt, eine lange Rampe führte auf halber Höhe in einen kleinen Eingang: das Portal der Arche.

Zu seiner Rechten befand sich ein mehr als zwanzig Meter hohes, beeindruckendes Tor mit einem wenigstens zehn Meter vorragendem Dach. Es war durch eine glatte Wand fugenlos geschlossen. Er verfügte seltsamerweise über keinerlei Übertragungsdaten von Aufklärungsdrohnen aus diesem Raum.

»Wir bekommen Besuch«, sprach Zarkoon in die Funkstille, bestätigte die Daten der Feuerleit-KI, die zeitgleich auf Treeroses Visier übertragen wurden.

Treerose blieb keine Zeit zur Antwort, die Hölle brach über sie herein.

Aus dem Portal der Arche schwärmten Kirchentruppen wie Bienen aus einem Bienenstock, das waren Od'Fer auf ihren kleinen wendigen Disks. Das große Tor begann sich langsam zu öffnen und dabei im Boden zu versinken. Aus der entstehenden Öffnung quollen eine Vielzahl von Kirchendrohnen, welche sich auf die knapp vierzig Offiziere der Schattentruppen stürzten und sie mit selbstmörderischen Attacken überzogen. Die Nachrichten der Feuerleit-KI dokumentierten gleichzeitige Angriffe auf die Bodenkontrolle, auf die *Boe*, auf die Alstor-Einheiten, die den Ausgang des Zugangstunnels sicherten, sowie jeden Punkt dazwischen.

Die Falle hatte zugeschnappt. Seine Garde hatte eine Kugel um ihn gebildet, die beiden anderen Abeilungen kämpften mit dem Rücken zur gewölbten Wand der Arche. Langsam bewegte er sich oberhalb der Rampe durch den nicht abreißenden Strom der Od'Fer auf das Portal der Arche zu, begleitet von drei Expeditionsdrohnen, die mit ihren Schutzfeldern die größten Energien der Angreifer aufnahmen. Er konnte sehen, dass sie mit keiner Unterstützung von oben rechnen konnten, der Tunnel war mittlerweile von Kirchentruppen verstopft und die kuppelförmige Vorhalle durch gewaltige Explosionen zum Einsturz gebracht worden. Wenn sie hier jemals wieder herauswollten, dann blieb ihnen jetzt nur noch der zweite Zugang.

Die vorderste Expeditionsdrohne explodierte, richtete im Moment ihres Todes die Energien der überlasteten Felder auf den Eingang der Arche, sandte einen Gammastrahlenburst hinein und verschaffte Treerose und den verbleibenden vierzehn Offizieren seines Begleitschutzes ein wenig Entlastung. Durch die enorme Energie des Gammastrahls und die kurze Entfernung zerschmolz ein großer Teil des Archenportals, das letzte Segment der Rampe bekam Risse und stürzte in die Tiefe, schlug hart auf den Boden des Zugangsraumes auf und atomisierte ein schweres kinetisches Geschütz der Kirchentruppen unter sich.

Verbissen musste Treerose erkennen, dass sie niemals die Arche betreten würden, nicht gegen diesen Widerstand. Frustriert gab er den Befehl zum Rückzug, formierte die Einheiten auf einen Fluchtkurs zum zweiten Zugang der Arche – durch das nun vollständig geöffnete Tor in den nichtkartierten Nachbarraum.

»Ziit!«

Er erkannte den Grund dieser Bemerkung eines seiner Aufklärer intuitiv beim Durchfliegen des Tores, dass sich bereits wieder hinter ihnen zu schließen begann, während der Kampf langsam abebbte, da nur wenige Od'Fer gefolgt waren. Der

Raum, in den er mit seinem Begleitschutz und den verbliebenen Offizieren der Alstortruppen eingeflogen war, hatte die vierfache Größe des Vorraums. Knirschend schloss sich das Tor, schottete die Schattentruppen gänzlich vom Feuer der Od'Fer und der Drohnen ab, hielt sie jedoch gefangen für einen ganz anderen Gegner. Jemand hatte sie genau hier haben wollen.

Da standen sie und warteten auf ihn. Verblüfft starrte er auf die Meldungen seines Displays, zählte die Reihen und überschlug die Werte – es stimmte –natürlich. Viertausend Offiziere der Schattentruppen und ein Kommandeur-Anzug: Metcalfe! Er hatte sich nie an Bord des zweiten Schildverbands aufgehalten. Er hatte einfach hier gestanden und auf ihn gewartet.

»*Die sind alle – tot, Siir!*« Zarkoon hatte seine Stimme nur mühsam unter Kontrolle. In seinem Blut tobten wie bei allen anderen auch die Botenstoffe der Makrobots, Trauer zu empfinden oder Mitleid, war für einen Organisationsoffizier in der Schlacht praktisch unmöglich, dennoch zitterte seine Stimme, offenbarte einen Stresspegel nur unwesentlich unter dem tödlichen Limit.

Die Panzeranzüge der einstigen Schattentruppen trugen ausnahmslos riesige rote Stoffbahnen als Umhänge. Auf ihren Brustplatten neben den Disruptor-Eruptionsflächen erstrahlten die beiden ineinander verschränkten Hemisphären der Kirche. Die einstigen Waffenbrüder standen exakt ausgerichtet in acht gleichgroßen Feldern zu je fünfhundert Offizieren, nicht ein Lebenserhaltungssystem übertrug gültige Werte. Auch nicht das des Kommandeurs.

Treerose hörte das Blut in seinen Ohren rauschen. Was war hier los? Wie hatte er sie so täuschen können? *Oder waren sie wirklich alle – tot?* Sein Visier zeigte die Koordinaten des zweiten Zugangstunnels hinter der Rückwand dieses Raumes. Er markierte den Punkt und setzte sich in Bewegung, begann langsam und voller Entsetzen über die leblosen Hüllen hinwegzufliegen.

»*Warte doch, Tork!*«

Schlagartig setzten die Anzugsysteme aus. Treerose stürzte aus vierzig Metern Höhe ab, landete hart auf dem zehn Meter breiten Streifen zwischen zwei Abteilungen der toten Offiziere. Der deaktivierte Anzug federte den Sturz nicht im geringsten ab, schlug mit seiner gesamten kinetischen Energie auf der linken Seite auf, riss einen Waffenbehälter ab und ritzte mit dem linken Krallenfuß zentimetertiefe Furchen in den betonartigen Belag des Bodens. Dann kippte er langsam auf die Brust.

Benommen schüttelte er den Kopf, fühlte, dass nichts gebrochen war, die innere Dämpfung des Anzugs und die variablen Materialien des Innenfutters ihn vor ernsten Verletzungen bewahrt hatten.

Das Hauptdisplay erwachte zu Leben, die Anzug-KI begann den Neustart und fror nach wenigen Schritten ein. Er empfing keinerlei Signale der anderen Offiziere seiner Leibgarde. Nur ein Gesicht erkannte er auf dem Display: Frere Metcalfe.

»Steig aus, Tork, wir müssen uns unterhalten!«

Er hörte das dumpfe Knallen, als äußere Komponenten seines Anzugs abgesprengt wurden, hörte, wie die Notverriegelung des Anzugs aufsprang, die Schultern sich mit erheblichem Kraftaufwand quietschend auseinanderzogen, und spürte heiße, nach verbrannten, giftigen Materialien stinkende Luft von außen zu ihm vordringen.

Er zog die magnetischen Leitungsverbindungen zu den Sensoren seines Innenanzugs ab und wand sich auf dem Bauch aus dem Anzug, mit den Fingern vorsichtig einige glühend heiße Stellen der Anzugoberfläche meidend.

Treerose erhob sich, atmete flach. Nur wenige Meter vor ihm lag ein weiterer Anzug. Ein Aufklärer. Der Sensordom hatte sich in den Waffenaufbauten eines Zerstöreranzugs der toten Kirchentruppen verfangen und ihn mit umgerissen. Als er an dem Brustteil vorbeikam, dröhnte eine Serie kleiner Explosionen auf ihn ein, der Sensordom flog einen Meter zur Seite und knirschend begannen die Schultern sich zu senken.

Er kletterte über den rechten Arm hinauf und half seinem Adjutanten heraus.

»Die Anzug-KI ist hin, Siir«, sagte Zarkoon verblüfft. »Das ist der erste Fall in den letzten – « Er verstummte, als er Treerose langsam den Kopf schütteln sah.

»Helft den anderen, bereitet Euch auf einen Nahkampf vor«, sagte er eindringlich und setzte seinen Weg fort.

»Komm hierher, Tork«, dröhnte Metcalfes Stimme entfremdet aus der Nähe.

Er sah sich um, fühlte sich wie auf einer Allee in einem Wald voller Panzeranzüge. Seine Augen begannen in der brennenden Luft zu tränen. Er aktivierte seinen Schildring, während er der Allee folgte, bis er auf eine Kreuzung traf, auf der ein weiterer Anzug eines Schlacht-Certeers der Alstortruppen lag, der ebenfalls gerade aus der Notöffnung krabbelte. Mit einem energischen Handzeichen schickte er ihn in die Richtung Zarkoons.

Die leisen Arbeitsgeräusche eines aktiven Kampfanzugs verrieten ihm die Richtung, in der er Metcalfe finden würde. Mit einer leichten Drehung und Druck aktivierte er den schwarzen Waffenring auf voller Stärke.

Der Kommandeur-Anzug erwartete ihn einhundert Meter vor der ersten Reihe der toten Dominion-Offiziere, schwebte ein paar Meter auf ihn zu, als Treerose zwischen zwei Zerstöreranzügen hervortrat. Er würde jetzt nicht auf Metcalfe feuern, das hätte keinerlei Wirkung und er würde dann auch nichts mehr erfahren außer vielleicht seinem eigenen, sofortigen Tod.

Der rot behängte Anzug setzte lautlos vor ihm auf, die mächtigen Schultern senkten sich und machten Platz für die Ausstiegsöffnung im breiten Band der Sensorphalangen. Wenige Sekunden später sah er Metcalfe mit geübten Handgriffen herausklettern und auf der linken Schulter stehenbleiben.

»War das deine Idee, die Anzüge so zu dekorieren?«, schrie er ihm mit einer Stimme, in die Treerose seine ganze Verachtung hineinlegte, entgegen.

Mit einer einzigen, eleganten Bewegung sprang Metcalfe vom Anzug, landete nur einen Meter vor Treerose, federte leicht in den Knien und sah ihn lächelnd an.

Instinktiv feuerte der König von Restront einen Plasmastrahl auf ihn und wurde nur Bruchteile von Sekunden später von der Wucht der am Körperschild Metcalfes abprallenden Energien um Meter zurückgeschleudert.

»Gute Reaktion«, Metcalfe stand unvermittelt hinter ihm, ergriff mit einer übermenschlichen Kraft seinen linken Arm, ignorierte das Aufblitzen und Knattern der beiden kollidierenden Schutzfelder, drang mit seiner Hand hindurch und riss ihm den Waffenring von der implantierten Ringplattform seiner Finger, »aber dennoch viel zu langsam!« Dann stieß er ihn von sich.

Treerose stolperte, versuchte auf den Füßen zu bleiben und biss die Zähne zusammen. Er presste seine rechte Hand auf die blutende Wunde seiner gebrochenen Finger und justierte den Blutring. Der Schmerznebel vor seinen Augen klärte sich, die Verwirrung in seinem Denken nicht. *Wie konnte Metcalfe so etwas tun?* Das war unmöglich, er hätte sterben müssen bei einen solch intensiven Kontakt zu dem Feld – und diese überraschend schnelle Bewegung. Er sah zu ihm hin, sah das unmenschliche Grinsen auf diesem *jungen* Gesicht.

»Ihr seid nicht Metcalfe!«, sagte er schwer atmend und die Widersprüche klärten sich. »Ihr seid eine Maschine!«

Metcalfe sah ihm nach. »Ich bin Metcalfe, Tork, immer gewesen – zumindest im Geiste – und das ist es, was hier zählt.« Er tippte sich mit der rechten Hand an den Kopf. »Ich habe alle Erinnerungen, viel mehr Fähigkeiten und keine Schwächen, keine Skrupel, die *er* vielleicht hatte.«

Treerose blickte sich um, betrachtete die verkleideten, toten Schattentruppen.

»Ich bin sicher, Ihr habt keine Skrupel mehr, Maschine. Der Metcalfe, den ich kannte, wäre eher selbst gestorben, als seinen Offizieren so etwas anzutun.«

»Das stimmt, Tork, er ist tatsächlich dabei gestorben – *durch mich!*« Sein Tonfall hatte sich mit einem Schlag verändert. Das

Gesicht war ausdruckslos geworden, der Blick hatte sich nach Innen gekehrt. »*Sie war es!* Sie tötete meine Garde während meiner Reinkarnation. Ich hatte keine Wahl – ich *musste* die übrigen töten, weil es sonst *allen* Schattentruppen so ergangen wäre, verstehst du? Sie verfügt über bessere Schilde als wir. Sie kontrolliert jeden in ihrer Umgebung mit ihren Gedanken – sie kontrollierte mich! Sie hätte eine Armee unbesiegbarer Schattentruppen zu ihrer Verfügung gehabt. Ich musste es tun, sie in ihrer Macht begrenzen. Sie ist stärker als alles, was wir je getroffen haben, Tork.« Der Blick des Androiden war plötzlich flehentlich. »Wenn du ihr je begegnen solltest, wird sie dich auch verwandeln – niemand kann ihr widerstehen.«

Den letzten Satz flüsterte er fast. Treerose war stehengeblieben, besah die Maschine, die so sehr aussah wie ein junger, dynamischer Frere Metcalfe in seinen besten Jahren. Er begann die Verzweiflung des da drin gefangenen Geistes zu erahnen.

Der König von Metcalfe war den Verlockungen der Urmutter erlegen. Hatte ihren Schmeicheleien nicht widerstehen können, bis es zu spät für ihn gewesen war, er den Bruch zu den Königreichen vollzogen hatte. Zu dem Zeitpunkt, der eigentlich sein größter Triumph werden sollte, hatte sie ihn seiner Garde beraubt, anschließend seiner Menschlichkeit und ihm dann ihre ganze Macht gezeigt. Jetzt war er ihr Truppen- und Waffenbeschaffer, ihr Stratege, aber im Grunde ein Sklave.

Treerose lockerte den Griff um seine verletzten Finger probeweise, um zu sehen, ob die Makrobots die Wunden verschlossen hatten. Es hatte sich bereits eine feine Haut gebildet. Er streckte Metcalfe die Hand entgegen. Genauso war es seine eigene Schild gewesen – er hatte seine gespürten Zweifel an Metcalfe zu lange ignoriert.

»Dann komm zurück, Frere. So wie dieses Gewebe kann dein Vertrauensbruch heilen. Wir werden dich vor Gericht stellen und verurteilen – aber du wirst den Respekt des Königreichs Metcalfe/Dominion bewahren können und irgendwann, irgendwann vielleicht einmal einen Teil deines Friedens zurückerlangen.«

Die Maschine stand regungslos für Sekunden. Das Kinn auf der Brust, in das feine rote Tuch seiner Kirchenuniform gewandet, wirkte sie auf Treerose, als weine sie.

Ruckartig hob Metcalfe den Blick, rote, sichelförmige Pupillen fixierten Treerose. »Du musst mit deiner Garde verschwinden, Tork. *Sie kommt,* ich kann es spüren. Sie war in den Reinkarnationslaboratorien, tief unter der Arche, hat alle Ergebnisse verpackt und wird diesen Planeten verlassen. Ihre Leibgarde besteht aus fünfhundert Od'Fer.«

Er drehte sich zu dem Kommandeur-Anzug um. »Nimm den, Tork, er ist voll einsatzfähig und mit den notwendigen Ortungseinrichtungen versehen – *fliehe!*«

Langsam tat der König einen Schritt auf den Androiden zu, horchte auf leise Geräusche, die sich in den letzten Minuten den Weg zu seinen Ohren gebahnt hatten – Kampfgeräusche.

»Sie ist nahe. Du musst fliehen oder sterben!«

Ein lautes Schleifgeräusch von oben lenkte Treerose ab. Für einen kurzen Moment war in der Decke hoch über ihm eine elliptische Öffnung zu sehen, aus der verwischte Schatten herausglitten und sofort unsichtbar wurden, als sie ihre Schilde aktivierten.

Er überlegte fieberhaft, was er tun sollte, entschied sich nach einem letzten Blick auf die geschlossenen Augen Metcalfes, den Anzug zu nehmen und sprintete darauf zu.

Sein Visier aktivierte sich und er hörte Zarkoons Stimme.

»Die Anzüge sind intakt, aber die toten Offiziere stecken noch drin – wir können sie nicht benutzen, Siir. Wir konnten jedoch die Infanteriedepots in den Waden öffnen!«

Damit verfügten sie zumindest über mobile Anzüge mit Lebenserhaltungssystemen und schwere Handwaffen, ein Anfang. Er sprang auf den Oberschenkel des Anzugs, zog sich so schnell an den Griffen empor wie noch nie in seinem Leben, rutschte mit den Füßen voran in die Öffnung und schlug auf den Aktivierungsknopf. Die Schulterpartie hob sich, die ersten Treffer der angreifenden Od'Fer wurden von den Schilden des Kommandeur-Anzugs ohne Warnmeldung kompensiert. Die Displays zeigten ihm die Positionen aller Od'Fer, sowie die von Ramone als verbündete Einheiten. Die feindlichen Marker stammten ausschließlich von seiner eigenen Garde, die sich weit verteilt unter den Anzügen versteckt hatte und sich einen hoffnungslosen Kampf mit den unsichtbaren Od'Fer lieferte, auf die sie mit den Ravern blind feuerten.

Das gedachte er zu ändern. Er schalte sein Visier auf *übertragen* und scannte die Positionen der Kirchentruppen von seinen Anzugdisplays.

»Das funktioniert, Siir«, meldete ihm ein Certeer und Treerose konnte die Wirkung unmittelbar auf den Displays ablesen – die Od'Fer nahmen Verluste hin.

Er richtete einen Teil der Sensoren auf Metcalfe aus, der sich einer gelandeten, größeren Flugscheibe zugewandt hatte, umringt von zwei Reihen Od'Fer. Ein wolfsähnliches Tier sprang herunter, entblößte nadelspitze, lange Zähne, rannte in gestreckten Sätzen an dem großen Mann vorbei und verschwand unter den Anzügen der ersten Reihe.

Eine in weite, tiefrote Gewänder gekleidete Gestalt trat von der Scheibe und sprach zu Metcalfe. Treerose konnte das Gesicht unter der weiten Kapuze nicht erkennen, sah lediglich, das Ramone etwas zu Metcalfe sagte, der plötzlich schützend seine Arme hob, die jedoch mit einer einzigen, leicht wirkenden Bewegung der Urmutter weggewischt wurden. Dann fällte sie die große Gestalt Metcalfes mit einem Schlag ihrer Hand, dass er wie ein Stein zu Boden sank.

Treerose fluchte vor sich hin, die Feuerleit-KI des Anzugs weigerte sich beharrlich, Ramone oder die Od'Fer als Ziel aufzunehmen. Sie widersetzte sich ebenfalls der Anordnung, die Position der Urmutter zu überfliegen.

Ramone schien erst jetzt zu bemerken, das etwas mit dem Panzeranzug Metcalfes nicht stimmte, drehte ihm ihr Gesicht zu, warf mit einer anmutigen Bewegung ihre Kapuze zurück.

»Was hast du getan, Hure?«, schrie er sie über die Schallprojektoren des Anzugs an. »Eine ganze Zivilisation in den Abgrund gestürzt, wofür?«

Ein leichter Kopfschmerz durchzuckte sein Hirn.

Torkrage Treerose!, materialisierten Worte in seinem Kopf.

»Das war ganz sicher keine *Zivilisation,* Lieber – «, sie sprang – nicht wie ein Mensch, sondern wie ein muskulöses, durchtrainiertes Tier – landete auf dem Oberkörper des Kommandeur-Anzugs, grub ihre krallenähnlichen Finger tief in die Nano-Strukturen des Materials, während das Schutzfeld grelle Entladungsblitze in alle Richtungen entsandte, *»wie ich sie verstehe!«*

Endlich akzeptierte die Feuerleit-KI seines Anzugs den Feind, löste einen intensiven Disruptorstoss beider Eruptionsflächen aus. Fassungslos starrte Treerose auf das Bild, welches ihm im Visier angezeigt wurde.

Die Oberfläche des künstlichen Körpers der Urmutter veränderte sich innerhalb eines eigenen Schutzfeldes stromlinienförmig im Ansturm der polarisierten Ladungen, glühte weiß auf, loderte, riss jedoch nicht auseinander.

»Du kannst mich nicht töten, Lieber, ich bin jenseits deiner Vorstellung«, brüllte eine entmenschlichte Stimme in seinem Hirn, ließ ihn in krampfartige Zuckungen ausbrechen.

Willenlos musste er zusehen, wie sie einer lohenden Fackel gleich Stück für Stück den Anzug hinaufkletterte, hörte das entfernte und doch unglaubliche harte Einschlagen scharfer Klingen auf die Sensorenphalanx sowie die Schulter-Laser und Drohnenbehälter.

Die Krämpfe ließen nach. Vor seinem inneren Auge entstand das Bild einer jungen Frau mit blassem Teint und glänzendem, schwarzem Haar, die ihn durch filigrane Pupillen in der Form der beiden ineinander verschränkten Hemisphären der Kirche warm anlächelte. Ein breiter Strich roter Farbe verlief senkrecht über ihre Lippen.

Das Lächeln Ramones verwandelte sich in ein Strahlen. Ihre bezaubernde Schönheit und Wärme war mit einem Mal so real. Der letzte Kopfschmerz wich einem süßen Balsam. Die roten Augen blickten freundlich und klar zu ihm auf.

Ich kann Euch gut gebrauchen, Lieber, tötet Eure Garde!

Der magische Moment wollte nicht bleiben. Etwas in ihm wehrte sich aufs äußerste gegen den Befehl. Er würde gern ihre Liebe erfahren, er wollte sie nicht enttäuschen – doch warum sollte er diese wehrlosen Individuen exekutieren?

Ihre lächelnden Augen gewannen an Intensität, seine letzten Zweifel wurden hinweggespült, die Disruptoren des Kommandeur-Anzugs feuerten.

Eine große Leere breitete sich in ihm aus. Ramones Wärme erfüllte ihn vollkommen, brannte in seinem Geist.

Danke, Lieber!

Er wollte ihr nahe sein, schlug ungeduldig auf den Öffnungsknopf des Anzugs, nahm den entfernten Lärm dröhnender Explosionen nicht wahr, ignorierte die neuen, gegnerischen Marker, die abrupt zu Hunderten auf seinen Displays erschienen, als er sich bereits aus dem Anzug zog, die glühend heißen Stellen ignorierend, auf die Schulter stieg und mit Tränen der Zuneigung auf die gleißende Fackel sah, die sich langsam abkühlend einer menschlichen Figur wieder annäherte. Glühende Trümmer der Decke schlugen in die Reihen der am Boden stehenden Dominion-Truppen ein, das stakkatohafte Sirren von Hochgeschwindigkeitsprojektilen aus Linearbeschleunigern erfüllte den riesigen Saal, betäubte seine Ohren. Od'Fer starben zu Dutzenden im konzentriertem Drohnenhagel, bevor sie ihre Disks erreicht hatten.

Lebt wohl, mein lieber König!

Ramone sprang in einem rückwärts gestreckten Salto auf ihre Flugscheibe, streifte die Flammen ab und verwandelte sich in einen glänzenden weiblichen Körper. Umringt von den verbliebenen Od'Fer ihrer Garde schoss sie durch eine weitere elliptische Öffnung im hinteren Teil des Raumes, die sich hinter ihr sofort hermetisch schloss.

Endlich wich die Schulterpartie des Anzugs zurück, konnte er aus seinem Gefängnis heraus. Treeroses verbrannte Finger griffen ins Leere, *sie durfte ihn nicht allein zurück lassen!* Sein Verstand klärte sich quälend langsam, konfrontierte ihn mit grauenvollen Fakten. Erschöpft hockte er sich hin, ließ seinen Tränen freien Lauf.

»*Nein!*« Ein langer, qualvoller Schrei entwich seiner Kehle, beinahe verlor er das Gleichgewicht, hielt sich im letzten Moment an dem Lauf eines von Ramone zerstörten Lasergeschützes fest, rutsche kraftlos über die glühend heiße Brustpartie des Anzugs und stürzte auf den Boden vor die Krallenfüße.

»*Overteer, seid Ihr das, Siir? Torkrage Treerose? Passt auf!*«, hörte er eine unbekannte Stimme eindringlich warnend im Ohrhörer seines Visiers.

Er öffnete den tränenverhangenen Blick, sah einen gestreckten Körper mit leisem Zischen unter der ersten Reihe der Panzeranzüge direkt auf sich zu sprinten, rotglühende, geschlitzte Augen, ein geöffnetes Maul mit langen, scharfen Zähnen.

Das hochfrequente Sirren, begleitet vom schrillen Geheul des Animoiden, der nur einen halben Meter neben ihm von zwei Reihen Mikroprojektilen durchsiebt, rutschend zum Liegen kam, brachte ihm sein Bewusstsein voll zurück. Er holte tief Luft, griff intuitiv nach seinem Waffenring, berührte die von Schorf bedeckten Finger, erinnerte sich, sah sich um, wischte mit einer entschlossenen Bewegung die Tränen aus dem Gesicht.

Eine verschwommene Silhouette landete neben dem Körper des Wolfs, materialisierte zu einem Z-Zemothy-Gel-Anzug mit Delta-Gleitschild und aufgesetzten Drohnenbehältern, sandte einen letzten Projektilstoß durch den Kopf des Animoiden und drehte sich langsam zu ihm um. Zwei grüne Augen erschienen hinter dem hochfahrenden Visier und musterten ihn kritisch.

»Ich denke, das war der allerletzte Moment. Overteer, ich sollte mich bei Euch melden«, sagte Ten O'Shadiif förmlich, wobei es ihm nur unzureichend gelang, ein schadenfrohes Lächeln zu unterdrücken.

Treerose kniete schmerzerfüllt am Rand des zehn Meter durchmessenden Kraters, den der Disruptortreffer hinterlassen hatte, mit einen beinamputierten Zerstöreranzug der Metcalfe-Einheiten in der Mitte, unter dem Demm Zarkoon Deckung gesucht hatte. Von seinem Adjutanten gab es keine Spuren mehr zu finden, außer denen in seiner eigenen Seele. Er konnte sich nicht bewusst daran erinnern, den Feuerknopf gedrückt zu haben, das machte es dennoch nicht erträglicher für ihn. Der Panzeranzug des Cektronns von Z-Zemothy regte sich neben ihm.

»Die Urmutter hat die Arche aktiviert, Siir. Wir können den Countdown nicht stoppen. Die Messungen des kritischen Potentials deuten auf einen Explosionszeitpunkt in ungefähr zehn bis zwölf Stunden hin. Wir müssen hier dringend weg.«

Er hatte nicht zugehört. Das Echo dieses unglaublich süßen Gefühls von der Berührung Ramones in seinem Geist war noch so nah.

»Siir?«

Treerose erhob sich langsam, stützte sich auf dem Delta-Gleitschild des Cektronns ab, schüttelte den Kopf, klärte sein Denken. Dann betätigte er den Signalknopf seines Visiers und beantwortete den drängenden Ruf der zentralen Feuerleit-KI.

»Mir geht es gut. Z-Zemothy hat mich gerettet. Wir kommen raus.«

Das Bild von Narg Laurenz erschien vor ihm. Der ernste Blick seiner unter buschigen Brauen verborgenen Augen sagte mehr als jeder Dialog.

»Wir haben hier den Rückzugsektor unter Kontrolle, Tork. Die Kirchentruppen kämpfen verbissen, aber ohne strategische Leitung, sonst hätten wir dich nie erreicht. Wir müssen nach Xee, Keleeze helfen. Die Unsichtbare Flotte zieht dort alle Kräfte für den finalen Angriff zusammen, ich habe die Chrunus-Einheiten bereits dorthin befohlen.«

»Ja«, antwortete er müde. Sprechen fiel ihm noch so schwer.

»Bring uns Metcalfes Anzug mit, Tork. Ich denke, er hat die Ortungseinrichtungen für die neuen Schilde der Kirchentruppen?«

Er nickte, erinnerte sich an den Tod desjenigen, was die Erinnerungen von Metcalfe gewesen waren. »Das, was übrig ist.« Langsam drehte er sich um, ging los, sah zurück durch die Schneise der Verwüstung, welche die Disruptoren des Kommandeur-Anzugs unter den inaktiven, von keinen Feldern geschützten Kampfanzügen der Dominion-Truppen angerichtet hatten. Er musste große Umwege gehen, um zu seinem Ausgangspunkt zurückzukommen, dort, wo die zusammengesunkene Gestalt Metcalfes lag.

Er ging vor dem Androiden in die Hocke, berührte dessen Hand. Er konnte mit seinen bis auf die Knochen verbrannten Fingern nichts fühlen, glaubte jedoch, dass Metcalfes Hand sich warm anfühlen würde, menschlich. Dennoch war er außerstande, den Unterarm auch nur um einen Millimeter anzuheben. Trauer erfüllte ihn für einen Mann, der mit allen Chancen ausgestattet, allein an seiner Ungeduld und Impulsivität gescheitert war – und dann diesem Monstrum begegnet war. Er konnte ihn jetzt verstehen.

»Wir nehmen ihn mit, Cektronn, diese Technologie beruht auf Sole-Sourcer-Komponenten, die bisher nur Dominion und der Urmutter zur Verfügung standen«, sagte er knapp, erhob sich schwankend und sah Ten O'Shadiif an.

»Wie konntet Ihr und Eure Truppen Ramones Kräften widerstehen, Toreki?«

Der Cektronn lächelte knapp. »Es gibt eine Substanz, die bei richtiger Dosierung das Gehirn gegen telepatische Angriffe wirkungsvoll schützt. Es nennt sich *Blaues Papit*. Ich erhielt es von Raoula, der Benedictine, bei unserem letzten Zusammentreffen. Es ist innerhalb kürzester Zeit tödlich bei Überdosierung, da es die synaptischen Botenstoffe in eine Art Klebstoff verwandelt, welcher die Synapsen verbrennt. Wir mussten etwas experimentieren, um die richtige Dosis zu ermitteln.«

Der bohrende Blick Treeroses entging ihm nicht.

»Wir hatten nicht viel Zeit – aber ausreichend Kirchenoffiziere.«

Roter Nebel, Zentrum, Xee, Mestiif
30397/2/18 SGC
13. Dezember 2014

Keleeze

»Ihr könnt nicht mehr länger warten, Höchster. Ramone ist auf dem Weg nach Xee, wenn sie nicht schon bereits dort eingetroffen ist. Overteer Treerose konnte Infinitum nicht retten, das Potential wurde gezündet.« Syncc Marwiin sah mich prüfend an. »Kann ich Euch weiter vertrauen, Keleeze?«

Es war das erste Mal, seit wir uns kannten, dass er mich mit meinem Namen ansprach. Das Brennen in meinen Adern war einer angenehmen Wärme gewichen. Ich verstand den Hintergrund seiner Frage, verstand seine Befürchtungen und lächelte.

»Das könnt Ihr, Syncc. Mein oberstes Ziel ist die Zerstörung der Arche«, antwortete ich. »Ich erwarte die Chrunus-Einheiten der Organisation in den nächsten Stunden. Dann werden wir nach Xee zurückkehren, Overteer Laurenz wird die Rückendeckung übernehmen, sobald er eintrifft. Wir haben gute Chancen, wenn wir die Tarnschilde der Od'Fer neutralisieren können.«

»Die Entkopplungssequenz stammt aus dem Datenwürfel, den Oldo Merceer Euch hinterlassen hat, Siir. Ramone ist unwichtig im Vergleich mit den Folgen einer weiteren Potentialzündung! Nur Ihr könnt die Entkopplungssequenz in der Arche übermitteln. Mit der Zündung des Xee-Potentials bei aktivierter Kopplung würde eine Kettenreaktion initiiert, die sehr hohe Energien zu den laufenden Potentialwellen von Infinitum addieren und weitere Archen fernzünden würde. Die entstehenden Interferenzen wären unberechenbar. Sicher ist nur, dass innerhalb der nächsten zwei Jahren große Teile der Nebelwelten und der Königreiche entvölkert würden.«

Es würde auch Raum für ein neues Imperium schaffen, entstand ein neuer Gedanke in meinem Kopf, »ich werde den Raum finden«, sagte ich.

»Es hat eine weitere Infektion mit dem Sole-Sourcer-Virus hier auf Ruthpark gegeben, Höchster.«

Ein Stich durchfuhr mich.

»So?«

»Donavon – er hat sich auf dem Weg in die Arche erst mit dem Virus und im Kommunikationsraum mit den Pilz-Sporen infiziert. Mit dem Stamm des Originalvirus und der Ursporen. Es ist irreversibel, wenn Ihr versteht, was das bedeutet, Merkanteer!«

Eifersucht durchzog mich – vielleicht würde er es nicht überleiben.

»Er wird den Sole-Sourcern am nächsten sein – er stammt aus der direkten Linie ihrer Nachfahren, verfügt über kein Makrobot-System, kann sich nicht wehren. Die Veränderungen durch das Virus werden bei ihm sehr viel schwerwiegender sein als bei Euch, Höchster.«

Ich würde auf ihn achtgeben müssen.

»Ohne Makrobot-System wird er den Veränderungen wehrlos gegenüberstehen.«

»Ich ernenne dich zum Schlacht-Overteer, Keleeze.«

Treerose sah schwer angeschlagen aus, dunkle Ringe lagen um seine Augen. Ich hatte seinen Bericht und den Narg Laurenz' unverzüglich erhalten, nachdem sie geschlagen mit Hilfe der Z-Zemothy-Elitetruppen das Infinitum System verlassen hatten und das Potential nur wenig später zündete. Dass die Urmutter bereitwillig ihre Truppen zur Verteidigung eines zum Untergang verurteilten Systems zurückgelassen hatte, sagte entweder etwas über die Anzahl der ihr zur Verfügung stehenden Kräfte aus – und die mussten in dem Fall enorm sein – oder es war ein Indiz für den Grad ihrer Rücksichtslosigkeit – und die war in diesem Fall nicht weniger erschreckend. Ich bevorzugte die zweite Möglichkeit, stellte sie die bevorstehende Schlacht doch in einem günstigeren Licht dar.

Besonders ernst nahm ich Treeroses eindringliche Warnung vor den telepathischen Fähigkeiten der Urmutter und den Hinweis, dass der Cektronn von Z-Zemothy über eine chemische Substanz verfügte, die einen Schutz gegen diese Manipulationen darstellte, für meinen nächsten Angriff würde ich darüber noch nicht verfügen.

»Die zentrale Feuerleit-KI verarbeitet gerade die Daten aus Metcalfes Anzug«, sagte Treerose und ich bemerkte zum ersten Mal, dass er seinen schwarzen Ohrring nicht trug. »Sobald sie die Analysen der Feldstrukturen abgeschlossen hat, werden die Od'Fer sich nicht mehr verstecken können. Du solltest deinen Angriff so lange wie möglich aufschieben, Keleeze.«

Ich blickte starr in seine Augen.

»Sobald Ramone das Xee-Potential zündet, hat sie ihr Ziel erreicht, Torkrage«, entgegnete ich. »Jeder Offizier ist dann umsonst gestorben, es spielt dann nicht einmal mehr eine Rolle, ob wir sie selbst bekommen.«

Er nickte langsam. »Du hast recht, doch ich wünsche nicht, dass du die Urmutter stellst. Sie wird dich töten oder deinen Willen brechen, wie sie den von Metcalfe gebrochen hat. Du hast keine Vorstellung ihrer Kraft.« Er überlegte einen Moment. »Aber ich gebe dir keinen Befehl. Du musst die Lage beurteilen. Narg ist in sieben Stunden vor Ort. Wenn wir Anfangsverluste reduzieren können, ist das hilfreich. Wenn ein früher Angriff uns so viel Kraft kostet, dass wir anschließend selbst ohne Tarnschilde nicht gegen sie bestehen können, hat uns der frühe Angriff nicht geholfen.«

Ich sah seinen Punkt.

»Verwende die Lancer-Verbände der Unsichtbaren Flotte. Sie haben ihren eigenen simplen Charme beim Beschuss von stationären Zielen. Damit räumst du den Orbit um Xee großräumig von Kampfstationen, verursachst großen taktischen Planungsaufwand bei den kleineren Einheiten und bereitest die Oberfläche des Planeten zur Landung vor.« Er lächelte bitter. »Ohne Metcalfes Hilfe im Bereich der strategischen Planung wird sie zu alten Kampfmustern zurückkehren – *müssen.*«

Nach dem Eintreffen der Chrunus-Verbände begannen wir den zweiten Angriff wie den ersten, mit zwei asymmetrischen Schneiden einer gigantischen Schere. Massive Drohnenschwärme hatten zuvor die Einsprungsektoren aufgeklärt, Rumbler die identifizierten Ziele vernichtet, bevor die ersten Kreuzer gesprungen waren. Laurenz' Truppen würden in vier Stunden auf dem Weg der schnelleren Verbände nachfolgen und das Kräfteverhältnis der beiden Scherenschneiden umkehren.

Die Od'Fer erwarteten uns diesmal auf der Hälfte der Strecke, nicht völlig überraschend. Die Unsichtbare Flotte hatte noch eine besondere Variante von Munition für die Lancer-Plattformen bereitgehalten: intelligente, kinetische Streumunition. Die eintausend Tonnen Projektile lösten sich in sicherer Entfernung von den eigenen Schiffen in zehntausende, untereinander kommunizierende Einzelgeschosse auf, die in einem vorher bestimmten Abstand zueinander einen kompletten Sektor durchflogen, sämtliche getarnte Einheiten aufgrund der eng beieinander liegenden Flugbahnen trafen und für die nachfolgenden Kampfdrohnen markierten, sofern die erste Kollision nicht schon zur Zerstörung geführt hatte.

Doch auch die Kirchentruppen waren für Überraschungen gut. Der Asteroidenbeschuss erfasste diesmal meinen stärkeren Teilverband mit einer brutalen Intensität aus der Richtung des Einsprungpunktes und zwang uns zu einem massiven Kurswechsel. Trotzdem verlor ich ein gutes Drittel meiner Schlagkraft, darunter einen der beiden für den Erfolg kritischen Landungsträger der Chrunus-Verbände.

Alle Offiziere auf der Brücke der *Konnega* zählten in Gedanken den Countdown bis zum Eintreffen der Organisationstruppen herunter, die zentrale Feuerleit-KI war noch immer mit der Verarbeitung der Felddaten beschäftigt. Als die Unterstützung endlich eintraf, kam sie von keiner der beiden erwarteten Seiten.

Wir bemerkten die ersten Minuten nicht einmal, dass wir Unterstützung bekamen. Nur das kontinuierliche Versiegen der Angriffe der Od'Fer-Drohnen signalisierte einen Strategiewechsel der Kirchentruppen. Als die zentrale Feuerleit-KI eine Auswertung der Kursinterpolationen der sichtbaren Kircheneinheiten im Holodisplay anzeigte, war ich im ersten Moment sprachlos. Die gegnerischen Schiffe hielten auf ein Objekt zu, das in gerader Linie ausgehend von sekundären Sprungpunkt auf Xee zuhielt, mit einem Viertel der Lichtgeschwindigkeit, unbeirrbar dem Kurs meines schnelleren Verbandes folgte und sämtliche Kircheneinheiten im Umkreis von zwei Lichtsekunden zerstörte.

»Ashia, du musst da schleunigst weg!«, sagte ich mahnend. Doch der Kommandant des Verbandes hatte seine eigene, gleichlautende Schlussfolgerung bereits in die Tat umgesetzt. Die schweren Kreuzer passierten die Zwei-Sekunden-Abstandslinie nur wenige Augenblicke, bevor das Objekt den Verband überholte und mehrere Korvetten, Drohnen und eine Lancer-Plattform als Wracks zurückließ.

»KI, das ist der Sole-Sourcer im Anzug eines Mega-Tempus«, sprach ich meine Gewissheit aus. »Wir werden ihn nicht beschießen!«

Das konnte nur der Paramount, der oberste Sole-Sourcer des Dritten Imperiums sein, genau wie Oldo Merceer es mir vorhergesagt hatte. Er war den weiten Weg von Tektor hierher geflogen, ohne auf den Ortungsschirmen irgendeiner Aufklärungsdrohne erschienen zu sein. Nun hatte er die Urmutter ausgemacht und war auf dem Weg, seine persönliche Rechnung mit ihr zu begleichen. Nur – würde ich davon profitieren? Ein unbekanntes Gefühl der Verbundenheit begann sich in mir zu regen, ich *musste* ihn sehen.

»Kapitän«, rief ich den Kommandanten, »wir folgen dem Tempus, er klärt den Weg hinab zum Planeten, die Lancer sollen seinen Kurs schützen.«

Es'Zuutil nickte und gab die entsprechenden Befehle. Dann kam er zu mir und sagte: »Wenn die Organisationsverbände nicht pünktlich sind oder im System aufgehalten werden, kommen wir nicht mehr raus, wir haben keine Rückendeckung, Siir.«

Ich deutete auf die von Kircheneinheiten geklärte Zone, die sich rasend schnell Richtung Xee erweiterte und die Fluchtvektoren der sichtbaren Kircheneinheiten. »So eine Chance bekommen wir nicht zweimal, Kapitän. Wir müssen sie nutzen. Narg Laurenz wird kommen.«

Die *Konnega* und ihr Verband hielten auf den leeren Korridor zu, der zweite Landungsträger rückte langsam in den vorderen Teil des Verbands vor, die Module der Bodenkontrolle begannen mit der Initialisierungssequenz.

»Schildverband ist eingetroffen«, signalisierte die zentrale Feuerleit-KI gut vierzig Minuten später und verursachte ein kollektives Aufatmen auf der Brücke der *Konnega*.

»Wir gehen jetzt runter, Crownie«, hörte ich Ashia auf der persönlichen Leitung.

Im zentralen Navigationsholodisplay der Brücke erschienen fortlaufend freundliche Marker am sekundären Einsprungpunkt, Organisationstruppen rund um die *F9*, das Flaggschiff von Narg Laurenz' Schildverband, mehrere Verbände der neuen Nova-Zerstörer und eine überraschende Vielzahl an Z-Zemothy-Kampfschiffen mit allein an die vierzig Lancer-Plattformen, die unmittelbar den Beschuss Richtung Systemsonne aufnahmen, um den Weg für den Schildverband freizumachen.

»Der Cektronn hat sich Laurenz angeschlossen«, sagte ich zu ihr. »Er arbeitet seine Schulden in hohem Tempo ab – sei vorsichtig!«

Sie lächelte. »Ich hatte nie zuvor so ein großes Rodonn, Keleeze.« Dann schien sie sich an etwas Dunkles zu erinnern. »Es gibt aber noch eine offene Rechnung mit diesem System. Es wird keine weitere Niederlage geben. Wir sehen uns unten!«

Die *F9* drehte zur System-Sonne hin ab. Laurenz würde die Sonnenstation und die Linsensysteme etablieren.

»Feldstrukturdaten verfügbar«, meldete die zentrale Feuerleit-KI von Difthon. Ich sah neugierig auf das Navigationsholodisplay der *Konnega* und schloss für ein paar Sekunden elektrisiert die Augen. Als ich sie wieder öffnete und die Darstellung unverändert fand, hörte ich meinem Kopf die vertraute Stimme des gefallenen Blaak Ferkuiz: *Das nenne ich riskant, Keleeze!*

Ich war mir sicher, das hätte er in diesem Moment uneingeschränkt stehengelassen. Der Planet Xee war verschwunden. Sein Orbit bis in eine Höhe von fast drei Millionen Kilometern war innerhalb von drei elliptischen Rotationskörpern mit feindlichen Markern gespickt, in einer Dichte, dass die Schiffs-KI die sich vielfach überlagernden Einheiten in Gruppen unterteilte, diese wiederum zu Hauptgruppen zusammenfasste und diese schließlich mit gewichteten Kampfkraftindikatoren dargestellte.

Ich hatte in meiner Erwartungshaltung für die Motivation der Urmutter falsch gelegen - sie verfügte über mehr als genug Truppen. Dies waren die herangezüchteten und nur für den Kampf ausgebildeten Truppen der zweiten Ruthpark-Kultur, die ehemaligen Nachbarn der Coruumer. Nun trafen sie nach eintausend Jahren wieder auf die Nachkommen eben jener Coruumer, die in den Reihen der Organisation die Huds gebildet hatten.

»Warte, Keleeze!« Narg Laurenz sah mich auf meinem persönlichen Visier an. »Wir benötigen das Linsensystem. Vorher kommen wir da nicht durch - auch du nicht, wenn du dem Sole-Sourcer jetzt folgst.«

Ich sah auf die berechnete Position des Paramounts. Selbst sein Vorstoß wurde durch diese Massen an Gegnern gebremst. Ohne Kursänderung hielt er nach wie vor geradlinig auf Xee III zu, auf einen Konzentrationspunkt der Od'Fer zielend, jedoch mit deutlich reduzierter Geschwindigkeit von immer noch zehntausend Sekundenkilometern.

»Das ist unsere Chance, Overteer. Wir *sehen* die Od'Fer. Ende des Versteckspiels. Die Kircheneinheiten konzentrieren sich vollständig auf den Tempus. Wenn die Sonnenstation etabliert ist, haben wir die Rückendeckung, die wir benötigen, um wieder herauszukommen. Wenn wir ihm jetzt nicht folgen, müssen wir uns da selbst durchkämpfen.« *Und der Paramount könnte Hilfe benötigen.*

Ein schmales Lächeln machte sich bei ihm breit. »Dann geht, aber macht einen weiten Bogen um die Urmutter. Markiert ihre Position, wenn es möglich ist, und bewahrt Eure Wärme!«

Die Lancergeschosse hatten die Umgebung der Arche auf Xee III in eine vorgeschichtliche Region zurückverwandelt, wie sie vor Hunderten von Millionen Jahren zur Zeit der ersten Gebirgsauffaltung des jungen Planeten ausgesehen haben mochte. Die Atmosphäre war undurchdringlich, voller dunkelrotem Gesteinsstaub, verflüssigten Metallen und auf mehrere hundert Grad aufgeheizten Gasen. Zyklone mit Geschwindigkeiten von fünfhundert Stundenkilometern und mehr tobten über erdteilgroßen Gebieten, ihre elektrischen Entladungen irritierten einige Drohnen.

Die Lancer hatten sich nicht die Mühe gemacht, das Abfeuern der kinetischen Masse-Geschosse zu unterbrechen, als die Region der Arche von der Planetenrotation aus ihrem Feuerbereich getragen wurde – sie hatten dem Planeten einen neuen, glühenden Äquator auftätowiert. Der einstige, größte Ozean war im Moment über die halbe Landfläche verteilt, verwandelte gigantische Krater-Ketten in Seen aus kochendem Wasser und heizte die Atmosphäre mit Kubikkilometern Wasserdampfs weiter an.

Die Bildaufbereitung der Aufklärungsdrohnen zeigte eine Geistermetropole oberhalb des Archenkomplexes. Der Paramount hatte sein Tempo weiter drastisch reduzieren müssen, er wütete in einer halben Million Kilometer Entfernung unter den Einheiten der Od'Fer, offenbar verfügte er noch nicht über alle Informationen für die Wahl eines geeigneten Landeplatzes.

»Sonnenaufgang in zehn Sekunden«, hörte ich die Warnung der Feuerleit-KI für die Aktivierung des Linsensystems. Das war deutlich schneller erfolgt als erwartet. Die Od'Fer hatten den Fehler gemacht, sich nur auf den Sole-Sourcer zu konzentrieren – doch der würde in wenigen Augenblicken nicht mehr ihr primäres Problem sein.

Die Einheiten meines Landungsträgers waren weiträumig aus dem Kurs des Sonnenstrahls geleitet worden. Als er in zehntausend Kilometern Entfernung in Richtung auf die verleibenden Kampfstationen des Archenkomplexes vorbeizurauschen begann, wusste ich, dass wir die Raumschlacht gewonnen hatten.

Der Archenkomplex auf Xee III stellte sich vollständig anders dar als die der bisherigen. Die kugelförmige Arche war nicht unter Kilometern von Gestein in der Tiefe versteckt, sondern befand sich an der Oberfläche des Planeten im Zentrum einer großzügigen, an einem Ozean gelegenen Metropole, die von ihren Ausmaßen her auf Restront über vier bis fünf Millionen Einwohner verfügt hätte.

Sie hatte sich hinaufbewegt. Die geologischen Informationen zeigten klar den verschütteten, neunzehn Kilometer tiefen Tunnel unter ihr, der einen Anschluss an ein vulkanisches Schachtsystem besaß, der bereits vor längerer Zeit ausgekühlt war. Diese Arche hatte einen Durchmesser von einem guten Kilometer und war damit deutlich größer als die bisherigen. Außerdem handelte es sich bei ihr laut Syncc Marwiin um eine Arche des Zweiten Imperiums und damit um eine wesentlich jüngere und modernere als die anderen beiden. Ihre matte Kugeloberfläche ragte zweihundert Meter über das umgebende Erdreich hinaus, das nach den bisherigen Treffern des Linsensystems zu einer Hälfte aus verbrannter Vegetation und zu einer Hälfte aus kochendem Wasser des nahen Ozeans bestand. Die Bilder meines Visiers waren digital aufbereitet, echte Bilder gab es in den kilometerhohen Wolken grauschwarzen Wasserdampfs nicht.

»Das Linsensystem soll den Beschuss der Zwei-Kilometer-Zone einstellen«, befahl ich und wusste, dass der Strahl erst in neun Minuten abreißen würde, wenn die letzten, in diesem Moment aus Richtung der Systemsonne auf die Reise geschickten Quantenpakete hier eingetroffen waren.

Die Od'Fer ignorierten uns fast völlig. Unter geringsten Verlusten drangen die Verbände des Landungsträgers bis zur Umlaufbahn von Xee III/A vor, starteten die Einheiten der Bodenkontrolle und begannen mit der Invasion.

»Hier unten sind massive Störstrahlungsfelder. Möglicherweise eine Folge der hohen Ladungsdichte innerhalb der Arche. Bis jetzt fast kein Widerstand durch Od'Fer«, meldete sich Ashia zeitgleich zu den im Navigationsholodisplay eintreffenden Meldungen der Expeditionsdrohnen. »Der Eingang ist versiegelt, sollen wir ihn aufbrechen?«

»Nein, wir haben die Codes«, sagte ich energisch. »Die Archen-KI soll ihre Abwehrmaßnahmen nicht aktivieren.«

»KI, sende die Zugangsdaten, die Syncc Marwiin für diese Arche überspielt hat«, befahl ich.

Nach einer knappen Minute zeigten die Aufnahmen der Drohnen, dass die Codes richtig gewesen waren. Im Zenit der sichtbaren Kugeloberfläche begann ein großer Krater einzusacken, als rinne Sand durch eine Fuge unter den Fußboden.

Ich verließ den Träger zusammen mit meiner Garde. Das Schiff zog sich in den Schutz des Schildverbands zurück, wo bereits die *Konnega* mit den anderen Verbänden wartete. Mein Hauptdisplay übertrug mir das schlechter werdende Bild von Ashias Sensorenphalanx, während sie mit ihrem Rodonn auf eine kreisrunde Öffnung im Zentrum des mittlerweile auf einen Durchmesser von fünfzig Metern angewachsenen Kraters zusteuerte.

Störschleier begannen durch mein Visier zu wandern. Statisches Rauschen zerhackte eine Nachricht, die seltsamerweise auch von der Anzug-KI nicht wiederhergestellt werden konnte.

»Siir?« Ein Certeer meiner Garde wies mich auf eine Strahlungsanomalie hin, der ich bisher auf einem Nebendisplay keine Beachtung geschenkt hatte.

Wir passierten die glühenden und abstürzenden Reste einer Planetenorbitalstation, welche wohl die letzte Verteidigungslinie der Kirche oberhalb der Oberfläche dargestellt hatte. Meine Anzug-KI lokalisierte die Strahlungsquelle in Form einer unbekannten Aufklärungsdrohne an einer Stelle unterhalb dieses Wracks, von der aus sie unsere Anzüge anvisierte.

Ein Zerstörer- und ein Aufklärer-Anzug meiner Garde nahmen die Position gleichzeitig von zwei Seiten unter Feuer, vaporisierten mit ihren Disruptoren große Teile der einstigen Station, ließen auch die Drohne verschwinden.

Nur wenige Momente später erreichte ich die Arche. Dort lag sie unter mir, ein gigantisches Energiereservoir, bereit, in einer kosmischen Explosion das kritische Potential in ihrem Inneren zu zünden, um dadurch eine unkontrollierte Verbindung zum Nebenraum zu schaffen, durch welche sich die lokalen unterschiedlichen Potentiale schlagartig ausgleichen würden. Eine Abfolge ungeheuerer Schockwellen würde durch den Normalraum und den Nebenraum entsandt, deren Energien, den Potentiallinien folgend, in einer verheerenden Abfolge von Kettenreaktionen weitere Archen kollabieren lassen und am Ende den Roten Nebel in seiner heutigen Form vernichten würden.

Ich blickte auf die Codes für den Entkopplungsmechanismus auf einem Display. Wenn ich die Arche nur entkoppeln würde, wäre das Xee-System immer noch dem Untergang geweiht, ich musste sie entschärfen, um sicher zu gehen.

»*Keleeze! Wir werden angegriffen!*« Ashias Stimme schrie und fluchte lautstark in meinem Helm.

»Der Countdown für die Zündung des Potentials läuft! Die Störstrahlung ist ein Seiteneffekt des wachsenden Ladungswertes. Wenn du hier etwas entkoppeln willst, musst du dich sehr beeilen!«

Ich stimmte innerlich in ihre Flüche ein und erhöhte mein Tempo.

»Ach so, mein Crownie«, hörte ich ihren spöttischen Unterton. »Ich hoffe, du hast deine feuerfeste Wäsche an. Mit Euren Angeberanzügen kommt ihr hier nicht mehr durch!«

Das konnte allerdings zu einem Problem werden. Ich erreichte den Krater und flog langsam in den dahinterliegenden Raum. Er bot zwei von den Kampfanzügen Platz, das Blendentor ins Innere der Arche maß zwei mal drei Meter – das war zu klein.

Ashia war bereits mehrere hundert Meter weit in sie vorgedrungen, befand sich aber immer noch in der Schicht der äußeren Transferkugel. Ihre Signale erreichten mich nur über mehrere Aufklärungsdrohnen, welche als Relaisstationen dienten. Meine Sensoren litten ebenfalls unter der harten Strahlung. Die Übertragung war sehr schlecht geworden, die Anzug-KI riet mir von einem Ausstieg ab.

»Zwei Offiziere kommen mit«, sagte ich und gab der Anzug-KI den Ausstiegsbefehl.

Mein Anzug setzte so dicht vor dem Blendentor im Vorraum auf, wie es ging, erzeugte ein maximales Schutzfeld, das sich mit den Feldern der beiden Aufklärer-Anzüge verband, die eng neben mir landeten. Innerhalb der Anzug-Felder konnte ich mich frei bewegen, brauchte ihren Schutz aber vor allem, um die Infanterieausrüstung aus den Fächern an den Waden des Anzugs zu entnehmen und anzulegen.

Ich setzte den Sensorhelm auf und hörte den Verriegelungsmechanismus arbeiten, gefolgt von dem Einströmen frischer Luft. Die Infanterieanzüge der Organisation waren leichte Kampfanzüge, bestanden aus extrem belastbaren Monofasern und waren für den Betrieb durch Muskelkraft ausgelegt. Einziger Luxus neben dem Lebenserhaltungssystem war die optionale Flugeinheit, eine kleine Drohne, welche den Anzug an den Schulteradaptern greifen konnte und uns somit eine schnellere Fortbewegung ermöglichte als zu Fuß.

Die Handschuhe erlaubten mir, meine Ringe zu bedienen. Ich aktivierte das Schutzfeld, ergriff die Raver-Stop-Gun und gab der Flugeinheit über mein Visier den Befehl zum Start. Die Anzug-KI meines Kommandeur-Anzugs würde meinen Weg beobachten und den Zugang verteidigen. Mehr konnte ich hier drinnen nicht erwarten.

Wie kleine Würmer in einem Stück Obst, folgten wir dem Tunnel durch die äußere Schicht der Arche. Ashias Signal wurde stärker und nach einer knappen Minute mündete der Tunnel in einen großen elliptischen Raum, in dessen Mitte zwei Statuen auf ihren Thronen saßen. Ashias Exor schwebte im hinteren Brennpunkt des Raumes am Ende einer kleinen Rampe: dem verschlossenen Zugang zur Substanzkugel der Arche. Die zehn Soldaten ihres Rodonns hatten sich im Zugangsraum verteilt und warteten auf Anweisungen.

»Ohne ein neues Zauberwort kommen wir hier nicht weiter, Keleeze«, sagte sie, lächelte mich schelmisch an und wackelte ungeduldig mit dem Kopf.

Ich lenkte die Drohne an den Fuß der Rampe, ließ sie mich absetzen und befahl ihr, in der Nähe zu bleiben. Die beiden Statuen waren Sole-Sourcer. In Analogie zu Ruthpark waren es wohl die beiden höchsten Sole-Sourcer von Xee zum Zeitpunkt der zweiten Potentialkatastrophe gewesen. Ihre Köpfe fehlten und auch sonst hatte das zähe Material, aus dem sie erbaut waren, gelitten.

»Offensichtlich waren sie nicht nach dem Geschmack der Urmutter.« Ashia landete neben mir, schubste mich mit ihren Delta-Gleitschild einen Schritt zur Seite, öffnete ihr Visier und lächelte mich an. »Ich hoffe, die Anzüge halten ein wenig aus?«

Das Knistern meines Schutzfeldes und die verbrannte Oberfläche ihres Schildes an der Kontaktstelle ließ ich als Antwort stehen, rief über die Anzug-KI des Kommandeur-Anzugs die Archencodes ab und wartete darauf, dass sich das Tor zur Substanzkugel öffnen würde. Das Blendentor am Ende des Tunnels, durch den wir diesen Raum erreicht hatten, schloss sich knirschend.

»*Ziit!*«

Mit einem lauten Knall zerbarsten die beiden Statuen und ich spürte den Einschlag mehrerer fester Körper auf meinem Anzug. Mein Visier war mit einem Mal erfüllt von feindlichen Markern, die durch eine Vielzahl von Öffnungen in Decke,

Wänden und Fußboden gekommen waren und alle in heftige Kämpfe verwickelten. So schnell ich konnte, rannte ich an den Fuß der Rampe, benutzte sie als Rückendeckung und feuerte dreimal mit der Raver, reduzierte die Anzahl der Angreifer um genau diesen Betrag.

Mein Schutzfeld kompensierte mehrere Treffer, blieb im unkritischen Bereich. »Gegenangriff, Certeers!«, befahl ich und sah bereits, dass wir die Oberhand gewannen.

»Keleeze, was ist los?« Laurenz erschien in meinem Visier. »Das Blendentor hat sich verschlossen, wir öffnen es jetzt.«

»Kleiner Überraschungsangriff, wir haben ihn abgewehrt«, antwortete ich und ging an den dunkelroten Anzügen mehrerer toter Od'Fer vorbei, auf einen an Boden liegenden Exor zu, an dessen Seite ein weiterer Soldat mit geöffnetem Visier kniete.

Es war Ashia. Ihr Anzug wies einige plastische Deformationen auf, Blutfäden rannen über ihr Gesicht. Als sie mich sah, bewegte sie die Lippen, ohne dass ich ein Wort verstand. Der Soldat erhob sich, ich erkannte Lumidor, den Anführer ihres Rodonns.

»Zufallstreffer eines Trümmerteils, Siir. Sie muss hier raus.«

»An alle da drinnen, weg vom Schott! Öffnung erfolgt in fünf Sekunden!«

Wir begaben uns seitlich neben die Mündung des Tunnels, Lumidor nahm Ashia auf seine Arme. Mit einem lauten Knirschen bewegten sich die Blenden kurz, verkeilten sich und dann flog das gesamte Tor quer durch den Raum und landete donnernd am Fuß der Rampe.

In reichlich schwarzen Rauch gehüllt, schob sich eine Expeditionsdrohne aus dem Tunnel, schwebte über unsere Köpfe und veränderte ihren Querschnitt auf den natürlichen Durchmesser. Mehrere Exor-Anzüge erschienen, einer kam direkt auf mich zu.

»Grüße von Overteer Laurenz, Siir. Es wurde ein zweiter Zugang gefunden. Er befindet sich unterhalb der Arche, der Tunnel dorthin wurde zum Einsturz gebracht. Er wird ihn öffnen, um schweres Material hier herein zu bringen. Er bittet

Euch, den Entkoppelungsmechanismus zu finden. Die Berechnungen Eurer Wissenschaftler sagen einen gewaltsamen Ausgleich innerhalb der nächsten drei Stunden voraus. Wenn das kein Himmelfahrtskommando für uns werden soll, müssen wir in zwei Stunden hier weg.«

Das war Ten O'Shadiif. Er nickte mir zu und flog zu Ashia. Wenig später brachten zwei Soldaten ihres Rodonns sie hinaus. Ich atmete langsam durch. Meine Certeers sahen mich an. Ich sendete die Öffnungscodes und starrte gespannt auf das Schott oberhalb der Rampe – nichts passierte.

»*KI – die Drohne soll das Schott öffnen*«, befahl ich resigniert. Wenn diese Codes bereits jetzt nicht mehr gültig waren, wie sollte ich die hermetisch abgeschotteten inneren Bereiche der Arche erkunden? Wir konnten zwar alle Schotts knacken, die Transferkugeln zu drehen, würde schon nicht funktionieren, erst recht nicht, sie zu durchbohren, dafür würden wir Monate benötigen!

»Da kommen wir nicht rein!« Laurenz sah mich auf meinem Visier an. »Kommt zurück, Keleeze. Das untere Schott ist versiegelt, wir müssten uns durch die halbe Kugel bohren, es tut mir leid, das zu sagen, aber wir haben keine Chance. Es ist sinnlos sich zu opfern, Ramone hat sich in der Arche eingeschlossen.«

Ich konnte ihm ansehen, wie schwer es ihm fiel, das zu sagen.

»Ich habe den Rückzug befohlen, die Sprungpunkte werden sich verschieben, wenn das Potential zündet, wir müssen dann längst weg sein!«

Ich sah einen Gel-Anzug zurückbleiben. Er kam langsam auf mich zu, die grellen, gelben Antigravs durchdrangen selbst den dichten Qualm im Vorraum.

»Ich kann mir nicht vorstellen, dass Ramone hier sterben wird, Siir«, sagte der Cektronn auf der privaten Leitung. »Ich denke, sie wird herauskommen – und das rechtzeitig vor dem Knall – schließlich ist sie nicht verrückt – nur berechnend.«

Ich nickte ihm zu. »Dann erwarte ich sie doch lieber außerhalb, in meinem Anzug«, sagte ich, befahl meine Flugeinheit zu mir und wir verließen die Arche hinter allen anderen als letzte, nur die arbeitende Expeditionsdrohne zurücklassend, bis wir in mehreren Kilometern Höhe anhielten.

Die Od'Fer ließen sich nicht sehen, obwohl ich davon überzeugt war, dass sie sich irgendwo versteckten. Sie mussten eine Fluchtmöglichkeit vorgesehen haben - aber wie?

»Ihr seid die letzten, Siir. Die Verbände fliegen ab, Systemtriebwerke für Euch warten auf Xee III/A.«

Dann erschütterte eine schwere Explosion die Atmosphäre. Eine glühend heiße Wolke aus Gesteinsstaub, Wasserdampf und Legierungen kam von der Oberfläche auf uns zu, rollte über uns hinweg, die Felder meines Anzugs verloren schlagartig mehr als die Hälfte ihrer Kapazität.

»Jetzt geht es los«, sagte Ten O'Shadiif keuchend, sein Exor hatte weitaus stärker gelitten.

»Sie kommt heraus!«

Verwundert sah ich auf meine Displays.

»Nein, Toreki, die letzten Signale der Drohnen dort bedeuten das Gegenteil - etwas geht hinein«, sagte ich mit Nachdruck.

Der Countdown für die berechnete Potentialzündung betrug siebenundachtzig Minuten. Etwas in mir ließ mir keine Wahl. Ich musste ihn sehen. Nur Sekunden später schwebte ich über der einstigen Öffnung der Arche. Jetzt fehlte dort der obere Teil der Kugel. Im ultravioletten Bereich leuchtende Trümmerspitzen gaben mir einen visuellen Eindruck der Energien, die hier vor kurzem gewütet hatten.

Ein kreisrunder Schacht führte im Zentrum der Verwüstung senkrecht nach unten. Ohne zu überlegen, flog ich hinein, folgte dem Schacht bis zu einer Biegung zweihundert Meter in die Tiefe, folgte ihm weitere zweihundert Meter in einem stumpfen Winkel und erreichte eine Halle, in der eine schwarze Statue in bronzenen Licht auf mich wartete. Ich sah, dass ein weiterer Marker mir gefolgt war und sich seitlich versetzt hinter mir hielt. Der Cektronn schwieg.

Meine Anzug-KI warnte mich vor diversen Sensorstrahlen, die meinen Anzug erfasst hatten. Sie glichen den Scannerstrahlen, die mich von Bord der zerstörten Raumstation erfasst hatten.

Ich konnte den Paramount nicht klar sehen, das, was ich für eine Statue gehalten hatte, veränderte ständig seine Form, war für meine Sensoren nicht greifbar – so, als ob er nicht vollständig in dieser Dimension vorhanden wäre.

»Das Ding ist nicht wirklich hier«, raunte Ten O'Shadiif, »es ähnelt sehr den Beschreibungen von Phänomen der Troyian-Zepter.«

»Paramount!«, sagte ich auf dem offenen Kanal. »Ich kann dir helfen!«

Eine Welle der Bewegung durchlief die schwarze Silhouette.

Das große, schwarze Gesicht einer hübschen Frau erschien auf meinem Visier. Schwarze, längliche Augen hinter Schilden musterten mich.

»*Warum?*«

»Ich habe Oldo Merceer getroffen. Ich will die Potentialzündung verhindern! Ich bin ein Freund!«, sprudelte es aus mir hervor.

»Ein Freund der Sourcer? Dann musst du hier sehr einsam sein«, antwortete sie, kam näher. »Du kanntest den letzten Paramount?«, die schwarze Silhouette materialisierte zu einem fast zehn Meter hohen Tempus, überladen mit fremden Komponenten.

Ich ließ den Anzug aufsteigen.

»Gib mir deine Hand!«

Ich verstummte, erwartete sie von mir, hier auszusteigen? Ich warf einen prüfenden Blick auf die Atmosphärenanzeigen – die Temperatur betrug achthundert Grad. Bevor ich eine Antwort gegen konnte, zog etwas meinen Anzug an sie heran, verschiedene Anzeigen flackerten und gaben intensive Warmmeldungen von sich – aber ich konnte absolut nichts machen.

Dann spürte ich einen aufflammenden Schmerz, sah, dass mein Anzug ein Loch hatte, durch das eine Art Stachel in meine linke Schulter eingedrungen war. Ich presste meine

Kiefer aufeinander – tat das weh! Dann zog sich der Stachel zurück, überließ der Anzug-KI wieder die Steuerung die zuerst das Leck abdichtete.

»Ich kannte einen Ruf Astroon, Bruder«, sagte sie in einem traurigen Alt. »Er sprach gut über die Königreiche und ihren Herrscher, Torkrage Treerose. Aber er sagte auch, dass ihr mit allen Mitteln verhindern wolltet, dass die Sourcer die nächste Potentialkatastrophe überleben.«

»Sie werden sie überleben, Paramount«, antwortete ich aus tiefsten Herzen, »ich muss die Arche entkoppeln, aber die Codes, die Oldo Merceer mir gab, funktionieren nicht mehr!«

Sie schwieg einen Moment.

»Die Arche ist entkoppelt, ich habe das auf meinem Weg herein bereits erledigt. Es wird keine Kettenreaktion geben – doch wird uns das nicht mehr retten.« Sie sah mich intensiv an, als suche sie etwas in meinem Gesicht.

»Ich kann sehen, dass du die Wahrheit sprichst, Bruder – das Blut des letzten Paramounts ist in dir.«

Das schwarze Gesicht veränderte sich. Wie eine sich auflösende Schutzschicht wich das Schwarz zurück und entblößte ein feines, von kunstvollen Make-Up-Strichen verziertes Frauenkonterfei.

»Gehe jetzt, Bruder. Das hier ist nicht länger dein Krieg, du kannst gegen die Verräterin nicht bestehen. Kehre in deine Welt zurück und herrsche!«

Das Schwarz kehrte zurück, die Konturen des Mega-Tempus lösten sich auf, die schwarze Silhouette bewegte sich zurück zur Mitte der Halle. Aufflackernde Warnungen meiner Anzug-KI erstarben, als etwas die Fernsteuerung übernahm und den Exor des Cektronns wie auch meinen Anzug umgehend zur Oberfläche steuerte.

Gut zwei Kilometer außerhalb der Arche bekam ich die volle Kontrolle über meinen Anzug zurück, der Cektronn war an meiner Seite, sein Delta-Gleitschild schien unbeschädigt.

Schweigend flogen wir mit Höchstgeschwindigkeit zum Mond von Xee, ich dockte in das Systemtriebwerk ein und verankerte Ten O'Shadiif auf der Passagierseite. Dann ging es weiter, Richtung sekundärem Sprungpunkt - schweigend, in schwermütige Gedanken vertieft.

Der Countdown lief ab, als wir zehn Minuten vom Sprungtor entfernt waren. Wir würden die Explosion der Arche, des Planeten und die vollständige Vernichtung des Systems erst später aus den Aufzeichnungen der Aufklärungsdrohnen sehen können.

»Ich hoffe, der Sole-Sourcer hat Euch nicht belogen, Siir«, sagte Ten O'Shadiif, kurz bevor wir an Bord des wartenden Nova-Zerstörers landeten. Und bevor ich eine passende Antwort finden konnte, setzte er grinsend nach: »Ich werde interessiert verfolgen, wie Ihr *herrscht*!«

13 Erde

Uganda, Ruwenzori-Nationalpark, Arche der Sole-Sourcer
18. Dezember 2014
30397/2/21 SGC

Donavon

»Dieses Schiff hier könnte die gesamte Erde mit Strom versorgen, Donavon.«

Warren rückte sich fassungslos seine Brille zurecht, die in der perfekten Umgebung der großen Raumstation völlig fehl am Platz wirkte. Fasziniert starrte er durch das schwarze Material des Fensters auf die Umrisse eines Energiestrahls, der gebündelt von der Sonne kam und ungefähr einhundert Meter weiter von einem elektromagnetischem Linsensystem aufgespalten und in unterschiedliche Richtungen weitergeleitet wurde.

»Alle unsere Probleme wären damit gelöst. Keine Emissionen aus der Verbrennung fossiler Brennstoffe mehr, keine weiteren Umweltkatastrophen durch die Förderung oder den Abbau dieser Stoffe.« Er geriet ins Schwärmen. »Wir hätten genügend billige Energie, um Trinkwasser aus dem Meer zu gewinnen und Wüsten zu kultivieren – das wäre das Ende aller Hungersnöte.«

Karen beobachtete ihn lächelnd von der Seite. »Es wäre auch das Ende der Wirtschaftsordnung, so wie wir sie kennen, Professor, oder nicht? Denn der Machtfaktor *Besitz von Rohstoffen* würde aufhören zu existieren.«

Er überlegte einen Moment und verfolgte staunend, wie sich ein unförmiges Schiff aus einer Art Riesenbaukasten schob und die Station verließ.

»Ja, Doktor, da haben Sie völlig recht. Der mittelfristig einzig verbleibende Machtfaktor wäre Bildung. Das Wissen, diese Energien für neue Technologien einzusetzen, wäre Gold wert.«

»Man müsste diese Entwicklung und den Preis der neuen Energie steuern«, warf ich ein, »andernfalls würden wir in eine Phase der Dekadenz eintreten.«

»*Wir?*« Warren sah mich mit gerunzelter Stirn an. Solch ein Statement hatte er nicht erwartet.

»Würde Energie plötzlich kostenlos zur Verfügung stehen«, erklärte ich, »warum sollte dann die Technologie voranschreiten, sie zielgerichtet einzusetzen? Niemand würde noch einen Effizienzzwang verspüren. Unendliche Ölvorräte vorausgesetzt, hätten wir keinerlei Fortschritte im Bereich alternativer Energieformen gemacht. Überfluss wäre bereits nach einer Generation zur Normalität geworden – die Menschheit würde auf der Stelle treten oder sich zurückentwickeln.«

»Was meinst du denn, Don, soll die neue Energie verkauft werden? Dann können wieder nur die reichen Nationen davon profitieren. Es würde sich nichts ändern, wir würden eine gewaltige Chance vertun.« Karen hatte ihre Arme empört in die Hüften gestemmt.

»Wir würden eine Chance vertun, wenn wir sie verschenkten«, erwiderte ich entschieden, spürte, dass ich auf dem richtigen Weg war. »Diese Energie ist das Resultat intensiver Forschung der Wissenschaftler des Roten Nebels über Jahrtausende. Es bedeutet genau das, was Syncc Marwiin mir einmal in der Arche zu erklären versuchte. Der verfügbare Technologiegrad muss zum geistigen Entwicklungsstand der Völker passen – andernfalls entsteht ein nachteiliger Effekt mit selbstzerstörerischen Auswüchsen.«

Warren war nachdenklich geworden. »Wie sollte so etwas aussehen, Donavon? Man müsste eine Art Entwicklungsplan erarbeiten, der den Zugang zu kostenloser Energie an Ziele in unterschiedlichen Forschungsdisziplinen koppelt.«

Ich nickte, »und an solche der Gesellschaftslehre«, ergänzte ich.

»Damit würden sofort Eifersüchteleien darüber entstehen, *wer* über die Zieldefinition und den Erreichungsgrad entscheiden darf«, fuhr er fort, »es würde nur Verständigung über den kleinsten gemeinsamen Nenner erfolgen, Abstimmungsprozeduren in der UNO der Vergangenheit wären dagegen ein Kinderspiel.«

»Ganz genau«, antwortete ich. »Und aus exakt diesem Grund wird nicht gefragt oder um Zustimmung gebeten. Es werden Vorgaben gemacht – an alle.« Ich lächelte die beiden selbstbewusst an, deutete mit einer Hand auf den Sonnenstrahl unter uns. »Wer sollte uns hindern?« Der Plan lag in einem Teil meines Gehirns bereits detailliert ausgearbeitet bereit. Es würde so einfach sein, die Erde in ein neues Zeitalter zu führen. »Ich kann mir gut vorstellen, das zu organisieren.«

Der alte Mann sah mich streng an. Wir befanden uns in einem runden Raum, der mich an ein aufgeräumtes Labor erinnerte. Das Inventar bestand aus eleganten, in die Wände eingebauten Schränken und einem kreisförmigen Tisch in der Mitte, der lediglich aus einer schwebenden Tischplatte zu bestehen schien. Die allgegenwärtigen, dreidimensionalen Projektionsschirme zeigten nur graues Rauschen.

»Ihr seid krank, mein Freund«, begrüßte mich die Übersetzung seiner Worte aus dem Ohrhörer meines Visiers. Er fing meinen Blick ein und ließ ihn für endlose Sekunden nicht mehr los, beobachtete mich wie eine Probe.

Die Ärztin war mit mir eingetreten, führte mich am Arm zu einer Wand, die sich bei unserem Näherkommen öffnete und eine Liege entfaltete. Ich kannte einen ähnlichen Raum, in dem mich Hud Pasuun bereits nach meiner Rückkehr aus dem Archiv untersucht hatte, nachdem sie über Sinistra von meiner partiellen Atemnot dort unten erfahren hatte.

Syncc Marwiin war uns gefolgt und kam nun dicht an die Liege heran, forderte mich mit einer Geste auf, dort Platz zu nehmen. Konzentriert beobachtete er eine Fülle von sich laufend verändernden Texten und Grafiken in einer mir unbekannten Schrift auf einer Projektion, berührte mich beiläufig mit seiner Hand und ich schlief ein.

Als ich erwachte, war es ein plötzliches Erwachen. Ich öffnete die Augen und war sofort voll da. Er saß mir bei gedämpftem Licht gegenüber auf einem, wie es schien, sehr bequemen Sessel, die Augen halb geschlossenen.

Ich hatte meine Hand nur geringfügig bewegt, als er sich bereits hellwach vorbeugte, seine Arme auf die Knie legte und mich ansah.

»Wie fühlt Ihr Euch, Donavon?«, fragte er mit ernster Stimme, während sich hinter ihm eine Tür öffnete und Hud Pasuun mit einem hochgewachsenen, mir unbekannten Mann eintrat, der in seinem ganzen Äußeren sehr Syncc Marwiin ähnelte, auf dem zweiten Blick sogar sein Sohn sein könnte.

Ich horchte in mich hinein. Mein Denken war kristallklar, ich spürte keine Schmerzen oder andere Anzeichen von Unwohlsein.

»Gut!«, antwortete ich, verdrängte das dringende Bedürfnis, eigene Fragen zu stellen, richtete mich auf und setzte die nackten Füße auf den warmen, teppichähnlichen Boden. Wenn er mir etwas sagen wollte, würde er es jetzt ohnehin tun.

»Ich habe Euch ein temporäres Makrobot-System eingesetzt, Donavon«, begann dagegen Hud Pasuun ohne Vorwarnung. »Euer Körper hätte die Virusinfektion nicht überlebt, die Ihr Euch in der Arche zugezogen habt, als Ihr Euer Schutzfeld abschaltetet.«

»*Aber ich fühlte mich nicht krank!*«, fuhr ich überrascht auf, meinen Oberkörper intuitiv nach frischen Operationsnarben absuchend – erfolglos, »im Gegenteil, *es ging mir gut!*«

»Ihr wärt gestern mit diesem Gefühl gestorben, Freund«, sagte der alte Mann, lächelte gequält und lehnte sich tief Luft holend zurück.

»Die Transformation ist sehr belastend für Euren Körper. Das Virus erzeugt einen Botenstoff, der Eurem Gehirn völliges Wohlbefinden vortäuscht, eine Leistungssteigerung des Denkens und Wahrnehmens erzeugt, die sehr intensiv, aber auch kurzfristig ist, weil gleichzeitig ein anderes Enzym Eure Organe mit einer hohen Sauerstoffdosis verbrennt. Hud Pasuun hat Euch vorerst das Leben gerettet.«

Die Ärztin musste mir meine Betroffenheit ansehen.

»Ich habe es in der ersten Untersuchung nicht erkannt, Donavon. Es tut mir leid. Das Virus hatte sich bereits mit Euren körpereigenen Zellhüllen getarnt. Erst Syncc Marwiin wies mich auf die Möglichkeit hin, nachdem wir Sole-Sporen aus der Luft des Kommunikationsraums der Arche isoliert hatten.«

»*Aber was ist es?*«, fragte ich ungläubig.

»Es ist Okinaa, das am höchsten entwickelte Virus, das wir im Roten Nebel kennen – und das nur aus Überlieferungen.« Sie deutete auf eine der Projektionen. »Es kann außerhalb von Symbionten nur an seinem Entstehungsort existieren – wir wissen erst seit kurzem, *wo* das ist.« Marwiin machte eine Pause. »*Hier*«, er deutete nach unten, »es stammt von Eurem Planeten, Donavon.« Seine Stimme war nunmehr zu einem Flüstern geworden. »Der Stamm, der Euch infizierte, ist das Original – tiefgefroren im Zugangssystem der Arche für mehr als einhunderttausend Jahre. Das Erste Imperium wollte sicher gehen, dass nur Sole-Sourcer die Arche wieder verlassen und nur die Stärksten von ihnen überleben.« Er schwieg, rieb sich über die Stirn, sah mich fest an.

Hud Pasuun legte ihre Hand auf meine Schulter, ich war mir nicht sicher, ob sie mich gerade untersuchte oder nur ihr Mitgefühl ausdrücken wollte. »Es befindet sich noch in Eurem Körper, wie Ihr seht. Wir können es nicht entfernen. Das Makrobot-System stellt lediglich den Status-Quo wieder her – für eine begrenzte Zeit. Es kann die Umwandlung Eurer Lunge nicht rückgängig machen, lediglich die Ausbreitung des Virus im Körper kann blockiert verhindern.«

Ich fühlte plötzlich Schweißperlen meinen Rücken hinunterlaufen. In der Projektion sah ich mehrere Zellen, die gleichzeitig von einem Organismus mit langen Tentakeln abgetastet wurden. Durch winzige Öffnungen in den Zellwänden drangen diese Tentakel in die Zelle ein, schienen das größte Volumen des Organismus wie durch einen flexiblen Strohhalm in die Zelle hinein zu saugen, worauf sie äußerlich wieder einen unbeschädigten Eindruck machte. Die Darstellung zoomte in eine Zelle hinein. Der Organismus hatte bereits damit begonnen, den Zellkern zu manipulieren.

»Es verändert im ersten Schritt augenblicklich das Zellskelett, erhöht die Möglichkeit der Kommunikation zu Nachbarzellen und beschleunigt den Transport von Stoffen innerhalb des Zellkerns, bevor es ihn selbst modifiziert.«

Meine Lippen waren plötzlich sehr trocken. »Werde ich daran sterben?«

Sie warf den beiden Männern einen kurzen Blick zu und schüttelte den Kopf. »Nicht innerhalb der nächsten zwei Tage. Die Makrobots neutralisieren den veränderten Kommunikationseffekt – damit bremsen sie die Wirkung. Außerdem verfügt Euer Körper über einen weiteren Helfer. Ihr habt zusätzlich das Sole eingeatmet – der Pilz beginnt seinerseits das Okinaa zu verwandeln – es könnte sich ein Gleichgewicht einstellen.«

Schweiß tropfte mir von der Stirn, mein Oberkörper fühlte sich nass an. *»Es verwandelt sich? In was?«*

Der jüngere Wissenschaftler, der mit Hud Pasuun eingetreten war und bislang nur wortlos zugehört hatte, ergriff das Wort. »Wenn Euer Körper die Initialisierung der Symbiose überlebt, werdet Ihr ein Sole-Sourcer sein, Donavon – der erste Sourcer auf diesem Planeten seit vor einhundertzwanzigtausend Eurer Jahre die Sourcer von hier verschwanden. Aufgrund Eurer Gene wird das Virus Euch in eine echte Kopie der Sourcer des ersten Imperiums verwandeln – die Evolution könnte sich wiederholen.«

Mein Denken raste, erfüllte mich nach einer Stunde andauernder Verwirrung wieder mit Gewissheit – *ich würde zu einem Sourcer werden, dem mächtigsten Geist, der je über die Welt geschritten ist* – ich könnte die Erde …

»Ihr werdet die Phase der Aggressiven Expansion nicht erleben, Donavon«, unterbrach der alte Mann leise, aber mit fester Stimme meine Träume.

»Es wird wenigstens zehn Generationen reiner Fortpflanzung unter Sole-Sourcern bedürfen, bevor dieser Zustand eintreten kann.«

Er lächelte matt – wie alt er plötzlich aussah!

»Aber es gibt eine andere Aufgabe, die nur Ihr für mich wahrnehmen könnt.«

Ich horchte auf, was meinte er?

Der jüngere Mann, der sich nicht vorgestellt hatte, beugte sich zu Syncc Marwiin hinunter, angespannte Ruhe lag für einen Moment über dem Raum – was ging hier vor?

»Wie Ihr wisst, junger Freund, herrscht Krieg unter den Kulturen des Roten Nebels«, sprach er zu mir, hellblaue Augen unter kräftigen Brauen fixierten mich.

»Die Königreiche zusammen mit dem Zentrum haben zwar einen militärischen Sieg errungen, es ist uns jedoch nicht gelungen, den Ausbruch der Potentialkatastrophe zu verhindern.«

Ich erstarrte. Was sollte ich da dann noch tun?

Eine große Projektionsblase erwachte zu Leben.

»Die Potentialwelle hat sich bereits geteilt, im Hyperraum folgt sie den Potentialverbindungen, verändert den Katalog währenddessen. Dadurch ist sie praktisch unberechenbar geworden – hat sich um Grade schneller fortbewegt als erwartet. Sie ist auf diese Weise durch den Hyperraum bereits hunderttausende von Lichtjahren weiter vorgedrungen als im Normalraum, wo sie sich nur mit Lichtgeschwindigkeit ausdehnen kann. Wir verstehen jetzt, warum die Sole-Sourcer beim ersten Mal überrascht wurden.«

In der Lichtblase konnte ich die flackernde, seltsam verzerrte Darstellung erkennen, die ohne Warnung an neuen Stellen erblühte wie Blumen im Zeitraffer, nur um sich dann in mehreren, scheinbar zufällig gewählten Richtungen gleichzeitig fortzusetzen – wie ein nach der Ebbe zurückkehrendes Meer, welches durch vorhandene Priele riesige Sandbänke vom Ufer abschneidet, bevor diese schließlich von der Flut bedeckt werden.

»Jedes kollabierende Potentialende sendet seinerseits Schockwellen im Normalraum aus. Ein Teil der Welle wird durch das lokale Potentialende dieses System erreichen und diesen Planeten sterilisieren. Die Arche wird ihrerseits eine eigene Reaktion auslösen, die verdichteten Energien zünden.«

Er machte eine Pause, gab mir ansatzweise die Chance, gedanklich nachzuarbeiten.

»Die Energiedichte der Arche reicht aus, eine direkte Öffnung in den Hyperraum zu reißen, eine lokale Potentialanomalie zu erzeugen und die Kettenreaktion massiv zu verstärken.«

»*Ich soll …*«, mir fehlten die Worte. Erwartete er wirklich … Er lächelte bitter, sein Blick traf auf den von Syncc Marwiin.

»*Ihr müsst!*«, fuhr er mitleidlos fort. »Nur Ihr tragt das Virus im Blut, Donavon. Die Archen-KI wird nur einen Sole-Sourcer oder einen infizierten Wirt akzeptieren. Ich werde Euch begleiten.«

Mir schwindelte. »*Wie lange…*«

»Zwei Tage – höchstens«, unterbrach er mich ohne Mitgefühl »– daher die Einschätzung Hud Pasuuns, dass das Virus Euch nicht töten wird – es hat nicht genug Zeit.«

Mir blieb keine Zeit zu fragen, warum der alte Mann mich nicht begleitete – irgendwie kannte ich die Antwort.

Die Ärztin verabreichte mir eine Abfolge von Injektionen – jedenfalls hielt ich sie dafür – zog mir einen neuen, hellblauen Außenanzug an, reichte mir wenigstens zwei Liter einer klaren Flüssigkeit und ließ mich nicht aus den Augen, bis ich sie auf den letzten Tropfen getrunken hatte. Dann lächelte sie mich an und riet mir, meine Wärme zu behalten, während sich meine Gedanken intensiv um die Errichtung einer Weltherrschaft drehten – ich war mir nur noch nicht sicher, ob ich es eine Epistokratische Diktatur oder einfach Xenokratie nennen sollte – aber das würde sich zeigen.

»Ihr macht genau, was ich sage, Donavon!«, nahm mich der Mann ohne Namen in Empfang, hob mich ohne sichtbare Kraftanstrengung auf die Trittplattform eines dieser riesigen Kampfanzüge und stieg seinerseits auf die der anderen Wade.

»Festhalten!«

Nun - *das* kannte ich schon.

Neu war, dass ich diesmal aus einer gigantischen Raumstation über dem Nordpol ausstieg, mit aberwitzigem Tempo hinab auf Afrika zu stürzen schien und dabei nicht die geringsten Beschleunigungskräfte erfuhr.

»Hud Pasuun hat Euch eine Sensorik-Drohne injiziert«, hörte ich den Übersetzer, als wir vielleicht vier Minuten später in der mit großen Containern vollgestopften Vorhalle der Arche die Plattformen verließen. »Die wird dafür sorgen, dass ich all das sehe, höre und fühle, was ihr empfindet, sobald wir da drinnen sind. Vergeudet also keine Zeit damit, mir irgendetwas erklären zu wollen.«

Ich will nicht!, dachte ich, sah die im warmen Bronzeton schimmernde Eingangsöffnung vor mir aufragen, nahm die verschwimmenden Konturen großvolumiger Lasergeschütze zur Kenntnis und fragte mich beiläufig nach dem Sinn all dessen.

»Diese Antimaterie-Bomben werden die Arche vernichten, falls wir erfolglos bleiben, Donavon«, sagte er und riss mich damit erstmals vollständig aus meinem Denken um den Aufbau einer vielschichtigen Dynastie mit mir als Paramount. Ich blieb stehen und sah auf die harmlos wirkenden Behälter.

»Sie werden die Hälfte dieses Erdteils mit zerstören. Vielleicht überlebt ein Teil der Bevölkerung dieses Planeten.«

Er ergriff meinen Arm und schob mich vor sich durch das Tor, folgte dem gebogenen Gang, der wieder eine Scherbewegung ausführte, als wir ihn ungefähr zur Hälfte durchschritten hatten, und drückte mich in die innere Sphäre der Arche. Hier ließ er mich los, aktivierte einzelne Anzeigen, positionierte einen kleinen schwarzen Würfel in einem Lichtfeld über einer Säule und überprüfte sorgfältig, dass die Blenden des Zugangs nahtlos geschlossen waren.

»Was wird mit den Sole-Sourcern geschehen, die jetzt in ihrem eigenen Universum gefangen sind?« fragte ich ihn.

Sein Kopf ruckte in meine Richtung, ein strenger Blick fixierte mich kurz, wurde dann weicher.

»Das Sole beginnt zu wirken, Donavon, nicht wahr? Ihr fühlt eine unterschwellige Verbundenheit.« Er lächelte zum ersten Mal, seit ich ihn kennengelernt hatte.

»Sie werden mit hoher Wahrscheinlichkeit sterben, wenn die Welle ihr Blasenuniversum erreicht, vielleicht wird auch nur die letzte Verbindung zu uns gekappt und sie werden für immer darin gefangen bleiben – nach den Worten Oldo Merceers ist das gleichbedeutend mit dem Tod. Sie befinden sich gerade in einer neuen Phase der Aggressiven Expansion – nur gibt es nichts, wohin sie expandieren können.«

Leise zischend öffnete sich die Blendenöffnung wieder, durch die wir hereingekommen waren. Mit der Hand wies er darauf und nickte mir auffordernd zu, sein Visier hatte er jetzt aktiviert.

»Aber da sind wir hereingekommen«, wandte ich ein, ein Kopfschütteln bei ihm hervorrufend.

»Die Substanzkugel hat sich gedreht und die innere Transferkugel wird das gleich auch noch tun. Wir gehen jetzt in das Herz der Arche.«

Fear no fear! – störte ein Gedanke aus der Vergangenheit mein Denken. Wie lange war das her?

Er wartete, bis ich an ihm vorbei in den Gang hineingetreten war, folgte mir dichtauf und bedeutete mir nach gut zehn Metern vor einem geschlossenen Blendentor zu warten. Mein Magen bemerkte die Schwerbewegung des Fußbodens sehr wohl – wir bewegten uns nach unten und gleichzeitig nach links. Die Blenden öffneten sich fugenlos in die Wände hinein und gaben den Weg in ein weiteres, kurzes Segment frei, das erneut vor einem geschlossenen Blendentor endete und jetzt klar als Schleuse zu erkennen war. Wir traten hinein, er aktivierte sein Schutzfeld, warteten ein paar Sekunden, bis sich das hintere Schott wieder geschlossen hatte, mein Magen mir eine Horizontalbewegung des Bodens signalisierte und sich das vordere Schott zu öffnen begann, bis es knirschend steckenblieb.

Der Kreis in seiner Mitte hatte einen Durchmesser von vielleicht siebzig Zentimeter. Die Halle dahinter war gut im rötlichen Licht zu erkennen.

»Das reicht uns«, sagte er leichthin, streckte erst eine Hand, dann einen Arm in die Öffnung, warf einen Ball hinein und wartete.

»Ab hier geht Ihr allein, Donavon.«

»Woher soll ich wissen, was zu tun ist?«, fragte ich, meiner Stimme einen möglichst selbstbewussten Ton gebend.

»Das werde ich Euch sagen, wenn es soweit ist. Die Drohne hat Sole-Sporen auf dem Boden entdeckt, ich kann nicht hinein.«

Ich kletterte durch die Öffnung im Blendentor, das erstaunlich dick war, rutschte auf der anderen Seite mit den ausgestreckten Armen zuerst hinaus auf den Boden.

»Aktiviert Euer Visier!«

Ich stand auf, sah ihn hinter dem Schott warten, tippte an meinen Nacken, drehte mich um und erstarrte in Ehrfurcht.

Ein heller Glockenton hallte durch die Luft, ich erhaschte einen einzigen, kurzen Blick auf einen langgestreckten, hohen Saal, bevor die Luft völlig mit von innen heraus leuchtendem, goldenem Staub erfüllt war. Ich kniff die Augen zusammen, der Staub war dicht wie in einem Sandsturm, drang unter das Visier, verhinderte, dass seine Lichtprojektion meine Augen erreichte.

»Geht nach vorn, die Stufen hinab, Donavon«, hörte ich die Stimme des jungen Wissenschaftlers. »Nach zehn Metern werdet Ihr ein Pult finden, auf das Ihr Eure Hände drücken müsst. Es wird Euch identifizieren, danach sollte die Sicht wieder besser werden.«

Ich machte kleine Schritte, ertastete die Treppenstufen, hielt wie im Dunkeln meine Hände weit vorgestreckt, während er mir jeden Meter der Strecke beschrieb. Endlich ertastete ich das Pult. Ich hatte plötzlich das Bild der Säule aus Coruum vor mir, das Warren bedient hatte.

»Legt jetzt die Hände hinein, Donavon, und wartet.«

Meine Finger erfühlten die Vertiefungen, in die meine Hände passen würden. – Ich zögerte.

»Denkt an die Bevölkerung dieses Planeten wenn Ihr noch Motivation braucht – *nur Ihr könnt sie retten*«, vernahm ich ihn betont eindringlich.

Meine Hände glitten wie von selbst in die Hohlformen, die sich nur für einen Moment lang kühl anfühlten, sich sofort meinen Händen anzuschmiegen begannen und ein starkes Brennen in allen Fingerkuppen auslösten. Der Staub legte sich schlagartig, ich blickte in die Tiefe des Saals vor mir – ungläubig über dessen Ausmaße.

»Das ist eine Projektion, Donavon. Beachtet die leuchtende Aura hinten rechts, das ist diese Arche.«

Der Boden vor mir war erfüllt mit leuchtenden Kugeln unterschiedlicher Größe, die in einem wallenden Bett des goldenen Staubs zu schweben schienen. Im hinteren Teil waren sieben dieser Kugeln einem schwarz-violetten Nebel gewichen, der wabernde Finger in die Richtung anderer Kugeln ausstreckte. Eine davon war in eine grell glühende Aura gehüllt.

»Das sind die Archen des Zweiten Imperiums, die dunklen sind implodiert. Die größte davon war Infinitum, gezündet vor sechs Tagen, die anderen sind bereits Folgen davon, die blaue Arche ist entkoppelt aber trotzdem explodiert – das war Xee – ein Planet der Kirche. Zehntausende unserer Einheiten sind dort für das gestorben, was Ihr jetzt ganz einfach allein erledigen könnt, Donavon.« Sein Tadel über mein zögerliches Verhalten war unüberhörbar.

»Woher kennt diese Arche all die anderen Positionen, ich denke, sie war die erste, die gebaut wurde?«

»Die Sole-Sourcer denken offen, Donavon. All ihre Systeme sind abwärtskompatibel. Die KI's der neueren Archen können sich auf unterster Ebene mit dieser hier verständigen.«

Meine Hände begannen zu schmerzen.

»Konzentriert Euch nun auf die Arche mit der Aura!«

Das Bild vor meinen Augen verschwamm, der goldene Staub wirbelte umher, formte einen rechteckigen Korridor, lenkte meinen Blick durch eine virtuelle Skizze der ineinander geschachtelten Hohlkugeln der Arche, hin zu einer kleinen Zelle auf der anderen Seite, eine unbekannte Stimme sprach leise Unverständliches in mein Ohr, das Bild der toten Sole-Sourcerin mit den langen, zu einem Zopf geflochtenen Haaren aus dem Hauptraum der Arche erschien schwebend im goldenen Korridor. Stockend meldete sich der Übersetzter.

»Bedenke deine Entscheidung gut, Bruder. Hilfst du damit dem Imperium?«

Mehr sagte sie nicht, sah mich an, blickte in mein Innerstes.

Ich riss meine Hände aus den Fassungen, der Raum versank in Dunkelheit, mein Kopf dröhnte.

»Wir müssen dorthin. Kommt zurück!«

Meine Füße führten mich. Ich taumelte die Stufen hinauf zur Öffnung im Schott, kletterte unbeholfen und kraftlos hinein, bis der Mann ohne Namen mich auf die innere Seite der Schleuse zog, das verklemmte Blendentor sich unter infernalischem Lärm schloss und wir in Richtung der inneren Sphäre zurückeilten, wobei er mich mehr trug, als dass ich lief.

Fieberhaft hieb er auf eine vor ihm in der Luft liegende Steuerung ein, blickte ungeduldig auf das Blendenschott in der Wand, zog mich vom Boden hoch, als es sich erneut öffnete, schleifte mich in den Gang, verharrte, schleifte mich weiter, verharrte und zog mich schließlich aus der Schleuse in einen kleinen Raum, wo er mich wie einen Sack fallen ließ und hastig sein Schutzfeld aktivierte.

»Hier ist es, Donavon, *kommt!*«

Nichts passierte. Er konnte mich mit aktivem Schutzfeld nicht berühren, ohne mich zu verletzen. Erschöpft hockte ich auf dem Boden, wirbelte mit den Händen grau-braunen Staub auf, streckte mich aus, legte meinen Kopf auf den kühlen Boden und schwamm.

Bedenke deine Entscheidung gut!

»Warum hat sie mich *Bruder* genannt?«, fragte ich leise.

»Nur eine Anrede«, erwiderte er kurz angebunden, sah ärgerlich von oben auf mich herab, *»steht auf!«*

»Ich glaube Euch nicht«, sagte eine Stimme in mir und ließ es mich gleichzeitig laut aussprechen.

Er atmete tief ein – ich hatte ihn.

»Die Archen-KI hat das Virus und das Sole in Eurem Blut identifiziert. Deswegen seid Ihr ja hier. Es ist eine Anrede unter Sole-Sourcern«, erklärte er hörbar beherrscht.

Ich fühlte ein Lächeln auf meinem Gesicht – ich war also doch ein *echter* Sole-Sourcer.

»Ich darf den anderen Brüdern und Schwestern nicht schaden«, sagte ich bestimmt. »Ich darf es nicht tun!«

Seine Verzweiflung war nahezu greifbar.

»Ihr werdet ihnen mit Sicherheit schaden, wenn Ihr nichts unternehmt, Donavon«, versuchte er einen letzten Anlauf. »Wenn Ihr diese Arche nicht in der nächsten Stunde entkoppelt, ist nur eines sicher: Die vollständige Vernichtung dieses Systems und eine Verstärkung der Potentialkatastrophe, die auch vor dem Dritten Imperium nicht haltmachen wird!«

Ich spürte die Wahrheit in seiner Antwort. Dennoch musste ich noch etwas anderes wissen.

»Gibt es noch Sole-Sourcer, ich meine hier, bei uns?«

Er schaltete sein Visier ab, unsere Blicke trafen sich.

»Es gibt einen – oder zwei.« Er überlegte, ich ließ ihn nicht los. »Ich weiß nicht, wo sie sind.«

»Wer ist es?«

»Der Paramount des Dritten Imperiums. Sehr wahrscheinlich ist er tot, gestorben bei der Zündung des Potentials auf Xee«, er zögerte.

»Und der andere?«

»Ihr habt ihn getroffen, Overteer Keleeze. Er ist sehr weit weg, isoliert durch weiträumige Veränderungen im Katalog der Potentiallinien. Er kann uns im Moment nicht erreichen, sonst wäre er an Eurer Statt.«

Ich würde nicht allein sein.

»Können wir jetzt weitermachen?«

Langsam stützte ich mich auf den Ellenbogen hoch, sah überrascht die gekräuselte, schwarze Haut auf meinen verbrannten Fingerkuppen, fühlte entfernt einen Schmerz.

Ich erhob mich, setzte mich schwer in eine Wandnische vor eine grau leuchtende, von elektrischen Störungen durchzogene Kugel. Innerlich zusammenzuckend in Anbetracht des bevorstehenden, weiteren Schmerzes, sah ich auf eine Vertiefung für meinen rechten Unterarm und meine Hand. Zwei Krallen, die in nadelförmige Spitzen ausliefen, ragten an der Stelle aus der Form, wo mein Handgelenk zu liegen kommen würde.

»Kann es mehr geben?«

»Mehr wovon?«

»Sole-Sourcer - können weitere entstehen?« fragte ich ungeduldig.

»Wenn sie die Infektion überleben – ja.«

Wir waren erst zwei – aber es könnte weitere geben!

Ich drückte den Arm mit einer entschlossenen Bewegung in die Form, ignorierte das Stechen. Die graue Kugel verwandelte sich in ein dreidimensionales Diagramm, zeigte mir die Arche in den vier möglichen Zuständen der Kombinationen aus *Aktiv* und *in ein komplexes Netz eingebunden.*

»Deaktiviert nur die Netzverbindung, Donavon!«

Meine linke Hand griff in die Lichtdarstellung und schob die Arche aus dem Zentrum der Verbindungen in eine Abseitsposition. Eine Symbolkette erschien und begann sich rhythmisch zu verkürzen - ein Countdown.

»Das war's schon. Die Trennung erfolgt jetzt automatisch, Donavon - sehr gut.«

Hilfst du damit den anderen Sourcern?

Tränen standen plötzlich in meinen Augen. Wenn ich sie jetzt dem Tod geweiht hätte? Ich würde in der Verantwortung stehen, ihr Erbe anzutreten. Zuversicht strömte aus einem neuen Gedankenkanal auf mich ein. Ich wäre nicht allein.

Keleeze würde mir helfen.

Schottland, Apholl Castle
25. Dezember 2014
30397/2/26 SGC

Karen

Sie erwachte in Dunkelheit. Don hatte wieder gewühlt und lag jetzt wie ein Embryo zusammengerollt in der Mitte des Bettes. Karen schaltete eine kleine Leselampe an und beugte sich über ihn, küsste ihn auf die heiße Stirn. Das war die ganze Nacht so gegangen - sie fühlte sich leicht gerädert, wusste aber auch, dass es mit dem Schlaf jetzt wirklich vorbei war.

Also stand sie auf, ging ans Fenster, öffnete den einen Flügel weit und sog die kalte Morgenluft tief ein. Hinter den bewaldeten Hügelkämmen der Highlands im Osten begann sich ein erster violetter Dämmerungsstreifen abzuzeichnen. Die kalte Luft floss ins Zimmer, sammelte sich am Boden und ließ sie fröstelnd wieder ins Bett gehen.

Donavon stöhnte.

Sie sah die hektischen Bewegungen seiner Augen unter den fest geschlossenen Lidern. Er träumte. Vorsichtig ergriff sie seine rechte Hand und drehte sie so, dass sie die Innenseite erkennen konnte. Die Verbrennungen und Schnitte, die er sich in der Arche zugezogen hatte, waren spurlos verheilt. Sie schüttelte fasziniert den Kopf, auch die Narben der ungleich schwereren Verletzungen aus dem längst weit zurückliegenden Absturz in den Cenote waren verschwunden. Die Behandlungen Hud Pasuuns zeigten Wirkung - vielleicht noch für zwei Wochen, bis sich das temporäre Makrobot-System erschöpft haben würde.

Sie küsste seine Hand, ließ sie zärtlich zurückgleiten und erschrak.

Don sah sie an.

Seine Pupillen hatten seit seiner Rückkehr aus der Arche einen feinen, roten Rand erhalten, der das tiefe Schwarz gegen das Blau der Iris abgrenzte. Eine Ablagerung des Soles, hatte Hud Pasuun schulterzuckend erklärt, irreversibel.

Er drehte sich langsam auf den Rücken, lag dann reglos da.

»Ich kann fühlen, wie das Virus meinen Körper verändert, Karen«, flüsterte er, plötzlich Tränen in den Augen. »Eigentlich müsste ich große Schmerzen haben, aber ich fühle mich gesund.«

Sie konnte seine Verwirrung deutlich spüren, legte ihre Wange an seine, spürte das Kratzen der Bartstoppeln, wischte die Tränen weg, legte ihre Lippen an ein Ohr.

»Dann hör auf zu jammern, Liebling. Du musst wenigstens die Welt retten!«

Sie drückte sich hoch. »Frohe Weihnachten – lass uns laufen gehen, mal sehen, ob du dich noch bewegen kannst.«

Als sie eine gute Stunde später wieder auf dem gekiesten Hof vor dem Haupthaus ankamen, war die Dämmerung deutlich angebrochen. Karen war völlig außer Atem, ihr schien, Donavon habe nicht einmal erhöhten Puls. Ihre Atemfahne umwehte sie, Rauch stieg aus einzelnen Schornsteinen und sie verspürte einen deutlichen Appetit auf das traditionelle schottische Frühstück.

»Dusch du zuerst, ich brauch jetzt einen Kaffee«, japste sie, schob Don im Haus in Richtung der ausladenden Stufen der Treppe in den ersten Stock und bog selbst zur Küche ab, aus der frischer Kaffeeduft lockte.

Brian saß auf der großen Eckbank, einen dampfenden Pott vor sich auf dem Tisch und eine Zeitung in der Hand, mit der er sie heranwinkte, als sie eintrat. Gordon kehrte ihr den Rücken zu, bereitete das Frühstück für alle.

»Frohe Weihnachten – und guten Morgen, Karen.« Er grinste breit und rückte ihr einen schweren Stuhl vom Tisch ab, »wie geht es meinem Cousin, dem Mutanten? Will er immer noch Premier werden?«

Sie ließ sich dankbar auf den Stuhl fallen, erwiderte das Lachen, schüttelte unsicher den Kopf.

»Das wird nicht reichen, Brian. Er hat so große Pläne. Ich glaube das Amt, das ihm vorschwebt, gibt es noch nicht.«

Vorsichtig nippte sie an dem heißen Kaffee, den Gordon ihr mit einem freundlichen Nicken auf die massive Scots-Pine-Tischplatte gestellt hatte.

»Er hat so – «, sie suchte nach dem passenden Wort, »*globale* Gedankengänge.«

»Das finde ich doch in Ordnung«, sagte Megan von der anderen Tür der Küche, »solange er es aus seinem Büro in der Uni machen kann.« Dons Schwester trug noch ihren Bademantel, nahm auf ihrem Weg zum Tisch einen Becher Kaffee von Gordon in Empfang und nahm Karen zur Begrüßung in die Arme. »Frohe Weihnachten, Kleine! Schön, dass ihr wieder da seid.«

Brian nahm auch einen Kuss entgegen und sah Karen dann mit zusammengepressten Lippen an.

»Wird das wieder, Karen?«

Sie schwieg einen Moment lang, überlegte. *Wie konnte sie sich selbst darüber im Klaren sein, wenn nicht einmal Hud Pasuun es war?*

»Die Infektion kann nicht rückgängig gemacht werden, das ist sicher. Das Virus hat seine Lunge und andere Organe verändert, auch den Stoffwechsel – Du weißt am besten von uns, was das bedeutet, Meg.«

Sie nickte.

»Aber das sind nur die medizinisch nachweisbaren Fakten. Schwieriger ist eine Aussage über die Veränderungen in seinem Benehmen und Denken«, sie hob hilflos die Hände. »Er ist ein völlig anderer Mensch, was seine Ansichten betrifft. Gestern Abend berichtete er mir voller Stolz über einen Plan. Nicht für die nächste Woche, oder das nächste Jahr. Er plant über Jahrzehnte, Jahrhunderte voraus – nicht nur für uns – für alle!«

Ratlos starrte sie auf ihren Kaffeebecher.

»Er war nie ein Exzentriker, das stimmt«, sagte Brian ruhig. »Ich denke, wir lassen ihm einfach ein paar Wochen Zeit. Wenn wir noch schöne Schneetage in Glenshee bekommen, fängt er sich bestimmt wieder. Und sollte er Interesse haben, mit Fergus und Professor Warren in Uganda in der Arche zu forschen, ist das bestimmt auch möglich – außerdem komme ich dann mit.«

»Wie lange bleiben eure neuen Freunde denn überhaupt hier?« fragte Megan.

»Hud Pasuun – eine der Wissenschaftlerinnen – wollte sich nicht eindeutig äußern. Ich denke, sie haben größere Probleme durch die ausgelöste Katastrophe und das, was Don in der Arche gemacht hat. Im Moment kommen sie größere Schiffe wohl nicht so einfach wieder von hier weg. Sie sagte, sie werden das Land um die Arche nutzen, um etwas Ausgleich zum Schiffsalltag zu bekommen. Wie lange – sagte sie nicht.«

»Aye! Und das ist gut so, denn wir brauchen ihre Hilfe bei der Energieverteilung!«

Don stand im Türrahmen und kam lächelnd auf sie zu.

»Ich meine, wir haben viel aufzubauen, weite Teile der Infrastruktur liegen noch am Boden und genau genommen war es die Schuld der Königreiche, dass das alles passiert ist. Wir müssen helfen und *sie* werden uns helfen!«

Brian stellte ihm ein breites Glas auf den Tisch, nahm eine bauchige Porzellanflasche aus dem Regal und schenkte seinem Cousin einen großzügigen Whiskey ein.

»Frohe Weihnachten – trink das!«

Donavon setzte sich neben ihn und nahm einen bedächtigen Schluck, ließ die kostbare Flüssigkeit in jeden Winkel seines Mundes laufen und wartete auf die entspannende Wirkung des Alkohols.

»Was machen wir heute?«, fragte er mit aufgeräumter Stimmung.

Brian legte seine Zeitung zur Seite, tat plötzlich sehr geschäftig. »Also, ich brauch' noch ein paar Geschenke.«

Megan gab ihm einen freundschaftlichen Klaps. »Das hat schon in unserer Kindheit nicht funktioniert – heute ist alles zu. Du must eben für jeden ein Bild malen.« Sie sah übertrieben deutlich auf die Küchenuhr. »Fang besser gleich an, ich würde sagen, Bescherung um 11:00.«

Erde, Guatemala, Guatemala-Stadt
26. Dezember 2014
30397/2/27 SGC

Sinistra

Der Dodge Nitro der Soldatin im Rang eines Brigadiera rumpelte über die staubige Zufahrtsstraße des Flughafens La Aurora, verließ den militärischen Sicherheitsbereich der Zona 13, sechs Kilometer südlich des Stadtzentrums von Guatemala-Stadt.

Sinistra hatte sich die Öffnungsleiste ihrer Jacke zugedrückt. Nach den hohen Temperaturen der letzten Wochen in Afrika kamen ihr die fünfzehn Grad hier auf einmal kühl vor.

Die britischen Offiziere auf dem Kriegsschiff vor der Küste Belizes hatten ihre Neugierde sehr gut im Griff gehabt. Obwohl sie nur eine Stunde vorher über ihre Ankunft und den gewünschten Transfer informiert worden waren, hatte praktisch niemand von ihr Notiz genommen, als der Retter sie auf dem Flugfeld des Hubschrauberträgers abgesetzt hatte.

Der anschließende, kurze Hubschrauberflug quer über den mittelamerikanischen Kontinent hatte ihr einen ersten Vorgeschmack davon gegeben, wie nach den letzten intensiven Wochen das Alleinsein auf sie wirken würde. Sie hatte sich ihren Plan immer wieder in Gedanken aufgesagt, sich stets mit dem Schlimmsten konfrontiert. Traurig musste sie sich eingestehen, dass es einen Unterscheid machte, die Erde in Sicherheit zu wissen und nicht zu wissen, wie es der eigenen Familie ging. Sie war sich bei ihrem Abschied von Hud Pasuun und Karen nicht bewusst gewesen, worauf sie sich psychisch einließ.

Der trostlose Flughafen mit den Wracks der am Boden liegenden Fluggeräte und den Sandsackbarrieren stand in einem brutalen Kontrast zu dem atemberaubenden Panorama der drei Vulkane Agua, Fuego und Acatenango hinter der Stadt.

Sinistras Einführungsgespräch mit dem über seine eigene Hilflosigkeit deprimierten Coronel der Guatemaltekischen Armee hatte ihre schlimmsten Befürchtungen zur Gewissheit werden lassen. Die öffentliche Ordnung im Land befand sich in einem Zustand der Auflösung. Die ohnehin nur kleine Armee von fünfzehntausend Soldaten hatte die Kontrolle über den größten Teil des Landes verloren. Ohne die Unterstützung der USA, die im Moment vollständig mit sich selbst beschäftigt waren, konzentrierte sie sich auf die Sicherung existentieller Infrastrukturen – in der Hauptstadt.

Und auch da reichte es nur für die Hälfte des Stadtgebietes – die Hälfte mit dem Flughafen, dem Polizeihauptquartier und den Regierungsgebäuden. Von den ungefähr drei Millionen Einwohnern Guatemala-Stadts lebten vor der Gammastrahlenwelle rund eine Million in diesem sicheren Bereich, eine weitere Million hatte sich aus den angrenzenden Stadtgebieten hierher geflüchtet.

Alles andere im Land war sich selbst überlassen – oder der Kontrolle selbsternannter, regionaler Gobernadoren.

Die Soldatin schwieg den größten Teil der Fahrt, spähte misstrauisch in dunkle Fensteröffnungen, hielt den Wagen in der Straßenmitte, umkurvte Berge von Müll und Unrat und fuhr im Zweifel lieber zu schnell als zu langsam. Außer zwei Militärjeeps, in noch schlimmerem Zustand als ihr eigener, begegneten ihnen auf der ganzen Strecke keine fahrenden Autos, vereinzelt trafen sie auf Kinder, die äußerlich unbekümmert auf der Straße spielten.

Immerhin, tröstete sie sich selbst, *sie können spielen.*

Kurz vor ihrem Ziel durchbrach die Soldatin endlich das deprimierende Schweigen. »Es sind nur zweieinhalb Monate vergangen, Señora – aber dieses Land zerbricht. Ohne Strom und sauberes Wasser wird diese Stadt so zerfallen wie einst Kaminaljuyú[4].«

Sie erreichten den Palacio de la Policía Nacional neben den zwei Türmen der Catedral Metropolitana in Zona 1, rollten auf einen befestigten Hof. Hier endete ihre Fahrt.

---

[4] 2000 Jahre alte Ruinen einer Mayasiedlung im Zentrum von Guatemala-Stadt.

»Leben Sie wohl, Señora, und seien Sie achtsam«, sagte die Soldatin zum Abschied. Aus einer kleinen Kiste im Kofferraum nahm sie eine Pistole und zwei Ersatzmagazine. »Zu Ihrer Sicherheit, bitte!«

Sinistra schüttelte den Kopf. Schob die Hand gefühlvoll zurück. »Ich bin vorsichtig, vielen Dank.« Dann schulterte sie ihren Rucksack, nickte ihr zuversichtlich lächelnd zu, passierte melancholisch dreinschauende Wachposten auf dem Weg aus dem Gebäudekomplex, orientierte sich nach Nordwesten und ging an Barrieren nutzloser Autos und Sandsäcken vorbei, welche das sichere Viertel begrenzten.

Ihr Weg führte sie durch in der fahlen Nachmittagssonne liegende Avenidas. Der Schild der *Boe* filterte weiterhin das Licht, so dass alles einen Stich ins Rotviolette besaß. Sie fing viele neugierige Blicke von ärmlich gekleideten Passanten auf. Guatemala war nie zu Wohlstand gelangt, solange sie zurückdenken konnte, hatten drei Viertel der Bevölkerung unterhalb der Armutsgrenze gelebt. Jetzt hatte sich zusätzlich ein faulig-süßlicher Geruch von Verdorbenem und Müll über die Stadt gelegt.

Geschäfte waren geöffnet – aber es gab nicht mehr viel zu kaufen. Das Gemüse der kleinen Hintergärten, welches auf improvisierten Ständen vor einzelnen Häusern zum Verkauf auslag, war dürr und astronomisch teuer. Mit jedem Schritt wuchs ihre Angst um das Wohlbefinden ihrer Familie. Um ihre eigene Sicherheit verschwendete sie keinen Gedanken. Hud Pasuun hatte ihren Rucksack gepackt und ihr jeden Gegenstand erklärt. Am wichtigsten sei das Meridonkonzentrat. Sie *müsse* es jeden Tag nehmen – egal wie schmutzig das Wasser sei, das sie zum Verdünnen benutzte, ihr Makrobot-System würde damit klarkommen. Die Vorräte an Nahrungskonzentrat würden ein Jahr reichen, ihre Bekleidung, ihre Stiefel waren selbstreinigend, aus Nanomaterial der Organisation – und: Für Notfälle besaß sie ihr Visier und den Schildring.

Es waren nicht viele Passanten in ihrer Richtung unterwegs. Die Älteren musterten sie misstrauisch, ihre moderne, saubere Kleidung und ihre akkurate Frisur, die Jüngeren folgten ihr eine Zeitlang, machten einschüchternde Gesten und blieben zurück, als sie keine Reaktion provozieren und nicht mit ihren Tempo schritthalten konnten.

Sie kam an geplünderten Einkaufszentren vorbei, an endlosen Reihen defekter Autos und Camionetas mit geöffneten Türen, zerschlagenen Fenstern und aufgeschlitzten Polstern.

Nach drei Stunden erreichte sie endlich die Viertel ihrer Kindheit. Alte, ehemals stolze, spanische Kolonialhäuser gingen in kleinere Landhäuser und Villen über. Auch hier war der Verfall unübersehbar, Müll türmte sich in den Straßen, viele Türen waren aufgebrochen und anschließend wieder grob verbarrikadiert worden. Vor einzelnen Häusern sah sie rudimentäre Befestigungsanlagen, Sandwälle und lose aufgeschichtete Steinmauern. Erschüttert blieb sie stehen, als einige frische Grabhügel in ehemals gepflegten Vorgärten auftauchten. Viele Leute aus dieser Gegend hatte sie einmal persönlich gekannt.

»Wie geht es dir, Kleines? Brauchst du Hilfe?«

Überrascht blieb sie stehen, blickte in das besorgte Gesicht der Wissenschaftlerin auf ihrem Visier.

»Nein, danke, Hud. Es ist nur alles kaputt, die Menschen haben nichts zu essen und keinen Strom. Ich bin noch auf dem Weg zu meiner Familie. Ich werde sie hoffentlich in einer halben Stunde erreicht haben.«

»Bitte melde dich dann, Kleines. Ich mache mir Sorgen!«

Sinistra lächelte. Das klang aufrichtig.

»Mache ich, vielen Dank, Hud.«

Die Wissenschaftlerin der Pretaia hatte sie nach dem Tod von Syncc Marwiin aufgefangen. Ohne Hud Pasuun wäre sie in der neuen Welt der Organisation verloren gewesen. Auch Karen konnte ihr nur begrenzt helfen, sie hatte mit den Nebenwirkungen der Erkrankung Donavons ausreichend zu tun gehabt. Mit dem Tod des alten Mannes war auch die emotionale Sicherheitszone geschwunden, welche dieser in der letzten Zeit stets mit Ruhe und Weitsicht für sie aufgebaut hatte und die allein der Grund dafür gewesen war, dass die Vielzahl an neuen Erfahrungen und Eindrücken verkraftbar geblieben waren.

Sie atmete tief durch und kontrollierte ihren Herzschlag, indem sie sich innerlich vorstellte, wie der Makrobot-Strom in ihrem Blut ruhig durch die Herzkammern floss, ein warmes und gesundes Gefühl hinterlassend. Das Bio-Feedback funktionierte nach Tagen intensivierten Trainings mit Hud Pasuun an Bord der *Boe* bereits sehr gut.

Sie konzentrierte sich wieder auf ihren Weg, der sich zusehends in die Länge zog. Das Licht der untergehenden Sonne schwand mehr und mehr, sie musste zum Teil große Umwege um ineinander verkeilte Autos und noch mehr Autos und Lastwagen machen - alles Opfer des technischen Genozids vom 4. Oktober. Vorsichtig umrundete sie gerade einen auf der Seite liegenden Kleinbus mit aufgebrochenen Türen, als peitschende Geräusche aus der Entfernung an ihre Ohren drangen.

Sinistra erstarrte, verschmolz mit den Umrissen des Busses. Waren das Schüsse gewesen? Die Dämmerung war fortgeschritten, mit einer hastigen Bewegung aktivierte sie ihr Visier, ging langsam weiter, von nun an intuitiv jedes Auto als Deckung nutzend. In zweihundertfünfzig Metern Entfernung lag jemand auf der Straße. Das Visier zoomte heran, der Körper strahlte Wärme aus.

Sinistra beeilte sich, zu ihm zu kommen. Ihr Visier zeigte ihr Bewegungen in den Fenstern der Häuser, welche sie nun nur noch in größeren Abständen passierte. Sie erreichte den Mann - er war tot. Sie presste die Zähne aufeinander. Don Moreno war alt geworden, seine einst schwarzen Haare hatten graue Strähnen bekommen und waren verklebt. Er war zu ihrer Kindheit oft mit ihrem Papa zur Jagd gewesen, ein entfernter Verwandter.

Sie sah sich um, nutzte alle Techniken des Visiers. Niemand befand sich in der unmittelbaren Umgebung. Sinistra richtete sich langsam wieder auf, blickte nach vorn, die Straße entlang, bis diese in den weichen Hügeln der alten Erosionsfelder des Fuego verschwand. Ja, da war es endlich, am Anfang der Allee. In der Tageslichtdarstellung des Visiers konnte sie die beiden schön geschnitzten Flügel des geöffneten Eingangstors in der umlaufenden Ziegelmauer deutlich erkennen. Auch die Spuren eines gewaltsamen Aufbrechens und die notdürftige Reparatur.

Sie holte Luft, setzte sich in Bewegung und lief den letzten halben Kilometer, permanent gegen das Gefühl der unterschwelligen Angst und unheilvollen Erwartungen ankämpfend. Nach einer knappen Minute erreichte sie das Tor, schritt vorsichtig hindurch, betrat den Innenhof und blieb wie angewurzelt stehen.

Die Rasenfläche war einem Gemüsebeet gewichen - zum Teil. In einer Ecke befanden sich drei Grabhügel, spärlich mit Blumen verziert, die bereits zu welken begannen, und mit hastig geschnitzten Holzkreuzen versehen waren. Sie fühlte, wie eine eiserne Klammer ihr Herz zu umgreifen begann, spürte den stützenden Eingriff ihres Makrobot-Systems, registrierte unterbewusst das Brennen der erhöhten Makrobot-Aktivität in ihren Adern, das Verfliegen jeglicher Müdigkeit, die in diesem Moment durch die erhöhte Sauerstoffversorgung ihres Gehirns unerträgliche Schärfung des Bewusstseins.

Schritt für Schritt zwang sie sich, näher heranzugehen, deaktivierte das Visier, beugte sich in der hereinbrechenden Dunkelheit über das erste Kreuz und las den Namen ihres Vaters.

Leise weinend kniete sie nieder, strich mit der Hand über die trockne Erde des Grabes, legte ihre Stirn auf die Blumen, verweilte minutenlang in Erinnerungen - sie war zu spät gekommen. Zitternd erhob sie sich, quälte sich zum zweiten Erdhügel, las den Namen ihres Onkels, machte die letzten beiden Schritte und erkannte den Namen ihrer Tante, der Schwester ihrer Mutter, auf dem dritten Grab.

Laut schluchzend brach sie zusammen, ließ ihren Tränen endlich freien Lauf.

»*Niña?*«, hörte sie eine vertraute Stimme und aufgeregt näherkommende Schritte. »*Niña!* Wie froh ich bin, dich zu sehen.«

»*Mamá!*«

Ohne weitere Worte nahm sie ihre Mutter fest in die Arme, sagte nichts, genoss nur den Augenblick, sie heil bei sich zu haben.

»Niña, wo warst du? Wie schön, dass du gesund bist, ich freue mich so!«

Sinistra sah die dunklen Augen ihrer Mutter in der anbrechenden Nacht dicht vor sich – erkannte den warnenden Ausdruck darin. Mamá wollte nicht, dass sie blieb – aber warum?

»Was ist hier passiert, Mamá, wer war das?«

Sie sah das hastige Kopfschütteln ihrer Mutter, verstand die nahe Bedrohung.

»Es ist so schrecklich. Seit dem Estampido funktioniert nichts mehr, kein Radio, kein Fernsehen, kein Telefon – nichts. Zuerst ging es weiter, die Polizei half, es gab noch Lebensmittel. Aber dann waren sie verbraucht. Die Plünderungen begannen, die Polizei verschwand, zog sich in das Regierungsviertel zurück. El papá wollte, dass wir fliehen, aber dein el tío war dagegen, er sagte, wir könnten hierbleiben, wir hatten noch Vorräte. Das stimmte auch, bis vor drei Tagen…«

Eine harsche Männerstimme unterbrach ihre Mutter, rief laut von den Stufen vor dem Eingang zum Herrenhaus, das Licht einer Kerze flackerte, ließ Sinistra nur eine Silhouette des Gesichts erkennen.

Sie fühlte ihre Mutter zusammenzucken.

»Deserteure, geh jetzt, niña, alles wird gut – *aber bleib nicht*«, flüsterte sie eindringlich.

Etwas platzte in ihr, erfüllte sie mit Wut. Sinistra dachte nicht einen Moment daran, ihre Mutter im Stich zu lassen. Sie hörte schwere Stiefel über den Kies auf sie zukommen, erhob sich und zog ihre Mutter langsam mit hoch.

Ein uniformierter Mann kam auf sie zu, kniff die Augen im trüben Licht einer zuckenden Kerze zusammen.

»*Lauf weg, niña, lauf! Komm nicht zurück!*«, rief ihre Mutter plötzlich, stieß sie in Richtung Tor und stellte sich dem Uniformierten in den Weg.

»Aus dem Weg, Alte, *quita!*«, fauchte der Mann, stieß Sinistras Mutter grob mit dem Lauf seiner Pistole zur Seite und machte einen weiteren Schritt auf Sinistra zu, die ihrerseits eine Bewegung nach vorn machte, um ihre Mutter aufzufangen.

Der Uniformierte ergriff sie fest an einem Arm, wirbelte sie herum und hielt mit der anderen Hand die Kerze so, dass er in Sinistras Gesicht sehen konnte.

»Monada!«, sagte er grinsend, »kommt herein, Señorita.«

Sie hörte weitere Schritte näherkommen, ließ vorsichtig die Hand ihrer Mutter los, spannte die Muskeln an und schlug ihren Ellenbogen mit aller Kraft in Richtung Brustbein des Deserteurs.

Nach Luft schnappend taumelte dieser zurück, ließ die Kerze fallen, stürzte einem weiteren Uniformierten in die Arme, der mit einer Pistole in der Hand und zwei weiteren Männern hinter ihnen auftauchte.

Ein Schuss peitschte durch die Nacht, sie fühlte einen harten Schlag an der Schulter, ihr linker Arm wurde gefühllos und ihre Sicht beeinträchtigte sich für einen kurzen Moment.

»*Niña, lauf weg!*«

Einer der Deserteure schlug ihre Mutter mit dem Lauf seiner Pistole nieder.

Sinistra verharrte für einen Moment in ihrer Bewegung, sah, wie ihre Mutter schwer auf den Boden aufschlug und reglos liegen blieb.

»*Nein!*«

Wahnsinnig vor Wut stürzte sie sich auf den Schläger, griff mit bloßen Händen nach seinem Gesicht, hörte ein unheilvolles Knistern, hörte seine schrillen, abgehackten Schreie, sah seine schrecklichen Verbrennungen im grellen Flackern ihres Schutzfeldes.

Hektische Stimmen erklangen im gesamten Innenhof. Weitere Uniformierte kamen aus dem Eingang des großen Hauses, zwei legten auf Sinistra an, feuerten.

Sie ließ den Mann fallen. Er hatte aufgehört zu schreien, sein Kopf war durch den Kontakt zu ihrem Schutzfeld schwarz verbrannt, sein Hals bestand nur noch aus versengten Wirbeln.

Weinend kniete sie vorsichtig neben ihrer Mutter nieder, schirmte sie mit ihrem Körper ab, achtete darauf, ihr nicht zu nahe zu kommen, während kleine Blitze des Schildes die Treffer der Deserteure signalisierten.

Das Licht der Blitze wurde für eine kurze Zeit intensiver, wechselte unerwartet die Richtung, fokussierte sich, zerfetzte innerhalb weniger Sekunden alle Uniformierten im Innenhof.

Sinistra blickte auf ihrem Visier in das Gesicht eines Offiziers der Schattentruppen.

»Es tut mir leid, Siira, dass ich nicht schneller hier war, erst die Notaktivierung Eures Schutzfeldes hat mich alarmiert! Seid Ihr schwer verletzt?«

Die Schreie kamen jetzt aus dem Inneren des Hauses.

Langsam materialisierte nur wenige Schritte neben ihr ein Berg aus fahlen Monofasern, presste sich eine Kralle des Zerstöreranzugs widerstandslos durch einen am Boden liegenden Angreifer, schloss Sinistra und ihre Mutter in sein erweitertes Schutzfeld mit ein. Als nur Momente später die kleinen Kampfdrohnen in einem seiner Schulterbehälter andockten, waren die Schreie im Haus verstummt.

Es war alles vorbei.

»Nein, nicht sehr.«

Ein nachlassender Schmerz stach noch in ihre Schulter, das Gefühl in ihrem Arm kehrte brennend und pochend zurück. Sinistra riss sich das Visier vom Kopf, schaltete das Schutzfeld ab und nahm ihre Mutter in beide Arme, fühlte erst spät die schwache Bewegung einer Hand, sah in die lächelnden, ruhigen Augen.

»Nimm, meine kleine niña«, hörte sie die brüchige Stimme ihrer sterbenden Mutter.

So blieb sie eine Ewigkeit in inniger Umarmung auf dem Boden hocken, umklammerte ihre Mutter, hielt mit einer Hand den kleinen, baumwollenen Beutel, während der Schlacht-Certeer neben ihnen reglos Wache hielt.

»Es ist dort noch ein Kind, Siira. Die Drohnen haben es entdeckt. Es hat sich im Haus versteckt und Hud Pasuun versucht intensiv, Euch zu erreichen«, drangen die Worte des Offiziers nach einiger Zeit über die Außenlautsprecher des Anzugs an ihre Ohren und erweckten sie aus ihrer Trauer.

Sinistra legte den Körper ihrer Mutter sacht ab, sprang auf.

»*Nicht jetzt!*«, sagte sie, rannte zum Haus, versuchte dabei ihren Blick von den Getöteten abzuwenden, sprang die breiten Stufen hinauf und betrat die Eingangshalle.

»*Romina!*« rief sie, »*komm her, meine Kleine, Sina ist zurück!*«

Ein Rascheln kam von der verborgenen Tür unter der Treppe. Sie ging vorsichtig auf die holzvertäfelte Wand zu, half ihrer kleinen, tränenverschmierten Cousine, das Versteck zu öffnen, nahm sie in die Arme und setzte sich mit ihr auf das Sofa im Verschlag, welcher ihr die letzten Tage Zuflucht geboten hatte. Gemeinsam öffneten sie den kleinen Baumwollbeutel, behutsam schüttelte Sinistra der Kleinen die sechs Sorgenpüppchen aus ihrer Kindheit auf die Hand.

»Die werden nicht reichen«, flüsterte Romina traurig und schniefte, »es ist *so viel* zu tun.«

Die violette Morgensonne des neuen Tages tauchte das vierte Grab in ein kaltes Licht. Der Offizier hatte den Hof von allen anderen Leichen befreit, Sinistra wollte nicht wissen, wohin oder wie.

Romina umklammerte mit der Linken fest ihre Hand, in der anderen hielt sie die verbliebenen zwei Püppchen. Liebevoll legte Sinistra das vierte Püppchen auf das Grab ihrer Mutter. Es war Ixmucane, die Vertreterin, die sie in ihrer Kindheit nach der Prinzessin benannt hatte, welche der Sage nach die ersten Sorgenpüppchen vom Sonnengott erhalten hatte.

Ein leises Summen lenkte sie ab.

»Siira, ein Besucher bittet Euch zu sprechen«, sagte der Schattenoffizier.

Neugierig drehte sie sich um, blickte durch den Innenhof, erwartete einen Trauergast der Familie oder der Nachbarn zu sehen.

Überrascht erblickte sie am Eingangstor einen großgewachsenen Mann im Uniformanzug der Schattentruppen. Kein Grau diesmal – kein Offizier – sondern ein helles Braun. Sie festigte ihren Griff um die Hand der kleinen Romina und ging auf ihn zu. Der Mann lächelte sie freundlich an – woher kannte sie dieses Gesicht? Er schien dem Aussehen nach um die dreißig zu sein, das bedeutete für einen Bewohner der Königreiche ein Alter von vierzig bis fünfzig Jahre. Sein hellblondes Haar hatte er zu einem stumpfen Zopf gebunden, tiefblaue Augen unter kräftigen Augenbrauen sahen prüfend auf sie.

»Entschuldigt, wenn ich Eure Trauer störe, Siira. Mein Name ist Syncc Marwiin, ich würde sehr gern mit Euch über die Fortsetzung unserer Arbeit sprechen.«

Natürlich! Es waren die Gesichtszüge Syncc Marwiins, aber er war *so jung*. Wie konnte das sein? *Was hatte er gesagt?*

»Ich erkenne Eure Verwirrung, Siira«, seine Augen lächelten. »*Marwiin* ist kein Name, es ist vielmehr ein Titel – für den Verantwortlichen unter den Synccs. Ich werde die Aufgaben des bisherigen Namenträgers fortführen. Ihr wart ihm eine sehr große Hilfe. Er bat mich vor seinem Tod, Euch zu erlauben, diese Arbeiten fortzuführen – im Dienst der Kulturbewahrer.«

Sie wusste darauf nichts zu erwidern. »Ich – ich denke, die Aufgaben waren erfüllt? Sind die Archen denn nicht entkoppelt?«

Er nickte langsam. »Die meisten sind es, Siira. Doch die Aufgaben des Marwiin enden nicht dort. Es haben sich unvorhergesehene Varianten gebildet. Eine neue Generation von Sole-Sourcern wird im Roten Nebel entstehen, deren Ziele denen der anderen Kulturen entgegen laufen könnten. Ihr habt sie kennen gelernt.«

Syncc Marwiin sah ernst in die Ferne. »Mit Euren Erfahrungen und Kenntnissen über Eure Welt würdet Ihr mir eine große Hilfe sein!«

Romina stand bei Syncc Marwiin, etwas abseits von Sinistra, die in tiefer Andacht Abschied von ihrer Familie nahm. Bewegt rückte sie noch einmal die Sorgenpüppchen auf allen vier Gräbern zurecht, sprach in Gedanken zu ihrer Mutter und zu ihrem Vater, erklärte ihnen, was sie vorhatte.

Dann drehte sie sich um, warf einen letzten Blick auf das Haus ihrer Kindheit, sah zu dem jungen Syncc Marwiin, nickte ihm kurz zu – sie hatte ihre Entscheidung getroffen.

Sinistra streckte Romina die Hand entgegen und verließ mit ihr gemeinsam den Innenhof. Sie folgten dem Syncc zu einem wartenden Retter, der sichtbar für alle Nachbarn über der Straße vor dem Anwesen schwebte, um sie abzuholen.

Sinistra aktivierte ihr Visier, rief die gespeicherte Beileidsbekundung von Hud Pasuun sowie ihren freudigen Glückwunsch zu ihrer Entscheidung ab, ging zügig die kurze Rampe zur Einstiegsluke empor und zog Romina hinter sich her, während sich die blauen Schutzschilde um die Triebwerke legten und die Fähre zusehends an Höhe gewann.

Der Schlacht-Certeer verfolgte den Abflug des Retters mit den Anzugsensoren, startete eine Schilddrohne aus einem seiner Schulterbehälter und dirigierte sie in die Mitte der vier Gräber, wo sie unter dem losen Sand verschwand. Befriedigt las er die gewählten Parameter zur Tarnung und Ausdehnung des Schildes auf einem Nebendisplay, akzeptierte den von der Anzug-KI vorgeschlagenen Kurs zurück zur *Boe* und war innerhalb eines Lidschlags verschwunden.

Hier endet die Trilogie CORUUM.

Personenregister *(der wichtigsten Akteure)*

Erde

Donavons Team

Dr. Donavon MacAllon	Dozent an der Universität von Edinburgh (antike Sprachen und Kalendersysteme)
Dr. Karen Whitewood	US-Archäologin, arbeitet z. Zt. für das archäologische Institut von Guatemala
Prof. Dr. Fergus Young	Dekan Universität Edinburgh
Sinistra	Archäologisches Institut von Guatemala, Mitarbeiterin von Karen
Miguel	Archäologisches Institut von Guatemala, Mitarbeiter von Karen
Raymond	Archäologisches Institut Toulouse, Mitarbeiter von Karen
Prof. Dr. Morton Warren	Schwedischer Wissenschaftler, Physiker, Nobelpreisträger, Fachliche Leitung der Amerikaner
Roman Marquez	Archäologe im Dienst der guatemaltekischen Regierung
Sturgis	Amerikaner, hilft Donavon aus der Cenote zu entkommen

Die Schotten

Megan MacAllon	Donavons Schwester
Brian MacAllon	Börsenmakler, Donavons Cousin
Sir Kenneth MacAllon	Donavons Vater, Duke of Apholl
Commander Rory Macintosh	SAS-Soldat
Alice	Fergus' Sekretärin
Mary	Analystin an Fergus' Institut

Die Briten

Colin Rogers	Leiter des MI6
John Anchor	Britischer Premier
Dr. Goran Massey	Bio-Technologe des BioMED-Instituts in London
Prof. Dr. Sybil Carlysle	Molekularbiologin und Genetikerin, Vorsitzende des Kuratoriums der Forschung für das Gesund-heitsministerium
Sir Francis Allenham	Staatssekretär für Verteidigung und Leiter des MOD

Die Amerikaner

Miles Shoemaker	Direktor CIA, Sicherheitsberater
Captain Frank Johns	US Marine Special Forces
George Mason	Ehem. Sicherheitsberater des US Präsidenten
Michael Mackenzie	Sicherheitsberater, Präsident der USA
Mick Stone	Chef des Detail von Michael Mackenzie
Gordon Fuller	Chef des Secret Service
Gerald Pattern	General der US-Navy
Adrian Banshie	Direktor CIA, Shoemakers Chef
Chris Wall	Stabschef des Präsidenten

Die unglücklichen Entdecker

Dr. Pete Williams	Professor am California Institute of Applied Science (CIAS)
Ron, Almond, Kathy	Studenten von Pete
Pedro	Busfahrer

Die Sieben Königreiche

Die Könige / Troyians	
König Bengsten Treerose **Troyian**	König zur Zeit der Gründung von Coruum
König Harkcrow Treerose **Troyian**	König zur Zeit der Extraktion von Coruum
König Torkrage Treerose	Königreich Treerose/Restront, Vorsitzender des Rings der Sieben (Organisationsrang: Overteer)
König Narg Laurenz	Königreich Laurenz/Difthon (Organisationsrang: Overteer)
König Frere Metcalfe	Königreich Metcalfe/Dominion (Kein Organisationsrang)
Königin Melcolm Siinstep	Königreich Siinstep/Prokon (Kein Organisationsrang)

Organisation	Exekutive der Sieben Königreiche
Keleeze Peerl, Merkanteer	Erbe von Peerl
Raana Roohi, Tenent	Adjutant von Keleeze
Syncc Marwiin	Beauftragter zum Schutz neuer Kulturen
Ruf Astroon, Hightenent	Adjutant von Treerose, Verbindungsoffizier Organisation
Demm Zarkoon, Certeer	Leiter Einsatzstab Restront, später Adjutant Treeroses
Kooi, Tenent	Offizierin der Alstortruppen (Rufs Team)
Speer; Zaguun, Tenent	Offiziere der Alstortruppen (Rufs Team)
Blaak Ferkuiz, Overteer	3. Overteer, rein Organisation
Miil Sobho, Tenent	Adjutant von Blaak Ferquiz
Kapitän Annu Aroldi	Kapitän der Relion
Kapitän Roniin	Führer Begleitschutz Relion, Kapitän des Flagschiffes K1
Hightenent Koor Segaan	Leiter der Missionsoffiziere der Relion
Kapitän Trui Tustuur	Kapitän der Saphire, Händler der Heratis Passage Rufs nach Risidor II
Tec Zeliim	Kapitän der *Boe*, Flottenjäger Organisation; Flagschiff des Schildverbandes für Ruthpark
Certeer Tuscoon	Pilot des Aufklärers auf der Suche nach der Relion
Nonga Tejii	Erste Händlerin der Heratis
Senga Landaal	Adjutantin von Narg Laurenz Erste Händlerin der Heratis in Difthon

Pretaia	Wissenschaftlicher Arm der Organisation
Hud Chitziin	Führender Wissenschaftler der Pretaia, Erfinder des Massiven Shunt-Drives (MSD) und der Null-Gravitationstore
Hudun Garoon	Assistent Hud Chitziin
Hud Kluwaan	Leiter der Pretaia auf Chrunus
Hud Koncuun	Leiter Wissenschaftliche Abteilung Relion
Hudun Maalron	Assistent Hud Koncuun
Hud Oxmedin	Wissenschaftler auf Restront
Hud Pasuun	Ärztin an Bord der *Boe*, hilft Karen und Sinistra
Hud Keraas	Wissenschaftlicher Missionsleiter der *T3* im Enchrome System
Hud Keruun	Wissenschaftler im Team Hud Chitziins auf Tektor
Hudun Merswiin	Assistent Hud Keruun

Das Zentrum

Die Gilde

Kamir	Hohes Mitglied der Gilde, Mentor von Ashia
Karbedi mas Boroudy	1. Händlerin der Gilde
Ker Es'Maram	Lokale Representantin der Gilde auf Ankatarh
Tulier Ul'Ambas	Kapitän der Ashantie (Ashias Passage zur Erde)
Neuille	Dienerin von Kamir
Seers O'Lamdiir	Kirchenspion der Gilde Wird von Kooi enthauptet und von Ruf nach Manifestum zu Vater Rastolon gebracht

Z-Zemothy	Geheimdienst des Zentrums
Ten O' Shadiif	Cektronn von Z-Zemothy
Ambre El'Sadooni	Befehlshaber der ZZ-Kampftruppen auf Ruthpark und Ul'Charque
Abedi O'Sesan **Troyian**	Cektronn von Z-Zemothy, zur Zeit Bengsten Treeroses (Gründung von Coruum)
Rud El'Ottar **Troyian**	Cektronn von Z-Zemothy, zur Zeit Harkcrow Treeroses (Extraktion von Coruum)

Extraktionscorps	Untereinheit von Z-Zemothy zur Entwicklung von Kulturen
Ashia ad Asdinal	Wird mit der Beseitigung der auf der Erde gefundenen Spuren beauftragt
Lumidor	Kommandeur von Ashias Rodonn
Abdallah	2. Offizier in Ashias Rodonn
Hafis	3. Offizier in Ashias Rodonn
Sabbim	4. Offizier in Ashias Rodonn
Fadi ad Asdinal	Begleiter Harkcrows bei der Extraktion der Coruumer

Unsichtbare Flotte	Militärischer Arm der Gilde
Shaas El'Kafaa	Dawn Cektronn der Unsichtbaren Flotte
Kapitän Aw'Sellin	Kapitän der Sebba
Ben Es'Kalam	1. Landsucher an Bord der Sebba

Regierung des Zentrums

Mom Aw'Hagun	Si'Taa**l** des Zentrums (Präsident)
Rimak ad Sesan	gewählter Sektoren Si'Taa**n** im Da'Forca

Die Nebelwelten

Die Kirche

Ramone 2., 181. Ur-Mutter **Troyian**	Höchste Repräsentantin der Kirche
Aonia 2., **Troyian**	Urmutter zur Zeit Residores 3. Wird zusammen mit Residore ermordet
Raoula 56., Benedictine	Ordensmutter der Kirchenritter
Rastolon der Einsame, Abt	Vorsteher des Archivs auf Tempelton IV
Laure 37., Benedictine	Ordensmutter der Kirchenritter zur Zeit Bengstens
Persephone 17.,	Legatin auf Risidor II
Residore 3., Benedictine	Ordensmutter der Kirchenritter zur Zeit Rud El'Ottars Wird zusammen mit Aonia 2. ermordet

Die Sole-Sourcer

Faee, 1. Imperium	Paramount zur Zeit der ersten Potentialkatstrophe
Eluee,1. Imperium	Partnerin von Faee
Gandaa, Kaa	Söhne von Faee und Eluee
Oldo Merceer, 3. Imperium	Paramount, »Berater« von Harkcrow Treerose
Kalai, 3. Imperium	Letzter Paramount des 3. Imperiums, kommt mit Ruf zurück in den Roten Nebel um Ramone zu stoppen

Danksagungen

Mein besonderer Dank gilt wie immer meiner Lektorin Eva Döring, München, für ihre unermüdliche Unterstützung bei der Arbeit am Text und für das Zeitmanagement.
Alexander Ihle, Absolvent (Hurra!) der Medieninformatik, hat die CORUUM-Cover nach meinen Vorstellungen erstellt. Vielen Dank dafür.
Die größte Unterstützung kam wie in den letzten Jahren von meiner Familie, die mir besonders in den zurückliegenden Monaten fast die gesamte gemeinsame Freizeit für die Fertigstellung der Trilogie abgetreten hat.
Ich stehe in Eurer Schuld.
Auch Ihnen, den kritischen und motivierenden Lesern von V1 und V2, gebührt Dank! Ich bin ehrlich - es gab Momente in denen der Erscheinungstermin von V3 deutlich auf der Kippe stand. Ihre Emails haben den kontinuierlichen »Flow«, die Geschichte weiterzuentwickeln und abzuschliessen, nicht versiegen lassen.
Großer Dank für die notwendigen Flächen in den Regalen geht an die Buchhändlerinnen und -Händler, welche mich zusätzlich durch zahllose Empfehlungsgespräche mit Ihnen, meinen Lesern, unterstützt haben.

Michael R. Baier
Hamburg, September 2009